URSULA POZNANSKI

DIE VERNICHTETEN

Loewe

FSC
www.fsc.org
MIX
Papier | Fördert gute Waldnutzung
FSC® C014496

ISBN 978-3-7855-7922-0
4. Auflage als Loewe-Taschenbuch 2025

Umschlaggestaltung: Christian Keller und Franziska Trotzer

Druck und Bindung:
GGP Media GmbH, Karl-Marx-Straße 24, D-07381 Pößneck
produktsicherheit@loewe-verlag.de

www.ursula-poznanski.de

Ursula Poznanski
Die Vernichteten

Bisher von Ursula Poznanski im Jugendbuchprogramm des Loewe Verlags erschienen:

Erebos

Saeculum

Layers

Elanus

Aquila

Thalamus

Erebos 2

Cryptos

Shelter

Oracle

Scandor

Eleria
Die Verratenen
Die Verschworenen
Die Vernichteten

Für alle, die Ria auf ihrem Weg begleitet haben.
Sie weiß es zu schätzen, und ich auch.

1

Wir sehen sie kaum in der Dunkelheit, sie sind Schatten zwischen dem Flackern der Fackeln. Aber wir hören sie. Ein kühler Wind trägt ihre Stimmen und ihr Lachen bis zu unserem Versteck. Sie denken nicht daran, sich schlafen zu legen.

Die dritte Nacht, der dritte Versuch. Wahrscheinlich der dritte Fehlschlag.

Sandors Hand liegt leicht zwischen meinen Schulterblättern und vermittelt mir das trügerische Gefühl, in Sicherheit zu sein.

»Fünf Scharten«, flüstert er. »Links auf der Ruinenmauer zwei Nachtläufer. Und siehst du die drei, die ständig die Position wechseln? Ich glaube, das sind Messack.«

Ich verenge meine Augen, um Genaueres erkennen zu können. Messack. Fast so grausam wie Schlitzer, nur besser organisiert, heißt es. Die Männer nähern sich dem Schein einer Fackel, einer dreht sein Gesicht in unsere Richtung. Blaue Tätowierungen und rote Narben. Er bleibt stehen, hebt das Kinn und schnüffelt.

Tycho, der zu meiner Linken kauert, wird unruhig. Ich greife nach seiner Hand, er darf keinesfalls etwas Unbedachtes tun. Der Messack kann uns nicht wittern, dafür weht der Wind aus der falschen Richtung. Trotzdem dauert es für meinen Geschmack viel zu lange, bis der Mann seinen Weg fortsetzt, und er tut es auch nur zögernd. Als könnte er unsere Anwesenheit spüren.

Unwillig befreit Tycho seine Hand aus meinem Griff. »Jetzt wäre es günstig«, wispert er, »wenn ich schnell bin.«

Ich packe ihn sofort am Arm. »Auf gar keinen Fall!«

Er spannt die Muskeln an, lockert sie aber gleich wieder. »Du hast leicht reden«, höre ich ihn murmeln. Er sieht mich nicht an, sondern starrt auf die Dornenhecke, die nur gute hundert Schritte entfernt, aber trotzdem unerreichbar ist, jedenfalls für uns. Die Feindclans umschwirren sie, als wüssten sie um ihre Bedeutung.

»Geduld«, sagt Sandor und Tycho seufzt entnervt.

Er ist wie ausgewechselt, seit er von Dhalion erfahren hat. Das Wissen, dass ihm nicht nur von außen, sondern auch von seinem eigenen Körper Gefahr droht, macht ihm heftig zu schaffen und er will diesem Zustand ein Ende setzen, jetzt, sofort. Eigentlich schon seit dem Moment, als ich ihm die Zusammenhänge erklärt habe. Den Grund, warum der Sphärenbund alles daransetzt, uns zu töten. Uns und die anderen, die Dhalion in sich tragen.

Die Hecke war meine Rettung und das könnte sie auch für Tycho sein, wenn die Scharten, Nachtläufer und Messack sich endlich dazu entschließen würden weiterzuziehen, aber offenbar gefällt ihnen dieser Ort. Die Ruinen hier sind gut erhalten, jedenfalls machen sie nicht den Eindruck, als würden sie beim ersten Windstoß einstürzen. Das gilt auch für die Mauern, zwischen denen wir uns verstecken, und wahrscheinlich müssen wir froh sein, dass noch niemand diesen Platz mit Beschlag belegt hat. Vor allem der Keller ist uns wichtig, denn hier befindet sich einer der Ausgänge aus der Stadt unter der Stadt, diesem labyrinthischen Gewirr von Gängen, Schächten und Kanälen, die Quirins Reich bilden.

Quirin. Ich verbiete mir den Gedanken an ihn sofort. Es ist ein schlechter Zeitpunkt, um wütend zu werden, ich brauche einen klaren Kopf. Wir müssten unser Leben nicht aufs Spiel setzen, um Tycho zu immunisieren, wenn wir das Serum hätten. Doch Quirin hat es uns nicht gegeben und nun ist er wie vom Erdboden verschluckt, selbst Sandor hat ihn seit Tagen nicht gesehen. Er hat ihn zu sich rufen lassen – als Clanfürst ist das sein Recht –, aber Quirin lässt sich nicht blicken.

Die Messack drehen eine weitere Runde. Sie unterhalten sich, doch ich verstehe nicht, was sie sagen.

Tycho stößt mich sachte an. »Wenn sie uns den Rücken zuwenden, schleiche ich hinüber«, wispert er.

»Auf keinen Fall!« Ich verstärke meinen Griff um seinen Arm. »Wir versuchen es morgen noch einmal, irgendwann werden die Prims weiterziehen, das tun sie doch immer.«

Ich spüre, wie Sandor mich von der Seite ansieht, und ich weiß, warum. Ich habe *Prims* gesagt, das ist mir lange nicht mehr passiert, erst recht nicht, seit ich erfahren habe, dass ich eigentlich zu ihnen gehöre. Ein entführtes Kind, das seiner Mutter von einem Sentinel aus den Armen gerissen wurde.

Aber die Scharten, die Messack und vor allem die Schlitzer entsprechen genau dem, was ich mir früher unter Prims vorgestellt habe. Primitive Wilde.

»Ich weiß, was ich tue«, flüstert Tycho gereizt. »Ich bin schnell und ich bin leise. Lass mich los.«

»Kommt nicht infrage, das ist viel zu –«

In diesem Moment treten Neuankömmlinge ins Licht der Fackeln. Keine Außenbewohner diesmal, sondern Sentinel. Drei rote und zwei farblose. Exekutoren also.

Sofort scharen alle anwesenden Clanmitglieder sich um sie.

»Belohnung für gute Arbeit«, sagt einer der Farblosen. »Wir haben euch Lebensmittel mitgebracht und für den, der uns die interessanteste Beobachtung melden kann, gibt es eine Jacke. Thermostoff, darauf seid ihr doch so scharf.«

Die Clanleute drängen zu der Stelle, wo die roten Sentinel das versprochene Essen verteilen.

Mein Interesse gilt eher den Exekutoren – ist jemand dabei, den ich aus Vienna 2 kenne?

Ihre Gesichter liegen im Schatten, ich höre sie lachen, dann wenden sie sich um und drehen uns den Rücken zu.

Das ist der Moment, in dem mir Tycho entwischt.

Ich zische ihm nicht hinterher, dass er zurückkommen soll, das würde es nur schlimmer machen. Ich habe nicht gut genug aufgepasst, nun ist er da draußen, das ist nicht mehr zu ändern, ich kann nur noch hoffen, dass er wirklich so geschickt ist, wie er glaubt.

Sandor hält mich fest, als hätte er Angst, ich könnte Tycho nachlaufen, er zieht mich sogar ein Stück zurück zum Keller, doch ich schüttle den Kopf. Ich muss sehen, was passiert.

Tycho war immer schon wendig und flink und das stellt er jetzt einmal mehr unter Beweis. Bleibt in den Schatten, gleitet von einer dunklen Stelle zur nächsten und hält zwischendurch immer wieder inne. Falls er Geräusche verursacht, werden sie von den Außenbewohnern, die ums Essen streiten, übertönt.

Die größten Sorgen macht mir sein Haarschopf. So hellblond, dass er fast weiß ist – die denkbar ungünstigste Farbe, wenn man in der Finsternis ungesehen bleiben will.

»He!«, ruft einer der Sentinel und mir bleibt beinahe das Herz stehen, doch er hat nicht Tycho gemeint, sondern einen der Scharten, der mit seinem Messer auf einen Nachtläufer losgehen will.

Der Sentinel packt ihn am Kragen, tritt ihm in die Kniekehlen und wirft ihn zu Boden. »Die Dornen könnt ihr abstechen, nicht euch gegenseitig. Idioten.«

Der Scharte zischt etwas zwischen den gebleckten Zähnen hervor, was ihm einen weiteren Tritt des Sentinel einbringt. »Ihr tut, was wir sagen, kapiert? Wir haben eine Abmachung.«

Der Tumult hat Tycho Zeit verschafft. Er ist jetzt an der Hecke, genau da, wo die mit Serum getränkten Dornen sich befinden. Kaum zehn Schritte von den Sentineln und den Männern der Feindclans entfernt. Ich halte die Luft an, als könnten meine Atemgeräusche ihn verraten.

»Beobachtungen!«, ruft einer der Exekutoren. Er hat sich auf einen kniehohen Stein gestellt und hebt die Arme. »Wer hat etwas gesehen, das uns nützlich sein kann?«

»Die Dornen haben an einem Tag drei Wildschweine erlegt«, meldet sich ein Nachtläufer. »Sie haben verdammt viel Glück bei der Jagd.«

Tycho hat sich ein Stück aufgerichtet und einen Unterarm entblößt. Er schiebt ihn in das dichte Geäst der Hecke. Es knackt – höre nur ich das?

»Wildschweine sind uns wirklich egal.« Die Freundlichkeit in der Stimme des Exekutors ist nur oberflächlich, darunter liegt eine deutliche Warnung. Er will nicht plaudern und er will nicht für dumm verkauft werden. »Hat jemand das Mädchen gesehen, das wir euch beschrieben haben? Mittelgroß, langes braunes Haar, grüne Augen. Trägt eine weiße Hose und ein blaues Hemd und könnte in Begleitung eines sehr großen Mannes vom Clan Schwarzdorn sein.«

Allgemeines Schulterzucken, Kopfschütteln.

Mein Herz pumpt viel zu schnell und viel zu stark, ich wusste nicht, dass die Sphären noch so intensiv nach mir und Andris suchen.

Einer der Messack wirft ein, dass er ein Mädchen gesehen hat, mit braunen Haaren und allem. Aber in Felljacke und Lederstiefeln und mit einem kleinen Kind an der Hand. »Ich könnte sie töten und dir ihren Kopf bringen.«

Der Exekutor zuckt mit den Schultern. »Wenn es der richtige Kopf ist, belohnen wir dich natürlich.«

Tycho ist halb in der Hecke verschwunden. Er gibt keinen Laut von sich, aber die Äste bewegen sich. Zu sehr auf eine Stelle begrenzt, als dass man es auf den Wind zurückführen könnte.

»Wer sonst hat noch etwas beobachtet?« Der Exekutor sieht auffordernd in die Runde.

»Sie streiten«, brummt einer der Scharten.

»Was? Wer streitet?«

»Die Dornen. Sie haben einen neuen Fürsten. Einen jungen. Das passt einigen nicht und es hat Kämpfe gegeben …«

Dass es so schlimm ist, hat Sandor mir nicht erzählt. Ich halte meine Augen weiterhin fest auf Tycho gerichtet, der sich Zentimeter für Zentimeter wieder aus der Hecke herausarbeitet und erstarrt, als ein Scharte sich aus der Gruppe löst und auf die Hecke zuschlendert. Mir wird eiskalt. Ist ihm etwas aufgefallen? Er hat ein Messer am Gürtel und einen Speer, den er in einem Ledergurt auf dem Rücken trägt – aber bisher hat er noch keine seiner Waffen gezogen. Tycho duckt sich am Boden und bedeckt seinen hellen Schopf, indem er die Jacke darüberzieht.

Der Scharte bleibt an der Hecke stehen, nur fünf Meter links von der Stelle, an der Tycho kauert. Er macht sich an seinem Hosenschlitz zu schaffen und mir wird klar, dass er nur pinkeln muss. Das würde ich wirklich zum Lachen finden, wenn ich nicht wüsste, dass er auf dem Rückweg über Tycho stolpern könnte. Nach allem, was wir überstanden haben, wäre es erbärmlich, aus einem solchen Grund zu sterben.

Die beiden Exekutoren haben sich leise unterhalten, jetzt wendet sich der auf dem Stein wieder den Clanleuten zu. »Streit gibt es also, aha. Hat jemand mitbekommen, worum es dabei genau geht? Nur darum, wer Fürst spielen darf? Oder vielleicht um Wichtigeres?«

Fürst spielen hören die Männer nicht gerne. Plötzlich fühlen sie sich nicht mehr ernst genommen. Ich kann spüren, wie sie sich verschließen, und auch der Exekutor bemerkt die wütenden Blicke. Er versucht einzulenken.

»Ihr seid kluge und aufmerksame Krieger, deshalb haben wir euch als Verbündete ausgewählt. Wir werden euch großzügig belohnen, wenn eure Informationen wertvoll sind. Zum Beispiel«, er räuspert sich, »wüsste ich gerne, ob in letzter Zeit jemand bei den Dornen gestorben ist? An einer Krankheit?«

Der Scharte an der Hecke hat erfolgreich seine Blase entleert, er spuckt noch einmal kräftig aus und schlendert zu den anderen zurück. Um seinen Hals baumelt an einem Lederband ein dünnes Metallrohr. Ich frage mich, wie viele Kerben sich darauf befinden, wie viele Feinde der Mann schon getötet hat. Ein bisschen Pech, und Tycho wäre Anlass für eine weitere Kerbe geworden.

Keiner der Anwesenden weiß von aktuellen Todesfällen im Clan Schwarzdorn. Die Exekutoren sind sichtlich unzufrieden, sie packen die versprochene Thermojacke wieder weg. Murren bei den Clankriegern.

»Leere Versprechungen.« Einer der Nachtläufer wendet sich mit einer verächtlichen Handbewegung ab. »Ich ziehe weiter. Für Lieblinge zu arbeiten, ist eine Schande, die gut bezahlt werden sollte. Wird sie aber nicht.« Er dreht sich noch einmal um, im Licht der Fackeln sehe ich, wie er sein lückenhaftes Gebiss zu einem Lächeln bleckt. »Obwohl wir uns unseren Lohn auch holen könnten.« Seine stachelgespickte Keule zischt in großen Bogen durch die Luft, nach rechts, links, wieder rechts. »Geht ganz schnell und tut fast nicht weh.«

Alle Aufmerksamkeit konzentriert sich nun auf ihn. Tycho wittert seine Chance und ist klug genug, sie richtig zu nutzen. Langsam kriecht er von der Hecke weg, rücklings, damit er die Männer zwischen den Fackeln im Auge behalten kann.

»Vorsicht.« Eine tonnenschwere Drohung liegt in diesem einen, leise gesprochenen Wort des Exekutors auf dem Felsen. Seine Hand gleitet beiläufig zum Gürtel.

Ich sollte mich freuen, uns kann nichts Besseres passieren, als dass unsere Feinde sich gegenseitig umbringen, trotzdem würde ich mich am liebsten verstecken. Der Keller liegt nur fünf oder sechs Meter hinter mir, dort wartet ein schützendes Labyrinth, undurchschaubar für jeden, der es nicht kennt.

Aber ich werde erst gehen, wenn Tycho wieder bei uns ist.

Als Sandor den Druck seines Arms um meine Schultern verstärkt, bemerke ich, dass ich zittere. Mit seiner freien Hand deutet er etwas, ich glaube, es ist das Zeichen für Deckung. Schwer zu sagen, so finster, wie es um uns herum ist. Vermutlich macht meine Nervosität ihm Sorgen.

Später, deute ich zurück und versuche, ruhiger zu atmen. *Warten.*

Tycho hat bisher höchstens zwei Meter zurückgelegt, er schiebt sich flach über den Boden, zentimeterweise.

»Gebt heraus, was ihr mitgebracht habt.« Die falsche Sanftheit in der Stimme des Nachtläufers täuscht bestimmt keinen der Männer um ihn herum, am wenigsten die Exekutoren. »Die Jacke. Eure Waffen. Eure Leuchten. Ach ja, und eure Uniformen.« Wieder grinst er. »Ich hab sie lieber sauber, aber wenn es sein muss, nehme ich sie auch mit Blutflecken.« Er hebt die Keule, ein paar der Clanleute lachen.

Der Exekutor auf dem Felsen lächelt nun ebenfalls. Er bewegt sich nicht, sagt nichts. Der tödliche Schuss kommt von seinem Partner, dem zweiten Farblosen.

Der Knall lässt mich zusammenzucken, aber immerhin nicht aufschreien. Allerdings wäre es egal gewesen, denn jeder Schrei würde nun im Brüllen der Clanmänner untergehen.

Der Nachtläufer hat seine Keule fallen gelassen und presst beide Hände gegen seinen Leib, auf Höhe des Magens. Noch während er sich darum müht, auf den Beinen zu bleiben, um dann doch langsam einzuknicken, hebt der Exekutor ein zweites Mal seine Pistole und schießt dem anderen Nachtläufer in den Kopf.

Mit einem Mal ist es ruhig. Die Scharten und Messack weichen zurück, keiner greift nach einer Waffe. Gleichzeitig kommt Bewegung in die roten Sentinel, die bisher das Geschehen regungslos beobachtet haben. Sie stellen sich an die Seite der Exekutoren, aufmerksam, als würden sie auf Befehle warten.

Die Messack verschwinden zuerst. Sie wechseln kurze Blicke, dann tauchen sie ins Dunkel ab. Große, schwere Männer, die erstaunlich leise laufen.

Die Scharten zögern noch. Ich vermute, es liegt daran, dass sie schon länger mit den Sphären zusammenarbeiten. Sie haben nicht nur schlechte Erfahrungen gemacht.

»Haltet ihr weiterhin für uns die Augen offen?«, fragt der Exekutor von seinem Felsen aus. Es ist eine höfliche Frage, beinahe geschäftsmäßig.

Sie zögern. Einige weichen unter die ersten Bäume am Waldrand zurück. Eine Pause tritt ein, in der auch Tycho, der sich während des Tumults schneller auf uns zubewegt hat, reglos verharrt.

»Ja«, sagt schließlich einer der Scharten. »Wie bisher.«

»Gut. Wir würden uns wirklich sehr freuen, wenn ihr bald etwas Interessantes zu berichten hättet.« Der Farblose steigt von seinem Stein und zieht sich die Uniformjacke straff. »Neuankömmlinge. Todesfälle. Auffälliges Verhalten. Wenn ihr wieder einen für uns fangen könntet, wäre uns das auch sehr willkommen.«

Tycho ist nun fast bei uns angelangt. Ich kann ihn atmen hören und sehe die blutigen Schrammen auf seinen Händen. Eine zieht sich quer über seine Stirn.

Nun verteilen die roten Sentinel doch noch Waren an die Scharten – nichts Großartiges, aber ausreichend für ein Zeichen ihres guten Willens. Niemand achtet auf die beiden toten Körper, die Männer steigen darüber, als wären es bloß gefällte Baumstämme.

Ich bekomme Tycho an einem Bein zu packen. Wir ziehen ihn zu uns in den Schatten der Ruinenmauer. Plötzlich bin ich unfassbar wütend auf ihn, würde ihn am liebsten schütteln und fragen, was er sich dabei gedacht hat, sich und uns in solch eine Gefahr zu bringen, aber das muss warten.

Sandor huscht zum Kellereingang, wirft einen prüfenden Blick nach unten, dann winkt er uns zu sich.

Tycho steigt als Erster hinunter, danach ich. Sandor geht zuletzt und verschließt hinter sich die Öffnung mit der schweren Klappe. Erst jetzt schalte ich meine Stablampe ein.

»Ich musste es einfach tun«, sagt Tycho, bevor ich ihn mit Vorwürfen überschütten kann. »Ich habe es nicht mehr ausgehalten. Das Virus war alles, woran ich noch denken konnte. Keine Chance, mich auf etwas anderes zu konzentrieren, und das ist ziemlich übel in unserer Situation, findest du nicht?« Er wartet, hofft offensichtlich, ich würde nicken, aber den Gefallen tue ich ihm nicht.

»Jetzt ist es wenigstens erledigt«, brummt er und betrachtet die tiefen Kratzer auf seinem Handrücken. Sein Ärmel ist blutverschmiert. »Es hat doch geklappt, oder? Ich war an der richtigen Stelle?«

Diesmal nicke ich.

Sandor geht zu ihm und inspiziert die Verletzungen. »Je stärker sie anschwellen, desto besser ist es. Es hat in letzter Zeit einige Male geregnet, aber angeblich hält sich das Serum gut auf den Dornen. Mach dir keine Sorgen.« Er lächelt und mir fällt auf, wie müde er aussieht. Zu viele Fronten, an denen er kämpfen muss.

»Ich begleite euch noch zum Gewölbe.«

Ich würde ihn gern fragen, wie es um seine Position im Clan steht. Ob der Streit, von dem der Scharte gesprochen hat, eine echte Gefahr darstellt oder ob es nur Yann ist, der Probleme macht. Aber ich habe so eine Ahnung, dass Sandor darüber nicht sprechen will.

»Wer hält im Moment oben die Stellung?«, frage ich stattdessen.

»Andris. Er hat alles im Griff.«

Darauf wette ich. Andris, mein Wolfsgott, mein Schützling und Beschützer zugleich. Die Flucht aus Sphäre Vienna 2 hat uns zusammengeschweißt, ich würde ihn schrecklich gerne wiedersehen.

Vor dem Eingang zu unserem Unterschlupf bleibt Sandor stehen. Wäre Tycho nicht hier, würde ich ihn jetzt in die Arme nehmen, ihn küssen und ihn vielleicht überreden, bis morgen früh bei mir zu bleiben. Die ersten drei Nächte nach meiner Rückkehr aus Vienna 2 waren wir zusammen, nur wir beide, versteckt in einer anderen unterirdischen Kammer. Die Sehnsucht nach diesen Stunden ist manchmal so heftig, dass sie mir fast den Atem nimmt.

Aber Tycho ist hier und es ist undenkbar, dass er von mir und Sandor erfährt, bevor ich nicht mit Aureljo gesprochen habe. Also hebe ich nur halbherzig die Hand zum Abschied und Sandor streicht in einer zufällig wirkenden Geste über meinen Arm. Dann geht er.

2

Das Gewölbe, in dem wir anfangs zu fünft waren, ist für zwei Menschen viel zu groß. Wie einsam es in den Wochen gewesen sein muss, die Tycho allein hier verbracht hat, will ich mir überhaupt nicht vorstellen.

Er hat mir nichts von dieser Zeit erzählt. Unser Wiedersehen war frostig, zumindest von seiner Seite. Ich wollte ihn umarmen, doch er stieß mich so fest von sich weg, dass ich fast hingefallen wäre. Mittlerweile geht es, wir sprechen und lachen miteinander, aber es ist nicht ganz wie früher. Ich befürchte, Tycho wird es mir ewig übel nehmen, dass ich mich in letzter Minute doch noch Aureljo und Dantorian auf ihrem Weg nach Vienna 2 angeschlossen habe.

Unwillkürlich heftet mein Blick sich auf die Stelle, wo Tomma ihr Lager hatte, neben dem kleinen Vorsprung in der Wand. Seit meiner Rückkehr war ich nicht in den Katakomben, obwohl ich es mir jeden Tag vorgenommen habe. Es wäre jetzt anders als früher, als ich noch dachte, Tommas Tod sei Schicksal gewesen. Viel zu früh, ja; ungerecht, natürlich – aber eben unabwendbar und niemandes Schuld. Was für ein Hohn.

Vor dem Einschlafen nehme ich mir vor, morgen zu ihr zu gehen und diesmal keine Ausreden gelten zu lassen. Es ist ja nicht so, dass ich zu beschäftigt wäre, im Gegenteil: Ich habe keine Ahnung, was ich tun soll. Wie ich die Aufgaben bewältigen soll, die sich vor mir auftürmen. Das Serum finden. Aureljo und Dantorian retten. Und danach … die Infizierten suchen, die noch am Leben sind – wer weiß, wo überall, wahrscheinlich verstreut über den ganzen Kontinent.

Ich rolle mich in meine Decke und schließe mutlos die Augen. Kein Mensch kann diese Aufgabe bewältigen. Doch zumindest Aureljo und Dantorian werden nicht so enden wie Tomma. Ich werde das Serum bekommen, und wenn ich es Quirin aus den Händen schneiden muss.

Der Lichtkegel meiner Stablampe streicht über weiße Knochen, flache Schädeldecken, leere Augenhöhlen. Einen Moment lang kommt es mir so vor, als würden die Toten mich willkommen heißen, als eine von ihnen. Doch der Eindruck verschwindet, bevor ich mich unbehaglich fühlen kann; dies ist ein Ort des Friedens. Die Kämpfe, die diese Menschen ausgetragen haben, sind vorbei.

So wie Tommas Kampf. Ich berühre den kalten steinernen Deckel ihres Sarges. Die letzten Minuten ihres Lebens drängen sich zurück in mein Gedächtnis: Tommas verzweifeltes Ringen nach Luft, ihre hervorquellenden Augen, die blauen Lippen.

Im Schatten dieser Erinnerungen bin ich heilfroh, dass Tycho sich gestern zur Hecke geschlichen hat, auch wenn es eine Wahnsinnstat war. Heute früh war seine Stirn heiß und drei der Kratzer waren rot und angeschwollen. Dhalion sollte ihm nichts mehr anhaben können.

Dantorian dagegen und Aureljo … sie ahnen noch gar nichts von dem Virus, das sie in sich tragen. Meine Schuld. Ich habe Vienna 2 verlassen, ohne ihnen zu erzählen, was ich zu wissen glaubte. Erst wollte ich sicher sein, dass meine Vermutungen richtig waren. Und nun …

»Was soll ich bloß tun?«, flüstere ich. »Wenn ich Aureljo und Dantorian nicht rette, werden sie genauso sterben wie du. Dabei hätten wir dich nur zur Hecke bringen müssen, als es dir noch besser ging. Du könntest noch hier sein, wenn Quirin nicht …«

Ich unterbreche mich. Mein Bedürfnis, Tomma zu erklären, warum sie sterben musste, ist kindisch. Sie hört mich nicht. Sie wird nie von Quirins Plan erfahren, die Sphären mittels eines Virus anzugreifen, das ursprünglich vom Bund selbst zur Ausrottung der Clans entwickelt wurde. So wie die Dinge stehen, hat dieser Plan gute Chancen auf Verwirklichung; die Krankheit kann jederzeit bei Aureljo oder Dantorian ausbrechen. Niemand in den Sphären weiß, dass sie Virenträger sind, denn natürlich haben wir uns unter falschem Namen eingeschlichen – das war nötig. Ria, Aureljo und Dantorian standen ja auf einer Todesliste, auch wenn damals noch keiner von uns wusste, warum.

»Ich wünschte, ich hätte wenigstens eine Idee.« Meine Worte hallen leise durch den dunklen Raum. Ich setze mich mit dem Rücken zum Sarg und schalte die Stablampe aus, nun ist die Finsternis vollkommen. Sie fühlt sich tröstlich an. »Selbst wenn ich das Serum hätte, müsste ich es nach Vienna 2 bringen, aber dort erkennt man mich sofort. Die Pflegehelferin, die den Prim befreit hat.«

Viel besser wäre es, meine beiden Freunde ins Freie zu locken und ihnen alles zu erklären. Sie zu immunisieren und dann …

Dann leben nach wie vor Dutzende entführte Clankinder in den Sphären, ohne zu wissen, dass sie den Tod in sich tragen. Wenn sie überhaupt noch leben – die Exekutoren sind schon seit Wochen auf der Suche nach ihnen. Keine Frage, was mit denen passiert, die man findet.

Die Betreffenden müssen getötet werden. Die Worte des Exekutors werden mir, fürchte ich, ewig im Kopf klingen. Wie viele Betreffende bereits ihr Leben lassen mussten, will ich gar nicht wissen.

»Es läuft alles schief, Tomma.« Meine Stimme ist ein gespenstisches Flüstern in der Dunkelheit. »Wenn du doch noch hier wärst – ich würde so gern mit dir sprechen. Deine Meinung hören. Deine Ideen waren immer anders als meine und, ehrlich gesagt, oft waren sie besser.«

Ich verstumme. Lausche auf das Schweigen um mich herum. Plötzlich habe ich den Eindruck, als hätte die Stille eine Botschaft: Wir hier sind alle tot. Wir wissen viel mehr als du. Aber warte nur.

Dumm von mir, die Katakomben allein aufzusuchen. Früher hat meine Fantasie sich leicht zügeln lassen, jetzt spielt sie mir Streiche. Ich lache laut auf, um meiner Einbildung ein echtes Geräusch entgegenzusetzen, und es funktioniert. Die Toten verstummen.

Kurz lege ich zum Abschied meine Stirn gegen den kalten Steinsarg, da lässt mich etwas herumfahren. Diesmal ist es keine Einbildung, es sind echte Schritte, die ich höre. Ein Schaben, wie von einem Körper, der an einer Wand entlangstreift.

Hektisch schalte ich meine Stablampe an, folge dem zitternden Lichtstrahl mit den Augen, über dunkle Wand, bleiche Knochen, bis zu einer weißen Gestalt.

Quirin steht im Eingang und sieht mich an. Er wirkt erschöpft.

»Ach, du bist hier«, sagt er, als hätte er nichts anderes erwartet.

Ich stehe auf, ein wenig schwankend. Seit Tagen frage ich mich, wie ich Quirin dazu bringen könnte, noch einmal mit mir zu sprechen. Jetzt steht er vor mir und ich bin nicht so gut vorbereitet, wie ich es gern wäre. Es geht um alles, ich werde meine ganze Überzeugungskraft brauchen.

»Ich wollte Tomma besuchen.« Langsam richte ich mich auf, versuche, Zeit zu gewinnen. Ich muss meine Argumente sortieren.

Quirin tritt einige Schritte näher. »Ich bin fast jeden Tag an ihrem Grab. Und an den Gräbern meiner Freunde, der Menschen, die ich geliebt habe. Es ist tröstlich, findest du nicht?«

Das Gespräch läuft in die falsche Richtung.

»Für mich ist es eher tragisch«, sage ich leise. »Wenn ich daran denke, dass Tomma mit ihrem Leben noch so viel hätte anfangen können. Felder für den Clan anlegen, zum Beispiel.«

Sein Blick gleitet zur Seite, zu den aufgestapelten Knochen. »Den Clan wird es vielleicht nicht mehr lange geben. Sie werden versuchen, uns zu vernichten – in zwei Wochen, zwei Monaten oder zwei Jahren, das spielt keine Rolle. Dann würde es sich nicht mehr lohnen, Felder anzulegen oder Kinder aufzuziehen.«

Jetzt steht Quirin direkt vor mir, ich kann seine rot geäderten Augen sehen. Entweder er schläft wenig oder er weint viel.

»Es gibt noch genau eine Saat, die aufgehen kann. Ich habe sie gesät und ein Teil von mir erträgt das kaum. Aber für die Menschen, die mir anvertraut worden sind, wünsche ich mir, dass sie aufgeht.«

Er hat mir meine Bitte abgeschlagen, bevor ich sie vorbringen konnte.

»Du tötest damit so viel Talent«, versuche ich es dennoch. »Dantorian ist wahrscheinlich der größte Künstler meiner Generation.

Aureljo ist jemand, der Frieden stiften will und es auch kann. Gib mir das Serum, wir werden einen anderen Weg finden.«

Eine Zeit lang sieht Quirin mich an, dann schüttelt er den Kopf, langsam, aber entschlossen. »Daran glaube ich nicht mehr. Ich habe gehört, der Sphärenbund transportiert bewaffnete Einheiten in die Nähe unseres Territoriums. Jemand hat Raketenwerfer gesehen. Unsere einzige Chance besteht darin, dass die Krankheit bald ausbricht und so viele Bewohner trifft, dass die Regierung sich auf die Epidemie konzentrieren muss.«

Raketenwerfer. Das wusste ich nicht. Aber stimmt es auch? So wie Quirin es erzählt, scheint es reines Hörensagen.

»Wir könnten ihnen einen Handel anbieten. Das Serum gegen dauerhaften Frieden, gegen einen Vertrag, der den Clans ihre Territorien sichert, auf unbegrenzte Zeit.«

Es klingt naiv, sogar in meinen Ohren. Quirin ist höflich genug, nicht zu lachen.

»Du weißt, dass der Bund sich nicht daran halten würde. Sie müssten nur einen Clanangriff vortäuschen und könnten zurückschlagen, ohne das Gesicht zu verlieren. Es ist so einfach, uns zu betrügen, Ria. Wir sind so hilflos. Und du verlangst, dass ich unsere einzige Chance auf Überleben opfere.« Wieder schüttelt er den Kopf. »Das kann ich nicht.«

Eine neue Idee muss her, ein anderer Weg. Wenn ich Quirin verspreche, dass ich einen Sentinel infiziere, würde er mir dann das Serum für meine Freunde geben?

Ich versuche, es mir bildlich vorzustellen. Ria, die den Tod bringt. Bei einem erwachsenen Mann würde Dhalion innerhalb kürzester Zeit ausbrechen, jedes Tröpfchen, das der Sentinel aushustet, wäre infektiös.

In Gedanken wiederhole ich, was Quirin eben ausgesprochen hat: *Das kann ich nicht.* Es würden Menschen wie Albina und Osler sterben, Menschen wie Grauko. Nicht einmal für den Tod von Exekutoren wollte ich verantwortlich sein, es fühlt sich falsch an.

»Ich glaube nicht, dass sich Frieden durch Mord erkaufen lässt«, sage ich nach einer langen Pause. »Schon gar nicht durch Massenmord.«

»Vollkommen richtig.« Quirin tritt noch einen Schritt näher und legt eine Hand auf Tommas Sarg. »Ich werde nie wieder Frieden haben. Aber die anderen, die von nichts wissen und an nichts schuld sind, die könnten ihn eines Tages finden.«

Er wird sich nicht umstimmen lassen, ich verschwende meine Energie. Trotzdem kann ich noch nicht aufgeben. »Du hast Sandor mit hineingezogen. Bist du sicher, dass sein Gewissen so belastbar ist wie deins?«

»Sandor hat einen Eid geschworen. Er weiß am besten, wozu die Lieblinge fähig sind.«

Ich lächle unfroh. »Nicht nur die Lieblinge, wie sich gerade zeigt.«

Quirin scheint meine Bemerkung nicht gehört zu haben. »Sandor, hm? Er bedeutet dir viel.«

Natürlich weiß Quirin das spätestens seit der Nacht, als Vilem gestorben ist. Niemand, der uns damals zusammen gesehen hat, hätte daran zweifeln können, dass wir ein Paar sind. Es war die gleiche Nacht, in der Sandor in die Geheimnisse seines Amtes eingeweiht worden war, nur wenige Minuten, nachdem der Fürst aufgehört hatte zu atmen. Eines dieser Geheimnisse betraf den Hintergrund des Dornenrituals und all das hätte uns fast auseinandergebracht.

Ich lasse Quirins Behauptung unkommentiert und kann sehen, wie der Gedanke in seinem Kopf arbeitet.

»Da haben wir einen der Gründe, warum du Aureljo unbedingt retten musst, nicht wahr?« Er blickt zur Seite, auf den Knochenstapel. »Weil tief in deinem Inneren eine Stimme sitzt und flüstert, dass sein Tod manches für dich einfacher machen würde. Für diesen Gedanken verachtest du dich und deshalb wirst du dich noch mehr ins Zeug legen, als du es ohnehin tätest.«

»Unsinn. Wer sagt dir, dass ich nicht längst alles mit Aureljo besprochen habe?«

»Das ist nur so eine Ahnung.« Er hebt entschuldigend die Hände. »Ich denke, du warst vorsichtig genug, ihn nicht vor eurem Aufbruch mit solchen Neuigkeiten zu belasten, und in Vienna 2 hattet ihr wohl größere Probleme als dein Gefühlsleben.«

Leider stimmt das. Doch alles andere ist eine Unterstellung. Ich würde Aureljo auch retten wollen, wenn die Dinge zwischen uns geklärt wären.

»Du wirst mir das Serum also nicht geben.«

»Nein.«

Ich schließe meine Hände zu lockeren Fäusten. Öffne sie wieder. »Ich habe mir lange überlegt, warum die Exekutoren so sehr hinter Jordans Chronik her sind. Die Teile, die ich gefunden habe, sind harmlos, aber ich könnte mir vorstellen, dass es auch brisantere Kapitel gibt.«

Quirin lächelt. Nickt.

»Diese Kapitel hast du, nicht wahr? Die wissenschaftlichen Aufzeichnungen? Dhalions Gencode und die Zusammensetzung des heilenden Impfstoffs?«

»Richtig geraten.« Eine Erinnerung bewegt Quirins Gesicht, er presst die Lippen aufeinander, schluckt. »Soll ich dir erzählen, wie ich darangekommen bin?«

Nein, denke ich, du sollst mir die Seiten geben.

»Jordan hat mir die wichtigsten Kapitel als Bündel unter die Jacke geschoben, da war ich acht. Was sie bedeuteten, wusste ich, er hatte mich die letzten beiden Jahre unterrichtet, mich mit Dhalion vertraut gemacht, mir alles erklärt. ›Bewahre sie auf‹, sagte er. ›Und jetzt renn, versteck dich.‹« Quirin atmet angestrengt ein. »Zwei Tage lang habe ich hier im Finsteren zwischen Knochen gelegen und hatte die ganze Zeit das Bild meines blutenden Großvaters vor Augen. Als ich mich wieder hinauswagte, war er tot.«

»Er ist im Tiefspeicher gestorben, nicht?« Die bräunlich gefleckten, verklebten Bücherhaufen stehen mir wieder vor Augen.

»Ja. Mein Vater meinte, er habe seine Verfolger auf eine falsche Spur locken wollen. Er verschanzte sich zwischen den Regalen und riss Seiten aus dem Rest der Chronik, versteckte sie in anderen Büchern. Die Sentinel taten ihr Bestes, die Seiten zu finden, nachdem sie Jordan getötet hatten.« Quirin hält kurz inne. »Aber sie boten ein zu gutes Ziel für unsere Bogenschützen.«

Ich ahne, worauf er hinauswill.

»Mein Großvater hat mir sein Lebenswerk anvertraut. Er hat es nicht zerstört, was er ganz leicht hätte tun können, sondern er wollte, dass es bestehen bleibt. Seine Nachkommen sollten es nutzen und jetzt ist der Zeitpunkt gekommen.«

Ich stoße mich von Tommas Sarg ab, ich will hier weg. »Es wird eine andere Möglichkeit geben, meine Freunde zu retten. Ohne deine Hilfe.«

Er seufzt. »Wenn du wüsstest, was ich weiß – oder was Jordan wusste –, du würdest es dir vielleicht anders überlegen.«

»Dass die Lieblinge egoistische Lügner sind, die über Leichen gehen? Das habe ich begriffen, danke.« Ich hoffe, Quirin kann mein Gesicht sehen, in das ich meine ganze Verachtung gelegt habe. »Aber die Sorte Mensch findet sich auf beiden Seiten der Kuppeln, innen wie außen.«

Seine traurigen Augen können und dürfen mich nicht weichmachen. Er hat gerade beschlossen, meine Freunde sterben zu lassen, einen Tod, für den er selbst vor zwanzig Jahren den Grundstein gelegt hat, mit einem winzigen Stich. Er hätte die Chance, das rückgängig zu machen. Aber das tut er nicht.

»Ich hätte so viel erbarmungsloser sein können«, murmelt er. »Ich hätte von Sphäre zu Sphäre reisen und überall die Wasserversorgung mit Dhalion kontaminieren können. Es ist einfach, weißt du? Ein paar Tropfen reichen; im Wasser vermehrt das Virus sich unfassbar schnell; innerhalb von ein paar Tagen ist jeder Schluck tödlich. Noch besser, sagte Jordan, wirkt infiziertes Blut, weil Dhalion dann bereits mutiert und noch aggressiver ist als in seiner ursprünglichen Form. Wenn man sich auf diese Weise ansteckt, hilft auch kein Serum mehr.« Quirin sieht mich aus verengten Augen an. »Wenn du wüsstest, wie groß die Versuchung für mich an manchen Tagen war. Wie gern ich den Sphären ein für alle Mal ein Ende bereitet hätte.«

Ich lege meine gesamte Abscheu in den Blick, den ich ihm zuwerfe. »Es ist die feigste Art zu töten, die ich mir vorstellen kann. Du hättest alte Menschen umgebracht, Kinder, schwangere Frauen. Und du hättest nicht dabei sein und ihnen beim Sterben zusehen müssen.«

Er lacht. Es ist mir unbegreiflich, wie er das tun kann, aber er lacht. »Ria. Wenn du die ganze Wahrheit kennen würdest … Hast du irgendwann in den Sphären etwas von den Großen Sieben gehört? Oder gelesen? Hat einer deiner Mentoren sie je erwähnt?«

Ich muss mein Gedächtnis nicht lange durchforsten, etwas so Plakatives wie die Großen Sieben hätte ich mir sicherlich gemerkt. »Nein. Was soll das sein? Irgendein Geheimbund oder noch ein paar Wissenschaftler, die effektive Methoden entwickelt haben, um Leute ins Jenseits zu befördern?« Quirin schüttelt den Kopf. »Du würdest es mir wahrscheinlich nicht glauben, aber –« Er unterbricht sich.

»Na los, raus damit. Erzähl es mir, dann kann ich immer noch entscheiden, ob ich dir glauben will.«

Die Art, wie er zur Seite blickt, sein Zögern, all das sagt mir, dass diese Großen Sieben kein Ablenkungsmanöver sind. Kein Versuch, meine Wut durch Neugier zu ersetzen. Nein, da geht es um etwas, das ihn stark bewegt. Oder um jemanden.

»Hatte ich recht? Ist es ein Geheimbund?«

Er betrachtet mich nachdenklich. »Du würdest es mir nicht glauben«, wiederholt er.

»Du bist mir viel mehr schuldig als nur eine Antwort.« Ich gehe langsam auf ihn zu, bis ich knapp vor ihm stehe. »Behalte meinetwegen dein Geheimnis für dich, aber gib mir das Serum.«

Er schüttelt den Kopf. »Das kann ich nicht.«

Etwas in mir tobt, schlägt gegen innere Wände. »Hast du schon einmal jemanden verloren, der dir nahegestanden hat? Hm? Außer deinen Großvater? Hat man dir schon Menschen gewaltsam genommen und du hast dich immer wieder gefragt, ob du es nicht hättest verhindern können?«

Etwas trübt Quirins Blick. Trauer, die ihn auf einen Schlag uralt aussehen lässt.

»Ja«, antwortet er. »Zumindest diese eine Frage kann ich dir beantworten. Ich hatte einen Bruder, der geraubt wurde. So wie du, wie Aureljo, wie Tycho, wie Tomma. Nur viel früher.«

Ich hake sofort nach. »Dann müsstest du doch verstehen, wie wichtig es für mich ist, meine Freunde zu retten. Sie sind das, was für mich einer Familie am nächsten kommt.«

Ich sehe das Bedauern in seinem Blick, ebenso wie ein Nein, das endgültig ist.

Ich weiß, wann weitere Bemühungen sinnlos sind. Mit schnellen Schritten bin ich an der Tür, ich werde nicht weiter meine Zeit verschwenden, sondern einen anderen Weg finden.

Mit gedämpfter Stimme ruft Quirin mir etwas nach, als ich schon draußen bin. Zwei Worte. Wenn ich mich nicht täusche, lauten sie: Viel Glück.

Mein Kopf liegt an Sandors nackter Schulter, meine Hände streichen über seine Brust, folgen den Narben, die sich darüberziehen. Zwei kurze, eine lange. Am linken Unterarm ein enger Bogen kleiner Vertiefungen.

»Wolfsbiss«, vermute ich und er nickt.

»Das hier«, er führt meine Hand an die bogenförmige Narbe, die sich vom Brustbein nach rechts zieht, »war die Klinge eines Schlitzers. Und das«, meine Finger streichen über einen zackigen Wulst, der quer über Sandors Rippen verläuft, »einer der Scharten mit einer riesigen Glasscherbe. Der Schnitt hat sich entzündet und ist lange nicht verheilt. Ich war fünfzehn und schrecklich wütend, weil ich monatelang nicht mit auf die Jagd durfte.«

Ich presse mich enger an seinen Körper, umschlinge seine Beine mit meinen. Wie viel Zeit verstrichen ist, seit wir uns in den kleinen Lagerraum nahe unserem Versteck geschlichen haben, kann ich nicht abschätzen. Zu viel wahrscheinlich. Ich hoffe, Tycho ist nicht vorzeitig aufgewacht und macht sich Sorgen.

Nur noch fünf Minuten, sage ich mir. Mit geschlossenen Augen ertaste ich unterhalb von Sandors Schlüsselbein die nächste Narbe, dünn und glatt.

»Ein Pfeil, der knapp die Lunge verfehlt hat.« Sandor greift nach meiner Hand, küsst die Fingerspitzen, die Innenfläche. »Das hat jedenfalls Quirin damals behauptet.«

Den Namen will ich jetzt nicht hören. Er zieht sich wie ein Riss durch die Hülle, in die wir uns für ein paar kostbare gemeinsame Stunden eingekapselt haben.

»Ich habe auch eine Narbe«, erkläre ich mit übertriebenem Stolz in der Stimme. »Hier.« Ich suche mit seiner Hand nach der Stelle an meinem Schulterblatt, von der meine Ziehmutter Baja immer behauptet hat, sie sehe aus wie ein Halbmond.

»Ja, die habe ich vorhin schon gespürt.« Sandor zeichnet mit einem Finger die Ränder nach. »Was ist passiert?«

»Tee. Eins der größeren Kinder hat eine Tasse voll kochend heißem Tee vom Tisch gefegt, während ich am Boden gekrabbelt bin. Zum Glück hat mich nicht der ganze Inhalt erwischt und zum Glück nicht im Gesicht.«

»Ja, das wäre schade gewesen«, flüstert er. Seine Lippen streichen über mein Ohr, meinen Hals. Ich brauche meine gesamte Willenskraft, um ihn ein Stück von mir zu schieben.

»Es muss bald hell werden. Ich möchte nicht, dass Tycho aufwacht und ich bin nicht da.«

Während ich unter der Decke hervorkrieche und meine Kleidungsstücke zusammensammle, stützt Sandor sich auf seinen Ellenbogen und beobachtet mich im Licht der beiden Stablampen, die wir rechts und links unserer Lagerstatt postiert haben.

Es ist völlig albern, dass ich rot werde, wenn man bedenkt, wie nahe wir uns gerade waren. Trotzdem.

»Weißt du, wer die Großen Sieben sind?«, frage ich, um Sandors Aufmerksamkeit auf etwas anderes zu lenken als meine nackte Kehrseite. »Oder was? Quirin hat sie erwähnt. Irgendeine Idee?«

»Nein. Mich interessieren im Moment nur zwei. Wir zwei.« Er steht auf, umfasst mich von hinten, hält mich fast ein wenig zu fest. »Du musst dich nicht mehr lange hier unten verstecken. Ich werde uns einen sicheren Platz zum Leben schaffen. Ich meine, wozu bin ich Fürst?«

Tycho hat nichts gemerkt. Nachdem ich mich zurückgeschlichen habe und unter meine kalte Decke gekrochen bin, dauert es noch eine gute Stunde, bis er sich regt. Wir teilen uns Wasser und Dörrfleisch zum Frühstück und wenden uns dann unserem Hauptproblem zu: dem Serum.

Gemeinsam mit Tycho Pläne zu schmieden, ist eine Wohltat. Er ist klug, kritisch und begeisterungsfähig zugleich; jede meiner Ideen ergänzt er mit eigenen, wertvollen Gedanken.

Schnell haben wir unsere Möglichkeiten auf zwei eingegrenzt: Wir könnten uns auf die Suche nach dem Impfstoff machen – irgendwo in seinen Räumen muss Quirin eine Art Labor versteckt haben, bestehend aus den wissenschaftlichen Geräten, die Jordan aus den Sphären mitgenommen hat. Oder wir könnten uns die Hecke vornehmen, so viele Dornen wie möglich abschneiden und hoffen, dass sich auf ihnen noch ausreichend Wirkstoff befindet, um Aureljo und Dantorian zu immunisieren.

Das wäre ein erster Teilerfolg. Wie wir die anderen retten sollen, von denen wir nicht einmal die Namen wissen, ist mir schleierhaft. Außer …

»Wenn wir Dornen von der Hecke nehmen, haben wir auch Proben des Serums«, überlege ich laut. »Die Wissenschaftler in den Sphären könnten es analysieren und kopieren und das Problem wäre gelöst.«

In Tychos Augen lese ich den gleichen Zweifel, den ich selbst empfinde. Die Macht über das Serum in die Hände des Sphärenbundes legen … damit wäre die Gefahr einer Epidemie aus der Welt, nicht aber das, was der Bund den Clans antut. Die Sphären wären einmal mehr die Gewinner, die Außenbewohner hätten nicht den geringsten Vorteil. Falls es stimmt, was Quirin von neuen, schwer bewaffneten Truppenaufgeboten erzählt, stärken wir die, die ohnehin schon stark sind, obwohl wir eigentlich nur Unschuldige retten wollen.

Der Gedanke kreist in meinem Kopf, bei Tag und Nacht. Unlösbar. Man hat mich gelehrt, Verantwortung zu tragen, aber nicht so unglaublich viel davon.

Tycho lässt sich auf mein ständiges Grübeln nicht ein. Er durchstreift die Katakomben, auf der Suche nach versteckten Winkeln, die ihm bisher entgangen sind. »Irgendwo muss er sein Zeug aufbewahren«, erklärt er mir mehrmals. »Weißt du noch, wir sind ihm früher schon einmal hier unten begegnet und er hat uns vor einer bestimmten Ecke gewarnt, von wegen Einsturzgefahr und so. Ich werde mir das näher ansehen.«

Mir wird übel bei dem Gedanken, dass Tycho unter Tonnen von Schutt begraben werden könnte, wenn er nicht vorsichtig ist, aber ich lasse ihn gewähren. Das Ergebnis ist gleich null.

»Nur zwei leere Kammern«, berichtet er am Abend. »Ziemlich sauber allerdings. Die werden genutzt. Oder wurden es jedenfalls, bis vor Kurzem.«

Für mich wird die Situation mit jedem Tag unerträglicher. Ich fühle mich nutzlos, nutzlos, nutzlos. Und allein. Vor meiner Reise nach Vienna 2 konnte ich immerhin die Bibliothek nach Jordans Chronik durchsuchen. Jetzt weiß ich, dass ich die wichtigen Teile dort nicht finden werde. Die Stadt unter der Stadt hat aufgehört, ein Zufluchtsort zu sein, sie ist ein Kerker, in dem die Zeit stillsteht, während sie an der Oberfläche weiterfließt und ungenutzt verloren geht. Vielleicht ist Aureljo schon krank. Oder aufgeflogen. Vielleicht haben die Scharten die Dornenhecke in Brand gesteckt, um sich nachts daran zu wärmen.

»Nein«, beruhigt mich Sandor bei einem seiner viel zu seltenen Besuche. »Die Hecke ist noch da, die Feindclans leider auch. Nicht mehr an derselben Stelle, aber knapp fünfzig Meter weiter.«

Er sitzt an die Wand gelehnt, seine Worte sind langsam und leise, immer wieder schließen sich seine Augen, bevor er sie mit sichtlicher Anstrengung wieder öffnet.

Ich wage es nicht, ihn zu fragen, weshalb er so erschöpft ist. Auf meinen forschenden Blick hin schüttelt er nur den Kopf. Er hat uns Wasser und Räucherfleisch mitgebracht, sieben der fasrigen, trockenen Moosfladen, dazu ein winziges Stück Ziegenkäse.

»Ich versuche, morgen wieder herzukommen. Spätestens übermorgen.«

Mein Bedürfnis, gegen die Wände zu treten, ist fast unbezwingbar. Egal ob Sandor mich liebt oder nicht, für ihn sind wir eine zusätzliche Last, ein weiteres Problem, das er lösen muss. Tycho und ich, wir sind immunisiert, aber lebendig begraben, hilflos.

Zum ersten Mal seit unserer Flucht aus der Magnetbahn frage ich mich, ob es nicht besser gewesen wäre, die Sentinel mit ihren Klingen und Stachelkeulen hätten Erfolg gehabt.

»Bleibt im Gewölbe.« Trotz seiner Müdigkeit scheint Sandor meinen inneren Aufruhr zu spüren. Er legt seine Hand auf meine, drückt sie. »Es wird nicht mehr lange dauern. Ich finde einen besseren Platz für euch.«

Ich versuche, mich zu erinnern, wie man den Eindruck von Zuversicht vermittelt. Offenes Lächeln, hoch erhobener Kopf, eine Mischung aus Leichtigkeit und Ernsthaftigkeit in den Augen.

Was ich zustande bringe, ist höchstens ein kläglicher Abklatsch meiner früheren Fähigkeiten, doch es genügt, um Sandor erleichtert durchatmen zu lassen. Er hält mich mit seinem Blick fest und ich wünschte, wir hätten einen Moment für uns, damit ich meine Arme um seinen Nacken legen und mich an ihn drücken könnte. Mir ein paar Sekunden stehlen, die mir vorgaukeln, dass die Dinge gar nicht so schlimm sind.

Doch seit meiner überraschenden Reise zurück in die Sphärenwelt hält Tycho mich ohnehin für unzuverlässig und ich kann mir gut vorstellen, dass er aus so viel plötzlicher Nähe zwischen mir und dem Clanfürst die richtigen Schlüsse ziehen würde. Ich brauche aber Tychos Vertrauen, für alles, was wahrscheinlich noch vor uns liegt.

Sandor bricht kurz danach auf und ich lege mein Gesicht gegen die Stelle, wo sein Rücken die Wand berührt hat. Doch die Steine sind so kalt, als wäre er nie hier gewesen.

3

Sie kommen zwei Tage später und überraschen uns im Schlaf.

Ein Knall lässt mich hochfahren, mein Herz hämmert panisch gegen die Rippen, alles stockdunkel, wo ist meine Lampe?

»Ria?« Tychos belegte Stimme. »Was ist –«

Hektisch wickle ich mich aus meiner Decke, ertaste die Lampe, Schritte nähern sich, jetzt tanzen auch Lichtkegel über die Wand und über meinen Körper.

»Da sind sie!«

»Ich wusste es.«

»He! Wir haben sie!«

Bis sie das Gewölbe stürmen, habe ich es geschafft, mich aufzurichten.

Sechs Dornen, angeführt von Yann, der sich breitbeinig in die Mitte des Raumes stellt. »Glück bei der Jagd, und das schon so früh am Tag.«

Der Lichtstrahl gleitet an mir hoch, bis er genau mein Gesicht trifft. Ich setze eine gelassene, leicht erstaunte Miene auf, muss meinen Kopf aber nach kurzer Zeit wegdrehen. »Du blendest mich.«

Yann tritt einen Schritt näher. »Oooh. Das ist ja verdammt rücksichtslos von mir.«

Seine Begleiter lachen. Noch schenken sie Tycho keine Beachtung, der links von mir kauert, ganz nah an der Wand. Doch gesehen haben sie ihn, keine Frage.

»Ich dachte, ihr seid längst aus unserem Territorium verschwunden.« Der schneidende Unterton in Yanns Stimme macht mir Sorgen. Ein Vorbote von offener Aggression.

»Das waren wir auch«, entgegne ich. »Aber es gab Schwierigkeiten, deshalb sind wir zurückgekommen. Nur für ein paar Tage, wir wollten so bald als möglich wieder aufbrechen.«

Yann schiebt das Kinn vor. Betont gründlich sieht er sich im Raum um. »Wo ist die hübsche Kleine? Habt ihr die nicht wieder mitgebracht?«

Tomma. Es klingt, als hätte er tatsächlich ihren Namen vergessen. »Nein.«

»Warum nicht?«

»Sie ist tot.«

Das lässt ihn kurz innehalten. »Ach? Tja, schade. Sie war wirklich ...« Er pfeift, seine Gefährten lachen.

In mir ist keine Wut. Nur Kälte, genug, um das ganze Territorium wieder in Eis erstarren zu lassen. Wie gut, dass es Sandor war, der die sterbende Tomma in seinen Armen gehalten hat, und nicht dieser Drecksack.

»Und die anderen?« Mit zusammengekniffenen Augen blickt Yann sich im Gewölbe um, als würde sich hier irgendjemand verstecken. »Auch tot?«

»Das weiß ich nicht.« Ich kann spüren, dass Tycho neben mir immer nervöser wird, und hoffe, er überlässt das Reden weiterhin mir. »Wir sind getrennt worden und haben uns verloren.«

»Und da dachtet ihr, ihr kriecht wieder unter die Röcke des Clans, hm? Wer hat euch diesen Ort gezeigt?«

Darauf läuft es also hinaus. Wir sind Yann völlig egal, er weiß, dass wir keine Gefahr für ihn darstellen, aber er könnte jemand ganz Gewissem eine Schlinge aus unserer Anwesenheit drehen.

Diese Suppe werde ich ihm versalzen.

»Das war Quirin. Er hat uns eingeladen, für einige Zeit hierzubleiben. Er sagte, wir dürften die Gastfreundschaft der Stadt unter der Stadt für uns in Anspruch nehmen.«

Yann schafft es nicht einmal im Ansatz, seine Enttäuschung angesichts meiner Antwort zu verbergen. »Ich glaube dir kein Wort«, knurrt er.

»Wieso? Er hat uns schon geschützt, als ihr uns den Sphären ausliefern wolltet, und nun hat er es eben ein zweites Mal getan.«

Das war eventuell eine Spur zu forsch. Yann vor seinen Leuten dumm dastehen zu lassen, ist keine gute Idee. Prompt baut er sich vor mir auf, seine Lampe ist kaum noch zehn Zentimeter von meinem Gesicht entfernt.

»Dann hat es mit euch zu tun, dass Quirin verschwunden ist!«

Quirin verschwunden? Die Information trifft mich unvorbereitet. Aber gut, möglicherweise hat er sich letztens nur mir gezeigt, oder Yann lügt. Doch die erstaunten Blicke der Männer bleiben aus, also scheint es zu stimmen.

»Ich wusste nicht, dass er weg ist. Seit wann?«

»Das geht dich nichts an!« Jetzt brüllt er, sichtlich froh darüber, endlich einen Grund zu haben. »Was glaubst du, wer du bist, dass du mir Fragen stellen darfst?«

Scharfer Schmerz, als er mein Haar packt und mich zu sich zieht. »Dich habe ich immer schon für eine Spionin gehalten – deswegen bist du zurückgekommen, hm? Was kriegst du, wenn du uns ans Messer lieferst?«

Es ist eine rhetorische Frage, er will keine Antwort und ich gebe ihm auch keine, sondern warte, bis er loslässt.

Meine Kopfhaut schmerzt, zwischen Yanns Fingern ist ein kleines Büschel Haar zurückgeblieben. »Wir spionieren nicht und wir bleiben auch nicht. Eigentlich wollten wir morgen aufbrechen, aber wie es aussieht, gehen wir besser gleich.«

Es ist ein Versuch, der ihm die Möglichkeit gibt, uns mit einem symbolischen Tritt hinauszuwerfen, uns mit ein paar blauen Flecken davonkommen zu lassen. Doch wie ich befürchtet habe, ist es nicht das, was Yann will.

»Das könnte dir so passen. Ihr geht nirgendwohin.« Er winkt seine Leute heran, die uns packen und aus dem Gewölbe zerren, hinaus in die dunklen Gänge.

Ich habe die Stablampe immer noch in der Hand, klammere mich an sie wie an einen Talisman. Hinter mir höre ich einen Schlag und ein Keuchen, das wahrscheinlich von Tycho kommt. *Wehr dich nicht*, beschwöre ich ihn stumm.

»Es ist gut, ich stehe ja schon auf«, krächzt er.

Noch ein Schlag. Dann lassen sie ihn offenbar in Ruhe, auf ein Handzeichen von Yann hin.

Das Tempo, mit dem wir durch die Tunnel und Kanäle hetzen, lässt mir kaum Gelegenheit zum Nachdenken, dabei geht es jetzt ums Ganze. Gut möglich, dass sie uns an die Oberfläche schleppen und an den ersten Baum knüpfen, der stark genug ist, uns zu tragen.

Aber das glaube ich nicht.

Der Clan Schwarzdorn verschwendet nichts. Als Leichen sind wir wertlos, als Tauschobjekte dagegen stellen wir eine begehrte Ware dar – ich bin sicher, Yann erinnert sich noch daran, dass die

Sphären uns suchen. Trotzdem denke ich, dass er etwas anderes vorhat.

Den Ausstieg, durch den wir nach oben gehen, kenne ich nicht, er führt über eine stählerne Gittertreppe und spuckt uns nahe des Flusses ans Tageslicht. Die Sonne ist eben erst aufgegangen, sie hängt als trüber Lichtschein knapp über dem Horizont, verschleiert von Wolken.

Kaum Wald hier. Mehr Trümmer als Ruinen. Sollte uns die Flucht gelingen, könnten wir uns nirgendwo verstecken, davon abgesehen würden Yanns Jäger uns in kürzester Zeit einholen. Kein Zweifel, dass sie schneller sind als wir.

Über einen Hügel, dann einen Betonweg entlang. Aus einer Ruine lugt ein kleines Mädchen und duckt sich sofort, als unsere Blicke sich begegnen.

Nach etwa zwanzig Minuten kommt das Haupthaus in Sicht.

Sie stoßen uns in die große Halle, den Raum, in dem Versammlungen und Mahlzeiten stattfinden. Eine Zeit lang waren auch wir dabei, wir alle sechs.

»Sagt dem Fürsten, Yann ist hier und hat ihm etwas mitgebracht!« Yann stößt mich zu Boden, mein Kopf verfehlt nur knapp die Tischkante.

Ich stehe nicht wieder auf, das würde ihm nur einen Vorwand liefern, mich ein weiteres Mal anzugreifen. Ein Seitenblick auf Tycho verrät mir, dass sie ihn zu zweit festhalten, er blutet aus der Nase und schickt wütende Blicke durch den Raum.

»Bleib ganz ruhig«, murmle ich in seine Richtung.

Er zögert. Dann ein kurzes Nicken, er hat verstanden, was ich meine, und wird das Reden mir überlassen.

Noch ist die Halle fast leer. Drei alte Frauen wischen über die

Tische, ein zahnloser Mann sitzt mir schräg gegenüber und nuckelt an einem Moosfladen. Sein Kopf wackelt auf und ab, trotz unseres geräuschvollen Auftritts beachtet er uns nicht.

Sandor lässt sich Zeit, vielleicht will er klarstellen, wer hier der Anführer ist. Jedenfalls wird Yann von Minute zu Minute wütender. Zwei Mal trifft sein Stiefel meinen Oberschenkel; ich tue, als würde ich es nicht spüren.

Allmählich füllt sich die Halle. Von den Frauen, die in der Ecke links stehen, kenne ich einige vom Sehen, keine mit Namen. Dann betreten ein paar Jäger den Raum, die Yann grüßen.

Erst nach einer gefühlten Ewigkeit tritt Sandor durch die Tür. Direkt hinter ihm Andris, der voll Freude auflacht, auf mich zustürzt und mich auf die Beine stellt.

»Mädchen! Schön, dich wiederzusehen!«

»Nimm die Finger von meiner Gefangenen«, herrscht Yann ihn an.

Langsam und ohne mich loszulassen, dreht Andris den Kopf. »Deiner was?«

»Meiner Gefangenen.« Entschlossen hebt Yann das Kinn, als könnte er es so mit Andris' riesiger Gestalt besser aufnehmen. »Wir haben unter der Stadt nach Quirin gesucht, stattdessen haben wir die zwei Lieblinge gefunden. Spione. Vielleicht Schlimmeres.« Er blickt sich im Raum um, der jetzt halb voll ist. »Kann doch sein, dass Quirin nicht gegangen ist, sondern … beseitigt wurde.«

Raunen rund um uns herum.

Sandor, der bisher völlig ruhig dagestanden hat, kommt ein paar Schritte näher. Er hebt eine Hand und die Gespräche verstummen. »Ria und Tycho sind keine Spione. Sie haben um Schutz gebeten und ihn bekommen. Das ist alles.«

»Quatsch«, grollt Andris. »Das Mädchen hat mich gerettet, hat mich aus der Glaswelt befreit, das hättet ihr sehen sollen!«

Wieder lacht er und einige Clanleute stimmen mit ein. »Sie war großartig! Hat die Lieblinge total an der Nase herumgeführt. Ohne sie wäre ich tot, da bin ich sicher.«

Die Stimmung in der Halle schlägt um, zu unseren Gunsten. Ich spüre das und Yann geht es ebenso.

»Ist ja witzig«, ruft er, »dass du damit erst jetzt rausrückst. Uns hast du erzählt, du wärst ganz allein entkommen. Bei Nacht und Nebel rausgeschlichen, an den Sentineln vorbei. Wann hast du gelogen, Andris? Damals oder gerade eben?«

Wenn Yann glaubt, Andris damit verunsichern zu können, irrt er sich. »Damals natürlich. Weil Ria es so wollte. Das ist Bescheidenheit, verstehst du? Nicht jeder hat ständig den Drang, sich aufzuspielen!«

»Bescheidenheit. Oder Berechnung.« In gespielter Gleichgültigkeit hebt Yann die Schultern. »Wenn ihr euch so leicht an der Nase herumführen lasst –«

Lautes Krachen unterbricht ihn. Sandor hat einen der Tische umgetreten, er schießt an Tycho, Andris und mir vorbei und packt Yann am Kragen. »Sie sind hier, weil Quirin und ich es ihnen gestattet haben. Sie sind Gäste.«

Ich bin ebenso erstarrt wie Yann und seine Leute. Diese Seite von Sandor habe ich lange nicht mehr erlebt, nicht mehr seit unseren gemeinsamen Stunden unter freiem Himmel; erst recht nicht, seit wir ein Paar sind.

Er lässt seinen Widersacher los und stößt ihn gleichzeitig fort. Seine Gefährten fangen Yann auf und bewahren ihn nur knapp vor dem Hinfallen.

Wahrscheinlich trägt man in den Clans Konflikte auf diese Weise aus, aber klug ist es nicht. Hätte Sandor Yann erlaubt, sein Gesicht zu wahren, gäbe es noch eine Möglichkeit auf Einigung. Doch nach dieser Demütigung will Yann nur noch eine Sache: es Sandor heimzahlen.

Er zieht sein Messer aus dem Gürtel und setzt zum Sprung an, aber da ist schon Andris dazwischengetreten. Er entwindet Yann die Waffe mühelos.

»Dummer kleiner Junge.« Die Gutmütigkeit in seiner Stimme ist nur oberflächlich. »Hast du vergessen, was auf Fürstenmord steht?«

»Er ist kein Fürst. Er verrät uns, merkst du das nicht? Macht gemeinsame Sache mit den Lieblingen.«

Kopfschüttelnd wendet Andris sich ab, das Messer verstaut er in seinem eigenen Gürtel.

Yann ist kreidebleich, seine Hände sind zu verkrampften Fäusten geballt. »Was glotzt du so blöd?«, brüllt er Tycho an und tritt nach ihm. »Du weißt genau, dass ich recht habe. Euch gehören die Köpfe abgeschnitten.«

Als Sandor sich diesmal umdreht, ist er deutlich beherrschter. »Achte auf deine Worte, Yann. Und fass weder Ria noch Tycho wieder an. Du störst den Frieden des Clans, dafür können wir dich ausstoßen.«

»Mich?« Yanns Augen sind nur noch Schlitze, er bleckt die Zähne wie ein Tier vor dem Angriff. »Den Einzigen, der sich nicht täuschen lässt? Damit ihr freie Bahn habt und den Sentineln das Territorium kampflos überlassen könnt?« Er strafft die Schultern, vergewissert sich, dass die Anwesenden ihm zuhören. »Ich habe mit Quirin gesprochen, vor fünf Tagen. Er war besorgt, wollte mir aber nicht sagen, warum. ›Wir gehen schlimmen Zeiten entgegen, unser Schicksal hängt an einem dünnen Faden‹, das waren seine Worte. Und nun ist er weg, spurlos verschwunden.« Übertrieben dramatisch schüttelt Yann den Kopf. »Damals habe ich nicht verstanden, was er meinte, aber jetzt –«

»Ja?«, hakt Sandor nach. »Komm. Lass uns an deinen Erkenntnissen teilhaben. Du denkst, er hatte Angst vor Ria und Tycho? Deshalb hat er ihnen auch in seinem eigenen Reich Unterschlupf gewährt, nicht wahr?«

Wieder spannt sich Yanns Körper, er möchte Sandor am liebsten an die Kehle gehen und kann es nur schlecht verbergen. »Vor zwei Wochen ist Andris zurückgekehrt. Wenn es stimmt, was er sagt, war das Mädchen bei ihm. Seitdem war Quirin besorgt und kurz darauf war er fort. Hat er sich bei jemandem verabschiedet?«

Ratlose Blicke. Kopfschütteln.

»Hat er einem von euch erzählt, dass er vorhat, uns zu verlassen?«

Weiteres Kopfschütteln.

»Ist er je auf Reisen gegangen, ohne dem Clan Bescheid zu geben?«

Nein. Das Unbehagen unter den Anwesenden ist jetzt deutlich zu spüren, Yann hat sie beinahe überzeugt. Er weiß es, entspannt sich sichtlich.

»Wenn ihr mich fragt, ihm ist etwas zugestoßen. Die Lieblinge in den Sphären sind mit Mordwerkzeugen gut ausgerüstet und von Andris wissen wir, dass das Mädchen direkt aus Vienna 2 kam.« Er hebt die Hände. »Zieht eure eigenen Schlüsse oder …«, er tut so, als sei ihm der Gedanke gerade erst gekommen, »oder fragt euren Fürsten, ob er nicht mehr weiß, als er zugibt.«

Niemand tut, was Yann vorschlägt, aber in einigen Dornen hat er Zweifel gesät, das ist unverkennbar.

Sandor winkt Andris zu sich, weist ihn an, uns etwas zu essen zu besorgen und uns anschließend hier im Clanhaus unterzubringen. Er selbst sieht uns kaum an, was mich schmerzt, obwohl er sich natürlich richtig verhält – keiner darf mitbekommen, wie sehr er uns in der Vergangenheit schon unterstützt hat. Wie gut wir einander kennen.

Vor uns teilt Andris die Menge, die im Lauf der Auseinandersetzung immer weiter angewachsen ist, niemand stellt sich ihm in den Weg. Wir haben es beinahe aus der Halle geschafft, da meldet Yann sich noch einmal zu Wort.

»Ich verlange ein Tribunal.«

Die Gespräche im Raum verstummen auf einen Schlag. Andris bleibt so abrupt stehen, dass ich in ihn hineinlaufe.

»Ich klage die Lieblinge an. Ich glaube, dass sie Quirin getötet haben.«

4

Wir lassen den Tumult, der auf Yanns Ankündigung folgt, so schnell wie möglich hinter uns. Andris läuft voraus, bringt uns in ein Zimmer, das dem ähnelt, in dem wir vor Flemings Tod gewohnt haben. Kahle Wände, vernagelte Fenster.

»Ein Tribunal.« Immer wieder schüttelt er den Kopf. »Der Idiot weiß ja gar nicht, was er sagt.«

Ich fürchte, da irrt sich Andris.

»Ein Tribunal ist eine Gerichtsverhandlung?«, mutmaße ich.

»So ungefähr. Es kommen alle zusammen und dann wird entschieden, was mit dem Beschuldigten passieren soll. Es wird laut durcheinandergeschrien, aber am Ende gibt es eigentlich immer ein klares Ergebnis. Das kann so oder so ausfallen.« Andris blickt zur Seite. »Je nachdem, wie viele Freunde man hat.«

Tycho lacht auf. »Tolle Aussichten für uns, wir sind ja rasend beliebt bei den Dornen.«

In meinem Inneren flattert etwas wie ein panisches kleines Tier. »Was kann schlimmstenfalls passieren?«

Andris leckt sich über die Lippen. »Na ja.« Er sieht mir nicht in die Augen. »Alles. Aber das werde ich nicht zulassen, macht euch keine Gedanken. Ich stehe hinter euch.«

Seine Worte sollen beruhigend klingen, verfehlen ihre Wirkung aber völlig, denn Andris' Sorge schimmert durch jede Silbe.

Tycho starrt ihn an, auch ihm wird erst jetzt bewusst, dass es ums Ganze gehen wird. Um unser Leben, wieder einmal. »Es kann doch keiner aus eurem Clan wirklich glauben, dass wir Quirin umgebracht haben. Warum sollten wir?«

Ich verbringe den Nachmittag in Grübeleien versunken.

Ist es nicht merkwürdig, dass Yann uns plötzlich in dem Versteck aufstöbert, wo wir zuvor völlig ungestört Monate verbracht haben? Und dass sich Quirin nur ein paar Tage vorher in Luft auflöst?

Es ist ein hässliches Bild, das sich in meinem Kopf formt: Quirin, wie er vor seinem Aufbruch ein wenig mit Yann plaudert. Ihm Tipps gibt, an welcher Stelle man sich bei Gelegenheit mal umsehen könnte.

Wenn Yann uns zu fassen bekommt, muss Quirin sich keine Sorgen mehr machen, dass wir Aureljo und Dantorian warnen könnten; währenddessen macht er selbst sich auf den Weg – wohin? In ein Versteck, von dem niemand weiß? Nach Vienna 2, um herauszufinden, wie die Dinge stehen?

Alles nur geraten. Vielleicht ist er in der Dunkelheit gestolpert und in einen Schacht gestürzt oder eine brüchige Mauer hat ihn unter sich begraben. Dann werden wir nie wieder von ihm hören.

Spekulationen helfen uns nicht weiter. Ich sollte lieber meine Argumente sortieren, mir eine Strategie zurechtlegen, mir überlegen, wie ich Yann den Wind aus den Segeln nehme und den Clan auf unsere Seite ziehe.

Andris bleibt die meiste Zeit bei uns, nur manchmal verschwindet er für ein paar Minuten nach draußen. Wenn er zurückkommt, ist seine Miene umwölkt.

»Grüße von Sandor«, murmelt er bei seiner dritten Rückkehr. »Er würde gern herkommen, aber er meint, es ist klüger, das bleiben zu lassen. Ihr sollt euch keine Sorgen machen. Euch wird nichts passieren.«

Die Nachricht macht mich noch nervöser. Liegt wohl an der mangelnden Zuversicht, die Andris im Kontrast zu seinen Worten ausstrahlt.

Der Abend kommt schnell; Yann hat darauf bestanden, das Tribunal so früh wie möglich abzuhalten, und wartet bereits auf uns, als wir die Halle betreten. Er und gut hundert weitere Dornen, die es sich auf Bänken und wackeligen Stühlen, aber auch auf dem Boden bequem gemacht haben.

Sandor steht hinter dem langen Tisch, den man an der Querseite aufgestellt hat, seine Miene ist verschlossen.

Als wir eintreten, verstummen die Gespräche, eins nach dem anderen, bis nur noch einzelne Clanleute kichernd miteinander flüstern. Sie bilden einen Halbkreis in unserem Rücken.

Tycho neben mir ist bleich, aber aus seiner Haltung spricht Kampfgeist. Er weicht nicht zurück, obwohl Yann sich drohend vor ihm aufbaut, so knapp, dass kaum eine geballte Faust zwischen ihre Gesichter passt.

»Sphärenbande. Mörderpack.« Yann wendet sich ab und tritt vor den Tisch, hinter dem mit verschränkten Armen Sandor steht.

Einen ähnlichen Ausdruck in seinem Gesicht habe ich zuletzt an dem Tag gesehen, als er mich in die Hecke gestoßen hat. Nach außen hin gefasst, innerlich zu allem bereit.

Mit einer knappen Handbewegung bedeutet er Yann, der gerade zu sprechen beginnen will, dass er zur Seite gehen soll.

»Heute Abend sind wir hier, weil einer aus unserer Mitte ein

Tribunal verlangt hat.« Sandor mustert die Menge mit einem kaum sichtbaren Lächeln. »Das ist das Recht eines jeden, der zum Clan Schwarzdorn gehört. Es ist ein guter Weg, um Streitigkeiten zu regeln oder den Nachbarn dafür zur Rechenschaft zu ziehen, dass er einem die Ziege gestohlen hat.«

Hinter mir lacht jemand kurz auf, verstummt aber gleich wieder. Flüstern. Unterdrücktes Husten.

»Diesmal sind wir hier, weil Yann eine sehr merkwürdige Idee gehabt hat. Er behauptet, dass Quirin getötet worden sei, kann aber keine Leiche vorweisen. Er behauptet außerdem, dass Ria und Tycho die Täter gewesen sein sollen, obwohl es nie Streit zwischen ihnen und Quirin gegeben hat. Er will, dass wir über ein Verbrechen richten, das mit großer Wahrscheinlichkeit nie stattgefunden hat.«

»So was sieht Yann ähnlich«, ruft eine Frau dazwischen und die ganze Halle lacht.

Spott mit Haltung zu tragen, gehört ganz sicher nicht zu Yanns Stärken, aber meine Hoffnung, dass er die Beherrschung verliert und herumzuschreien beginnt, erfüllt sich nicht. Er lächelt auf eine Art, die alle meine Alarmglocken schrillen lässt. Als hätte er einen Trumpf im Ärmel, von dem wir nichts wissen.

»Ich schätze, dass Quirin sich mit Grenzgängern trifft oder einen befreundeten Clan besucht«, fährt Sandor fort. »Es wäre nicht das erste Mal und er ist nicht verpflichtet, uns über jeden seiner Schritte zu informieren. Aber eins kann ich euch garantieren: Wenn er zurückkommt und wir zwei Flüchtlingen, die unter seinem Schutz stehen, etwas angetan haben, wird er zorniger sein, als ihr ihn bisher je erlebt habt.«

Zustimmendes Murmeln, da und dort auch Enttäuschungslaute. Einige der Dornen sind wahrscheinlich hier, weil sie auf ein Spektakel hoffen, das ihnen für die nächsten Wochen Gesprächsstoff liefert. Zwei Lieblinge, die an einem Brückenbogen aufgeknüpft oder gefesselt in den Fluss geworfen werden, haben jede Menge Unterhaltungswert.

»Lasst sie sich doch selbst verteidigen«, ruft eine Frau und erntet dafür lautstarken Applaus, der erst verebbt, als Sandor mit der Hand auf den Tisch schlägt.

»Wieso sollten sie sich verteidigen müssen?« Er spricht leise und die letzten Flüsterer hinter uns verstummen, um nicht zu verpassen, was er sagt. »Das wäre, als müsste Ragin sich dafür verantworten, Koulaf zwei Zähne ausgeschlagen zu haben, obwohl dem kein einziger fehlt.«

Vereinzeltes Lachen.

»Der Fürst hat recht«, ruft jemand.

»Ja, aber … sie sind Lieblinge«, beschwert sich ein anderer.

»Trotzdem.«

»Sie haben sich eingeschlichen …«

»Ich traue keinem von denen …«

»Es wäre aber ungerecht …«

Die Wogen in der Halle gehen ein weiteres Mal hoch. Diesmal lässt Sandor seinen Leuten mehr Zeit, um sich Luft zu machen, erst als zwei ältere Frauen sich zu schlagen beginnen, greift er ein.

»Ich halte es für das Beste, unsere Gäste zu fragen, ob sie sich zu den Vorwürfen äußern wollen.« Er streift mich mit einem zuversichtlichen Blick. »Ansonsten würde ich mit eurem Einverständnis dieses Tribunal beenden. Ich möchte nicht, dass die Gerichtsversammlungen auf diese Weise ins Lächerliche gezogen werden. Dafür haben sie zu lange Tradition und zu große Bedeutung.«

Ich habe mich die ganze Zeit über nicht umgedreht, ich weiß nicht, wie stark die Mehrheit ist, die Sandor im Moment auf seiner Seite hat. Ein paar wohlwollende Clanleute mehr können aber keinesfalls schaden und die kann ich uns beschaffen, denke ich. Das Einzige, was mir Unbehagen bereitet, ist Yanns gelassene Miene. Die Zuversicht, mit der er ruhig und fast bescheiden auf seinem Platz steht, unbeeindruckt von den Blicken, mit denen Andris ihn zu erdolchen versucht. Als hätte er schon gewonnen.

Yann hat einen Plan, keine Frage. Mal sehen, ob es mir gelingt, ihn aus dem Konzept zu bringen.

»Ich würde gern etwas sagen.« Grauko wäre zufrieden mit meinem Tonfall. Freundlich, aber nicht unterwürfig. Bestimmt, aber nicht überheblich.

Sandor sieht mich an, lächelt nur mit den Augen, seine Stimme bleibt ernst und sachlich. »Bitte.«

Ich lasse mir Zeit. Drehe mich um, suche Blicke, die meinen erwidern. Bemühe mich, den perfekten Augenblick zu erhaschen, in dem die Stimmung schon angespannt, aber noch frei von Ungeduld ist.

»Wir haben viele Wochen bei euch verbracht«, beginne ich. »Ihr habt uns aufgenommen, als wir von unseren eigenen Leuten verfolgt wurden. Ihr habt uns gezeigt, wie man in der Außenwelt überlebt. Wir haben von euch mehr Freundlichkeit erfahren, als ihr sie im umgekehrten Fall von den Sphären zu erwarten gehabt hättet. Das ist uns bewusst.«

Grimmige Gesichter, aber beifälliges Nicken. Keine schlechte Mischung für den Anfang.

»Für uns hat sich vieles verändert. Alles, um genau zu sein. Wir haben die Sphären hinter uns gelassen, in jeder Hinsicht. Aber natürlich stellt uns das vor ein Problem: dass wir nämlich im Moment kein Zuhause haben. Quirin hat uns in dieser Situation geholfen, auf die großzügige Art, die ihr alle von ihm kennt.«

Für die Dauer eines Atemzugs werde ich mir der ganzen Wahrheit wieder bewusst, obwohl sie hier und jetzt nichts zu suchen hat. Dhalion. Unsere Herkunft. Giftköder. Ist jemand in dieser Halle mit mir verwandt? Die Frau, die jedes Mal die Zähne fletscht, wenn ich sie ansehe, könnte meine Tante sein. Oder meine Mutter. Und wie originell wäre es, wenn sich herausstellen würde, dass Yann mein Bruder ist? Oder Tychos?

Ich schiebe die Gedanken weg, weit weg. »Leider weiß ich auch nicht, wo Quirin steckt. Dabei bräuchte ich seine Hilfe, ich habe so viele Fragen an ihn.« Ich lasse meinen Blick quer durch den Raum streifen. »Aber auch euch würde ich gern etwas fragen, und zwar: Habt ihr in den letzten Tagen Fiore gesehen? Sie ist immerhin Quirins rechte Hand, sie weiß bestimmt, was er vorhatte.«

Schulterzucken, Kopfschütteln.

»Sie verschwindet oft tagelang unter der Stadt«, ruft ein alter Mann. »Und da findet man sie nicht. Auf Fiore würde ich an deiner Stelle nicht hoffen, Sphärenmädchen.«

Jemand drängt sich nach vorne und zu meiner Erleichterung erkenne ich Bojan, einen weiteren von Quirins Vertrauten. Sein Gesicht unter dem blonden Haar ist hochrot angelaufen, aus seinem Zopf hängen einzelne Strähnen wie verdorrte Getreidehalme. »Fiore ist auch nicht mehr da.« Er sieht an Yann vorbei, spricht nur mit Sandor. »Ich suche sie seit drei Tagen. Sie hat niemandem von uns Bescheid gegeben, dass sie fortwill. Sonst trägt sie mir immer auf, was ich zu erledigen habe, aber diesmal …« Er blickt zu Boden, dann zur Seite. »Kein Wort von ihr.«

Ich würde Bojan gern an mich drücken, er hat mir gerade einen riesigen Gefallen getan. Niemand wird ernsthaft glauben, dass Tycho und ich gleich zwei Menschen aus dem Weg geschafft haben, unbewaffnet, wie wir sind. Schon gar nicht, wenn einer davon Fiore ist, die ich noch nie ohne ihren Bogen und drei Messer unterschiedlicher Größe am Gürtel gesehen habe.

»Das wirft doch ein ganz anderes Licht auf die Dinge.« Ich lächle in die Runde, als ginge es nur um ein unbedeutendes Missverständnis. »Quirin hat wichtige Geschäfte zu erledigen und er hat niemanden außer Fiore darüber informiert. Wahrscheinlich sind die beiden längst auf dem Rückweg.«

»Genau das glaube ich auch«, murmelt Bojan und ich wünschte, er würde etwas lauter sprechen.

Sandor hebt die Arme und bringt damit das einsetzende Raunen in der Halle zum Verstummen. »Hiermit ist das Tribunal beendet. Wir haben Wichtigeres zu tun, als uns mit Hirngespinsten zu beschäftigen. Für Yann ist jeder Liebling ein Mörder, aber diesmal gibt es dummerweise keinen Mord. Einen zu erfinden, ist … armselig, würde ich meinen.«

Die versammelten Clanleute brummen zustimmend, andere unwillig, manche lachen, die ersten machen sich auf den Weg nach draußen.

Ich wünschte, Sandor hätte sich Yann gegenüber diplomatischer gegeben, denn ich fürchte, die Sache ist noch nicht überstanden, obwohl im Moment alles danach aussieht.

Nur Yanns Gesicht nicht. Er ist völlig ruhig geblieben. Sein Lächeln hat sich vertieft.

»Wenn das so ist«, ruft er, »würde dann jemand für die Angeklagten bürgen? Falls Quirins Leiche doch noch auftaucht?«

»Sieh es endlich ein, es gibt keine Angeklagten«, dröhnt eine Männerstimme vom Ausgang her. »Mir tut es ja auch leid, aber so ist es nun mal.«

Andris kommt hinter dem Tisch hervor und baut sich drohend vor Yann auf. »Ich bürge für sie«, grollt er. »Auch wenn das überhaupt nicht nötig ist. Ich vertraue ihnen bei Weitem mehr als dir. Traurig, eigentlich.«

Die Dornen, die bereits draußen waren, drängen in die Halle zurück, gespannte Erwartung liegt in der Luft. Vielleicht gibt es heute doch noch etwas zu sehen? Dass Andris Yann in seine Einzelteile zerlegt, beispielsweise?

»Du nicht«, sagt Yann. Die unmittelbare Nähe seines riesigen Gegenübers ist ihm sichtlich unangenehm, aber er weicht nicht zurück. »Du behauptest ja, das Mädchen hätte dich gerettet. Also stehst du in der Schuld der Lieblinge. Das ist gegen die Regeln.«

Andris' Kiefer mahlen, er ballt die Fäuste, aber offenbar gibt es nichts, was er Yanns Argument entgegensetzen kann.

Dessen Laune wird mit jeder Minute besser. »Niemand sonst? Keiner, der ihr Schicksal teilen will, im Guten wie im Schlechten? Zu dumm für die beiden. Ihr wisst, wenn sie einen Bürgen haben, können sie nicht so einfach getötet werden.« Er dreht sich im Kreis, hebt erwartungsvoll die Arme, nur um sie in gespielter Enttäuschung wieder fallen zu lassen. »Keiner? Wirklich? Und ich dachte, die Lieblinge hätten euch um den Finger gewickelt, aber ihr seid doch klüger, als ich vermutet habe, ihr –«

»Lass gut sein«, unterbricht ihn Lore. Sie ist eine sympathische, vernünftige Frau, die Anführerin der Freileger. Die wenigen Male, die ich ihr bisher begegnet bin, hat sie uns mit Freundlichkeit und Respekt behandelt. »Du hast dein Spiel weit genug getrieben. Ich sehe es wie Andris, die beiden brauchen keinen Bürgen. In ein paar Tagen wird Quirin wieder hier sein und dann möchte ich nicht in deiner Haut stecken.«

Yanns Mundwinkel zucken, als müsste er sich mit aller Kraft ein Lachen verbeißen.

Ich fühle meine Kopfhaut kribbeln, meine Fingerspitzen taub werden. Er hat etwas gegen uns in der Hand, auch wenn ich mir beim besten Willen nicht vorstellen kann, was das sein sollte …

Oder doch. Etwas, das man ihm gegeben hat, damit er uns davon abhalten kann, Aureljo und Dantorian zu warnen. Zu immunisieren. Etwas, das uns stoppt, notfalls um den Preis unseres Lebens.

»Ich wünschte, Quirin würde mich so richtig fertigmachen und seine ganze Wut an mir auslassen«, wispert Yann. »Denn das würde bedeuten, dass er noch lebt. Ich schätze nur, daraus wird nichts.« Er wischt sich nicht vorhandene Tränen aus den Augen.

Was auch immer Yann bisher zurückgehalten hat, nun muss er es bald auf den Tisch legen, wenn er sich nicht lächerlich machen will. Aber er wartet, und allmählich begreife ich, worauf.

Es sind nicht wir, die er im Visier hat.

Ich werfe einen schnellen Blick zu Sandor, der immer noch hinter der langen Tafel steht. Unbeweglich. Er stützt sich mit den Fäusten auf der Tischplatte ab, ich kann förmlich sehen, wie sich die Gedanken in seinem Kopf überschlagen. Er weiß ebenso wenig wie ich, was Yann im Sinn hat, aber er befürchtet das Schlimmste.

Nein, versuche ich ihm wortlos zu übermitteln. Tu es nicht. Geh ihm nicht in die Falle.

»Ich bürge für sie.« Sandor sagt es wie nebenbei. Als wäre es keine große Sache. Die Reaktionen auf seine Worte sind weit spektakulärer.

Die versammelten Dornen geben ihrem Erstaunen lautstark Ausdruck. Tycho, der die Situation offenbar völlig falsch einschätzt, lacht erleichtert auf.

Yann dagegen bleibt ruhig stehen. Aber der Triumph in seinen Augen ist unverkennbar, sie sind hart und glänzend wie polierter Stein. »Unser Fürst bürgt für sie?«, ruft er. Seine Überraschung ist so übertrieben, dass niemand in der Halle sie ihm ernsthaft abnehmen kann. »Der, dem wir bedingungslos folgen sollen, setzt sich für die Lieblinge ein? Wer hätte das gedacht?«

Diesmal gibt Sandor seine Zurückhaltung auf. Er springt über den Tisch und packt Yann mit einer Hand an der Schulter, mit der anderen an der Kehle. »Ja, wer hätte das gedacht? Du weißt nicht einmal die Hälfte von dem, was diese beiden für uns getan haben. Aber ich kann es dir sagen: Ria verdanken wir es, dass die Dornen noch nicht ausgerottet sind. Sie hat uns vor dem Gift ihrer eigenen Leute gewarnt. Sie ist auf unserer Seite und ich werde alles dafür tun, dass sie das nicht bereuen muss.«

Dass er meine Verdienste so sehr betont und Tycho nicht einmal erwähnt, ist ein Fehler, den Yann zu nutzen wissen wird.

»Ria, hm? Jaaa, für die zu bürgen, ist natürlich verlockend. Ich dachte mir von Anfang an, dass du eine … sagen wir, eine kleine Schwäche für sie hast. Seit dem Tag, als wir die Lieblinge aufgegabelt haben.«

Yann genießt jetzt die ungeteilte Aufmerksamkeit des versammelten Clans. »Wir wollten sie damals schon töten. Wir alle, auch Andris. Erinnerst du dich, Großer? Aber dann hat Ria mit ihrer hübschen Stimme und ihren klugen Worten den Than um Sinn und Verstand gequatscht. Nur dummerweise ist er jetzt nicht länger Than, sondern Fürst. Solche Schwächen darf er sich nicht mehr leisten.«

Yann befreit sich aus Sandors Griff und macht eine auffordernde Bewegung in Richtung einer seiner Kumpane. Der Mann nickt, verschwindet durch die Tür, die zu den Vorratsräumen führt, und kommt wenige Sekunden später mit etwas zurück, das er zusammengerollt unter seinem Arm trägt.

Ja, alles Quirins Werk. Keine Frage. Er hat Yann mit dem nötigen Werkzeug ausgestattet, um uns aus dem Weg zu schaffen, unter anderem mit der Information, wie Sandor und ich zueinander stehen. Und sicherlich auch mit dem Bündel, das Yann nun mit mühsam verhohlener Freude entgegennimmt.

Quirins Mantel, aus langen Streifen weißen Wolfsfells zusammengenäht. Unverkennbar seiner, ich erkenne ihn ebenso auf den ersten Blick wie die versammelten Dornen, durch die ein gedämpfter Aufschrei geht.

Der Mantel ist nicht mehr weiß und er ist nicht mehr heil. Jemand hat ihn am Rücken aufgeschlitzt, es ist ein hässlicher, fransiger, blutverklebter Riss. Eine bräunlich rote Spur verläuft nach unten bis zum Saum, schmierige Flecken lassen an schmerzverkrampfte Hände denken, die sich in das Fell krallen –

»Wir haben seinen Mantel unter der Stadt gefunden, nahe der Stelle, wo die Lieblinge sich verkrochen hatten.« Yanns großer Auftritt. Er hält das Beweisstück hoch, damit es alle sehen können. Was sie nicht sehen, ist das Grinsen, das er dahinter versteckt, doch das ist ohnehin nur für mich bestimmt. Als er den Mantel wieder sinken lässt, hat er es sich vom Gesicht gewischt und mustert seine Zuhörer mit einem Ausdruck tiefer Trauer.

»Glaubt ihr an einen Zufall? Ich nicht. Ich glaube, nein, ich bin mir sicher, sie sind ihm in den Rücken gefallen, haben ihn von hinten ermordet, wie Feiglinge es tun.«

Die Stimmung im Raum ist innerhalb weniger Sekunden umgeschlagen. Es gibt nur vereinzelte skeptische Mienen, die meisten Clanleute sind offen entsetzt. Gleich wird Tumult losbrechen, sie werden ihren Emotionen freien Lauf lassen. Dem muss ich zuvorkommen.

»Es ist ein Mantel, nichts anderes«, rufe ich, jetzt nicht mehr freundlich. Sie sollen merken, dass ich wütend bin. Nicht verängstigt und schon gar nicht schuldbewusst. »Wahrscheinlich sogar Quirins Mantel, da stimme ich Yann zu. Aber wo ist Quirin selbst? Wo ist Fiore? Denkt ihr, wir würden die beiden töten, verschwinden lassen und dann etwas so Auffälliges wie diesen Mantel einfach vergessen?«

»Quirin würde sich nie von seinem Mantel trennen!«, brüllt ein älterer Mann mit riesiger Hakennase. Er ist den Tränen nahe und drängt sich durch die Menge nach vorne. Wenn sie ihn durchlassen, wird er sich auf mich stürzen, keine Frage.

»Egart, bleib stehen«, herrscht Andris ihn an. »Denk doch nach! Sie hat recht.«

»Hat sie nicht!«, keucht Egart, aber er bleibt, wo er ist. Die Lust, uns tot zu sehen, lese ich nicht nur in seinen Augen, sie verbreitet sich unter den Dornen wie Feuer in trockenem Gras.

Sandor entgeht das nicht. Er kennt seine Leute, weiß, wie schlecht die Dinge für uns stehen, und handelt schnell. Ein kurzer Stoß und Yann taumelt zur Seite. Der Mantel bleibt in Sandors Händen. Er begutachtet ihn gründlich. Befühlt den Schnitt. »Wenn ich mir jemanden vom Hals schaffen wollte«, sagt er, mehr zu sich selbst, »würde es mir vielleicht einfallen, das markante Kleidungsstück eines beliebten Mannes zu stehlen und ein wenig mit meinem Messer zu bearbeiten. Dann würde ich herausfinden, wer kürzlich ein Tier geschlachtet hat – eine Ziege zum Beispiel –, und mir von dort heimlich Blut beschaffen. Oder, falls ich ein Jäger bin, so wie Yann, erlege ich etwas im Wald. Und muss nur noch zusehen, wie meine eigenen Clanleute mir auf den Leim gehen.«

Was Sandor in knappen Worten umreißt, dürfte ziemlich nah an der Wahrheit sein, doch den wichtigsten Punkt hat er nicht angesprochen. Yann hakt sofort ein, seine Worte triefen vor Spott.

»Du nimmst ernsthaft an, dass ich Quirins Mantel gestohlen habe? Natürlich, warum denn nicht. Ich war es ja auch, der Quirin fortgeschickt hat, damit mein Plan funktioniert, und selbstverständlich hat er getan, was ich wollte, ohne groß nachzufragen.«

Fast. Nur dass die Idee Quirins war und nicht deine.

Das ist das Problem bei der Sache. Niemand im Clan würde das für möglich halten, niemand die Gründe verstehen. Wie auch. Sie wissen nichts von Dhalion oder von unserer wahren Herkunft.

Ich könnte es ihnen erklären, jetzt. Aber keiner würde mir auch nur ein Wort glauben.

»Genau«, höhnt der hakennasige Egart. »Sandor, hältst du deine eigenen Leute für so dumm?«

»Lass ihn«, mischt sich eine Frau ein, die ich aus dem Sammlerteam kenne. »Er ist jung und das Mädchen hat ihm den Kopf verdreht. Er wird schon noch begreifen, dass –«

»Was ist das für ein Fürst, dem Lieblinge mehr bedeuten als …«

»Vilem hätte kurzen Prozess …«

»Ruhig.« Sandor braucht nur diese zwei Silben, um die aufkeimende Unruhe im Keim zu ersticken. Er sieht von einem zum anderen, schüttelt den Kopf. »Mir bedeutet vor allem die Wahrheit etwas. Ich stelle mich vor niemanden, der schuldig ist, aber Unschuldige schütze ich notfalls auch vor meinen eigenen Leuten. Wäre Vilem noch hier, er würde euch das Gleiche sagen.«

Sie hören ihm zu, aber sie sind nicht einverstanden. Dass sie Quirin verloren haben könnten, macht ihnen Angst.

»Yann hat euch ein Kleidungsstück gezeigt, keine Leiche. Solange er nicht mehr vorweisen kann, bin ich nicht überzeugt, dass Quirin tot ist. Aber ich lasse mich gern eines Besseren belehren. Geht in die Stadt unter der Stadt. Sucht nach Quirin – ich bin mir sicher, Yann wird euch mit Vergnügen die Stelle zeigen, wo er den Mantel gefunden hat. Nicht wahr?«

Yann antwortet nicht sofort. Er kämpft mit einer Reihe widersprüchlicher Gefühle, das ist ihm deutlich anzusehen. Da ist Wut, aber auch Angst, die Unterstützung des Clans zu verlieren, im Kampf gegen Sandor einmal mehr zu versagen. Ich vermute, Quirin hat ihm dieses Tribunal als gewonnene Sache geschildert, doch im Moment steht sein Sieg auf der Kippe.

»Sie haben dich mit ihren Sphären-Tricks herumgekriegt«, sagt er schließlich. »So läuft es ja immer. Die Lieblinge kriegen, was sie wollen, und wir bezahlen dafür. Meistens mit unserem Leben.«

Ich wechsle einen Blick mit Tycho, in dessen Augen die Angst allmählich zu Panik wird. Er kennt diesen Schachzug und ich habe ihn an der Akademie immer und immer wieder trainiert: Wenn du bei einer Sache nicht weiterkommst, hebe sie auf eine allgemeine Ebene. Lenke die Aufmerksamkeit auf ein Thema, bei dem du dir der Zustimmung deines Publikums sicher sein kannst. Genau das tut Yann jetzt. Wenn er so weitermacht, dreht sich das

Tribunal binnen Minuten nicht mehr um Quirins Verbleib, sondern um alles, was die Sphären den Clans je angetan haben.

»Sie dürfen uns fangen und töten, uns aushungern, uns versklaven.«

Zustimmende Rufe aus der Menge.

»Sie nehmen sich, was ihnen gefällt, und wir können nichts dagegen tun. Gerade wieder strecken sie ihre gierigen Finger nach unserem Land aus und wir werden es ihnen geben, weil wir uns fürchten und wissen, dass sie die besseren Waffen haben. Sie werden uns weiter in den Norden treiben, wenn wir Glück haben. Dort fangen wir dann von vorne an, in Eis und Schnee.«

Jetzt müsste ihm jemand ins Wort fallen, schnell, denn die Zustimmung der Dornen wächst spürbar, wie eine Welle, die mehr und mehr Druck aufbaut. Nickende Köpfe, geballte Fäuste.

Ich könnte diese Welle brechen, bevor sie Schaden anrichtet, aber dazu bräuchte ich wenigstens eine halbe Minute Ruhe. Eine Chance, die Aufmerksamkeit des Clans auf mich zu lenken, solange noch niemand handgreiflich geworden ist. Doch diese Gelegenheit bekomme ich nicht.

Sandor dagegen nutzt Yanns Atempause, um das Wort zu ergreifen. Ich schätze seine Aussichten auf Erfolg als nicht sehr hoch ein – das, was die Leute hören wollen, bekommen sie von Yann serviert. Aber Sandor geht es geschickt an.

»Ich bin kein Freund der Lieblinge, die fett in ihren Sphären sitzen und im Warmen darauf warten, dass unser Land taut, damit sie es uns endlich stehlen können.« Seine Stimme wirkt besser als Yanns, dunkler, vertrauenerweckender. Niemand unterbricht ihn.

»Meine ganze Familie ist von Lieblingen abgeschlachtet worden. Ihr wisst das. Ich habe keinen Grund, ihnen freundlich gesinnt zu sein. Noch weniger Grund als die meisten von euch. Aber trotzdem bin ich nicht blind.« Er stellt sich zwischen Tycho und mich. »Diese zwei hier sind Flüchtlinge. Ihre Feinde sind die gleichen wie unsere. Quirin weiß das, er hat sie geschützt. Nicht nur aus Herzensgüte, nein. Sondern weil er von ihrem Wissen profitieren wollte.« Er tritt einen Schritt vor, deutet zu uns nach hinten. »Diese beiden sind wie ein Geschenk, das für uns von großem Nutzen sein kann. Nur dumme Menschen werfen Geschenke weg oder zerstören sie.«

Yanns Lippen sind beinahe weiß, so fest presst er sie aufeinander. Das, was ihm auf der Zunge liegt, darf er nicht sagen: Quirin selbst will sie tot sehen oder wenigstens unschädlich. Das war sein Auftrag, deshalb hat er mir seinen Mantel gegeben.

Nein, so dumm ist Yann nicht. Und leider verfügt er über ein gutes Gespür für die Stimmung der Menge. Die Menschen sind verunsichert, überlegen noch, ob sie Sandor zustimmen wollen. Also reißt Yann das Wort wieder an sich.

»Großartige Geschenke«, höhnt er. »Wäre etwas anderes, wenn wir sie essen könnten, aber das ist nicht unsere Art. Wir sind keine Schlitzer. Allerdings nimmt ein kluger Mann nicht von jedem Geschenke an, denn sie können sich als tödlich entpuppen – erinnert euch daran, was den Feuerschlägern passiert ist. Der halbe Clan tot, dank den *Geschenken* der Lieblinge.« Er weist anklagend auf Tycho und mich. »Diese zwei Geschenke hier haben Köpfe, die Pläne schmieden können. Beine, die weglaufen können. Münder, die sprechen und verraten können, was der Clan Schwarzdorn plant. Und sie haben Hände, die Messer halten und damit zustechen können.« Jetzt deutet er wieder auf den Mantel, der quer über dem Tisch liegt, die Blutspuren gut sichtbar.

»Wollt ihr diese Geschenke annehmen? Oder wollt ihr euch schützen? Das ist es, was ich mir zur Aufgabe gemacht habe. Wir haben uns ein kleines Stückchen Sicherheit geschaffen, in jahrelanger Arbeit und unter schrecklichen Opfern. Wollt ihr das aufgeben?«

Wider Willen muss ich Yann meinen Respekt zollen. Er spielt mit den Emotionen der Zuhörer, als hätte er es gelernt. Er legt den Finger auf die empfindlichen Stellen und spürt genau, dass er den Clan jetzt auf seiner Seite hat. Wenn ich mich nicht täusche, holt er gerade zu seinem letzten Schlag aus.

»Ich verlange eine Abstimmung! Wir wissen nicht, welches Schicksal Quirin erlitten hat, aber die Spuren sprechen eine deutliche Sprache.« Er hält den Mantel an einer Ecke hoch. »Ich glaube nicht an einen so großen Zufall. Ich halte die beiden Lieblinge für schuldig. Sie haben Quirin getötet oder so schwer verletzt, dass er nur noch mit letzter Kraft davonkriechen konnte. Auch dann ist er jetzt wohl tot.« In einer dramatischen Geste reckt Yann die rechte Hand hoch. »Ich verlange, dass sie verurteilt und bestraft werden.«

Unzählige Hände schießen ebenfalls in die Luft, die Halle vibriert von den Rufen, die mit der Abstimmung einhergehen, es ist kaum möglich, einzelne Stimmen auseinanderzuhalten.

Ich nehme Tychos Arm, nicht um ihn oder mich zu beruhigen, sondern um ihn festzuhalten, denn er ist drauf und dran, abzuhauen. Es wenigstens zu versuchen. Ich habe noch genau vor Augen, wie er in der Akademie über die Sitzreihen des Festsaals gesprungen ist, als ich ihn das erste Mal gesehen habe. Leichtfüßig und flink, doch das würde ihm hier nicht helfen.

Nicht alle Dornen haben für unsere Verurteilung gestimmt.

Lore steht mit nachdenklicher Miene am Rand, unsere Blicke begegnen sich und sie legt ihre Handflächen aneinander, als wolle sie um Entschuldigung bitten. Ein paar andere schütteln ratlos die Köpfe, doch der Großteil der Versammelten will Blut sehen, am besten sofort.

Sie hassen nicht uns, sage ich mir, während ich die Gesichter in den vorderen Reihen betrachte. Manche wutverzerrt, manche voller Vorfreude. Sie hassen die Sphären, die Sentinel, die Kindesräuber, die Verteiler der Giftpakete. Nur dass uns das im Moment keinen Schritt weiterhilft.

Die ersten Hände greifen nach uns, doch Andris wirft sich dazwischen. »Seid ihr alle wahnsinnig?«, brüllt er und schafft es tatsächlich, die Menge zu übertönen. »Sie hat mich gerettet! Ria hat mich gerettet! Sie hat die Lieblinge überlistet und mich zurückgebracht!«

Es hat keinen Sinn, sie wollen das nicht hören. Sie wollen ihrem Elend Luft machen.

Sandors Profil ist wie aus Stein gehauen. In seinem Gesicht bewegt sich kein einziger Muskel, seine Haut ist wachsweiß. Er versucht gar nicht erst, sich Gehör zu verschaffen, sondern wartet, bis die erste Welle des Aufruhrs sich gelegt hat. »Ihr könnt nicht zwei Unschuldige für etwas bestrafen, das euch von anderen angetan worden ist. Ich verstehe eure Wut, aber sie richtet sich gegen die Falschen. Stimmt noch einmal ab.«

Yann wirbelt herum, weist mit anklagend ausgestrecktem Finger auf Sandor. »Das ist gegen die Regeln! Die Abstimmung ist vorbei, es ist alles entschieden.«

»Nein«, ruft einer seiner Gefährten. »Es ist noch nicht entschieden, was wir mit ihnen tun werden!«

Niemandem gelingt es, den nun ausbrechenden Tumult zu übertönen. Ich kann sehen, wie Sandor und Yann es gleichermaßen versuchen, aber keiner der beiden hat eine Chance. Allem Anschein nach würde ein Teil des Clans gern Sandors Aufforderung folgen und noch einmal abstimmen, während die anderen schon darüber streiten, auf welche Art wir getötet werden sollen.

Am Ende ist es Andris, der sich Gehör verschafft, indem er den riesigen Tisch hochhebt und über seinen Kopf stemmt.

»Ruhe«, brüllt er mit hochrotem Gesicht. »Oder wir werden sehen, wie weit ich den hier werfen kann!«

Sie weichen zurück, die einen voller Zorn, die anderen kopfschüttelnd. Die Pause, die Andris uns damit verschafft, wird nur kurz sein, eine letzte Chance für mich, noch etwas zu sagen. Doch noch bevor ich den Mund aufmachen kann, springt Yann auf einen Stuhl und wendet sich seinen Leuten zu.

»Die Abstimmung ist gelaufen und der Clan hat gesprochen. Er hat die beiden Lieblinge für schuldig befunden.« Er deutet mit ausgestrecktem Zeigefinger auf uns. »Ich schlage vor, wir knüpfen sie an die alten Laternenpfähle nahe der Magnetbahn. Dann können die anderen Lieblinge sie sehen, wenn sie vorbeifahren.«

Das zustimmende Johlen ist laut, aber nicht allzu vielstimmig, es kommt hauptsächlich von Yanns Freunden. Trotzdem fühle ich meine Knie nachgeben. Das Würgemal um meinen Hals ist nur noch eine dünne rosa Linie, aber ich habe die grelle Panik von damals nicht vergessen, die Todesangst, die Schlinge um meine Kehle, enger und enger …

»Du kannst sie nicht töten.« Sandors Stimme ist wie Eis. »Ich bürge für sie. Zu wenig Hirn, um dir das ein paar Minuten lang zu merken, hm?«

»Aber keineswegs.« Yann leckt sich über die Lippen. Das, was er wollte, die Belohnung für den Dienst, den er Quirin erweist, liegt jetzt direkt vor ihm. Er muss nur noch zugreifen. »Ich kann nur nicht glauben, dass du wirklich so dumm bist, dich freiwillig ausstoßen zu lassen. Wegen zwei Lieblingen.« Es fällt ihm sichtlich schwer, seine Freude zu verbergen. Seine Mundwinkel zittern, doch er schafft es, sein Grinsen zu unterdrücken. »Immerhin bist du unser Fürst, Sandor. Du bist dazu verpflichtet, uns zu beschützen, nicht die Feinde. Ich hätte gedacht, dass du dein Amt ernster nimmst. Na ja.«

Einen Moment lang rechne ich damit, dass Sandor Yann an die Kehle gehen wird. Ich sehe, wie er innerlich zum Sprung ansetzt, und es kostet ihn fast übermenschliche Anstrengung, ruhig stehen zu bleiben.

»Ich werde meinen Status als Fürst nicht mit dem Leben von Unschuldigen bezahlen.«

»Vor allem nicht mit dem Leben eines hübschen Mädchens, ich verstehe schon. Ich wusste immer, du hast nicht das Zeug dazu, die Dornen anzuführen. Aber du kannst es dir noch überlegen. Zeig uns, dass du ein Mann bist, Sandor. Du ziehst die Bürgschaft zurück, wir hängen die Lieblinge und alles bleibt, wie es war.«

Eine unruhige Bewegung geht durch die Menge.

»Wir brauchen dich«, ruft einer der jungen Jäger und ein paar andere stimmen ihm zu.

»Lass das mit der Bürgschaft.«

»Soll doch jemand anderes bürgen.«

Langsam, aber mit eiserner Bestimmtheit schüttelt Sandor den Kopf. »Wenn ihr das Urteil nicht zurücknehmt, dann werdet ihr mich wohl ausstoßen müssen.«

Ich würde die Clanleute gerne packen und ihre Köpfe aneinanderschlagen, einen nach dem anderen. Sie sind Yann in die Falle gegangen, die Quirin so geschickt vorbereitet hat. Nur wenige stimmt das Ergebnis froh, aber die machen so viel Lärm, dass man denken könnte, der ganze Clan jubelt.

»Also gut.« Yann hebt die Hände, um erneut die Aufmerksamkeit auf sich zu richten. »Als Ankläger verkünde ich: Die Lieblinge sind schuldig an Quirins Tod und wer weiß, woran sonst noch. Das Urteil lautet Hängen, aber da einer von uns sich für sie verbürgt hat, dürfen wir es nicht vollstrecken, das gebieten die Regeln. Sie werden also in die Wildnis gejagt, ohne Nahrung und ohne Waffen. Der Bürge teilt ihr Schicksal.«

Ein kräftiger Tritt knickt zwei Beine des Stuhls wie Strohhalme um. Yann stürzt zu Boden.

»Wisst ihr was?«, dröhnt Andris und tritt noch einmal zu, diesmal trifft er Yann in die Seite. »Ich teile ihr Schicksal auch. Ich habe keine Lust, mein Leben weiterhin in der Gesellschaft von Schwachköpfen zu verbringen.«

Er sieht sich um und lächelt liebenswürdig. »Und wenn jemand versuchen will, mir meine Waffen wegzunehmen, bevor ich in die Verbannung gehe – viel Spaß dabei.«

5

Sie zerren uns zum Ausgang. Neben mir höre ich Tycho aufstöhnen, mit ihm springen sie grober um als mit mir. Nur einmal packen kräftige Hände mein Haar und reißen mich fast zu Boden. Ich höre jemanden spucken, aber ich glaube nicht, dass er oder sie mich trifft.

Weiter vorne, zwischen stoßenden und schubsenden Menschen, schleppen Yann und zwei seiner Kumpane Sandor nach draußen. Immer wieder müssen sie wütende Dornen beiseitedrängen, die sich vom Ausgang des Tribunals sichtlich überrumpelt fühlen.

Andris wird von seinen Sammlern bestürmt, die nicht wahrhaben wollen, dass er sie so einfach verlässt. Aber er bleibt stur. »Ihr könnt ja mitkommen«, bietet er ihnen spöttisch an. »Das wäre ein Spaß. Dann kann Yann bald nur noch sich selbst herumkommandieren.«

Draußen empfangen uns Dunkelheit und kühle Luft. Eine dürre Mondsichel hängt blass am Himmel. Ich bin froh, dass ich in meinen warmen Sachen geschlafen habe und sie seit dem Morgen am Körper trage, ebenso wie Tycho.

Die meisten Dornen bleiben beim Clangebäude zurück. Es laufen nur noch die neben uns her, die Yann anfeuern, und die, die immer noch hoffen, dass Sandor einen Weg findet, die Verbannung zu vermeiden. Viele von ihnen sind Frauen.

Unser Weg führt uns auf die Anhöhe, über die wir nach unserer ersten Begegnung mit den Dornen als Gefangene gekommen sind. Tomma ohne Schuhe auf Aureljos Schultern. Sandor neben mir, stumm, fremd und feindselig.

Wo damals Schnee jeden Schritt erschwerte, herrscht heute der Schlamm. Zweimal rutsche ich aus und falle fast hin, doch meine Bewacher reißen mich an den Oberarmen hoch, bevor ich den Boden berühre.

Dann sind wir am höchsten Punkt des Hügels angekommen. Eine leichte Brise weht mir das Haar aus der Stirn, während wir alle auf Waffen und wertvolle Besitztümer durchsucht werden. Nur Andris kommt keiner zu nahe, er hat sein Messer in der Hand und lächelt einladend.

Yann tritt vor mich und Tycho, grinsend. »Ich gebe euch zwei Tage«, flüstert er. »Drei, höchstens. Außer natürlich, meine Leute finden euch früher.«

Mit einer Kopfbewegung befiehlt er den Bewachern, uns loszulassen. Nur Sandor halten sie immer noch fest, obwohl er bisher keine Anstalten gemacht hat, sich zu wehren.

Ihn hat Yann sich bis zum Schluss aufgehoben. Er baut sich vor ihm auf. »So, Sphärenfreund. Jetzt ist es also so weit. Du hast dein wahres Gesicht gezeigt, hast deinen Clan im Stich gelassen, obwohl du der Anführer warst. Und wofür? Für zwei dreckige Lieblinge.« Er leckt sich über die Lippen, die Sache macht ihm riesigen Spaß und er schafft es nicht, das zu verbergen. »Wir stoßen dich aus. Du gehörst nicht mehr zum Clan Schwarzdorn. Für uns bist du Freiwild. Schließ dich den Nachtläufern an oder feil dir die Zähne spitz und geh zu den Schlitzern.«

Yanns Leute johlen Beifall und für die Dauer eines Atemzuges denke ich, es ist überstanden. Doch dann holt Yann aus und versetzt Sandor zwei Faustschläge in den Magen und einen ins Gesicht.

Unter den Protesten seiner Anhänger und dem Gelächter seiner Feinde geht Sandor zu Boden. Ich springe ihm im gleichen Moment zu Hilfe wie Tycho, aber Andris ist schneller. Er stößt Yann zur Seite und hilft Sandor auf die Beine, stützt ihn bei seinen ersten Schritten den Hügel hinunter.

Wir bleiben knapp hinter ihnen. Ich kann Sandors angestrengtes Keuchen hören, die Hiebe müssen ihm die Luft aus den Lungen gepresst haben; hoffentlich sind seine Rippen nicht verletzt.

Bevor wir in das Wäldchen eintauchen, in dem ich vor nicht allzu langer Zeit fast erdrosselt worden wäre, dreht Andris sich noch einmal um.

»Heute ist ein Tag, an den ihr lange denken werdet«, dröhnt seine Stimme durch die Nacht. »Der Tag, als der Clan Schwarzdorn in sein Verderben gelaufen ist.«

Wir wagen es nicht, in der nächsten Stunde eine Pause einzulegen, denn Andris rechnet damit, dass Yann uns Leute nachschicken wird, um uns schnell und endgültig loszuwerden.

»Er geht gern auf Nummer sicher«, erklärt Andris.

Also stolpern wir durch den finsteren Wald, schweigend. Sandor lässt sich nicht mehr stützen, er lehnt jede Hilfe ab. Ich wische ihm mit bloßen Händen das Blut aus dem Gesicht, das schwarz im Mondlicht glänzt. Mein Versuch, mit ihm zu sprechen, scheitert aber, und obwohl es mich schmerzt, kann ich Sandor deswegen nicht böse sein. Ich weiß noch genau, wie es sich anfühlt, seinen Platz in der Welt zu verlieren.

»Ich kapiere nicht, warum Sandor das für uns getan hat.« Neben mir her trabt Tycho, der den Unebenheiten des Bodens viel geschickter ausweicht als ich. »So gut kennt er uns doch nicht und bisher hatte ich nie den Eindruck, dass er uns besonders mag.«

»Er wird seine Gründe haben«, erwidere ich sehr vage. Kein Ton darüber, dass ich diese Gründe kenne und jedes Mal vor Augen habe, wenn ich mich im Spiegel betrachte. Vielleicht werde ich Tycho doch mit der Situation vertraut machen müssen, bevor ich sie mit Aureljo kläre, aber nicht heute. Nicht in dieser Nacht.

Denn wir haben bereits mehr als genug Probleme.

In der langen Zeit, die ich unter der Stadt und in Vienna 2 verbracht habe, ist die Erinnerung an die nächtlichen Bewohner der Außenwelt verblasst. Jetzt heulen sie sich in mein Gedächtnis zurück.

»Da sind Wölfe, oder?«, fragt Tycho mit gedämpfter Stimme. »Klingt, als wären sie nicht weit entfernt.«

Andris, dessen riesige Gestalt ich mehr erahne als sehe, beschleunigt seine Schritte. »Ich weiß, wohin wir gehen«, keucht er. »Bleibt eng zusammen, dann greifen sie nicht so schnell an.«

Ich wage nicht zu fragen, wie weit es bis zu unserem Ziel noch ist, sondern mache mir weis, dass wir fast da sind. Das muss so sein, denn anders haben wir keine Chance. Ohne Licht und praktisch ohne Waffen können wir weder fliehen noch uns verteidigen.

Wieder das Heulen, näher diesmal.

Jemand greift nach meiner Schulter und ich unterdrücke einen Aufschrei.

Es ist Sandor, der mich vorwärtsschiebt, wahrscheinlich, weil ich die Langsamste in der Gruppe bin. Er lenkt mich um Hindernisse herum und tatsächlich kommen wir jetzt besser voran. Trotzdem erwarte ich jede Sekunde, dass ein Wolf aus seinem Versteck hervorspringt und mich anfällt. Es wäre das passende Ende für diesen Tag.

»Gleich«, verspricht Andris, er hält sein Messer in der Hand, aber er ist selbst nervös und verbirgt es nur schlecht.

Dann sehe ich zwei gelbe Lichter in der Dunkelheit. Höre Zähne aufeinanderschnappen. Sandor lässt meine Schulter los und vollführt eine blitzschnelle Bewegung. Einen winzigen Moment später folgt ein Aufjaulen. Die gelben Augen verschwinden.

Steine, geht es mir durch den Kopf. Kleine Wurfgeschosse, sehr wirksam, wenn man gelernt hat, mit ihnen umzugehen.

Überraschend bald danach stößt Andris einen Triumphschrei aus. »Daran beißt ihr euch die Zähne aus, Wolfsgesindel!« Er schlägt mit der flachen Hand gegen eine Mauer, die sich fahlgrau im Dunkel abzeichnet. Das Quietschen des Tors in den verrosteten Angeln muss man noch kilometerweit hören können.

Ein Unterschlupf, der über eine intakte Tür verfügt, dem aber glücklicherweise die Fensteröffnungen fehlen. Innen ein riesiger, leerer Raum. Wir treten Schutt und Steine zur Seite, um uns ein Stück freien Boden zu schaffen, wo wir uns hinlegen können.

Draußen heulen die Wölfe, und während der Schlaf nach und nach mein Bewusstsein auslöscht, vervielfachen sich ihre Stimmen zu einem dämonischen Chor.

6

Wärme auf meinem Gesicht. Ich öffne die Augen und schließe sie sofort wieder vor dem blendenden Sonnenstrahl, der durch einen Sprung in der Mauer auf mich fällt.

Ein Moment völliger Orientierungslosigkeit verstreicht, dann kehrt alles zurück: das Tribunal, die Bürgschaft, die Vertreibung.

Ich richte mich auf und reibe mit den Händen über mein Gesicht. Andris schläft noch, Tycho ebenfalls – er liegt auf dem Bauch und hat seinen Kopf so in den Armen verborgen, dass nur sein Haar zu sehen ist. Wie eine goldgelbe, wild wuchernde Pflanze.

Sandor hingegen ist bereits wach. Er sitzt aufrecht an die Wand mir gegenüber gelehnt, zwischen Metallteilen und Resten alter Maschinen. Falls er bemerkt hat, dass ich ihn ansehe, zeigt er es nicht, sondern starrt weiterhin ausdruckslos auf die verrostete Tür. Die rechte Seite seines Gesichts ist angeschwollen und rötlich blau verfärbt, in seinem Mundwinkel klebt getrocknetes Blut.

Die Spuren, die Yanns Schläge hinterlassen haben, erschweren es mir, Sandors Miene zu deuten, aber was ich erkennen kann, ist Verschlossenheit. Ob aus Zorn oder aus Verzweiflung – er will jetzt nicht sprechen, sondern mit seinen Gedanken allein sein.

Ich lege mich wieder hin, schließe die Augen. Wir müssen uns überlegen, wie unsere nächsten Schritte aussehen sollen, und ich nutze die Zeit, um mir eine Strategie zurechtzulegen.

Erst Andris' Erwachen, sehr geräuschvoll von Kratzen, Husten und unterdrücktem Fluchen begleitet, beendet meine innere Krisensitzung. Obwohl ich ihm den Schlaf gönnen würde, wecke ich Tycho, der offenbar keine Aufwachphase braucht. Er ist, wie in allem, auch hier blitzschnell.

»Als Erstes suchen wir Waffen für euch.« Der Satz ist nur mit Mühe zu verstehen, da er zur Hälfte in Andris' Gähnen ertrinkt. »Dann überlegen wir weiter. Wir sollten nach Süden, wenn ihr mich fragt. Wir finden einen Clan, der vier helle Köpfe brauchen kann, und machen uns ein schönes Leben.« Sein schiefes Grinsen lässt keinen Zweifel daran, dass der Vorschlag, so verlockend er klingt, nicht ganz ernst gemeint ist.

»Gehen nicht alle nach Süden?«, meint Tycho zweifelnd. »Ich glaube nicht, dass die Clans dort heiß auf Neuzugänge sind. Wieso sollten sie?«

»Da ist was dran. Dann her mit euren Ideen, aber ich sage euch gleich: Ich gehe nicht nach Norden und nicht in eine von euren Sphären. Nie wieder. In diesen Riesenblasen kann man nicht atmen und es stinkt wie …« Er rudert in Ermangelung eines passenden Vergleichs mit den Armen.

Ich könnte jetzt mit meinem Vorschlag herausrücken, doch wahrscheinlich ist es dafür zu früh, denn sowohl Tycho als auch Andris sehen Sandor an, warten offenbar darauf, dass er seine Rolle als Anführer wieder einnimmt.

Sie warten vergebens.

Sandor steht ein Stück abseits, als gehöre er nicht zu uns, mit dem Zeigefinger fährt er einen Riss in der Mauer nach, sein Blick ist nach innen gerichtet.

Unter anderen Umständen würde ich ihm seine Ruhe lassen,

aber jetzt ist es wichtig, dass wir die nächsten Entscheidungen gemeinsam treffen. Mir ist mulmig dabei, mit einer schroffen Ablehnung könnte ich heute nur schwer umgehen, aber ich gehe dennoch zu ihm, lege eine Hand auf seinen Arm. »Sandor? Wir müssen weiter und wir müssen uns überlegen, welche Richtung wir einschlagen. Wir brauchen deine Hilfe.«

Er lacht auf, verächtlich. »Ja sicher. Meine Hilfe ist unschätzbar wertvoll, das haben wir gestern alle gesehen.«

Das kommt überraschend. »Was meinst du?«

Zum ersten Mal, seit wir den Clan verlassen haben, sieht er mir direkt in die Augen. »Es tut mir leid, ich war so dumm. Ich habe Yann völlig unterschätzt, dabei kenne ich ihn, seit wir Kinder waren. Ich hätte wissen müssen, dass er einen Trumpf im Ärmel hat, so großspurig, wie er herumstolziert ist.« Sandor wischt sich mit dem Handrücken über den Mund und zuckt leicht zusammen, als er die Schwellung über dem Jochbein berührt.

»Du hast uns das Leben gerettet!« Ich würde gern sein Gesicht zu mir drehen, aber ich habe Angst, ihm wehzutun. »Hättest du nicht für uns gebürgt, hätte Yann uns getötet, das weißt du!«

Er schüttelt langsam den Kopf. »Mit mir hat Vilem eine schlechte Wahl für seinen Nachfolger getroffen. Zu wenig Voraussicht. Ich habe mich viel zu sicher gefühlt. Wäre ich klug gewesen, hätte ich euch im Lauf des Tages unter die Stadt gebracht, dort gibt es genug Orte, die Yann nicht kennt. Sein Tribunal wäre ins Wasser gefallen und ihr müsstet nicht hier draußen ster–« Er hält inne.

»Das ist Unsinn.« Ich lege etwas in meine Stimme, das Grauko immer *die Stahlwand* genannt hat. Einen Ton, der jeglichen Widerspruch ausschließt. »Du bist in eine Falle gegangen, die nicht Yann, sondern Quirin gestellt hat. Er wollte uns stoppen und Yann hat als Lohn für seine Dienste einen guten Tipp bekommen, wie er dich loswerden könnte.«

»Quirin?«, protestiert Andris. »Was redest du denn da, Sphärenmädchen? Quirin war immer auf eurer Seite, erinnerst du dich nicht mehr? Und niemals hätte er Sandor schaden wollen.«

Es ist nicht fair und auch nicht sinnvoll, dass Andris als Einziger von uns nichts über Dhalion und die damit verbundenen Verwicklungen weiß. Aber jetzt ist nicht der richtige Zeitpunkt, um ihn aufzuklären.

»Wenn wir in Sicherheit sind, werde ich dir eine sehr lange und sehr erstaunliche Geschichte über Quirin erzählen«, verspreche ich ihm.

»Das heißt also: möglicherweise nie«, brummt Andris. »Eigentlich egal, denn ich kenne Quirin, solange ich lebe. Ich weiß, dass er ein guter Mann ist. Der beste! Er hat mehr als ein halbes Dutzend Wunden an meinem Körper genäht, die da zum Beispiel – siehst du?« Er zieht seinen rechten Ärmel hoch und präsentiert eine breite weiße Narbe, die vom Ellenbogen fast bis zum Handgelenk reicht. Sie ist mir nicht fremd, ich habe Andris in Vienna 2 mehrmals gewaschen.

Mein halbherziges Nicken genügt ihm nicht. »Außerdem habe ich ihn Hunderte Male die ganze Nacht hindurch kämpfen sehen, wenn er jemanden retten wollte. Ach, was heißt Hunderte Male. Tausende!«

»Das glaube ich dir.« Wir haben jetzt keine Zeit, Quirins Helden- und Schandtaten zu besprechen. »Der Clan liegt ihm mehr am Herzen als alles andere, mehr, als du dir vorstellen kannst.«

Ohne eine Reaktion abzuwarten, wende ich mich wieder Sandor zu. »Wenn du jetzt beschließt, dir sinnlose Vorwürfe zu machen, statt dich auf unser Überleben zu konzentrieren, wird uns das nur schaden. Wir brauchen dein Wissen, deine Geschicklichkeit und deine ganze Konzentration.«

»Sie hat recht«, springt Tycho mir zur Seite. »Ehrlich, ich kapiere nicht, was du falsch gemacht haben willst. Ich weiß überhaupt nicht, wie ich mich je für deine Hilfe erkenntlich zeigen soll. Um die Wahrheit zu sagen, bin ich immer noch verblüfft darüber, wie du dich für uns ins Zeug gelegt hast.«

Es macht nicht den Eindruck, als würde unsere Dankbarkeit Sandors Laune heben. Wortlos stellt er sich an eine der größeren Spalten in der Mauer und späht hinaus. Seinem Gang sieht man an, dass er Schmerzen hat; er hält sich leicht vorgebeugt, und wenn ich mich nicht täusche, hinkt er auch.

»Ich habe euch ein klein wenig Zeit erkauft«, sagt er schließlich. Seine Stimme klingt matt, als sähe er durch den Mauerriss das Ende schon vor sich und hätte keine Lust mehr auf die Anstrengungen, die bis dahin noch vor ihm liegen. »Wir sind unbewaffnet, in einem Gebiet, in dem es vor Feinden nur so wimmelt. Clans und Sentinel, ich weiß nicht, was schlimmer ist. Gestern Nacht sind wir knapp einem Wolfsrudel entkommen, heute kann es anders ausgehen. Vor zwei Wochen hat einer meiner Jäger einen Bären herumstreifen gesehen, wenn wir dem begegnen, können wir nur hoffen, dass er kürzlich gefressen hat.« Er nimmt seinen Blick von dem Spalt und lehnt sich mit dem Rücken gegen die Wand. »Hinzu kommt, dass wir nicht einmal ein Ziel haben. Wir laufen ins Nichts und können nur auf so etwas wie Glück vertrauen. Was, wenn wir die letzten Ereignisse betrachten, ziemlich naiv ist.«

Mein Stichwort ist gefallen. Ich vergegenwärtige mir schnell noch einmal alle Fakten, die ich mir am frühen Morgen zurechtgelegt habe. »Wir atmen«, sage ich. »Also leben wir und haben eine Chance. Erinnerst du dich an die vier Reisenden, die den Clan knapp nach meiner Abreise nach Vienna besucht haben? Sie wollten mit Vilem sprechen. Drei Männer und eine Frau.«

Sandor ist sichtlich überrascht von meinem Themenwechsel, lässt sich aber darauf ein. »Ja. Ich war gerade auf der Jagd, also wurden sie zu Quirin gebracht. Er war es, der mit ihnen gesprochen hat. Ich bin ihnen nur kurz begegnet, da wollten sie schon aufbrechen.« Er runzelt die Stirn und zuckt schmerzlich zusammen. »Der jüngste der Männer wirkte sehr bedrückt, schüttelte immer wieder den Kopf. Die beiden älteren hatten es eilig und das Mädchen – mit ihr habe ich ein paar Worte gewechselt. Eine Jägerin, vier Messer am Gürtel und ein Langbogen am Rücken. Sie sagte«, er überlegt einige Sekunden lang, »sie sagte, es wäre ihr keine große Freude, den neuen Fürsten kennenzulernen, der alte sei ihr lieber gewesen. Trotzdem wünschte sie mir viel Glück. Ich glaube, ich kann mich sogar an ihren Namen erinnern. Mo…, nein, Ma…«

»Maiossa«, werfe ich ein. Ich habe heute Morgen alle mir bekannten Memotechniken angewendet, um ihn mir wieder ins Gedächtnis zu rufen. Dabei interessiert mich Maiossa nur in zweiter Linie; vor allem will ich denjenigen treffen, den sie begleitet hat und dessen Stimme ich erkannt habe. Einen von drei Studenten, die noch vor uns beseitigt wurden.

Mir Curvellis Gesicht zu vergegenwärtigen fällt mir schwerer als gedacht. Wir kannten uns nicht besonders gut, aber ich werde ihn zweifellos wiedererkennen, wenn ich ihn sehe.

»Weißt du, von welchem Clan die Gruppe stammte?«

»Ja, natürlich. Es waren auch Schwarzdornen, aber aus der westlichen Linie.«

Das ist besser, als ich gehofft hatte. »Dann gehen wir zu ihnen! Wir bitten sie, uns so lange Unterschlupf zu gewähren, bis wir uns die nächsten Schritte überlegt haben.«

»Nein, Ria. Andris und ich sind aus dem gesamten Clan ausgestoßen. Aus allen Linien. Und ihr seid für alle gleichermaßen vogelfrei. Ich bin sicher, dass Yann schon Boten ausgeschickt hat, die die Nachricht nach Westen und Süden bringen.«

Das ist unerfreulich, aber kein Grund aufzugeben. »Ich schlage vor, wir versuchen es trotzdem. Es ist jemand dort, mit dem ich sprechen möchte. Und ich vermute, auch in der westlichen Linie gibt es einen Bewahrer?«

Sandor stutzt, dann begreift er, worauf ich hinauswill, und nickt. »Ja, allerdings. Aber es sind sieben Tagesmärsche, vielleicht sogar acht. Falls wir uns zwischendurch verstecken müssen, falls einer von uns verletzt wird oder ...« Er hebt die Arme und lässt sie wieder sinken. »Ich will euch nichts vormachen. Ich wäre erstaunt, wenn jemand von uns lebend ankommt. Wir alle vier – das wäre ein Wunder.«

In Tychos Augen glitzert etwas Wildes. »Umso besser. Wunder stehen ganz oben auf meiner Liste unerledigter Dinge.«

Wir sind höchstens eine halbe Stunde unterwegs, als sich erstmals zeigt, wie recht Sandor mit seinen Bedenken hatte. Wir verdanken es der guten Laune der beiden Messack, dass wir sie schon lange hören, bevor wir sie zu Gesicht bekommen.

Hinter Steinen und Büschen verborgen, beobachten wir, wie sie einen erlegten Hirsch ausnehmen und transportgerecht zerteilen. Der Anblick bringt mir ein weiteres Problem unserer Lage ins Bewusstsein: die Verpflegung. Wir werden uns von Flechten und

Moosen ernähren müssen, ergänzt durch ein paar Pilze dann und wann. Nicht ideal, wenn man den ganzen Tag auf den Beinen und auf der Hut sein muss. Hunger lenkt ab.

Es dauert, bis die Messack fertig sind und ihre Beute geschultert haben. Die erste Verzögerung und das so kurz nach unserem Aufbruch. Wenn es so weitergeht, werden wir das westliche Territorium frühestens in einem Monat erreichen, eher aber gar nicht.

Sandor gibt das Signal zum Weitergehen erst, nachdem die Schritte der feindlichen Jäger längst nicht mehr zu hören sind. Mit Andris wechselt er ein paar blitzschnelle Zeichen, die ich nicht erkenne. Am Ende nicken beide.

»Wir müssen die Route ändern«, erklärt Sandor. »Die Messack sind exakt den Weg gegangen, den wir auch einschlagen wollten, wir können also damit rechnen, in dieser Richtung auf ihr Lager zu stoßen. Das heißt, wir werden einen großen Bogen laufen und hoffen, dass wir dort nicht auf andere Feinde treffen.«

Ein Umweg, das bedeutet die nächste Verzögerung. Mein mühevoll aufrechterhaltener Optimismus sackt allmählich in sich zusammen.

Doch in den nächsten Stunden kommen wir gut voran, obwohl wir immer wieder in Deckung gehen und auf die Umgebung lauschen.

Am frühen Nachmittag, zwischen zwei Ruinen am Rand eines Waldes, stoßen wir auf die Leiche eines Schlitzers.

Sandor kniet sich neben ihn und untersucht ihn. »Erschossen. Das waren Sentinel.« Aus dem Gürtel des Toten zieht er ein kurzes, gezacktes Messer. »Außerdem hätten Clanleute ihm das hier nicht gelassen. Wir, zum Beispiel, werden es mitnehmen, damit haben wir wieder eine Waffe mehr.«

Während unseres Marschs durch den Wald hat man Sandor seine Schmerzen nicht angesehen, doch als er sich jetzt aufrichten will, schafft er es kaum. Er hält sich die Seite und stützt sich mit der anderen Hand am Boden ab, bis Andris ihm zu Hilfe kommt.

»Und, könnten wir Quirin und seinen Zauberkasten gerade gut gebrauchen oder nicht?«, brummt dieser, mit Seitenblick auf mich.

Wir sind alle bereit, eine Pause einzulegen, aber Sandor winkt ab. »Nicht hier. Seht ihn an.« Er deutet auf den Schlitzer. »Viel zu gefährlich.«

Eine beschwerliche halbe Stunde später wissen wir auch, warum die Sentinel dieser Gegend ihre besondere Aufmerksamkeit widmen. Wir sind durch eine Senke gewandert, in der alte Mauerreste aus knöcheltiefem Schlamm ragten und jeder Schritt die Möglichkeit eines Sturzes in sich trug. Jetzt haben wir die nächste Steigung erreicht, wo der Boden trockener und tragfähiger ist. Als wir oben auf der Kuppe ankommen, liegen die Stützen der Magnetbahn vor uns.

»Wie hübsch«, keucht Tycho. Er hat seine Hände auf die Oberschenkel gestützt; der lange Aufenthalt unter der Erde hat seiner Kondition nicht gutgetan. »Da kommen doch gleich Heimatgefühle auf.«

Ich bin selbst außer Atem, aber in besserer Verfassung als Sandor, der den Aufstieg nur mit Mühe und eisernem Willen geschafft hat. Nun wankt er und ich helfe ihm, sich hinzusetzen. »Wir müssen eine Pause machen.« Wieder die Stahlwand. »Und ich will mir deine Rippen ansehen.«

Eine gebrochene Rippe wäre noch das geringste Übel. Viel schlimmer ist die Vorstellung von gequetschten Organen oder gar inneren Blutungen, hervorgerufen durch Yanns Schläge. Doch dann wäre Sandor schwächer, beruhige ich mich selbst. Dann hätte er den heutigen Gewaltmarsch keinesfalls bewältigt.

»Es sind nur geprellte Rippen«, sagt er und entzieht mir seinen Arm. »Ich habe letzte Nacht alles abgetastet, ich wüsste es, wenn etwas gebrochen wäre.«

Immer noch machen die Schwellungen in seinem Gesicht es mir schwer, festzustellen, ob er die Wahrheit sagt oder mich nur beruhigen will.

»Jedenfalls legen wir eine Rast ein.« Ich flehe stumm um Andris' Unterstützung und er seufzt ergeben.

»Ja. Ich könnte auch eine Pause vertragen.«

Hinter einem dicht belaubten Gebüsch verbergen wir uns. Ich habe Durst, am letzten Bach sind wir vor geschätzten zwei Stunden vorbeigekommen. Schnee, um ihn im Mund schmelzen zu lassen, habe ich seit gestern nicht mehr gesehen.

Als wollte sie mir diesen Umstand erklären, bricht plötzlich die Sonne durch die Wolken, trifft warm mein Gesicht. Ich kann nicht anders, ich lache leise auf, nie werde ich mich an dieses wunderbare Gefühl gewöhnen.

Tycho atmet langsam und genießerisch ein. »Vielleicht sollten wir doch nach Süden gehen, ist mir egal, ob –«

Sandors Aufschrei unterbricht ihn. »Das glaube ich nicht!« Er schirmt seine Augen mit der Hand ab und späht in den Himmel.

Erst sehe ich nicht, was er meint, dann entdecke ich einen winzigen, kreisenden Punkt, der sich allmählich zu uns herabsenkt, als Sandor einen durchdringenden Pfiff ausstößt.

Je tiefer er gleitet, desto klarer wird, dass ein alter Freund Sandor in die Verbannung begleitet hat. Langsam werden Details erkennbar. Weiße Schwingen mit schwarzen Sprenkeln, gelbe Fänge.

Sandor reißt sich seine lederne Jacke vom Leib und wickelt sie um seinen linken Arm, bis über die Hand. Dann hält er die Faust hoch und Kelvin landet zielsicher. Er sucht nach einer der kleinen Belohnungen, die Sandor sonst immer für ihn bereithält, und dreht beleidigt den Schnabel zur Seite, als er nichts findet.

»Tut mir leid, alter Freund.« Zärtlich streichelt Sandor über die Brustfedern des Falken. »Ich kann dir nur Moos anbieten, das würdest du nicht mögen. Wie wär's, wenn du zur Abwechslung uns fütterst? Ein Kaninchen für uns schlägst, hm? Hast du doch schon gemacht. Oder einen Fasan.«

Die Augen des Vogels ruhen aufmerksam auf Sandor, nur gelegentlich zuckt sein Kopf zur einen oder anderen Seite, als wollte Kelvin auch den Rest der Gruppe im Blick behalten.

Als er unruhig wird und beginnt, Sandors Arm mit seinen krallenbewehrten Fängen zu kneten, streicht der ihm noch einmal liebevoll über den Schnabel und gibt ihm dann Schwung zum Abheben.

»Er wird nicht für uns jagen, dazu müsste ich ihn bei mir haben und mehrere Tage hungern lassen. In Freiheit kann er sich bequem von Ratten und Mäusen ernähren und muss sich nicht groß anstrengen.« Sandor lächelt. Kelvins Auftauchen scheint für ihn so etwas wie ein gutes Omen zu sein. Die Aura von Niedergeschlagenheit und Pessimismus, die ihn die ganze Zeit umgeben hat, ist verschwunden. Als hätte der Falke sie mit sich hinauf zwischen die Wolken genommen.

»Kein schlechter Ort für eine Pause.« Sandor lässt sich vorsichtig wieder zu Boden gleiten, diesmal so, dass er die Magnetbahn im Blick hat. »Die Feindclans wagen sich nicht so nah an die Bahn heran, es sei denn, sie wollen sie überfallen. Was sie nicht tun werden, wenn wir richtigliegen und sie von den Sphären angeheuert worden sind, um den Dornen das Leben schwer zu machen.« Dieses winzige Zögern, bevor er den Namen seines früheren Clans nennt. Als hätte er Angst, eine schmerzende Wunde zu berühren.

Ich bilde mit den Händen das Zeichen für Verlust und er senkt den Kopf.

»Ja«, sagt er. *Und Sorge*, ergänzt er mit Handzeichen.

»Sie werden zurechtkommen.« Ich versuche, die Zuversicht zu empfinden, um sie überzeugend in Mimik und Stimme legen zu können. »Der Clan hat die letzten Monate ohne große Konflikte überstanden, die Sentinel sind nie zu nahe gekommen und es hat keine Zusammenstöße mit den Scharten oder Nachtläufern gegeben.« Wirke ich naiv? Egal. Wichtig ist, dass Sandor einen guten Fortgang der Dinge zumindest für möglich hält.

Erst sagt er nichts, er verzieht nur das Gesicht, als würden seine Schmerzen schlimmer werden. Er betrachtet Andris, der sich zusammengerollt hat und ein Nickerchen macht.

»Ich habe keinen Than bestimmt. Es gab so viel Dringenderes zu erledigen und ich dachte, ich hätte noch massenhaft Zeit …« Sandor lacht leise auf und befühlt die Schwellung über seinem rechten Jochbein. »Es gibt also keinen Nachfolger. Du kannst dir denken, dass Yann den Rang des Fürsten für sich beanspruchen wird, aber ich glaube kaum, dass er damit durchkommt. Er ist so alt wie ich und mich haben sie nur akzeptiert, weil ich eben Than war.« Ein Blick zum Himmel, doch von Kelvin ist nichts mehr zu sehen. »Außerdem ist Yann für sein giftiges Temperament berüchtigt. Jeder weiß, dass er sich nicht unter Kontrolle hat, nur finden einige gerade das bestechend. Endlich einer, der an Blutvergießen nichts Schlechtes findet!«

Die nächsten Sätze spricht er leiser, vielleicht um sicherzustellen, dass Andris sie nicht im Halbschlaf hört. »Es wird Streit geben, Kämpfe, wahrscheinlich Tote. So wie in den Anfängen des Clans – deshalb wurde das Amt des Than damals eingeführt. Im schlimmsten Fall zerfällt die östliche Linie und die einzelnen Gruppen werden in alle Winde zerstreut. Dann sind ihre Überlebenschancen nur wenig besser als unsere. Wäre Andris geblieben, hätte er für Ordnung sorgen und die Gemüter beruhigen können. Darin ist er gut, wenn er will. Aber so …«

Ich frage mich, ob Quirin diese Szenarien durch den Kopf gegangen sind, als er ausgerechnet Yann für seine Zwecke eingespannt hat.

»Vielleicht einigen sie sich ja schneller, als du denkst. Unter deinen Jägern waren zwei oder drei starke und vernünftige Männer, nicht? Wenn es einem davon gelingt, den Clan zu beruhigen und Streitigkeiten zu schlichten …« Oder Yann außer Gefecht zu setzen, füge ich im Stillen hinzu.

»… dann würde die Mehrheit ihn wohl zum neuen Fürsten erklären«, beendet Sandor meinen Satz. »Garrif könnte das schaffen. Oder Aranko. Hoffentlich sind sie –«

Er blickt an mir vorbei.

Im gleichen Moment fährt auch Tycho herum, der einige Schritte entfernt sitzt und begonnen hat, mit einem Stein die harten Blätter des Strauchs zu einem essbaren Brei zu zerreiben.

Nun höre ich es ebenfalls. Ein leises Rauschen, gleichmäßiger als Wind, begleitet von einem Sirren. Unwillkürlich ducke ich mich tiefer, versuche aber gleichzeitig, durch das Geäst zu spähen.

Dann sehe ich ihn. Der Zug ist lang und besteht fast zur Gänze aus Transportwaggons, die mit voller Reisegeschwindigkeit zwei

Meter über dem Boden dahinschießen. Waggon Nummer fünf ist ein Personenwagen, einer von den großen, mit denen üblicherweise Sentinel-Trupps zu ihren Einsatzorten gefahren werden. Danach folgen offen transportierte Güter, die direkt an den Magnetstrom gekoppelt wurden. Bei ihrem Anblick fühle ich, wie meine Kehle sich verengt. Ich versuche zu schlucken, aber ich kann nicht. Der Zug fährt grob in die Richtung, aus der wir gekommen sind.

»Oh verdammt«, höre ich Tycho flüstern. »RZ12 und KMM38. Gleich neun Stück, das können die doch nicht machen.«

Es sind Raketenwerfer. Riesige mattgrüne Geräte, außerdem drei panzerähnliche Fahrzeuge und zwei unbeschriftete Container im gleichen grünen Farbton.

Was den Dornen nun droht, werde ich Sandor nicht schönreden können. Aber vielleicht sind meine Befürchtungen falsch und die schweren Gerätschaften sind zur Bekämpfung kriegerischer Clans gedacht. Der Zwischenfall an der Dornenhecke kommt mir in den Sinn, der Nachtläufer, der die Exekutoren töten wollte. Möglicherweise hat er Nachahmer gefunden und es gibt einen Aufstand der Scharten oder Messack, den man niederschlagen will. Ausgeschlossen ist es nicht.

Ein Waggon nach dem anderen rast an uns vorbei. Jetzt sind es wieder normale weiße Transportwagen. Dann verschwindet die Bahn aus unserem Sichtfeld. Das Sirren hält noch kurz an, dann verklingt es.

»Unlogisch«, verkündet Tycho.

Der Begriff wäre mir im Zusammenhang mit dem eben Erlebten nicht in den Sinn gekommen.

»Was meinst du?«

Sein Kopfschütteln offenbart blanke Ungeduld. »Hast du nie Sphärenschutz und Waffenkunde belegt? Wir sind nicht besonders gut mit schwerer Artillerie ausgerüstet. Wozu auch? Die Sphären untereinander vertragen sich und gegen die Pfeile und Keulen der Clans ist eine Rakete total verschwendet. Also werden die kostbaren Rohstoffe in anderen Bereichen investiert.« Er deutet dahin, wo vor Kurzem noch ein ganzes Waffenarsenal vorbeigerauscht ist. »Ein paar ordentliche Geschütze sind trotzdem hergestellt worden, nach dem Motto: Für alle Fälle und man weiß ja nie. Aber warum sollte man sie so leichtfertig opfern, wenn man einen Clan auch mit Gift, Feuer oder chemischen Waffen auslöschen kann? Dafür müsste es einen besonderen Grund geben.«

Obwohl ich da keinesfalls so sicher bin wie Tycho, stimme ich ihm zu, vor allem, weil ich sehe, dass seine Argumente Sandor eine schwere Last von den Schultern nehmen.

Und weil mir eine zweite Möglichkeit in den Sinn gekommen ist. S NMH. Die verseuchte Sphäre, die vom Bund aufgegeben wurde. Was, wenn es doch Überlebende gibt? Was, wenn sie rauswollen? Um zehn Kuppeln dem Erdboden gleichzumachen, sind die transportierten Waffen gerade richtig.

Den Rest des Tages halten wir uns in der Nähe der Magnetbahn, arbeiten uns durch unwegsames Gelände, in das offenbar nur selten jemand einen Fuß setzt. Sandor hat bereits drei Stellen entdeckt, die sich für Überfälle eignen würden.

»Vorausgesetzt, man sucht sich in der Umgebung gute Verstecke«, ergänzt er. »Es hat keinen Sinn, wenn man seine Beute dann zwei Tagesmärsche weit schleppen muss.«

Er wirkt munterer als zuvor, und um ihn weiter aufzuheitern, erzähle ich ihm von den Engpässen, die die Überfälle regelmäßig in den Sphären ausgelöst haben. Dass mein Quartier einmal für drei Tage stockdunkel war, weil der Nachschub an Leuchtdioden einem Trupp von Außenbewohnern in die Hände gefallen war. Dass mein Salvator mir über eine Woche lang Extrarationen ekeliger Vitaminersatzdrinks verordnete, nachdem ein Obsttransport überfallen wurde. Wie schlimm ich das damals fand, wie ungerecht.

»Ria, du verwöhnte Prinzessin.« Der Stups gegen meine Schulter kommt von Tycho, der rechts neben mir läuft. »Und was würdest du jetzt geben für einen Becher von diesem kotzgelben Gebräu mit dem köstlichen Zitronenaroma von gezuckertem Allzweckreiniger. Ich verstehe dich. Ich habe auch Sehnsucht danach.«

Dass ich lachen muss, liegt nicht nur an Tychos treffender Beschreibung, sondern vor allem daran, dass er mit punktgenauer Grausamkeit Maschja imitiert, unsere Mentorin für Rohstoffkunde und ökonomischen Ressourceneinsatz. Das leichte Lispeln, das ständige Zurückwerfen des Haars. Ich muss stehen bleiben und mir die Seite halten, die vom Lachen schmerzt.

Was Tycho sagt, ist völlig richtig, ich würde einiges für einen Becher Vitamingetränk geben; vor allem für den Becher, denn dann könnte ich Wasser horten und mit mir tragen. Derzeit müssen wir bei jedem Bach und jedem schlammigen Tümpel so viel trinken wie möglich, weil wir weder Flaschen noch andere Behälter haben, um Vorräte anlegen zu können.

Als sich allmählich die Dämmerung herabsenkt, findet Andris einen alten Blechverschlag, bei dem eine Seite praktisch durchgerostet ist, aber egal. Falls es hier Wolfsrudel gibt, werden sie uns riechen, aber nicht angreifen können. Für Feindclans dagegen ist unsere Deckung höchstens ein Witz, doch wir sind seit dem Morgen und den Messack niemandem mehr begegnet. So viel Glück ist schon fast verdächtig.

Andris und Tycho bestreiten, dass Glück dabei eine große Rolle gespielt hat. »Wir haben die richtige Route gewählt. Die Magnetbahn ist wie ein Schutzschild gegen Clankrieger – nur dürfen uns die reisenden Sentinel nicht entdecken.«

Wie sehr das zutrifft, sehen wir am Morgen des nächsten Tages. Drei Nachtläufer, verteilt auf eine Strecke von nur zwanzig Metern. Lange können sie noch nicht tot sein, höchstens einen Tag. Kaum Verwesungsgeruch.

»Sie schießen aus der Bahn.« Mit einiger Mühe wuchtet Sandor eine der Leichen auf den Bauch, damit er an den Bogen des Mannes und den Köcher mit den Pfeilen kommt.

Unsere Stimmung ist beinahe fröhlich, als hätten wir einen Schatz gefunden. Gleichzeitig ist mir bewusst, wie falsch das ist. Wie sehr es meine Prinzipien verletzt, auf die ich mir immer so viel eingebildet habe. Aber: Einer der Toten besaß eine lederne Trinkflasche und nun besitze ich sie. Der Inhalt riecht ekelhaft, aber im nächsten Bach werde ich die Flasche so lange auswaschen, bis ich sie benutzen kann. Und dann werde ich Wasser bei mir haben, für mich, für die anderen.

Andris nimmt sich einen Fellumhang, der stark dem ähnelt, den er durch seine Gefangennahme verloren hat. Tycho zögert erst, greift schließlich aber doch nach der langen Jacke aus Ziegenleder, die Sandor ihm reicht.

»Das Glück ist auf unserer Seite«, strahlt Andris, immer noch auf der Suche nach Brauchbarem.

»Das Glück stinkt«, stellt Tycho naserümpfend fest, während er sich die Jacke überzieht. »Vor allem sollten wir es nicht überstrapazieren. Diese Stelle ist von der Magnetbahn aus gut einsehbar und liegt in Schussweite. Wenn ihr mir nicht glaubt, fragt die drei spendablen Herren hier.«

Es ist schwarzer Humor, der sein Unbehagen überdecken soll. Mir geht es ebenso, ich würde sofort ein paar schlechte Witze machen, wenn mir welche einfielen, nur um nicht daran denken zu müssen, dass die Gestalten auf dem Boden vor Kurzem noch lebende, atmende Menschen waren, die am Morgen ihres Todes nicht geahnt haben, dass sie den Abend nicht mehr erleben.

Wenig später tauchen wir zurück in die schützenden Schatten eines Waldes.

Um nicht ständig die Bilder der drei Toten vor Augen zu haben, konzentriere ich mich auf meine Schritte, die Beschaffenheit des Bodens und ich spitze die Ohren, um auch das leiseste Plätschern eines Bachs nicht zu überhören.

Nach einiger Zeit lässt sich Sandor, der gemeinsam mit Andris vorangegangen ist, zurückfallen. Sein Gesicht ist seit gestern merkbar abgeschwollen, die rotblauen Flecken verblassen allmählich zu hellem Grün und Gelb.

Forschend sieht er mich von der Seite an. »Du musst dich nicht schuldig fühlen. Du hast sie nicht erschossen und du hast ihnen nichts weggenommen, was sie noch gebraucht hätten.«

Logisch absolut richtig. »Ja. Ist schon gut.«

»Wirklich? Nein, Ria. Du fühlst dich … beschmutzt, habe ich recht?«

Einen besseren Ausdruck hätte er nicht finden können. Ich fühle mich durch mein eigenes Tun erniedrigt. Als wäre ich meiner selbst nicht mehr würdig.

»Das Leben ist das höchste Gut«, sagt Sandor. »Wir haben es niemandem genommen, aber der Bogen, die Messer oder die Wasserflasche können für uns den Unterschied zwischen Leben und Tod ausmachen. Wir haben nichts Falsches getan. Die Sachen liegen zu lassen, wäre Verschwendung gewesen.«

Verschwendung. Die galt auch in den Sphären als eine der größten Sünden.

»Ich werde mich noch ein wenig mies fühlen und dann darüber hinwegkommen«, erkläre ich und damit gibt sich Sandor zufrieden.

Als wir endlich wieder einen Bach erreichen, bin ich halb verdurstet und meine Schuldgefühle haben sich in nichts aufgelöst. Ich trinke ausgiebig, dann mache ich mich daran, die Lederflasche auszuwaschen. Es ist eine mühsame Arbeit, der Geruch will lange nicht weichen und verschwindet nie gänzlich. Doch irgendwann kann ich mit dem Resultat leben. Ich fülle die Flasche, binde sie zu und hänge sie an meinen Gürtel.

An diesem Abend schlagen wir unser Nachtlager in einem unterirdischen Gewölbe auf. Eine morsche Holzklappe verschließt den Eingang, im Keller liegen überall gebogene Holzlatten und große eiserne Ringe.

»Das waren mal Fässer«, klärt Andris mich auf. »Wir könnten ein Feuer machen. Riskant, aber möglicherweise ist es das wert.«

Er wird überstimmt. Bisher hatten wir unverschämt viel Glück, das möchten wir keinesfalls aufs Spiel setzen.

Später, kurz vor dem Einschlafen, hören wir wieder Wölfe. Sie sind weit entfernt und ich denke nicht gerne daran, dass auch sie sicherlich nichts von dem verschwenden werden, was sie vielleicht gerade gefunden haben.

Andris hat junge Wurzeln ausgegraben, an denen wir kauen, während wir uns durch den Wald kämpfen. Mir sitzt der Gewaltmarsch vom Vortag noch in den Knochen, jeder Schritt ist anstrengend.

Den anderen dürfte es ebenso gehen, niemand spricht, Sandor und Andris beschränken sich auf den knappen Informationsaustausch per Handzeichen. Als plötzlich das charakteristische Sirren und Rauschen an unsere Ohren dringt, werfen wir uns fast gleichzeitig zu Boden.

Durch das Geäst vor mir sehe ich einen Zug vorbeischießen, diesmal ist es kein Waffentransport, nur drei Personenwaggons – schmal, schnittig, strahlend weiß. Genauso hat die Bahn ausgesehen, aus der wir damals geflohen sind. Es kommt mir vor, als wäre das Jahre her und als wäre ich in der Zwischenzeit ein völlig anderer Mensch geworden. Wahrscheinlich stimmt das sogar.

»Vienna 1?« Sandor hebt fragend eine Augenbraue und Andris zuckt mit den Schultern.

»Kann sein. Oder Vienna 2. Die Budapest-Sphären liegen in der gleichen Richtung.«

»Ganz schön viel Betriebsamkeit rund um die Vienna-Sphären. Das gefällt mir nicht.«

Mir auch nicht. Je mehr Leute von außerhalb sich dort umsehen, desto wahrscheinlicher ist es, dass einer von ihnen Aureljo erkennt.

Falls er seine Tarnung bis jetzt aufrechterhalten konnte.

Falls er noch lebt.

Ein ganzes Bündel Sorgen, das ich in den letzten Tagen erfolgreich verdrängt habe, stürzt mit einem Schlag wieder auf mich ein. Was ist mit Albina passiert, was mit Osler? Hat man sie verdächtigt, mit einer Spionin gemeinsame Sache gemacht zu haben?

Sogar an Behrsen denke ich nur mit schlechtem Gewissen. Er ist ein unangenehmer Mensch, sicher. Faul noch dazu und immer auf den eigenen Vorteil bedacht. Aber der Sphärenbund behandelt Versager nicht zimperlich. Im besten Fall ist Behrsen degradiert worden, wenn er Pech hatte, wurde er in den Norden versetzt, in eine der Sphären nahe der Straflager, wo er jetzt die Erfrierungen der Zwangsarbeiter behandeln muss.

Noch gut dreihundert Meter, dann ist der lichte Wald, der uns den nötigen Sichtschutz gewährt, zu Ende. Ich kann zwischen den letzten Bäumen bereits die freie Ebene erkennen und frage mich, was wir tun werden, sobald –

Sandor bleibt unvermittelt stehen. Andris baut sich neben ihm auf wie eine menschliche Wand.

Was ist los, liegt mir auf der Zunge, doch da sehe ich es schon selbst.

Ein Trupp Sentinel am Waldrand. Sechs Männer, jeder einzelne von ihnen bewaffnet. Sie halten ihre Gewehre locker in den Händen, legen nicht auf uns an, aber sie haben uns entdeckt. Warten darauf, dass wir näher kommen.

Mein erster Impuls ist wegrennen. Einfach kehrtmachen und davonlaufen, hoffen, dass sie mich aus dieser Distanz nicht in den Rücken treffen. Ich habe keine Angst mehr, dass sie Ria, die Elitestudentin erkennen – die scheint der Sphärenbund als tot abgeschrieben zu haben –, doch nach Sindra Holun könnte noch gesucht werden. Der Pflegehelferin, die gemeinsam mit dem riesigen Prim geflohen ist. Und – Überraschung – der ist heute auch mit von der Partie.

Sandor und Andris wechseln blitzschnelle Handzeichen. Ich bin viel zu nervös, um zu verstehen, worum es geht, aber ich glaube,

Besuch erkannt zu haben und Feier. Muss ein Irrtum sein, ist auch völlig egal. Wenn die Sentinel jemanden von uns erkennen, ist alles aus, und selbst wenn sie uns für Prims halten, erschießen sie uns ebenso wie die drei Nachtläufer.

Meine Knie zittern jetzt bei jedem Schritt. Erschöpfung und Angst sind keine gute Mischung.

»Ria, du sagst kein Wort«, kommandiert Andris, ohne sich zu mir umzudrehen. »Sie dürfen nicht mitkriegen, dass du klug bist. Wir machen es so wie bei eurer Sphärenschleuse, nur umgekehrt.«

Irre ich mich oder gefällt ihm der Gedanke? Sieht er nicht, dass einer der Sentinel gerade sein Gewehr hebt und mit dem Lauf in unsere Richtung zielt?

Unwillkürlich bleibe ich stehen.

Sandor nimmt meine Hand. »Tu, was Andris sagt. Du kannst gern heulen, wenn du willst.« Damit reißt er mich am Arm hinter sich her, ich sträube mich automatisch und er zieht noch fester. »Störrisch wie eine alte Ziege«, ruft er Andris zu.

Die Sentinel beobachten uns aufmerksam. Es sind rote. Der, der auf uns gezielt hat, senkt sein Gewehr ein Stück. »Wohin geht ihr? Was treibt ihr so nahe an der Magnetbahn?« Sein Blick streift uns argwöhnisch, einen nach dem anderen. Ich warte auf das Aufleuchten, das Erkennen, doch es bleibt aus.

Andris hebt beide Hände in einer friedlichen Geste, Sandor und Tycho tun es ihm nach. »Wir sind auf dem Weg zum Clan Gajasch. Private Angelegenheiten.«

Einer der Sentinel schüttelt den Kopf und tritt vor. »So dicht an unserer Bahn gibt es nichts Privates.« Er dreht sich zu seinen Kollegen um. »Für einen Überfall sind sie nicht gut genug ausgerüstet«, sagt er mit gedämpfter Stimme.

»Vielleicht nur die Vorhut. Ein Spähtrupp.«

Wir sind jetzt fast bei ihnen. Ich senke den Kopf, lasse mir das Haar tief ins Gesicht fallen. Sandor hält mein Handgelenk immer noch eisern fest.

»Hör auf, dich zu wehren«, herrscht er mich an, obwohl ich völlig stillgehalten habe.

Ich verstehe nicht, worauf das alles hinauslaufen soll, aber ich begreife, was er von mir will, also strample ich ein wenig, winde mich in seinem Griff. Er hebt die Hand, als wolle er mich schlagen, und ich ducke mich.

Andris weist mit einem ausgestreckten Zeigefinger auf mich. »Meine Tochter da. Wir bringen sie zu den Gajasch, dort habe ich einen gefunden, der sie heiraten will. War nicht einfach.«

Aha. Ich wehre mich wieder ein bisschen heftiger.

»Sie ist nicht sehr hell und leider auch nicht sehr folgsam. War sie noch nie.«

Zwei der Sentinel tauschen amüsierte Blicke, einer beginnt zu lachen. Er deutet auf die Blessuren in Sandors Gesicht. »Hast du diese hübschen Beulen etwa ihr zu verdanken?«

»Frag besser nicht.« Sandor lacht und Tycho stimmt ein, was ein guter Schachzug ist, mich unter anderen Umständen aber wütend machen würde. Wäre die Situation echt, würde keiner der Sentinel auch nur den Versuch machen, mir zu helfen.

»Trotzdem«, beharrt der mit dem Gewehr. »Warum so nah bei der Magnetbahn?«

»Na ja.« Andris kratzt sich am Kopf. »Wimmelt überall von Scharten, Schlitzern und anderem Gesindel. Hierher trauen sie sich nicht.«

»Mit gutem Grund.« Der Gewehrträger mustert uns immer

noch misstrauisch. »Ihr werdet von nun an Abstand halten. Wir informieren den nächsten Trupp, der in eurer Richtung patrouilliert – wenn die euch wieder so nah an der Bahn erwischen, schießen sie ohne Vorwarnung.«

»Schon gut.« Andris seufzt. »Wir wollen keinen Ärger.« Noch einmal deutet er auf mich. »Haben auch so genug davon.«

Ich spucke in seine Richtung, verfehle ihn um Meter.

Er lacht. »Seht ihr?«

»Ja, ja. Geht jetzt.«

Das tun wir, nicht zu schnell, damit nicht der Eindruck aufkommt, wir wären allzu erleichtert. Ich lasse mich von Sandor hinterherziehen, keiner von uns blickt zurück.

Erst als wir den tiefsten Punkt in einer kleinen Senke erreichen, wo wir vom Waldrand nicht mehr gesehen werden können, bleiben wir stehen. Sandor lässt mein Handgelenk los, seine Finger haben rote Druckstellen hinterlassen, aber was macht das schon. Wir leben, sie haben Andris seinen Bluff abgekauft, ich kann es kaum fassen.

Tycho hält sich eine Hand vor den Mund, um nicht laut loszulachen. »Wahnsinn«, japst er. »Die haben mich ernsthaft für einen Außenbewohner gehalten. Irre.«

Ich muss mir erst bewusst machen, dass es für Tycho seit unserer Flucht die erste Begegnung mit Sentineln ist, wenn man von den Exekutoren absieht, die ihn angeschossen haben.

Im nächsten Augenblick bleibt mir die Luft weg, weil Andris mich an sich drückt.

»Das mit dem Spucken hat mir gefallen«, dröhnt er. »Ich hätte gar nichts dagegen, wenn du wirklich meine Tochter wärst, Sphärenmädchen.«

7

Der Marsch am darauffolgenden Tag erweist sich als beinahe unerträglich. Es regnet und binnen einer halben Stunde fühlt sich meine ganze Kleidung kalt und klamm an. Mein Fellumhang hält dicht, wird aber schwerer und schwerer. Dass er nach wildem, nassen Tier riecht, ändert nichts an dem quälenden Hunger in meinem Inneren. Die letzte richtige Mahlzeit habe ich vor dem Tribunal zu mir genommen, seitdem nur noch Moos, Flechten und Wurzeln. Mir geht die Kraft aus, doch ich möchte es niemandem sagen. Andris würde sofort anbieten, mich zu tragen. Seit der Begegnung mit den Sentineln nennt er mich nur noch *mein Mädchen* und benimmt sich überhaupt sehr … väterlich. Das ist zumindest meine Einschätzung, ich habe ja keinerlei Erfahrung, wie Eltern sich verhalten.

Nachdem ich zum vierten Mal gestolpert und diesmal auch hingefallen bin, ordnet Sandor eine Pause an. Zeitpunkt und Ort sind gut gewählt, der Regen ist vor Kurzem noch stärker geworden und vor uns liegt eine kleine Ruine, die nicht akut einsturzgefährdet wirkt.

»Ihr ruht euch aus. Ich gehe jagen.« Er nimmt den Bogen vom Rücken und überprüft die Sehne. »Andris, wenn es möglich ist, mach Feuer. Wir alle sollten trockener werden, bevor wir weiterziehen. Und satt.«

Ich bin zu erschöpft, um zu protestieren, um die lange Liste meiner Bedenken vorzutragen. Was tun wir, wenn er nicht zurückkommt? Sollen wir ihn suchen? Wie lange sollen wir warten?

Komm schon, ermahne ich mich. Du warst mal die Nummer 7 der Akademie. Wurdest zur Entscheidungsträgerin ausgebildet, mit Betonung auf Entscheidung. Kein guter Moment, das zu vergessen.

Also beschränke ich mich auf ein karges »Viel Glück« und folge Andris in die Ruine. Als ich noch einmal über die Schulter zurückschaue, sehe ich Sandor zwischen den Bäumen verschwinden.

Im Inneren des Hauses ist es schmutzig, aber trocken. Mit Kennerblick prüft Andris die Tragfähigkeit der Wände, klopft da und dort gegen die Mauer und nickt zufrieden. »Sollte in den nächsten paar Jahren nicht einstürzen. Ach schau, mein Mädchen, da drüben liegen sogar Holz und ein paar alte Lappen, damit können wir sicher –«

In die Lappen kommt Bewegung. Sie entpuppen sich als die Kleidung eines winzigen, dürren Mannes, der sich bisher völlig reglos verhalten hat. Nun springt er auf. Er reicht mir kaum bis zum Kinn, seine verklebten Augen und das graue Haar, das wirr um seinen Kopf steht, lassen darauf schließen, dass er geschlafen hat.

»Ich gehe schon. Ihr müsst mir nichts antun, ich bin so gut wie fort, ja? Freue mich auf den Regen. Bitte, lasst eure Messer stecken.« Er spricht so schnell, dass es keinem von uns gelingt, ihn zu unterbrechen, bis er an der Tür ist.

»Für dich ist hier immer noch Platz, Gnom.« Verglichen mit der hellen Stimme des Mannes klingt Andris' Bass grollend wie ein

Felssturz. »Wenn du dich auf den Regen freust – bitte. Ansonsten hilf uns, Feuer zu machen, und setz dich dazu.« Er beginnt, Holzstücke zu einem kleinen Haufen aufzuschichten. Ich frage mich, womit er ihn am Ende anzünden will.

»Feuer wollt ihr machen, Feuer?« Der kleine Mann reibt sich die Nase, zieht daran und schüttelt hektisch den Kopf. »Das ist Mut. Oder Dummheit. Oder beides?«

Mir ist nicht entgangen, wie flink seine Äuglein uns mustern. Hinter dem verwirrten Gebaren, das er mimt, steckt ein hellwacher Verstand, der gerade versucht, aus unserem Auftreten und unserem Aussehen Schlüsse zu ziehen.

Das kann ich allerdings auch, und obwohl ich es einige Zeit lang nicht geübt habe, genügt ein intensiver Blick, um mehr über unsere neue Bekanntschaft zu erfahren, als ich gehofft hatte.

Der Mann ist mindestens fünfzig Jahre alt, wahrscheinlich älter. Er hält sich sehr gerade, was kleine Menschen häufig tun, aber zusätzlich ist etwas Federndes in seinen Bewegungen, eine Bereitschaft, sofort auszuweichen, die mich annehmen lässt, dass er einmal ein Kämpfer gewesen ist. Außer einem kurzen Messer entdecke ich allerdings keine Waffen. Was auch völlig fehlt, sind clantypische Merkmale. Nirgendwo sichtbare Tätowierungen, Masken oder spezielle Kleidungsfarben. Die gibt es zwar auch bei den Dornen nicht, trotzdem würde ich mir zutrauen, jemanden aus dem Clan daran zu erkennen, wie sein Mantel genäht ist oder an der Beschaffenheit seines Gürtels. Apropos Gürtel: Der des Mannes liegt dort am Boden, wo sein Besitzer bis vor Kurzem geschlafen hat. Ein breiter Ledergurt mit zahlreichen Fächern, Taschen und Beuteln. So einen habe ich schon einmal gesehen, und zwar bei Krunno, auf dem Weg nach Vienna 2.

Kann es sein, dass wir es mit einem Grenzgänger zu tun haben? Also jemandem, der sowohl zu den Clans als auch zu den Sphären gute Beziehungen pflegt und auf diese Weise sein Leben bestreitet?

Sehr gut möglich. In dem Fall müssen wir vorsichtig sein, denn nur weil die Sentinel vorhin uns unsere Maskerade abgekauft haben, muss das für diesen Kerl noch lange nicht gelten.

Ja. Jetzt lächelt er. Er hat gerade etwas begriffen. »Seid ihr nur zu dritt?«, erkundigt er sich.

»Und du? Bist du ganz allein?«, entgegne ich, bevor einer der anderen antworten kann.

Der Mann legt sich beide Hände an die Brust. »Ja, ich bin allein, schon viele, viele Jahre. Brauche wenig Essen, wenig Platz.«

»Du musst sehr geschickt sein, dass du hier draußen so lang ohne Hilfe überlebt hast.« Ich lege eine Mischung aus Bewunderung und Skepsis in meine Stimme.

Wenn der Mann wirklich ein Grenzgänger ist, kann uns das den Kopf kosten. Er lebt von Botengängen und der Weitergabe von Information. Das Wissen, wo wir sind und wohin wir wollen, muss für ihn Gold wert sein, er kann es nicht nur an die Sentinel verkaufen, sondern auch an Yann.

Und genau das ist sein Plan. Ich kann förmlich sehen, wie er in Gedanken seine Möglichkeiten abwägt. Soll er gleich loslaufen? Oder abwarten, bis wir ihm noch ein paar zusätzliche Informationen liefern?

Gut, die kann er haben. Wenn alles so klappt, wie ich mir das ausmale, wird diese Begegnung die Situation sogar zu unseren Gunsten drehen. Er darf nur nicht begreifen, dass wir begriffen haben.

»Ich würde es mir nicht zutrauen, länger als zwei oder drei Tage ohne Hilfe zu überleben«, führe ich den Gedanken von eben fort. »Du musst mir deine Tricks verraten.«

Der kleine Mann unterdrückt ein Grinsen. »Ach, da gibt es keine. Umsicht und gesunder Menschenverstand sind am wichtigsten, sage ich immer.« Er streckt eine Hand aus, damit ich sie ergreife. »Ich bin Tem. Ein kurzer Name für einen kurzen Menschen.«

»Hallo, Tem.« Ich schüttle seine Hand. »Ich würde mich dir gerne vorstellen, aber ich muss derzeit vorsichtig sein.«

»Oh. Das verstehe ich natürlich.«

»Das Gleiche gilt für meine Begleiter. Verstehe es bitte nicht als Unhöflichkeit.«

»Wovon redet ihr?« Andris ist aufgestanden und blickt sich suchend um. »Wir brauchen einen Anzünder. Wenn ich gewusst hätte, dass ich fortgehen muss, hätte ich meinen ganzen Kram mit–«

»Notfalls werden wir ohne Feuer auskommen«, unterbreche ich ihn etwas zu laut und mit unüberhörbarem Vorwurf in der Stimme.

Tems Augen leuchten. Sein Verdacht hat weitere Nahrung bekommen: *Dass ich fortgehen muss* – es handelt sich also sehr wahrscheinlich um die Gruppe, die von den Dornen ausgestoßen wurde. Nur ihre Anzahl stimmt nicht mit dem überein, was er erfahren hat, aber das wird sich spätestens dann klären, wenn Sandor wieder zu uns stößt.

»Ich helfe euch gern.« Blitzschnell huscht Tem zu seinem Gürtel.

Während er in einem der Beutel kramt, deute ich Tycho mit

über die Lippen gelegtem Finger, dass er sich still verhalten soll. Für Andris kann ich etwas ausführlicher werden, obwohl ich das Zeichen für Grenzgänger leider nicht kenne.

Gefahr. Händler. Müssen lügen.

Nach einigem Suchen befördert Tem ein nagelneues Feuerzeug ans Tageslicht. Ganz klar ein Sphärenprodukt.

Andris bedankt sich und hält die Flamme an die dünnen Späne, die aus dem Holzhaufen ragen. In kurzer Zeit züngeln gelbe Feuerzungen zwischen den Scheiten hervor. Der aufsteigende Rauch zieht durch die leeren Fensterhöhlen ab. Riskant, aber wir müssen trocken werden und brauchen dringend etwas zwischen die Zähne, und ich glaube nicht, dass ich rohes Fleisch hinunterwürgen kann.

»Setz dich doch zu uns, Tem«, schlage ich vor. »Leider können wir dir nichts anbieten. Noch nicht.«

»Nicht so schlimm, ich habe bereits gegessen.« Er lächelt, ich lächle zurück. Offenherzig. Auf keinen Fall darf er merken, dass wir seine Absichten durchschauen, sonst wird er mir niemals auf den Leim gehen.

»So schön. So warm.« Er hält seine Hände ans Feuer und strahlt Tycho an, der das prompt erwidert.

Es ist tatsächlich schwer, Tems Ich-bin-ein-niedlicher-Gnom-Ausstrahlung zu widerstehen, höchstwahrscheinlich besteht darin das Geheimnis seines Erfolgs. Man findet ihn drollig und vertraut ihm.

»Aus welcher Richtung kommst du, Tem?«, erkundige ich mich nach einigen behaglichen Minuten. »Aus dem Süden? Ich frage mich, wie gefährlich es dort gerade ist.«

»Südwesten.« Er hält sich die gewärmten Hände an die Wangen

und schließt genießerisch die Augen. »Es ist wunderbar da. Alles grün. Ich habe sogar kleine weiße Blümchen wachsen gesehen. So hübsch.«

Okay, nun übertreibt er mit seiner demonstrativen Harmlosigkeit. Blümchen!

»Sind dir auf deinem Weg auch viele Sentinel begegnet? Oder Scharten? Andere kriegerische Clans?«

Er wiegt nachdenklich den Kopf. »Sentinel schon. Die sind ja fast überall. Aber sie waren ganz freundlich zu mir. Scharten sind mir im Südwesten keine begegnet, aber es wird gekämpft – alle streiten um grünes Land.« Er blickt mich von der Seite an. »Aus welcher Richtung kommt denn ihr? Norden? Nordosten?«

»So ungefähr.«

»Und?« Er reißt die Augen auf. »Meinst du, das wäre für mich eine gute Richtung, um weiterzuziehen?«

»Hängt davon ab, was du suchst. Wenn du es gern friedlich hast, würde ich abraten.«

»Oh.« Er sieht mich dankbar an. »Das ist so gut zu wissen. Ich schätze, ich werde es wohl mit dem Osten versuchen.« Er kratzt sich erst an der Stirn, dann am Kinn. »Und ihr?«

Ich demonstriere Ratlosigkeit. Zucke mit den Schultern. Seufze. »Wir wissen es noch nicht. Unsere Lage ist ziemlich schwierig, um ehrlich zu sein. Wir sind noch dabei, zu –«

Poltern von draußen unterbricht mich.

Andris springt auf und reißt die Tür auf. »Da bist du ja!«, ruft er. »Warte, ich helfe dir.«

Als sie gemeinsam die Beute hereinbringen, lese ich aus Sandors freundlichem, aber wachsamem Blick, dass Andris ihn bereits mit einigen schnellen Zeichen informiert hat.

»Wir haben einen Gast, sehe ich.« Er legt zwei Fasane neben das Feuer, drückt Andris die Hinterläufe eines Hasen in die Hand und beginnt damit, ihn abzubalgen und auszunehmen.

»Ein guter Jäger, hm?« Tem verfolgt jede von Sandors Bewegungen aufmerksam.

»Ich hatte Glück. Und Hunger. Das hat geholfen.« Sandor hat zugespitzte Äste mitgebracht, auf die er nun das zerteilte Fleisch steckt, bevor er mir den Spieß in die Hand drückt. Die Flammen züngeln nicht mehr allzu hoch, bald werden wir glühende Kohlestücke haben, so, wie ich es aus der Küche des Clans kenne. »Sieh zu, dass es brät, aber nicht verbrennt.« Er fährt sich mit dem Daumen über die Unterlippe, was eine zufällige Geste sein, aber auch *ich weiß* bedeuten kann.

Für Tem sind nun ganz offensichtlich die letzten Zweifel beseitigt. Wir sind zu viert und die Beschreibung der Gruppe, die vom Clan Schwarzdorn verurteilt und verstoßen wurde, stimmt exakt mit unserem Äußeren überein.

Während Sandor und Andris sich um die Fasane kümmern, erzählt Tem uns vom Süden, voller Begeisterung. »Es gibt eine alte Straße, breit wie ein Fluss, die direkt ins Paradies führt«, schwärmt er. »Überall Hügel und es wächst Getreide. Erst muss man über einen kleinen Berg, aber diese Straße macht das ganz einfach.«

Das Fleisch beginnt, unfassbar köstlich zu riechen. Tycho hält nun auch einen Spieß übers Feuer, seine Hände zittern. Ich wende alle mir bekannten Ablenkungstechniken an, um den Duft auszublenden, kann aber nicht verhindern, dass mein Magen sich schmerzhaft zusammenzieht und mein Mund sich mit Speichel füllt.

Es kommt mir vor, als vergingen zwei Stunden, aber wahrscheinlich sind es nur zwanzig Minuten bis zu dem Moment, als ich es nicht mehr aushalte und das vorderste Fleischstück vom Spieß reiße.

Natürlich verbrenne ich mir die Finger und im Anschluss daran den Mund, und natürlich ist der Brocken innen noch fast roh, aber das kümmert mich nicht. Ich könnte heulen vor Glück.

Die anderen beherrschen sich nur geringfügig länger.

Ich muss mich zwingen, ordentlich zu kauen, langsam zu essen, sonst besteht die Gefahr, dass mir später alles wieder hochkommt. Sandor bietet Tem einen Bissen an, was der höflich ablehnt.

Immerhin – wenn er uns schon an unsere Verfolger verraten will, gönnt er uns vorher wenigstens unsere Henkersmahlzeit.

Nach dem Essen herrscht träge Stille. Tem ist der Erste, der ankündigt, sich schlafen legen zu wollen; Sandor und ich breiten unsere wenigen Habseligkeiten in seiner Nähe aus. Er soll jedes Wort von dem Gespräch mitbekommen, das gleich stattfinden wird.

Streit, deute ich Sandor im letzten Licht der verlöschenden Glut. *Ich – Süden. Du – Südwesten. Oder Osten. Ich gewinne.*

Er hebt seine gespaltene Augenbraue. *Natürlich*, deutet er zurück.

Tycho ist nur noch ein eingerollter Schatten in der gegenüberliegenden Ecke; Andris sitzt ein Stück entfernt aufrecht an der Wand, seine Augen sind offen. Erst als Sandor ihm bedeutet, er solle sich hinlegen, tut er es widerstrebend. »Jemand sollte Wache halten« ist das Letzte, was ich von ihm höre.

Meine Befürchtung, dass Tem in der Zwischenzeit eingeschlafen sein könnte, bewahrheitet sich nicht. Er kramt in seinen Sachen herum. Dreht sich von einer Seite auf die andere. Dann hält er ruhig, aber sein Atem ist nicht der eines Schlafenden.

»Ich finde, wir sollten unsere Pläne ändern«, flüstere ich.

»Was? Warum denn?« Sandor trifft perfekt den Ton eines Mannes, der einen harten Tag hinter sich hat und jetzt einfach nur noch seine Ruhe will. »Wir waren uns einig.«

»Der Westen ist eine Notlösung, das hast du selbst gesagt.«

»Wir gehen nach Südwesten. Kleiner, aber wichtiger Unterschied.«

»Warum nicht gleich nach Süden?« Ich streichle Sandors Arm, als wollte ich tatsächlich einen Weg finden, ihn umzustimmen. »Du hast gehört, was Tem erzählt hat. Es gibt einen einfachen Weg, dank dem wir schnell am Ziel wären.«

»Und auf dem wir Hunderten anderen begegnen würden. Nicht nur Reisenden, sondern vor allem denen, die sie überfallen wollen. Alle wären sie besser ausgerüstet als wir.«

Ich lache leise auf. »Ich glaube, da irrst du dich. Gerade auf den einsamen Wegen im Wald sehen wir Feinde erst in letzter Minute. Erinnerst du dich nicht mehr, wie es heute war?«

»Doch, aber –«

»Auf einem breiten Weg, auf dem noch andere Menschen friedlich unterwegs sind, könnten wir uns einer Gruppe anschließen. Sie werden froh sein, uns zu haben. Du bist ein großartiger Jäger und Andris schreckt Angreifer oft schon durch seinen Anblick ab.«

»Ich weiß nicht. Ich habe kein gutes Gefühl dabei.«

»Das wird sich ändern, sobald wir im Süden sind. Stell dir vor, wir könnten wirklich Getreide anbauen! Wir suchen uns einen ruhigen Ort mit einer kleinen Ruine, die wir bewohnbar machen. Ein Bach sollte in der Nähe sein und –«

»Hör auf«, unterbricht er mich sanft. »Wenn du es so gerne

möchtest – wir werden uns diesen Weg zumindest ansehen. Scheint er mir zu gefährlich, können wir von dort aus immer noch nach Südwesten gehen. Oder nach Südosten.«

»Ja? Das ist großartig.« Ich spitze meine Ohren. Keine tiefen Atemzüge oder gar Schnarchgeräusche aus Tems Ecke. Perfekt. »Du wirst sehen«, fahre ich fort, »es ist die richtige Entscheidung. Sobald wir eine größere Gruppe finden, können wir praktisch in ihr verschwinden. Niemand, der nach vier Leuten sucht, wird einer zwanzigköpfigen Schar viel Aufmerksamkeit schenken.«

»Möglich.« Sandor gähnt. »Ich hoffe, die anderen sehen das auch so.«

»Das werden sie. Sie vertrauen dir.« Ich drücke Sandors Hand und signalisiere damit das Ende des Gesprächs.

Kurz darauf ist er eingeschlafen. Ich kämpfe noch so lange gegen den Sog der Müdigkeit an, bis ich höre, wie Tem hüstelt und sich umdreht. Dann schließe auch ich die Augen.

»Ich würde euch gern ein Stück begleiten, aber leider wäre es ein Umweg und mein Tagesmarsch heute wird lang.« Tem sieht uns nicht an, während er Sandors Angebot, mit uns zu kommen, ablehnt. Er kniet am Boden und schnürt sich Lederstreifen kreuzweise um die Wade, damit seine Hose nicht hochrutscht. Seinen Gürtel hat er in der Ruine gelassen, demnach wird er warten, bis wir aufgebrochen sind, und dann noch einmal hineingehen.

»Na schön.« Sandor schnallt sich Köcher und Bogen um. »Eine gute Weiterreise wünschen wir dir.«

Tem richtet sich auf und streicht sich das wirre graue Haar zurück. Ich frage mich, ob ich die Einzige bin, die das leise Bedauern in seinem Blick sieht. »Oh ja, danke. Die wünsche ich euch auch.«

Er winkt uns nach, als wir losmarschieren. Vergewissert sich, dass wir die Richtung einschlagen, auf die Sandor und ich uns nachts geeinigt haben. Er hat Zeit.

Wir nicht.

In kurzen Worten klären wir Tycho und Andris auf, die beide von der Planänderung, die Sandor ihnen heute Morgen knapp dargelegt hat, nicht begeistert waren.

»Er ist ein Grenzgänger.« Ich greife nach Andris' Hand und er zieht mich die letzten Meter einer rutschigen Steigung hinauf. »Falls Yann noch scharf darauf ist, uns tot zu sehen, wird Tem ihm verraten, wo er nach uns suchen muss. Außerdem glaube ich, dass er dich und mich noch mit einer anderen Geschichte in Verbindung bringt, die sich gut an Sentinel verkaufen lässt.«

»Unsere Flucht aus Vienna 2«, zischt Andris. »Ich gehe zurück und drehe ihm den Hals um.«

»Nein, tust du nicht.« Sandors Blessuren sind kaum noch zu sehen, als er sein Gesicht der morgendlichen Sonne entgegenhält. »Du lässt ihn laufen und herumerzählen, dass wir nach Süden ziehen. Sollen sie uns doch dort suchen.«

Der nächste Teil unseres Weges ist eben, dünn bewachsen und beinahe trocken – endlich werden wir schneller vorankommen.

Neben mir her läuft Tycho, sichtlich bedacht darauf, sein Tempo so zu drosseln, dass ich mit ihm Schritt halten kann. Ich spüre, dass er immer wieder zu mir sieht, doch er wendet sich jedes Mal ab, sobald ich seinen Blick erwidern will. Sein Gesichtsausdruck wirkt gequält, als habe er etwas widerlich Schmeckendes im Mund, das er weder schlucken noch ausspucken möchte.

Ich frage ihn nicht, was los ist, ich warte, bis es aus ihm herausplatzt.

»So will ich einfach nicht weitermachen.« Er kickt einen Stein zur Seite, und als ich nicht nachhake, was er denn meint, bleibt er stehen. »Ich finde es zum Kotzen, dass ich niemandem vertrauen kann. Dieser Tem zum Beispiel. Den mochte ich, ich hätte ihm wahrscheinlich meine ganze Lebensgeschichte erzählt, hättest du mir nicht zu verstehen gegeben, ich soll die Klappe halten.«

Ich bleibe ebenfalls stehen, drehe mich zu ihm um. Seine Enttäuschung ist berührend und er zeigt sie so offen, dass ich ihn am liebsten in die Arme nehmen möchte.

»Manchmal wünsche ich mir, es würde uns endlich jemand fangen, damit dieses Trauerspiel ein für alle Mal vorbei ist«, grollt er, verzieht aber unmittelbar darauf den Mund zu einem schiefen Lächeln. »Reingelegt! Ich würde mich in den Hintern beißen, wenn sie uns nach so langer Zeit doch noch erwischen.«

Ich will ihm gerade zustimmen, als Tycho mit ausgestrecktem Zeigefinger auf mich deutet.

»Aber am schlimmsten ist, dass nicht einmal du ehrlich zu mir bist. Denkst du, ich sehe nicht, was zwischen dir und Sandor läuft? Kann ja sein, dass du gelernt hast, andere an der Nase herumzuführen, aber in dieser Sache hast du total versagt. Allein wie du ihn ansiehst, da kann es einem übel werden.« Jetzt grinst er, ganz offensichtlich entzückt darüber, mich kalt erwischt zu haben. »Er kriegt allerdings auch immer Samtaugen, wenn er mit dir spricht. Weiß Aureljo davon?«

Ich suche noch nach den richtigen Worten, die mein Nein mit einer Begründung ausstatten sollen, da erklärt Tycho meine Mühen mit einer knappen Handbewegung für überflüssig.

»Dachte ich mir. Vielleicht besser so, er wird seine Konzentration und seine Nerven für andere Dinge brauchen.«

»Ja.« Jetzt wissen es also alle, außer dem, den es am meisten betrifft. Wohl ist mir dabei überhaupt nicht. Der steilen Falte zwischen Tychos Augenbrauen nach zu schließen, macht ihn die Bestätigung seines Verdachts ebenfalls nicht glücklich. Er schlingt die Arme um seinen Oberkörper und setzt sich wieder in Bewegung, um zu Sandor und Andris aufzuschließen.

»Ich bleibe übrig, nicht wahr?«, sagt er nach einigen Minuten, die wir schweigend nebeneinanderher gelaufen sind. »Du und Sandor, ihr seid jetzt ein Zweiergespann. Bei Aureljo und Dantorian ist es das Gleiche – na ja, nicht ganz. Aber sie sind ein Team.«

»Das sind wir doch auch!«, versichere ich ihm.

»Nein. Oder hast du die Täuschungsnummer um den kleinen Grenzgänger zusammen mit mir durchgezogen? Nicht soweit ich mich erinnern kann. Von mir wolltest du nur, dass ich die Klappe halte, ohne mir zu sagen, warum.« Der Stein, den er diesmal wegkickt, fliegt erstaunlich weit. »Und ich habe mich daran gehalten, aber ich hasse es, immer der Letzte zu sein, der erfährt, was eigentlich los ist.«

Am liebsten würde ich Tychos Hand nehmen oder ihm einen Arm um die Schultern legen, doch seine Haltung sagt mir, dass er mich wahrscheinlich mit einer bissigen Bemerkung von sich stoßen würde.

Aber es spricht nichts dagegen, ehrlich zu ihm zu sein. »Du hast die Zeichensprache der Dornen nicht gelernt. Ich bin selbst noch Anfängerin, ich konnte Andris gerade mal so vor Tem warnen. Er hat anschließend Sandor informiert. Dir hätte ich meinen Verdacht mit Worten mitteilen müssen. Egal ob laut oder geflüstert, es wäre aufgefallen.«

Er sieht mich nicht an, sondern hält den Blick gesenkt, als würde er konzentriert seine Schritte zählen. Die Stiefel, die er trägt, beginnen an den Nähten auszufransen.

»Wie macht man das Zeichen für: alles Mist?«, murmelt er schließlich.

»Ich habe keine Ahnung.« Egal ob es ihm passt oder nicht, jetzt hake ich mich bei ihm unter. Einen Wimpernschlag lang blicken wir uns an, seine Augen schimmern verdächtig. Im nächsten Moment sieht er wieder geradeaus. Angestrengt blinzelnd, als würde er sich auf ein weit entferntes Ziel konzentrieren.

»So schlimm steht es doch gar nicht um uns.« Damit ich Tycho überzeugend aufmuntern kann, muss ich selbst glauben, was ich sage. »Du bist immun, so wie ich. Wir haben Waffen gefunden, sind nicht mehr wehrlos und werden nicht verhungern.« Den nächsten Satz überlege ich mir genau. Ich will auf keinen Fall, dass er pathetisch klingt. »Außerdem sind wir Freunde. Keiner von uns ist allein.«

Die schnippische Bemerkung, mit der ich gerechnet habe, bleibt aus.

Wir tauchen wieder zwischen höhere Bäume ein. Sichtschutz. Für uns ebenso wie für andere, die vielleicht auf der Lauer liegen. Wir haben uns so weit von der Magnetbahn entfernt, dass wir jederzeit auf Feindclans stoßen können.

Doch nicht mehr an diesem Tag.

An jedem Abend, den wir in einer Ruine, einer Bodensenke oder notfalls zwischen eng stehenden Bäumen beschließen, bin ich erstaunt darüber, dass es wieder gut gegangen ist. Dass sich nicht plötzlich ein Pfeil aus dem Hinterhalt in unsere Rücken gebohrt hat. Dass nicht unversehens Yanns Leute an einer unübersichtlichen Stelle aufgetaucht sind, mit gezogenen Waffen. Denn insgeheim rechne ich damit bei jedem Schritt und während jeder Minute.

»Das ist kein Zufall.« Wir liegen im Windschatten einer Mauer, über uns ragt ein halbes Dach in den Himmel. Wolken ziehen schnell vorüber, als wären sie auf der Flucht wie wir.

Sandor wärmt meinen Rücken, seine Arme sind um meinen Körper geschlungen und ich spüre seinen Atem im Nacken.

»Kein Zufall?«, frage ich.

»Nein, das verdanken wir Andris. Er liest die ganze Zeit Spuren und sein Gehör ist so gut wie das eines Wolfes. Er leitet uns um alles herum, was uns gefährlich werden könnte.« Er hält kurz inne. »Wenn er recht hat, sind Dornen in der Nähe. Aus unserer eigenen Linie. Andris hat eine kaputte Pfeilspitze gefunden, die aussieht, als hätte Ingur sie geschmiedet.«

Am nächsten Tag achte ich doppelt auf meine Umgebung und auf Andris. Ja, er bückt sich häufig und betrachtet den Boden von Nahem. Das ist mir bisher nicht aufgefallen, weil ich ohnehin Mühe habe, das Marschtempo zu halten. Lange bevor ich zu ihm aufschließen kann, läuft er schon wieder weiter.

Dornen, meint Andris also. Wenn sie sich so weit von ihrem Territorium entfernen, kann das nur einen Grund haben: Yann hat ihnen enorme Belohnungen versprochen, dafür, dass sie ihm unsere Köpfe bringen.

Köpfe – wahrscheinlich muss ich das wortwörtlich nehmen. Uns lebend zurückzuschleppen oder unsere sperrigen Leichen den weiten Weg zu tragen, ist entschieden zu mühsam. Köpfe dagegen passen in die Umhängetaschen, in die die Jäger normalerweise ihre erbeuteten Kaninchen oder Fasane stecken.

Vielleicht ist Yann aber auch selbst unter den Verfolgern. Ich traue ihm zu, dass er gern mit von der Partie sein möchte, wenn wir unseren letzten Atemzug tun. Dass er vor allem Sandor dabei in die Augen sehen will.

Zwei Tage später kann ich mich persönlich davon überzeugen, dass er darauf wohl doch verzichtet. Wir sind seit gut fünf Stunden unterwegs, die meiste Zeit hat Andris uns bergauf geführt, nun führt der Weg eine Anhöhe entlang. Links von uns, viele Meter tiefer, zieht ein Fluss träge durch die Landschaft. Die Sonne hat ihren höchsten Punkt überschritten und bei mir machen sich deutliche Anzeichen von Erschöpfung bemerkbar. Ich werde bald eine Pause brauchen und ich hasse es, darum zu bitten; ich will nicht diejenige sein, die die anderen aufhält.

Doch wie sich herausstellt, ist Bitten überhaupt nicht nötig. Andris bleibt stehen, dreht den Kopf zur Seite, lauscht. Dann beginnen seine Hände, sich zu bewegen: *Stimmen. Vertraut. Höre fünf. Tal.*

Dort, wo die Hochebene zu einem Hang abknickt, der bis nach unten zum Fluss führt, wächst Gestrüpp zwischen mannshohen Steinen. Dahinter gehen wir in Deckung. Nun höre ich die Stimmen auch, verstehe aber kein Wort von dem, was gesagt wird.

Langsam und sehr vorsichtig reckt Andris seinen Kopf, um über das Gebüsch spähen zu können. Kurz darauf bedeutet er uns, das Gleiche zu tun.

Da unten sind sie, nah genug, um uns zu bemerken, falls wir uns ungeschickt anstellen. Neun Männer, die Rast machen. Die meisten sitzen in einem unordentlichen Kreis um ihre Gepäckstücke herum, zwei liegen ausgestreckt auf dem spärlich bewachsenen Boden.

Ich erkenne fast alle. Die Männer, die mich und Tycho aus unserem Gewölbe zerrten, sind ebenso dabei wie die, die Sandor festhielten, damit Yann auf ihn einschlagen konnte.

Er muss sich sehr sicher fühlen, wenn er seine engsten Vertrauten fortschickt. Für mich sieht es stark nach einer unüberlegten Handlung aus, die er vielleicht längst bereut.

Oder er denkt, man wird ihn nur als Fürst anerkennen, wenn er nachweisen kann, dass der verbannte Fürst tot ist. Und dafür riskiert er viel.

Ich werfe einen Blick zur Seite. Sandors Lippen sind zu kaum sichtbaren weißen Strichen zusammengepresst, seine Augen zu Schlitzen verengt. Mit der rechten Hand umklammert er seinen Bogen, wahrscheinlich zählt er im Geist die Pfeile, die noch in seinem Köcher stecken.

Ruhig, deute ich, aber ich weiß nicht, ob er es gesehen hat.

Wir warten. Ich strenge mich redlich an, verstehe aber trotzdem nicht, worüber die Männer sich unterhalten. Bis einer von ihnen, der mir älter erscheint als der Rest, entschlossen aufsteht und »Weiter!« ruft.

Die acht anderen sind nicht begeistert. Sie kommen nur nach und nach auf die Beine und schultern unwillig ihr Gepäck.

»Wenn sie zu uns aufsteigen«, wispert Sandor, »ziehen wir uns so rasch zurück, wie wir können. Der Hang ist steil, sie sind müde, sie werden nicht sehr schnell sein.«

Doch zu unserer Überraschung wenden Yanns Männer sich nach Osten. Sie gehen talwärts und exakt in die Richtung, aus der wir gekommen sind.

»Das ist viel zu schön, um wahr zu sein«, stellt Andris fest, als die neun nur noch schwer erkennbare Punkte in weiter Ferne sind. »Ich wüsste gern, ob die jetzt nach Hause traben und Yann ein paar Märchen erzählen. Dass wir tot sind und so. Oder ob sie woanders weitersuchen.«

Ich habe aufgehört zu zählen, wie viele Tage wir nun schon unterwegs sind. Elf, schätze ich, oder zwölf. Meine Kleidung sitzt deutlich lockerer als bei unserem Aufbruch, an den Innenflächen meiner Hände verheilen Schürfwunden, die ich mir beim Sturz an einem steinigen Hang zugezogen habe. Seitdem springt mir jedes Mal, sobald das Gelände unsicher wird, einer der drei anderen zur Seite. Gestern hat Andris mich trotz meiner Proteste wie einen Sack Mehl über seine Schulter geworfen, um mich eine rutschige Steigung hinaufzutragen.

Ich ärgere mich zwar über diese Bevormundung, beim Betrachten meiner Hände muss ich aber zugeben, dass ich Glück hatte, so glimpflich davongekommen zu sein. Mit einem verstauchten Knöchel oder, schlimmer noch, einem gebrochenen Bein hätten die anderen mich den ganzen weiteren Weg tragen müssen. Oder mich zurücklassen.

Glück war auch, dass ich geistesgegenwärtig genug war, nicht aufzuschreien, denn ein paar Minuten später kam eine Horde von mehr als zwanzig Messack in Sicht, bis an die Zähne bewaffnet, aber so laut, dass wir längst in Deckung lagen, als sie an uns vorbeistampften.

Ich setze einen Fuß vor den anderen, immer weiter, wie eine Maschine. Es fällt mir heute schwerer als sonst, denn gestern ist Sandors Jagdglück ausgeblieben und wir mussten unsere Kost wieder einmal auf Moos und Wurzeln beschränken. Doch eine Ruhepause kommt nicht infrage. Wir sind auf freiem Feld, ohne

Deckung, wir müssen so schnell wie möglich den Schutz eines Waldes aufsuchen.

Der dunkelgrüne Schatten am Horizont ist ein Versprechen von Sicherheit, aber bis wir ihn erreichen, vergeht fast eine halbe Stunde. Unendlich langsam rückt der Wald näher.

Tycho, dessen Kraftreserven größer sind als meine, beschleunigt seine Schritte – ihm ist ebenso bewusst wie uns anderen, dass wir ein perfektes Ziel abgeben. Gemeinsam mit Andris bildet er die Vorhut, während Sandor an meiner Seite bleibt.

»Wir haben es gleich geschafft.«

Ich sage nichts, nicke nur. Ich kann es mir nicht leisten, meinen Atem an Worte zu verschwenden.

»Es muss hier Hasen geben, vielleicht sogar größeres Wild. Heute werden wir nicht hungern.«

Wenn Sandor mich aufmuntern will, wählt er dafür die falschen Worte. Der Gedanke an gebratenes Fleisch verursacht mir beinahe körperliche Schmerzen und ich besänftige meinen Magen mit den letzten Schlucken Wasser aus der Trinkflasche.

Wir haben den Waldrand fast erreicht, als ich sehe, dass Tycho zu rennen beginnt. Er hat sich nach links gewendet – hat er irgendwo Feinde entdeckt? Wieso hat er uns dann nicht gewarnt und warum folgt Andris ihm nicht?

Hektisch blicke ich mich um. Nein, hier ist niemand.

Weißt du, was los ist, will ich Sandor gerade fragen, als Tycho verschwindet. Nicht allmählich zwischen den Bäumen, sondern so plötzlich, dass ich an meiner Wahrnehmung zweifle.

Sekunden später ein kaum hörbares Ächzen.

Andris läuft los und erreicht die Stelle, wo Tycho sich in Luft aufgelöst hat, unmittelbar vor Sandor und mir.

Aus der Nähe erklärt sich das Rätsel wie von selbst: eine tiefe Grube, die mit Moos und Zweigen abgedeckt gewesen sein muss. Das Tarnmaterial liegt nun am Grund des Erdlochs, gemeinsam mit Tycho, der sich die Schulter hält und flucht.

»Bist du verletzt? Hast du dir etwas gebrochen?«

Zu meiner Erleichterung schüttelt Tycho den Kopf und steht langsam auf. Tritt wütend gegen etwas Längliches, Weißes, an dem ein wenig Fleisch hängt.

Ein Knochen. Ich habe vor langer Zeit in einem alten Kinderbuch gelesen, dass man auf diese Weise früher Fallen gebaut hat. Eine tiefe Grube und ein Köder, der die Beute anlocken soll.

»Ich dachte, wir können jedes bisschen Fleisch brauchen«, sagt Tycho kläglich. »Ich bin ein Idiot, ich habe nicht aufgepasst. Tut mir leid.«

»Nicht so schlimm«, beruhigt ihn Sandor. »Hauptsache, du bist in Ordnung.«

Doch wie sich herausstellt, ist die Lage ernster als gedacht. Ich weiß nicht, für welches Tier die Falle angelegt wurde, aber es muss groß sein, denn die Grube ist breit und so tief, dass Tycho den Rand auch dann nicht erreicht, als er sich auf die Zehenspitzen stellt. Andris legt sich auf den Bauch und streckt einen Arm zu ihm hinunter, doch bei Tychos Versuch, mit beiden Händen danach zu greifen und sich daran hochzuziehen, erweisen sich die Schmerzen in seiner Schulter als zu stark.

»Wir bräuchten ein Seil, das er sich umbinden kann«, murmelt Sandor.

»Nicht, wenn ich hinuntersteige und ihn raushebe.« Andris setzt dazu an, sich nach unten zu schwingen. Wir halten ihn im letzten Moment zurück.

»Gut, du hebst ihn heraus – und dann?«, will Sandor wissen. »Wie kriegen wir dich wieder nach oben? Keiner von uns ist stark genug, um dich hinaufziehen zu können, und die Wände der Grube sehen rutschig aus. Die Kanten brüchig. Geben sie unter deinen Fingern nach, sitzt du fest.«

»Blödsinn. Ich schaffe das«, brummt Andris und betastet prüfend die Ränder der Falle. Prompt lösen sich Erdbrocken und Steine und kollern nach unten.

Mein Gehirn arbeitet auf Hochtouren, erwägt Lösungen und verwirft sie wieder. Gleichzeitig fühle ich, wie kalte Angst durch meinen Körper kriecht. Was, flüstert sie, wenn euch nichts einfällt? Wie lange wollt ihr hier warten? Was, wenn ihr ihn zurücklassen müsst?

Ich beiße mir so fest auf die Unterlippe, dass ich Blut schmecke. Auf keinen Fall werde ich Tycho aufgeben. Weder Tomma noch Fleming konnte ich helfen, aber ich werde mich ganz sicher nicht vor einem simplen Erdloch geschlagen geben, egal wie tief es ist.

Problemanalyse und Lösungsfindung war zwei Jahre lang eines meiner Hauptfächer an der Akademie. Da wurde ich mit viel komplizierteren Aufgabenstellungen konfrontiert, die allerdings alle den Vorteil hatten, theoretisch zu sein.

Ich blicke mich um. Versuche, die Umgebung als einen Sammelplatz für hilfreiches Material zu sehen. Meine Aufmerksamkeit bleibt an einigen mittelgroßen Steinen hängen; die größten von ihnen haben das Ausmaß kleiner Transportkisten.

So einfach.

Ich deute zu den Steinen und Sandor nickt, er versteht sofort, was ich meine. Die Grube ist tief, aber wer sagt, dass sie das bleiben muss?

Wir versichern Tycho, dass wir gleich wieder bei ihm sein werden, und nehmen die Steine in näheren Augenschein. Andris zögert kurz, er hält seine Nase in den Wind und runzelt die Stirn, doch dann folgt er uns.

»Ein halber Meter müsste reichen«, überlege ich laut, während ich versuche, einen der kleineren Steine hochzuhieven. »Oder siebzig Zentimeter. Was meinst du, San–«

Ich zucke zusammen. Etwas sticht mich zwischen die Rippen, etwas Spitzes. Nicht tief, wahrscheinlich wird nicht einmal meine Haut geritzt, doch das kann sich in der nächsten Sekunde ändern.

Ich lasse den Stein fallen, so, dass er nicht meine Füße trifft, und weiche dem stechenden Schmerz aus, sehe gleichzeitig, was ihn verursacht hat.

Ein Speer. Gehalten von einem großen, in Leder gekleideten Mann mit nur einem Auge. Da, wo sich einmal das zweite befunden haben muss, trägt er eine Augenklappe, ebenfalls aus Leder.

»Unsere Steine«, sagt er knapp. »Unser Land. Schlechte Idee, sich hier rumzutreiben.«

Ich bin nicht die Einzige, die von einem Speer in Schach gehalten wird. Insgesamt sind fünf Männer lautlos aus dem Wald getreten, zwei von ihnen halten straff gespannte Bogen.

»Ich wusste, es stimmt etwas nicht, ich wusste es«, murmelt Andris durch zusammengebissene Zähne.

Keine Messack, keine Scharten. Ich versuche, die Kleidung und das Auftreten der Fremden einzuordnen, so gut ich kann. Auf keinen Fall Schlitzer; Nachtläufer wohl auch nicht.

Der Einäugige nimmt mich am Arm und schleppt mich auf die Grube zu. Ich vermute, er will mich hineinwerfen, doch zu meiner Überraschung bleiben wir an der Kante stehen.

»Nicht die Beute, mit der wir gerechnet hatten.« Ohne mich loszulassen, deutet er mit dem Speer nach unten, auf Tycho.

»Aber er ist ein besserer Köder als das dürre Ziegenbein, hm?«

Die anderen Männer lachen, sie treiben Sandor und Andris vor sich her.

Während sich in Andris' Miene Wut, Verzweiflung und Ungläubigkeit einen heftigen Kampf liefern, sehe ich bei Sandor völlige Gelassenheit. Und ein wenig Belustigung.

»Steckt eure Waffen ein«, sagt er. Es klingt wie ein freundschaftlicher Vorschlag.

Der Mann mit der Augenklappe lacht auf. »Tut mir leid, aber so halten wir hierzulande unsere Gefangenen unter Kontrolle.« Die Spitze seines Speers beschreibt einen glänzenden Halbkreis und weist nun auf Sandor. »Ich habe von Clans gehört, die ihren Feinden zu diesem Zweck die Achillessehnen durchschneiden, aber damit konnte ich mich nie anfreunden. Wenn du allerdings darauf bestehst ...«

»Wir sind keine Feinde.« Sandor tritt, ungeachtet des Speers, auf den Mann zu. »Ich glaube, ich kenne deinen Namen.«

Das verbliebene Auge glitzert misstrauisch. »Viele kennen meinen Namen und bei Weitem nicht alle sind meine Freunde. Du nimmst den Mund ziemlich voll, Junge.«

Ich kann fast körperlich fühlen, wie die Situation sich zuspitzt. Die Bogenschützen nehmen ihre Ziele genauer ins Visier – es wird eine Handbewegung oder ein Kopfnicken des Einäugigen genügen, um unser Schicksal zu besiegeln. Er ist nicht alt, aber der Älteste in der Gruppe und zweifelsohne der Anführer. Es hängt alles von ihm ab.

Ich räuspere mich.

»Wir sind Flüchtlinge«, sage ich leise. »Und wir sind halb verhungert. Selbst wenn wir wollten, könnten wir euch nichts tun. Seht ihr nicht, wie erbärmlich schlecht wir ausgerüstet sind?«

Der Einäugige mustert mich von oben bis unten. Sein Auge wird schmal, er legt den Kopf schief und eine seiner langen graubraunen Strähnen fällt ihm ins Gesicht. »Wer seid ihr?«

»Flüchtlinge.«

»Ja, das sagtest du bereits. Vielleicht könntest du das mit ein paar Einzelheiten ausschmücken? Wie heißt ihr? Woher kommt ihr? Vor wem flieht ihr?«

Ich beschließe, mich auf den letzten Punkt zu konzentrieren. »Frag besser, vor wem wir nicht fliehen. Es sind Sentinel hinter uns her, feindliche Clans, vor Kurzem auch ein Rudel Wölfe.«

Der Mann ist leider nicht dumm. Er merkt genau, dass ich den Fragen nach unserer Identität ausweiche, vielleicht begreift er sogar, dass ich Zeit gewinnen und erst wissen will, mit wem ich es zu tun habe. Damit ich meine Antworten entsprechend anpassen kann.

»Wir sind auf eure Hilfe angewiesen«, fahre ich fort. »Wir können unseren Freund nicht allein aus der Falle befreien. Er hat sich an der Schulter verletzt und kann nicht klettern. Wir brauchen ein Seil.«

Um die Mundwinkel des Einäugigen zuckt es, er verkneift sich offensichtlich einen Heiterkeitsausbruch. Ich weiche seinem Blick nicht aus. Lächle dankbar, als hätten wir seine Hilfe schon erhalten.

»Habt ihr gehört? Sie brauchen ein Seil«, ruft er seinen Männern zu. »Und wie bescheiden das Mädchen darum gebeten hat.« Sein Speer zielt wieder auf mich, auf meinen Hals, die Spitze liegt kalt an meiner Haut. Ich zwinge mich, nicht zurückzuweichen, und kann mehr spüren als sehen, wie Sandor sich sprungbereit macht.

»Nicht«, sage ich. Es richtet sich an ihn und den Einäugigen gleichermaßen.

Einige Atemzüge lang bewegt sich niemand. Der fremde Mann erwidert meinen Blick, ohne zu blinzeln. Für die Dauer einer Sekunde verstärkt sich der Druck der Speerspitze an meiner Kehle, dann verschwindet er.

»Teufel«, murmelt er. »Mit dir werden wir noch Spaß haben.« Er winkt einen der anderen Krieger heran. »Hol meinetwegen ein Seil. Wenn die drei wirklich jemanden zurückhaben wollen, der dumm genug ist, in eine Bärenfalle zu gehen.«

»Wir sind hungrig«, protestiert Tycho aus seiner Grube. »Ich wäre sonst nie –«

Mehr höre ich nicht, denn der Einäugige hat mich an der Schulter gepackt und führt mich zu den anderen. Eine Handbewegung, und die Bogenschützen senken ihre Waffen.

»Ihr seid ein merkwürdiger Haufen.« Nachdenklich betrachtet er zuerst Andris, dann Sandor. »Welcher Clan? Und keine Ausflüchte! Du«, er nickt Sandor zu, »trägst einen Nachtläufer-Bogen, aber der ist Beute, nicht wahr?«

»Ja.« In einer selbstverständlich wirkenden Bewegung schiebt Sandor sich zwischen mich und den Mann mit dem Speer. »Ich bin sehr froh, dass du uns aufgespürt hast und nicht jemand anderes. Du wirst deinem Ruf als kluger Mann gerecht.«

»Ach? Du hältst dich für schlau, hm? Bis wohin soll mein Ruf denn angeblich gedrungen sein?«

Einer der jüngeren Krieger tritt zu uns, er bringt das Seil für

Tycho. Dass mein Blick auf seine Hände fällt, ist Zufall. Besonders der linke Handrücken des Mannes ist von hellen Linien gezeichnet. Er muss damals stark geblutet haben.

Dornenspuren. Wir sind also am Ziel.

Beinahe hätte ich aufgelacht, ich lege mir eine Hand vor den Mund und huste, um es zu verbergen.

Keine gute Idee, sofort richtet sich Sandors besorgter Blick auf mich und ich kann förmlich spüren, wie die Erinnerung an Tomma uns beide gleichzeitig streift. Ich schüttle stumm den Kopf: Alles in Ordnung.

»Ich will eine Antwort«, herrscht der Mann mit der Augenklappe Sandor an. »Wenn du mich kennst, dann raus mit der Sprache, wenn nicht, dann spar dir deine Schmeicheleien.«

»Warum sollte ich dir schmeicheln wollen? Du bist Aramonn, nicht wahr? Aramonn der Einäugige, der Jäger mit dem Rabenspeer.«

Die schwarzen Federn, die am Schaft der Waffe festgebunden sind, habe ich vorhin aus unangenehmer Nähe betrachten können. Alles spricht dafür, dass Sandors Vermutung richtig ist, auch die tiefen Falten auf der Stirn unseres Gegenübers. Es gefällt ihm nicht, dass wir mehr über ihn wissen als er über uns.

»Wir sind ebenfalls Schwarzdornen.« Sandor schiebt seinen linken Ärmel hoch und zeigt Aramonn die charakteristischen Spuren. »Östliche Linie.«

Eine Pause entsteht, in der ich mich bemühe, Aramonns Reaktion abzuschätzen. Wenn Yanns Leute hier waren, muss er nur eins und eins zusammenrechnen, um zu wissen, dass er es mit den verurteilten Lieblingen und dem verstoßenen Fürsten in Begleitung eines Gefolgsmannes zu tun hat.

Doch er betrachtet nur Sandors Arm.

»Vor ein paar Tagen hatten wir Dornen aus dem Osten hier«, sagt er nachdenklich. »Bantur und seine Leute haben sie kurz vor unserem Dorf abgefangen. Sie wollten zu Ruvin, aber der hat sie nach fünf Minuten wieder rausgeworfen.« Aramonn lehnt sich an seinen Speer. »Sie hatten ihm eine wirre Geschichte aufgetischt, von wegen Quirin wäre ermordet worden. Dabei war er nur eine knappe Woche vor diesem seltsamen Haufen bei uns, um das Aufnahmeritual bei den neugeborenen Kindern durchzuführen. Da kann er kaum zur selben Zeit anderswo getötet worden sein.«

Er rückt sich die Augenbinde zurecht. »Wollt ihr uns das gleiche Märchen erzählen? Oder ein anderes?«

Meine Hände haben sich unwillkürlich zu Fäusten geballt. Das Aufnahmeritual bei den neugeborenen Kindern. Quirin war zu Besuch, um persönlich seine tödliche Saat zu säen. Immer noch.

»Wir haben nie geglaubt, dass Quirin tot ist«, sagt Sandor leichthin. »Trotzdem ist dieses Gerücht schuld daran, dass wir hier sind. Haben die Männer nichts weiter berichtet?«

»Dazu sind sie nicht gekommen. Ruvin hat keine Geduld mit Lügnern. Er hat sie vom Territorium vertreiben lassen und ist jetzt in seinem Glauben bestärkt, dass die östliche Linie der verdorbenste Zweig des Clans Schwarzdorn ist.«

An der Art, wie Sandor seinen Rücken strafft, kann ich sehen, dass ihn diese Aussage trifft, Verbannung hin oder her.

»Allerdings haben die Männer noch ein paar Dinge vor sich hin geplappert, während wir sie von unserem Land vertrieben haben: dass wir uns wundern werden, denn die östliche Linie hätte bald einen neuen Fürsten, der sich für eine solche Behandlung gnadenlos rächen würde.«

Keiner von uns kommentiert das.

Also hat Yann sich den Fürstenrang noch nicht sichern können. Es muss Widerstand gegeben haben. Wahrscheinlich Kämpfe.

»Vielleicht rückt ihr endlich mit der Sprache heraus«, fordert Aramonn. »Was wollt ihr hier? Gehört ihr zu den anderen aus dem Osten? Habt ihr euch aufgeteilt?« Sein verbliebenes Auge nimmt uns nacheinander ins Visier. An mir bleibt es hängen. »Ich will Antworten und ich will sie jetzt.«

»Wir sind von der östlichen Linie vertrieben worden.« Wenn ich Aramonn richtig einschätze, ist es am besten, alles auf eine Karte zu setzen. »Sie haben uns mit Quirins angeblichem Tod in Verbindung gebracht und wir sind nur knapp einer Hinrichtung entgangen.«

»Was?« Er schüttelt den Kopf, lacht ungläubig.

»Das heißt, nach den Gesetzen des Clans dürft ihr uns ebenfalls nicht aufnehmen, aber wir wären froh, wenn wir uns ein paar Stunden hier ausruhen könnten und –«

»Unsinn«, fällt er mir ins Wort. »Ihr kommt mit, ich bringe euch zu Ruvin, das ist ein Fürst, unter dem es gerecht zugeht. Nicht so wie im Osten.«

Es ist nur ein unmerklicher Ruck, der durch Sandors Körper geht, bevor er sich abwendet. Ich nehme ihn am Arm.

»Der Fürst im Osten hat alles getan, was in seiner Macht stand. Er hat sogar seinen Rang aufgegeben und ist in die Verbannung gegangen, damit keine Unschuldigen sterben müssen.«

Aramonn ist schnell von Begriff, das muss man ihm lassen. Sein Auge wird groß, als es sich auf Sandor richtet, der sich jetzt mit sanfter Bestimmtheit aus meinem Griff befreit.

»Sag bloß. Er hier? Er ist der Fürst? Also, der ehemalige? Maiossa hat mir erzählt, dass nach Vilems Tod ein junger Kerl die Führung übernommen hat, mit Namen San... Sander oder so, keine Ahnung, aber ...« Er lässt den Satz unvollendet.

»Aber dass er so jung ist, hättest du nicht gedacht«, ergänzt Sandor bitter. »Tja. Mir wäre es auch lieber gewesen, wenn Vilem noch lange und gesund gelebt hätte.«

Ein unterdrückter Schmerzensschrei lenkt unsere Aufmerksamkeit auf die Bärenfalle, aus der die Jäger eben Tycho herausziehen. Er hält sich die Schulter, doch er grinst schon wieder. Mir entgeht nicht, wie Aramonns Blick sich auf die charakteristischen Kratzspuren auf Tychos Händen und Armen heftet. Sie sind verheilt, aber hellrot und noch weit von den silbrig blassen Linien entfernt, die Dornen in Tychos Alter normalerweise tragen.

»Ich will eure Geschichte hören«, erklärt Aramonn nach kurzem Nachdenken. »Vom Anfang bis zum Ende.«

»Die ist lang«, gebe ich zu bedenken.

»Deshalb führen wir euch auch in unsere Siedlung.« Mit erhobenem Speer winkt Aramonn seine Leute zusammen. »Und ... Mädchen? Versuch nicht, mir weiszumachen, dass du und der kleine Blonde Dornen seid. Das kauft euch nur jemand ab, der blind und taub ist.« Er weist auf die Lederklappe an seinem Kopf. »Mir fehlt zwar ein Auge, aber das zweite ist doppelt scharf.«

8

Im nahen Wald warten noch zehn weitere Jäger. Aramonn weist fünf von ihnen an, die Bärenfalle wieder zu tarnen und zu bewachen. »Das Biest hat uns schon eine Menge Ziegen gekostet«, erklärt er. »Holt sie nachts. Ihr glaubt nicht, wie leise ein solches Riesenvieh sich bewegen kann.«

Er leitet uns auf einen schmalen Trampelpfad, der sich zwischen Bäumen und Felsen hindurchschlängelt. Über unseren Köpfen turnt ein kleines rotbraunes Tier von Ast zu Ast, das ich noch nie zuvor gesehen habe. Es stimmt mich fröhlicher, als ich es erklären könnte.

Neben mir geht Sandor, sehr aufrecht und ohne nach rechts oder links zu sehen. Er muss sich der Blicke der Jäger bewusst sein und ihr Getuschel ebenso hören wie ich.

»... soll Fürst gewesen sein ...«

»... ausgestoßen ... von den eigenen Leuten ...«

»... viel zu jung für einen Anführer ...«

Ich würde gerne seinen Arm nehmen, aber ich will den anderen nicht den Eindruck vermitteln, Sandor würde Unterstützung brauchen.

»Hast du Aramonn vorhin gehört?«, frage ich ihn leise. »Er hat Maiossa erwähnt. Wenn alles gut läuft, ist auch der Student noch hier, von dem ich dir einmal erzählt habe. Curvelli.«

»Von dem sie behauptet haben, Prims hätten ihn erschlagen?«

»Genau.« Der Gedanke, ich könnte endlich erfahren, was mit den drei anderen Studenten damals wirklich geschehen ist, erfüllt mich mit einer Art Vorfreude, die fehl am Platz ist. Vielleicht werde ich mich nach der Ungewissheit zurücksehnen, sobald ich die Wahrheit kenne.

Die Siedlung, von der Aramonn gesprochen hat, ähnelt meiner Vorstellung von einem Dorf weitaus mehr als alles, was ich bisher in der Außenwelt gesehen habe. Ruinen gibt es nur vereinzelt, die meisten Häuser sind intakt, auch wenn sie gewissermaßen geflickt wirken.

Wir passieren einen kleinen See, an dem Kinder mit Angelruten und Netzen unterwegs sind, und eine eingezäunte Weide, auf der sich Ziegen tummeln. Sie werden nicht nur von Hirtinnen bewacht, wie ich es aus dem Osten kenne, sondern zudem von vier mit Bogen und Klingen bewaffneten Jägern. Wegen des Bären, vermute ich.

»Nicht übel, das Dorf, oder?« Ich stupse Andris mit der Schulter an; er wirkt eingeschnappt, hat seit über einer Stunde kein Wort mehr gesagt.

»Kunststück«, knurrt er. »Die haben hier auch keine Scharten und sonstiges Gesindel am Hals. Wenn man uns in Frieden lassen würde, hätten wir es uns längst genauso gemütlich gemacht.« Er wirft dem Haus, an dem wir gerade vorbeigehen und auf dessen Wände jemand rot-gelbe Muster gemalt hat, einen verächtlichen Blick zu.

»Das ist mir klar«, erwidere ich schnell.

»Wetten, bei denen lungern keine Sentinel rum? Die haben sich eben nicht in einer der früheren großen Städte angesiedelt, sondern im Nirgendwo.«

Was keine üble Strategie war, wie es aussieht, doch ich werde mich hüten, diesen Gedanken vor Andris laut auszusprechen. »Dafür haben die Sammler hier sicher nur wenig zu tun. Was sollen sie schon finden, in den paar Ruinen? Wenn ich daran denke, welche Schätze du mit deinen Leuten gehoben hast …«

»Ja, nicht wahr?« Er wirkt besänftigt. »Rohstoffe ohne Ende. Da kann ich denen hier noch etwas beibringen.«

Die Wege, auf denen wir durch die Siedlung laufen, bestehen aus festgestampfter Erde, rechts und links sind sie flankiert von Rinnen, in denen Schmelz- und Regenwasser abfließen kann.

Aramonn wirft uns immer wieder Blicke über die Schulter zu, sichtlich stolz und außerdem neugierig auf unsere Reaktion. Die zumindest von Sandor ausbleibt; in seinem Gesicht rührt sich kein Muskel, aber mir entgeht nicht, dass er die Anordnung des Dorfes, die Art der Bauten und die Beschaffenheit der Straßen genau registriert.

Ich dagegen nicke doppelt anerkennend, wenn mein und Aramonns Blick sich treffen. Es ist eine ehrliche Rückmeldung – ein Dorf wie dieses ist ein perfekter Beginn für das Leben im Freien. Abgeschieden, ruhig, ohne Feinde, die es belagern.

Was sich ändern kann, sobald es zu groß und zu wohlhabend wird. Doch im Moment lockt es keine Räuber an, weder von innerhalb noch von außerhalb der Sphären.

Ich beschleunige meine Schritte, bis ich an Aramonns Seite laufe. Er weist mit ausgestrecktem Zeigefinger auf ein paar Männer, die einen Graben ausheben. »Wir wollen den Bach umleiten, dann haben wir im Dorf fließendes Wasser.«

»Fantastisch.« Ich betrachte die Arbeiter gebührend aufmerksam und gebe einige anerkennende Laute von mir, warte, bis der Moment günstig ist, um das Thema zu wechseln.

»Vorhin hast du von jemandem namens Maiossa gesprochen.« Ich erwähne es wie nebenbei, als wollte ich bloß das Gespräch nicht abreißen lassen. »Ich würde sie gerne kennenlernen.«

»Wieso?« In Aramonns Ton liegt mehr Schärfe, als ich erwartet hatte.

»Sandor hat mir von seiner Begegnung mit ihr erzählt. Er sagt, sie sei eine von wenigen Jägerinnen, die er kennt, und eine sehr interessante Persönlichkeit.«

»Hm.«

»Bist du anderer Meinung?«

Er tritt einen faustgroßen Stein aus dem Weg. »Nein. Trifft alles zu. Aber sie ist außerdem starrköpfig und streitsüchtig und meine Tochter.«

Damit hatte ich nicht gerechnet. Wahrscheinlich ist es eine gute Nachricht – auf diese Weise werde ich Maiossa fast zwangsläufig zu Gesicht bekommen und von ihr hoffentlich erfahren, wo Curvelli steckt.

Mich bei Aramonn nach ihm zu erkundigen, scheint mir der falsche Weg zu sein. Er hält Tycho und mich nicht für Dornen, gut, aber auch nicht für Lieblinge, hoffe ich. Sollte er über Curvellis Herkunft Bescheid wissen, bringe ich ihn mit meiner Frage ungewollt auf die richtige Spur.

Wir folgen dem Weg um eine Kurve, in deren Krümmung ein kleines Feld liegt, auf dem kniehohe Pflanzen wachsen. Sie stehen in Reih und Glied, wie Sentinel beim Appell.

»Du hast mir noch nicht einmal deinen Namen gesagt«, stellt

Aramonn wie beiläufig fest. Als hätte er einen Zipfel meiner Gedanken zu fassen bekommen.

Ich will mich nicht als Sindra ausgeben, diese falsche Identität habe ich mit meiner Flucht aus Vienna 2 für immer abgelegt. Aber ich möchte mir auch keine neue Lüge ausdenken müssen, also riskiere ich die Wahrheit. »Mein Name ist Ria.«

Er verzieht die Lippen zu einem spöttischen Lächeln. »Sehr kurz, sehr praktisch. Dann nennen wir dich eben Ria.«

Ganz offensichtlich glaubt er mir nicht, was mich stärker irritiert, als es sollte. »Ich heiße wirklich so. Ria.«

»Habe ich etwas anderes behauptet?«

Er schmunzelt weiter vor sich hin, meinetwegen, soll er denken, ich flunkere. Ich habe nicht vor, alle meine Überzeugungstechniken auszupacken, um ihn umzustimmen, dafür ist die Sache nicht wichtig genug.

Kurz bevor wir das Haupthaus des Clans erreichen, führt Aramonn uns in eine Hütte. Von zwei Bänken und einem wackeligen Tisch abgesehen ist sie leer.

»Wartet hier. Ich spreche mit Ruvin, danach komme ich euch holen.« Er geht, aber nicht ohne zwei seiner Männer als Wachen an der Tür zurückzulassen.

Erst als ich mich setze, merke ich, wie müde ich bin. Mein Kopf sinkt wie von selbst gegen Sandors Schulter. Ich werde nur kurz die Augen schließen und mir eine Taktik für den fremden Fürsten zurechtlegen.

Auf der zweiten Bank diskutieren Andris und Tycho über die technischen Errungenschaften der westlichen Dornenlinie. Sie lenken mich von meinen eigenen Gedanken ab, die mir entgleiten, ineinanderfließen …

Als ich mit einem Ruck erwache, ist es draußen bereits dunkel. Mein Kopf liegt auf Sandors Oberschenkeln und er versucht gerade, mich sanft auf die Bank zu betten, damit er aufstehen kann. Ich fahre so schnell hoch, dass schwarze Punkte vor meinen Augen tanzen.

»Alles in Ordnung«, beruhigt er mich. »Ruvin will sich erst mit mir allein treffen; er möchte wissen, warum ich ausgestoßen wurde. Wir sprechen miteinander, danach komme ich her und hole euch.«

Das gefällt mir nicht, doch mein Kopf ist noch zu dumpf vom Schlaf und ich erfasse den Grund dafür nicht sofort.

Dann aber fällt es mir wieder ein.

Ich greife nach Sandors Hand, halte ihn zurück. »Was wirst du ihm über Tycho und mich erzählen?«

»Dass ihr Flüchtlinge seid, die unter meinem Schutz stehen. Ich werde das Wort Lieblinge so lange wie möglich vermeiden.«

Seine Zuversicht ist sehr gut gespielt, aber zur Gänze kann er seine Nervosität nicht verbergen. Ihm muss bewusst sein, dass es Ruvin nur Vorteile verschaffen würde, uns an die Sphären auszuliefern.

»Mach dir keine Sorgen.« Sandor drückt meine Hand, bevor er sie loslässt. »Ich weiß ganz genau, was ich tue.«

Warten in der Dunkelheit. Wochenlang habe ich nichts anderes getan, in der Zeit in der Stadt unter der Stadt, aber das hat mich nicht geduldiger gemacht, wie es scheint.

Sandor muss seit über einer Stunde fort sein. Warum dauert dieses Gespräch so lange? Ist es überhaupt noch im Gang? Die Verbannung gilt für alle Linien des Clans, Ruvin kann Sandor vertreiben, einsperren oder Schlimmeres mit ihm anstellen. Von Tycho und mir ganz zu schweigen. Wir sind – wie hat Sandor selbst es genannt? Vogelfrei. Nicht dass das etwas Neues wäre.

Um mich abzulenken, kümmere ich mich um Tychos Schulter, was mir das Gefühl gibt, etwas Sinnvolles zu tun, obwohl ich nur feststellen kann, dass sie weder ausgerenkt noch gebrochen ist.

»Hätte ich dir auch so sagen können«, meint Tycho gutmütig. Ebenso gutmütig verbeißt er sich jeglichen Schmerzenslaut, während ich den Bereich um das geprellte Gelenk herum abtaste.

Albina würde sich an den Kopf greifen, könnte sie sehen, wie umständlich ich vorgehe, nur, um möglichst lang beschäftigt zu sein. Der Gedanke an sie reißt noch eine der alten Wunden auf. Wie selbstverständlich sie mir in Vienna 2 ihr Vertrauen und ihre Freundschaft entgegengebracht hat. Und wie gnadenlos ich beides missbraucht habe.

Schritte an der Tür, dort steht Aramonn und winkt uns zu sich. »Es ist so weit. Ruvin will euch sehen.«

Aus dem Haupthaus dringt der Duft von gebratenem Fleisch und noch etwas anderem. Zwiebeln vielleicht. Nun krampft mein Magen sich nicht mehr aus Nervosität zusammen, sondern aus schlichtem Hunger. Ich hoffe, ich darf ihn stillen, bevor wir vor den Fürsten geführt werden, sonst werde ich mich nur schwer auf das Gespräch konzentrieren können.

Die Halle ist voll mit lebhaften, lauten Menschen. Sie schenken uns kaum Beachtung, als wir eintreten. Nur einige wenige, die nah bei der Tür sitzen, mustern uns mit einer Mischung aus Neugier und Misstrauen.

Aramonn führt uns zwischen dicht nebeneinanderstehenden

Tischen hindurch; an manchen Stellen sitzen die Clanleute auch auf dem Boden. Beinahe trete ich einem halbwüchsigen Mädchen auf die Hand.

Am entgegengesetzten Ende der Halle, vernebelt vom Rauch, der in großen Mengen aus der Feuerstelle quillt, erkenne ich Sandor. Die Anspannung fällt von mir ab, an seiner Haltung kann ich ablesen, dass die Dinge gut stehen. Er unterhält sich lebhaft mit einem verschrumpelten, kahlköpfigen Mann, der neben ihm auf einem Stuhl mit hoher Lehne thront.

Kann das Ruvin sein? Ich hatte jemand wesentlich Kräftigeren erwartet, einen Kämpfer, keinen Greis.

»Riechst du das Fleisch? Ich verhungere«, stöhnt Tycho neben mir.

Ich wende mich zu ihm um und erstarre mitten in der Bewegung.

Da ist er, ich hatte also recht. Sein Haar ist länger und er hat Gewicht verloren, aber das trifft auf uns alle zu.

Curvelli, einst die Nummer 24 in der Reihung der Borwin-Akademie. Er sieht nicht in meine Richtung, sondern unterhält sich mit einer jungen Frau, die lässig vor ihm am Tisch lehnt, die Arme verschränkt, den Kopf leicht schief gelegt. An seiner Gestik erkenne ich, dass er sie gern beeindrucken möchte; an ihrer, dass das schwierig wird. Sie lächelt, gähnt und streckt die langen Beine aus, die in mehr als knielangen Lederstiefeln stecken. Mit geübten Bewegungen flicht sie ihr tiefbraunes Haar zu einem Zopf, den sie mit einem Lederband umwickelt. Curvelli kann keine Sekunde lang die Augen von ihr lassen. Dass wir eingetreten sind, ist ihm völlig entgangen.

Dafür hat uns der greisenhafte Kahlkopf entdeckt und gibt Aramonn mit einem Wink zu verstehen, dass er uns zu ihm führen soll.

Aus kurzer Distanz wird klar, dass der Mann nicht nur das Haar, sondern auch die Zähne verloren hat. Alle bis auf zwei, von denen einer im Ober-, der andere im Unterkiefer steckt.

»Wäre nicht schlecht, wenn ihr euch vor Ruvin verbeugen könntet«, murmelt Aramonn. »Das hat er gern.«

Ich beschränke mich darauf, respektvoll den Kopf zu neigen.

Also ist dieser alte Mann tatsächlich der Fürst der westlichen Dornenlinie. Der, der Yanns Leute hat vertreiben lassen, noch bevor sie ihre Nachricht überbringen konnten.

So klapprig sein Körper auch wirkt, seine Augen machen das wett. Ihr Blick huscht zwischen Andris, Tycho und mir hin und her. Am Ende verhakt seine Aufmerksamkeit sich an mir und ein breites, zahnloses Grinsen teilt sein Gesicht.

»Was für ein interessanter Fang dir da gelungen ist, Aramonn. Du brauchst mir die drei nicht mehr vorzustellen, Sandor hat mir schon alles erzählt.«

Trotz des Mangels an Zähnen sind Ruvins Worte gut verständlich und seine Emotionen so leicht zu lesen wie die eines kleinen Kindes. Etwas bereitet ihm gerade großes Vergnügen. Ich schätze, wir verdanken seine gute Stimmung Sandor und seinen Ausführungen; ich wünschte, ich hätte sie hören können.

Sandor wirkt entspannter als zuletzt. Er hebt seinen Becher an die Lippen – einen metallenen Krug mit Prägungen, wie ich sie noch nie gesehen habe – und macht dabei mit der linken Hand das Zeichen für Zuflucht. Jedenfalls glaube ich, dass es das ist.

Ich antworte mit *Gut, danke* und frage mich, ob die westliche Linie des Clans diese Sprache nicht ebenfalls kennt.

»Ich lasse euch etwas zu essen bringen«, verkündet Ruvin, immer noch mit diesem verschmitzten Zug um die Augen, der mich vermuten lässt, dass gleich eine Pointe kommen muss. Doch das passiert nicht, stattdessen werden wir an seine Seite dirigiert und nehmen auf niedrigen Schemeln Platz. Ausgenommen Andris, der den Boden vorzieht.

Zwei halbwüchsige Jungen bringen Krüge mit Wasser und eine blecherne Schüssel voll mit gebratenem Fleisch und weich gekochten Wurzeln.

Tycho wartet nicht einmal ab, bis sie das Essen abgestellt haben, er greift in die Schüssel und stopft sich in den Mund, was er zu fassen bekommt.

Um meine eigene Beherrschung ist es nicht viel besser bestellt, aber ich schaffe es immerhin, mich bei Ruvin zu bedanken, bevor ich mich auf das Essen stürze.

Ob es wirklich so köstlich ist, kann ich nicht sagen, aber ich erinnere mich nicht daran, jemals eine Mahlzeit so dringend gebraucht und so genossen zu haben. Beim ersten Bissen kommen mir buchstäblich die Tränen und ich muss mich zwingen, vor dem Schlucken zu kauen.

Irgendwann schaue ich auf und sehe, dass Ruvin uns nicht aus den Augen lässt. Falls er unsere Gier verachtenswert findet, zeigt er es nicht, im Gegenteil, er muntert uns mit einer Handbewegung zum Weiteressen auf.

»Ich wünschte, ich könnte noch einmal so zuschlagen«, höre ich ihn zu Sandor sagen. »Hm. Manche Dinge sind eines Tages vorbei, nicht wahr? Eine Zeit lang hatte ich einen Vorkauer, aber er ist einen Hang hinuntergestürzt und hat sich das Genick gebrochen. Der, dem ich das Amt danach übertragen habe, war zu langsam beim Kauen, also habe ich es aufgegeben.« Er zuckt mit den Schultern. »Seitdem heißt es: Ziegenkäse, Ziegenmilch und weich gekochtes Pflanzenzeug. Klappt auch.«

Mein Hunger ist so gewaltig, dass der Bericht über Ruvins Vorkauer mir nicht einmal im Ansatz den Appetit verdirbt.

Obwohl Andris sich merkbar zurückgehalten hat, ist unsere Schüssel innerhalb weniger Minuten leer. Eine zweite wird gebracht – der westlichen Linie scheint es an nichts zu mangeln. Diesmal esse ich gemächlicher, niemandem ist geholfen, wenn mir übel wird. Ein Stück rechts hinter mir und vernebelt durch die Rauchschwaden, die von der Feuerstelle zum Ausgang ziehen, sehe ich immer noch Curvelli sitzen und, mit dem Rücken zu mir, das Mädchen mit dem langen Zopf.

Aramonn muss mich beobachtet haben. »Da drüben, genau dort, wo du hinsiehst, das ist Maiossa. Du wolltest sie doch kennenlernen.«

Er hat meine Vermutung bestätigt. Ich wische meine fettigen Finger an den Hosenbeinen ab. »Möchte ich immer noch. Aber jetzt ist sie gerade beschäftigt.«

»Egal. Es passt mir sowieso nicht, dass sie so viel mit diesem Kerl zusammensteckt.« Er beugt sich zu mir. »Er kommt aus den Sphären. Ja, kein Scherz! Er ist ein Liebling, das hat er mir sogar ins Gesicht gesagt.«

»Und du hasst die Lieblinge«, stelle ich so nüchtern wie möglich fest. Er soll meinem Ton das Bedauern nicht anhören, das ich empfinde. Wenn die Wahrheit ans Licht kommt, wird er mich also verachten. Schade.

»Natürlich hasse ich sie. So wie wir alle es tun, oder?« Aramonn fixiert den Rücken seiner Tochter. »Nicht unbedingt diesen jungen Kerl, der kann noch nicht allzu viel Schaden angerichtet haben. Außerdem lässt er selbst kein gutes Haar an den Sphärenleuten und er macht sich gern nützlich. Trotzdem.«

Während Aramonn spricht, puzzle ich in meinem Kopf die Informationen zu einem Bild zusammen. Curvelli hat erfahren, dass er Vilems Sohn ist – keine Ahnung, woher. Doch er hat dieses Wissen nicht mit allen geteilt. Nicht mit Aramonn, sehr wohl aber mit Maiossa, die ihn auf seiner Reise in den Osten begleitet hat.

Ich muss eine Gelegenheit finden, mit Curvelli unter vier Augen zu sprechen. Am besten gleich, wer weiß, wann ich ihn wieder zu Gesicht bekomme.

Ich würde Sandor gerne per Handzeichen zu verstehen geben, dass ich die nächsten Minuten unbeobachtet sein möchte und er dafür sorgen soll, dass die anderen mir nicht zu viel Aufmerksamkeit schenken oder mir gar folgen, aber dazu beherrsche ich die Zeichensprache leider nicht gut genug.

Fortgehen kurz allein ist alles, was ich zustande bringe. *Freund sprechen geheim*, hänge ich noch an und wiederhole *allein*.

Er zögert. *Wo?*, deutet er.

Halle. Rechts von mir. Mit Mädchen.

Wieder hebt er seinen Krug an die Lippen und sucht währenddessen den von mir angegebenen Bereich ab.

Ich passe auf.

Meine Beine schmerzen, als ich aufstehe. Zu lange gelaufen, zu unbequem gesessen. »Ich muss kurz …«, sage ich und vollführe eine unbestimmte Bewegung mit den Händen.

Alle lächeln verständnisvoll und Aramonn erklärt mir den Weg zu den Latrinehütten.

Auf dem Rückweg bleibe ich im Halleneingang stehen und sondiere die Lage. Curvelli ist nach wie vor in sein Gespräch mit Maiossa vertieft; wenn ich seine Aufmerksamkeit erregen will, ohne gleichzeitig auch die aller versammelten Clanmitglieder auf mich zu ziehen, muss ich mich ihm direkt vor die Nase stellen.

Ich schnappe mir einen Wasserkrug vom nächstbesten Tisch und steuere auf Curvelli zu. »Wollt ihr noch etwas trinken?« Ganz bewusst drehe ich mich so, dass Maiossa nur meinen Hinterkopf zu sehen bekommt, Curvelli dagegen mein Gesicht. Nur dass er leider nicht darauf achtet.

»Danke, jetzt nicht.« Er legt den Kopf schief, um besser an mir vorbeisehen zu können. »Es waren also zwölf, hast du gesagt?«

Die Frage gilt nicht mir, sondern ist Teil des Gesprächs, das ich unterbrochen habe.

Ich räuspere mich. »Bist du sicher? Man sollte es sich gut überlegen, Wasser zu verschmähen. Um seinetwillen wurden schon Kriege geführt.«

Die letzten zwei Sätze stammen nicht von mir, sondern sind ein Zitat, das Heranne, unsere Mentorin für Geschichte, bei jeder Gelegenheit von sich gab.

Nun richtet Curvelli erstmals seinen Blick auf mich und ich kann die Abfolge seiner Emotionen in ihrer logischen Reihenfolge beobachten. Irritation, Erkennen, Schrecken, Fassungslosigkeit und dann endlich das Bemühen, diese Regungen zu verbergen.

Er fängt sich schnell. Greift nach dem Krug und sieht hinein. »Der ist ja gar nicht voll. Und auch nicht sauber.« Unsanft packt er mich am Oberarm. »Komm mit, ich zeige dir, wie du es das nächste Mal richtig machst.«

Die Arroganz, der einzige seiner Charakterzüge, an den ich mich deutlich erinnere, kommt uns nun zugute.

Ein kurzer Blick zurück über die Schulter – nein, Maiossa folgt uns nicht. Allerdings wirkt sie erstaunt über die Szene, deren Zeugin sie eben geworden ist. Kein Wunder. Ginge mir genauso.

Curvelli zieht mich nicht nach draußen, sondern in einen kleinen Raum, der an die Halle grenzt. Das Brennstofflager, wie es scheint. Äste und klein gehackte Baumstämme bedecken den größten Teil des Bodens.

»Bist du es? Wirklich?« Er hat meinen Arm nicht losgelassen, seine Finger drücken tief in mein Fleisch. »Haben sie dich geschickt, um mich zu suchen?«

Ich kann nicht anders, ich muss lachen. »Sieht das so aus? Nein, ginge es nach dem Sphärenbund, wäre ich ganz bestimmt nicht hier.« Ich ziehe meinen Arm aus seinem Griff. »Mir ist das Gleiche passiert wie dir. Glaube ich zumindest.« Jetzt, da Curvelli vor mir steht, kostet es mich meine ganze Überwindung, nicht sofort nach Lu zu fragen. Meiner Freundin, meiner Vertrauten, die angeblich von Prims getötet worden ist. Die winzige Hoffnung, dass sie noch leben könnte, wird in den nächsten Minuten bestätigt oder zerstört werden.

Mein Mund ist trocken. »Wir wurden nicht wie ihr auf eine Expedition geschickt, sondern auf eine Reise, zum Präsidenten. Aber es war nur ein Vorwand. Der wahre Plan bestand darin, uns zu töten und es wie einen Überfall der Außenbewohner aussehen zu lassen.«

Curvellis Lippen sind zu einem Strich zusammengepresst. An seinem Hals treten Sehnen hervor wie Seilstränge, er kämpft um Beherrschung. »Das erzählst du nicht nur so?«

»Nein! Warum sollte ich?«

Er wischt sich über die Stirn, schließt die Augen. »Natürlich. Du hast recht. Aber mein erster Gedanke, als ich dich gesehen habe, war: Jetzt haben sie dich doch gefunden.«

Ich lasse ihm Zeit, sich wieder zu fangen. Da ist eine Narbe unter seinem Kinn, die er früher nicht hatte. Sie ist hellrosa und gezackt.

»Du hast gesagt, *ihr* wurdet auf eine Reise geschickt. Wer genau war dabei?«

»Tycho, Tomma, Dantorian, Fleming, Aureljo und ich.«

»Aureljo? Sie wollten Aureljo umbringen?«

»Ja.«

Curvelli tritt einen Schritt zurück. Ich ahne, welchen Schluss er aus meinem Bericht zieht – sechs Namen, aber ich bin die einzige Sphärenbewohnerin, die er bisher zu Gesicht bekommen hat.

»Ist Aureljo tot?«

»Nein. Aber er ist nicht hier. Nur ich und Tycho. Kennst du ihn? Jünger als wir, hellblond, schnell im Kopf und auf den Beinen?«

Er überlegt, dann nickt er. »Ja, ich glaube schon. Das ist …«

»… unglaublich. Allerdings.« Ein prüfender Blick durch die Tür, niemand ist uns gefolgt. »Erzähl es mir. Was genau ist euch passiert?«

Ihm ist anzusehen, dass er lieber mich mit dem Berichten beginnen lassen würde, deswegen aber jetzt nicht mit mir streiten möchte.

»Erst einmal gar nichts. Wir saßen in der Magnetbahn und waren völlig fasziniert davon, dass der Schnee immer weniger wurde, je weiter wir fuhren. Als wir anhielten, war es schon dämmrig. War ja noch früh im Jahr. Wir sind ausgestiegen, mit unseren Probensets und Datenterminals – es war fantastisch, ich habe auf einen Blick mindestens fünf Pflanzen erkannt, die seit der Langen

Nacht nicht mehr dokumentiert worden waren –« Er verstummt. Betrachtet seine ineinanderverschränkten Hände.

Nach zehn Sekunden sagt er immer noch nichts, ist tief in die Erinnerung an das damalige Geschehen versunken.

Jetzt, als es endlich so weit ist und ich die Wahrheit mit den Händen greifen könnte, bin ich plötzlich nicht mehr sicher, ob ich sie wirklich erfahren will. Mein Herz pumpt so stark, dass man die Schläge durch die Jacke hindurch sehen kann.

Nein. Die Augen verschließen hat keinen Sinn. Was passiert ist, ist längst vorbei und nicht mehr zu ändern.

Ich hole tief Luft. »Was dann?«

Curvelli legt die Arme um seinen Oberkörper. »Aus dem Waggon, der hinter unseren gekoppelt war, stiegen Sentinel aus. Zwei Männer mit Gewehren. Ich hätte sie gar nicht beachtet, wenn sie nicht zu schießen begonnen hätten. Raman haben sie sofort getroffen, in den Kopf und in den Rücken. Er war nur zwanzig Meter von mir entfernt, ich habe ihn sterben sehen.« Curvellis Stimme wird mit jedem Wort leiser. »Früher habe ich immer gedacht, Schock würde lähmen. Bei mir ist das anders, wie sich herausgestellt hat. Ich bin losgerannt, bevor ich begriffen habe, was passiert. Bin gebückt zwischen Bäumen und Sträuchern hindurch, auf Luria zu, die tiefer in den Wald gegangen war. Ich habe sie angeschrien. Dass sie fliehen soll, aber …« Er schluckt.

Ich ahne, was jetzt kommt, und will es nicht hören. Vor meinen Augen verschwimmt alles und ich blinzle Tränen weg.

»Sie hat mir nicht geglaubt«, fährt Curvelli fort. »›Hört auf, wir sind es!‹, hat sie ihnen zugerufen.« Wieder hält er inne. Knetet seine Hände.

»Und?«

»Sie haben sie erschossen. Ohne ein Wort. Ich habe gesehen, dass eine Kugel ihren Hals getroffen hat und eine ihre Brust. Dann bin ich nur noch gerannt, wie ein Verrückter, bis ich keine Luft mehr bekommen habe. Dachte bei jedem Schuss, dass ich gleich die Kugel spüren würde, den Schmerz … Aber ich hatte Glück. Wenn man es so nennen kann. Ich habe schnell ein Versteck gefunden. Eine Mulde mit Schutt, dort habe ich mich halb eingegraben zwischen Ziegelstücken, Matsch und vereisten Schneeresten.«

Sie ist also tot, wirklich tot. Ich wusste es ja bereits, habe um sie getrauert und geweint, aber seit ich auf meiner Reise nach Vienna 2 Curvellis Stimme gehört habe, war ein winziges Stück Hoffnung in mir, dass sie ebenso entkommen sein könnte.

»Du bist dir absolut sicher«, frage ich trotzdem, »dass Lu tot ist? Nicht nur verwundet oder –«

»Nein«, schneidet er mir das Wort ab. »Ich habe die Männer von meinem Versteck aus reden gehört. ›Begleitet die beiden Leichen in die Sphäre Kenntnis‹, hat einer befohlen. Er war unglaublich sauer, nicht nur, weil ich entwischt war, sondern auch wegen der Waffenwahl seiner Leute. ›Wer soll uns die Geschichte mit dem Überfall der Prims abkaufen?‹, hat er gebrüllt. ›Diese Schusswunden sind so eindeutig, die erkennt jeder Idiot.‹«

»In die Sphäre Kenntnis?« Meine Stimme klingt brüchig, ich räuspere mich. Kenntnis war der Ort, wo alle Akademiestudenten mit Forschungsschwerpunkt gern Karriere machen wollten. Nicht allzu weit von Vienna 1 entfernt, höchstens zwei Stunden mit der Magnetbahn.

Wurden die Mordanschläge auf uns deshalb alle in der gleichen Gegend unternommen? Damit unsere Leichen noch warm bei den Forschern ankommen würden?

»Nachdem sie mich so lange nicht finden konnten, wollten die Sentinel Verstärkung und Suchgeräte mit Wärmesensoren holen. Sie trugen Lu und Raman zur Bahn und fuhren davon. Das habe ich mehr gehört als gesehen, aber es muss stimmen. Ihre Körper waren anschließend fort. Ich habe die Abdrücke im Schnee untersucht und … das Blut.«

Er schließt die Augen, als könnte er so die Intensität der Erinnerung abschwächen. »Egal, den Rest kannst du dir denken. Ich konnte kaum aufstehen, ich war halb erfroren und sowieso starr vor Schreck. Bin durch die Gegend geirrt, habe Baumrinde gefressen und mich in brüchigen Kellern gegen Wölfe verbarrikadiert. Nach ein paar Tagen bin ich auf eine alte Frau gestoßen, die Äste gesammelt hat. Brennholz. Sie hat mich hergebracht.« Er hebt auffordernd das Kinn. »So. Jetzt du.«

Natürlich hat Curvelli eine Menge wichtiger Dinge ausgelassen. Wie er es geschafft hat, bei den Dornen aufgenommen zu werden, beispielsweise. Die Tatsache, dass er Vilem besuchen wollte, den er als Vater oder wenigstens als Verwandten identifiziert hatte.

Ich verstehe ihn, er weiß immer noch nicht, wie er mein Auftauchen einordnen soll. Er muss bis heute geglaubt haben, dass sein Schicksal und das der beiden anderen Studenten Einzelfälle waren. Anders als ich hat er vor seiner Abreise keine Gesprächsfetzen über eine angebliche Verschwörung mitgehört. Was er wohl gedacht hat, die ganze Zeit über? Welche Erklärung hat er für die furchtbaren Geschehnisse gefunden?

»Bei uns war es ähnlich«, beginne ich. »Wir wurden als Delegation der Akademie für einen Besuch beim Präsidenten ausgewählt.« Ich versuche, mich kurz zu halten und trotzdem nichts Wichtiges auszulassen. Das zufällig mitgehörte Gespräch, die

Magnetbahn, die ermordeten Sentinel vom Kommando. Der Wald, die Wölfe. Der Moment, in dem wir von den Dornen aufgespürt wurden, die ein totes Mädchen zurück zu ihrem Clan bringen wollten.

Das Reden tut mir gut, ich durchlebe dabei selbst alles Geschehene noch einmal. Eben schildere ich unseren beschwerlichen Weg durch den Schnee mit Tomma auf den Schultern, Yanns Quälereien, die silbern schimmernden Fahnder ... da fällt es mir plötzlich auf.

Wahrscheinlich, weil Curvelli mir jetzt ins Gesicht sieht und nicht mehr an mir vorbei, wie er es während seines Berichts getan hat.

Gerötete Augen. In den Winkeln eine Andeutung von Sekret wie bei einer Bindehautentzündung.

Ich habe nicht aufgehört zu sprechen, die Erzählung sprudelt weiter aus mir heraus, als wäre nichts geschehen: Lennis, unsere Einteilung für den Arbeitsdienst, Andris und die Sammler, der Überfall der Scharten. Doch währenddessen überlege ich fieberhaft. Wie alt genau ist Curvelli? Neunzehn, glaube ich. Also längst im kritischen Fenster für den Ausbruch der Krankheit.

Mit aller Kraft dränge ich die Bilder der sterbenden Tomma aus meinem Kopf. Möglicherweise ist so viel Pessimismus nicht angebracht. Die Halle ist verraucht und auch in die Brennstoffkammer ziehen immer wieder dicke Schwaden. Wer weiß, vielleicht sind meine eigenen Augen ebenfalls entzündet und rot.

Doch dann legt Curvelli eine Hand vor den Mund und hustet.

Ich beende meinen Bericht. Beobachte ihn genau. Ist es das krampfhafte, atemlose Husten, das Tomma nächtelang geschüttelt hat?

»Wie lange hast du das schon?« Es klingt hoffentlich beiläufig.

»Weiß nicht genau. Zwei Wochen. Oder zweieinhalb. Warum?«

»Weil … es hier draußen gar nicht einfach ist, gesund zu bleiben. Unsere Körper sind nach wie vor die Lebensumstände der Sphären gewohnt.« Auf keinen Fall werde ich ihm von Tommas Tod erzählen oder von Dhalion. Nicht, bevor wir ihn immunisiert haben. Seine Krankheit befindet sich sicher noch im Anfangsstadium. So muss es sein.

»Geht wieder.« Er wischt sich mit dem Handrücken über den Mund. »Du hast gerade von Scharten gesprochen, mit denen eure Leute sich geprügelt haben …«

»Ja. Sag mal, gibt es in der westlichen Linie eigentlich einen Bewahrer?«

Mein Themenwechsel gefällt Curvelli nicht, wahrscheinlich glaubt er, ich will mich um den Rest meines Berichts drücken.

»Ja«, antwortet er nach einer mürrischen Pause. »Bennok. Ich bringe dich gern zu ihm, aber erst möchte ich wissen, was mit Aureljo, Fleming und Tomma ist.«

Dantorian kennt er nicht. Bei mir war es anfangs genauso, die Künstler an der Akademie waren eine eigene Clique.

Ich fasse mich kurz und entscheide mich für Halbwahrheiten. Fleming wurde erstochen, das entspricht den Tatsachen. Tomma starb an einer Lungenentzündung. Dantorian und Aureljo haben sich in die Sphäre Vienna 2 geschmuggelt, wo sie herauszufinden versuchen, weswegen man uns töten will.

Dass ich es längst weiß, behalte ich ebenso für mich wie Curvelli seine Verbindung zu Vilem. Es ist mir ganz recht so. Wir werden uns gegenseitig unsere wahre Herkunft eingestehen, sobald ich das drängendste Problem gelöst habe. Serum beschaffen.

»Schließlich hat der Clan uns vertrieben«, führe ich meine Erzählung zu Ende. »Einigen hat es nie gefallen, dass wir aufgenommen wurden, daher haben sie ein paar Lügen über uns erzählt und –«

»Gutes Stichwort: Lügen!«, zischt jemand von der Tür her. »Ich dachte, du wolltest ihr nur zeigen, wie man einen Krug säubert!«

Ich fahre herum.

Maiossa.

»Wir haben uns unterhalten«, erklärt Curvelli überflüssigerweise.

»Ist mir nicht entgangen.« Ihr Blick wandert zwischen uns hin und her, richtet sich dann auf mich. Ich lese darin eine eigenartige Mischung aus Wut und Irritation. »Kein Wunder, dass die im Osten euch vertrieben haben. Habt ihr dort auch eure Gastgeber belogen, euch fortgeschlichen und heimlich kleine Ränke geschmiedet?«

Keine Frage, sie fühlt sich ausgeschlossen und nimmt Curvelli die Unwahrheit übel, die er ihr aufgetischt hat. Außerdem ist sie eifersüchtig – was für ein Witz. Das sollte sich schnell bereinigen lassen.

Schuldbewusstes Lächeln, offene Körperhaltung. »Es tut mir leid. Du hast recht, es war unhöflich von mir, ihn in ein so langes Gespräch zu verwickeln, aber ich dachte, er wäre tot.«

Dass ich es seit Monaten besser weiß, behalte ich vorerst für mich. »Du bist Maiossa, nicht wahr? Aramonn sagt, du wärst eine Jägerin.«

Sie antwortet nicht. Ihre Wut ist verraucht, doch das möchte sie so schnell nicht eingestehen. Ohne ein Wort dreht sie sich um und geht zurück in die Halle.

Ich schubse Curvelli in Richtung Tür. »Los. Sie wartet darauf, dass du ihr folgst.«

»Was? Sie wartet nie auf jemanden.«

»Doch, natürlich tut sie das, du kriegst es nur nicht mit. Geh schon.«

Ich lehne mich gegen die Wand und zähle bis dreißig, bevor ich das Brennstofflager verlasse. Kann nicht schaden, wenn Maiossa den Eindruck bekommt, Curvelli hätte es übertrieben eilig gehabt, wieder bei ihr zu sein.

Als ich zu meinen Leuten zurückkehre, rutscht Sandor ein Stück zur Seite, um mir Platz zu machen. Er sieht mich nur an, stellt keine Fragen, obwohl ich überzeugt bin, dass er mich gemeinsam mit Curvelli hat verschwinden sehen.

»Das war er«, erkläre ich leise. »Der Student, der angeblich erschlagen wurde. Er hat mir erzählt, was damals passiert ist. Es waren Sentinel, die ihn töten wollten, so wie bei uns. Zwei Freunde von mir haben sie erwischt, er ist entkommen.« Ich lehne mich an Sandors Schulter, fühle, wie die Müdigkeit mich schwer werden lässt. Schlagartig, als wäre sie ein verspätet eintreffender Gast, der sich nun umso deutlicher bemerkbar macht. »Aber er ist krank. Glaube ich. Nein, eigentlich bin ich mir sicher.«

Obwohl ich mich bemüht habe, im Lärm der Halle flüsternd zu Sandor durchzudringen, hat Tycho zumindest die letzten Sätze mitbekommen. Er lässt mich nicht mehr aus den Augen, doch er bestürmt mich nicht mit Fragen. Noch nicht.

»Hustet er?« Sandor streicht mit seinen Fingern über meine und umfasst sie dann.

»Ja. Und seine Augen sind entzündet. In den Winkeln verklebt. Zähes Sekret.«

Ich muss mit dem Bewahrer sprechen, denke ich und kämpfe gegen das Zufallen meiner Lider an. Er heißt … Bennok. Bennok. Ich darf es nicht vergessen.

»Willst du etwas zu trinken, Ria, oder wie auch immer du wirklich heißt?« Weder Aramonns Angebot noch seine gut gelaunten Hänseleien schaffen es, mich weiter wach zu halten.

Ich schüttle den Kopf, zumindest glaube ich das. Die Stimmen der Menschen um mich herum verschwimmen, verweben sich zu einem Teppich aus dumpfen Lauten, den ich über mich ziehe und unter dessen Gewicht ich sofort einschlafe.

9

Bennok. Der Name ist auf der Stelle wieder da, mit dem ersten Geräusch, dem ersten Lichtstrahl, der am Morgen zu mir vordringt. Ich muss mit Bennok sprechen.

Doch davor wäre es gut, herauszufinden, wo ich überhaupt bin. Nicht mehr in der Halle jedenfalls; der Raum ist klein und warm, Licht sickert gedämpft durch vor den Fensterhöhlen angebrachte Plastikfolie herein.

Die Decke, aus der ich mich schäle, besteht aus vielfach geflicktem Gewebe, das sich wie Wolle anfühlt. Sie riecht erstaunlich gut.

Tiefe Atemzüge von links. Da liegt Tycho, eingerollt unter einer ähnlichen Decke. Sein helles Haar erinnert mich an gefrorene Grasbüschel. Von Sandor ist keine Spur zu sehen, es sei denn, das sorgfältig gefaltete Bettzeug da drüben an der Wand ist seins.

Vorsichtig, um Tycho nicht zu wecken, tappe ich zur Tür, auf einen Gang hinaus. Aus dem Raum am anderen Ende dringen gedämpfte Stimmen, eine davon gehört Sandor.

Er sitzt mit Maiossa und Aramonn an einem rechteckigen Tisch, unmittelbar daneben befindet sich eine Feuerstelle, über der ein großer Kessel hängt.

»… jedenfalls ist dieser Bär ein heimtückisches Biest und es wird höchste Zeit, dass wir ihn erwischen, bevor –« Maiossa sieht mich in der Tür stehen und hält inne. »Na? Schon ausgeschlafen?«

Ihre gestrige Feindseligkeit ist verraucht oder sie verbirgt sie zumindest sehr gut.

»Ja. Danke.« Aus dem Kessel duftet es verführerisch, und als Aramonn mich fragt, ob ich etwas essen möchte, könnte ich ihm vor Freude um den Hals fallen.

Kaninchen mit karottenähnlichen Wurzeln und ein wenig Grünzeug, das ich nicht identifizieren kann. So ausgewogen habe ich zuletzt in den Sphären gegessen.

»Das ist nur Sandors und Maiossas Verdienst«, wehrt Aramonn meine Dankbarkeitsbekundungen ab. »Die zwei waren im Morgengrauen jagen und sind mit vier Kaninchen zurückgekommen.«

»Drei davon hat Maiossa erlegt. Ich wünschte, ich hätte unter meinen Jägern ein paar gehabt, die mit dem Bogen so umgehen können wie deine Tochter«, erklärt Sandor und unsere beiden Gastgeber strahlen.

»Von dir könnte ich trotzdem noch etwas lernen«, gibt Maiossa das Kompliment zurück. »Du hättest dabei sein müssen, Vater. Er trifft sogar Ziele, die er nicht sehen kann, nur nach Gehör.«

»Das war Glück«, erwidert Sandor bescheiden.

Etwas an dieser ganzen Konversation verdirbt mir gerade den Appetit, obwohl es keinen logischen Grund dafür gibt. Im Gegenteil, ich sollte froh über die gute Stimmung sein, schließlich werde ich gleich Aramonns Hilfe brauchen.

Während ich das Kaninchen kaue und mit einem Ohr weiter den gegenseitigen Lobesbezeugungen lausche, führe ich innerlich durch, was Grauko Emotionsanalyse genannt hat.

Ist es, weil Sandor Maiossa zu mögen scheint? Nein, das finde ich in Ordnung. Ich weiß, wie er mich ansieht. Von diesem Brennen ist in den Blicken, die er ihr zuwirft, nichts zu entdecken.

Könnte es sein, dass Maiossa mir eins auswischen will? Als Revanche für mein geheimes Zwiegespräch mit Curvelli? Ja, gut möglich. Aber das irritiert mich nicht. Wenn sie meint, dass wir dann quitt sind, soll es mir nur recht sein.

Nein, der Stachel sitzt anderswo. Es ist die Bewunderung, mit der Sandor Maiossas Jagdkünste kommentiert hat. Sie ist für die Welt hier draußen gerüstet, sie beherrscht sie, während ich ungeschickt hindurchstolpere. Auf mich muss man aufpassen, sie hingegen ist ein ebenbürtiges Gegenüber.

Und, wie wollen wir das nennen?, fragt Grauko in meinem Kopf.

Verletzten Stolz, antworte ich stumm, aber nicht minder beschämt.

Hilfreich oder hinderlich?

Ganz klar. *Hinderlich.*

Dann weißt du ja, was du zu tun hast.

Ja. Ich muss endlich begreifen, dass es hier keine Reihung gibt wie an der Akademie. Keine Punkte, die einen vorwärtsbringen, einem bessere Chancen verschaffen. Es gilt zu überleben … oder eben nicht. Ich sollte froh sein, dass andere mit dem Bogen geschickter sind als ich.

Von dem Kanincheneintopf lasse ich nichts übrig. Ich hole mir die letzten Reste mit dem Finger von der Innenseite der Schüssel und überhöre geflissentlich die gutmütigen Neckereien, die Tycho beim Hereinkommen von sich gibt. Seine Augen sind vom Schlaf noch verklebt, was für einen Moment mein Herz aussetzen lässt, bevor mir bewusst wird, dass er außer Gefahr ist. Ganz im Unterschied zu Curvelli.

Ich stehe auf und rücke meinen Stuhl ordentlich an den Tisch. »Könnt ihr mir sagen, wo ich Bennok finde?«

Vater und Tochter wechseln einen schnellen Blick. »Was willst du von ihm?«, brummt Aramonn.

»Ich brauche seine Hilfe. Es sei denn, ihr habt noch einen zweiten Bewahrer in der Siedlung.« Die meisten meiner Techniken beherrsche ich nach wie vor, stelle ich zufrieden fest. Mein Ton ist höflich, aber trotzdem so bestimmt, dass er ein Nachhaken schwierig macht.

»Geradeaus, beim dritten Haus rechts abbiegen und bis an den Waldrand gehen«, gibt Aramonn mir widerwillig Auskunft. »Du erkennst Bennoks Hütte daran, dass sie einmal blau gewesen ist. Man sieht es noch ein bisschen.«

»Aber eigentlich erkennt sie jeder, der Augen im Kopf hat«, schaltet Maiossa sich ein. »Die Frage ist eher, wo er sich herumtreibt. Das wirst du dann schon sehen.«

»Gut. Danke.« Ich warte, ob noch jemand etwas ergänzen möchte – zum Beispiel, warum eine gewisse Abfälligkeit mitklingt, wenn von Bennok die Rede ist –, doch das Gespräch wendet sich anderen Dingen zu; Tychos Frühstück, um genau zu sein.

»Ich komme mit«, sagt Sandor mit gedämpfter Stimme und greift nach seinem Bogen, der aufrecht an der Wand lehnt.

Draußen nimmt er mich in den Arm. »Nach allem, was ich gehört habe, ist dieser Bennok nicht mit Quirin zu vergleichen.«

Was ja kein Fehler sein muss. Den Gedanken behalte ich für mich. »Ich will trotzdem allein mit ihm sprechen. Vielleicht ist es ganz gut, wenn er sich überlegen fühlt. Die meisten Leute werden dann unvorsichtig.«

»Keine Chance, Liebling. Ich kenne den Mann nicht, also traue ich ihm nicht über den Weg.«

Ich vergrabe mein Gesicht an Sandors Brust, damit er mein Lächeln nicht sieht. »Ein Vorschlag: Du begleitest mich zu seinem Haus, aber ich gehe allein hinein. Und ich verspreche, dass ich schreie wie am Spieß, wenn etwas schieflaufen sollte.«

Maiossas Vorhersage bewahrheitet sich prompt, als das Gebäude am Waldrand sichtbar wird. BENNOK steht in riesigen schwarzen Buchstaben quer über die linke Hälfte der Hausfront geschrieben. Die rechte Hälfte trägt die Aufschrift BEWAHRER in der gleichen schmierigen Schrift. Als hätte jemand eine Faust in Teer getaucht und damit sein Eigentum signiert.

»Willst du wirklich alleine gehen?« Das Haus macht auf Sandor offenbar einen ähnlich fragwürdigen Eindruck wie auf mich.

»Auf jeden Fall.« Ich klinge überzeugter, als ich es bin, aber taktisch gesehen ist es besser, wenn ein auf sich selbst gestelltes Mädchen um Unterstützung bittet. Wer einen Beschützer mitbringt, weckt viel schwerer Hilfsbereitschaft als jemand, der einsam und verloren wirkt.

Die Tür ist teils aus Holz, teils aus Metall und zu meiner Überraschung nur angelehnt. Trotzdem klopfe ich. Warte. Klopfe wieder. Nach dem dritten Mal trete ich ein.

»Hallo?«

Keine Antwort. *Die Frage ist eher, wo er sich herumtreibt*, hat Maiossa zu bedenken gegeben. Was tue ich, wenn Bennok sich auf Reisen begeben hat, so wie Quirin das zu tun pflegt?

»Hallo!«, versuche ich es noch einmal. »Bennok? Bist du da?«

Etwas raschelt in der Ecke und entpuppt sich als Maus, die blitzartig über den schmutzigen Boden rast und in einem Wandriss verschwindet.

Ich mache drei Schritte in den Raum hinein. Angenommen, Bennok ist wirklich fort, dann bleibt mir nichts anderes übrig, als seine Behausung auf eigene Faust zu durchsuchen und darauf zu hoffen, dass ich Dhalion und seinen freundlichen Bruder finde. Irgendwo, versteckt in einer Nische, einem Keller, einer Art behelfsmäßigem Labor.

Noch einmal lasse ich meinen Blick über Wände und Boden schweifen – es liegt eine Menge Zeug herum, sogar ein paar Bücher –, und als ich mich zum Gehen wende, trifft mich beinahe der Schlag.

Mit einer unfassbaren Lautlosigkeit hat sich ein Mann an mich herangeschlichen. Er steht nur einen knappen halben Meter hinter mir, sein Mund ist zu einem schiefen Lächeln verzogen.

Ich schaffe es, den Schreckensschrei, der über meine Lippen will, zu einem Keuchen zu drosseln. Es ist zu früh, um Sandor in Alarmbereitschaft zu versetzen.

»Schöner Schock, hm?«, meint der Mann. »Was denkst du, wie es mir erst geht? Da spaziere ich nichts ahnend in mein Haus und finde ungebetenen Besuch vor.«

Also habe ich es mit Bennok zu tun. Dem Bewahrer. Ich hatte mit einer Quirin-ähnlichen Gestalt gerechnet und hätte nicht falscher liegen können.

Bennoks Haar muss, wenn überhaupt, vor Jahren das letzte Mal gewaschen worden sein. Es hängt in verklebten dunklen Zöpfen um seinen Kopf herum.

Zu Zöpfen ist auch sein Bart geflochten, den er lang trägt, wie das in vielen Clans üblich ist. Wahrscheinlich, weil es wärmt. Im Unterschied zu Quirin, der sich von oben bis unten in Weiß kleidet, hat Bennok eine Schwäche für Grau, Braun und Schwarz – oder einfach für Schmutz. Er ist außerdem jünger, als ich erwartet hatte – höchstens fünfunddreißig.

Dass er sich mir so geräuschlos nähern konnte, lässt sich damit erklären, dass er keine Schuhe trägt, was mir eine merkwürdige Art von Bewunderung abringt. Es liegt zwar kein Schnee mehr, aber sehr warm ist der Boden nicht. Ich reiße meinen Blick von den Füßen mit ihren erstaunlich langen Zehennägeln los und konzentriere mich auf sein Gesicht. Und auf mein eigenes, in dem neben dem Schrecken auch Freundlichkeit und so etwas wie vorauseilende Dankbarkeit zu lesen sein sollen.

»Es tut mir leid«, hauche ich. »Ich habe geklopft. Und gerufen.«

»Aber nicht gewartet«, erwidert Bennok ungnädig. »Du bist eine von denen, die vertrieben wurden, nicht? Aus dem Osten?«

Ich senke den Kopf, als würde sein Tadel mich beschämen. *Nicht gewartet.* Er ist nicht von draußen gekommen, sonst hätte Sandor ihn gesehen und mir ein Zeichen gegeben. Jede Wette, Bennok hat mein Klopfen gehört und sich still verhalten, um mich ungestört in Augenschein nehmen zu können.

»Ja«, sage ich. »Wir mussten die östliche Linie der Dornen verlassen. Es war nicht leicht, aber ich bin froh, dass wir nun hier sind.«

Ein Blick in seine Augen und ich begreife, dass ich meine Taktik werde ändern müssen. Bennok ist niemand, der auf Schwäche mit Mitgefühl reagiert. Er nutzt sie lieber zu seinem eigenen Vorteil. Ich vermute, er hat sein Amt als Bewahrer dieser Tatsache zu verdanken – Quirin hätte kaum jemand finden können, dem der Plan, die überlegenen Lieblinge durch eine Krankheit zu Fall zu bringen, besser gefallen würde.

Aber da gibt es eine Schwachstelle. Ich betrachte Bennok noch einmal von oben bis unten und muss mir ein zufriedenes Lächeln verkneifen.

»Also.« Er kratzt sich erst am Hals, dann am Bauch, zuletzt am Kopf. Seine Hände sind im Unterschied zum restlichen Körper sauber, als hätte er sie mit einer Bürste geschrubbt. »Wie heißt du überhaupt und was willst du von mir?«

»Ich bin Ria.« Mit voller Absicht verschleife ich das i in der Mitte, lasse den Namen wie Reia klingen. Mir ist nicht wohl bei der Vorstellung, Bennok einen Anhaltspunkt für meine wahre Identität zu liefern. Falls er je mit Sentineln ins Gespräch gekommen sein sollte, die nach sechs verschollenen Studenten gesucht haben, traue ich ihm zu, dass er sich an die Namen erinnert.

»Ich wollte dich sprechen, weil ich deine Hilfe brauche. Einer meiner Freunde ist krank.«

Kurzes Auflachen. »Zu viel gesoffen gestern? Er soll seinen Kopf in den Bach stecken und das nächste Mal besser aufpassen.«

»So einfach ist es nicht.« Ich hebe das Kinn und lächle, als wüsste ich etwas, das er nicht weiß. Was sogar den Tatsachen entspricht. »Es ist eine schwere Krankheit, aber heilbar, wenn man die richtigen Mittel hat.«

Er hat noch nicht begriffen, wovon ich rede. »Ach«, spottet er. »Und du denkst, die habe ich? Wer hat dir das denn geflüstert?«

»Quirin. In gewisser Weise.«

Zwischen Bennoks Brauen bildet sich eine steile Falte. Ich vermute, er streift in Gedanken kurz des Rätsels wahre Lösung und verwirft sie dann wieder. »Was hat Quirin dir erzählt?«

Ich zucke mit den Schultern, als wäre das, was ich gleich sagen werde, nichts Besonderes. »Dass die Bewahrer gegen die Lieblinge eine ganz spezielle Waffe im Köcher haben. Und auch etwas, das sie entschärft.« Ich lege eine Portion Angriffslust in mein Lächeln. »Genau das ist es, was ich brauche.«

Habe ich ihn verunsichert? Er blinzelt. Hebt missmutig eine Schulter und lässt sie wieder fallen. »Keine Ahnung, wovon du redest.«

»Ach?«, frage ich, liebenswürdig und ein bisschen bedauernd. Tue so, als würde ich ihn plötzlich mit anderen Augen sehen. »Damit habe ich nicht gerechnet. Ich dachte, alle Bewahrer wären eingeweiht.«

Dass ich ihn für einen Bewahrer zweiten Ranges halten könnte, macht ihm sichtlich zu schaffen, aber er kann schwerlich zugeben, dass er gelogen hat.

»Ein guter Rat.« Ich mache einen Schritt auf Bennok zu und senke verschwörerisch die Stimme. »Geh am besten nicht mehr aus dem Haus. Du bist älter als zwanzig, nicht? Ja, ich sehe schon.« Beide richten wir unseren Blick auf seine sauberen, narbenfreien Hände. »Die Krankheit, die ich erwähnt habe – mein Freund wird bald in einem Stadium sein, in dem er andere ansteckt. Wenn es nicht gar schon so weit ist.« Ich seufze tief. »Und ihr habt kein Gegenmittel. Das werden harte Zeiten für den Clan.«

Ich nicke Bennok zum Abschied freundlich zu, dann trete ich nach draußen.

Ein angenehmer Hauch weht mir entgegen, sonnenwarme Luft. Sandor hat seinen Posten nicht verlassen. Wir biegen um die nächste Ecke, damit wir vom Haus aus nicht mehr beobachtet werden können.

»Alles gut gegangen?«

»Es hätte schlimmer laufen können. Jemand sollte Bennok im Auge behalten, ich bin sicher, er wird in nächster Zeit ziemlich nervös sein.«

10

Bevor wir zu Aramonns Haus zurückkehren, drehen wir eine Runde durch die Siedlung und finden schneller als erhofft, wonach wir Ausschau gehalten haben.

Die Dornenhecke der westlichen Clanlinie ist weniger hoch als die, in die Sandor mich gestoßen hat, aber sie ist teuflisch dicht.

Ich prüfe einige der langen Stacheln mit dem Finger – klebt da noch Serum drauf? An welcher Stelle schickt Bennok die kleinen Kinder auf ihren schmerzhaften Weg?

»Am liebsten wäre mir, du könntest es mit Curvelli genauso machen wie mit mir«, sage ich zu Sandor. »Ein kräftiger Stoß, und die Sache wäre erledigt. Ich müsste ihm nichts erklären und ihm keine Angst einjagen.«

»Besser, wir sprechen mit ihm. Ist nicht fair, ihn im Dunkeln tappen zu lassen.«

Ja. Aber dafür möchte ich mir erst eine gute Taktik überlegen. Eine, die ihn nicht in Panik geraten lässt oder ihn dazu bringt, sich mit Bennok anzulegen und sein Haus auf den Kopf zu stellen.

Doch Curvelli sieht nicht so aus, als könnte er heute irgendjemandem Ärger machen, als wir ihn auf einem umgedrehten Metalleimer vor Aramonns Hütte sitzen sehen. Immer wieder wischt er sich über die Augen und der Husten, der ihn in heftigen Stößen schüttelt, unterbricht mehrmals sein Gespräch mit Maiossa.

Würde ich mir immer noch etwas vormachen, wäre spätestens jetzt damit Schluss. Es war nicht der Rauch der Feuerstelle oder ein harmloser grippaler Effekt die Ursache für Curvellis gestrige Symptome. Heute ist es nicht zu übersehen: Er leidet an der gleichen Krankheit, die Tomma das Leben gekostet hat. Dhalion hat ihn fest im Griff und wir müssen uns zum Teufel noch mal beeilen.

»Vielleicht stoße ich ihn doch hinein«, murmelt Sandor.

»Vielleicht spreche ich doch lieber gleich mit ihm«, entgegne ich.

Maiossa hat nicht die Absicht, uns ungestört mit Curvelli reden zu lassen.

Ich muss mir wieder ins Gedächtnis rufen, dass sie nicht weiß, woher Tycho und ich stammen – sie hält uns für Dornen und will verhindern, dass wir in Curvelli den Sphärenbewohner erkennen. Allerdings glaube ich, sie spürt, dass etwas mit uns nicht stimmt. Das macht sie noch misstrauischer, als sie es ohnehin ist.

Wir schaffen es kaum, ihn zu begrüßen und ihm zu vermitteln, dass wir ihn unter vier oder eigentlich sechs Augen sprechen wollen, da zerrt sie uns schon fort. Zwanzig, dreißig Meter weiter, als wolle sie sichergehen, dass Curvelli nicht mitbekommt, was sich zwischen uns abspielt.

»Nenn mir einen Grund, warum ich nicht dabei sein soll, wenn ihr etwas mit Curvelli zu bereden habt.« Sie legt die Hände an den Gürtel, da, wo ihre Messer stecken. »Ich kann mir keinen vorstellen, der mir gefällt.«

»Es ist nichts, was *irgendjemandem* gefallen könnte«, erwidere ich. »Er kann dir anschließend gern selbst erzählen, worum es ging. Aber es betrifft vor allem ihn persönlich.«

Sie kaut auf ihrer Lippe, ihre Finger spielen unaufhörlich mit der Bogensehne, die sich quer über ihren Oberkörper spannt. »Ich habe den Auftrag, auf ihn zu achten. Dafür gibt es Gründe … die ihr nicht versteht.«

Sie schützt ihn, weil er ein Liebling ist. Und sie nimmt die Sache wirklich ernst, weil sie ihn gernhat.

Curvelli hustet – ich zwinge mich, nicht zu ihm zu sehen.

Vielleicht ist es egal, soll Maiossa eben wissen, dass wir uns aus den Sphären kennen. Aber wenn ich Curvelli über Dhalion informiere, will ich nicht, dass sie dabei ist. Sie würde das vermutlich als Blödsinn abtun: Unsere eigenen Bewahrer machen unsere Kinder krank, ja sicher.

An ihren Händen entdecke ich keine der typischen Narben, wahrscheinlich ist sie ein oder zwei Jahre zu alt, um ein potenzielles Opfer von Quirins Plan zu sein.

»Was, wenn wir mehr über Curvelli wissen, als du denkst?«

Ich bin sehr froh, dass es Sandor ist, der den Einwand äußert, und nicht ich. Maiossa geht nicht sofort in Abwehrhaltung, sondern hält nur erstaunt inne.

»Ist eigentlich nicht möglich. Außer, er hätte euch etwas verra–«

Sie wendet blitzschnell den Kopf und nimmt mich mit zusammengekniffenen Augen ins Visier. Ganz klar, was sie vermutet.

»Nein, er hat mir gestern Abend nichts davon erzählt«, wehre ich ihren Verdacht ab. Und, nach kurzem Nachdenken, füge ich hinzu: »Das war überhaupt nicht nötig.«

Sie begreift die Bedeutung meiner Worte viel schneller als gedacht. Ich kann sehen, wie ihr Blick sich verändert, während sie mich mustert, wie sie versucht, in mir die Sphärenbewohnerin zu erkennen, und wie ihr das schließlich gelingt.

»So ist das also«, flüstert sie. »Und in eurem geheimen Gespräch soll es darum gehen, wie ihr wieder in eure Glaswarzen zurückkehren könnt, ja?« Mit einem Ruck wendet sie sich Sandor zu. »Hältst du das nicht für riskant? Sie haben so viel von unserem Leben mitbekommen, sie werden alles herumerzählen.«

»Will Curvelli überhaupt zurück in die Sphären?«, erkundigt sich Sandor mit echtem Interesse. »Ria nämlich nicht, genauso wenig wie Tycho.«

»Er ...« Endlich nimmt Maiossa ihre Hände vom Gürtel und verschränkt die Arme vor der Brust. »Er kann sich nicht mit dem abfinden, was passiert ist.« Ein durchdringender, zweifelnder Blick. »Habt ihr davon auch erfahren?«

»Ja. Er ist mit knapper Not seinen eigenen Leuten entkommen, zwei Freunde wurden vor seinen Augen getötet«, sage ich schnell. »Er versteht nicht, warum. Ich könnte es ihm erklären.«

»Tatsächlich?«

Sieh an, auch Maiossa ist unverhohlene Neugierde nicht fremd.

»Ja, tatsächlich. Aber es ist eine komplizierte und sehr schmerzhafte Wahrheit, die ich ihm beibringen muss.«

Das wiederum beeindruckt sie keine Spur. Sie zuckt mit den Schultern. »Falls es darum geht, dass er eigentlich gar kein Liebling ist – das weiß er schon. Und es hat ihn nicht sonderlich geschmerzt.«

Ja. Ein Dornenkind. Vilems Sohn, wenn ich die richtigen Schlüsse gezogen habe.

»Wie hat er das herausgefunden?«

Sie blickt zur Seite und geht ein Stück, zwingt uns, ihr zu folgen, wenn wir hören wollen, was sie zu sagen hat. Links von uns taucht eine Ruine auf, wo Andris offenbar gerade damit beschäftigt ist, einigen jungen Männern die Feinheiten des Sammelns zu erklären.

»Er ist erkannt worden«, antwortet Maiossa schließlich. »Von seiner Großmutter.«

Es waren Curvellis grüngelbe Habichtaugen und die charakteristische Form seiner Augenbrauen, erfahren wir, die die alte Frau stutzig gemacht haben.

»Sie ist die Mutter seiner Mutter und eine Heilerin. Als wir ihn am ersten Abend zu ihr brachten, sagte sie nur: ›Den kenne ich doch.‹ Sie wusste nur nicht, woher, und nach allem, was er erzählte, konnten sie sich nie begegnet sein. Aber zwei Tage später war ihr es klar. Dashas Augen. Der gleiche Haaransatz. Und wenn man die Bartstoppeln abrasierte, kam das gleiche spitze Kinn zum Vorschein. Sie hat ihn nach seinem Alter gefragt, nachgerechnet, dann ist sie ihm um den Hals gefallen. Ihr entführter Enkel war zurück. Das Kind ihrer toten Tochter und des Clanfürsten aus dem Osten.« Mit ihrer Stiefelspitze fegt Maiossa einige Steinchen über die Erde. »In Wahrheit heißt er Enaras, aber daran kann er sich noch nicht gewöhnen.«

Das ginge mir genauso. Nach fast zwanzig Jahren einen neuen Namen anzunehmen, muss sich anfühlen, als bekäme man plötzlich eine fremde Haut übergestülpt.

»Deshalb wollten wir mit Vilem sprechen und deshalb habe ich damals zu dir gesagt, der alte Fürst wäre mir lieber gewesen als der junge.« Maiossa blinzelt gegen die Sonne, als müsse sie Tränen zurückkämpfen.

Ist sie Vilem je begegnet? Egal, ich wünschte, Curvelli hätte diese Chance gehabt.

In meinen Erinnerungen ist Vilem ein ernster, pflichtbewusster

Mann, ohne Grausamkeit. Die Lieblinge hatten ihm sein Kind gestohlen, trotzdem war er bereit, uns sechs Flüchtlinge aufzunehmen. Ebenso gut hätte er uns in einem späten Racheakt vor die Tore der nächsten Sphäre legen können, als blutüberströmte Leichen.

Ich senke den Blick; unsere drei Schatten heben sich in scharfrandigem Schwarz vom hellbraunen Boden ab wie Brandspuren. Dann verblassen sie, als eine Wolke sich vor die Sonne schiebt.

»Wir sollten zurückgehen.«

Ich will es hinter mich bringen. Curvelli hat schon so viel Wahrheit schlucken müssen, er wird auch meine schlechten Nachrichten verkraften.

11

»Na los.« Tycho hebt die Arme zu einem angedeuteten Schubs, den er aber nicht zu Ende führt. »Ich habe es auch getan. Es ist nicht so schlimm.«

Ob er zu Curvelli durchdringt, lässt sich nur schwer feststellen. Seit mehr als einer halben Stunde hat er kein Wort gesprochen. Während meines Berichts über Dhalion und Quirins Idee mit dem Giftköder wurde er immer blasser, sein Kopfschütteln immer heftiger. Nun ist er wie erstarrt.

Ich habe versucht, die Wahrheit in erträgliche Worte zu packen, die Hoffnung wecken. Aber die zentrale Botschaft, dass Curvelli nämlich schon deutliche Krankheitssymptome aufweist, musste ich mehrmals wiederholen.

»Mach dich nicht lächerlich, das ist eine stinknormale Erkältung«, protestierte er. Wollte mir nicht weiter zuhören, sondern in die Hütte seiner Großmutter zurückgehen. Ich musste ihm buchstäblich den Weg versperren.

»Ich habe Tomma an genau dieser Erkältung sterben sehen.«

Es bedurfte Sandors Wissen um die Geheimnisse der Bewahrer, damit Curvelli es endlich akzeptierte. Nun stehen wir vor der Hecke. Ich versuche, ihn anzuspornen.

»Tycho hat recht. Wir haben es beide hinter uns gebracht. Du schaffst es auch.«

Curvelli blinzelt. Streckt eine Hand aus, berührt die Dornen. Lässt die Hand wieder sinken. »Sie hätten uns doch in Quarantäne stecken können, bis sie ein Gegenmittel haben. Stattdessen bringen sie uns einfach um.« Seine Brust hebt sich in einem angestrengten Atemzug. Der Anblick macht mich nervös.

»Sie haben Panik bekommen.« Am liebsten würde ich einen Ast abbrechen und ihn Curvelli gegen den Arm pressen, bis er blutet. »Sie haben eine ganze Sphäre verloren. Wie das Virus aufgebaut ist und wie es unschädlich gemacht wird, ist in den Aufzeichnungen eines abtrünnigen Forschers beschrieben. In *Jordans Chronik*. Die leider Quirin in seinem Besitz hat.«

Curvellis angestrengtem Gesichtsausdruck entnehme ich, dass er versucht, ein Husten zu unterdrücken. Als würde das etwas ändern.

»Sie forschen wie verrückt.« Aus meiner Erinnerung taucht Behrsen auf. Einer der Wichtigtuer, wie Albina sie genannt hat. Ärzte, die mit den Exekutoren zusammenarbeiten und derzeit alles tun, um ein Mittel gegen Dhalion zu finden. Ohne Rücksicht auf Verluste.

»Geh da jetzt rein.« Ich lege Curvelli eine Hand auf den Rücken und schiebe ihn sanft auf die Hecke zu.

Endlich tut er es. Die Dornen ziehen Furchen in die Haut an seinen Armen; drei der Kratzer bluten stark. Ein gutes Zeichen.

»Und gleich noch einmal«, fordert Sandor ihn auf. »Hier drüben.«

Curvelli wirkt auf mich jetzt wie ein Schlafwandler, der alles tut, was man ihm aufträgt. Er tritt an einer anderen Stelle in die Hecke und bleibt einfach stehen. »Wo ist Maiossa?«

»Die hat etwas Wichtiges zu tun.« Zu unserer großen Erleichterung hat sie sich bereit erklärt, Bennok und sein Haus zu beobachten und darauf zu achten, ob sich dort etwas Merkwürdiges tut. Sollte Bennok versuchen, sich aus dem Staub zu machen, wird Maiossa ihn daran hindern.

Niemand von uns hat den leisesten Zweifel, dass ihr das gelingen würde. Sie ist noch nicht eingeweiht, aber sie unterstützt uns trotzdem. Curvelli zuliebe, vermute ich. Sie hat ihn nach unserem Gespräch kurz in seinem schockerstarrten Zustand gesehen und sofort Hilfe angeboten, ohne lange zu fragen.

Eine dritte Runde durch die Hecke, diesmal an einem der äußeren Enden. Curvellis Arme sehen jetzt aus, als hätte er mit dem berüchtigten Bären gekämpft, aber er hat keinen einzigen Laut von sich gegeben.

Wir bringen ihn zu Aramonns Haus zurück und versorgen die Wunden. Zweimal müssen wir unterbrechen, weil Curvelli wieder von heftigen Hustenanfällen geschüttelt wird, aber das darf mich nicht beunruhigen. So schnell kann Dhalions freundlicher Bruder seine Wirkung nicht entfalten.

Was mir viel größere Sorgen macht, ist der Gedanke, dass die Krankheit in den letzten Wochen auch bei Aureljo ausgebrochen sein könnte. Er ist älter als Dantorian, also ist bei ihm die Wahrscheinlichkeit höher. Und vermutlich würde er sich erst mal nichts dabei denken. Ich habe ihm nicht gesagt, was es mit Dhalion auf sich hat, ich wollte erst mit Quirin sprechen und sicherstellen, dass mein Verdacht richtig ist.

»Bennok ist nervös«, verkündet Maiossa am gleichen Abend. »Ich habe den ganzen Nachmittag vor seiner Hütte gesessen und ihn dabei beobachtet, wie er raus- und wieder reingeschossen ist. Gehetzter Blick, verkniffene Lippen – ganz anders als sonst. Was hast du ihm eigentlich erzählt, Ria?« Sie schafft es nicht, den Vorwurf völlig aus ihrer Stimme zu verbannen.

»Ich habe ihm geraten, auf seine Gesundheit zu achten.«

Tycho, der gerade einen Becher zum Mund geführt hat, prustet Wasser. »Ausgesprochen guter Tipp«, keucht er zwischen zwei Atemzügen. »Wie steht es um deine Gesundheit, Maiossa? Und um Aramonns? Noch jemand mit Husten und verklebten Augen?«

Sie greift spielerisch nach Tychos Handgelenk, eine schnelle Bewegung, ein überraschter Aufschrei und er liegt auf dem Rücken.

»Ich bin nie krank«, erklärt sie, als wäre allein die Frage eine Beleidigung.

Nach einer ersten Schrecksekunde nimmt Tycho es mit Humor. »Den Trick will ich lernen«, verlangt er und reibt sich den Unterarm. »Damit lege ich Andris aufs Kreuz.«

Maiossa lächelt, aber ich kann sehen, dass die Frage nach ihrem und Aramonns Befinden in ihr arbeitet. Dass ihr Curvellis Husten erstmals ernsthafte Sorgen bereitet. Vielleicht keimt in ihr der Verdacht, dass es eine Sphärenkrankheit ist, die wir gerade in ihren Clan einschleppen.

Ich bin sicher, es kommt ihr keine Sekunde lang in den Sinn, dass es genau umgekehrt sein könnte.

Am nächsten Morgen sind Curvellis Kratzer verkrustet und rot, aber nicht angeschwollen. Sandor und ich untersuchen jeden einzelnen sorgfältig, tasten die Wunden vorsichtig ab. Ich weiß noch genau, wie sie bei mir und Tycho ausgesehen und wie heiß sie sich angefühlt haben. Curvellis Haut dagegen heilt problemlos und schnell.

Er deutet mein und Sandors Schweigen richtig. »Es hat nicht geholfen?«, fragt er leise. Er will nicht, dass seine Großmutter hört, worüber wir sprechen. Sie sitzt an einem Tisch in der Ecke beim Fenster und presst mit einem glatten Stein Tannennadeln zu Brei; eine dünne, faltige Frau mit flinken Augen und Händen, die im Vergleich zu ihrem restlichen Körper viel zu kräftig wirken.

»Keine Ahnung.« Vielleicht wirkt das Serum auch, ohne Entzündungsreaktionen hervorzurufen. Aber ich erinnere mich noch genau an Quirins Wut angesichts der geschwollenen Dornenspuren an meinem Körper. Einer seiner kostbaren Giftköder war nun unschädlich, das wusste er genau.

Wir dagegen wissen gar nichts. Als wollte er das bestätigen, krümmt Curvelli sich unter einem Hustenanfall, der ihm beinahe den Atem nimmt.

Ich wechsle einen ratlosen Blick mit Sandor. *Was, wenn schon ansteckend?*, deute ich.

Katastrophe, deutet er zurück.

»Wir müssen deinen Enkel zu uns nehmen«, erkläre ich wenige Minuten später der alten Heilerin, die Keerin heißt und keinerlei Dornenspuren an ihren Armen trägt. Natürlich nicht.

»Du bist auch wiedergekommen, wie Enaras.« Es ist mehr eine Feststellung als eine Frage. Ich bejahe.

»Jetzt denkt ihr, ihr könnt alles besser, aber ich heile die Clanleute schon seit fünfzig Jahren. Ich möchte nicht, dass ihr mir Enaras noch einmal wegnehmt.«

»Es ist nicht für lange«, versichere ich ihr mit einer Zuversicht, die ich nicht empfinde. »Aber ich weiß, welche Krankheit er hat, und auch, was er braucht, um wieder gesund zu werden.«

Sie lässt uns gehen, doch ich kann sehen, wie traurig sie ist. Zu meiner eigenen Überraschung macht mich das wütender, als ich es seit Wochen gewesen bin.

»Frag Quirin, wenn du ihn siehst«, sage ich im Hinausgehen. »Oder sprich mit Bennok. Richte ihm aus, Enaras hat die Bewahrerkrankheit, und wenn wir uns das nächste Mal treffen, erzähl mir, was er darauf geantwortet hat.«

12

Curvelli in Aramonns Haus unterzubringen, kommt nicht infrage – er und Maiossa sind nicht immun, ebenso wenig wie Andris. Ich könnte schwören, mit einer solchen Situation hat Quirin beim Schmieden seines Plans nicht gerechnet. In seiner Fantasie hat der Seuchenausbruch immer hinter den Hermetoplastkuppeln der Sphären stattgefunden, ohne die Außenbewohner in Mitleidenschaft zu ziehen. Doch jetzt ist eine ganze Linie seines eigenen Clans bedroht.

Werden Erwachsene infiziert, erkranken sie schon nach ein bis zwei Wochen; das Virus ist ansteckender als Schnupfen und ab einem bestimmten Stadium soll es immer tödlich sein. Ich erinnere mich noch genau an Quirins Erläuterungen.

Um die Kinder des Clans müssten wir uns keine Sorgen machen, doch jeder über zwanzig wäre todgeweiht. Ich frage mich, wie viel Zeit Curvelli noch bleibt. Wie lange das Serum bei ihm noch greifen würde.

Oder sind wir zu spät gekommen? Reagieren seine Wunden deshalb nicht wie unsere?

Ich verbiete mir den Gedanken sofort. So kann es nicht sein. Laut Quirin ist es erst beim Eintreten der schweren Symptome zu spät. In Tommas Fall waren das Erstickungsanfälle, Atemnot, Lethargie und Fieber. So weit ist Curvelli noch nicht.

Andris kommt uns entgegen und ich zerre ihn fort – er soll sich von Curvelli fernhalten, aber er kann uns einen Gefallen tun.

»Wir brauchen ein unbewohntes Haus, Andris. Eins, auf das niemand Anspruch erhebt und das uns nicht auf den Kopf fällt, wenn wir versehentlich an der Wand entlangstreifen. Kannst du uns so etwas suchen?«

Er nickt eifrig. »Jede Menge gut erhaltener Ruinen hier. Aber wir sollten anstandshalber vorher den Fürsten fragen.«

Damit hat Andris recht. Und vielleicht sollten wir den Fürsten auch bitten, Bennok von zwei starken Jägern an den Beinen hochhalten und so lange schütteln zu lassen, bis aus einer seiner Taschen das Serum fällt.

Ruvin erweist sich als großzügig. Er lässt Andris freie Wahl unter den herrenlosen Ruinen und gibt ihm sogar drei Männer mit, die ihm helfen sollen, die infrage kommenden Häuser auf Standfestigkeit zu prüfen.

Ich bleibe noch, nachdem Andris tatendurstig abgezogen ist. Verhält es sich im Westen so wie im Osten, dann teilen der Fürst und der Bewahrer das Wissen um Dhalion. Wenn er Curvellis wahre Herkunft kennt, müsste Ruvin sich also Gedanken über die Gefahr gemacht haben, die dessen Anwesenheit für den Clan darstellt.

Er sieht mich erwartungsvoll an.

Ich versuche es erst mit Handzeichen, dezent, damit nicht alle Umstehenden sie mitbekommen: *Gespräch. Allein.*

»Was machst du da mit deinen Fingern?«

Gut, ich kann also davon ausgehen, dass die Dornen im Westen keine Zeichensprache verstehen. »Ich bin nur nervös. Könnten wir unter vier Augen miteinander reden?«

Ruvins zahnlose Kiefer mahlen. »Wozu?«

»Es gibt etwas Wichtiges, das ich dir sagen muss.«

Der Alte schmatzt nachdenklich. »Wichtig für dich oder für mich?«

»Für uns beide.«

Er stemmt sich unter Mühen von seinem Sitz hoch, lässt sich nicht von den zwei Jägern helfen, die ihm zur Seite springen wollen. »Wir gehen in meinen Ruheraum. Lors, Undrak, ihr achtet darauf, dass uns keiner stört.«

In winzigen Schritten schlurft Ruvin auf eine Eisentür zu. Ich folge ihm, dankbar, dass sein Tempo mir Zeit lässt, meine Gedanken zu ordnen.

Kann ich ihm Curvellis wahre Herkunft ohne dessen Einverständnis einfach anvertrauen? Allem Anschein nach weiß nur ein kleiner Kreis davon, dass er bei den Dornen geboren wurde – Aramonn zum Beispiel hat keine Ahnung.

Ich werde es darauf ankommen lassen, beschließe ich, während der Fürst die Tür öffnet, die herzzerreißend in den Angeln quietscht.

Ein hell getünchter Raum. Links an der Wand eine Liegestatt, die mit Fellen bedeckt ist. Mit einem Seufzer der Erleichterung sinkt Ruvin darauf nieder.

»Wird Zeit, dass ich endlich sterbe«, stellt er fest. »Wenn man innerlich zerbröckelt, macht das Leben keinen Spaß mehr.« Sein Mund öffnet sich zu einem Grinsen, das dank seiner Offenheit und des Mangels an Zähnen an das eines Babys erinnert. »Aaaaber ein bisschen will ich doch noch bleiben. Ich will wissen, was als Nächstes passiert, vor allem mit dir, Sphärenmädchen … Wie heißt du noch mal?«

»Ria.«

»Ria?« Er legt die flache Hand an seine faltige Wange. »Ria! Köstlich. Nein, wie schön.«

Keine Ahnung, was an meinem Namen so erheiternd sein soll, aber ich lächle, als wüsste ich Bescheid.

»Das, was als Nächstes passiert«, greife ich sein Stichwort auf, »wird vielleicht sehr schlimm für deinen Clan.«

»Aha. Wieso?« Ruvin wirkt in keiner Weise beunruhigt.

»Du weißt, dass ich nicht in den Sphären geboren wurde?«

Er schiebt seine Unterlippe vor, was ein Grinsen verdecken soll, und nickt. »Dein dunkelhaariger Freund hat es mir erzählt, aber ich denke, ich hätte es auch so bemerkt. Du und der flinke Blonde, ihr habt Dornenblut in den Adern.«

Ich streiche mir das Haar aus der Stirn. »Genau. Und noch etwas anderes.«

Ein wachsamer Ausdruck verdunkelt die wasserblauen Augen. »Und zwar?«

Es ist, als stünde ich an einer Klippe. Ich kann entweder springen oder mich vorsichtig zurückziehen. Nach einem letzten kurzen Zögern entscheide ich mich fürs Springen.

»Dhalion.«

Ruvins Blick ruht unverwandt auf meinem Gesicht. Kein Wort, kein Nicken oder Kopfschütteln. Der Fürst kommt nicht aus seiner Deckung, er wartet, bis ich es tue.

Also kremple ich meinen rechten Ärmel hoch und zeige ihm die Narben, die die Dornenhecke hinterlassen hat. »Von mir geht keine Gefahr mehr aus, von Tycho auch nicht. Aber jemand hier ist krank und vermutlich schon ansteckend. Ich brauche das Mittel, das Bennok aufbewahrt, doch er gibt es mir nicht.«

Mit einer faltigen Hand greift Ruvin nach meinem Arm und betrachtet ihn von Nahem. »Wer hat dir von Dhalion erzählt?«

»Niemand.« Was nicht ganz richtig ist. »Ich habe alte Aufzeichnungen gefunden, ein Buch namens *Jordans Chronik*. Jordan war es, der Dhalion entwickelt hat. Was ihr mit den Kindern des Clans anstellt, habe ich selbst herausgefunden, aber das tut jetzt nichts zur Sache. Ich brauche das Heilmittel und du solltest mir helfen, es zu bekommen. Außer du möchtest, dass alle Dornen deiner Linie, die älter als zwanzig sind, einen hässlichen Tod sterben.«

Ruvin lässt meinen Arm los. Schiebt seinen eigenen Jackenärmel hoch und zeigt mir zwei kaum sichtbare, kerzengerade Narben.

Nicht dumm, der Mann. Für sich selbst hat er vorgesorgt, wahrscheinlich schon vor Jahren.

»Wer ist es? Enaras?«

Ich brauche eine Sekunde, bis der Groschen fällt, ich habe mich noch nicht an Curvellis neuen Namen gewöhnt. Oder besser gesagt, an seinen alten.

Bevor ich antworte, mustere ich Ruvin genau. Ist ihm zuzutrauen, dass er Curvelli töten lässt, um die Gefahr für den Clan zu bannen? Ich glaube es nicht und ich bin auf seine Hilfe angewiesen, also nicke ich. »Kann sein, dass er auch schon jemanden angesteckt hat. Ich mache mir Sorgen um Maiossa, die beiden haben viel Zeit miteinander verbracht.«

Es arbeitet heftig im kahlen Kopf des Fürsten. Wägt er Möglichkeiten gegeneinander ab? Überlegt er etwa doch, die gleiche Konsequenz zu ziehen, für die der Präsident des Sphärenbundes sich entschieden hat?

»Deshalb auch das Haus«, ergänze ich, etwas zu hastig. »Wir wollen Enaras von den anderen fernhalten. Sandor, Tycho und ich können uns um ihn kümmern, wir sind ja immun.« Ich deute auf seinen Arm. »So wie du.«

»Seit Quirin mich in seinen Plan eingeweiht hat«, erklärt Ruvin bereitwillig. »Ich bin ja nicht verrückt und riskiere, selbst dabei draufzugehen.« Vergnügt entblößt er seine zwei verbliebenen Zähne. »Dummköpfe werden nicht so alt wie ich.«

»Da stimme ich dir zu. Hilfst du mir mit Bennok?«

Er überlegt, während ich es tunlichst vermeide, ungeduldig zu wirken, und sei es nur aus Versehen.

»Mir gefällt Quirins Plan, weißt du?«, sagt er nach einiger Zeit. »Ich finde, es ist eine großartige Idee. Bist du meiner Meinung?«

Es hätte keinen Sinn, ihn zu belügen. *Ruvin hasst Lügen*, das war eins der ersten Dinge, die Aramonn uns über ihn erzählt hat. Vielleicht könnte ich Ruvin dennoch überzeugen, immerhin habe ich das jahrelang geübt. Aber es widerstrebt mir.

»Nein, bin ich nicht. Wundert dich das? Sein Plan hätte mich mein Leben kosten können. Dass meine Freundin tot ist, geht auf das Konto dieser großartigen Idee, wie du sie nennst.«

Er schmunzelt. »Hm. Kommt immer darauf an, von welcher Seite man die Dinge betrachtet, nicht wahr?«

Damit ist er bei mir an der falschen Adresse. »Kinder zu infizieren, ist so bösartig, dass ich mir keine Seite vorstellen kann, von der aus ich das erstrebenswert finden könnte.« Ich muss aufpassen, dass mein Ton nicht zu scharf wird.

»Aha. Aber ungestraft Kinder stehlen, das darf man?« Er beugt sich vor. »Dich zum Beispiel? Glaube mir, wenn du die ganze Geschichte kennen würdest, wärst du anderer Meinung.«

Die ganze Geschichte. Bedeutet das, er weiß, wer ich bin – oder zumindest einmal war? Oder spielt er auf etwas anderes an, so wie

Quirin, als er plötzlich von irgendwelchen Großen Sieben zu erzählen begann?

Bevor ich nachfragen kann, winkt Ruvin ab. Ungehalten, seine Andeutungen tun ihm sichtlich leid. »Ich helfe dir. Bist du sicher, dass Enaras' Krankheit … Also, dass es sich nicht nur um eine einfache Erkältung handelt?«

»Absolut. Er weist exakt die gleichen Symptome auf wie meine Freundin Tomma, drei Wochen bevor sie starb.«

»Aber ich stelle eine Bedingung.«

Damit habe ich nicht gerechnet und ich kann mir nicht vorstellen, was Ruvin von mir wollen könnte. Information über die Sphären? Gerne, damit bin ich großzügig.

»Welche Bedingung?«

»Du wirst nichts tun, um Quirins Plan zu gefährden. Niemand wird geschützt oder geheilt, der unter einer Kuppel lebt. Darauf musst du mir dein Wort geben.«

Ich bin versucht, ihn sprachlos anzustarren, bekomme mich aber beizeiten in den Griff. Ruvin kann nichts von Aureljo und Dantorian wissen, woher auch? Jetzt werde ich lügen, mit gutem Gewissen. »Das Versprechen gebe ich dir jederzeit! Ich will nur für die Sicherheit meiner Freunde sorgen. Wenn es dich nicht stört, würde ich auch Andris gerne immunisieren. Er liegt mir am Herzen.«

Ruvins misstrauischem Blick setze ich erwartungsvoll leuchtende Augen entgegen. Ich habe meine Übungen lange nicht mehr durchgeführt, aber ich bin sicher, ich mache alles richtig. Nach einigen Sekunden entspannt sich sein Gesicht.

»In Ordnung. Bei Sonnenuntergang treffen wir uns an Bennoks Hütte.«

13

Feuerrote Wolken, die über dem Wald in Blau und Gelb zerfasern. Ich bin vor Ruvin am Treffpunkt und darauf eingestellt, längere Zeit auf ihn warten zu müssen – er ist nirgendwo zu sehen und ich kenne die winzigen Altmännerschritte, mit denen er sich fortbewegt. Wäre da nicht meine Sorge um Curvelli, würde ich mich über die Verzögerung freuen – ich habe noch nie einen solchen Himmel gesehen. Er verändert sich fast unmerklich und dennoch unaufhörlich, die Farben fließen ineinander, das dunkle Rot wird zu Violett.

Ruvin taucht erst auf, als der Himmel ein sattes Dunkelblau angenommen hat. Er kommt nicht auf den eigenen dürren Beinen, sondern lässt sich von zwei jungen Männern bis zur Schwelle tragen, wo sie ihn vorsichtig abstellen.

»So.« Er greift nach meinem Arm und stützt sich mit seinem ganzen Gewicht auf mich. Mit der anderen Hand pocht er gegen die Tür. Wartet, hämmert noch einmal dagegen.

In der Hütte rührt sich nichts.

Ruvin murmelt Unverständliches und gibt mir mit einer Kopfbewegung zu verstehen, dass ich die Tür aufdrücken soll.

Er ist sicher fort und das Serum hat er mitgenommen. Der Gedanke löst beinahe Übelkeit in mir aus. Er ist abgehauen wie Quirin. Oder tot, aus irgendeinem dummen Zufall, und dann wird man uns mit ganz neuen Augen betrachten. Die Vernichter der Bewahrer.

Im Haus riecht es merkwürdig. Anders als beim letzten Mal. Ich würde Ruvin gern loslassen und die Räume durchsuchen, ich brauche so schnell wie möglich Gewissheit. Doch der alte Fürst hat es nicht eilig.

Immerhin gelingt es mir, den Geruch zu identifizieren, während ich mich zentimeterweise durch Bennoks Wohnraum bewege. Erbrochenes. Je weiter ich meinen Kopf nach rechts drehe, desto eindeutiger wird es.

»Ist da drüben Bennoks Schlafzimmer?«

Ruvin lacht. Es hört sich an, als imitiere jemand eine Ziege. »Wenn du das so nennen willst.«

»Ich würde dort gern nachsehen. Kann ich dich eine Minute hier stehen lassen?«

Erst verzieht er den Mund, doch dann nickt er. »Meinetwegen. Aber beeil dich.«

An die Wand gelehnt, entdecke ich eine Eisenstange und drücke sie Ruvin als Stütze in die Hand. »Ich bin sofort wieder da.«

Ich muss eine alte, löchrige Plastikwanne zur Seite schieben, damit ich das Zimmer betreten kann. Der Geruch ist hier so stark, dass ich mich am liebsten auch übergeben würde. In der rechten hinteren Ecke des Raumes befindet sich ein dunkler Umriss, wie von einem großen Haufen Wäsche.

Beim Näherkommen wird klar, dass es sich um Bennoks Bett handelt und um Bennok selbst, der wachsweiß und mit geschlossenen Augen unter einer fleckigen Decke liegt. Jeder seiner Atemzüge wird von leisem Stöhnen begleitet.

Unter dem Gerümpel, das einen Großteil des Bodens bedeckt,

finde ich auch eine Stablampe. Ich habe keine große Hoffnung, dass sie noch funktioniert, aber als ich den Schalter betätige, erwacht sie wider Erwarten zu flackerndem Leben.

In ihrem Licht stellen die Flecken auf der Decke sich als Blutspuren heraus. Über Bennoks Arme ziehen sich lange Schnitte mit roten, wulstigen Rändern. Ein Blick auf den Boden und es ist klar, was passiert ist.

Der Bewahrer hat sich immunisiert und er hat es, gelinde gesagt, übertrieben.

Mit spitzen Fingern hebe ich eine kleine Flasche aus Kunststoff auf, die ihm aus der Hand gefallen sein muss. Der Schraubverschluss liegt noch neben Bennoks Kopf.

Ein, höchstens zwei Millimeter leicht öliger Flüssigkeit bedecken den Boden des Fläschchens. Wenn ich mit der Stablampe darauf leuchte, schimmert sie in zartem Rosa.

»Ria?« Das Warten dauert Ruvin offenbar zu lange. »Hast du ihn gefunden? Ist Bennok da drin?«

»Ist er.« Ohne weiter zu zögern, verschließe ich das Fläschchen und stecke es in meine Jackentasche. »Er hat sich selbst behandelt und nun geht es ihm ziemlich schlecht.«

»Das will ich sehen.«

Die Schadenfreude in Ruvins Stimme ist unverkennbar.

Ich hole ihn herein und habe den Eindruck, er bewegt sich jetzt schneller vorwärts als zuvor.

Ein Blick auf die verletzten Arme genügt. »Du hast recht. Er ist ein Idiot. Leider. Ganz anders als unser letzter Bewahrer.«

Bennok rührt sich im Schlaf, wimmert.

Ich lege ihm eine Hand auf die Stirn, nicht ohne Widerstreben. Die Haut ist glühend heiß.

»Jemand sollte sich um ihn kümmern. Eure Heilerin vielleicht.«

»Keerin? Die kann ihn nicht leiden. Helfen würde sie ihm trotzdem, wie ich sie kenne, aber wozu die Mühe? Der fängt sich wieder und dann soll er sich gefälligst selbst waschen.«

Ich wende den Blick von dem Erbrochenen ab, das in Bennoks Bart klebt. »Weißt du, wo er das Serum aufbewahrt?«

Gespielt vorwurfsvoll schnalzt Ruvin mit der Zunge. »Du willst es dir einfach nehmen? Es klauen?«

Ich kann die kleine, harte Form des Fläschchens in meiner Tasche spüren. Ein Anfang, aber nur ein winziger. »Ja, wenn es sein muss, dann stehle ich es. Vorläufig. Sobald es Bennok besser geht, entschuldige ich mich gern bei ihm dafür, doch im Moment ist mir Enaras' Leben wichtiger.«

»Hübsch gesagt.« Ruvins faltenumkränzte Augen glitzern. »Dummerweise habe ich keine Ahnung, wo Bennok das Zeug hortet. Aber du könntest die Hütte durchsuchen. In den nächsten paar Stunden wird er dich wohl kaum daran hindern können.«

Ich sehe mich um. Mit ein paar Stunden ist es hier nicht getan; das Chaos zu durchstöbern, würde eher Monate dauern.

Ruvin liest mir die Antwort vom Gesicht ab. »Das dachte ich mir.« Er schmatzt zufrieden. »Dann lass uns gehen, Ria. Ich wette, morgen hat Bennok zermürbende Kopfschmerzen. Vielleicht genügt es dann, ein paar Minuten lang mit einem Metallstück auf eine Blechschüssel zu schlagen, damit er dir alles verrät.«

Draußen warten die beiden Träger auf ihren Fürsten. Sie heben ihn auf ihre Schultern, wo er schwankend die Balance sucht. »Gute Nacht, Ria. Ich bin gespannt, was du als Nächstes tust.«

Ich winke ihm lächelnd zu. Was ich als Nächstes tun werde, weiß ich genau.

14

Zwei Einschnitte mit einem kleinen Dolch, den wir zuerst gesäubert und dann sehr sparsam mit dem Serum in Berührung gebracht haben. Curvelli verzieht keine Miene. Seit wir ihn von seiner Großmutter weggeholt und in der neuen Unterkunft einquartiert haben, hat er höchstens vier oder fünf Worte gesprochen.

Es ist Angst, was ihm die Sprache verschlägt. Die Krankheit ist weiter fortgeschritten, wir alle hören seinen Atem rasseln.

Aber es ist noch nicht zu spät, es darf noch nicht zu spät sein, sage ich mir immer wieder, während ich nach außen strahlenden Optimismus verbreite.

»Als Nächstes kommt Andris dran«, fordert Tycho, »dann Aramonn und Maiossa.«

Dass ich zögere zuzustimmen, liegt nicht daran, dass ich mit dem Serum geizig bin. Nein, es ist Bennoks Zustand, der mir zu denken gibt. Wir wissen nichts über Dhalions freundlichen Bruder. Was, wenn ihn nur Menschen vertragen, die zuvor mit Dhalion infiziert worden sind? Vielleicht hat Bennok sich nicht die Seele aus dem Leib gekotzt, weil er das Serum überdosiert hat, sondern weil es nichts gab, wogegen der Wirkstoff sich hätte wenden können.

»Wir warten noch«, erkläre ich. »Bis morgen oder übermorgen.«

Tycho ist sichtlich nicht einverstanden. »Was hat sich bis dahin geändert?«

»Bis dahin wissen wir mehr.«

Sandor und ich bleiben die ganze Nacht an Curvellis Seite. Doch unsere Anwesenheit beruhigt ihn nicht, im Gegenteil. »Wartet ihr darauf, dass ich sterbe?«, fragt er mehrmals.

»Du wirst nicht sterben. Wir haben dir eben das Heilmittel verabreicht, es wird dir bald besser gehen.«

Er streckt sich auf dem provisorischen Bett aus, das wir aus Decken, Fellen und einer alten Matratze für ihn hergerichtet haben. Verschränkt die Hände hinter dem Kopf.

»Ich habe herausgefunden, wer mein richtiger Vater war. Schon vor Monaten. Ich wollte ihn unbedingt kennenlernen … aber er ist gestorben. Kurz zuvor.« Ein Hustenanfall schüttelt ihn. »Manchmal ist das Leben einfach lächerlich. Trotzdem …«

Ich ahne, was er sagen wollte: Trotzdem möchte ich es nicht verlieren.

Verstohlen blicke ich auf die zwei Schnitte. Schwellen sie an?

»Kanntet ihr ihn?« Die Frage ist so leise, dass ich sie kaum verstehe. »Vilem, meine ich. Maiossa sagt, ihr kanntet ihn.«

Sandor streicht sich eine Haarsträhne hinters Ohr. »Ja. Ich habe ihn sehr gut gekannt.«

Curvelli blinzelt. In seinen Augenwinkeln bildet sich immer noch Sekret. »Würdest du mir von ihm erzählen? Irgendwann?«

»Natürlich.« Sandor reicht ihm die Hand, Curvelli ergreift sie.

Ich kann mich erinnern, dass ich ihn für arrogant gehalten habe, früher an der Akademie. Von diesem Eindruck ist nichts mehr übrig geblieben.

Lange nach Mitternacht schläft Curvelli endlich ein. Ich befühle vorsichtig seine Stirn. Fiebrig heiß. Das Fleisch an den Wundrändern hat begonnen anzuschwellen.

Ich schmiege mich in Sandors Arme. Ich glaube, er schafft es, möchte ich sagen, aber dann lasse ich es lieber bleiben. In den letzten Monaten habe ich zu viel geglaubt, was sich am Ende als falsch erwiesen hat.

Doch am nächsten Morgen sieht er besser aus. Die gelben Fäden in seinen Augenwinkeln sind zu Krümeln getrocknet, die sich leicht fortwischen lassen, das Fieber ist noch da, aber es ist nicht mehr so hoch. Es dauert eine halbe Stunde, bis Curvelli erstmals hustet, und es klingt viel weniger erschreckend als gestern.

Eine Erholung wie diese hat es bei Tomma nie gegeben. Nur kleine Schwankungen in der Schwere ihrer Symptome und ein letztes Hoch am Abend vor ihrem Tod.

Wenn das Mittel wirkt, tut es das offenbar schnell, aber Curvelli traut dem Frieden noch nicht.

»Ich will mich nicht freuen und morgen feststellen, dass alles wieder beim Alten ist.«

»Aber du fühlst dich besser?«

Er horcht in sich hinein. »Ja«, flüstert er. »Viel besser.«

Während ich mich durch leichten Regen auf den Weg zu Bennoks Hütte mache, muss ich mich beherrschen, nicht laut zu singen. Was übel wäre, denn das einzige Lied, das mir auf Anhieb einfällt, ist *Heiß wie Lava, kalt wie Asche*, die Hymne des Sphärenbundes. Unwahrscheinlich, dass das beim Clan gut ankommen würde. Obendrein ist es noch zu früh zum Feiern. Erst muss ich wissen, wie Bennok die Nacht überstanden hat.

Kurz bevor ich die Hütte erreiche, höre ich hinter mir Laufschritte. Maiossa stürmt an mir vorbei, sie hebt nur kurz die Hand zu einer Art Gruß.

»Willst du auch zu Bennok?«, rufe ich ihr nach. Insgeheim wäre ich froh, wenn sie Ja sagen würde – es wäre eine Erleichterung, seine stinkende Behausung nicht allein betreten zu müssen. Und falls er die Nacht doch nicht überlebt haben sollte …

»Nein.« Sie dreht sich kurz um, läuft rückwärts weiter. »Ich bin auf dem Weg zur Halle. Einer der Grenzgänger ist hier, ich will nichts von dem verpassen, was er erzählt.«

Bevor ich nachfragen kann – vielleicht ist es ja Krunno, der uns damals nach Vienna 2 geführt hat –, ist sie schon um die nächste Ecke verschwunden.

Macht nichts, sage ich mir. Wenn es wichtige Neuigkeiten gibt, werde ich sie eben später erfahren, von Andris, Aramonn oder Maiossa selbst. Im Moment sollte ich mich sowieso auf Bennok konzentrieren.

Die Tür zu seinem Haus ist nur angelehnt. Er sitzt auf dem Boden, den Oberkörper gegen die Wand gelehnt, sein Kinn mit dem geflochtenen Bart ist auf die Brust gesunken. Aber er ist nicht tot, wie sein Schnarchen klar beweist. Es hat den Anschein, als hätte er vom Schlaf- ins Wohnzimmer gehen wollen, aber auf halbem Weg aufgeben müssen.

»Bennok!« Ich atme durch den Mund, während ich ihn an der Schulter rüttle. »Wach auf!«

Sein Kopf pendelt kraftlos hin und her, ich kann das Weiße in seinen Augen sehen. Aber immerhin lebt er noch und er scheint sich seit gestern Abend auch nicht mehr übergeben zu haben.

Bei Tageslicht wird deutlich, in welchem erbärmlichen Zustand die Behausung des Bewahrers sich befindet. Zweifellos nimmt er das mit dem Bewahren zu ernst, denn jede Ecke quillt über von unnützem Zeug, das man erst recyceln müsste, um es verwenden zu können. Zumindest aber müsste man es säubern.

So wie Bennok selbst. Es fällt mir schwer, ihn anzusehen, und es widerstrebt mir, ihn in seinem Zustand einfach liegen zu lassen. Anfassen will ich ihn aber erst recht nicht.

Nach fünf Minuten unschlüssigen Herumkauerns fasse ich einen Entschluss. Unter dem gesammelten Müll, der sich im Wohnraum stapelt, finde ich einen alten Plastikeimer mit Metallgriff, den ich am Bach mit Wasser fülle.

Am liebsten würde ich ihn Bennok einfach über den Kopf gießen und ihn anschließend mit einem der löchrigen Lappen abschrubben, die ich aus dem Haufen verbogener Rohre und luftleerer Gummireifen gezogen habe, der sich gleich neben seinem Esstisch türmt.

Aber ich entscheide mich für eine sanfte Herangehensweise, tunke das Tuch ins frische Wasser und beginne damit, Bennoks Gesicht zu säubern. Seinen Bart, seinen Hals.

Gelegentlich zuckt er unter der Berührung mit dem kalten Lappen zusammen, doch er wacht nicht auf, und ich frage mich, wie ich es je schaffen soll, ihn in sein Bett zurückzubringen. Wahrscheinlich werde ich Andris dazu brauchen.

Bennoks Hände sind im Vergleich zum Rest seines Körpers immer noch erstaunlich sauber, trotzdem schließe ich sie in mein Säuberungsprogramm mit ein. Ich hebe die rechte hoch und fahre mit dem nassen Tuch die Handinnenfläche entlang, die Finger, die Zwischenräume. Als ich sie wieder ablegen will, fällt mein Blick auf den Boden. Da, wo sich eben noch die Hand befunden hat, steckt ein Stück Papier zwischen Bennoks Oberschenkel und den Dielen. Nichts Besonderes in Anbetracht all der anderen Dinge, die sonst noch herumliegen, aber dieses Papier wirkt sauber. Ich ziehe es unter dem bewusstlosen Mann hervor, vorsichtig, damit es nicht zerreißt.

Es ist zusammengefaltet und mit Harz versiegelt. Bennoks Name steht in großen, klaren Buchstaben auf der Rückseite, in einer Schrift, die ich kenne. Quirins Schrift.

Einen Augenblick lang begreife ich nicht, wie das sein kann. War Quirin hier?

Dann fällt mir Maiossa wieder ein und wie eilig sie es hatte, zur Halle zu kommen.

Der Grenzgänger muss die Nachricht überbracht haben. Er hat Bennok bewusstlos vorgefunden, vielleicht hat er versucht, ihn zu wecken, doch als das nicht klappte, hat er ihm den Brief einfach unters Bein geklemmt.

Ich öffne ihn, ohne lange darüber nachzudenken. Jetzt Skrupel zu haben, wäre verrückt. Und als ich ihn zu Ende gelesen habe, weiß ich, dass ich ihn keinesfalls zurückgeben werde.

Ich grüße dich, Bennok!

Bevor ich mit dem Wichtigen beginne, einige Worte, die du möglicherweise als mahnend empfinden wirst, die aber nur freundlich gemeint sind: Es kommt mir immer wieder zu Ohren, dass du deine Pflichten als Bewahrer vernachlässigst und dass das Vertrauen des Clans in dich schwindet. Du weißt, ich war skeptisch, als Grigo dich zu seinem Nachfolger bestimmt hat, und leider tust du nichts, um meine Befürchtungen zu entkräften.

Wasch dich, Bennok. Stutz dir das Haar. Du kannst keine Kranken behandeln, wenn du vor Schmutz starrst. Und verhalte dich

freundlich und aufmerksam deinen Leuten gegenüber. Sie müssen dich ernst nehmen können.
Gut. Nun zu den neuesten Ereignissen: Die Dinge laufen endlich wieder nach Plan. Wenn du diesen Brief liest, bin ich auf dem Weg nach Vienna 2. Vielleicht ist es das Ziel, vielleicht nur eine Zwischenstation, wer weiß. Ich möchte mich mit eigenen Augen vergewissern, dass die Träger nach wie vor an ihrem Bestimmungsort sind.
Die zwei Sphärenflüchtlinge, von denen ich dir erzählt habe, leben noch, aber sie werden uns nicht mehr schaden. Es heißt, sie seien nach Süden unterwegs, in Begleitung des verbannten Fürsten und eines Mannes namens Andris. Ich denke nicht, dass du sie je zu Gesicht bekommen wirst, aber falls sie sich doch nach Westen wenden sollten – lass sie am Leben, wenn es dir möglich ist, aber lass sie nicht fortgehen. Ich glaube, sie können unsere Pläne nicht mehr durchkreuzen. Die Saat müsste bald aufgehen, vielleicht hat sie es schon getan.
Es ist an der Zeit, ich sage es nicht gern. Immer wieder sehe ich schwer bewaffnete Truppen durchs Land ziehen, von den Waffentransporten per Magnetbahn ganz zu schweigen. Wir haben nur die eine Chance.
Deshalb bitte ich dich mit aller Eindringlichkeit: Keine Nachlässigkeiten in dieser Sache! Schütze das Serum mit deinem Leben. Falls dich jemand danach fragt, kannst du sicher sein, er ist auf der Seite der Flüchtlinge und wurde von ihnen zu dir geschickt.
Halte die Augen offen und lass mir Nachricht zukommen, sollte etwas Berichtenswertes passieren.
Wir stehen kurz vor dem Ziel.
Q.

Ich lese den Brief insgesamt dreimal, bevor ich ihn einstecke. Tem, der kleine Grenzgänger, hat gute Arbeit geleistet. Das Gerücht, dass wir nach Süden weitergezogen sind, hat sich bis zu Quirin verbreitet.

Mit den Trägern, die er in Vienna 2 suchen will, meint er natürlich Aureljo und Dantorian. Virenträger. *Die Saat müsste bald aufgehen, vielleicht hat sie es schon getan.*

Damit formuliert Quirin meine schlimmsten Befürchtungen. Bei Aureljo könnte, wie bei Curvelli, die Krankheit bereits ausgebrochen sein. *Wir haben nur diese eine Chance.*

Immerhin will er mich und Tycho am Leben lassen. Großzügig.

Neben mir gibt Bennok ein Geräusch zwischen Grunzen und Röcheln von sich. Sein linkes Bein zuckt, dann liegt er wieder still.

Genug Krankenpflege für heute. Ich schütte den graubraunen Inhalt der Wasserschüssel vor die Tür und drehe eine Runde durch die drei Zimmer des Hauses. Da der Bewahrer der westlichen Linie des Clans Schwarzdorn in solchem Chaos lebt, ist es durchaus möglich, dass er es mit den Sicherheitsvorkehrungen für das Serum auch nicht ganz so ernst nimmt.

Ich hebe Blechplatten an, spähe in Nischen voller schmutziger Plastikflaschen, wühle mich durch Berge vergilbten Stoffs. Für Andris' Sammlertrupp wäre dieses Haus ein Paradies. Für jemanden, der nach Behältern sucht, die man in einer Faust verbergen kann, ist es ein Albtraum.

Nach einer Stunde gebe ich auf. Noch habe ich ein wenig Serum. Bis Bennok wieder ansprechbar ist, werde ich mir etwas einfallen lassen, um ihm so viel wie möglich von seinem Vorrat abzujagen.

Die Halle ist zum Bersten gefüllt, mehr als der halbe Clan muss versammelt sein. Alle drängen sich um den Mann in der Mitte, dessen schwungvolle Gesten mir ebenso bekannt vorkommen wie der dröhnende Bass seiner Stimme. Es ist wirklich Krunno, und obwohl – oder vielleicht gerade weil – ich vorhin noch an ihn gedacht habe, bin ich überrascht.

»… eine Weizenernte, die sich sehen lassen kann. Sie haben eine Mühle gebaut und backen Brot, ich habe davon gekostet. Schmeckt herrlich!«

Ich entdecke Maiossa in der Menschentraube ganz vorne, die beim Zuhören das Ende ihres Zopfs zwischen den Fingern dreht. Nach Sandor muss ich länger suchen, er hält sich ganz am Rand, lehnt an der Wand. Als unsere Blicke sich treffen, hebt er eine Hand auf Kopfhöhe. *Zurückhaltung*, deutet er.

Ein guter Hinweis, auch wenn er nicht nötig ist. So hilfreich Krunno uns auf dem Weg nach Vienna 2 auch gewesen ist – ich glaube nicht, dass er unseren Aufenthaltsort für sich behalten würde. Im Gegensatz zu Sandor ist mir die Gefahr der Situation bewusst: Krunno kennt mich als Sindra Holun, die im Medpoint der Sphäre gearbeitet und einen Prim befreit hat. Keine Frage, dass er davon gehört hat. Und zweifellos wäre es eine große Versuchung, diese Sindra den Sentineln zu übergeben. Gegen Belohnung natürlich.

Bleibst du?, deute ich in Sandors Richtung.

Bis zum Schluss, antwortet er.

Mit gesenktem Kopf und gebeugten Schultern schleiche ich wieder nach draußen. Niemand beachtet mich, zu meiner großen Erleichterung. Wir werden nicht verhindern können, dass jemand aus dem Clan Krunno von den Vertriebenen der östlichen Linie erzählt – und vermutlich kann er dann eins und eins zusammenrechnen. Zumindest wenn er von dem Tribunal und dessen Ausgang gehört hat: zwei Lieblinge, die Quirin ermordet haben sollen, in Begleitung des verstoßenen Fürsten und eines Riesen.

Die Neuigkeit, dass wir doch nicht nach Süden, sondern nach Westen gegangen sind, wird schneller die Runde machen, als uns lieb sein kann.

Aber sehen soll er mich möglichst nicht.

Ich nehme den kürzesten Weg durch die Siedlung zurück zu Aramonns Haus. Vielleicht kann ich ein wenig schlafen; die Krankenwache der vergangenen Nacht hat mich ausgelaugt.

Ein leerer Wohnraum empfängt mich, auf dem Tisch stehen noch Blech- und Plastiktassen. Es muss ein hastiges Frühstück gewesen sein und ein schneller Aufbruch zur Halle. Ich stecke einen übrig gebliebenen Streifen Trockenfleisch in den Mund und verstecke gerade den Brief unter einer losen Bodenfliese, als die Tür zu dem Zimmer auffliegt, in dem Aramonn uns untergebracht hat.

Heraus kommt Andris. Genauer gesagt, er schwankt in den Wohnraum, muss sich an der Wand festhalten, um nicht zu stürzen.

»Ria.« Sein Gesicht ist gelblich weiß und glänzt vor Schweiß. Ich springe ihm zur Seite, nehme seinen Arm.

»Setz dich hin. Auf den Boden, gleich hier.«

Er tut, was ich sage. Sein Atem geht schwer und er strahlt Hitze aus wie eine Feuerstelle.

Nein. Unmöglich.

Ich knie mich vor ihn und hebe sein Kinn, um ihm in die Augen sehen zu können. Sie sind entzündet und tränen, an den inneren Winkeln bildet sich Sekret.

Curvelli und Andris hatten gestern zum ersten Mal engeren Kontakt – Andris war es, der alles vorbereitet und Curvelli in der neuen Unterkunft in Empfang genommen hat, voller Stolz auf sein Werk.

So schnell ist die Krankheit ausgebrochen. Und so schwer. Andris ist in deutlich schlechterem Zustand, als Curvelli es je war. Und ich bin mit schuld daran, ich hätte besser darauf achten müssen, dass nur Immunisierte mit ihm Kontakt haben. Wie konnte ich Dhalion nur so unterschätzen?

»Durst«, flüstert Andris.

»Ja. Ich bringe dir etwas. Sofort.« Neben der Feuerstelle steht ein Eimer mit Wasser. Ich tauche eine der Blechtassen hinein und ermahne mich, dass ich sie keinesfalls zurück auf den Tisch stellen darf, sondern auskochen muss, sonst sind Maiossa und Aramonn die Nächsten, die sich anstecken. Am besten wäre es, ich brächte Andris aus dem Haus, dorthin, wo Curvelli liegt – aber er ist kaum noch fähig, aufrecht zu sitzen, während ich ihm den Becher an die Lippen halte.

Was war es, das Quirin mir damals erzählt hat, als wir über Dhalions besondere Eigenheiten sprachen?

Werden Erwachsene infiziert, erkranken sie schon nach ein bis zwei Wochen. Das war es, was er gesagt hat. Nicht: nach ein bis zwei Tagen. Entweder er hat mich belogen oder er hat sich selbst verschätzt.

Und sie sterben viel schneller.

Das Fläschchen mit dem Serum liegt in einem Versteck im Quarantänehaus, bis dorthin sind es nur fünf oder sechs Minuten, aber ich möchte Andris nicht allein lassen. Und was, wenn Aramonn heimkommt? Dann ist er der Nächste.

Es hilft nichts. Ich muss Andris so rasch wie möglich das Gegenmittel verabreichen, wenn ich ihn retten will. Falls es nicht schon zu spät ist.

Also laufe ich, als wäre eine Einheit Exekutoren hinter mir her. Immer noch sind die Wege menschenleer, mir begegnet niemand außer einer gefleckten Ziege, die erschrocken zur Seite springt, als ich um die Ecke biege.

»Ria?« Curvelli hat sich auf die Ellenbogen aufgestützt. »Ich fühle mich schon viel –«

»Keine Zeit.« Ich rüttle an dem lockeren Ziegel, hinter dem ich die kleine Flasche gestern versteckt habe; mir kommen beinahe die Tränen, als meine Finger zum zweiten Mal abrutschen. Dann habe ich den Stein in der Hand und da ist auch das Serum, endlich.

Im gleichen Tempo rase ich zurück zu Aramonns Haus. Die Angst, dass Andris in der Zwischenzeit erstickt sein könnte, drückt mir den Atem ab. Nein, so schnell kann es nicht gehen, das wäre verrückt, unmöglich.

Ich sehe ihn auf dem Boden liegen, als ich ins Haus stürze, und lasse vor Schreck beinahe die Flasche fallen.

Ein schneller Griff an den Hals; ja, da ist ein Puls, und ja, Andris' Brust hebt und senkt sich, aber er ist nicht bei Bewusstsein.

Ich ziehe sein Messer vom Gürtel, wische es hastig an meinen Hosenbeinen ab und setze zwei Schnitte. Einen am rechten, einen am linken Unterarm.

Nachdem ich jeweils einen Tropfen in die Wunden geträufelt habe, ist die Flasche praktisch leer.

Andris ist kein Unterschied anzumerken.

Ich knie neben ihm und habe seinen Kopf in meinen Schoß gebettet; bei jedem seiner Atemzüge hoffe ich, dass er leichter sein wird als der vorhergehende.

Doch nach einer halben Stunde habe ich eher das Gefühl, Andris atmet mühsamer als zuvor. Ich öffne seine Jacke, träufle ihm Wasser auf die Stirn und beobachte unablässig die Schnitte an seinen Armen.

Schwellt an, beschwöre ich sie stumm. Macht schon.

Es muss bereits Mittag sein, als ich von draußen wieder Stimmen höre. Leute laufen vorbei, unterhalten sich bestens gelaunt über Krunnos Neuigkeiten.

Kurz darauf ist es Sandor, der als Erstes über die Schwelle tritt. Er erfasst die Situation mit einem Blick.

»Aramonn und Maiossa dürfen nicht herein.« Ich erkenne meine Stimme kaum wieder. Als würde ich gleich in Tränen ausbrechen. »Es geht ihm so schlecht, Sandor. Ich habe schon alles getan, aber es wird nicht besser.«

Er kniet sich neben mich, inspiziert die Schnittwunden. Legt Andris eine Hand auf die Brust. »Wir helfen ihm da durch, egal was dazu nötig ist.« Nur aus Sandors zitterndem Einatmen kann ich ablesen, dass seine Angst ebenso groß ist wie meine. »Hörst du, Andris, mein Freund? Wir sind bei dir und wir wissen, wie stark du bist.«

Der Nachmittag zieht sich in unendliche Längen. Maiossa und Aramonn haben nach erstem Zögern akzeptiert, dass es für sie besser ist, draußen zu bleiben. Schwerer fällt es ihnen, in Kauf zu nehmen, dass Erklärungen bis auf Weiteres warten müssen.

Tycho hat die Rolle des Boten übernommen. Er pendelt zwischen uns, Curvelli und Bennoks Haus hin und her und berichtet uns, wie es um die Kranken steht.

Curvelli hustet nicht mehr; Bennok hat sich aus eigenen Kräften zurück in sein Bett geschleppt. Keerin, die Heilerin, schickt Sirup aus Fichtennadeln, der bei Erkältungen helfen soll. Er duftet betörend, aber ich wage es nicht, Andris etwas davon einzuflößen, aus Angst, dass er sich verschluckt.

Gegen Abend macht es den Eindruck, als würden die Wundränder endlich anschwellen, doch das kann auch reines Wunschdenken sein. Andris' Zustand jedenfalls verbessert sich nicht. Bei jedem Hustenanfall fürchte ich, er könnte ersticken, und sehe Tomma wieder vor mir, wie sie mit ihren blauen Lippen nach Luft schnappt.

Was, wenn es zu spät war, hämmert es in meinem erschöpften Kopf. Zu spät, zu spät.

»Du solltest dich hinlegen«, meint Sandor, nachdem ich zum dritten Mal im Sitzen eingeschlafen bin.

»Kommt nicht infrage.« Wahrscheinlich ist es Aberglaube, aber ich bin überzeugt, dass ich durchhalten muss, damit auch Andris es tut. Ich kämpfe gegen den Schlaf, er gegen die Krankheit und ich werde auf keinen Fall aufgeben.

»Dann geh wenigstens für ein paar Minuten nach draußen. Durchatmen. Ich rufe dich sofort, sollte es ihm schlechter gehen.«

Meine Beine schmerzen, als ich sie nach so langer Zeit wieder strecke. Ich humple zur Tür, hinaus in die Nacht.

Ein klarer Himmel voller Sterne. Ich blicke nach oben, erinnere mich, dass man sich angeblich etwas wünschen darf, wenn man eine Sternschnuppe sieht. Ein Brauch aus der Zeit vor der Langen Nacht. Nur leider kann ich nirgendwo eine ausfindig machen.

Dafür legt sich eine Hand auf meine Schulter. »Nicht erschrecken.«

Maiossa. Ich seufze innerlich. Für eine Diskussion darüber, ob sie nicht doch in ihr Haus kann, habe ich jetzt keine Kraft. Auch nicht für Erklärungen über Dhalion. Es ist die zweite Nacht, die ich an einem Krankenlager durchwache – ich fühle mich, als könnte jeder Windhauch mich niederstrecken. Maiossa dagegen sieht hellwach und kraftvoll aus wie immer.

»Ich habe mit Curvelli gesprochen. Ja, ja ...« Sie hebt eine Hand, um meinen Protesten zuvorzukommen. »Ich weiß, ich soll mich von ihm fernhalten, um mich nicht anzustecken. Habe ich verstanden und mich nur durch die Wand mit ihm unterhalten.«

»Geht es ihm besser?«

»Viel besser. Er hat mir gegenüber erst heute zugegeben, wie scheußlich er sich die letzte Woche über gefühlt hat. Jeden Tag schwächer. Und er meint, du hättest ihm das Leben gerettet.«

Ihr Blick gleitet an mir hinunter und wieder zurück zu meinem Gesicht. »Falls das stimmt: danke. Er ist mir ans Herz gewachsen.«

Ja, mir auch. Aber nicht so sehr wie Andris, dessen Husten gerade wieder bis zu uns nach draußen dringt. Krampfhaft erstickt, als würde jemand seine Lungen zusammenpressen.

»Ich muss zurück.«

Sie mustert mich mit schief gelegtem Kopf. »Ich habe oft gehört, die östliche Linie kann mit der westlichen nicht mithalten – aber du bist ziemlich zäh, nicht wahr?«

Eher mürbe. Ich hebe in einer unbestimmten Geste die Hände und lasse sie wieder fallen, bevor ich mich auf den Rückweg ins Haus mache.

»Wenn du Hilfe brauchst«, ruft Maiossa mir nach, »Vater und ich sind in der hellgrauen Hütte gegenüber des Fischteichs. Ihr seid dort immer willkommen.«

15

Die Wirkung meines kurzen Ausflugs nach draußen hält für etwa zwei Stunden an, obwohl mir die Zeit viel länger zu sein scheint. Andris fiebert stark und ich bin allmählich nicht mehr sicher, ob das ein gutes Zeichen ist oder ob die Krankheit auf ihren Höhepunkt zusteuert. Wir kühlen seine Stirn und seine Brust mit nassen Tüchern und wickeln ihn in Decken, wenn der Schüttelfrost einsetzt. Je weiter die Nacht fortschreitet, desto schwächer scheint Andris zu werden.

»Was machen wir, wenn er stirbt?« Ich richte die Frage mehr an mich selbst als an Sandor.

»Er wird nicht –«

»Wenn er stirbt, werde ich Quirin eigenhändig erwürgen«, sage ich, ohne auf Sandors Einwurf zu achten. »Ich werde ihm zeigen, wie es sich anfühlt, keine Luft mehr zu bekommen. Keine Ahnung, wie ich das anstellen soll, aber ich werde es tun.« Ich blicke auf, in Sandors dunkle Augen. »Verstehst du?«

»Natürlich.« Er legt seine Hand auf meine. Schweigend beobachten wir, wie Andris' Brust sich unter angestrengten Atemzügen hebt. Senkt. Wieder hebt.

Als die Morgensonne helle Lichtfäden durch die Ritzen der Holztür schickt, atmet er immer noch. Wenig später steckt Tycho seinen Kopf herein.

»Wie geht es euch? Oh! Der Große sieht ja schon viel besser aus.«

»Wirklich?« Ich versuche zu erkennen, was Tycho meint, aber ich sehe nur blasse Haut, eingefallene Wangen und fiebrigen Schweiß.

»Auf jeden Fall. Um ehrlich zu sein, dachte ich gestern, dass er auf der Kippe steht. Aber jetzt sieht er einfach nur krank aus.«

»Was Tycho sagt, stimmt«, bestätigt Sandor. »Andris hat seit Stunden keinen Hustenanfall mehr gehabt.«

»Weil er zu schwach ist.« Ich bin noch nicht bereit, die Hoffnung der anderen zu teilen, ich habe zu große Angst, dass sie trügerisch ist.

»Weißt du was?« Tycho schnellt an meine Seite und legt einen Arm um mich. »Ich hatte eine erholsame Nacht voller Schlaf im Quarantänehaus – Curvelli hat geschlummert wie ein Baby. Ich kann ohne Weiteres hierbleiben und Andris bewachen, zusammen mit Sandor, wenn er sich frisch genug fühlt.« Er drückt mich an sich und ich kippe beinahe um. »Du musst dich jetzt hinlegen, alles andere wäre Quatsch. Erinnere dich, was sie uns an der Akademie beigebracht haben: Wer müde ist, macht Fehler.«

Stimmt. Gerade denen, die für verantwortungsvolle Positionen ausgebildet wurden, hat man das immer wieder eingetrichtert.

Ich gebe mich geschlagen. »Gut. Ich suche mir einen Schlafplatz. Vielleicht ist das Quarantänehaus keine schlechte Idee …«

Doch als ich draußen im Sonnenschein stehe, schlage ich zu meiner eigenen Überraschung den Pfad zum Fischteich ein. Meine Schritte sind unsicher, aber ich finde den Weg. Achte nicht auf die Leute, die mir ausweichen und sich belustigte Blicke zuwerfen.

Da ist sie, die graue Hütte, und Aramonn sitzt auf einem umgedrehten alten Ölfass davor, hält sein Gesicht in die Sonne. Erst als ich einen Schatten auf ihn werfe, öffnet er sein Auge.

»Ria! Du liebe Zeit, wie siehst du denn aus!« Er unterbricht sich selbst, sichtlich betreten. »Ist euer Freund tot?«

Ich schüttle den Kopf, trotz meines benebelten Zustands beeindruckt von Aramonns Direktheit. »Als ich ging, hat er noch geatmet. Tycho meint, er würde besser aussehen als gestern, aber ich weiß nicht, ob das stimmt. Ich weiß überhaupt nichts ...«

Dass Aramonn aufspringt und mich stützt, nimmt mein Körper zum Anlass, die Kraft aus meinen Gliedern weichen zu lassen. Meine Knie geben nach, ich schaffe es gerade noch ins Haus, bis zu einem der Hocker, die um den grob gezimmerten Tisch herumstehen.

»Du isst eine Kleinigkeit, dann schläfst du.«

Nein, ich glaube, ich schlafe sofort. Es gelingt mir kaum, die Augen offen zu halten.

Jemand stellt eine Schüssel mit weißem Brei vor mich hin. Maiossa. »Du solltest dich ausziehen und waschen, ich kann dir etwas anderes geben, das dir passen müsste.«

Ich winke ab, oder wenigstens will ich das. Die Welt verschwindet, die Geräusche werden dumpf und verschwinden ebenfalls. Jemand hält mich, glaube ich. Trägt mich, und obwohl ich seine Arme spüren kann, ist es wie Fallen – tiefer, tiefer und tiefer, in bodenloses Nichts.

Als ich die Augen wieder öffne, ist es draußen dunkel und ich durchlebe einen Moment völliger Orientierungslosigkeit, bis nach meinem Körper auch meine Erinnerung erwacht.

Die Fischerhütte. Eine Schüssel mit Brei ist das Letzte, was ich noch weiß.

Man hat mich in ein anderes Zimmer gebracht, es ist kleiner und leer, abgesehen von dem Bett, in dem ich liege.

Noch etwas ist anders. Ich habe nicht mehr meine eigenen Sachen an, sondern ein aus verblichenen Stoffstücken zusammengenähtes Hemd, das mir bis zu den Knien reicht.

»Maiossa?« Ich schlucke und räuspere mich; mein heiseres Krächzen hat bestimmt niemand gehört. Irrtum. Im nächsten Moment wird die Tür geöffnet und Maiossa steht auf der Schwelle. Sie muss regelrecht auf der Lauer gelegen haben.

Doch die Frage nach meinen Kleidern bleibt mir im Hals stecken. Es muss etwas passiert sein, etwas Schlimmes; ich habe Maiossa noch nie so aufgewühlt gesehen. Keine Spur mehr von der kühlen Überlegenheit, die sie sonst an den Tag legt. Sie sagt auch nichts, steht nur da. Wischt sich irgendwann mit zitternden Fingern eine verirrte Haarsträhne aus dem Gesicht.

Plötzlich ist mir klar, was geschehen sein muss, und die Erkenntnis trifft mich tonnenschwer.

Andris. Er ist tot, er hat den Kampf gegen Dhalion verloren … Während ich geschlafen habe.

»Leg dich wieder hin, deine Kleider sind noch nicht trocken.« Sie spricht so viel leiser als sonst und stockend, wie jemand, der dem Klang der eigenen Worte nicht traut.

Ich habe gar nicht gemerkt, dass ich aufgestanden bin. »Ist er …« Ich bringe das Wort nicht über die Lippen. Andris, mein Freund, mein Wolfsgott. »Ist er … tot?«

Die Falte über Maiossas Nasenwurzel zeugt von echtem Erstaunen. »Tot? Wer?«

»Andris! Ich hätte ihn nicht allein lassen dürfen, warum hat Tycho mich nicht geholt …« Die ersten Tränen laufen mir über die Wangen, sein Verlust trifft mich härter als Tommas Tod – da kannte ich die Ursache noch nicht, aber Andris hätte ich retten können, wenn ich schneller gewesen wäre. Oder vorsichtiger. Oder –

»Er ist nicht tot.« Maiossa lächelt, gleichzeitig wirkt sie, als wäre sie ebenfalls den Tränen nahe. »Ich habe gehört, dass es ihm schon viel besser geht als heute Morgen.«

Meine Erleichterung währt nur einen tiefen Atemzug lang. »Was ist dann passiert? Ist es Sandor? Es ist nicht Sandor, oder?«

Sie schüttelt den Kopf, erst langsam, dann schneller. »Nein. Wieso fragst du? Sie sind alle in Ordnung. Kein Grund zur Sorge.«

Sie betrachtet ihre Hände, verschränkt sie ineinander. »Ich glaube, ich sehe besser nach deinen Kleidern. Jemand muss aufpassen, dass sie nicht Feuer fangen, sie hängen zum Trocknen über dem Ofen, weißt du?«

Etwas stimmt hier ganz und gar nicht. Maiossas Blick streift mich, gleitet verlegen zur Seite, richtet sich erneut auf mich. Sie lächelt, als wäre das eine Pflicht, an die sie sich gerade erst wieder erinnert hat, und wendet sich zur Tür.

»Warte!« So einfach kommt sie mir nicht davon; ich habe keine Lust, mir die nächsten Stunden den Kopf darüber zu zerbrechen, was der Grund für diesen auffallenden Wandel in ihrem Verhalten sein könnte. »Irgendetwas ist geschehen, nicht wahr? Ich sehe es dir an und glaube mir, ich frage nicht aus Neugierde oder weil ich anderen ihre Geheimnisse nicht lassen kann. Nur halte ich in letzter Zeit Ungewissheit schlecht aus.«

Sie hat eine Hand vor den Mund gelegt. Antwortet nicht.

Ein neuer Gedanke. »Ist es Aramonn? Bist du seinetwegen so verstört?«

»Nein. Es geht ihm gut. Und mir auch. Mach dir einfach ... keine Sorgen.« Jetzt kehrt sie mir endgültig den Rücken zu und geht. Nein, flieht. Die Tür fällt krachend ins Schloss.

Ich folge ihr nicht, sondern krieche zurück unter meine Decken. Andris und Sandor sind am Leben, das muss mir für den Moment genügen. Tycho sicherlich auch, um ihn hätte Maiossa kein solches Getue gemacht.

Bleibt nur Curvelli. Ich rolle mich zusammen und schließe wieder die Augen. Hoffentlich irre ich mich auch hier.

Herumgrübeln hilft nichts. Falls das, was Maiossa so aus der Fassung gebracht hat, mich betrifft, werde ich es erfahren. Geduld ist eine Stärke, die ich an der Akademie oft trainiert habe, trotzdem fällt es mir schwer, ruhig liegen zu bleiben und meine Unruhe zu zügeln.

Es dauert eine geschätzte Stunde, bis die Tür wieder aufschwingt und dem Warten ein Ende setzt. Diesmal treten Maiossa und Aramonn gemeinsam ein und sofort ist das angstvolle Gefühl von vorhin wieder da. Etwas ist ganz und gar nicht in Ordnung.

»Bist du ... Hast du gut geschlafen?« Aramonn reibt an seiner Augenklappe, mit dem verbliebenen Auge blinzelt er. Verschränkt die Arme vor der Brust, dreht sich zur Seite. Seine gesamte Körpersprache strahlt Unbehagen aus.

Ich setze mich auf und schwinge die Beine aus dem Bett. »Ja. Danke. Wenn ihr mir meine Kleider gebt, würde ich gern in euer Haus zurückkehren und mich wieder um Andris kümmern.«

»Ihm geht es gut«, sagt Aramonn schnell. »Wirklich. Er ist jetzt wach und isst seit zwei Stunden ununterbrochen, hat Tycho berichtet. Sie wissen gar nicht mehr, was sie noch an ihn verfüttern sollen.«

Das klingt wunderbar und ich würde mich sehr gern mit eigenen Augen davon überzeugen, doch erst will ich herausfinden, was die schlechte Nachricht ist. Sie steht wie eine vierte Person im Raum.

»Aber irgendetwas stimmt nicht, oder?« Ich richte meine Frage an Aramonn; ihm ist anzusehen, dass er mir am liebsten sofort reinen Wein einschenken möchte, aber nicht weiß, wie er es anpacken soll. Maiossa dagegen verkriecht sich förmlich in sich selbst.

»Ich …« Aramonn stockt schon nach diesem einen Wort. Richtet den Blick an die Decke, schüttelt den Kopf.

»Maiossa hat mir erzählt, du kommst aus einer Sphäre.«

Das ist es also. Deshalb verhält sie sich plötzlich so still. Schlechtes Gewissen. Wahrscheinlich hat sie nicht damit gerechnet, dass ihre Enthüllung Folgen haben wird.

»Ja.« Lügen hat keinen Sinn. »Ich bin aus einer Sphäre geflohen.«

Aramonn knetet seine rechte Hand mit der linken. »So wie dieser Curvelli, nicht wahr?«

»Ja. Ich kenne ihn von früher, wir haben am gleichen Ort gewohnt und die gleiche Akademie besucht.« Ich erwähne das ohne große Hoffnung, dass es mir bei Aramonn Punkte bringt. Er hat sich über Curvelli und seine Herkunft letztens eher abfällig geäußert.

Maiossa und Aramonn wechseln einen Blick, in dem ganze Welten liegen. Ratlosigkeit, Angst, Zögern.

»Deine Kleider waren schmutzig«, presst Aramonn hervor.

Mit dieser Wendung des Gesprächs habe ich nicht gerechnet. »Ja. Sehr. Ich danke euch, dass –«

Er lässt mich nicht aussprechen. »Maiossa hat dir eins ihrer Hemden gegeben und sie hat deine Sachen gewaschen und sie –« Er beißt sich auf die Unterlippe.

»Ich verstehe. Danke.« In Wahrheit verstehe ich überhaupt nichts.

»Was er meint, ist: Ich habe dich ausgezogen«, meldet Maiossa sich nun doch noch zu Wort. »Und du hast ziemlich viele Narben für einen Liebling.«

Na bestens. Muss ich ihnen jetzt erklären, warum ich die gleichen Dornenspuren an den Armen trage wie die jüngeren Leute ihres eigenen Clans? Von dieser Geschichte gibt es keine Kurzversion. Aber vielleicht kann ich sie mit der halben Wahrheit zufriedenstellen.

»Ich gehe nicht mehr zurück in die Sphären und eigentlich wollte ich beim Clan Schwarzdorn bleiben. Bei Sandor.« Ich streiche über die hellrosa Linien auf meinem linken Unterarm. »Ich dachte, das Dornenritual wäre wie eine Aufnahmezeremonie und der Clan würde mich danach akzeptieren.«

Maiossa schlingt sich die Arme um den Leib und mustert ihre Stiefelspitzen. »Eine meiner ersten Erinnerungen ist die an die Totenzeremonie für meinen Großvater. Ich war vier Jahre alt und Aramonn hatte mir eine Woche zuvor einen kleinen Holzbogen gebastelt. Er war das Großartigste, was ich je besessen hatte.«

Ich weiß nicht, was jetzt kommt. Wo dieser eigenartige Themenwechsel hinführen soll.

»Nachts habe ich ihn mit ins Bett genommen und tagsüber keine Sekunde lang losgelassen. Auch nicht an dem Tag, als sie meinen toten Großvater ins Haus getragen haben, mit einem Pfeil im Hals und einem in der Brust.«

Die Erinnerung muss sehr lebendig sein. Ich erkenne an Maiossas Gesicht, dass das Bild des Toten gerade wieder neu vor ihren Augen entsteht.

»Er wurde am gleichen Abend verbrannt und ich war dabei. Ich sollte bei der Familie bleiben und auf meine Schwester achten, aber meine Mutter weinte und das wollte ich nicht sehen, also bin ich mit meinem Bogen davongelaufen. Nicht weit, nur bis zu Wimbras Haus, wo ich meine drei Pfeile immer wieder auf einen Stein schoss und mir einbildete, es wäre der Messack, der Großvater auf dem Gewissen hatte.« Ein Echo des alten Schmerzes und der hilflosen Wut ist in Maiossas Stimme noch zu hören. Ein Teil von ihr ist wieder vier Jahre alt. »Dann war da plötzlich ein Schrei. Furchtbar, laut und endlos lang. Ich bin so erschrocken, dass mir der Bogen aus der Hand fiel. In den einen Schrei mischten sich viele andere, Leute riefen durcheinander und irgendwo dazwischen hörte ich meinen Namen. Ich hob den Bogen auf und rannte zurück zu dem Platz, wo der Scheiterhaufen brannte. Jemand kreischte: ›Da ist sie, sie ist hier!‹, und hob mich über die Erwachsenen hinweg nach vorne. Ins Licht des Feuers, wo Aramonn stand.«

Sie hebt den Kopf und sieht ihn an, mit einem winzigen Lächeln. Er nickt und sie atmet tief durch. »Meine Mutter rief nach mir, aber ich konnte nur meinen Vater ansehen. Er hielt ein kleines, brüllendes Bündel in den Armen. Meine Schwester, auf die ich hätte aufpassen sollen. Sie hatte gerade gelernt zu krabbeln, und als ich davonlief, machte sie sich ebenfalls auf den Weg. Als der Scheiterhaufen zusammenbrach und Glutstücke nach allen Seiten spritzten, war sie zu nahe dran. Eins erwischte sie und brannte sich durch alle Kleidungsschichten und durch ihre Haut. Die Wunde war nicht groß, aber sie sah furchtbar aus. Schwarz und rot, gebogen wie eine Sichel. Wir haben nicht mehr miterlebt, wie sie heilte, denn eine Woche später kamen Sphärensoldaten und raubten neun unserer Kinder. Miriann war eins von ihnen.«

Stille.

Maiossa schweigt und in mir ist alles verstummt. Kein Gedanke dringt bis an die Oberfläche meines Bewusstseins, nur der Name klingt in mir nach, Miriann – in einer Stimme, von der ich nicht weiß, wem sie gehört.

Ich möchte etwas sagen, aber es gelingt mir nicht. In keiner der Sprachen, die ich gelernt habe, gibt es die passenden Worte.

Gebogen wie eine Sichel. Oder wie ein Halbmond.

Ich taste nach meiner Schulter. Da.

Als ich den Mund öffne, löst sich nur ein Laut aus meiner Kehle. Kein Weinen, kein Lachen und auch nichts dazwischen.

Aber Aramonn begreift trotzdem. Er reißt mich in seine Arme und hält mich und in meinem Kopf formt sich das fremde Wort Vater und findet Halt und bekommt ein Gesicht.

16

Danach herrscht merkwürdige Verlegenheit. Es gibt nichts Passendes, das einer von uns sagen könnte, und auf gewisse Weise scheinen Aramonn und Maiossa mir jetzt weniger vertraut als zuvor. Gleichzeitig fühle ich mich so vollständig wie noch nie. Meine Lebensgeschichte hat einen Anfang.

»Wie alt war ich, als ich … weggeholt wurde?« Ich frage, was mir als Erstes in den Sinn kommt. Falle mit der Tür ins Haus, als hätte ich niemals Kommunikationstechniken gelernt.

»Neun Monate.« Immer noch sitzt Aramonn neben mir und hält meine Hand in seiner. Vorsichtig und beinahe schüchtern. »Du hattest schon zwei Zähne, unten, in der Mitte.«

Kinder zwischen sechs und zwölf Monaten wurden häufig in die Sphären gebracht, und wenn sie in der Sphäre Hoffnung landeten, war oft ich es, die sie weiterschickte. Ich sah sie mir genau an, versuchte zu erkennen, was sie brauchten, und wählte den passenden Wohnort für sie aus. Kleine, meist schreiende Bündel.

»Ich erinnere mich überhaupt nicht mehr. Nichts an der Siedlung ist mir bekannt vorgekommen, als ich sie zum ersten Mal betreten habe.« Ich drücke Aramonns Hand. »Dich habe ich auch nicht wiedererkannt, nicht einmal ansatzweise.« Ich weiß nicht, warum ich mir das übel nehme. Ich war winzig damals.

»Du kanntest mich ja nur mit beiden Augen.« Das eine, das ihm geblieben ist, wendet Aramonn keine Sekunde von mir. »Aber ich hätte es früher sehen müssen. Maiossa und du, ihr habt fast die gleiche Haarfarbe. Das gleiche Kinn. Und du hast den Mund deiner Mutter und ihre Hände.«

Ich senke den Blick und betrachte meine verschrammten Finger, die denen der Frau ähneln sollen, die mich geboren hat. Als ich wieder aufschaue, schüttelt Aramonn auf meine stumme Frage hin den Kopf. »Sie ist tot. Schon lange.«

Also werde ich sie nie kennenlernen. Obwohl ich bis vor wenigen Minuten nicht damit gerechnet hatte, diese Chance überhaupt jemals zu bekommen, fühlt es sich an wie ein Verlust.

Ich betrachte Maiossa, die sich einen zerkratzten hellblauen Plastikschemel herangezogen hat, auf dem sie nun kauert. Die Knie bis zum Kinn hochgezogen, die Arme um die Beine geschlungen.

Sieht sie aus wie meine … wie unsere Mutter?

»Ich kann mich auch nicht mehr sehr gut an sie erinnern.« Es ist klar, was Maiossa mir damit sagen will. Dass ich ihr keine Fragen darüber stellen soll, was passiert ist. Dass sie über unsere Mutter nicht sprechen möchte.

Ich dagegen beantworte alles bereitwillig. Erzähle von Baja und meinen Ziehgeschwistern, von der Aufnahme an die Akademie und den Lektionen, die ich dort erhalten habe. Spreche über Aureljo. Über Grauko.

»Und es war immer warm?«, will Maiossa wissen. »Wirklich immer?«

»Ja. Die Heizanlage wurde regelmäßig gewartet, in den Sphären wird darauf geachtet, dass eine gleichbleibende Temperatur von 20,8 Grad herrscht. Außer in den Agrarkuppeln, dort ist es wärmer.« Ich schildere ihnen alles bis ins kleinste Detail – mein Quartier, die Akademieräume, die Bibliothek, das Medcenter. »Jeder von uns trug ein Gerät um sein Handgelenk, das Salvator heißt und laufend alle Körperfunktionen kontrolliert. Es schlägt Alarm, wenn etwas nicht stimmt.« Doch das ist nicht die vollständige Wahrheit. »Außerdem war es dazu da, uns zu überwachen, aber das habe ich erst sehr spät erfahren. Über den Salvator wurden unsere Gespräche abgehört, so wusste die Führungsriege immer genau, wer dem Sphärenbund treu ergeben war und wer nicht.«

Aramonns Auge verengt sich, er hat offenbar Mühe, sich ein Gerät vorzustellen, das alle diese Dinge bewerkstelligen kann.

»Warum musstest du von dort fliehen? Hast du etwas Falsches gesagt und jemand hat es über den Salvo… also über das Lauschgerät gehört?«

Diesen Punkt hätte ich gerne erst später gestreift. Es gibt so vieles, worüber ich jetzt lieber sprechen würde, aber ich weiß, dass ein Hinauszögern keinen Sinn hat. »Nein. Ich war eine treue Anhängerin der Sphären und das wusste auch jeder. Wir mussten fliehen, weil wir zu einer tödlichen Gefahr für den Sphärenbund geworden sind. Gefahren werden dort schnell eliminiert, wisst ihr? Sie wollten uns töten.«

Bevor ich fortfahre, berühre ich die Dornenspuren auf meinem Arm wie einen Talisman. »Aramonn, wann hat Quirin mich zum ersten Mal gesehen? Du hast mich zu ihm gebracht, nachdem ich geboren worden war, nicht?«

»Ja. Natürlich. Das gehört zu unseren festen Gebräuchen. Quirin untersucht die Kinder und nimmt sie in den Clan auf. Als sie zur Welt kam, habe ich ihm auch Maiossa gebracht. Ihr wart beide etwa zwei oder drei Wochen alt.« Er betrachtet mich zärtlich. »Du wurdest zu früh geboren, aber du warst trotzdem so stark. Und laut.«

»Und nachdem Quirin mich in seinen Händen gehabt hatte, war ich eine der wirksamsten Waffen des Clans.«

An Aramonns amüsiertem Stirnrunzeln lässt sich ablesen, dass er das für einen eigenartigen Scherz hält. »Eine Waffe?«

»Ja. Er ritzt die Neugeborenen mit einem Dorn, nicht wahr? Mit Maiossa hat er das noch nicht getan, vermute ich, aber mit mir. Dieser Dorn ist mit einem Virus infiziert, das den Namen Dhalion trägt. Es bricht erst aus, wenn der Träger erwachsen ist – manchmal im Alter von neunzehn oder zwanzig, manchmal schon mit siebzehn.«

Maiossa und Aramonn folgen meinen Worten mit höchster Konzentration. Bis jetzt hat noch keiner von beiden ungläubig den Kopf geschüttelt; allein dafür könnte ich sie umarmen.

»Die meisten Kinder durchlaufen das Ritual mit der Dornenhecke, wenn sie sechs Jahre alt sind. Dadurch wird Dhalion unschädlich gemacht – die Dornen präpariert der jeweilige Bewahrer mit dem Gegenmittel. Aber natürlich gilt das nicht für die Kinder, die geraubt worden sind. In ihnen lebt das Virus weiter und irgendwann kommt es zum Ausbruch. Dann ist es außerordentlich ansteckend und nur schwer zu stoppen. Eigentlich nur, wenn man das Heilmittel besitzt und es sehr rasch einsetzt. Wer es nicht hat, stirbt. Ausnahmslos.«

Maiossa begreift schneller als ihr Vater. Sie wird weiß um die Nase und ich muss beinahe lachen, weil das auch bei mir ein Zeichen von großer Wut ist. Grauko hat mich immer wieder darauf hingewiesen.

»Dieser Bastard«, zischt sie. »Ohne es den Eltern zu sagen! Ohne es irgendjemandem zu sagen!« Sie springt auf und tritt in einer fast nachlässigen Bewegung den Hocker an die Wand. »Curvelli auch, stimmt's? Oh, ich verstehe! Bei ihm ist die Krankheit ausgebrochen, deshalb hast du ihn in das leere Haus gebracht. Damit er niemanden ansteckt.« Sie überlegt kurz. »Aber nun geht es ihm wieder gut. Das heißt … du hast das Gegenmittel?«

»Nicht mehr. Es war nur eine sehr kleine Menge und jetzt ist es aufgebraucht. Für Curvelli und für Andris. Habt ihr gesehen, wie schlecht es ihm innerhalb von nur einem Tag gegangen ist? Dhalion kann sich in wenigen Stunden zur Epidemie entwickeln. Ich habe Freunde, die es in sich tragen und es noch nicht einmal wissen. Ich muss ihnen helfen.«

Aramonn ist sehr still geworden, seit die Rede auf das Virus gekommen ist. Er betrachtet seine Hände, öffnet und schließt sie, als wollte er seinen Rabenspeer fester packen. »Das bedeutet, wir müssen Quirin herschaffen?«

»Nicht unbedingt. Wir können uns auch Bennok vornehmen. Er ist euer Bewahrer – ratet mal, was er bewahrt.«

Würde Maiossa ihn nicht zurückhalten, wäre Aramonn binnen fünf Sekunden aus der Tür.

»Nicht. Ich habe heute einen Blick in Bennoks Haus geworfen, er ist selbst krank. Er hat quer über seinem Bett gelegen, war bleich wie Kalkstein und in der Hütte hat es noch übler gerochen als sonst. Keiner von uns darf sich mit diesem Virus anstecken.«

»Er ist nicht krank.« Die Decke, in die ich nach wie vor eingewickelt bin, rutscht von meinen Schultern, ich hoffe wirklich, dass meine eigenen Sachen bald trocken sind. »Aber er hat begriffen, dass das Virus bei Curvelli ausgebrochen war, und hat sich immunisiert. Sehr gründlich. Wie es aussieht, zu gründlich.«

»Diese Ratte.« Mit der flachen Hand schlägt Aramonn gegen die Wand. »Gut, warte ich eben, bis er wieder aus seinem Loch kriecht. Sicherheitshalber. Aber höchstens zwei Tage.«

Wir verbringen den Abend gemeinsam. Maiossa tut mir den Gefallen, sich nach Andris zu erkundigen, und kehrt mit der guten Nachricht zurück, dass er aufrecht im Bett sitzt und immer noch isst, wenn auch langsamer inzwischen.

Dasselbe tun wir kurz darauf ebenfalls. Aramonn tischt geräucherten Schinken, weich gekochten Weizen und Enteneier auf, die Maiossa vor zwei Tagen gefunden hat.

Wann immer ich zwischendurch von meinem Teller aufblicke, schnürt es mir wieder die Kehle zu. Sandor hatte eine Familie und musste sie begraben; wer weiß, ob die Verwandten von Aureljo, Dantorian und Tycho noch leben. Curvelli hat nun immerhin eine Großmutter, die ihm von seinen Eltern erzählen kann.

Ich beobachte Maiossa dabei, wie sie ihr Fleisch schneidet. Konzentrierte, geschickte Handgriffe. Markante Schwielen an den Fingern der rechten Hand, mit der sie die Bogensehne spannt.

Schwester, denke ich. Das Wort ist wie ein nie gekannter Geschmack, wie eine Frucht, in die man erstmals hineinbeißt. Ich habe einen Vater. Eine Familie. Es ist, als wäre ich plötzlich mehr ich selbst als je zuvor.

Wir sitzen lange Zeit an der Feuerstelle und machen uns gegenseitig mit unseren Leben vertraut. Von meinen Berichten über die Sphären bekommen Aramonn und Maiossa nicht genug, also führe ich sie mit meinen Worten durch die Quartiere, die Agrarkuppeln, die Kantine und die Recyclingstation.

»Aber ihr wart nie draußen? Nie unter freiem Himmel?«, will Maiossa irgendwann wissen.

»Nein. Uns wurde immer gesagt, es sei zu gefährlich. Manchmal sind wir für wenige Minuten in die kleinen Freibereiche zwischen den Kuppeln gegangen, aber nie sehr lange. Es war zu kalt, viel kälter als hier, und wir hatten nicht die richtige Ausrüstung für die Außenwelt.«

Bei der Vorstellung schüttelt Maiossa leicht den Kopf. »Keine Jagd, kein Wald«, sagt sie, mehr zu sich selbst als zu mir. »Das muss seltsam sein. Und eng.«

Ja, eng war es, im Vergleich zu den unendlich wirkenden Ebenen und Hügeln, die ich seit meiner Flucht durchstreift habe. Ich weiß noch, wie ungeschützt ich mich zu Beginn gefühlt habe. Alles offen, nirgendwo eine schützende Wand. Aus jeder Richtung konnte sich jemand nähern.

»Erzähl mir, wie ihr entkommen seid«, bittet mich Aramonn. »Wie ihr überlebt habt. Ich kann es mir einfach nicht vorstellen.«

In diesem Moment hören wir Sandors Pochen. Seine leise Stimme.

Maiossa huscht zur Tür, lässt ihn herein.

»Andris schläft jetzt« ist das Erste, was er sagt, nachdem er sich neben mich gesetzt hat. Die dunklen Ringe unter seinen Augen sprechen Bände, er selbst hätte Schlaf ebenfalls bitter nötig.

Ich halte seine Hand, während Aramonn für ihn einen Teller mit dem wenigen füllt, das wir übrig gelassen haben.

Er beginnt zu essen, blickt nur ab und zu auf, sichtlich verwundert über die Stille im Raum, die daher rührt, dass niemand von uns anderen das Gespräch einfach fortsetzen will. Nicht, solange Sandor nicht Bescheid weiß.

Das ist meine Aufgabe. Eigentlich sollte ich ihr spielend gewachsen sein, woher kommt mein Zögern? Als hätte ich Angst, das Wunder zu zerstören, wenn ich es ausspreche.

»Was ist passiert?« Er hat alles aufgegessen und schiebt den Teller zur Seite.

Ich stelle mir vor, nicht über mich selbst zu sprechen, sondern über jemand anderen. Schon kommen die Worte wie von alleine. »Wir haben eine Entdeckung gemacht, zufällig. Es sieht so aus, als wären Aramonn, Maiossa und ich … verwandt.«

Feige von mir. Warum nicht gleich die ganze Wahrheit sagen?

»Aramonn ist mein Vater.« Ich kann nichts dagegen tun, dass meine Stimme beim letzten Wort schwankt. »Es ist … wir sind ziemlich sicher.«

Sandor öffnet den Mund, aber es kommt kein Ton heraus. Er blickt von einem zum anderen; Aramonn strahlt, Maiossa nickt.

»Das ist großartig.«

In diesem kurzen Satz steckt eine ganze Menge widersprüchlicher Emotion. Freude, über mein Glück. Ein wenig Zweifel und etwas wie – Enttäuschung? Wehmut?

»Dann sollte ich euch besser allein lassen. Ich werde dafür sorgen, dass ihr ungestört bleibt.«

Ich lege meine Hand auf seine. »Nein, Sandor. Ich will nicht, dass du gehst.«

Doch er besteht darauf. »Außerdem möchte ich nach Andris sehen. Bei den Mengen, die er in sich hineingeschlungen hat, kann es leicht passieren, dass ihm übel wird.«

An der Tür dreht Sandor sich noch einmal um, aber er wendet sich nicht an mich, sondern an Aramonn. »Welchen Namen hast du ihr damals gegeben?«

»Wir haben sie Miriann genannt.«

»Wirklich?« Ebenso wie Ruvin scheint Sandor das bemerkenswert zu finden und sogar ein kleines bisschen amüsant.

Erst als er gegangen ist, begreife ich es endlich.

Aramonn und Maiossa beobachten beunruhigt, wie ich die Hände vor den Mund schlage, um mein Auflachen zu dämpfen. Das Leben verfügt manchmal über einen sehr merkwürdigen Humor.

Eleria. Miriann. Da gibt es eine Schnittmenge.

Ich werde weiterhin Ria heißen können.

17

»Du spürst es, sobald du die Sehne spannst, dann weißt du einfach, wie weit und in welcher Bahn dein Pfeil fliegen wird. Ob du etwas höher zielen musst. Oder seitlich, je nach Wind.«

Mit einer gleitenden Bewegung zieht Maiossa einen Pfeil aus ihrem Köcher, legt ihn an, spannt, schießt und trifft genau das linke Auge des Bären, den die Kinder des Clans mit Kohle auf eine hölzerne Schuppenwand gezeichnet haben.

In ihrem Metier ist sie mindestens so gut, wie ich es einmal in meinem war. Der ganze Ablauf hat kaum drei Sekunden gedauert.

Sie geht nach vorne, zieht den Pfeil aus dem Brett, inspiziert die Spitze und steckt ihn in den Köcher zurück. »Ich bringe es dir bei. Du musst dich verteidigen können und es ist viel vernünftiger, eine Distanzwaffe zu wählen als eine, die du nur in direktem Kontakt mit dem Feind verwenden kannst. Wenn es um Körperkraft geht, ziehen wir meistens den Kürzeren.«

Mit *wir* meint sie vermutlich die Frauen, die sich, so wie sie, den Jägern und Kämpfern angeschlossen haben. Ihre sehnigen Arme lassen mich allerdings nur schwer glauben, dass sie im Nahkampf leicht unterliegen würde.

Die Lektion in Bogenschießen ist reiner Zeitvertreib; eigentlich bewachen wir Bennoks Hütte. Warten darauf, dass er sich blicken lässt. Einfach hineingehen und nachsehen, wie es ihm geht, ist leider nicht mehr möglich – er muss von innen einen Riegel vorgelegt haben.

»Gut.« Maiossa klopft unternehmungslustig auf die Steinbank, auf der wir sitzen. »Was könntest du mir beibringen?«

Da wüsste ich wirklich etwas, das sie gut gebrauchen könnte. »Emotionskontrolle.«

»Wie bitte?«

»Darin war ich immer großartig. Du lernst, deine Gefühle zu steuern, zumindest nach außen hin. Aber du verbirgst sie nicht nur, du setzt sie auch ganz bewusst ein, um bei deinem Gegenüber einen gewissen Effekt zu erzielen.«

Sie blinzelt irritiert. »Ich verstelle mich, ja?«

»Gewissermaßen. Aber es ist viel mehr als das.«

Früher, als ich noch im Training war, hätte ich nicht nachdenken müssen, jetzt kostet mich die Übung volle Konzentration.

Missbilligung. Verachtung. Abscheu. Ein fließender Ablauf, ich bewege kaum einen Muskel im Gesicht, arbeite nur mit der Körperhaltung, den Augen und ein klein wenig mit dem Mund.

»Was ist denn jetzt los? Habe ich etwas falsch gemacht? Ich habe das mit dem Verstellen nicht so gemeint, ich wollte dich nicht beleidigen.« Maiossa ist ein Stück abgerückt und sieht mich so bestürzt an, dass ich zu lachen beginne.

»Das war nur ein Beispiel, damit du verstehst, wovon ich rede.«

»Oh.« Sie dreht den Bogen zwischen den Fingern. »Ganz schön hinterhältig.«

»Aber auch sehr praktisch. Eine andere Art von Waffe und ich würde dir gern zeigen, wie man damit umgeht.« Ich kann mir ein Grinsen nicht verkneifen. »Deine Emotionskontrolle ist nämlich echt erbärmlich.«

»Was?« Ihre Empörung ist nur zur Hälfte gespielt. »Woher willst du das denn wissen?«

»Gestern, als ich aufgewacht bin und du ins Zimmer kamst – da wolltest du gern verbergen, dass du verstört bist. Dass etwas passiert war. Aber es war so offensichtlich, du hättest es genauso gut herausschreien können.«

Ihr freundschaftlicher Schubs mit dem Ellenbogen befördert mich fast von der Bank. »Wir sind eben direkt, meistens jedenfalls. Trotzdem kannst du mir etwas beibringen. Wie ich zum Beispiel Vater rumkriege, wenn er mir verbieten will, größere Tiere zu jagen –«

Hinter uns ein Räuspern.

Ich drehe mich um und da steht Andris. Ein wenig blass noch, aber sicher auf den Beinen und mit einem Lächeln im Gesicht.

»Ria, du Heldin.« Er lässt eine schwere Pranke auf meine Schulter fallen. »Sandor hat mir erzählt, was du getan hast. Dass ich ohne dich jetzt hinüber wäre.« Er zieht mich hoch und drückt mich an sich. Mir bleibt die Luft weg.

»Danke, mein Mädchen. Damit hast du mich zum zweiten Mal gerettet, wie soll ich das je wiedergutmachen?«

»Ist in Ordnung«, japse ich. »Ich bin froh, dass du es überstanden hast.«

Als er mich loslässt, sehe ich, dass seine Augen feucht sind. »Das andere hat er mir auch erzählt. Schön für dich, nicht wahr?«

»Ja. Ist es.«

Andris hüstelt und wischt sich mit der Hand im Gesicht herum – mir wird kalt vor Schreck, bis ich begreife, dass beides nur Verlegenheitsgesten sind und keine Krankheitssymptome.

»Na ja«, sagt er dann. »Ihr habt sicher viel zu bereden. Lernt euch kennen. Und so. Ich geh mal und sehe nach, ob ich Sandor mit irgendwas helfen kann.«

Erst allmählich dämmert mir, woher die Bedrücktheit rührt, die Andris so tapfer zu überspielen versucht.

Ich hätte gar nichts dagegen, wenn du wirklich meine Tochter wärst, hat er gesagt, nachdem wir den Sentinel-Trupp ausgetrickst hatten. Danach hat er das nie wieder erwähnt, war aber sehr fürsorglich zu mir. Hat er gehofft, wir könnten zu einer Art Familie werden, er, Sandor, Tycho und ich? Vier Menschen, die allein dastehen?

Und nun habe ich meine Blutsverwandten gefunden. In Andris' Augen ist damit sein Traum Geschichte.

Egal ob ich recht habe oder mich irre, ich schlinge die Arme um meinen riesigen Beschützer und drücke ihn so fest wie möglich an mich. »Ich hatte so lang keinen Vater, ich kann jetzt sehr wohl zwei brauchen«, flüstere ich ihm zu. Mehr bringe ich nicht heraus, weil Andris meine Umarmung mit voller Kraft erwidert. Dann tappt er davon.

Maiossa hat die Szene beobachtet, ohne eine Miene zu verziehen. »Wie schnell er sich erholt hat. Curvelli ist immer noch schwindelig, wenn er sich zu hastig beweg–« Sie verstummt. Deutet mit dem Bogen auf Bennoks Hütte, deren Tür sich langsam, ganz langsam öffnet. Ein bleiches Gesicht wird sichtbar, das vorsichtig um die Ecke lugt.

»Na bitte, da haben wir ihn.« Maiossa verengt die Augen, als wolle sie ein Ziel anvisieren. »Gesund sieht er nicht aus, aber er ist bei Bewusstsein, was ja die Hauptsache ist.«

Wir beobachten ihn dabei, wie er ein paar zögernde Schritte nach draußen macht. Wieder hat er keine Schuhe an, was ihn jedoch nicht dazu bewegt, matschigen Stellen auszuweichen. Bennok wankt auf das Waldstück zu, das hinter seinem Haus liegt. Uns hat er nicht gesehen, da bin ich mir sicher.

Sobald er uns den Rücken zuwendet, springt Maiossa auf. »In Ordnung. Behalt ihn im Auge, ich hole Vater.«

Im Auge behalten ist schwieriger als angenommen. Bennok taucht ins Dunkel zwischen den Bäumen ein, bald sehe ich nur noch einen grauen Schemen, bis auch der verschwindet.

Ihm nachzustellen, ist keine gute Idee. Vielleicht weiß Aramonn ja, wo im Wald er die größten Chancen hat, Bennok zu finden. Ich werde genau beschreiben, welche Richtung er genommen hat.

Wie sich Minuten später herausstellt, ist das gar nicht nötig. Bennok kehrt zurück und spätestens jetzt ist unverkennbar, wie sehr ihm die letzten Tage zugesetzt haben. Er bleibt mehrmals stehen, stützt die Hände auf die Knie und schnappt nach Luft. Doch er schafft den Weg zurück in sein Zuhause, wenn auch langsam. Die Tür kracht hinter ihm zu und ich bin überzeugt, Bennok lässt sich jetzt in sein Bett fallen. An dessen Zustand ich mich noch gut erinnern kann. Es schüttelt mich.

»Er ist wieder drin.« Ich stehe auf, als Maiossa in Aramonns Begleitung zurückkehrt. »Er war ein Weilchen im Wald, sehr gut dürfte er sich aber nicht fühlen. Also keine Gefahr, dass er plötzlich davonläuft.«

Aramonn lächelt grimmig. »Dann bis gleich.«

Mein erster Impuls ist, ihm zu folgen, doch Maiossa hält mich zurück. »Lass ihn einfach machen. Er kennt Bennok, er weiß, wie man am besten mit ihm umgeht.«

Also warten wir. Leicht fällt mir das nicht, denn ich wüsste zu gerne, auf welche Weise Aramonn Überzeugungsarbeit leistet. Ich vermute, dass er bei einem geschwächten Gegner keine Gewalt anwenden wird.

Meine Hände sind kalt und feucht. Was, wenn es nicht klappt? Wie sollen wir dann an das Serum für Aureljo, Dantorian und wer weiß wen noch herankommen? Wenn sich das hier als Sackgasse erweist, bin ich ratlos. Und falls passiert ist, worauf Quirin hofft – dass einer meiner beiden Freunde in Vienna 2 bereits ansteckend ist –, ist es ohnehin zu spät. Nie im Leben hat Bennok genug Serum gebunkert, um eine ganze Sphäre damit zu behandeln.

Zweimal beginnt Maiossa ein Gespräch, aber beide Male versickert es nach wenigen Sätzen in meiner Nervosität.

Ich könnte mich zur Hütte schleichen und mein Ohr an eine der Ritzen legen. Auch wenn ich Bennok nicht sehe, ich werde hören, ob er lügt oder die Wahrheit sagt.

Doch das ist gar nicht nötig. Viel früher als erwartet tritt Aramonn wieder aus der Tür, strahlend. In seinen Händen hält er einen Beutel, dessen Inhalt bei jedem Schritt leise klirrt.

»Er hat es eingesehen. Erst war er störrisch, doch ich habe ihm erklärt, was eine Epidemie für unseren Clan bedeuten würde, und da hat er es begriffen. Wir haben das Serum, Ria, du kannst deinen Freunden helfen!«

Ich nehme den Beutel aus Aramonns Händen entgegen; Maiossa drückt ihrem Vater einen kräftigen Kuss auf die Wange.

»Dann verschwinde ich jetzt in den Wald, in Ordnung? Geron hat Wildschweinspuren entdeckt.« Sie wartet die Antwort nicht ab, sondern läuft davon.

Aramonn blickt ihr einige Sekunden lang nach, bevor er sich zu mir auf die Bank setzt. »Eines Tages wird sie nicht zurückkommen«, murmelt er in sich hinein, »und dann werde ich mir wünschen, ich hätte ihr eine Nähnadel in die Hand gedrückt statt eines Bogens.« Er rückt den Beutel zwischen uns auf der Steinbank zurecht. Wieder Klirren.

Ich möchte den Sack aufreißen, nachsehen, wie viel Serum wir zur Verfügung haben, und ausrechnen, wie viele Menschen wir damit retten können. Gleichzeitig rührt mich Aramonns Sorge um Maiossa.

»Sie ist klug«, erkläre ich in einem Ton, in dem ein wenig von der Stahlwand mitklingt, die keinen Widerspruch zulässt, beruhigend wirken soll. »Sie weiß, was sie tut, ist geschickt und kann sich verteidigen.« Es ist ein merkwürdiges Gefühl, ihm die Hand auf den Arm zu legen. Unpassend und richtig zugleich. »Sie kommt zurück. Und das mit der Nähnadel hätte sie nie mitgemacht.«

Aramonn antwortet nicht, aber er entspannt sich. Deutet auf den Beutel. »Mach auf.«

Die Schnur ist nur locker geknotet. Ich löse sie und nehme eins der fünf darin befindlichen Fläschchen in die Hand. Halte es gegen den Himmel, ins Licht.

Dünnflüssig, mit einem Stich ins Grünliche. Das Glücksgefühl, das mich eben noch warm glühend ausgefüllt hat, verschwindet mit einem Schlag. »Das ist nicht der Wirkstoff.«

»Wie bitte?«

»Das ist nicht das Serum, das wir brauchen. Bennok versucht, uns reinzulegen.«

Ich überprüfe die anderen vier Fläschchen, mit dem gleichen Ergebnis. Grünlich und dünnflüssig. Vielleicht ist es eine harmlose Nährlösung, vielleicht auch viel Schlimmeres. Ein Krankheitserreger statt eines Medikaments. Begreift Bennok nicht, dass wir den Wirkstoff nicht nur Sphärenbewohnern verabreichen würden, sondern auch vielen der ihm anvertrauten Clanleute?

»Bist du dir sicher?«

»Ja. Das, womit er sich selbst behandelt hat und was ich Andris verabreicht habe, sah anders aus. Öligere Konsistenz und hellrosa Färbung.«

Aramonn zögert nur einen Moment, dann packt er alles wieder zusammen und stürzt zurück zu Bennoks Behausung.

Diesmal folge ich ihm.

Ein Tritt und die Tür fliegt auf. Bennok stößt einen Schrei aus und versucht, sich aus seinem Sitz hochzustemmen, einem merkwürdigen gepolsterten Stuhl ohne Beine.

Aramonn packt eine Faust voll Haar und zieht den Bewahrer daran auf die Füße.

Jetzt wird mir klar, was es mit dem eigenartigen Möbel auf sich hat, ich habe so etwas schon in der historischen Sammlung der Akademie gesehen: Es ist ein alter Autositz.

»Du solltest dir gut überlegen, wen du zu betrügen versuchst.« Die ruhige Stimme steht in beängstigendem Kontrast zu Aramonns wutverzerrtem Gesicht. »Das ist nicht die Medizin, um die ich dich gebeten habe.« Er lässt Bennoks Kopf los und greift stattdessen nach einem seiner Arme. Schiebt den Ärmel hoch, bis die Schnitte freiliegen. Sie sind von einer rotbraunen Kruste bedeckt.

»Ich will das haben, was du dir da reingerieben hast. Möglichst viel davon, und diesmal keine Betrügereien!« Er stößt Bennok in den Sitz zurück, der prompt nach hinten kippt.

Der Bewahrer ist noch nicht wieder ganz hergestellt. Es kostet ihn Kraft, vom Boden hochzukommen, seine Arme zittern, seine

Unterlippe ebenfalls. Aber seine Fähigkeit, scharfsinnige Schlüsse zu ziehen, scheint intakt.

Er sieht erst mich an, dann Aramonn, danach wieder mich. »Aha.«

»Was meinst du mit *aha*?« Aramonn holt eins der Fläschchen aus dem Beutel. »Was hast du mir da gegeben? Hm?«

Er bekommt keine Antwort. Bennok stützt sich an der Tischkante ab, atmet schwer.

»Na gut. Dann wollen wir doch einmal sehen, was passiert, wenn wir es an dir ausprobieren.« Gemächlich zieht Aramonn sein Messer aus dem Gürtel. »Dazu müssen wir dir erst eine kleine Wunde schneiden, nicht wahr? Kein Problem. In den Arm oder lieber quer über dein hässliches Gesicht?«

Bennok ist zurückgewichen. »Lass den Unsinn.«

»Ach, Unsinn ist das, sagst du? Ich bitte dich um Hilfe und du gibst mir – Gift, wahrscheinlich!« Das Messer beschreibt einen silbernen Halbkreis, zischt nur eine Handbreit entfernt an der Nase des Bewahrers vorbei.

»Hör auf!« Bennok schützt sein Gesicht mit den Armen. »Denkst du, ich weiß nicht, wer dich zu mir geschickt hat?« Sein Blick bohrt sich in meinen. »Das Mädchen war schon am ersten Tag nach ihrer Ankunft hier und wollte genau das Gleiche wie du. Aber Quirin hat mich vorgewarnt. Er hat geahnt, dass wir Besuch von Lieblingen bekommen könnten, und er wusste, hinter was sie her sein würden.«

Langsam und betont konzentriert schraubt Aramonn das Fläschchen auf. »Das Mädchen ist kein Liebling und du weißt das ganz genau. Sie ist eine von uns.« Er stellt die Flasche weg und hat so schnell wieder sein Messer in der Hand, dass ich nicht sagen könnte, wo es so plötzlich wieder hergekommen ist. Ein Schnitt über den Handrücken und Bennoks Blut tropft zu Boden.

»Ria, verabreiche ihm doch bitte seine Medizin.«

Ich greife nach dem Fläschchen und neige es über der Hand, die Aramonn unbarmherzig festhält.

»Lass das!«, zischt Bennok. »Es wird nichts passieren, außer dass ich mir eine stinknormale Infektion hole. Da drin ist Wasser aus dem Fischteich.«

Aramonn reißt mir die Flasche aus der Hand und schüttet Bennok deren Inhalt ins Gesicht. »Dann sollten wir die Gelegenheit ergreifen, dich zu waschen«, stößt er zwischen den Zähnen hervor. »Und wenn wir damit fertig sind, gibst du meiner Tochter, worum sie dich gebeten hat.«

Nein, Bennok ist nicht überrascht, er hat schon geahnt, dass mich und Aramonn mehr verbindet als eine kurze Bekanntschaft. »Sie gehört nicht zum Clan. Egal wer sie gezeugt oder geboren hat, sie ist in einer Sphäre aufgewachsen. Ich traue ihr nicht.«

»Aber mir traust du doch, nicht wahr?« Aramonn macht einen drohenden Schritt auf Bennok zu. »Ich würde dir raten zu tun, was ich von dir verlange, ich werde nämlich keine Sekunde zögern, dein Haus in seine Bestandteile zu zerlegen. Gemeinsam mit meinen Männern ist das eine Sache von ein oder zwei Stunden. Und wenn wir nichts finden, machen wir mit dir weiter.«

Offenbar ist Aramonn im Clan dafür bekannt, seine Drohungen wahr zu machen, denn in Bennoks Miene zeichnet sich Bestürzung ab. »Ich befolge Quirins Anweisungen, versteh das doch. Wir haben die einmalige Chance, die Macht der Sphären zu brechen, wir sollten an einem Strang ziehen!« Er sieht wieder mich an, mit einer Mischung aus Abneigung und Mitgefühl. »Deine

Freunde werden sterben, finde dich damit ab. Sei froh, dass Sandor ein besserer Liebhaber als Fürst ist und dein Leben über das Wohl seines Clans gestellt hat. Er hat keine Ahnung, wie wütend er Quirin damit gemacht hat.« In dem Versuch, eine würdevolle Haltung einzunehmen, reckt Bennok den Hals. »Ich werde nicht den gleichen Fehler begehen. Das Serum, das ich aufbewahre, ist für den Clan gedacht. Bald werden infizierte Sentinel oder Sphärenflüchtlinge in die Außenwelt drängen, dann werden wir vorbereitet sein.« Er leckt sich über die Lippen, schluckt. »Ich wundere mich, dass du deinen eigenen Leuten diesen Schutz rauben willst, Aramonn. Für ein paar dreckige Lieblinge!«

»Es sind unsere Kinder.«

»Es sind Lieblinge. Unsere Kinder sind lange tot. So wie deine Frau. Ich bin überrascht, dass du nur noch so wenig Lust auf Rache verspürst. Das war einmal anders, erinnere ich mich.«

Keine Reaktion.

Ich werfe Aramonn einen schnellen Blick zu. Er steht mit hängenden Armen da, sein Atem geht etwas lauter als sonst und seine Lippen sind weiß. Die Selbstbeherrschung zu bewahren, kostet ihn Kraft.

»Mein Kind ist nicht tot«, sagt er leise. »Wenn andere es sind, umso schlimmer. Aber Miriann ist zurückgekehrt. Keerins Enkel auch. Du hast keine Kinder, Bennok. Du kannst nicht die der anderen für deine Pläne sterben lassen.«

Damit marschiert er zur Tür.

Ich folge ihm und habe Mühe, mit ihm Schritt zu halten. Die Wut, die er an Bennok nicht auslassen konnte, legt er jetzt in sein Tempo.

»Warte! Bitte.«

Er bleibt stehen und ich sehe, wie er sich bemüht, seinen Zorn über die gescheiterte Mission zu verbergen. »Ja?«

»Ich finde, wir sollten jemanden abstellen, der Bennok bewacht. Er könnte auf die Idee kommen, mit seinen Vorräten das Weite zu suchen oder sie zu zerstören, wer weiß. Vielleicht riskiert er lieber, dass der Clan an Dhalion zugrunde geht, als Quirins Plan zu gefährden.«

Nun lächelt Aramonn. »Meine Tochter ist eine Strategin. Du hast vollkommen recht. Ich schicke drei Männer, die ihn jede Sekunde beobachten sollen.«

»Bestens. Und ich schicke Andris. Dem wird es eine besondere Freude sein.«

18

Ich treffe Andris auf dem Rückweg an einer zweistöckigen Ruine an, deren Glasfenster zu seinem Entzücken noch fast intakt sind. »Wahnsinn, Ria! Sieh dir das an! So was war bei uns seltener als Sonnenschein!« Er streichelt behutsam über die glatte Fläche und hinterlässt eine blanke Spur im Schmutz. »Ich kann das Sammeln einfach nicht lassen«, gesteht er. »Ruvin hat nichts dagegen, ich habe ihn gefragt. Er will sich von den Dingen, die ich finde, ein paar Kleinigkeiten aussuchen, den Rest darf ich behalten. Ist das nicht großartig?«

Seine Freude ist ansteckend und es tut mir fast leid, ihn von seinem Projekt abzuziehen, doch Bennoks Bewachung hat Vorrang.

»Ich lasse ihn nicht aus den Augen«, verspricht Andris. »Er wird nicht einmal in der Nase bohren können, ohne dass ich es merke.« Mit langen Schritten geht er davon, und als ich nach ihm rufe, dreht er sich um und läuft rückwärts weiter.

»Weißt du, wo Sandor steckt?«

»Am Wald, da, wo der Weg einmündet«, tönt es von Andris zurück. »Keine Sorge, ihm geht es gut.«

Ich finde Sandor schnell und er ist nicht allein. Mir wird warm vor Freude, als ich sehe, in wessen Gesellschaft er sich befindet.

Auf seinem erhobenen Arm sitzt Kelvin.

Sandor spricht leise mit ihm und streichelt seine Brustfedern, seinen Schnabel, seinen Kopf, den der Falke aufmerksam schief legt. Er bemerkt mein Näherkommen zuerst und spreizt die Flügel.

Eine Drohgebärde, ich erinnere mich. Doch immerhin hackt er nicht nach meiner Hand, als ich Sandor übers Haar streiche.

»Wart ihr erfolgreich?«, will er wissen.

»Nein. Bennok hat versucht, uns reinzulegen. Er hat Aramonn in Fläschchen abgefülltes Teichwasser angedreht.«

Sandor zieht scharf die Luft ein, nicht wegen Bennoks missglückter List, sondern weil es Kelvin offenbar missfällt, dass er nicht mehr die volle Aufmerksamkeit seines Freundes genießt. Also holt er sie sich mithilfe seiner Krallen zurück, die er durch Sandors Jackenärmel bohrt.

»Besser, du fliegst eine Runde.«

Die Sonne kommt hervor, in ihrem Licht strahlen die Schwingen des Falken weiß wie frischer Schnee. Er hebt ab, arbeitet sich mit kräftigen Flügelschlägen hinauf in den Himmel, bis zu der ersten Luftströmung, die ihn trägt.

»Teichwasser«, murmelt Sandor. Aus seinem rechten Ärmel sickert ein dünner Blutfaden; Kelvin hat seine Spuren hinterlassen. »Wir sollten noch einmal in Ruhe mit Bennok sprechen, und wenn das nichts hilft, stellen wir sein Haus auf den Kopf.«

»Ja.« Ich blinzele zum Himmel hinauf, wo nun ein dunkler Punkt seine Kreise über uns zieht. »Ich denke, das ist auch Aramonns Plan.«

Die Berührung an meinem Rücken ist behutsam, als trüge sie die Angst in sich, zurückgestoßen zu werden. »Du nennst ihn immer noch Aramonn?«

Fast hätte ich *natürlich* gesagt und damit eine dumme Antwort gegeben. »Ja. Alles andere würde sich seltsam anfühlen.«

Sandor tritt hinter mich, umfasst mich und vergräbt sein Gesicht in meinem Nacken. Seine Worte sind so gedämpft, dass ich sie mehr spüre als höre. »Ich wünschte, ich hätte noch die Chance, jemanden zu finden, der zu mir gehört. Eine Mutter, einen Bruder.«

Ich greife nach seinen Armen, die er mir um die Brust geschlungen hat. »Du hast mich gefunden.«

Sein Atem ist heiß an meiner Haut. »Und du ein neues Zuhause.«

Ich will mich zu ihm umdrehen, ihm in die Augen sehen, doch er lockert seinen Griff nicht, also spreche ich zu den dunkelgrünen Ausläufern des Waldes. »Ein Zuhause werde ich nur dort haben, wo du auch bist.« Feste Stimme, kühler Ton. Es soll keinesfalls kitschig klingen, aber unbedingt wahrhaftig.

Sandors einzige Reaktion darauf ist Schweigen. Ich stehe so dicht an ihn gepresst, dass ich jeden seiner tiefen Atemzüge im Rücken spüre. Ich warte, lange Minuten, auf eine Antwort, die mir zeigt, dass er mir glaubt, doch heute warte ich vergebens.

Curvelli nimmt erstmals wieder am gemeinsamen Abendessen in der Halle teil. Auf Ruvins Anweisung hin sitzen wir alle in seiner Nähe; er will mit Anekdoten aus den Sphären unterhalten werden. Diese Aufgabe hat Tycho übernommen und er bewältigt sie mit Bravour. Der Fürst lacht so sehr, dass ihm mehrmals das Essen aus dem zahnlosen Mund fällt.

Maiossa und Aramonn haben ihren Platz an dem Tisch, der an der Wand links von uns steht; ich muss meinen Kopf nur ein kleines bisschen drehen, um sie beobachten zu können. Gelegentlich sehen sie zu mir her, lächelnd, doch die meiste Zeit sind sie in ein konzentriertes Gespräch vertieft. Keine Ahnung, worum es geht – klar ist nur, dass sie sich nicht einig sind.

So wie ich blickt auch Curvelli immer wieder nach links. Falls Maiossa ihm Beachtung schenkt, bekomme ich nichts davon mit.

In unserer Runde fehlt Andris, der nach wie vor bei Bennoks Haus Wache steht und sich vehement gegen eine Ablösung gewehrt hat. Sandor hat ihm etwas zu essen gebracht und ihn ermahnt, sich wenigstens noch ein paar Tage lang zu schonen, doch das hätte er ebenso gut der alten Steinbank erzählen können. Andris ist entschlossen, bei der Beschaffung des Serums zu helfen.

»Du weißt nicht, wie grauenvoll sich dieses Daliumm anfühlt«, hat er Sandor erklärt, »aber ich schon. Wenn es ein Mittel dagegen gibt, sollen es die Leute auch kriegen.«

Draußen ist es bereits dunkel, in der Weite höre ich Wolfsgeheul. Ich bin satt, Sandor sitzt neben mir und ist spürbar fröhlicher als noch am Nachmittag. Plötzlich erfüllt mich so tiefe Zufriedenheit, dass ich heulen könnte. Wenn ich einen Wunsch frei hätte, dann wäre er, einfach hierbleiben zu können, eine gut erhaltene Ruine instand zu setzen, ein paar Ziegen zu halten und dem Clan mein Wissen zur Verfügung zu stellen. Die medizinische Versorgung verbessern, Handel mit den Grenzgängern betreiben und in ruhigen Momenten auf einem Baumstumpf sitzen und die Sonne spüren.

Niemand würde es mir vorwerfen, wenn ich mich für dieses Leben entscheiden würde, das weiß ich. Im Gegenteil. Tycho wäre froh, glaube ich. Wir waren so lange auf der Flucht. Wir würden uns in den Clan einfügen und nur gelegentlich innehalten und an

Aureljo und Dantorian denken, deren Leben – wie die von Tomma und Fleming – so früh zu Ende gegangen sind.

Der Moment verfliegt und lässt mich halb traurig, halb erleichtert zurück. Ich weiß, dass ich mich für immer verachten würde, wenn ich meine Freunde im Stich ließe. Ja, vielleicht kann ich ihnen nicht helfen; ja, vielleicht sind sie in diesem Augenblick bereits tot, egal ob aufgeflogen oder von der Krankheit niedergestreckt. Aber ich darf nicht einfach so tun, als wäre schon alles verloren. Aureljo ist immer noch ein Teil von mir, wie jeder Mensch, den man einmal geliebt hat.

Ich bin so tief in meine Gedanken versunken, dass ich jetzt erst merke, wie die Gespräche in der Halle verebben. Warum wird es so ruhig? Ich sehe mich um und entdecke Aramonn, der auf den Tisch gestiegen ist und beide Arme in die Luft reckt, um sich Aufmerksamkeit zu verschaffen.

»Freunde!«, ruft er.

Nun verstummen auch die letzten Unterhaltungen.

»Ich muss euch etwas erzählen. Es ist wunderbar und schrecklich zugleich. Ich habe es erst gestern herausgefunden und ich will, dass ihr es ebenfalls wisst.«

Mein Gesicht beginnt zu glühen. Man muss nicht besonders schlau sein, um vorhersehen zu können, was jetzt gleich kommt. Ich wünschte, er hätte vorher mit mir gesprochen.

»Es ist eine seltsame Geschichte und vielleicht werdet ihr mir zu Beginn nicht glauben, aber ich bitte euch trotzdem, mir bis zum Ende zuzuhören. Es geht um unsere Kinder.«

Alle sehen zu Aramonn hoch, auch Maiossa. Ihre Lippen sind aufeinandergepresst, sie ist nicht einverstanden mit dem Vorstoß ihres Vaters. Unseres Vaters.

»Fast jede Familie hier hat ein Kind verloren – manche mehr als eins. Sie sind uns von Sentinel-Trupps geraubt worden, in der Nacht, ganz egal, ob wir versucht haben, sie mit unseren eigenen Körpern zu schützen.«

Seine Stimme verliert für die Dauer eines Herzschlags ihre Festigkeit und in mir erwacht eine Ahnung, ein Verdacht, wie die letzten Minuten im Leben meiner Mutter ausgesehen haben mögen.

»Wenn sie die schreienden Kinder aus unseren Häusern getragen haben, wussten wir, dass wir sie nie wiedersehen würden. Wir trugen dieses Wissen jeden Tag mit uns. Doch nun zeigt sich«, er hält inne, räuspert sich und streicht mit der Hand über seine Augenklappe, »es zeigt sich, dass manche von uns sich geirrt haben.« Sein Blick richtet sich auf mich. »Ich bin einer davon. Ich hatte einmal zwei Töchter, dann nur noch eine. Jetzt sind es wieder zwei. Miriann ist zurückgekommen.«

Im Publikum macht sich Unruhe breit.

»Kannst du doch gar nicht wissen«, ruft einer.

»Wo ist sie denn?«, meldet sich eine Frau.

An Maiossas unglücklichem Kopfschütteln sehe ich, dass eingetreten ist, was sie befürchtet hat.

Ruvin dagegen grinst mich an. Er muss es vom ersten Moment an geahnt haben, weiß der Teufel, woher.

»Sie ist hier. Sie gehört zu der Flüchtlingsgruppe aus der östlichen Linie. Dort hat sie zuerst Unterschlupf gefunden, nachdem sie aus den Sphären geflohen ist. Und nun kommen wir zu dem Punkt, um den es geht. Dem Grund, warum ich euch das überhaupt erzähle.«

»Miriann war noch nicht einmal ein Jahr, als ihr sie verloren habt«, ruft eine ältere Frau. »Du kannst sie nicht wiedererkannt haben. Woher willst du wissen, dass du dich nicht irrst?«

Mittlerweile sehen immer mehr Leute zu mir her. Es ist klar, dass ich die sein muss, von der die Rede ist. Ich bin das einzige Mädchen unter den Flüchtlingen.

»Wir haben sie an einer Narbe erkannt, Maiossa und ich. Die Älteren werden sich vielleicht erinnern: Sie wurde bei Arvets Bestattung verletzt.«

Gemurmel. Ja, manche wissen das noch.

Ich atme tief ein und schiebe meinen Stuhl zurück. Wenn Aramonns Plan funktionieren soll, stehe ich ihm besser zur Seite.

Aramonn streckt mir eine Hand entgegen, um mich zu ihm hinauf auf den Tisch zu ziehen, doch das will ich nicht. Ich bleibe unten. Warte ein paar Sekunden, bis die Clanleute Zeit gehabt haben, uns drei zusammen zu betrachten und in unseren Gesichtern nach Ähnlichkeit zu forschen.

»Die Narbe gibt es wirklich.« Ich fasse mit der linken Hand über meine rechte Schulter. »Aber in einer anderen Angelegenheit habe ich euch zu Beginn nicht die Wahrheit gesagt. Ich stamme nicht von der östlichen Linie, sondern komme aus einer Sphäre. Dort habe ich achtzehn Jahre unter dem Namen Eleria gelebt. Dann musste ich fliehen, um mein Leben zu retten.«

Rundum setzt erneutes Gemurmel ein, bis Aramonn sich wieder Gehör verschafft.

»Man wollte Miriann töten, und zwar aus einem ganz bestimmten Grund. Hört zu, das wird euch interessieren.«

Tycho und Curvelli flüstern miteinander, stehen von ihren Plätzen auf und zwängen sich zwischen den Leuten hindurch, bis sie an meiner Seite stehen. Ich nehme Tychos Hand und drücke sie.

»Alle von euch, die Kinder haben«, fährt Aramonn fort, »haben sie kurz nach ihrer Geburt zu Quirin gebracht, damit er sie in den Clan aufnimmt. Ihr erinnert euch?«

Zustimmende Rufe. Nicken.

»Bei diesen Anlässen tut Quirin seit Jahrzehnten immer das Gleiche: Er sticht das Kind mit einem Dorn. Die Wunde ist kaum der Rede wert. Sollte man meinen. Doch das ist ein Irrtum.«

Aramonn macht seine Sache gut, er hat jetzt die ganze Aufmerksamkeit der Anwesenden. Flüchtig frage ich mich, ob ich mein Redetalent vielleicht von ihm geerbt habe.

»Mit diesem Stich überträgt er eine Krankheit. Ein Virus. Es bricht nicht gleich aus, sondern schläft im Körper des Kindes, bis zum Erwachsenenalter. Dann macht es sich bemerkbar, allerdings nicht sehr auffällig, zu Beginn könnte man meinen, es sei nicht mehr als eine Erkältung. Doch die Krankheit wird schlimmer und schlimmer und am Ende erstickt man. Und zuvor hat man alle Menschen in seiner näheren Umgebung angesteckt.«

Verwirrte Blicke, Kopfschütteln. »Unsinn«, ruft einer der Jäger. »Da führt dich jemand ziemlich an der Nase herum, Aramonn. Denk doch nach: Es müssten reihenweise Leute erstickt sein, aber ich kann mich nicht erinnern, dass das je vorgekommen wäre.«

»Das stimmt«, ruft Aramonn in die aufkeimende Unruhe hinein. »Und dafür gibt es einen Grund. Sobald unsere Kinder sechs Jahre alt sind, schicken wir sie durch die Dornenhecke. Eine Mutprobe, heißt es. Ein Ritual, um den Zusammenhalt des Clans zu stärken. Vielleicht war das zu Beginn so. Doch seit einiger Zeit ist der Hintergrund ein ganz anderer.«

In manchen der Gesichter vor mir lese ich Besorgnis, in manchen Belustigung. Nur zwei oder drei Zuhörer schnappen nach

Luft, weil sie die Zusammenhänge schon begreifen, bevor Aramonn sie erklärt.

»Die Dornen der Hecke werden vom Bewahrer mit einem Heilmittel bestrichen. Gehen die Kinder hindurch, kommt keins von ihnen ohne blutige Kratzer davon, und damit sind sie gerettet. Die Medizin gelangt in ihren Körper, das Virus kann nicht mehr ausbrechen. Die allerdings, die entführt worden sind …«

Er muss nicht weitersprechen, jetzt haben sie es kapiert.

Einen Moment herrscht Stille, dann schreien alle durcheinander. Wollen mehr wissen. Wollen Quirin verteidigen. Wollen es nicht glauben. Drängen sich so nah an den Tisch heran, dass mir die Luft wegbleibt und ich mich nun doch von Aramonn nach oben ziehen lasse.

»Was er erzählt hat, ist wahr.« Ich spreche mit voller Absicht leise, damit wieder Ruhe einkehrt. »Wir waren Quirins Waffe gegen die Sphären. Ein Krankheitsausbruch würde den Bund massiv schwächen, Tausende würden sterben.« Dass genau das bereits in Sphäre Neumünster passiert ist, behalte ich für mich. »Aber der Sphärenbund hat Wind davon bekommen und er besitzt kein Gegenmittel. Man weiß dort wahrscheinlich nicht einmal, dass eins existiert. Also hat man zu drastischen Mitteln gegriffen: Alle Kinder, die je aus dem Clan Schwarzdorn entführt worden sind, sollten getötet werden. Ich, zum Beispiel. Curvelli. Tycho.« Ich deute auf die beiden, die bestätigend nicken. »Wir haben es geschafft zu entkommen. Manche unserer Freunde nicht.«

Wieder schlagen die Wellen der Aufregung in der Halle hoch und diesmal gelingt es weder Aramonn noch mir sofort, den Tumult zu beenden.

Also lassen wir sie ihre Gefühle ausleben. Ihren Zweifel, ihren

Hass auf die Sphären, ihre Trauer. Links von mir weint eine dünne, gebeugte Frau an der Schulter ihres Mannes. Eine Mutter untersucht hektisch die Ferse ihres Kleinkindes nach dem Mal des Dornenstichs. Die Jüngeren sind am wenigsten schockiert, sie diskutieren lebhaft und vergleichen die Narben, die die Hecke auf ihren Armen hinterlassen hat.

Ein paar Minuten vergehen, bevor Aramonn wieder das Wort ergreift. »Niemand wusste, was Quirin getan hat, außer den Bewahrern. Sie horten das Heilmittel und benetzen einmal im Jahr das Dornengestrüpp damit.« Sein Blick kreuzt wie zufällig Ruvins, dessen Mitwisserschaft er verschwiegen hat: Du schuldest mir etwas. »Miriann hat noch Freunde in den Sphären. Es sind Dornenkinder, wie sie selbst, bei denen die Krankheit bald ausbrechen wird. Vorausgesetzt, sie wurden noch nicht getötet. Es ist eine gefährliche Mission, zu ihrer Rettung in die Sphären zu gehen, aber Miriann würde sie auf sich nehmen.«

Gespanntes Warten.

»Nur leider gibt Bennok ihr das Heilmittel nicht.«

Diesmal ist es ein empörter Aufschrei, der durch die Menge geht.

Aramonn hat so geschickt auf sein Ziel hinmanövriert, als hätte er die Akademie besucht und dort die gleichen Kurse absolviert wie ich.

Den Sphären gegenüber fühlen die Menschen sich machtlos. Bennok gegenüber nicht. Er wird ihre ganze Wut zu spüren bekommen – hoffentlich nicht zu viel davon. Die ersten machen sich schon auf den Weg nach draußen; es sind hauptsächlich Männer.

Ich stoße Aramonn mit dem Ellenbogen an. »Geh mit. Niemand hat etwas davon, wenn sie ihn in seine Einzelteile zerlegen.«

»Sehr richtig.« Er springt vom Tisch, bahnt sich einen Weg zum Ausgang und dreht sich dort noch einmal um. »Ölig und rosa?«

Ich recke beide Daumen nach oben. »Ölig und rosa.«

Es wird ein langer Abend. Nicht alle sind hinausgelaufen, die meisten gehen die Sache vorsichtiger an und wollen erst unsere Geschichte auf ihren Wahrheitsgehalt überprüfen. Sie bilden einen Ring um Tycho, Curvelli und mich und hören nicht mehr auf, Fragen zu stellen. Wie man uns in den Sphären behandelt hat. Wie wir dort gelebt haben. Ob wir wirklich nicht wussten, woher wir stammen.

Die meisten Augen ruhen auf Tycho. Curvellis und meine Herkunft kennt man bereits, aber er ist noch ein unbeschriebenes Blatt. Sie fragen ihn nach seinem Alter und rechnen dann nach, mustern ihn eingehend und flüstern miteinander.

»Er hat doch die Augen von Remka, nicht?«

»Nein, er bewegt sich genauso schnell wie Hervas …«

Dabei wird es gerade bei Tycho einfach sein herauszufinden, wer seine Familie ist. Dank Quirin, von dem ich weiß, dass Tycho fast drei war, als er entführt wurde. Untypisch spät. An diesen Fall werden die Menschen sich besonders gut erinnern.

Aber heute möchte ich mein Wissen noch für mich behalten. Ich wünsche mir für Tycho, dass er seiner Familie nicht unter den Augen einer johlenden Menge, sondern in Ruhe begegnen kann, so wie ich. Falls sie überhaupt zur westlichen Linie gehört.

Allerdings ertappe ich mich selbst dabei, wie ich die Gesichter der Männer und Frauen studiere und nach vertrauten Zügen suche. Erinnert mich hier jemand an Tycho, Aureljo, Lu oder Dantorian?

»Wenn man es weiß, dann sieht man auch die Ähnlichkeit«, flüstert eine alte Frau, als hätte sie meine Gedanken gelesen, und drückt meine Hand mit ihren knochigen Fingern; der Zeigefinger fehlt zur Hälfte. »Du hast den gleichen Mund wie deine Mutter. Sie war eine sehr hübsche Frau und die beste Näherin im Dorf.«

Gerade habe ich noch versucht, meine Hand sanft aus dem Griff der Alten zu befreien, nun packe ich meinerseits fester zu. »Hast du sie gekannt?«

»Wir sind oft gemeinsam Brennholz sammeln gegangen, schon als sie ein junges Mädchen war. Ich habe sie sehr gern mitgenommen, sie war so lustig.«

Lustig. Das macht das engelsartige Bild, das ich mir bisher ausgemalt habe, viel menschlicher. »Kannst du mir mehr von ihr erzählen?«

Um die Augen der Frau bildet sich ein Kranz kleiner Fältchen, als sie lächelt. »Sehr gerne. Ich habe so viel Zeit mit Helis verbracht, besonders wenn Aramonn auf der Jagd war. Wir haben genäht und gesungen und einmal haben wir gemeinsam ein Rudel Wölfe vertrieben, das durchs Dorf geschlichen ist.« Die Frau blinzelt. »Sie war wirklich mutig, deine Mutter. Und schlau. Aber am Ende … hat es ihr nichts geholfen.« Mit ihrem halben Zeigefinger wischt sie sich erst über das rechte, dann über das linke Auge. »Es ist typisch für sentimentale alte Weiber, aber ich wünschte, Helis könnte dich jetzt sehen. Sie würde tanzen, glaube ich.«

Bevor ich etwas erwidern kann, stürmt Aramonn mit fünf Mann Begleitung zurück in die Halle. Sie heben triumphierend die Arme. In ihren Händen klimpern kleine Fläschchen.

»Ölig und rosa!«, ruft Aramonn. »Was haltet ihr davon, wenn ich das zu meinem neuen Kampfschrei mache?« Er stellt seine

Beute auf den Tisch und das Gedränge rundherum wird beängstigend.

Ich wünschte, wir hätten Tageslicht. Die Beleuchtung der Halle besteht aus rußigen Fackeln und schwachen Stablampen, die in Wandhalterungen stecken. Trotzdem beschleunigt sich mein Puls, als ich eins der Fläschchen hochhalte und ein wenig neige. Ja, die ölige Konsistenz stimmt. Ob das auch für die Farbe gilt, werde ich erst morgen feststellen können.

Jetzt schlendert auch Andris herein, blickt sich suchend um, entdeckt mich und winkt. »Na, mein Mädchen? Ich hab dir doch gesagt, wir kriegen das hin.« Er bahnt sich seinen Weg durch die Halle und rubbelt mir so kräftig über den Kopf, dass ich fast das Gleichgewicht verliere. »Dein westlicher Vater und dein östlicher Vater haben sich zusammengetan und die Sache mit dem Serum erledigt. Wir mussten Bennok nicht einmal wehtun.« Er reckt die Nase in die Luft, schnuppert. »Gibt's hier noch etwas zu essen?«

Ich liege lange wach in dieser Nacht. Genieße das Gefühl von Sandors Armen, die sich um meinen Körper schlingen. Seiner Brust, die sich gegen meinen Rücken presst.

»Woran denkst du?«, flüstert er irgendwann in mein Haar.

»Daran, dass wir bald von hier fortmüssen. Es gibt keinen Grund mehr zu bleiben, im Gegenteil. Wir sollten uns beeilen.«

Ich kann fühlen, wie er nickt.

»Es fällt dir schwer, nicht wahr?«

»Sehr. Ich habe meine Familie gerade erst gefunden und nun muss ich sie schon wieder zurücklassen. Wir hatten kaum Zeit, uns kennenzulernen, und wer weiß, ob …« Ich brauche es nicht auszusprechen, Sandor versteht auch so, was ich meine.

»Andris und ich begleiten dich auf jeden Fall. Wie Tycho und Curvelli sich entscheiden, müssen wir ihnen überlassen, aber du wirst nicht allein sein. Ganz bestimmt nicht.«

Ich führe seine Hände an meinen Mund und küsse sie. »Das weiß ich.«

Draußen schreit ein Vogel, einmal, zweimal.

Ich atme tief durch und versuche, mir die Nacht vorzustellen, damals, vor etwa achtzehn Jahren. War es so ruhig wie jetzt, bevor die Sentinel die Siedlung stürmten?

»Der Name meiner Mutter war Helis«, wispere ich ins Dunkel. »Sie hat Brennholz gesammelt, genäht, getanzt und Wölfe vertrieben. Und sie war lustig.«

Sandor drückt mich fester an sich. Jeder andere würde nun beginnen, von seiner eigenen toten Mutter zu sprechen, aber so war er noch nie. »Wenn man dich und Maiossa ansieht, kann man sich ein recht deutliches Bild von ihr machen.«

»Außerdem war sie mutig, hat die alte Frau gesagt.« Das ist viel mehr, als man von mir behaupten kann. Seit heute Abend ist klar, dass ich wieder in die Nähe der Sphären muss und vielleicht sogar in eine hinein. Mein Magen krampft sich jedes Mal zusammen, wenn ich daran denke. Ich werde gleich mehrfach gesucht, als Sindra Holun und als Ria, die Studentin. Dass ich noch einmal so viel Glück haben werde wie beim letzten Mal, ist sehr unwahrscheinlich.

»Liebling«, flüstert Sandor, »du bist das mutigste Mädchen, das ich kenne.«

Ich glaube ihm kein Wort, trotzdem tut sein Vertrauen mir gut und allmählich kann ich zulassen, dass der Schlaf mein Bewusstsein mit sich fortträgt.

19

Sieben kleine Glasbehälter, fest verschraubt. Im Licht der Morgensonne ist der rosa Schimmer des Inhalts deutlich zu sehen, alles spricht dafür, dass wir wirklich das Serum in den Händen halten.

Andris ist vollkommen wiederhergestellt. Er vertilgt sein Frühstück – in Ziegenmilch schwimmender Ziegenkäse – und plant bereits die Route, die wir nach Vienna 2 einschlagen werden. Sein Tatendrang wirkt ansteckend – wären da nicht Maiossa und Aramonn, würde er mich fast dazu bringen, unserem Aufbruch freudig entgegenzusehen.

Unter einem Vorwand verlasse ich das Haus und bleibe in ein paar Meter Entfernung unschlüssig stehen. Zu meinen Füßen leuchtet etwas Gelbes, hebt sich deutlich von Gras und Erde ab.

Eine Blume.

Ich bücke mich, streiche vorsichtig über ihre leuchtenden Blütenblätter. Hätte mir vor einem Jahr jemand erzählt, dass ich eines Tages eine wild wachsende Blume berühren würde, ich hätte es nicht geglaubt.

Es geht so schnell jetzt. Der Boden taut auf und die Natur erobert ihn sich zurück. Ganz sicher bin ich nicht die Einzige, die das bemerkt. Die Wissenschaftler in den Sphären warten seit Jahren darauf; sie werden Berechnungen erstellen, Diagramme zeichnen und den idealen Zeitpunkt zur Wiederbesiedelung der Außenwelt errechnen.

Und dann …

Die Zeit, als ich daran geglaubt habe, dass der Sphärenbund sich nichts sehnlicher wünscht als ein friedliches Zusammenleben mit den Außenbewohnern, ist längst vorbei. Nein, man wird sich die fruchtbarsten Gebiete nicht von Prims streitig machen lassen und es wird keine Rolle spielen, wer zuerst da war.

Ich drehe mich langsam im Kreis. Zwei Frauen tragen Blechtöpfe zum Brunnen, ein junger Mann hackt einen dicken Ast in kleine Teile. Kinder klettern auf einem Steinhaufen herum. Niemand trägt mehr eine Felljacke, die Luft ist beinahe warm.

Es ist viel zu schön hier, als dass nicht bald jemand seine Finger nach diesem Flecken Erde ausstrecken würde, umso mehr, da bereits so gute Vorarbeit geleistet worden ist: Felder, die immer besseren Ertrag bringen, geschickt ausgebesserte Häuser, Wege, die man fast als Straßen bezeichnen könnte.

Vielleicht hat Quirin recht. Vielleicht geht es ihm wie mir in diesem Moment: Ich kann die Sentinel schon förmlich über die Hügel kommen sehen, mit ihren Gewehren im Anschlag, mit denen sie das Gebiet … säubern.

Dhalion könnte sie aufhalten. Möglicherweise. Würde dabei aber Tausende Menschen töten, die nichts Böses im Sinn haben. Mit Sicherheit.

Wenn die Clans ausgerottet, niedergemetzelt werden – ist das dann meine Schuld? Weil ich ihnen die eine Chance, den Kampf zu gewinnen, genommen habe?

Ich knie mich ins Gras, direkt vor die gelbe Blume. Ein winzig kleines Leben, ein unfassbar großes Wunder.

Nein, ich kann die Dinge nicht einfach laufen lassen, als gingen sie mich nichts an. Und ich werde kein Leben verschenken, das ich retten kann.

Drei Tage bleiben uns bis zum Aufbruch, länger werden wir für die Vorbereitungen nicht brauchen.

Tycho beschafft sich an allen Ecken und Enden Werkzeug und diverse andere Dinge, die er für nützlich hält. Sandor und Andris überholen ihre Waffen und kümmern sich um den Proviant.

Ich gehe durchs Dorf und nehme Abschied, ohne Worte. Es wäre vermessen zu glauben, dass ich jemals wieder zurückkehren werde, aber ich präge mir jedes Haus, jeden Baum, jedes Gesicht so gut ein, wie ich kann. Ich will alles bei mir haben, wenn ich mich den Sphären entgegenstelle.

Am schwierigsten wird der Abschied von Aramonn und Maiossa, ihn hebe ich mir für den letzten Abend auf. Als ich das Haus betrete, zittern mir buchstäblich die Knie.

Ein Vater, eine Schwester. Wie vertraut wären mir die beiden, wäre ich hier aufgewachsen. Die Zeit, die wir miteinander hatten, war so kurz, aber ich darf nicht undankbar sein. Ich habe meine Wurzeln gefunden.

Ich öffne die Tür zum Wohnraum und da sind sie. Offenbar sehr beschäftigt. Aramonn schärft die Spitze seines Rabenspeers, Maiossa füllt Räucherfleisch in einen ledernen Beutel. Ihr Bogen lehnt an der Wand, daneben der Köcher. Die Hälfte der darin befindlichen Pfeile sieht nagelneu aus.

»Sehr gut«, stellt Aramonn fest, als er mich bemerkt. »Du kannst uns helfen. Dort drüben liegt das Nähzeug – meine Jacke hat einen Riss über der Schulter, der noch geflickt werden sollte. Und falls du die Ziegen melken und danach in Endrus Stall führen könntest …«

Ich erkenne Reisevorbereitungen, wenn ich sie sehe. Trotzdem überlege ich fieberhaft, welche andere Bedeutung die hier herrschende Betriebsamkeit haben könnte. Bisher haben Aramonn und Maiossa mit keinem Wort erwähnt, dass sie mit uns kommen wollen.

»Ihr … begleitet mich?«

»Was denkst du denn?« Aramonn sieht mich nicht an, hat nur Augen für seine Speerspitze. »Ich war ein bisschen enttäuscht, dass du uns nicht eingeladen hast, mit dir zu gehen. Aber dann habe ich mir gedacht, es sind wahrscheinlich irgendwelche seltsamen Sphären-Manieren, die dich davon abhalten.«

Ich bin so froh, dass mir beinahe die Tränen kommen. Gleichzeitig möchte ich nicht, dass sich noch mehr Menschen, die ich liebe, in Gefahr begeben.

»Du brauchst gar nicht so ein Gesicht zu ziehen«, konstatiert Aramonn nach einem kurzen Blick auf mich. »Es ist beschlossene Sache. Ich werde nicht zulassen, dass wieder jemand von euch in eine Bärenfalle tappt.«

Es fühlt sich so gewagt an, ihn zu berühren, aber ich führe mir vor Augen, dass dieser Mann mich in seinen Armen gehalten hat, als ich noch nicht einmal Zähne hatte. Also lege ich meinen Kopf gegen seinen und umfasse ein wenig ungeschickt seinen breiten Oberkörper.

Er erwidert meine Umarmung. »Ich lasse nicht zu, dass sie dich mir noch einmal wegnehmen.«

Ich nähe, melke und kehre zu Sandor zurück, der schon unter den Decken auf mich wartet und mich in die Arme nimmt.

Ein perfektes Leben, pocht mein Kopf, vollkommenes Glück, das du da wegwirfst. Was, wenn nicht du es bist, die die Reise das Leben kostet? Sondern der Mann in deinen Armen oder dein Vater, deine Schwester, Andris?

»Liebling, warum weinst du?«

Ich bohre meine Stirn in Sandors Brust. »Ich habe Angst.«

Er fragt nicht, wovor, sondern nimmt mein Gesicht zwischen die Hände. Küsst erst meine Augen, dann meinen Mund. »Egal was passiert, es wird uns beiden passieren. Wir werden einander nicht verlieren. Das verspreche ich dir.«

Kannst du doch gar nicht, denke ich. Es liegt doch nicht an dir.

Trotzdem trösten mich seine Worte und halten die Schatten so weit auf Abstand, dass ich einschlafen kann.

20

Am nächsten Tag strahlt die Sonne vom Himmel und macht uns den Abschied doppelt schwer. Mir zumindest, und auch Curvelli wirkt, als würde er lieber bleiben. Immer wieder gleitet sein Blick zu Maiossa hinüber – es ist klar, was der wahre Grund dafür ist, dass er sich der Reise anschließt. Sie und Aramonn hingegen sind voller Tatendrang und Andris kann es ohnehin kaum erwarten, sich wieder auf den Weg zu machen, ähnlich wie Tycho, der in seiner Ungeduld schon ein Stück vorausgegangen ist.

Eine Traube von Menschen ist zusammengekommen; sie drücken uns Proviantpakete in die Hand, wünschen uns Glück, küssen uns auf die Stirn.

Den ledernen Rucksack, den ich umgeschnallt trage, hat mir die alte Frau geschenkt, auf die gleiche Weise, wie sie es vor einigen Tagen mit dem Namen meiner Mutter getan hat: lächelnd und ohne viel Aufheben. Auf seinem Boden ruhen die Flaschen mit dem Serum, eingewickelt in dicke Fellrollen. Dhalions freundlicher Bruder. Ohne es zu wollen, hat Bennok uns das bestätigt; er hat sich nach dem Überfall auf sein Haus lautstark bei Ruvin darüber beschwert, dass er so bald kein Ritual mehr wird durchführen können. Nicht, bevor Quirin ihn mit neuer Medizin beliefert.

Aramonn drängt auf einen schnellen Aufbruch. Er will heute möglichst viel Entfernung zurücklegen – im Moment sind wir alle ausgeruht und satt, das kann in ein paar Tagen ganz anders aussehen. Wir sollten den Großteil der Strecke rasch hinter uns bringen.

Wohin wir gehen, haben wir niemandem verraten. Was auch daran liegt, dass wir es selbst noch nicht genau wissen. Wir werden eine der Vienna-Sphären ansteuern, sind aber bereit, den Plan zu ändern, sollte sich herausstellen, dass Aureljo und Dantorian dort nicht mehr sind.

Gleichmäßige Schritte, gleichmäßiger Atem. Meine Hand liegt in der von Sandor; auf den Steigungen zieht er mich hinter sich her und macht es so leichter für mich.

Wir kommen schnell voran. Aramonn kennt jeden Stein und jeden Baum im Territorium, er führt uns auf gut getarnten Wegen zurück in Richtung Osten. Der erste Reisetag vergeht, ohne dass wir Feindclans oder Sentinel sehen, der zweite ebenso.

Am dritten Tag gelangen wir wieder in Sichtweite der Magnetbahn. Auf der Ebene, die vor uns liegt, campieren mehrere Sentinel-Trupps.

»Verdammt.« Tycho duckt sich, so wie wir anderen, hinter die Büsche und Bäume, die uns auf der Anhöhe vor den Blicken der Soldaten verbergen. Wir sind noch weit entfernt, doch wenn einer dort unten auf die Idee kommt, sein Fernrohr auf den Wald zu richten, könnte er uns entdecken.

»Wir müssen die Route ändern«, erklärt Aramonn. »Es ist ein Umweg, ein beschwerlicher noch dazu, aber alles andere ist zu riskant.«

Also machen wir kehrt. Erklimmen einen lang gezogenen Hügel, von wo aus kurz vor Sonnenuntergang der Fluss in Sicht kommt. Es ist der gleiche, an dem wir Yanns Männer haben lagern sehen, was mich daran denken lässt, dass wir ab jetzt auch wieder Gefahr laufen, Jägern der östlichen Linie zu begegnen.

An der Art, wie Sandors Haltung sich verändert, sehe ich, dass ihm das Gleiche durch den Kopf geht. Wir haben lange nicht mehr über seinen Heimatclan gesprochen, aber ich weiß, dass ihn dessen Schicksal beschäftigt. Er fühlt sich immer noch verantwortlich.

Doch diesmal sind wir die Einzigen hier. Tycho und Maiossa laufen zum Fluss, um unsere Wasserschläuche aufzufüllen, und zum Glück sind beide flink auf den Beinen, denn plötzlich taucht hinter der Flussbiegung etwas auf, das es seit der Langen Nacht so nicht mehr gegeben hat.

Ein Schiff.

Es ist aus Stahl und es muss sehr alt sein. Wie ein riesiges Wassertier gleitet es den Strom entlang, auf dem sich kein Stück Eis mehr befindet.

Wir legen uns flach auf den Boden, Tycho und Maiossa, die viel näher am Ufer sind, verbergen sich hinter den Überresten eines alten Fahrzeugs, größer als ein Auto, mit einer Reihe zerbrochener Fensterscheiben.

Das Schiff pflügt durchs Wasser. Rechts und links des Bugs bilden sich weiße Schaumkronen, doch meine Aufmerksamkeit richtet sich auf das, was sich an Deck befindet.

Waffen, die neu aussehen. Ich weiß nicht, wie man sie korrekt bezeichnen würde, aber sie sind groß und dienen offenbar dazu, Geschosse abzufeuern. Sie werden von mehreren Sentinel-Trupps bewacht und begleitet; ich kann nicht zählen, wie viele Männer es genau sind, aber mindestens achtzig.

Der Fluss führt sie nach Osten. Unter anderem ins Territorium der Dornen.

Niemand spricht ein Wort, während das Schiff vorbeizieht. Niemand bewegt sich.

Ich halte es für möglich, dass die Sentinel beide Flussufer mit Feldstechern im Auge behalten, allein um Angaben über die Umgebung machen zu können. Vielleicht picken sie bereits Orte heraus, wo die ersten Sphärenbewohner ausgesiedelt werden können.

Nachdem die Clans verschwunden sind, selbstverständlich.

Erst als wir das Heck des Schiffs kaum noch sehen können, richtet Andris sich auf. Sein Blick ist finster. »Es geht los, nicht wahr?«

Sandor tastet nach meiner Hand. Drückt sie, ohne mich dabei anzusehen. »Wir müssen unsere Leute warnen. Sie können sich unter der Stadt verstecken. Aber sie werden nur dann wissen, was auf sie zukommt, wenn sie Späher ausschicken und das Umland im Auge behalten.« Nun hebt er doch den Blick. Legt seine Stirn gegen meine. »Ihr geht nach Vienna 2, ich informiere den Clan. Dann komme ich zu euch zurück.«

»Das hat keinen Sinn«, widerspricht Curvelli. »Das auf dem Schiff waren MJ89-Waffenstationen. Damit kann man Geschosse fernsteuern, über weite Strecken hinweg. Späher sind da nutzlos, denn es werden keine Truppen aufmarschieren. Es wird nur ein Marschflugkörper einschlagen, präzise gesteuert und wie aus heiterem Himmel.«

Niemand bringt ein Wort heraus. Sandors Gesichtszüge sind hart geworden, seine Kiefermuskulatur zeichnet sich deutlich unter der Haut ab.

Curvellis Blick kreuzt meinen und er zuckt mit den Schultern.

»Ich muss es ihnen doch sagen. Eigentlich hättest du es tun sollen, dich kennen sie besser.«

»Gab es denn an der Akademie ein Fach für Waffenkunde und Kriegsführung?« Es liegt an Sandors unerträglicher Idee, sich von uns zu trennen, dass meine Stimme schärfer klingt als nötig. »Wenn ja, habe ich es nicht belegt. Ich habe keine Ahnung, was dieses Schiff eben transportiert hat.«

Curvelli blickt nach rechts, dorthin, wo Maiossa und Tycho mit vollen Wasserschläuchen den Hang hinaufsteigen. »Das Fach hieß Strategisches Vorgehen und wahrscheinlich hätten sie dich dafür nicht zugelassen.«

Marschflugkörper. Ich erinnere mich dunkel, vor Jahren gehört zu haben, dass es eine Waffenfabrik im Norden geben soll, mit unterirdischen Fertigungshallen. Das Gerücht wurde aber schnell von offizieller Seite dementiert – wozu Waffen bauen, hieß es. Es gäbe keine Feinde, außer der Kälte.

»Wieso hätten sie mich nicht zugelassen?«

Curvellis Blick pendelt zwischen mir und Maiossa. »Wenn man weiß, dass ihr Schwestern seid, kann man es auch sehen.«

»Lenk nicht ab. Wieso?«

»Weil die Studenten für manche Fächer an der Akademie nach speziellen psychologischen Tests ausgewählt werden.« Er legt den Kopf schief. »Da werden eher die genommen, die ihre Nachsicht für die Prims nur vortäuschen. Tudor war ganz vorne mit dabei.«

Das muss ich erst mal verdauen. Die Akademie hat ein doppeltes Spiel gespielt? Einem Teil der Studenten eingebläut, dass es ihr höchstes Ziel ist, den Außenbewohnern zu helfen, und den anderen Teil damit vertraut gemacht, wie die Clans vernichtet werden sollen?

Ich gebe mir keine Mühe, meine Bestürzung zu verbergen. Wusste Grauko davon? Er hat mir so oft eingeschärft, die Menschen außerhalb der Sphären wie meinesgleichen zu respektieren. War das alles nur Täuschung?

Andererseits – warum bin ich so erstaunt? Die Exekutoren müssen auch irgendwo ausgebildet werden. Es muss eine Menge Leute geben, die wissen, was die Sphären mit den Clans vorhaben; so viel Vernichtung schafft man nicht mit ein paar Eingeweihten.

Aber wozu der Aufwand, das alles zu verbergen? Ich erinnere mich nur zu gut, wie die meisten Sphärenbewohner denken – sie wären die Prims lieber gestern als heute los. Nur laut aussprechen durfte man das nicht, weil die offizielle Linie Toleranz vorschrieb. Wir waren der zivilisierte, der ethische, der kultivierte Teil der Menschheit. Im Gegensatz zu den Wilden da draußen.

Ich muss aufstehen und ein paar Schritte gehen. Tief durchatmen. Dass es Gruppen in der Sphärenwelt gab, die mir die wahren Absichten des Bundes verschwiegen haben, erschüttert mich nicht mehr. Dass ich aber in der Mensa mit Freunden zusammengesessen habe, die ebenfalls wussten, wie das künftige Schicksal der Clans aussehen sollte, und nie ein Wort darüber verloren haben, schnürt mir die Luft ab.

Und wieder verstreicht ein Moment, in dem ich Quirin verstehen kann. Die Sphären werden sich einfach nehmen, was sie haben möchten, und von den Außenbewohnern höchstens ein paar Alibi-Exemplare am Leben lassen. Ungefährliche, angepasste Menschen, die genau die Geschichten erzählen werden, die man ihnen eingebläut hat.

Eine Hand auf meiner Schulter, dann ein Arm, der sich um mich legt. Sandor.

Ich drehe mich um, greife nach ihm, so fest, dass es ihm wehtun muss.

»Ich will nicht, dass du gehst.« Viel zu direkt, um geschickt zu sein, aber ich habe keine Lust, jetzt mein Training auszupacken. Nicht Sandor gegenüber.

»Zum einen wird es nichts bringen. Zum anderen werden sie dich mit einem Hagel von Pfeilen empfangen. Wir können sie auf andere Weise warnen. Wir schicken einen Grenzgänger mit Nachrichten.«

Er befreit sich aus meinem Griff. Sehr sanft, aber bestimmt. »Ich weiß noch nicht, was ich tun werde.« Jetzt hält er meine Hände zwischen seinen, sein Gesicht ist so nah vor mir, dass sein Atem meine Haut wärmt.

»Ich würde sofort loslaufen, wenn du nicht wärst. Ich habe einen Eid geschworen, erinnerst du dich? Den Clan zu schützen.« Sandors Brust hebt sich in einem tiefen Seufzen. »Doch da gibt es noch einen zweiten Eid, von dem nur ich weiß, aber das macht ihn nicht weniger bedeutend.« Er zieht mich an sich. »Bei dir zu bleiben, dich deinen Kampf nicht allein durchstehen zu lassen.« Was er als Nächstes sagt, höre ich nur dumpf, weil er mich so fest an sich presst. »Einen davon werde ich brechen müssen.«

Ich streiche ihm über den Kopf, meine Hand zittert dabei unkontrolliert. Ich könnte ihn abhalten zu gehen, das weiß ich. Wenn ich unsere Liebe in die Waagschale werfe und meine Angst um ihn, um uns.

Es zerreißt mir das Herz, aber das einzig Richtige, was ich tun kann, um ihm seine Entscheidung zu erleichtern, ist, ihn freizugeben.

Ich brauche all meine Beherrschung, um nicht in Tränen auszubrechen. Meine Gesichtszüge nicht entgleiten zu lassen. Ich denke an lautlos fallenden Schnee. Hole Luft.

»Es ist deine Entscheidung. Wenn du gehen musst, werde ich dich nicht aufhalten.«

Wie schwer der innere Kampf ist, den Sandor ausficht, sehe ich an seiner Brust, die sich in fast wütenden Atemzügen hebt und senkt. Ich würde es ihm gern leichter machen. Wäre ich wenigstens ein bisschen stärker, würde ich ihn zu seinen Leuten schicken, würde ich nicht so sehr an mich denken …

»Ich werde bei dir bleiben.« Sein Blick ist auf den Boden gerichtet, gleitet nur langsam an mir hoch, als müsse er sich an meinem Körper abstützen. »Weil ich nicht anders kann. Der Gedanke, nicht zu wissen, ob du noch lebst, würde mich um den Verstand bringen. Ich würde dich jede Sekunde in den Händen der Sentinel oder der Messack sehen, mit durchgeschnittener Kehle.« Mit federleichter Berührung streicht er über die Narbe an meinem Hals.

Jetzt kommen die Tränen doch. Vor Erleichterung. Ich schlinge meine Arme um Sandor, fühle, wie er mich zu sich zieht, mich so fest an sich drückt, dass es beinahe wehtut.

»Wir finden einen Weg«, murmle ich in seine Jacke, obwohl ich keine Ahnung habe, wie der aussehen könnte. »Wir lassen niemanden im Stich.«

Drei weitere Tage kommen wir noch schnell voran. So lange kennt Aramonn die Umgebung und weiß, auf welchen Pfaden er uns verhältnismäßig sicher auf unser Ziel zuführen kann. Dann aber ist auch ihm das Territorium fremd.

»Vienna 2 muss in dieser Richtung liegen.« Andris deutet auf eine sanfte Erhebung, wo vereinzelt Büsche wachsen.

»Von hier aus sehe ich noch nichts«, antwortet eine Stimme von oben. Tycho ist auf einen Baum gestiegen, sehr hoch hinauf, und klammert sich dort an verdächtig schwach wirkende Äste. »Auch keine Menschen.«

Also schlagen wir die von Andris gewählte Richtung ein.

Die Reise beginnt an meinen Kräften zu zehren. Nicht so sehr wie unsere Flucht vor Yann, denn immerhin ist uns das Jagdglück treu: Maiossa erlegt täglich drei Wildkaninchen; an der Hirschkuh, die Sandor und Aramonn erjagen, essen wir vier Tage.

Es ist also nicht der Hunger, der mich erschöpft. Es ist das Gefühl, dass mir die Zeit davonläuft.

Wer weiß, ob das Schiff nicht mitten im Territorium der Schwarzdornen ankert und bereits seine ersten Geschosse abgefeuert hat.

Wer weiß, ob Aureljo und Dantorian noch am Leben sind.

Und wer weiß, wie viel Zeit unserer kleinen Gruppe noch bleibt. Jeden Tag, wenn ich morgens erwache, frage ich mich, ob es das letzte Mal sein wird.

Wir lassen den Hügel hinter uns. Dahinter liegt flaches Gelände, das sich nach Norden hin leicht absenkt.

Die freie Fläche macht mich nervös. Links von uns befindet sich eine Reihe fast völlig zerstörter Gebäude, hinter denen sich Angreifer hervorragend verstecken könnten.

Ich wende die Augen keinen Moment lang von den eingestürzten Häusern. Wenn jemand dahinter hervorspringt, soll er mich wenigstens nicht überraschen können. Deshalb laufe ich auch fast in Aramonn hinein, als er plötzlich stehen bleibt.

Maiossa, Sandor und Andris müssen ebenfalls etwas bemerkt haben, ihre Blicke richten sich alle auf eine Ruine, die noch vor uns liegt. Zwei aufrechte Wände bilden ein L, eine dritte Wand, nur noch halb so hoch, bietet noch notdürftigen Sichtschutz.

Ich habe keine Ahnung, was die anderen irritiert, und einmal mehr wird mir bewusst, wie verloren ich allein hier draußen wäre.

Sandor nimmt den Bogen vom Rücken und legt einen Pfeil auf die Sehne. Spannt sie und zielt auf das Gemäuer, während Andris sich duckt wie ein Raubtier vor dem Angriff. Mit drei schnellen Sprüngen ist er an den Trümmern, hechtet über die niedrigste Stelle und taucht kurz darauf wieder auf. Mit einem blassen Jungen, den er am Hals gepackt hält.

»Sie sind zu zweit«, ruft er uns zu. »Aber ungefährlich.«

Der Junge strampelt, versucht loszukommen. »Andris! Bitte!«

Bei der Nennung seines Namens packt Andris sein Opfer noch fester, zieht es an sich heran – und lässt im nächsten Moment verblüfft los.

»Das gibt es ja nicht. Du! Bist du nicht der Enkel von Rimar?«

Der Junge ist hingefallen und kommt jetzt mit einem behänden Sprung auf die Beine. »Ja. Bin ich. Hast du Großvater denn nicht erkannt? Er versteckt sich doch auch da hinten.«

Sandor hat Bogen und Pfeil gesenkt, nun drückt er mir beides in die Hand und läuft ebenfalls zu der Ruine. Wenig später führt er einen alten Mann heraus, der sich auf seinen Arm stützt. Er mustert uns alle aus freundlichen blauen Augen unter buschigen Augenbrauen.

Die beiden haben seit zwei Tagen nichts mehr gegessen, von Moos und harten Blättern abgesehen. Rimar ist zu schwach zum Jagen, sein Enkel Kajan zu unerfahren und zudem nur mit einer Steinschleuder bewaffnet.

Gemeinsam mit Maiossa und Curvelli mache ich Feuer. Unsere

Vorräte sind groß genug, um alle satt zu machen. Aramonn und Tycho haben sich bereit erklärt, die Gegend im Auge zu behalten, während Sandor und Andris sich von ihren beiden Clanbrüdern auf den neuesten Stand bringen lassen.

»Es wird ständig gekämpft. Nicht gegen Angreifer von außen, sondern unsere eigenen Leute hauen sich gegenseitig die Köpfe ein. Es gibt so viele Verwundete, und nachdem wir Quirin verloren haben ...« Der Blick des alten Mannes ruht kurz auf mir, bevor er sich wieder auf Sandor richtet. »Yann hat Anspruch auf den Fürstentitel erhoben, doch die Hälfte des Clans erkennt ihn nicht an. Sie wollten stattdessen Trastak ernennen und der wäre auch bereit dazu, aber Yann hat ihm einen Pfeil in den Oberschenkel gejagt. Trastak wäre beinahe verblutet.«

Sandors Miene ist unbewegt, aber seine Hände sind zu Fäusten geballt. Seine schlimmsten Befürchtungen müssen sich erfüllt haben.

»Und keine Spur von Quirin?«, fragt er nach einigen Sekunden.

»N...nein.« Der Blick des Alten irrlichtert wieder zu mir. »Er ist ja schließlich –«

»Er ist ganz sicher nicht tot!«, fällt Sandor ihm ins Wort. »Er will nur, dass wir das glauben.«

Rimar nickt hastig, ohne Überzeugung.

Der junge Kajan, der bisher geschwiegen hat, richtet sich ein Stück auf. »Als ich einmal gemeint habe, dass Quirin vielleicht ja noch lebt, hat einer von Yanns Leuten mir seine Peitsche übergezogen.« Er greift gierig nach dem brennend heißen Stück Fleisch, das Maiossa ihm auf einer scharfkantigen Scherbe hinhält. Beißt hinein und behält den Bissen hechelnd im Mund, um ihn abzukühlen.

»Ich gehe zurück und trete diesem Drecksack in den Hintern«, murmelt Andris. »Einen Krieg im eigenen Clan anzetteln. Der ist doch noch nicht einmal trocken hinter den Ohren.« Ein entschuldigender Blick zu Sandor. »Ja, ich weiß, du bist auch nicht älter, aber das ist etwas anderes.«

Für Rimar schneidet Maiossa das Fleisch in kleine, faserige Stücke, die er mit seinen verbliebenen Zähnen bewältigen kann. »Warum seid ihr fortgegangen?«, fragt sie in einem Tonfall, den ich so von ihr nicht kenne. Sanft beinahe. »Und wohin wollt ihr?«

Der Alte greift nach dem ersten Streifen Kaninchenfleisch und saugt daran, bevor er ihn sich in den Mund steckt. »Wir sind auf dem Weg nach Süden. Seit Vilem tot ist und Quirin … fort, ist es nicht mehr sicher bei den Dornen.« Er vermeidet Sandors Blick. »Vor ein paar Tagen war ein Grenzgänger bei uns. Er hat auch über euch gesprochen. Dass ihr ebenfalls in den Süden gegangen seid.«

Dass uns unsere List so lange schützen würde, hatte ich nicht erwartet. Es bedeutet, dass Yann uns hier nicht vermuten wird.

Außer natürlich, Rimar und Kajan erzählen gern herum, wen sie auf ihrem Weg so treffen, dann wird die Nachricht über unsere Rückkehr sich innerhalb von Tagen verbreiten.

»Ich wäre sehr froh, wenn ihr zurückgehen könntet.« Sandors Stimme ist leise und eindringlich. »Ich würde es selbst tun, aber wahrscheinlich töten sie mich, bevor ich etwas sagen kann.«

Rimars buschige Augenbrauen treffen sich über der Nasenwurzel, als er die Stirn runzelt. »Warum sollten wir das machen?«

»Weil dem Clan Gefahr droht. Die Lieblinge schaffen Waffen heran, immer mehr. Wir haben es selbst gesehen. Und das sind keine Waffen, gegen die man mit Pfeilen, Speeren oder Steinwürfen etwas ausrichten könnte. Es sind lautlose Geschosse, die über weite Strecken hinweg gelenkt werden und ihr Ziel immer treffen. Als wären es scharfsinnige Lebewesen mit Augen und einer tödlichen Absicht.«

Rimar und Kajan wechseln einen Blick, der nicht schwer zu deuten ist: Er hat den Verstand verloren.

Curvelli interpretiert ihn auf die gleiche Weise wie ich. »Was Sandor sagt, stimmt. Ihr könnt es mir glauben; so wie Ria bin ich ein … vertriebener Liebling. Es gibt diese Waffen, sie zerstören zehn oder fünfzehn Häuser auf einmal. Und man wird sie gegen euch einsetzen.«

Sie wirken noch immer nicht überzeugt, aber immerhin verunsichert. »Wenn diese Geschosse so klug sind, treffen sie uns ja sowieso«, wendet Kajan ein. »Wozu sollen wir den Clan dann warnen?« Er hat keine Lust umzukehren, das ist nicht zu übersehen.

»Ihr könntet euch in die Stadt unter der Stadt zurückziehen.« Jetzt hat Sandors Ton etwas Beschwörendes. »Bringt die Kinder in die tieferen Keller. Lagert Nahrungsmittel und Wasser. Geht so wenig wie möglich nach draußen.«

Was er sagt, macht Eindruck auf die beiden abtrünnigen Dornen. Vielleicht liegt es daran, dass er wieder wie ein Fürst spricht. Es klingt, als gebe er Befehle.

»Ich weiß, es wird hart«, fährt er fort. »Aber auf diese Weise haben unsere Vorfahren schon die Zeit nach der Langen Nacht überstanden. Indem sie unter der Erde geblieben sind, fast ihr ganzes Leben lang.«

Kajan starrt zu Boden. Sieht dann hoch und formuliert mit den Fingern eine blitzschnelle Botschaft für seinen Großvater. Ich kann nur *sicher* lesen, aber Sandors Miene verfinstert sich.

»Nein«, herrscht er den Jungen an. »Dass ihr im Süden sicher seid, ist keinesfalls gesagt. Die Lieblinge wollen nach draußen, versteht ihr? Sie wollen das beste Land. Unser Land. Und sie werden nicht lange fragen, ob sie es haben dürfen, sondern sie werden es vorher säubern, von allem, was störend sein könnte.«

Betretenes Schweigen. Curvelli blickt zu Boden, ich vermute, er kämpft ebenso gegen dumpfe Scham an wie ich. Gäbe es Dhalion nicht, wären wir immer noch auf der Seite der Sphären.

»Wenn die zwei nicht wollen, warne ich eben den Clan«, brummt Andris, dem das Schweigen offenbar unangenehm ist. »Ich sage ihnen, was Sache ist, und nutze die Gelegenheit, Yann die Nase zu brechen. Tu ich gerne. Beides.«

Sandor schüttelt den Kopf. »Ich möchte, dass du bei uns bleibst. Du kennst … unseren Zielort. Und noch wichtiger, das Land, das ihn umgibt.«

Dass er Vienna 2 nicht erwähnt, zeigt, dass er Rimar und Kajan nicht traut. Trotzdem startet er einen weiteren Versuch. »Ihr könntet zurückgehen, die Botschaft überbringen und dann nach Süden aufbrechen. Ja, das kostet Zeit und ist anstrengend, aber ihr habt doch Freunde im Clan? Menschen, die euch lieb sind? Sagt es ihnen. Und sagt ihnen auch, dass sie die Warnung weitertragen sollen.«

Rimar leckt sich über die Lippen. Er ist beim letzten Stück Kaninchen angelangt und schmatzt laut, bevor er es sich in den Mund steckt.

»Meinetwegen«, nuschelt er. »Sind ja nur zwei Tagesmärsche. Wer weiß, vielleicht schließt sich uns dann sogar noch jemand an.«

Der Gedanke gefällt ihm sichtlich.

Kajan ist weniger begeistert. »Noch einmal der ganze Marsch? Nein, noch zweimal, wenn wir dann auch wieder zurücklaufen müssen.«

Sein Großvater beendet die Diskussion mit einer kurzen, schneidenden Handbewegung. »Es ist entschieden. Wir machen es, wie ich gesagt habe.«

»Es wäre schön, wenn ihr nicht herumerzählen würdet, dass ihr uns getroffen habt. Und wo.« Sandors eindringliche Stimme reißt mich aus meinen Gedanken. Er hat sich vorgebeugt und nimmt Rimar und Kajan abwechselnd ins Visier. »Erzählt einfach, ihr hättet die Nachricht von einem Grenzgänger und ein paar Abwanderer hätten sie bestätigt.« Er hält inne, streicht sich eine widerspenstige schwarze Strähne aus der Stirn. »Oder … Berichtet doch, dass ihr mir begegnet seid. Aber erwähnt nur mich. Und erzählt Yann, ich hätte gesagt, das mit den intelligenten Geschossen sei Unsinn.«

Der Alte sieht verwirrt aus, doch Kajan nickt. »Er wird glauben, du spielst den Lieblingen in die Hände. Willst dich an den Dornen rächen, indem du lügst. Dann wird er die Leute unter die Stadt schicken.«

»Ja.« Sandors Miene wirkt gequält, ich kann ihm ansehen, wie schwer es ihm fällt, die Sache in die Hände von zwei nicht allzu klugen Männern zu legen. »Geht so bald wie möglich. Seid so überzeugend wie möglich. Bitte.«

Die beiden zögern. Der Ton, in dem Sandor das letzte Wort ausgesprochen hat, überrascht sie.

Mich ebenfalls, um ehrlich zu sein. Die ganze Zeit über hat er geklungen wie ein Fürst, nun wirkt er wie ein Freund in Not.

»Wir tun unser Bestes.« Kajan klingt plötzlich viel eifriger als zuvor. »Vielleicht … könnten wir ja behaupten, wir hätten die Waffentransporte selbst gesehen?«

Sandor lacht auf und schlägt dem Jungen auf die Schulter. »Hervorragende Idee. Lass dir genau beschreiben, wie die Geschosse aussehen.«

Er winkt Curvelli näher, der mit sehr viel Geduld Ausmaße, Form und besondere Merkmale der MJ89 beschreibt, dann brechen Großvater und Enkel auf. Wir sehen ihnen nach, bis sie in den Wald eintauchen.

Sandor legt seinen Arm um meine Schultern, presst mich fest an sich. »Es liegt jetzt nicht mehr in meiner Hand. Lasst uns weitergehen.«

Aramonn und Andris finden nach längerer Diskussion den richtigen Weg und bereits fünf Stunden später erkennt Andris erste markante Landschaftspunkte.

»Da! Die dreistöckige Ruine mit der gut erhaltenen Glasscheibe im zweiten Stock – erinnerst du dich nicht, Sandor? Ganz in der Nähe haben wir uns vor einem Jahr mit Scharten geprügelt.« Er vollführt ein paar spielerische Kampfbewegungen. »Ein Tag«, sagt er, »höchstens eineinhalb, und wir haben die Glaswarzen erreicht. Dabei wollte ich sie eigentlich nie wieder sehen müssen.«

In der Dämmerung finden wir Unterschlupf in einer alten Lagerhalle. Keinen Moment zu früh, denn kurz darauf nähert sich ein Trupp Sentinel. Wir können ihre Stimmen hören – was sie sagen, verstehen wir allerdings nicht.

Aramonn hat sich mit erhobenem Speer neben dem Eingang positioniert. Maiossa und Sandor warten mit schussbereiten Bogen und Andris mit einer blanken Klinge in jeder Hand. Doch der

Trupp zieht vorbei, ohne die Lagerhalle auch nur näher zu betrachten. Ab jetzt dürfen wir uns keinen Fehler mehr erlauben. Wir sind bereits in den Patrouillenradius der Sphäre eingedrungen und wir sind eine große Gruppe, die Spuren hinterlässt.

Am nächsten Morgen regnet es und der Wind peitscht Wasserschwaden gegen die Wände unserer Halle.

»Bei diesem Wetter werden kaum Sentinel unterwegs sein«, überlegt Sandor.

Wir schützen uns gegen den Regen, so gut es geht. Meine Kapuze hat einen Riss, das lässt sich nicht ändern, aber ich schließe die Jacke bis zum Kinn und ziehe meine Hände in die Ärmel zurück. Dann gehen wir los. Langsam, gegen den Wind geneigt.

Es ist ein mühsames Vorwärtskommen. Ich halte mich dicht hinter Andris und bekomme so nur die Hälfte des Sturms ab, dem er sich aussetzt, trotzdem ist mein Gesicht innerhalb weniger Minuten taub von den Regentropfen, die sich auf der Haut wie Nadelstiche anfühlen.

Aber wir begegnen niemandem. In den sechs Stunden, die wir durchhalten, läuft uns kein Sentinel, kein Scharte, nicht einmal ein Wolf über den Weg. Wer kann, hat sich verkrochen.

Als mir und Curvelli die Kraft ausgeht, machen wir Rast. Im Windschatten einer kleinen Höhle, Ruinen gibt es hier keine.

Meine Felljacke hat den Regen abgehalten, darunter bin ich erstaunlich trocken. Doch ich fühle mich erschöpft wie selten zuvor. Mein Puls hämmert hart gegen meine Rippen, ich würde am liebsten einschlafen.

Aber Sandor lässt mich nicht. Er füttert mich, flößt mir Wasser ein, als hätte ich davon nicht schon genug, überall. »Andris meint, in zwei Stunden Entfernung kennt er ein ideales Versteck«, versucht er, mich aufzumuntern. »Trocken und sicher. Ein guter Schlafplatz.«

Also gehen wir weiter. Sie haben ja alle recht, in Wahrheit ist das Wetter ein Geschenk, das wir unbedingt nutzen müssen, um so weit voranzukommen wie möglich. Doch jeder Schritt fällt mir schwerer als der vorhergehende und ich ertrage es kaum, dass Tycho um mich herumspringt, in dem Versuch, mich aufzuheitern. Woher hat er nur diese Energie?

Curvelli kämpft ebenso wie ich, seine Krankheit liegt noch nicht so lange zurück, aber er will es sich nicht anmerken lassen. Maiossa wegen, davon bin ich überzeugt. Sie behält ihn im Auge, ein wenig besorgt.

Irgendwann bleibt Andris stehen. »Mein Mädchen, ich trage dich jetzt, klar? Hopp! Auf meinen Rücken.«

Ich denke nicht daran, ihm zu widersprechen, im Gegenteil. Ich bin so dankbar, dass ich heulen könnte.

Er hebt mich hoch, ich schlinge meine Arme um seinen Hals und lasse meinen Kopf auf seine Schulter sinken. Es riecht durchdringend nach nassem Fell, doch das macht gar nichts. Meine Augen schließen sich. Geschaukelt von Andris' kräftigen Schritten gleite ich in eine Art Halbschlaf.

Das Nächste, was ich bewusst wahrnehme, ist ein Keller. In einer Ecke liegt Schutt, graues Licht dringt durch winzige Fenster. Andris ist dabei, mich behutsam abzusetzen, während Sandor mir den Rucksack von den Schultern zieht. Ich gleite an einer glatten Wand zu Boden. Bleibe sitzen.

Es war dringend notwendig, eine Rast einzulegen. Keiner von uns steht mehr.

Nur Andris, der mich die letzten Kilometer geschleppt hat, wirkt vergleichsweise frisch. »Na, mein Mädchen? Du siehst wieder besser aus, vorhin warst du weiß wie Raureif.«

»Ja«, sage ich verlegen. »Danke, das war wirklich –«

»Musst dich nicht bedanken«, unterbricht er mich. »Hätte ich es nicht getan, hätte Sandor dich getragen. Er war schon drauf und dran.«

»Es wird bald dunkel«, wirft Aramonn ein. »Wir werden hier die Nacht verbringen und uns beim Wachehalten abwechseln.« Er sucht eine bequemere Sitzhaltung und verschränkt die Arme vor der Brust. »Ich übernehme die erste Schicht. Legt euch ruhig hin.«

Ich habe keine Ahnung, wer wen wann ablöst, denn ich schlafe die ganze Nacht durch, als hätte jemand mich niedergeschlagen. Als Sandor mich in die Welt zurückstreichelt und -küsst, sind alle anderen bereits wach.

Ich richte mich auf und reibe mir die Augen. Der Sturm muss sich gelegt haben, ich höre ihn nicht mehr durch die Ritzen pfeifen. Und ganz offensichtlich habe ich etwas verpasst, denn Tycho und Curvelli stehen am Ausgang. Alles deutet darauf hin, dass sie im Aufbruch begriffen sind.

»Was habt ihr vor?« Meine Stimme klingt belegt und fremd.

»Die Lage sondieren«, antwortet Curvelli betont lässig. Seine Anspannung kann er trotzdem nicht verbergen, sie steht ihm ins Gesicht geschrieben.

»Wie? Du und Tycho?«

»Uns kennt in der Gegend niemand. Keine Sentinel und keine Clanleute. Für alle anderen wäre es zu riskant. Oder willst du Andris schicken?«

Nein, natürlich nicht. Aber …

»Ihr kennt beide die Umgebung nicht. Ihr habt überhaupt keine Erfahrung damit, draußen zurechtzukommen. Curvelli, du wurdest die letzten Monate von der Dorfgemeinschaft versorgt; Tycho, du warst die ganze Zeit unter der Stadt.« Ich drehe mich zu Aramonn um, danach zu Sandor. »Ihr lasst das einfach zu? Die beiden sind mit so etwas überhaupt nicht vertraut.«

Ich kann sehen, wie meine Worte Tycho wütend machen.

»Du hast doch keine Ahnung, wie oft ich an der Oberfläche war, während ihr anderen euch unter der Stadt versteckt habt. Und? Hat irgendjemand mich entdeckt? Nein, und das, obwohl die Gegend voller Scharten und sonstiger unappetitlicher Gesellschaft war.«

Entschlossen schüttelt er den Kopf. »Wir müssen wissen, wie es rund um die Sphäre aussieht, und wir werden es herausfinden. Punkt.«

Links von mir, im Schatten, nehme ich eine gleitende Bewegung wahr. Maiossa, die ihren Bogen aufgehoben hat. »Ich komme mit.« Sie entdeckt in der Ecke Sandors Köcher und nimmt sich drei Pfeile heraus. »Nur für den Notfall. Bekommst sie wieder, falls ich sie nicht brauche.«

Curvelli strahlt, obwohl er es zu unterdrücken versucht. »Heute Abend sind wir wieder zurück. Vor Sonnenuntergang.«

Und was, wenn nicht?, möchte ich zischen. *Was, wenn wir nie wieder etwas von euch hören?*

Doch es hätte keinen Sinn. Ohnehin scheine ich die Einzige zu sein, die sich sorgt. Aramonn zum Beispiel holt seelenruhig ein paar Streifen Trockenfleisch aus seinem Proviant und steckt sie mit der Rechten in den Mund, während er die Linke zum Abschied hebt.

Dann sind die drei verschwunden.

Der Tag wird lang. Ich lausche auf jedes Geräusch von draußen, jeden knackenden Ast. Wünsche mir einerseits, Schritte zu hören, weil es die von Maiossa, Tycho und Curvelli sein könnten, und habe andererseits Angst vor dem Geräusch. Schließlich könnten es auch Sentinel sein.

Ich rolle mich in meinem Winkel ein. Sandor, der eben seine Wache beendet hat, setzt sich neben mich und ich nehme seine Hand. Schließe die Augen und verbanne alle schweren Gedanken nach draußen.

Offenbar habe ich Schlaf bitter nötig, denn als ich das nächste Mal blinzele, bricht schon die Dämmerung an.

Ich muss unbequem gelegen haben, denn mir tun alle Knochen weh, doch das ist sofort vergessen, als ich Schritte höre und leises Lachen.

Dann reißt Maiossa die Tür auf. »Ha! Nennt ihr das Wachen aufstellen? Andris hat uns erst gesehen, nachdem ich schon auf Schussnähe herangekommen war. Ihr habt uns noch nicht zurückerwartet, stimmt's?«

Hinter ihr tritt Tycho ein; zwei Minuten später, und deutlich erschöpfter, auch Curvelli. Sie lassen sich auf ihre Decken fallen und legen Waffen und Rucksäcke ab.

»Also«, beginnt Tycho, der es sichtlich nicht mehr erwarten kann, uns die Ergebnisse der Expedition zu präsentieren. »Wir waren bei der Sphäre. Ziemlich nah dran. Und es ist eine Menge los dort. Ein ständiges Kommen und Gehen.«

Das klingt ungewöhnlich. Ein ständiges Kommen und Gehen habe ich um Vienna 2 herum nie bemerkt.

»Liegt wahrscheinlich daran, dass Sentinel auf der Westseite der

Sphäre lagern«, fährt Tycho genüsslich fort. »Sie haben eine Zeltstadt aufgebaut und es heißt, sie seien schon seit drei Wochen dort. Über den Grund wird nicht gesprochen, nur geflüstert.«

Das Lächeln verschwindet aus seinem Gesicht, sein Blick wandert zu Sandor, bedauernd. »Man will wohl einen kriegerischen Clan in seine Schranken weisen.«

Niemand muss den Namen des Clans nennen, von dem die Rede ist. Andris, der von der Tür aus zuhört, stöhnt leise auf.

Aber da ist etwas, das niemand bedenkt. Mir fällt es auch jetzt erst auf.

»Ich kann mir nicht vorstellen, dass sie wirklich Sentinel zu den Dornen schicken«, überlege ich laut. »Sie haben viel zu große Angst, dass einer von ihnen sich infiziert und Dhalion in die Sphären einschleppt.«

»Wo habt ihr euch versteckt?«, will Andris wissen.

»Am Waldrand.« Es ist Curvelli, der antwortet. »Sie müssen sich sehr sicher fühlen, denn sie haben die Wachen reduziert. Das wäre in Sphäre Hoffnung nur bei schwerem Schneesturm passiert, wenn man davon hätte ausgehen können, dass kein lebendes Wesen freiwillig seinen schützenden Bau verlässt.« Er zuckt mit den Schultern. »Kann sein, dass sie sich durch die lagernden Truppen ausreichend geschützt fühlen. Aber es ist völlig klar, dass sie keine Angst vor einem kriegerischen Clan haben. Alles nur Vorwand.«

Jetzt, nachdem die Sache gut überstanden ist, bin ich froh über die Zusammenstellung des Erkundungsteams. Tycho und Curvelli haben unterschiedliche Blickwinkel auf das, was sie sehen, und Maiossa als Außenbewohnerin erst recht.

»Allein während der zwei Stunden, die wir dort waren, ist ein Zug über die Magnetbahn angekommen und ein anderer abgefahren«, erzählt Tycho weiter. »Und«, er hält inne, sieht erst mich, dann Sandor an, »es war jemand vor der Sphäre, den wir kennen.«

Aureljo, ist mein erster Gedanke. Er versucht, auf eigene Faust herauszufinden, was die Sentinel vorhaben.

Doch ich habe mich geirrt.

»Fiore«, klärt uns Tycho auf. »Sie hat mit einem Mann gesprochen, wahrscheinlich einem Grenzgänger. Er hatte auch diesen breiten Gürtel mit den vielen Taschen, so wie Tem.«

Bevor ich meine Frage stellen kann, schüttelt Tycho schon den Kopf. »Nein, Quirin war nicht bei ihr. Zumindest habe ich ihn nicht gesehen.«

Mein Puls beschleunigt sich. Wenn ich mit Fiore sprechen, sie auf unsere Seite ziehen könnte …

Weiß sie, was Quirin mit den neugeborenen Dornenkindern tut? Ich kann es mir eigentlich nicht vorstellen. Seinen eigenen Worten zufolge kennen nur zwei Menschen die Wahrheit: der Fürst unter der Sonne und der Fürst unter der Stadt.

Weihe ich Fiore in das Geheimnis ein – würde sie uns helfen?

Am liebsten würde ich sofort aufbrechen, durch die Nacht nach Vienna 2 laufen, denn wer weiß, ob Fiore morgen oder übermorgen noch dort ist.

Ich packe Curvelli am Ärmel. »Es muss bessere Verstecke nahe der Sphäre geben als den Waldrand. Wo könnten wir gefahrlos ein paar Tage bleiben?«

Es ist die Art von Aufgabe, die Aureljo und Tudor an der Akademie oft lösen mussten. Sich etwas, das sie gesehen haben, vergegenwärtigen und es auf Möglichkeiten hin überprüfen. Details im Gedächtnis aufrufen.

Curvellis Ausbildung müsste der von Aureljo geähnelt haben und tatsächlich konzentriert er sich sofort, sein Blick richtet sich zur Seite, auf die früheren Stunden des heutigen Tages.

»Ein aufgegebener Wachturm«, murmelt er. »Aber der war zu offensichtlich.« Seine Augen schließen sich, über der Nasenwurzel entstehen zwei steile Falten.

»Die Schmelzanlage«, stößt Curvelli wenig später hervor. »Die ist außer Betrieb und steht höchstens dreihundert Meter von der Sphäre entfernt, aber hinter Bäumen, die jetzt anfangen, Laub zu tragen. Damit könnten wir es versuchen.«

Die Idee ist ausgezeichnet. Wo kein Schnee mehr liegt, werden auch die Schmelzanlagen überflüssig. Andererseits steht ein so gutes Versteck sicher nicht lange leer.

»Hat sich dort nicht längst jemand eingenistet?«, erkundige ich mich.

Tycho grinst. »Nein. Es gibt nur einen einzigen Zugang und der hat ein gruselig kompliziertes Schließsystem. Das muss man kennen, sonst – keine Chance.«

»Was ist eine Schmelzanlage?«, will Aramonn wissen.

»Das Gleiche wie ein Topf voll Schnee, den du übers Feuer hängst, um Wasser zu bekommen«, erklärt Tycho. »Nur größer und technischer. Mit Filtern ausgestattet, um die Aschepartikel loszuwerden. Das war wichtig nach der Langen Nacht.«

Auch die folgende Nacht wird lang. Ich kann kaum schlafen, frage mich ständig, ob Fiore noch da sein wird, wenn wir die Sphäre erreichen. Wie ich Kontakt zu Aureljo und Dantorian aufnehmen soll. Wie groß die Gefahr ist, erwischt zu werden. Und was sie mit uns tun werden, falls sie uns fangen.

Wie schon am Vortag ist auch an diesem Morgen das Wetter ideal, um eine größere Strecke zurückzulegen. Trocken, windstill und beinahe sonnig. Wir werden einer Menge Leute aus dem Weg gehen müssen.

»Gestern lief es prächtig«, berichtet Tycho. Er ist bestens gelaunt, wie immer, wenn es etwas zu tun gibt. »Aber da waren wir auch nur zu dritt.«

Jetzt sind wir sieben, darunter Andris, der allein durch seine Größe so auffällig ist wie ein blinkender Berg.

»Wir sind aufmerksam und gut bewaffnet.« Sandor sieht mich an, als könne er meine Gedanken lesen. »Niemandem wird es gelingen, uns aus dem Hinterhalt zu überfallen. Am allerwenigsten einer umhertrampelnden Abteilung Sentinel.«

Er zieht sein langes Messer aus dem Gürtel und tauscht es gegen das kleine aus, das ich bisher bei mir getragen habe. »Wenn wir angegriffen werden und jemand dich packt, bevor ich es verhindern kann, dann schneide ihm damit die Kehle durch. Nicht ziellos nach der Brust stechen, du würdest nur eine Rippe treffen und abrutschen. Stich hier zu«, er deutet seitlich auf seinen Hals, »und dann ziehe die Klinge quer hinüber. Sie ist scharf, du wirst nicht viel Kraft brauchen, aber du darfst nicht zögern.«

Ich beiße mir auf die Lippe und versuche, die Bilder zu vertreiben, die seine Worte in meinem Kopf auslösen. Mir nicht das viele Blut vorzustellen, das ein Schnitt durch den Hals –

»Liebling, ich mache keine Scherze. Sag, dass du mich verstanden hast.«

Ich nicke. Räuspere mich. »Ja.«

»Und du wirst es tun?« Seine Augen sind dunkler als sonst und sie lassen mich keine Sekunde lang los.

Die Klinge funkelt matt im Licht des Morgens.

»Ich weiß es nicht. Wenn ich Angst habe, wahrscheinlich schon.«

»Dann ist es zu spät. Du musst ihm zuvorkommen, verstehst du? Mit kühlem Kopf. Deine Hand muss ruhig sein, du musst das Messer so fest gepackt halten, dass man es dir nicht einfach entwinden kann. Und du musst gleich beim ersten Mal treffen.«

»In Ordnung.« Ich schaffe es, meine Stimme resolut klingen zu lassen, während ich gleichzeitig gegen die Vorstellung von klaffenden Wunden und schwallartig hervorschießendem Blut ankämpfe. Meine Hände beben ganz leicht, als ich das Messer am Gürtel anbringe. Ich wünsche mir mehr als alles andere, es nicht verwenden zu müssen.

Der Weg, der vor uns liegt, ist einsam. Tycho will vorangehen, wird aber sofort von Andris zurückgepfiffen.

Er übernimmt die Spitze unserer Gruppe, Aramonn das Ende. Sandor, den Bogen diesmal in der Hand statt am Rücken, hält sich knapp vor ihm. Ich bleibe in der Mitte. Irgendwann, im Verlauf der ersten halben Stunde, gesellt sich Maiossa zu mir.

Ich kann spüren, wie sie mich von der Seite ansieht.

»Du hast noch nie gekämpft, oder? Körperlich, meine ich. Gegen einen anderen. Mit Waffen.«

Matt schüttle ich den Kopf. »Nein.«

Sie nimmt meine Hand in ihre. Dreht die Innenfläche nach oben. Streicht mit ihrem Daumen darüber. »Siehst du, wie ähnlich unsere Finger sind? Wir haben beide die Hände unserer Mutter geerbt. Aber deine sind noch viel zu weich für ein Leben hier draußen.« Es klingt nicht überheblich, sondern sie stellt es sachlich fest und drückt meine Hand, bevor sie sie loslässt.

Eine Weile marschieren wir schweigend nebeneinanderher. Mir geht eine Frage durch den Kopf, die ich eigentlich nicht stellen möchte. Oder doch. Maiossa wird keine Skrupel haben, sie ehrlich zu beantworten.

»Hast du das schon einmal getan? Jemanden …« Ich ersetze das Verb durch eine Geste.

Maiossas Entgegnung kommt ohne Zögern. »Natürlich.« Ihre Hand öffnet und schließt sich. »Allerdings habe ich noch nie jemandem die Kehle durchgeschnitten. Wenn ich töten muss, dann tue ich das mit dem Bogen. Ist bei Messack auch die bessere Wahl.« Ihrem Ton nach könnte man glauben, Maiossa spricht darüber, wie man Brennholz am besten stapelt. Absolut sachlich, ohne einen Hauch von Bedauern.

Mein Schweigen interpretiert sie richtig. »Tja, Schwester. Dass du erstaunt bist, liegt nur daran, dass Vater die Sentinel damals nicht einholen konnte. Sonst wärst du bei uns geblieben und hättest auch schon ein paar Feinde getötet. Oder wärst getötet worden.« Sie streicht eine Strähne zurück, die sich aus ihrem Zopf gelöst hat. »Manchmal gibt es nur diese beiden Möglichkeiten.«

Ich versuche, es mir vorzustellen. Wie wäre ich, wenn ich nie eine Sphäre von innen gesehen hätte? Wäre ich wie Maiossa: sehnig, stark und mit einem tödlichen Geschick für Waffen statt für Worte? Oder würde ich vor Gewalt und Blut genauso zurückschrecken, wie ich es tatsächlich tue?

Ich fühle Maiossas Blick so deutlich auf mir, als würde sie mich mit der Hand berühren.

»Du könntest ein Tier töten, nicht wahr? Um es zu essen. Dann, so leid es mir tut, Miriann, kannst du auch einen Menschen töten. Um zu überleben.«

Das Messer an meinem Gürtel fühlt sich schwer an. »Aber ich möchte es nicht. Verstehst du das? Ich wäre danach jemand anderes.«

»Ja. Das wärst du.«

Sie kickt einen Stein zur Seite. Es ist ein wütender Tritt. »Du wärst auch jemand anderes, wenn du zugesehen hättest, wie man deine Mutter durchbohrt und deine schreiende Schwester davongetragen hat. Wenn du dir von da an jahrelang jede Nacht beim Einschlafen gewünscht hättest, eine richtige Waffe zu besitzen und eben nicht zusehen zu müssen, sondern schneller zu sein. Obwohl du noch nicht einmal fünf bist und weißt, dass du keine Chance gehabt hättest, laufen diese Bilder immer wieder in deinem Kopf ab. Irgendwann bist du acht und dein Vater gibt dir ein Messer. Du wirfst es, bis du auf dreißig Schritt jedes winzige Astloch treffen kannst. Es ist das beste Gefühl, das du je hattest, denn du weißt, jetzt wirst du auch das Auge jedes Eindringlings treffen, der es wagen sollte, dir oder deiner Familie zu nahe zu kommen.«

Sie beißt sich auf die Lippen und beschleunigt ihre Schritte. Ich komme kaum noch hinterher.

»Maiossa. Warte.«

Sie reagiert nicht sofort. Erst als sie fast schon zu Andris aufgeschlossen hat, dreht sie sich zu mir um. »Manchmal bin ich so wütend auf dich, Miriann. Und, ja, ich weiß, dass das dumm ist. Aber ich kann es nicht ändern. Du bist glücklich und zufrieden in der Wärme groß geworden, ohne zu wissen, was passiert ist. Du hattest keine Ahnung, dass wir existieren, obwohl Mutter gestorben ist, bei dem Versuch, dich zu schützen, und Vater jahrelang um euch beide getrauert hat.« Sie schlingt ihre Arme um den Oberkörper, als wollte sie sich selbst Halt geben.

»Und jetzt bist du hier und erzählst mir, wie sehr es dich verändern würde, jemanden zu töten, der das Gleiche mit dir vorhat, und wenn ich dir sage, dass ich damit überhaupt kein Problem habe, siehst du mich an, als wäre ich eine Wilde.«

Es gibt nichts, was ich darauf entgegnen kann. Mein Kopf ist leer, aber mein Körper reagiert. Ich gehe die fünf Schritte, die uns trennen, auf Maiossa zu und umarme sie. Soll sie mich wegstoßen, soll sie lachen, es ist mir egal.

Zuerst macht sie sich steif. Setzt zu einer Bewegung an, die sie aus meiner Umarmung lösen würde, doch sie führt sie nicht zu Ende. Stattdessen fühle ich ihre Hände an meinem Rücken. Eine behutsame Berührung.

Wenige Sekunden später rückt Maiossa von mir ab. »Wir müssen weiter. Komm.«

Die nächsten Kilometer laufen wir nebeneinanderher, sprechen aber kein Wort. Maiossas Blick ist nach vorne gerichtet. Ihre Körperhaltung stellt klar, dass sie in Ruhe gelassen werden möchte.

Um uns herum verändert sich die Landschaft. Sie wird flacher und immer mehr Ruinen tauchen rechts und links von uns auf.

»Noch zwei Stunden«, orakelt Tycho. »Ungefähr. Und kein einziger Sentinel bisher. Ist das nicht großartig?«

Fünf Minuten später kreuzt ein Trupp beinahe unseren Weg, als hätte Tycho die Soldaten herbeigeredet.

Andris hört sie, bevor sie in Sichtweite kommen, und er drängt uns eine Böschung hinunter, wo wir uns im Schatten des Hangs hinter verkrüppelt wirkenden Büschen flach auf den Boden legen.

Es ist unmöglich zu sagen, wie viele es sind. Aber sie kommen näher, ihre Schritte formen einen scharfen, gleichförmigen Takt.

Wie beruhigend ich ihre Anwesenheit immer fand, wenn ich sie von meinem Quartier an der Akademie aus beobachtet habe. Schützende Schatten im Schnee.

Ich atme flach. Auf dem harten Boden fühlt mein Herzklopfen sich an wie Hammerschläge.

Jetzt sind sie fast bei uns. Ein verrückter Teil von mir will den Kopf heben, um sie kommen zu sehen. Stattdessen presse ich die Lider aufeinander und konzentriere mich auf den Marschrhythmus des sich nähernden Trupps. Bleibt er konstant oder hält jemand inne, weil ihm etwas verdächtig vorkommt?

Stimmen. Zwei der Sentinel unterhalten sich. Was sie sagen, wird von dem gleichmäßigen Stakkato der Marschierenden zu kleinen Teilen gehackt.

»Schon wieder … mit ausgewählten … angekommen. … glaube … der dritte.«

»Es sind … Transporte … Besucher, die … nicht verraten.«

»Verrückt … bald kein Platz … endlich entscheiden.«

Lockerer, etwas genervter Ton. Klingt nicht nach einer Krise in Vienna 2. Eher, als hätten die beiden Offiziere die Nase voll von zusätzlichen Diensten. Jammern über Kleinigkeiten.

Jetzt sind sie genau auf unserer Höhe. Ich halte die Luft an. Die Sentinel können höchstens zehn Meter entfernt sein und nun verstehe ich jedes Wort, das sie wechseln.

»… kann nicht mehr so lange dauern. Aber sie warten auf einen Anlass, weißt du? Irgendwann wird ein Prim einen Fehler machen. Zu nahe an der Sphäre husten oder so.«

Gelächter.

»Ja. Klar. Hoffentlich bald, mir hängt das Warten zum Hals raus …«

Die Stimmen werden leiser, doch es ist noch zu früh, um erleichtert aufzuatmen, erst muss der restliche Trupp ebenfalls an uns vorüber sein.

Aramonn richtet sich kurze Zeit später als Erster auf. »Die haben echt keine Augen im Kopf. Jeder meiner Jäger hätte uns sofort entdeckt. Unfähiger Haufen.«

Es ist Nachmittag, als die Gegend mir vertrauter wird. Über diese Weggabelung hat Krunno uns geführt, als wir zum Arbeiterwechsel nach Vienna 2 gegangen sind. Es ist nicht mehr weit.

Dafür wird es belebter, allerdings begegnen wir keinen Sentineln, sondern anderen Außenbewohnern. Mitgliedern eines kleinen Clans, den niemand von uns kennt; sie verkaufen Wildenteneier und selbst gedrehte Seile.

Ein etwa fünfzehnjähriger Junge weckt meine Aufmerksamkeit, er hat eins der Seile einem halbwüchsigen Wolf um den Hals geschlungen und führt ihn so neben sich her.

Curvelli weicht einen halben Schritt zurück; Andris mustert das Tier mit verengten Augen, als wollte er überprüfen, ob das Fell sich gut an seinem neuen Umhang machen würde.

Der Wolf schnuppert neugierig. Er streckt Sandor seine Schnauze entgegen, seine Ohren sind nach vorne gelegt. Leider weiß ich nicht mehr, was das bedeutet, obwohl ich das irgendwann in Außenkunde gelernt habe.

»He, du bist ja ein freundlicher Kerl.« Offenbar kann Tycho sich besser erinnern, er geht vor dem Wolf in die Hocke und lässt ihn an seiner Hand schnuppern. Dann greift er in das dicke Nackenfell des Tiers und beginnt, es zu kraulen.

»Wie sieht es rund um Vienna 2 aus?« Aramonn hat die Gesprächsführung übernommen. Er tauscht Kaninchenfleisch gegen

Enteneier und Informationen aus dem Westen gegen Neuigkeiten aus der Umgebung.

Der Vater des Jungen mit dem Wolf gibt bereitwillig Auskunft. Ihm ist anzusehen, wie erleichtert er darüber ist, dass wir uns als weniger gefährlich entpuppen, als wir aussehen.

Danach dauert es nur noch eine knappe Stunde.

Womit ich nicht gerechnet habe, ist meine unkontrollierbare körperliche Reaktion, als wir eine Hügelkuppe erreichen und plötzlich Vienna 2 vor uns liegt, noch weit entfernt, im trüben Licht des Nachmittags.

Mein Magen krampft sich zusammen und meine Hände zittern wie verrückt. Die Erinnerung an Andris' und meine Flucht ist unmittelbar wieder da. Ich weiß, wie knapp es war. Ich muss verrückt sein zurückzukommen.

Sandor steht so nah hinter mir, dass seine Brust meinen Rücken berührt. Ich lehne mich gegen ihn und er schlingt die Arme um mich.

»Es fühlt sich an, als würde ich mich freiwillig vor ein Erschießungskommando knien«, murmle ich und fühle, wie der Druck seiner Arme sich verstärkt. Er sagt kein Wort und ich bin dankbar, dass er nicht lügt, um mich zu beruhigen.

»Die Schmelzanlage liegt dort links.« Curvelli deutet auf eins der kleinen Waldstücke am Fuß des Hügels. »Wenn wir uns beeilen, sind wir in einer halben Stunde dort.«

21

Wir haben Glück, das Gebäude ist tatsächlich verlassen. Weder Grenzgänger noch andere Wanderer beanspruchen den hohen, kreisrunden Turm für sich. Ich nehme das als gutes Omen, was natürlich Unsinn ist – Aberglaube wird uns nicht retten.

Tycho braucht eine gute halbe Stunde, dann hat er das Schloss geöffnet. Der beißende Geruch nach ausgefilterter Asche und Schlacke schlägt uns entgegen. Manches davon ist über die Jahre hinweg aus den porös gewordenen Filterkammern geflossen und bildet nun starre, kniehohe Ablagerungen auf dem Boden. Hier zu schlafen wird kein Vergnügen und vor allem höchst ungesund.

Tycho steht in der Mitte und dreht sich um die eigene Achse, dann hält er inne und zeigt mit dem ausgestreckten Arm auf einen containergroßen, quaderförmigen Block, der auf halber Höhe in den Turm hineinragt. »Die Technikerkammer. Dort müsste es am angenehmsten sein, aber ich kann keine Treppe sehen. Ihr?«

Wir suchen. Auf irgendeine Art müssen die Techniker früher nach oben gekommen sein, aber natürlich ist es möglich, dass die Treppe abgebaut und in der Sphäre recycelt wurde.

Am Ende ist es Aramonn, der die Leiter findet. Sie steht in einem Teil der Anlage, wo fast kein Licht hingelangt, und sie reicht bis zu der Kammer hinauf. Dort lässt sie sich sogar in zwei eigens angebrachte Stahlösen einhängen.

Tycho ist der Leichteste von uns, er steigt als Erster zu der Kammer hinauf. Falls sie einmal eine Tür hatte, so ist diese längst verschwunden.

»Vorsichtig sein!«, ruft Curvelli, kurz bevor Tycho den ersten Schritt in den Stahlquader setzt. »Wenn der Boden rostet, brichst du sonst durch.«

Wir halten die Luft an. Doch die einzigen Geräusche sind die, die unser herumkramender Freund im Inneren des metallenen Raumes verursacht.

Es dauert mehrere Minuten, bis er wieder den Kopf aus der Türöffnung steckt. »Perfektes Quartier. Es gibt ein Fenster mit gut erhaltener Scheibe, von hier aus hat man die Sphäre voll im Blick.« Breites Grinsen. »Und ihr müsst keine Angst haben, dass die Kammer abstürzen könnte. Die sitzt auf vier Stahlträgern, die durch die ganze Wand reichen. Wir können alle gemeinsam hier oben sitzen. Wird sicher kuschelig.«

Die Vorstellung, direkte Sicht auf Vienna 2 zu haben, ohne Gefahr zu laufen, entdeckt zu werden, ist verlockend. Ich vertraue Sandor den Rucksack mit dem Serum an und klettere die Leiter hinauf. Oben erwartet mich ein strahlender Tycho in einem kahlen Raum, dessen letzter verbliebener Einrichtungsgegenstand ein verrostetes Schaltpult ist.

Der Blick auf die Sphäre ist besser, als ich gedacht hätte. Direkt vor mir liegen Kuppel 12 und die Schleuse. Rechts davon ist eine Zeltstadt entstanden; die Sentinel, die ich dort entdecken kann, wirken aus der Entfernung klein wie Käfer.

»Wir haben doch ein Fernglas«, rufe ich nach unten. »Reicht ihr mir das bitte?«

Aramonn kommt ebenfalls nach oben, drückt mir das Fernglas

in die Hand und stellt sich neben mich ans Fenster. »Mir ist nicht wohl, so nah bei den Lieblingen«, murmelt er.

Aber erst mit dem Feldstecher rückt die Sphäre richtig nah. Es ist ein sehr guter, erbeutet beim Kampf gegen einen unaufmerksamen Trupp Sentinel.

Mit seiner Hilfe kann ich sogar die Farbkennungen an den Uniformen sehen. Großteils sind sie rot, ein paar vereinzelte blaue sind ebenfalls darunter und zwei goldene. Kommando.

Dafür entdecke ich keinen einzigen Exekutor, sosehr ich mich auch anstrenge, und das erstaunt mich. Wenn es darum geht, den Dornen und ein paar anderen Clans aus der Gegend den Garaus zu machen, müssten sie hier zahlreich vertreten sein.

»Curvelli«, rufe ich, ohne das Fernglas von den Augen zu nehmen. »Wie ist das bei den Exekutoren? Sind sie immer ohne Farben unterwegs? Oder könnte es sein, dass sie sich unter andere Staffeln mischen?«

Seine Antwort kommt prompt. »Das tun sie ganz sicher. Die meisten Sphärenbewohner wissen ja gar nicht, dass es sie gibt, dabei sind in jeder Sphäre mindestens vier stationiert. Getarnt als Außenwachen, Wissenschaftswächter und manchmal tragen sie sogar das Grün der Quartierwache. Meistens dann, wenn sie jemanden im Auge behalten sollen.«

Die Wut darüber, dass ich so lange zu den Menschen gehört habe, die keine Ahnung hatten, dass Exekutoren überhaupt existieren, ist nur schwach und ebbt schnell wieder ab. »Sie sind eine Art Geheimdienst, nicht wahr? Wie in den Büchern, die vor der Langen Nacht geschrieben wurden.« Curvelli verneint. Seine Stimme ist jetzt viel näher, offenbar hat auch er sich zum Aufstieg in unseren hoch gelegenen Unterschlupf entschieden. »Sie sind nicht eine Art Geheimdienst, sondern sie sind genau das. Der Geheimdienst des Sphärenbundes.« Er betritt schwungvoll die Kammer. »Ich war kurz davor, als einer von ihnen vereidigt zu werden. Tudor ist es inzwischen vermutlich schon. Aber du erfährst nur von ihrer Existenz, wenn sie dich haben wollen.« Er lacht leise auf. »Und dann ist es sehr schwierig, Nein zu sagen.«

Ich trete ein Stück zurück, damit er sich ans Fenster stellen kann, und drücke ihm das Fernglas in die Hand.

»Gibt es bei den Exekutoren eine Gruppe, die man die Großen Sieben nennt?«

Er sieht mich an, mit in die Höhe gezogenen Augenbrauen. »Sieben? Nein, nicht dass ich wüsste. Wie kommst du darauf?«

Ich winke ab.

Sandor ist hinter ihm die Leiter hinaufgeklettert. Er hat meinen Rucksack mitgebracht und stellt ihn nun behutsam an der Rückwand der Kammer ab.

Wir beide beobachten Curvelli, der reglos dasteht, das Fernglas geradeaus gerichtet.

»Da sind Exekutoren«, sagt er langsam. »Getarnt, natürlich. Als Rote. Aber ich würde jede Wette eingehen. Du musst sie dir nur ansehen.«

Er gibt mir das Fernglas zurück. »Zweite Zeltreihe von rechts, drittes Zelt. Siehst du die beiden, die dort stehen?«

Tycho drängt sich ebenfalls ans Fenster, als hoffe er, mit bloßem Auge erkennen zu können, was Curvelli meint.

Ich werde ihm den Feldstecher geben, sobald ich mir mein eigenes Bild gemacht habe.

Zweite Zeltreihe. Drittes Zelt. Ja, da stehen zwei Männer und unterhalten sich. Beide groß gewachsen. Und der eine …

Ich schnappe nach Luft. Fühle, wie mein Puls sich unkontrolliert beschleunigt.

Jetzt dreht der Mann uns sein Profil zu und meine letzten Zweifel schwinden.

Ich kenne ihn. Er war es, sein Gespräch mit Gorgias und Morus habe ich belauscht, in der Bibliothek der Akademie. Vor gefühlten zehn Jahren. Der farblose Sentinel mit der Raspelstimme. Später habe ich ihn wiedergesehen, in der Magnetbahn, wo wir erschlagen werden sollten. Doch nun kann ich ihn erstmals genauer betrachten.

Nicht dass mir das leichtfiele. Meine Instinkte protestieren dagegen, dass ich aufrecht stehen bleibe, mich nicht ducke, nicht verstecke. Als der Mann sich vollends umdreht, erst in meine Richtung schaut und dann, für den Bruchteil einer Sekunde, exakt in meine Augen, brauche ich meine ganze Beherrschung, um nicht zurückzuzucken.

Aber natürlich kann er mich nicht sehen. Nicht ohne Hilfsmittel.

»Du hast völlig recht, Curvelli«, murmle ich. »Das sind Exekutoren. Woran hast du sie erkannt?«

»Hauptsächlich an der Haltung. Sie bewegen sich auch anders. Nie zackig, wie normale Sentinel es tun, sondern geschmeidiger. Eher wie Raubtiere, die sich anschleichen.«

Als ich den Feldstecher senke, streckt er die Hand danach aus, doch ich schüttle den Kopf und gebe ihn Tycho, der vor Ungeduld neben mir auf- und abwippt.

Schulterzuckend lehnt Curvelli sich an die Wand neben dem Fenster. »Woher weißt du überhaupt, dass ich recht habe? Du hattest doch nie Kontakt mit Exekutoren.«

»Doch. Als sie uns töten wollten. Und einer der beiden dort unten war der Befehlshaber der Aktion, damals trug er keine Farben. Ich glaube nicht, dass ich sein Gesicht jemals vergessen kann.«

Tycho nickt langsam. »Ja. Das ist er. Überhaupt kein Zweifel.«

»Lass mich auch mal sehen.« Sandor ist neben ihn getreten. Er wartet geduldig, bis Tycho ihm widerstrebend das Fernglas überreicht.

»Der mit dem kurzen grauen Haar und dem Nasenhöcker?«

Mit unbeweglichem Gesicht blickt Sandor durch den Feldstecher – drei, vier Atemzüge lang. Dann gibt er ihn wortlos an Tycho zurück.

Wir wechseln uns mit der Beobachtung des Lagers und der Sphärenschleuse in halbstündlichem Rhythmus ab, bis es draußen zu dunkel wird. Mittlerweile sind wir alle in der meterhoch angebrachten Kammer versammelt und sie trägt uns völlig problemlos. Also werden wir hier auch schlafen, der Platz wird reichen.

»Was passiert als Nächstes?« Es ist Tycho, der diese Frage laut ausspricht. Ich selbst wende sie schon seit gut drei Stunden ständig im Kopf herum. Die einzige Option, die mir vernünftig erscheint, ist leider unbefriedigend.

»Abwarten und weiter aufmerksam sein. Versuchen, einen Grenzgänger aufzustöbern. Wir müssen unter allen Umständen verhindern, dass der farblose Sentinel uns sieht. Er würde uns wiedererkennen, daran habe ich keinen Zweifel.« Ich blicke von Tycho zu Curvelli.

»Als ob das nicht klar wäre«, murmelt Curvelli.

»Andris, du solltest dich auch zurückhalten.« Ich lege ihm eine Hand auf den muskulösen Unterarm. »Du bist hier ebenfalls bekannt und du bist auffällig.«

»Auf mich musst du ja nun wirklich nicht aufpassen.« Andris legt seine Stirn in beeindruckende Querfalten. »Wenn, dann doch umgekehrt.«

Dann werde ich ihn eben bei seinem Verantwortungsbewusstsein packen.

Ich nehme seine Hand, nicht bekräftigend, sondern Hilfe suchend. »Ich wäre dankbar für deinen Schutz. Wenn Sandor, Maiossa und Aramonn draußen unterwegs sind.«

Dagegen ist Andris praktisch wehrlos. Er ignoriert, dass Curvelli entnervt stöhnt und die Augen verdreht, er sieht nur mich an und lächelt gerührt. »Aber sicher, mein Mädchen. Solange ich bei dir bin, wird keiner dir etwas antun.«

Gezwungen zu sein, in der Schmelzanlage zu bleiben, erweist sich schon am ersten Tag als Quälerei. Draußen ist es sonnig. Die wenigen Wolken am Himmel sind dünn und fasrig wie Verbandmull und sie lösen sich bereits in den Morgenstunden auf.

Ich kann meine Sehnsucht nach Licht und Luft kaum zügeln und muss mein ganzes antrainiertes Können einsetzen, um mir nichts anmerken zu lassen.

Immerhin das Fernglas bleibt bei uns in der Kammer. Wir werden weiterhin ein Auge auf die Sentinel haben und zählen, wie oft die Magnetbahn fährt. Wahrscheinlich werden wir schon zu Mittag nicht mehr wissen, was wir tun sollen vor lauter Langeweile.

Während Curvelli den Feldstecher mit Beschlag belegt, bringt Andris mir und Tycho bei, wie man Knoten macht, die sich zuziehen, und andere, die eine feste Schlinge bilden.

»Heute sehe ich den Exekutor nicht«, stellt Curvelli nach fünf Minuten fest. »Vielleicht ist er weg. Abgereist.«

Niemand antwortet. Wir alle wissen, dass ein Vielleicht uns nicht genügen darf. Und dass der Mann jede Sekunde wieder auf der Bildfläche auftauchen kann.

Nach zwei Stunden übernimmt Tycho den Beobachtungsposten; ich stehe neben ihm und lasse mir die Details dessen schildern, was ich nur klein und undeutlich erkennen kann: Die Sentinel in ihrem Zeltlager verbringen einen ruhigen Vormittag. Immer wieder sammeln sich Gruppen zum Lauf- oder Krafttraining, aber ganz offensichtlich bereiten sie weder einen Angriff noch ihre Abreise vor.

Gerade als ich mich abwenden und wieder zu Andris gesellen möchte, öffnet sich die Schleuse. Heraus kommen etwa zehn Sphärenarbeiterinnen, alle in Weiß und Blau gekleidet. Es ist die gleiche Uniform, die ich eine Zeit lang in Vienna 2 getragen habe – die des Kantinen- und Bringdienstes.

Auf schulterhohen Rollwagen bringen sie Essensbehälter; ich vermute, bei der tief orangefarbenen Flüssigkeit in den mitgeführten Kanistern handelt es sich um Vitaminsaft.

Der holprige Untergrund ist eine Herausforderung; die Transportwagen kommen nur schwer voran, zwei von ihnen schwanken gefährlich, einer kippt beinahe. Eine Frau vom Bringdienst fängt den Wagen im letzten Moment auf, eine zweite eilt ihr zu Hilfe.

Ich blinzle. »Gib mir bitte das Fernglas, Tycho.«

»Was? Schon? Curvelli hatte es viel läng–«

Ich reiße es ihm kommentarlos aus der Hand. Das ist nicht meine Art und ich werde mich gleich dafür entschuldigen, aber ich muss wissen, ob ich recht habe oder mich irre.

Die Frau, die eben ihrer Kollegin zur Seite gesprungen ist. Ihr rotes Haar, das in einem wirren Zopf über ihren halben Rücken hängt.

Ich muss ihr Gesicht sehen.

»Ria, das ist einfach nicht in Ordnung«, protestiert Tycho neben mir.

»Ich weiß. Es tut mir leid.«

Jetzt hätte sie sich beinahe umgedreht. Aber einer der Wagen scheint vorne zu blockieren, die Sentinel lachen, keiner kommt zu Hilfe.

Nach einer weiteren Minute ist es geschafft. Der Rollwagen lässt sich wieder schieben, die Rothaarige dreht sich um und wischt sich mit dem Handrücken über die Stirn.

Ich kenne die Geste. Ich kenne das Gesicht. Und in mir kocht eine Wut hoch, die ich nur mit Mühe bändigen kann, ohne gegen die Wände zu treten.

Was für eine gehässige Art, jemanden zu bestrafen. Albina hat das Mädchen vom Bringdienst an den Medpoint geholt, das Mädchen hat sich als vertrauensunwürdig erwiesen und nun wurde Albina selbst dem Bringdienst zugeteilt. Als Ärztin, noch dazu als eine, die ihren Beruf so sehr geliebt hat. Sie muss sich gedemütigt fühlen, verzweifelt sein.

Ich lasse sie nicht aus den Augen. Sie hat sich überhaupt nicht verändert. Wirkt weder gebrochen noch unglücklich, sondern resolut wie immer. Sie lacht sogar, als sie einem der Sentinel seinen Essensbehälter überreicht, und schiebt sich die Ärmel bis zu den Ellenbogen hoch.

Das ändert nichts daran, dass mein Gewissen mich fast zu Boden drückt angesichts der Vorstellung, was sie hinter sich haben muss. Befragungen, Anschuldigungen, Verhöre. Eine erniedrigende Degradierung, vielleicht sogar öffentlich, vor den Mitarbeitern des Medpoints. Alles meinetwegen.

Aber sie trägt ihr Kinn nach wie vor erhoben. Auch, als einer der Sentinel sie am Arm festhält.

Ich spanne unwillkürlich die Muskeln an, doch der Mann ist nicht auf einen groben Scherz aus, er spricht mit Albina, deutet auf einen seiner Kollegen, der in gekrümmter Haltung am Boden liegt.

Sie kniet sich neben ihn. Tastet seinen Bauch ab, sagt etwas und greift nach seinem Handgelenk, um den Puls zu fühlen.

Nach dem ersten Schock, sie zu sehen, bin ich einfach nur noch stolz, Albina zu kennen. Sie hat sich nicht brechen lassen und sie ist immer noch Ärztin, auch in der Uniform des Bringdienstes.

Jemand anderes winkt sie nun zu sich. Kein Sentinel, ein Außenbewohner. Sie zögert nur kurz, wechselt ein paar Worte mit einer Kollegin und verlässt das Lager. Geht fast bis zum Waldrand, wo ein Mann steht, der ein kleines Kind auf dem Arm trägt.

Sie legen das Kind ins Gras. Was Albina nun tut, kann ich nicht sehen, aber ich vermute, sie untersucht es. Erst nach gut fünf Minuten richtet sie sich wieder auf, spricht mit dem Vater und zählt etwas auf, indem sie nacheinander vier Finger ausstreckt.

Das bringt mich auf eine Idee.

Ich setze das Fernglas keine Sekunde ab, warte, bis Albina zu den anderen zurückkehrt und die Frauen mit ihren nunmehr leeren Rollwagen wieder durch die Schleuse in der Sphäre verschwunden sind. Dann erst gebe ich es Tycho zurück, der sich längst auf den Boden gesetzt hat und es nun mit einem beleidigten Schulterzucken entgegennimmt.

»Verzeih mir bitte.« Ich hocke mich neben ihn. »Aber ich habe jemanden entdeckt und ich musste sichergehen, dass ich mich nicht irre.«

Er dreht den Feldstecher zwischen seinen Händen und lächelt schief. »Schon gut. Ich versteh das, ich bin auch von der ungeduldigen Sorte.« Er begibt sich zurück auf seinen Beobachtungsposten, während ich mich an die Wand setze, die Knie bis zum Kinn hochziehe, die Augen schließe und meine Möglichkeiten abwäge, eine nach der anderen.

Am Ende bleibt nur eine einzige übrig.

Als Sandor bei Einbruch der Dämmerung als Erster zurückkehrt, klettere ich die Leiter hinunter, bevor er hinaufsteigen kann.

Er wirkt erschöpft und, angesichts meiner Eile, alarmiert. »Ist etwas passiert?«

»In gewisser Weise. Ich habe jemanden vor der Sphäre gesehen, mit dem ich unbedingt sprechen muss.«

Aureljo, fragen seine Augen und ich schüttle den Kopf.

»Albina. Die Ärztin, die mich an den Medpoint geholt hat. Ich habe dir von ihr erzählt, erinnerst du dich?«

»Ja. Du mochtest sie, nicht?«

»Sehr. Und ich muss mit ihr reden. Heute hat sie sich außerhalb der Sphäre aufgehalten, man hat sie in den Bringdienst versetzt. Wenn sie morgen wieder nach draußen kommt …«

In Sandors Gesicht arbeitet es. »Dann willst du zu ihr gehen? Nein, oder? Du willst mich zu ihr schicken.«

Ich lehne meine Stirn gegen seine. »Beides viel zu gefährlich. Du musst einen Grenzgänger suchen, einen klugen, aber nicht zu klug. Der soll mit ihr sprechen und sie zu dir bringen.«

Sandor sagt nichts, er küsst erst meine Augenlider, eins nach dem anderen, dann meine Stirn und zuletzt meinen Mund.

»Wie war es bei dir?«, frage ich ihn, als wir uns voneinander lösen.

»Mühevoll. Wir haben versucht zu ergründen, warum die Sentinel wirklich hier sind. Das heißt, wir haben uns vor allem Gerüchte angehört, die meisten davon so dumm, dass sie keinesfalls stimmen können.«

Lautes Quietschen unterbricht ihn, das Eingangstor schwingt auf und Maiossa betritt die Schmelzstation, knapp gefolgt von Aramonn. Beide mit müden Gesichtern.

»Bevor du fragst – wir sind noch keinen Schritt weiter, Schwester«, erklärt Maiossa ohne Umschweife und macht sich sofort auf den Weg die Leiter hinauf. Zu Curvelli.

Aramonn ist immerhin ein bisschen gesprächiger. »Ich habe ein paar von deinen Leuten getroffen, Sandor. Genauso abgehauen wie Rimar und Kajan. Sie sagen, dass die meisten sich von Yann abgewendet haben, aber er will das nicht hinnehmen. Macht Terror, wo immer er kann. Sie sind mittlerweile überzeugt, dass Quirin tot sein muss, sonst wäre er längst wieder aufgetaucht. Insgesamt soll die Situation verheerend sein. Die Jäger sind in zwei Lager gespalten und bekämpfen sich gegenseitig, statt Wild zu erlegen. Immer mehr Dornen verlassen das Territorium.«

Ich muss Sandors Gesicht nicht ansehen, um zu wissen, was in ihm vorgeht, und ich wünschte, Aramonn würde nicht so deutlich werden.

»Aber es gibt auch gute Nachrichten«, fährt er fort, als hätte er meine stumme Bitte gehört. »Lore hat eine Menge Leute davon überzeugt, dass es klug wäre, sich mehr in die Stadt unter der Stadt zurückzuziehen. Nicht wegen unserer Warnung, nein, die ist vermutlich noch gar nicht beim Clan angekommen. Wegen der

Kämpfe. Nachdem zwei Kinder versehentlich verwundet wurden –«

Sandor findet es ganz offensichtlich schwierig, das als gute Nachricht zu verbuchen. »Sie kämpfen dort, wo Kinder sich aufhalten? Sind sie völlig irre geworden?«

Ich nehme seine zur Faust geballte Hand, halte sie, bis er die Finger lockert. Zeit, das Thema zu wechseln.

»Fiore«, sage ich. »Habt ihr herausgefunden, ob sie noch in der Gegend ist? Ob jemand sie gesehen hat?«

Sandor blinzelt, als müsse er sich erst wieder daran erinnern, wer es ist, von dem ich spreche. »Das war nicht ganz klar«, erwidert er dann. »Ich habe sie einigen Leuten beschrieben und zwei davon meinten, sie hätten heute Morgen noch ein solches Mädchen gesehen. Aber keiner hat mit ihr gesprochen und sie waren sich auch nicht sicher, ob es wirklich ein Mädchen war.«

Das klingt sehr nach Fiore. Aus der Entfernung könnte man sie für einen schlaksigen Vierzehnjährigen halten.

»Wenn sie noch in der Nähe ist, finde ich sie.« Damit wendet Sandor sich der Leiter zu und zieht mich hinter sich her. Ich sehe ihm seine Erschöpfung an und ich weiß, sie rührt nicht von der körperlichen Anstrengung her.

Ich wünschte, wir wären allein, wenigstens für eine Stunde. Dann wüsste ich, was ich täte. Aber so kann ich mich nur an ihn schmiegen und hoffen, dass ich damit einen Teil der Schuldgefühle und schwarzen Gedanken vertreibe, die ihn quälen.

Am nächsten Tag ist Albina wieder unter den Frauen, die den Soldaten ihre Verpflegung bringen. Ich scanne die gesamte Umgebung nach jemandem ab, der wie ein Grenzgänger aussieht und sich ihr in einem günstigen Moment nähern wird, aber niemand taucht auf.

»Ich konnte keinen finden, der noch ohne Auftrag war«, erklärt Sandor mir am Abend. »Sie haben derzeit so viele Botschaften zu überbringen, dass sie sich mit jemandem, der ihnen nur Trockenfleisch als Bezahlung bieten kann, nicht abgeben.«

Das ist ein Problem. Und es ist nicht ohne Ironie, denn wir hätten ganz großartige Dinge anzubieten: Informationen, auf die sowohl die Sphären als auch der Clan Schwarzdorn scharf wären. Mein Kopf arbeitet auf Hochtouren. Keinesfalls können wir das Fernglas als Lohn vorschlagen, unsere Waffen ebenso wenig.

Aber vielleicht eine Lüge. Noch dazu eine, die uns nützt.

»Wie wäre es, wenn du ihnen erzählst, dass du Quirin gesehen hast? Lebendig, aber anders gekleidet. In Braun, nicht in Weiß. Dass alle, die denken, er sei tot, sich irren.«

Sandor zuckt mit den Schultern, glücklich macht ihn der Gedanke nicht. »Ohne Beweis? Die meisten Grenzgänger sind nicht dumm und die, die es doch sind, leben nicht lang.«

Tja. Das Problem ist, dass ich es nicht selbst machen kann. Mir würden sie glauben, ganz zweifellos. Aber Sandor wird man den Widerwillen an den Augen ablesen können.

»Was sie für dich tun müssen, ist ja nur eine Winzigkeit. Zweihundert Meter gehen und eine Frau bitten mitzukommen, weil jemand Hilfe braucht.«

Ich bin davon überzeugt, dass Albina sich darauf einlassen wird, genauso wie sie dem kleinen Kind geholfen hat. Der Reflex, anderen beizustehen, ist bei ihr stärker als ihr Selbsterhaltungstrieb. Und sie wird Sandor gekrümmt am Boden liegen sehen.

Wir beschließen, es mit der Geschichte über Quirin zu versuchen, etwas Besseres haben wir nicht. Aber ich schlafe kaum in dieser Nacht, male mir alle möglichen Szenarien aus, spiele diverse Katastrophen und Pannen im Geiste durch.

Am nächsten Morgen fühle ich mich wie gerädert und habe Kopfschmerzen. Die Vorstellung, wieder bis zur Mittagszeit untätig hier drinnen warten zu müssen, macht mir mehr zu schaffen, als sie sollte. Als hätte ich an der Akademie nicht wochenlanges Geduldstraining absolviert.

Als der Bringdienst endlich durch die Schleuse kommt, fühle ich mich innerlich ausgehöhlt. Albina ist dabei, damit fällt mir zumindest ein Stein vom Herzen. Sie schiebt ihren Rollwagen ans Ende des Zeltlagers, was günstig ist, dann muss der Grenzgänger nicht an so vielen Sentineln vorbei, um zu ihr zu gelangen.

Aber es kommt kein Grenzgänger. Ich habe den Waldrand die ganze Zeit im Blick, doch dort bewegt sich nichts.

Minuten vergehen. Wenn es heute nicht klappt, ist wieder ein Tag verloren, und wer weiß, ob Albina morgen überhaupt draußen Dienst hat.

Mein Mund ist trocken und ich wage kaum zu blinzeln. Niemand. Nichts. Zumindest kein Grenzgänger, nur ein kleines Mädchen, das auf die Sphäre zuläuft. Ohne Begleitung.

Ich beobachte weiterhin den Wald, bis mir klar wird, dass das Kind genau auf Albina zuhält. Es winkt, wahrscheinlich ruft es auch etwas, denn Albina hebt den Kopf und geht dem Mädchen ein paar Schritte entgegen. Die Kleine zeigt zum Waldrand hin, sie ist zu weit von mir entfernt, als dass das Fernglas mir ihren Gesichtsausdruck zeigen könnte, aber ihre Haltung spricht Bände. Es geht um etwas Wichtiges, Dringendes.

Albina wechselt ein paar Worte mit zwei ihrer Kolleginnen, dann lässt sie sich von dem Mädchen auf den Wald zuziehen.

Wenn es so ist, wie ich hoffe, und Sandor hinter dieser Aktion steckt, dann war das ein genialer Schachzug von ihm. Einem Kind Hilfe abzuschlagen, würde Albina nie übers Herz bringen, und die Sentinel würden es höchstens verscheuchen, aber nicht verletzen.

Ich packe alles zusammen, was ich brauche, und steige die Leiter hinunter. Wimmle Andris und Tycho ab, die mich begleiten wollen. »Andris, du komm nur dann nach, wenn ich in einer Stunde nicht wieder hier bin. Zu dem verkrüppelten Baum, du weißt, welchen ich meine?«

Ohne seine Antwort abzuwarten, sprinte ich los. Bremse am Ausgang der Anlage kurz ab, um mich zu vergewissern, dass die Luft rein ist, laufe dann weiter.

Ich werde zuerst da sein, vorausgesetzt, unser Plan klappt überhaupt und Albina macht nicht einfach kehrt, sobald sie feststellt, dass Sandor nichts fehlt.

Der Baum, den wir als Treffpunkt vereinbart haben, wirkt, als habe er nach links wachsen wollen, es sich dann aber anders überlegt und sich auf eineinhalb Meter Höhe in die andere Richtung gewendet. Er liegt günstig, denn eine überaus hohe Ruinenmauer schirmt ihn zur Sphäre hin ab.

Ich kauere mich hin. Überprüfe, ob ich alles, was ich brauche, mit einem Handgriff zur Verfügung habe. Vielleicht wird es ja nicht nötig sein, Albina zu überrumpeln, aber wenn doch, darf es nicht schiefgehen.

Die Wartezeit kommt mir endlos vor. Ich versuche, mir meine Worte zurechtzulegen, eine Reihenfolge in das zu bringen, was ich sagen möchte, aber immer wieder schweifen meine Gedanken ab.

Wäre alles gut gegangen, müssten die beiden längst hier sein. Wenn Sandor so viel Zeit braucht, um Albina zum Mitkommen zu überreden, bleibt uns wahrscheinlich keine mehr, um alles zu besprechen, was nötig ist. Ich kenne den Bringdienst und vor allem kenne ich Gelunda, die Leiterin. Sie ist fair, hat allerdings keinerlei Verständnis für Trödelei.

In dem Moment, als ich beginne, meine Hoffnungen zu begraben, dringt endlich Albinas Stimme bis zu mir. Ungeduldig und angriffslustig.

»Ich dachte, es wären nur ein paar Schritte. Wenn du denkst, du kannst mir eins über den Schädel ziehen, sobald wir weit genug von den Sentineln entfernt sind, irrst du dich.«

»Ich werde dir nichts tun.« Sandors ruhiger Ton, den ich so liebe. »Wir sind fast da.«

Langsam richte ich mich aus meiner Hockposition auf. »Albina«, sage ich.

Sie hört mich, bevor sie mich entdeckt. Ihr Kopf schnellt herum, ihre Augen erfassen mich und ich kann verfolgen, wie sie mich zwar erkennt, aber nicht glauben kann, was sie sieht.

Ich bleibe einfach ruhig stehen. Lasse ihr diese Sekunden der Ungläubigkeit und wappne mich für das, was danach kommen wird.

»Sindra«, sagt sie. Ihre Stimme ist gefährlich leise. »Das ist eine echte Überraschung.« Sie lacht kurz auf. »Du bist wirklich mutig, weißt du das?«

Ich setze zu einer Entgegnung an, aber sie schneidet mir mit einer Handbewegung das Wort ab. »Was denkst du dir eigentlich? Wenn du meinst, ich würde in diesem Leben noch einmal einen Finger für dich krumm machen, dann hast du dich geschnitten.

Viel eher würde ich ein paar der Sentinel herrufen – du glaubst ja nicht, wie gern die dich in die Finger bekommen würden.«

»Albina, ich –«

»Nein, du hältst den Mund.« Sie kommt langsam auf mich zu, bis nur noch ein halber Schritt uns trennt. Ihr Gesicht ist so nah an meinem, dass ich die Sprenkel in ihren grünen Augen zählen könnte. »Wenn ich dich denen ausliefere, geben sie mir vielleicht meinen alten Job zurück. Als Ärztin, du erinnerst dich? Das ist diese Sache, für die man jahrelang studiert, damit man dann später Leute heilen kann.«

Sie spuckt mir ihre Verachtung mit jeder Silbe entgegen.

Ich rühre mich nicht und wende auch den Blick nicht ab, sondern warte einfach, bis sie alles losgeworden ist, was ihr auf der Seele liegt.

»Gib mir drei Minuten«, bitte ich sie, als sie sich abwenden will.

Sofort fasst sie mich wieder ins Auge. »Erspar mir das«, zischt sie. »Du hast mich so was von reingelegt und ich bin dir dafür weniger böse als mir selbst. Glaube mir. Aber ein zweites Mal passiert das nicht. Hau ab, Sindra. Hau ab, bevor ich der Versuchung nachgebe und wirklich ein paar Sentineln einen guten Tipp gebe.«

Sie dreht sich um und geht.

»Albina«, rufe ich ihr nach. In einem Ton, den sie von mir noch nie gehört haben kann. Freundlich, aber befehlsgewohnt. »Drei Minuten und du weißt, warum ich den Prim retten musste. Warum er überhaupt gefangen wurde. Und aus welchem Grund Vienna 2 vielleicht schon bald ein großer Friedhof sein wird.«

Sie hält kurz inne, tut ansonsten aber so, als hätte sie mich nicht gehört. Statt zurückzukommen, läuft sie schneller in Richtung Sphäre.

Meine Hand gleitet in die Jackentasche. Ich werde jetzt erst einmal das Wichtigste erledigen – danach wird sie entweder nach den Wachen brüllen oder mir zumindest kurz zuhören. Ich tippe auf Zweiteres, ihre Überraschung wird groß genug sein.

Ich renne los.

Sie hört mich zwar, will aber nicht den Eindruck erwecken, vor mir zu fliehen, also marschiert sie unbeirrt weiter. Vermutlich rechnet sie damit, dass ich neben ihr herlaufen und auf sie einreden werde. Dann muss sie nur weiterhin so tun, als wäre ich Luft, bis wir so nah an der Sphäre sind, dass ich ohnehin umkehren muss.

Stattdessen greife ich nach ihrer Hand, so fest, dass sie sich nicht reflexartig befreien kann. Den Dorn habe ich bereits aus der Jackentasche geholt. Ich ziehe ihn einmal quer über ihren Handrücken, dann noch einmal über ihren Daumenballen. Ein dritter Schnitt kreuzt den ersten. Es geht so schnell, dass sie noch keinen Ton von sich gegeben hat, als ich sie wieder loslasse.

Ihre flache Hand trifft mich so hart im Gesicht, dass es mich von den Füßen reißt. Mit weit aufgerissenen Augen starrt Albina auf mich hinunter, dann auf die Wunden, die ich ihr beigebracht habe.

»Du bist …« Sie ringt nach Worten. »Du bist …«

»Ich bin nicht Sindra«, ergänze ich ihren Satz. In meinem Kopf breitet sich ein hoher Ton aus; Albina hat mein rechtes Ohr mit voller Wucht erwischt. »Mein richtiger Name ist Eleria, ich war Studentin an der Borwin-Akademie, bevor der Sphärenbund beschlossen hat, mich aus dem Weg zu schaffen. Saug bitte nicht an deiner Hand, ich will sichergehen, dass das Serum wirkt.«

Jetzt, erstmals, lese ich Irritation in ihren Augen. Ihr Blick gleitet hinüber zu Sandor, dann wieder zurück zu mir. »Natürlich bist du Sindra. Du wurdest per Identitätschip registriert.«

»Per gekauftem Identitätschip. Die richtige Sindra Holun hatte offenbar genug von den Sphären.« Ich arbeite mich wieder auf die Beine. Der Ton in meinem Kopf wird nur allmählich leiser.

»Normalerweise sagen alle Ria zu mir. Ich lüge dich nicht an. Als Sindra habe ich es nur getan, weil es nicht anders ging. Hätte jemand herausgefunden, wer ich wirklich bin, wäre ich innerhalb von wenigen Stunden tot gewesen.«

Albina hat die Arme vor der Brust verschränkt. Ich kann sehen, wie es in ihrem Kopf arbeitet. Sie ist alles andere als dumm. Wenn sie genügend Zeit hat, wird sie die richtigen Schlüsse ziehen.

»Die Borwin-Akademie, ja? In welcher Sphäre liegt die? Wie heißt der Rektor? Wer war dein oberster Mentor?«

Ich lächle, als ich antworte. »Sphäre Hoffnung, der Rektor heißt Gorgias und mein oberster Mentor war Grauko. Bei ihm habe ich Suggestion und Emotionale Decodierung studiert, hauptsächlich. Ich war die Nummer 7 der Reihung, bis sie entdeckt haben, dass … ich eine Gefahr für den Sphärenbund darstelle. Sie wollten mich töten, mich und vier meiner Freunde. Das ist ihnen nicht gelungen, wir sind geflohen, und nachdem sie uns nicht finden konnten, haben sie eben behauptet, wir wären von Außenbewohnern getötet worden.«

Jetzt dämmert es ihr. Die Studenten, die zuerst verschwunden sind und dann tot aufgefunden wurden.

»Du kannst die Nachrichten von damals auf jedem Datenterminal abrufen. Es sind Bilder von uns dabei. Du wirst sehen, dass ich die Wahrheit sage.«

»Ich habe kein Datenterminal mehr.« Die Wut ist aus ihrer

Stimme und ihrem Blick gewichen. Beides wird nun von Fassungslosigkeit beherrscht.

»Ich erzähle dir alles«, biete ich ihr an. »Die ganze Geschichte und auch, was dahintersteckt. Aber dazu brauchen wir Zeit. Kannst du wieder hierherkommen?«

Ihr Nicken kommt mit Verzögerung. »Ja. Morgen ist Ruhetag. Ich werde mit den anderen nach draußen gehen.«

Ich lächle sie an, mit einer Wärme, die ich nicht spielen muss. »Gut. Danke. Ich werde hier sein, sobald sich die Schleuse zum ersten Mal öffnet. Und lass die Kratzer bitte einfach unbehandelt. Achte darauf, ob sie sich röten und heiß werden, und wenn sie das tun, sei froh.«

Sie sieht mich mit diesem merkwürdigen Blick an wie bei unserer ersten Begegnung, nachdem ich den Chemiker reanimiert hatte.

»Bis morgen«, sagt sie, dreht sich um und geht.

Albinas Neugier muss groß sein, denn sie ist am nächsten Morgen schon knapp nach Sonnenaufgang bei dem Baum; ich selbst bin nur zehn Minuten früher eingetroffen.

Statt einer Begrüßung hält sie mir ihren Handrücken entgegen. »Zufrieden?«

Die Kratzer sind rot und angeschwollen, die Haut rundherum spannt.

»Ja. Das ist großartig. Komm mit.«

Sie folgt mir bis zur Schmelzanlage, doch am Eingang bleibt sie stehen. In ihrem Gesicht liefern sich Wissbegierde und Misstrauen einen heftigen Kampf.

»Dir wird nichts geschehen«, versichere ich ihr. »Wir gehen ein viel größeres Risiko ein, indem wir dir unseren Unterschlupf zeigen.«

Darüber hat es gestern Abend noch langwierige Diskussionen gegeben. Curvelli war strikt dagegen, Albina in die Anlage zu lassen, Maiossa war auf seiner Seite und auch Aramonn äußerte Bedenken.

Aber es ist wichtig, dass wir offen zu Albina sind und dass wir ihr Vertrauen entgegenbringen. Ich kenne sie und weiß, dass sie es nicht missbrauchen wird.

Sie zögert noch einige Sekunden, dann tritt sie ein.

Alle sind aus der Kabine nach unten gekommen, gehen uns aber nicht entgegen – ich habe sie gebeten, hinten an der Wand zu warten, weil ich nur schwer abschätzen kann, wie Albina beispielsweise auf den einäugigen Aramonn und seinen Rabenspeer reagiert.

Ihr erster Blick fällt auf Andris. »Ich glaube es ja nicht!« Sie läuft auf ihn zu und bleibt so knapp vor ihm stehen, dass sie den Kopf in den Nacken legen muss, um ihm ins Gesicht sehen zu können. »Du hast im Liegen schon riesig ausgesehen, aber im Stehen bist du gigantisch.«

Andris blinzelt verwirrt. Kein Wunder, er hat diese Frau noch nie gesehen, da er im Medpoint die gesamte Zeit über betäubt war.

Sie streckt ihm die linke, die unzerkratzte Hand hin. »Ich bin Albina und freue mich, dass es dir offenbar wieder so viel besser geht. Kannst du mir verraten, warum Sind–« Sie dreht sich zu mir um.

»Wie, sagtest du noch mal, heißt du wirklich?«

»Ria.«

»Gut, also, kannst du mir verraten, warum Ria mir gestern den Handrücken aufschlitzen musste?«

Ja, Andris kann und er würde am liebsten sofort damit beginnen, aber ich bremse ihn. Die Geschichte ist kompliziert und er kennt sie nicht zur Gänze.

Wir gehen in den saubersten Teil der Anlage und setzen uns auf die großen alten Blechkanister, die Tycho gestern aus Schutt und Asche geborgen und notdürftig gereinigt hat. Albina lässt sich von jedem Einzelnen erzählen, wie er heißt und wer er ist – ich befürchte kurz, Aramonn könnte in einem Nebensatz loswerden, dass er mein Vater ist, und damit meine Glaubwürdigkeit als Ria, Studentin der Borwin-Akademie, aufs Spiel setzen. Doch da habe ich ihn unterschätzt. Weder er noch Maiossa sagen auch nur ein Wort zu viel.

»So.« Albina überkreuzt die Beine und beugt sich vor. »Ich habe gestern eins der erbärmlichen öffentlichen Datenterminals mit Beschlag belegt und deine Geschichte nachgeprüft, Ria. Leider ist dieser alte Kasten so kaputt, dass er nur noch Text laden kann, keine Bilder. Trotzdem, ich denke, ich kann dir glauben. Und wenn du Ria bist, dann ist das hier«, sie zeigt auf Tycho, »Dantorian?«

»Nein. Ich bin Tycho.«

»Ah.« Sie streckt auch ihm die Hand hin. »Das Technikgenie.«

Am verschlossensten gibt sich Curvelli. Er will Albina erst gar nicht seinen Namen nennen und wirft mir immer wieder vernichtende Blicke zu. »Wenn sie gleich zurück in die Sphäre geht, biegt sie wahrscheinlich direkt in die Sentinel-Zentrale ab. Sie wäre völlig verrückt, sich diese Chance entgehen zu lassen. Du hast uns ans Messer geliefert, Ria.«

Ich setze zu einer Entgegnung an, aber er kommt mir zuvor. »Und selbst wenn nicht. Sie ist degradiert worden, hat mit der Flucht eines Prim zu tun – sie ist grundsätzlich verdächtig. Ihr habt doch alle keine Ahnung, wie es wirklich läuft.« Er betrachtet seine ineinander verschränkten Finger. »Was, wenn jemand es merkwürdig findet, dass sie nicht nur gestern von ihrem Dienst verschwunden ist, sondern sich heute gleich wieder aus der Sphäre geschlichen hat? Sie muss uns noch nicht mal freiwillig verpfeifen. Aber wenn sie sie in die Mangel nehmen, wird sie es sicher tun.«

Ich sehe zu Albina, die in keiner Weise erschrocken, sondern eher kampfeslustig wirkt, und frage mich, was Curvelli sonst noch alles weiß.

»Wir haben nicht so viele Chancen, ein Bein in die Sphäre zu bekommen«, sage ich leise. »Und ich kenne Albina. Sie ist mutig, sie ist klug und sie denkt fair. Ich vertraue ihr.«

Nach einem letzten Blick in die Runde fange ich an. Ich erzähle die ganze Geschichte von Beginn an: von dem Gespräch in der Bibliothek, der Reise, die zum Präsidenten führen sollte, von den Exekutoren mit ihren primitiven Waffen. Unserer Flucht. Dem Clan Schwarzdorn.

Albina sieht mich mit immer größer werdenden Augen an. Blinzelt, als ich ihr vom Dornenritual des Clans berichte – sie ist nicht dumm, sie weiß genau, dass es ein Dorn war, mit dem ich sie gestern verletzt habe.

»Ich bin zurück in die Sphären, weil ich die Ungewissheit nicht länger ertragen konnte.« Ich wende meine Augen keinen Moment mehr von ihr ab. Jetzt kommen wir zum Kern der Sache, jetzt muss ich sicher sein können, dass sie mir glaubt. »Wir hatten Identitätschips bekommen; nach Vienna 2 zu gelangen, war damit erstaunlich einfach. Ich wurde dem Bringdienst zugeteilt, was eigentlich perfekt war – ich durfte mich überall frei bewegen, begegnete dauernd neuen Leuten. Unter anderem einer Gruppe von drei hochrangigen Sentineln, die sich die ganze Zeit mit einem roten Dossier beschäftigten. Möglich, dass es etwas enthielt, das auch mit unserem Schicksal zu tun hatte. Ich konnte nur Fragmente eines einzelnen Blattes erkennen, aber einer der Sentinel … na ja, er wollte mich treffen. Allein.«

Aus den Augenwinkeln kann ich sehen, wie Sandor seinen Rücken strafft. »Es war eine unbezahlbare Gelegenheit«, fahre ich unbeirrt fort. »Ich hatte fest vor, die Verabredung einzuhalten, aber dann wurde ich zu einem Chemiker geschickt, um ihm sein Mittagessen zu bringen. Als ich zur Tür hereinkam, war er dabei zusammenzubrechen. Herzinfarkt. Ich habe ihn reanimiert und dadurch bist du auf mich aufmerksam geworden, Albina. Ganz gegen meinen Willen, ich wollte um jeden Preis das Treffen mit dem Sentinel schaffen. Stattdessen hast du mich am Medpoint eingestellt.«

»Ich hätte es merken können«, murmelt sie. »All die Fachausdrücke, die du kanntest – das war schon verdammt ungewöhnlich für eine Arbeiterin.«

»Jedenfalls war ich ziemlich enttäuscht über diesen Rückschlag, bis sie eines Nachts Andris eingeliefert haben.« Ich erwidere sein warmes Lächeln. »Ich habe ihn sofort erkannt, aber zuerst nicht begriffen, warum er dort war. Niemand schleppt üblicherweise Außenbewohner in Sphären, um sie gesund zu pflegen.«

Albina nickt zustimmend. »Leider.«

»Mir war klar, dass sie nicht um sein Wohl besorgt waren, sondern sich etwas Bestimmtes von ihm erhofften. Und dass er keine

Stunde mehr zu leben haben würde, sobald sie das in Händen hätten.«

Albina blinzelt, blickt zur Seite. »Meine Güte. Ich habe dir nichts davon angemerkt.« Sie legt ihre gefalteten Hände vor die Lippen. »Weißt du denn, was es war? Was die Wichtigtuer von Andris wollten?«

»Ja.«

Ich schildere es ihr, so knapp wie möglich. Fasse alles zusammen. Dhalion, die Wissenschaftler, die vor neunzig Jahren geflohen sind. Quirins Plan. Die Rolle, die wir darin spielen. Unsere wahre Herkunft.

Dann, mit mulmigem Gefühl im Bauch, erläutere ich ihr das Schicksal der Sphäre Neumünster. 2900 Menschen, für deren Rettung niemand einen Finger gerührt hat.

Schwer zu sagen, ob Albina mir glaubt oder nicht. Sie betrachtet ihre Hand, die angeschwollenen Wunden. Berührt sie vorsichtig. »Du hast mich immunisiert, oder? Du hast gestern das Wort Serum gebraucht.« Sie fixiert mich. »Das bedeutet, du besitzt es. Aber du wirst es den Sphären nicht geben, richtig?«

»Ich werde es ihnen nicht einfach überlassen, nein.«

Albinas Augen verengen sich. »Sagen wir mal, diese Epidemie ist keine Erfindung von dir – dann würdest du also eine weitere in Kauf nehmen? Ein zweites Neumünster?«

»Nein, natürlich nicht.« Ich darf jetzt keinen Fehler machen. Bekommt Albina den Eindruck, ich will den Sphärenbund mit dem Leben von Unschuldigen erpressen, wird sie mir jede Unterstützung entziehen.

»Hast du mitbekommen, dass ständig Waffentransporte durchs Land fahren?«, erkundige ich mich. »Und die Sentinel, die vor der

Sphäre lagern – sie sind nicht die einzigen in der Umgebung. Der Bund sammelt seine Streitkräfte hier und ich denke, ich weiß, warum. Sie werden das Land von den Clans säubern. Die Zeit, in der gutes Überleben nur in den Sphären möglich war, ist vorbei.«

Ich kann an Albinas Miene sehen, dass dieser Gedanke ihr völlig neu ist, und ich kann das verstehen. Wir wurden in dem Bewusstsein aufgezogen, dass es noch sehr, sehr lange dauern würde, bis die Außenwelt unseren Ansprüchen genügt.

»Das halte ich für ausgeschlossen.« Wieder streichen Albinas Finger prüfend über die Kratzer. »Es ist doch genug Platz für alle. Mehr als das, du meine Güte. Die Regierung ist nicht dumm, sie wird vom Wissen der Außenbewohner profitieren wollen.«

Ich schüttle den Kopf. »Sie wird auf niemanden Rücksicht nehmen. Würdest du mir glauben, dass der Sphärenbund vergiftete Hilfspakete an die Clans liefert? Nein? Ich habe es anfangs auch nicht für möglich gehalten.«

Sie beißt sich auf die Lippe; ganz offensichtlich fällt es ihr schwer, mir nicht aus Reflex zu widersprechen.

Ich ergreife die Gelegenheit, das Gespräch dorthin zu lenken, wo ich es haben will. »Sind dir in letzter Zeit vermehrt Erkältungen in Vienna 2 aufgefallen? In Verbindung mit Augenentzündung? Kannst du dich an etwas Derartiges erinnern?«

Sie denkt nach, bevor sie antwortet. »Nicht dass ich wüsste. Aber ich bin nicht mehr so oft am Medpoint.« Die Sehnsucht in ihrer Stimme, als sie ihren alten Arbeitsplatz erwähnt, ist unüberhörbar. Sie legt den Kopf schief und wendet sich an Tycho. »Sind das die Schlüsselsymptome? Erkältungsanzeichen und entzündete Augen?«

Dass sie ihn fragt und nicht mich, zeigt, dass sie mir noch nicht wieder ausreichend traut. Sie will sehen, ob Tycho zu stottern beginnt, wenn er so überraschend in unser Gespräch hineingezogen wird. Aber er reagiert so natürlich wie immer.

»Ja. Das ist der Anfang. Später kommt Husten dazu, Atemnot. Am Ende erstickt man.«

Die Art, wie er es erzählt, macht klar, dass er weiß, wovon er redet. Dass er schon einmal dabei war, als es passiert ist.

Albina verschränkt die Finger ineinander. Als sie wieder spricht, ist ihre Stimme völlig ruhig. »Was wollt ihr eigentlich von mir? Es gibt eine Krankheit und ihr verfügt über das Serum. Soll ich Spritzen für euch klauen?«

»Nein«, erwidere ich. »Die Geschichte ist noch nicht zu Ende.«

Ganz im Gegenteil. Jetzt kommt der wichtigste Teil. Und ich weiß nicht, wie viel ich preisgeben kann. Ob ich wirklich die Leben anderer Menschen in Albinas Hände legen darf.

»Dass ich wieder hergekommen bin, hat einen konkreten Grund. Ich war von klein an infiziert und wurde, bevor ich nach Vienna 2 gekommen bin, immunisiert. Nicht dass ich das zu dem Zeitpunkt schon gewusst hätte.« Ich sehe zu Sandor, der den Kopf gesenkt hat und den Boden betrachtet. »Aber ich habe die Reise in die Sphäre nicht allein angetreten. Wir waren zu dritt.«

»Und?« Albina begreift nicht sofort, was ich sagen will. Es dauert zwei oder drei Sekunden, bis sich die Erkenntnis in ihrem Inneren ausbreitet und auf ihrem Gesicht spiegelt. »Heißt das, es sind noch zwei weitere infizierte Personen in der Sphäre?«

»Ja. Und sie wissen nichts davon, dass sie ein tödliches Virus in sich tragen. Kann sein, dass einer von ihnen schon Symptome zeigt; vielleicht sogar beide. Ich hoffe wirklich, wirklich sehr, dass sie noch nicht infektiös sind.«

Albina legt die gefalteten Hände vor den Mund. Diese Geste kenne ich, das tut sie immer, wenn sie nicht weiterweiß.

»Ich will die zwei aus der Sphäre holen«, fahre ich fort, in einem Ton, der ihr vermitteln soll, dass ich mir bereits alles genau überlegt habe. »Dann gefährden sie niemanden mehr und sind gleichzeitig selbst in Sicherheit.«

Sie nickt, nachdenklich. »Und du möchtest, dass ich dir dabei helfe. Wie?«

Curvelli, der sich die letzten Minuten unter Anstrengungen ruhig verhalten hat, fasst mich ins Auge und deutet mit dem ausgestreckten Zeigefinger auf mich. »Wenn du dieser Frau ihre Namen nennst, hast du ihr Blut an deinen Händen. Ich hoffe, das ist dir klar.«

Vielleicht ist es die Art, wie Curvelli über Albina redet. So tut, als wäre sie nicht da. Jedenfalls dreht sie sich zu ihm um und beugt sich vor. Einen Moment lang denke ich, sie wird ihm eine Hand aufs Knie legen, doch das tut sie nicht. Sie sieht ihn ein paar Sekunden schweigend an, dann hebt sie herausfordernd das Kinn.

»Du kennst mich nicht, also weißt du es einfach nicht besser, aber: Wer mir anvertraut wird, ist bei mir in Sicherheit. Das war schon immer so und das wird so bleiben. Wenn Ria mir die Namen eurer Freunde nennt, werde ich alles tun, um ihnen zu helfen.« Sie lässt ihren Blick einmal an ihm hinauf- und wieder hinunterwandern. »Wenn es dir damit besser geht, darfst du mir aber gerne weiterhin misstrauen. Ich werde es umgekehrt genauso halten.«

Sie starren einander an, keiner von beiden ist bereit, als Erster die Augen zu senken. Irgendwann beginnt Curvelli zu grinsen.

»Ja, ich verstehe, warum Ria einen Narren an dir gefressen hat.«

Maiossa sieht ihn von der Seite an, mit gerunzelter Stirn und nicht im Mindesten darum bemüht, ihr Missfallen zu verbergen. Curvelli nimmt ihre Hand in seine, in einer Geste, die ich ihm so zärtlich nicht zugetraut hätte.

»Ich hatte die Krankheit übrigens«, erklärt er, während er Maiossas Fingerknöchel berührt, einen nach dem anderen, als wollte er sie zählen. »Es fühlt sich tatsächlich an wie eine heftige Erkältung, aber zusätzlich ist es, als bekäme man ein Gewicht auf die Brust gelegt, das mit jeder Stunde schwerer wird. Nicht wahr?«

Die letzten zwei Worte richten sich an Andris, der eifrig nickt. »Scheußliche Sache. Wünsche ich keinem. Echt nicht.«

Albina speichert das alles ab, keine Frage. Jede Information, jedes Symptom. »Ich werde mit Osler reden«, murmelt sie. »Wenn es Erkrankte in Vienna 2 gibt, wird er es mir sagen können.«

»Osler ist noch auf seinem Posten?« Damit hatte ich nicht gerechnet. Immerhin musste er damals sein Okay geben, damit ich Albinas Assistentin werden durfte.

»Ja. Ich habe ihn darum gebeten, die ganze Schuld auf mich zu schieben. Er hat dann am Ende ausgesagt, dass er dagegen war, dich an den Medpoint zu versetzen. Er hat sich total von mir distanziert, also konnte er bleiben.« Albina registriert den irritierten Ausdruck auf Sandors und Aramonns Gesicht und lächelt. »Es ist doch ganz einfach: Ich war sowieso geliefert, aber ohne Osler wäre der Medpoint vor die Hunde gegangen. Warum sollten zwei Menschen unter dieser Sache leiden müssen?« Sie zuckt mit den Schultern. »Außerdem greift er mir ständig unter die Arme. Lässt mich Patientenakten lesen, damit ich nicht völlig aus der Übung komme. Hin und wieder darf ich sein Datenterminal benutzen. Ohne Osler wäre die Situation … unerträglich.«

In mir regt sich einmal mehr das schlechte Gewissen. Hätte ich Albina nicht getäuscht, wäre sie nicht in dieser Lage. Doch die Art, wie sie damit umgeht, zeigt mir ganz klar, dass mein Vertrauen in sie keine Fehlentscheidung ist. Wenn jemand mit meiner Information gleichzeitig verantwortungsvoll und mutig umgehen wird, ist sie das.

»Gut.« Mein Mund ist trocken, trotz allem. »Versuche, Cecil Rehn zu finden. So heißt er nicht wirklich, aber unter diesem Namen ist er in Vienna 2 registriert. Als ich die Sphäre verlassen habe, war er bei den Kuppelreinigern eingeteilt. Er ist groß, hat blondes Haar und das perfekte Gesicht, das man nach den Optimierungsoperationen eben hat. Sag ihm …«

Ich stocke. Ja, was soll Albina ihm sagen? Die ganze Wahrheit? Dass er eine tödliche Krankheit in sich trägt? Dass er gar kein Vitro ist, wie er sein Leben lang geglaubt hat?

Nein. Er würde es ihr nicht glauben. Ich muss selbst mit ihm sprechen, ihm die Hintergründe der sogenannten Verschwörung so erläutern, dass gar kein Zweifel aufkommen kann.

»Sag ihm, Ria ist wieder hier. Sag ihm, es geht mir gut und ich muss ihn unbedingt sehen. Und dass ich jetzt weiß, warum wir sterben sollten. Er darf sich nicht mehr in Gefahr begeben, um es herauszufinden, ich kann ihm jedes Detail erklären.«

Albina nickt. »Ich schätze, du willst, dass ich ihn am nächsten Ruhetag mit rausnehme?«

»Ja.« Obwohl es mir fast unerträglich scheint, noch sieben Tage warten zu müssen. »Und sieh ihn dir bitte genau an. Wenn er hustet und seine Augen entzündet sind, wenn sie ein gelbliches Sekret absondern …«

Was dann? Dann ist er vielleicht schon infektiös. Vielleicht aber auch nicht. Ich erinnere mich, dass Tomma bereits Symptome zeigte, als wir noch an der Akademie waren. Angesteckt hat sie aber niemanden.

»Wenn das so sein sollte, müssen wir uns umso mehr beeilen.«

Albinas konzentrierter Blick lässt darauf schließen, dass sie sich bereits Strategien zurechtlegt, wie sie am besten an Aureljo herankommt.

»Was ist mit dem Zweiten?«, fragt sie nach einigen Sekunden. »Den soll ich auch suchen, nicht wahr?«

»Nein. Überlass das ... Cecil. Die beiden sind ganz sicher in Kontakt und er wird dafür sorgen, dass sein Freund am nächsten Ruhetag mit hinauskommt.« Dann kann ich sie beide immunisieren. Es ist eine Sache von einer Minute, dann habe ich das dringendste Problem beseitigt.

Schwierig wird es erst im Anschluss. All die anderen Virusträger, an die ich so gern herankommen möchte, all die verschleppten Clankinder – ich habe keine Ahnung, wie ich sie finden soll. Falls von ihnen überhaupt noch welche am Leben sind.

Aber ein Schritt nach dem anderen. Erst muss ich mit Aureljo sprechen und die Vorstellung, dass es bis dahin noch eine ganze Woche dauern wird, ist entmutigend genug.

22

Doch es vergehen nur zwei Tage, bis wir wieder von Albina hören. Genauer gesagt ist es Sandor, zu dem sie für ein paar schnelle Worte an den Waldrand läuft. Ich bin ihm unendlich dankbar dafür, dass er unmittelbar darauf zur Schmelzanlage kommt, um mir Bericht zu erstatten.

»Sie hat mit Aureljo gesprochen. Er war ... sehr glücklich zu erfahren, dass du noch lebst.« In Sandors Stimme schwingt etwas mit, das ich nur mit Mühe benennen kann. Als hätte er ein Terrain betreten, auf dem er nichts zu suchen hat, und würde sich deshalb schuldig fühlen.

»Er ist nicht mehr bei den Kuppelreinigern, sondern man hat ihn zu den Sentineln versetzt. Auf eigenen Wunsch. Er hat alle nötigen Tests mit einem Ergebnis bestanden, das doppelt so gut war wie das des nach ihm Gereihten.«

Das wundert mich nicht. Wahrscheinlich hat er sich bewusst zurückgenommen, damit der Vorsprung nicht noch größer ausfällt.

Sandors dunkle Augen mustern mich forschend. Ja, ich muss gelächelt haben. Vielleicht sogar stolz.

»Albina sagt, er will dich unbedingt sehen. Noch vor dem Ruhetag. Er ist in zwei Tagen für den nächtlichen Wachdienst in Kuppel 12 eingeteilt und wird dich durch die Schleuse einlassen.«

Meine Kehle wird eng, ohne dass ich etwas dagegen tun kann. Ich soll noch einmal die Sphäre betreten? Aus der ich unter Lebensgefahr geflohen bin?

»Bist du sicher, dass er das gesagt hat? Ich soll wirklich in die Sphäre kommen?«

Ich kann Sandor am Gesicht ablesen, dass er kurz erwägt, mir die Unwahrheit zu sagen und mich damit zu schützen. »Es ist das, was Albina weitergegeben hat«, antwortet er schließlich.

Mit einiger Anstrengung kämpfe ich meinen spontanen Widerwillen gegen diesen Plan nieder. Wenn Aureljo so etwas vorschlägt, hat er es durchdacht, daran besteht kein Zweifel. Dann wird er auch dafür sorgen, dass uns die anderen beiden Sentinel, die mit ihm Nachtwache haben werden, nicht in die Quere kommen.

Trotzdem. Seiner Aufforderung wirklich nachzukommen, verlangt mir unglaublich viel Vertrauen ab. In ihn und in Albina.

Ich weiß nicht, ob ich es werde aufbringen können.

»Hat er eine Uhrzeit genannt? Einen genauen Treffpunkt?«

Sandor sieht mich nicht an. Ich vermute, er hat gehofft, ich würde Aureljos Vorschlag sofort in den Wind schlagen. »An der Schleuse, dort gibt es eine Nische, in der du dich verstecken kannst. Zwei Stunden nach Mitternacht etwa. Er weiß, dass du keinen Zugriff auf exakte Zeitangaben hast.« Nun sieht er mir doch in die Augen. »Dir ist klar, dass ich dich begleiten werde?« Sandors Miene ist liebevoll wie immer, aber seine Stimme – beinahe muss ich mir ein Lachen verkneifen. Als hätte er gemeinsam mit Grauko die Stahlwand trainiert. Den Ton, der jeden Widerspruch von vorneherein ausschließt.

»Ich muss mit Aureljo alleine sprechen«, insistiere ich trotzdem.

»Er wird viel zu verkraften haben. Die Wahrheit über seine Herkunft und die Hintergründe der Verschwörung.« Ich nehme Sandors Gesicht zwischen meine Hände. »Die Wahrheit über uns.«

Er atmet tief durch. Lässt seine Stirn gegen meine sinken. »Denkst du, es ist klug, ihm alles auf einmal mitzuteilen?«

»Ich muss. Ich hätte ihm schon viel früher reinen Wein einschenken sollen, noch bevor wir nach Vienna 2 aufgebrochen sind. Ihn im Ungewissen zu lassen, war nicht fair.«

Sandor zieht mich an sich. Drückt meinen Kopf an seine Brust. Ich schließe die Augen.

»Dann gehe ich nicht mit hinein. Aber ich begleite dich bis zur Schleuse. Ich will sicher sein, dass Aureljo dich dort erwartet und kein Exekutor.«

Am nächsten Tag hält es mich nicht mehr in der Schmelzanlage. Nachdem Sandor, Maiossa und Aramonn fort sind, mache auch ich mich zum Abmarsch bereit. Ich gebe mir und den anderen das Versprechen, vorsichtig zu sein. Vorsichtig bis zur Lächerlichkeit. Unter Andris' lautstarken Protesten binde ich mir mein Haar mit einem Tuch so an den Kopf, dass keine einzige Strähne mehr hervorlugt, setze meine Kapuze auf und ziehe sie mir so tief ins Gesicht, dass ich kaum noch etwas sehen kann.

Andris hat sich vor der Tür aufgebaut und blockiert sie. Er sieht so wild entschlossen aus, dass ich Angst kriegen könnte, würde ich ihn nicht kennen.

»Lass mich durch. Bitte.«

Er schüttelt den Kopf, dass seine Haare fliegen. »Kommt nicht infrage. Du hast selbst gesagt, es ist zu gefährlich für dich und mich. Sogar für Tycho und Curvelli, obwohl die hier niemand kennt.«

Ja, ausgenommen der farblose Sentinel, mit dem alles begonnen hat. Doch den haben wir seit Tagen nicht mehr entdecken können.

»Richtig«, mischt Curvelli sich ein. »Du warst diejenige, die diese Regel aufgestellt hat, und jetzt willst du sie brechen?«

Er hat recht, aber das ändert nichts. Ich möchte mich auf meinen Gang zur Sphäre vorbereiten und das kann ich am besten draußen. Mir die Entfernung vom Waldrand zur Schleuse ansehen. Den richtigen Winkel suchen, aus dem ich mich nähern werde, so, dass man mich vom Lager der Sentinel aus nicht sehen kann. Versuchen, die Nische zu finden, die Aureljo meint.

Vorbereitungen beruhigen mich und ich will morgen nicht nervös sein. Nicht aus Gründen, die sich vermeiden lassen.

Immer noch steht Andris vor der Tür, unverrückbar wie ein Fels. Ich drehe mich um, scheinbar resigniert.

»Dann lass mich eben nicht gehen«, sage ich matt. »Aber übernächste Nacht muss ich hinaus. Ich werde Aureljo treffen, nur werde ich wahrscheinlich vorher den Sentineln in die Arme laufen, weil du mich daran hinderst, mir den perfekten Weg zurechtzulegen.« Ich ziehe mir einen der Kanister heran und setze mich. Stütze die Ellenbogen auf die Knie und das Gesicht in die Hände. »Ich kann deinen Standpunkt ja verstehen. Aber weißt du, es wäre nur für eine Stunde. Vielleicht sogar kürzer. Und es würde mich so sehr beruhigen.«

Fünf Minuten später ist Andris weich, ungeachtet Curvellis verächtlichen Schnaubens. Allerdings hat er zur Bedingung gemacht, dass Tycho mit von der Partie sein soll.

»Ich bin zu groß und zu auffällig, das ist mir klar. Aber allein lasse ich dich nicht da raus.«

Damit kann ich gut leben. Tycho wird mir eine Hilfe sein und er freut sich sichtlich, eine Aufgabe zu haben, die über Beobachtungen durchs Fernglas hinausgeht.

Wir sondieren die Umgebung gründlich, bevor wir uns aus dem Schatten der Schmelzanlage wagen. Es ist ein schöner Tag, die Sonne steht an einem beinahe makellos blauen Himmel und ihre Wärme dringt durch meine Kleidung. Erst als wir das Wäldchen betreten, das zwischen unserem Versteck und der Sphäre liegt, wird es wieder kühler.

Wir wenden uns nach rechts. Bringen gleich zu Beginn möglichst viel Raum zwischen uns und die Sentinel. Dabei sprechen wir kein Wort, setzen jeden Schritt so leise, wie wir können.

Über uns singen Vögel. Das Zwitschern ist mir schon während unserer Reise hierher aufgefallen, doch so laut und vielstimmig wie heute habe ich es noch nie gehört. Dass es mir Mut macht, ist nicht zu erklären, aber dennoch ist es so.

Ein Rauschen lässt uns innehalten, es ist ein vertrautes Geräusch und gleichzeitig bedrohlich.

Die Magnetbahn.

Wir sind bereits nahe genug am Waldrand, um durch die Zweige Teile der Sphäre sehen zu können. Und auch Teile des eintreffenden Zugs. Er ist kurz und führt nur zwei Waggons, beide sind schnittig und schmal. Ein Personentransport.

Ich wüsste zu gerne, wer gerade angekommen ist. Leider können wir das nicht sehen, denn die Aussteigstelle befindet sich im Inneren der Sphäre, in das der Zug nun gleitet. Wie eine Made in eine riesige Frucht.

»Schon wieder«, murmelt Tycho. »Als ich letztens mit Maiossa und Curvelli hier war, ist ein ganz ähnlicher Zug eingetroffen.«

Die Bahn ist nun völlig in der Kuppel verschwunden. Während meiner Zeit in Vienna 2 – und das waren Monate – war die Frequenz der Züge nicht so hoch, darauf könnte ich wetten. Warum auch? Die Sphäre ist keine von den wichtigen.

Vielleicht ist heute der farblose Sentinel zurückgekehrt, falls er überhaupt fort war. Vielleicht sehen wir ihn morgen schon wieder im Lager – das würde mir meine Mission nicht einfacher machen.

Ich konzentriere mich auf meine Aufgabe. Den besten Winkel für eine Annäherung an die Schleuse finden. Wenn ich noch etwa fünfzig Meter weiter nach links gehe –

Tycho stößt mich mit dem Ellenbogen an. Erst leicht, dann so kräftig, dass ich einen Aufschrei unterdrücken muss.

»Was ist denn?«

Er deutet ein Stück nach rechts, in Richtung der Schleuse.

Erst weiß ich nicht, was er mir zeigen will, doch dann entdecke auch ich die Gestalt, die sich in vollkommener Reglosigkeit an den breiten Mast des Leuchtstrahlers gepresst hat, der nachts die freie Fläche vor der Sphäre in gleißendes Licht taucht. Jetzt gleitet sie in die Hocke. Bewegt sich geschmeidig auf den Wald zu und damit auf uns.

Ich bin mir nicht sofort sicher, doch meine Gewissheit wächst mit jedem Meter, den sie sich uns nähert.

Es ist Fiore. Ganz in Grau gekleidet, das Haar kurz geschoren wie immer, den Langbogen auf den Rücken geschnallt. Ich starre sie an, sie hat uns noch nicht bemerkt, stattdessen wirft sie immer wieder Blicke hinter sich, um sicherzugehen, dass niemand ihr folgt.

Wenn sie hier ist, muss auch Quirin in der Nähe sein.

Der Gedanke senkt sich wie Eis in mein Inneres, meine Augen

beginnen, wie von selbst die Umgebung abzusuchen, nach einer hochgewachsenen weißen Gestalt.

Inzwischen ist Fiore fast bei uns angekommen und ich wünschte, ich könnte eine Begegnung verhindern, mich verstecken und ihr ungesehen folgen.

Doch ihre Instinkte sind zu scharf. Sie entdeckt uns, als ich mich gerade abwenden will. Ihre Augen werden groß, trotzdem hält sie keine Sekunde lang inne, sondern huscht zunächst geduckt zwischen die schützenden Bäume.

»Was tut ihr hier?«

Langes Drumherumreden war noch nie Fiores Sache. Sie nimmt erst Tycho und danach mich ins Visier. »Was treibt ihr bei Vienna 2?«

»Wir sind auf der Flucht.« Ich schaffe es, meine Stimme kühl klingen zu lassen, aber nicht wütend. »Nachdem wir von den Schwarzdornen vertrieben wurden. Oh, halt – eigentlich nicht vertrieben. Genauer gesagt wurden wir zum Tode verurteilt, für den Mord an Quirin.«

»Wie bitte?«

»Ja, nicht wahr? Der Clan ist überzeugt, wir hätten ihn getötet, dabei ist er so lebendig, wie man nur sein kann, habe ich recht?«

Fiore wirkt verwirrt. Ganz offensichtlich ist sie nicht in den Pakt zwischen Yann und Quirin eingeweiht.

»Natürlich ist Quirin am Leben. Zumindest war er es vor drei Tagen.«

Tycho wirft ihr einen grimmigen Blick zu. »Hast du dich nicht gewundert, dass sein Mantel fort ist? Verschwunden?«

»Was?« Sie streicht sich über das millimeterkurze Haar. »Warum sollte ich mich wundern? Quirin hat den weißen zu Hause gelassen und trägt einen braunen, der viel bessere Tarnung bietet, jetzt, wo der Schnee verschwindet.«

Zu Hause gelassen. Ja, so kann man es auch nennen.

»Und was treibt euch hierher?«, erkundige ich mich.

Ihre Miene verschließt sich. »Das kann ich dir nicht sagen.«

Auf diese Weise führt das Gespräch zu nichts. Eins ist völlig offensichtlich, dazu muss ich Fiore nicht weiter ausquetschen: Sie hat keine Ahnung, dass Yann Quirins Verschwinden für seine Zwecke genutzt hat. Sehr wahrscheinlich mit dessen Einverständnis und Hilfe.

Hätte sie protestiert, wenn sie es gewusst hätte? Zutrauen würde ich es ihr.

»Wo steckt Quirin denn?« Ich stelle die Frage so nebenbei, als wäre sie völlig bedeutungslos.

»Er erkundet die Umgebung. Sucht nach Leuten, mit denen er sprechen muss. Will herausfinden, was die Lieblinge tun, er meint, da wäre einiges im Gange.«

Das heißt, er weiß von den Waffentransporten. Eventuell auch von den Raketen. Er hat es bereits angedeutet, als wir uns zuletzt gesehen haben, es so deutlich bestätigt zu sehen, wird ihn in seiner Meinung, dass Dhalion das letzte Mittel zur Rettung der Clans ist, nur noch bestärken.

»Und warum bist du nicht bei ihm?«

Meine Frage ist Fiore sichtlich unangenehm. »Ich habe eigene Angelegenheiten zu regeln.«

»Ach. In Vienna 2? Dort kennst du doch niemanden.«

Sie sieht mich mit einem langen, brennenden Blick an, bevor sie sich abwendet. Dann dämmert es mir.

Natürlich kennt sie jemanden in der Sphäre, und zwar die gleichen zwei Menschen, derentwegen ich hier bin. Ich kann mich erinnern, dass sie einmal in ihrer eigenen schroffen Art Interesse an Aureljo bekundet hat.

Ist das der Grund, warum sich ihre und Quirins Wege zumindest kurzfristig getrennt haben? Liegt ihr so viel an ihm?

Ihr Blick senkt sich und bleibt an Tycho hängen. An seiner Hand, um genau zu sein. Vielleicht sogar an den verblassenden rosa Narben.

Weiß sie es? Hat Quirin ihr von Dhalion erzählt? Oder ist sie nur erstaunt, dass er offenbar das Dornenritual hinter sich gebracht hat?

»Es könnte sein, dass wir aus demselben Grund hier sind«, murmle ich. »Du. Und wir. Wegen derselben Menschen.«

Die Art, wie sie zur Seite blickt, leicht den Kopf schüttelt und dann erst Verständnislosigkeit in ihre Miene legt, zeigt mir, dass ich recht habe. Es geht um Aureljo.

»Wenn du wieder mit Quirin zusammentriffst«, taste ich mich behutsam vor, »wirst du ihm erzählen, dass du uns begegnet bist?«

»Warum sollte ich nicht?« Es liegt mehr Neugierde als Herausforderung in ihrer Stimme.

Ich gebe ihr keine direkte Antwort. »Besser wäre, du würdest ihm sagen, dass der Clan auseinanderbricht. Dass Yann versucht, sich zum Fürsten aufzuschwingen, und dabei auf Widerstand stößt. Es gibt Kämpfe und Tote; immer mehr Dornen spalten sich ab und gehen nach Süden.«

Das hat sie nicht gewusst, ich sehe es an ihren Augen. »Aber … die Nachfolge ist doch klar geregelt. Sandor –«

»Sandor wurde vertrieben, weil er für mich und Tycho gebürgt hat. Nur deshalb leben wir noch.«

»Oh, verdammter Mist. Ich habe Quirin gesagt, dass wir nicht so lange fortbleiben dürfen, aber er meinte, es wäre lebenswichtig zu erfahren, was sich außerhalb des Territoriums tut.«

»Natürlich«, wirft Tycho ein. »Es gibt ja auch keine Grenzgänger und vor allem keine anderen Clanmitglieder, die das ausforschen könnten.«

Fiore straft ihn mit einem bösen Blick, doch sie verkneift sich jede Entgegnung.

»Ich werde Quirin sagen, dass er zurückgehen muss. Er kann Licht in die Dinge bringen und vor allem wird sein Auftauchen klarstellen, dass ihn niemand ermordet hat, schon gar nicht ihr. Dann wird Sandor wieder Fürst und –«

»Ich fürchte, das ist nicht in Quirins Sinn«, falle ich ihr ins Wort. »Im Gegenteil. Wenn ich mich nicht arg täusche, war genau das sein Plan. Tycho und ich tot oder allein in der Wildnis, was im Prinzip das Gleiche ist. Hauptsache, wir kommen ihm nicht mehr in die Quere und Sandor ebenfalls nicht.«

Jetzt tritt Ungläubigkeit in Fiores Augen und kurz darauf Wut. »Was redest du denn für einen Mist? Hast du vergessen, dass Quirin euch Unterschlupf gewährt hat, als der Rest des Clans euch vertreiben wollte? Damit hat er euch das Leben gerettet!« Sie schnappt nach Luft. »Warum sollte er euch dann ein paar Monate später töten wollen? Kannst du mir das erklären?«

»Ja. Das könnte ich.« Ich habe Fiore genau beobachtet. Ihre Empörung ist echt, sie ist mit jeder Faser ihres Herzens überzeugt von Quirins guter Absicht. Also weiß sie nichts von Dhalion.

»Ich könnte dir viel erklären, aber das soll besser Quirin übernehmen.«

Sie lacht höhnisch auf. »Ja, sicher. Netter Versuch, Ria. Was bezweckst du eigentlich damit? Haben die Lieblinge beschlossen, dich laufen zu lassen, und dich dafür auf uns angesetzt, damit du unter den Dornen Zwietracht säst?« Sie entblößt ihre Zähne wie ein angriffslustiges Tier. »Ich habe in meinem Leben noch nie etwas so Undankbares erlebt.«

Sie wendet sich ab und läuft davon, tiefer hinein in den Wald.

Tycho sieht ihr noch nach, als sie längst zwischen den Bäumen verschwunden ist. »Ob das schlau war? Sie wird Quirin alles erzählen.«

Möglich. Dass sie uns begegnet ist, hätte sie aber ohnehin nicht für sich behalten, und der Rest ist egal. Im besten Fall ist es mir gelungen, einen winzigen Zweifel in ihr zu wecken. Ihr Vertrauen in Quirin wenigstens ein kleines bisschen zu erschüttern.

Zurück in der Schmelzanlage rufe ich mir den Weg zur Schleuse immer und immer wieder ins Gedächtnis, gehe ihn in Gedanken zigfach durch. Der schwierigste Teil wird sein, die hell erleuchtete Fläche zwischen Wald und Sphäre zu überwinden. Es gibt dort nichts, wo man sich verstecken könnte, und selbst wenn ich renne, werde ich für die Strecke mindestens eine halbe Minute brauchen. Wenn nicht mehr. Eine halbe Minute im gleißenden Licht.

Sandor will mich begleiten, also werden wir zu zweit und damit noch auffälliger sein. Wenn ich mich richtig erinnere, sind die Sentinel, die oben auf den Kuppelgalerien Wache gehen, nicht sehr zahlreich, aber am Ende genügt ein einziger, der uns sieht …

Ich grüble den ganzen restlichen Tag, nur um zu dem Ergebnis zu kommen, dass ich es einfach riskieren muss. Wenn ich, bevor ich loslaufe, mit dem Fernglas die Galerien genau absuche und den besten Moment zum Starten abpasse …

Ich will meinen Plan mit Sandor besprechen, als er abends zurückkehrt, doch zum ersten Mal, seit wir uns so nahe sind, erlebe ich ihn wütend. Auf mich. »Wir hatten eine Abmachung und ich habe dir vertraut. Wenn du schon so versessen darauf warst, nach draußen zu gehen, warum konntest du es mir nicht sagen? Dann wären wir gemeinsam gegangen und ich wüsste jetzt noch, dass ich mich auf dich verlassen kann.«

Ich versuche, es ihm zu erklären, aber er beruhigt sich nur langsam. »Heute war ein Trupp Exekutoren da draußen. Zwanzig Mann, bewaffnet bis an die Zähne.« Seine Kiefermuskeln treten deutlich hervor, ein Zeichen dafür, dass er sich mit viel Kraft um Ruhe bemüht. »Sie haben vier junge Auswanderer geschnappt, die nicht mehr als Stöcke hatten, um sich zu verteidigen. Einfach so. Das hast du nicht zufällig mitbekommen?«

Ich schüttle den Kopf. Nein, habe ich nicht. »Aber ich habe jemand anders getroffen.« Ich halte seinem Blick stand. »Fiore.«

Er schließt kurz die Augen. Nicht sonderlich überrascht, wir wussten ja, dass sie in der Umgebung sein musste. »Du hast sie gesehen?«

»Und mit ihr gesprochen. Quirin ist natürlich am Leben, sie haben sich erst vor drei Tagen getrennt, weil er sich alleine auf Erkundungsgang begeben wollte. Aber … Fiore schleicht um die Sphäre herum, als wollte sie wider besseres Wissen hinein. Oder zumindest an etwas herankommen, das drin ist.«

23

Es ist, als hätte man dunklen und hellen Stoff aneinandergenäht. Das Licht rund um die Sphäre ist scharfkantig und grell.

Ich liege bäuchlings zwischen den Bäumen am Waldrand. Nachts ist der Boden noch so kalt, dass auch drei Kleidungsschichten nicht helfen: Ich zittere. Sandor liegt dagegen ganz ruhig neben mir. Er hat den Feldstecher an die Augen gehoben und beobachtet die Sentinel, die oben auf den Kuppelgalerien ihre Runden ziehen. Wir müssen im richtigen Moment loslaufen, genau dann, wenn die Wachen auf Kuppel 12 gerade außer Sicht sind. Anschließend haben wir rund achtunddreißig Sekunden für einen Weg von zweihundert Metern. Das ist genug, wenn keiner von uns stolpert oder die Sentinel beschließen, die Richtung zu ändern. Zum Beispiel, weil sie etwas gehört haben. Wir müssen also nicht nur schnell, sondern auch leise sein.

Als wir losgegangen sind, war es Andris zufolge etwa eine Stunde nach Mitternacht, aber seit wir uns hier verstecken, habe ich jedes Zeitgefühl verloren. Es können zehn oder schon dreißig Minuten vergangen sein.

»Drei Patrouillen warten wir noch«, flüstert Sandor. Er drückt mir das Fernglas in die Hand. »Sieh dir an, in welchem Tempo sie gehen. Wo sie hinsehen. Sieh dir ihre Gesichter an, das hilft gegen die Angst.«

Ich tue, was er sagt, weil es ohnehin schon egal ist. Aber wie sich herausstellt, hat er recht. Die Sentinel, die dort oben herumlaufen, sehen freundlich aus, so wie die, mit denen ich in der Sphäre Hoffnung oft geplaudert habe. Die meisten sind jung, einer haucht sich beim Gehen in die Hände, offenbar hat er seine Handschuhe vergessen und friert.

Es ist machbar.

Ich beobachte die Wachen, wie sie hinter der riesigen Kuppelrundung verschwinden, dann gebe ich Sandor das Fernglas zurück. Langsam richten wir uns auf. So leise es geht.

Er wirft einen letzten, prüfenden Blick durch den Feldstecher nach oben. Dann drückt er meine Hand und wir laufen los.

Das Licht ist blendend hell, noch nie habe ich mich so ausgeliefert gefühlt, alles in mir schreit danach, wieder umzukehren. Zurück in das schützende Dunkel.

Man muss uns von überall sehen können. Von der Galerie aus sowieso, aber auch von Kuppel 12 und vom Wald aus. Es ist, als würden wir *Schießt auf uns!* rufen.

Ich konzentriere mich auf meine Schritte. Warte auf den überraschten Ruf desjenigen, der uns entdeckt, auf den Befehl anzuhalten, auf die Warnschüsse. Falls man für Prims noch Warnschüsse abgibt und sie nicht sofort aus dem Weg räumt.

Doch alles, was ich höre, sind unsere raschen Tritte auf dem harten Boden und mein keuchender Atem.

Noch nie sind mir zweihundert Meter so weit vorgekommen.

Kurz bevor das Licht im direkten Umfeld der Sphäre schwächer wird, stolpere ich, schürfe mir beide Handflächen auf, doch Sandor hat mich schon am Ellenbogen gepackt, hochgerissen und zerrt mich nun auf den Schatten neben der Schleuse zu.

Halbschatten, um genau zu sein. Man kann uns immer noch ausgezeichnet sehen, aber den Sentineln versperrt nun die Wölbung der Kuppel die Sicht.

Mein Herz hämmert schmerzhaft, vor Anstrengung ebenso wie vor Panik, und so laut, dass ich nicht hören kann, ob auf der Galerie hoch über uns Befehle weitergegeben werden. Dass man die zwei Personen, die eben bei unerlaubter Annäherung an Vienna 2 beobachtet wurden, festnehmen soll.

Oder eliminieren.

Doch Sandor steht völlig ruhig neben mir. Er würde es mitbekommen, falls Gefahr droht. Sein unbewegtes Gesicht beruhigt mich.

Die Nische neben der Schleuse befindet sich höchstens zehn Meter links von mir. Ich halte Sandor am Arm fest – von hier aus will ich allein weitergehen. Im Halbdunkel sehe ich seine unwillige Miene und schenke ihm ein zittriges Lächeln: *Bitte. Lass mich.*

Sein Nicken ist winzig, kaum wahrnehmbar.

Ich schiebe mich eng an der Kuppelwand weiter, da ist die Nische, ich schlüpfe hinein.

Mein Mund ist so trocken, dass ich nicht einmal schlucken kann. Ist Aureljo hier? Oder ist alles ein schrecklicher Irrtum, eine Falle, die in den nächsten Sekunden zuschnappen wird?

Ich presse mein Gesicht gegen die Hermetoplastwand. Innerhalb der Kuppel ist es finster, aber irgendwann sollte ich die Lichtkegel sehen, die die Sentinel-Patrouille mit ihren Stablampen erzeugt. Helle, wandernde Flecken.

Stattdessen nähert sich ein dunkler Schemen. Mit gleitenden, langsamen Bewegungen. Er bleibt etwa zehn Schritte vor der Scheibe stehen, zu weit entfernt, als dass ich in dieser Schwärze ein Gesicht erkennen könnte. Aber es ist keinesfalls Aureljo. Nicht groß genug, nicht muskulös genug gebaut.

Meine Kehle schnürt sich zu. Alles in mir will weg von hier, fortlaufen, sich verstecken. Es ist genau das eingetreten, was ich befürchtet hatte. Jemand ist Aureljo zuvorgekommen, vielleicht einer der Exekutoren, jemand, der weiß, wer ich bin.

Aber … jetzt zu fliehen, würde die Dinge nur schlimmer machen. Es schießt sich so leicht auf Flüchtende. Und es handelt sich nur um einen einzigen Menschen. Hätte man mich erwartet, wäre nicht einer alleine hergekommen.

Die unbekannte Gestalt hält inne. Verharrt einen Moment, um dann umzukehren und wieder davonzugehen, mit langen, ruhigen Schritten.

Kann es sein, dass ich überhaupt nicht entdeckt worden bin? Ich habe mich absolut nicht bewegt, obwohl mein Herz rast und meine Hände zittern.

Erleichterung breitet sich in mir aus, trotzdem würde ich am liebsten alles abbrechen, zu Sandor zurückschleichen und mich möglichst schnell wieder im schützenden Wald verbergen.

Eine instinktive Reaktion. Irreführend. Es wurde kein Alarm ausgelöst, kein Scheinwerfer richtet sich auf mich, ich sehe keinen Sentinel-Trupp durch die Kuppel auf mich zustürmen.

Dafür sehe ich erneut die dunklen Umrisse einer Person, die sich nähert. Ebenfalls allein, aber nicht vorsichtig, sondern mit energischen Schritten.

Mein ganzer Körper entspannt sich.

Um zu wissen, dass es Aureljo ist, der da auf mich zukommt, muss ich sein Gesicht nicht sehen. Seine Haltung, seine Bewegungen, das alles ist mir bis ins letzte Detail vertraut.

Nun ist er so nah, dass ich ihn erkennen kann. Er sieht müde aus und er muss Gewicht verloren haben.

Eine Weile sehen wir uns durch die Scheibe hindurch an. Dann gibt er einen Sicherheitscode in das Tastenfeld ein und eine schmale Schiebetür gleitet beiseite.

Ich zögere. Meine Instinkte sind wieder erwacht und sie protestieren heftig dagegen, auch nur einen Schritt in die Sphäre zu tun, in dem Wissen, dass sich die Tür hinter mir schließen wird, sobald ich eingetreten bin.

Aber hier draußen können wir uns nicht unterhalten. Ich muss darauf vertrauen, dass Aureljo sich alles gut überlegt hat. Dass seine Strategie für dieses Treffen so wasserdicht ist, wie sein taktisches Vorgehen es in den Übungen an der Akademie immer war.

Ich setze einen Fuß vor den anderen. Jetzt stehe ich in der Sphäre und hinter mir gleitet die Tür wieder zu.

Ich habe ihn so lange nicht gesehen und nun wirft seine Gegenwart mich völlig aus der Bahn. Seine Augen, dieser vertraute Blick. Aureljo mustert mich, als müsse er sich erst vergewissern, dass wirklich ich es bin, die vor ihm steht. Dann tut er langsam den letzten Schritt auf mich zu und nimmt mich in die Arme. Wie früher, trotzdem fremd. Ich frage mich, ob Sandor uns von draußen sehen kann.

Der raue Stoff von Aureljos Sentinel-Uniform kratzt an meiner Wange, doch ich gehe nicht auf Abstand. Als er beginnt, meinen Rücken zu streicheln, beiße ich mir auf die Unterlippe, halte aber still.

»Ich dachte, du wärst tot«, murmelt er in mein Haar. Drückt im nächsten Moment seine Lippen darauf, sucht dann meinen Mund mit seinem.

Das schlechte Gewissen packt mich mit aller Wucht. Es ist nicht nur meine Liebe zu Sandor, sondern auch mein Verdacht Dhalion betreffend, den ich Aureljo verschwiegen habe. In nichts habe ich ihn eingeweiht, über nichts informiert. In den nächsten Minuten werde ich seine Welt zum Einstürzen bringen und ich kenne keinen Weg, es ihm leichter zu machen. Schon gar nicht hier, in ständiger Angst vor Entdeckung.

»Komm mit.« Er hat mich losgelassen und greift jetzt nach meiner Hand. »Ich weiß, wo wir am besten hingehen.«

Er zieht mich hinter sich her, in den Korridor ganz rechts. Mit seiner Sentinel-Kennung am Ärmel fährt er über den Scanner neben einer schmalen Tür, die mit einem leisen Piepsen aufspringt. Dahinter liegt eine Kammer, in der die Gerätschaften des Putztrupps lagern. Es riecht nach synthetischer Zitrone und noch etwas anderem, Schärferem.

Hinter uns schnappt die Tür zu und für einen Moment stehen wir in völliger Finsternis. Panik steigt in mir auf, aus dem Bauch über die Brust, den Hals hinauf.

Ich nehme mich zusammen, und als Aureljo seine Stablampe einschaltet, habe ich meine Gesichtszüge schon wieder unter Kontrolle.

Ein leichtes Lächeln, das so wehtut, als hätte ich es mir mit einem Messer ins Gesicht gekerbt.

»Ria.« Er sieht mich an, als wolle er mein Bild auf seine Netzhaut brennen. »Was ist denn passiert?« Er greift nach meiner Hand. »Erzähl es mir. Wieso bist du aus Vienna 2 verschwunden? Ich dachte, ich sehe dich nie wieder.«

Es ist diese Mischung aus Schmerz und Erleichterung in seinen Augen, die mich denken lässt, dass ich gleich in Tränen ausbrechen werde. Plötzlich hasse ich mich mit einer Inbrunst, die mir Angst macht. In ein paar Minuten wird die Erleichterung aus seinem Blick verschwunden und durch zusätzlichen Schmerz ersetzt worden sein.

Ich schlucke. Denke an langsam fließendes Wasser.

»Ich hatte etwas herausgefunden.« Erstaunlich, wie ruhig meine Stimme klingt. »Aber ich war mir unsicher, ob ich recht hatte oder nicht. Um das festzustellen, musste ich die Sphäre verlassen; gleichzeitig wollte ich Andris retten.« Ich würde so gern meine Hand aus Aureljos zärtlichem Griff winden, sein offensichtliches Vertrauen in mich ist kaum zu ertragen.

»Was war es? Hatte es mit dem roten Dossier zu tun? Oder mit *Jordans Chronik*?«

»Beides.«

Sein Daumen streichelt die Innenseite meiner Handfläche. Was habe ich dieses Gefühl geliebt. Diesen kurzen Ausflug in die Intimität während einer Lektion oder eines Arbeitseinsatzes. Jetzt treibt es mir endgültig die Tränen in die Augen.

»Du weinst doch nicht, oder? Weinst du?« Nun nimmt er mein Gesicht zwischen die Hände, gleich wird er es trocken küssen und dann werde ich mich von ihm losreißen müssen und alles wird noch schwieriger, als es ohnehin ist.

Also trete ich einen Schritt zurück. Wische mir mit beiden Händen übers Gesicht und konzentriere, konzentriere, konzentriere mich.

»Die Fragmente von *Jordans Chronik*«, beginne ich, »weißt du noch? Wir haben so lange gerätselt, wer Dhalion sein könnte. Ich habe es herausgefunden und es erklärt alles.« Ich sehe Aureljo direkt in die Augen und meine Stimme erstirbt. »Alles«, wiederhole ich langsam, doch vielleicht ist das auch nur ein Echo in meinem Kopf.

In seinem rechten Augenwinkel hat sich das gelbliche Sekret gesammelt, das ich so gut von Tomma kenne. Es ist nicht viel, es verklebt seine Lider noch nicht, aber es ist zweifellos da.

»Und?« Aureljo ist sichtlich gespannt. »Wer ist es? Oder besser, wer war es?«

»Nein. Ist. Er ist nach wie vor hier.« Ich begreife erst, was ich sage, als ich die Worte ausspreche.

Wie lange kann es her sein, dass die Krankheit bei Aureljo ausgebrochen ist? Noch nicht lange, nein, sonst wären die Symptome deutlicher. Aber die Verläufe sind ja unterschiedlich, wenn ich Quirin zumindest in dieser Hinsicht glauben kann.

»Hustest du?«, frage ich unvermittelt.

Aureljo runzelt die Stirn. »Wie bitte?«

»Ob du hustest. Wie bei einer Erkältung.« *Wie Tomma.*

Er überlegt, zuckt die Schultern. »Ein bisschen. Nicht der Rede wert. Ich war in den letzten Wochen häufig auf Außenpatrouille und bin zweimal nass geworden bis auf die Haut.«

Der Dorn, der mit dem Serum präpariert ist, steckt im Innenfutter meines linken Stiefels; dort würde niemand ihn finden, selbst wenn man mich erwischt. Hätte ich ihn in der Hand, würde ich mit Aureljo jetzt das Gleiche tun wie mit Albina.

»Hör mir zu, Aureljo. Hör mir ganz genau zu. Ich weiß, warum sie uns töten wollten, ich weiß, worin die Verschwörung besteht, und ich weiß auch, was es mit Dhalion auf sich hat.«

Sein Mund öffnet sich leicht. Ungläubiges Erstaunen. Dann Freude. Und Stolz. Auf mich. »Du bist fantastisch. Ich denke mir oft, die Nummer 7 in der Reihung ist dir nicht gerecht geworden.«

Ungeduldig schüttle ich den Kopf. »Bitte, unterbrich mich jetzt nicht. Es ist … schwer für mich. Und es wird für dich vielleicht noch schwerer.« Ich vermeide einen Blick in seine Augen. »Wir wurden belogen, seit wir kleine Kinder waren.« Ich beginne mit der Entdeckung der Teströhrchen in Andris' Krankenzimmer. DH/L10/V. Wie sich das Schriftbild für mich plötzlich zu etwas anderem zusammenfügte.

Dass sein Gesicht immer härter wird, je länger ich rede, führe ich darauf zurück, dass Aureljo einen Teil der Schlüsse schon zieht, bevor ich bei meinem Gespräch mit Quirin angelangt bin. Die Eröffnung, dass alle Dornenkinder infiziert werden und die entführten als tödliche Zeitbomben in den Sphären heranwachsen sollen, trifft ihn aber trotzdem unvorbereitet. Und er schafft es kaum zu akzeptieren, dass er kein Vitro ist.

»Ich glaube das nicht«, murmelt er, obwohl seine Miene etwas völlig anderes sagt. »Warum sollte der Sphärenbund Kinder entführen, wenn die Wissenschaftler sie selbst im Reagenzglas zeugen könnten? Was hat das für einen Sinn?«

Ich weiß es nicht, aber im Moment ist das auch die Frage, die mich am wenigsten beschäftigt. Das Wichtigste, das, was gerade Vorrang vor allem anderen hat, ist noch nicht bis in sein Bewusstsein vorgedrungen.

»Wir sind nicht nur infiziert, Aureljo.« Ich bin versucht, nun doch wieder seine Hand zu nehmen, aber das wäre ein falsches Signal. »Wir können jederzeit erkranken. Und sterben, so wie Tomma. Du erinnerst dich doch noch an ihre Symptome.«

Natürlich begreift er es, ohne eine Sekunde Verzögerung. Seine Hand fährt hoch, er wischt sich über die Augen. »Du willst damit sagen – Dhalion ist bei mir schon ausgebrochen?«

»Sieht ganz danach aus.«

»Ich werde also enden wie Tomma, ja?« Er lacht heiser auf. »Nach Luft schnappend, mit blauen Lippen.«

»Nein.« Endlich kann ich den schlechten Nachrichten eine gute entgegensetzen. »Ich habe das Serum und ich werde dich immunisieren. Das Virus ist bei dir erst vor Kurzem ausgebrochen, du wirst innerhalb von zwei oder drei Tagen nichts mehr davon bemerken. Glaube mir, Curvelli war schon in einem viel fortgeschritteneren Stadium und jetzt ist er wieder –«

»Curvelli?«, fällt Aureljo mir ins Wort. »Curvelli ist doch tot!«

»Nein, ist er nicht. Er ist den Exekutoren genauso entkommen wie wir.«

Aureljo legt die Hände vors Gesicht. Ich kann sehen, wie sein Oberkörper sich unter schweren Atemzügen hebt und senkt, und ich lasse ihm die Zeit, die er braucht. Währenddessen lausche ich nach draußen. Ich habe nicht gefragt, wo die anderen Sentinel der Kuppelwache stecken, weil ich völlig selbstverständlich davon ausgehe, dass Aureljo es mir gesagt hätte, wenn sie zu einem Problem werden könnten.

Als er die Hände vom Gesicht nimmt, hat es sich verändert, auf beunruhigende Art und Weise. Ich versuche, dieses Neue, das sich da abzeichnet, blitzschnell zu analysieren.

»Sie wollten uns töten, als wären wir nichts, als gäbe es keine anderen Wege«, wispert er. »Haben Raman und Lu auch überlebt?«

Ich schüttle den Kopf. »Nein.«

Aureljos Blick richtet sich auf einen Punkt in weiter Ferne, einen Punkt, zu dem ich ihm nicht folgen kann, solange er nicht mit mir spricht.

»Ich möchte ...«, setze ich an, aber er hebt die Hand. Schließt die Augen, und als er sie wieder öffnet, ruht seine ganze Aufmerksamkeit auf mir.

»Da ist noch etwas, nicht wahr? Ich spüre das, seit du den ersten Schritt in die Kuppel gemacht hast. Es hat sich etwas verändert zwischen uns. Habe ich recht?«

Ich hätte gern noch ein paar Minuten Zeit gehabt. Hätte gern die Sache mit Dhalion vorher abgeschlossen. Aber Aureljo kennt meine Techniken und Winkelzüge, bei ihm komme ich nicht damit durch. Nicht, wenn er so aufmerksam ist wie in diesem Moment.

Ich könnte natürlich trotzdem versuchen, meine antrainierten Kniffe einzusetzen. Mich aus Graukos Arsenal bedienen. Aber das hat Aureljo nicht verdient.

»Es ist Sandor. Ich habe mich in ihn verliebt.«

Aureljo zuckt mit keiner Wimper. »Das beruht auf Gegenseitigkeit?«

»Ja.«

»Und ... du hast dich entschieden? Für ihn?«

Brennen hinter den Augen. Ich lasse es zu. Tränen sammeln sich in meinen Augenwinkeln, bis sie zu schwer werden und sich ihren Weg über meine Wangen suchen. Ich nicke.

Es vergehen endlose Sekunden, in denen wir einander nur ansehen. Aureljo würde mir nie Vorwürfe machen. Es ist meine Entscheidung und er stellt sie nicht infrage.

Schließlich legt er den Kopf ein wenig schief und lächelt. »Es tut weh. Aber es macht auch manches einfacher.«

In mir, tief unter meinem Schmerz und meinen Schuldgefühlen begraben, schrillen Alarmglocken. »Was meinst du damit?«

Er wendet sich ab. »Ich werde jetzt gehen. Ich schicke euch Dantorian am Ruhetag nach draußen. Informiert ihn, immunisiert ihn. Aber es wäre besser, er würde danach wieder zurückkommen. Man ist derzeit nicht sehr nachsichtig mit Abtrünnigen.«

Ich stelle mich ihm in den Weg. »Erst bist du an der Reihe. Es sind nur zwei oder drei Kratzer und du bist geheilt.«

»Nein.« Er schiebt mich zur Seite und dreht den Türknauf. »Leise jetzt. Ich habe den beiden anderen erklärt, ich treffe ein Mädchen, aber sie sollten nicht mitbekommen, welches.«

»Aureljo!« Ich packe ihn am Arm, gleichzeitig versuche ich, mit der anderen Hand an den Dorn in meinem Stiefel zu kommen. »Wir dürfen nicht warten! Quirin sagt, der Verlauf kann von Mensch zu Mensch variieren, wir wissen nicht, ob du so viel Zeit haben wirst wie Tomma ...«

Er dreht sich noch einmal zu mir um, greift nach meinen Händen, nimmt sie zwischen seine. »Ich will dein Serum nicht. Vielleicht in ein paar Tagen oder Wochen. Aber keinesfalls jetzt. Erst muss ich nachdenken.«

Einen Moment lang bin ich versucht, ihm um den Hals zu fallen, ihn sogar zu küssen, alles zu tun, um ihn umzustimmen.

Tut er das, um mich zu bestrafen?

»Es wird nicht mehr lange dauern, dann bist du infektiös«, stoße ich hastig hervor. »Und du wirst jeden anstecken, der dir zu nahe kommt.«

Er lässt meine Hände los. Streicht mir übers Gesicht, dann nimmt er mich in die Arme und presst mich so fest an sich, dass ich kaum noch Luft bekomme. Dass ich nur mit Mühe hören kann, was er sagt. Aber ich glaube, ich habe es verstanden.

Er sagt: »Leb wohl, Ria.«

24

Draußen, zwischen der Kuppel und dem Rand des Rings aus Scheinwerferlicht, sinke ich in mich zusammen. Ich habe auf ganzer Linie versagt, ausgerechnet heute. Meine Emotionskontrolle war lächerlich, ich habe mich so sehr von meinen Gefühlen dominieren lassen, dass ich mein wichtigstes Ziel verfehlt habe: Aureljo zu retten.

Ich lehne meine Stirn gegen die Glätte der Hermetoplastwand, deren Kälte meinen Kopf schmerzen lässt. Schließe die Augen. Erst als ich eine leichte Berührung an der Schulter fühle, blicke ich auf.

Sandor. *Wir müssen zurück*, deutet er.

Gleich. Das Zeichen kann ich mit einer Hand machen. Sie zu heben, fällt mir erstaunlich schwer. Mein ganzer Körper fühlt sich an wie mit Blei ausgegossen.

Eine halbe Minute gibt Sandor mir Zeit. Dann zieht er mich am Arm hoch.

Er presst sein Ohr an die Kuppel. Von unserer Position aus können wir die Sentinel auf der Galerie nicht sehen, also müssen wir versuchen zu hören, wo sie sich befinden. Es vergehen drei, höchstens vier Minuten, dann packt Sandor meine Hand und rennt los.

Die ersten Schritte muss er mich hinter sich herziehen, ich fühle mich immer noch wie gelähmt. Doch dann siegt meine Disziplin.

Ich werde nicht auch noch ihn in Gefahr bringen, nachdem ich schon bei Aureljo alles falsch gemacht habe.

Mein Hals schmerzt, als hätte ich geschrien, vor meinen Augen tanzen dunkle Punkte und die Entfernung zum Waldrand will und will nicht kleiner werden.

Trotzdem ist es irgendwann geschafft.

Wir erreichen die Bäume, ich fühle meine Beine nachgeben und Sandors Körper, der mich auffängt.

Den Weg zurück zur Schmelzanlage stolpere ich mehr, als ich gehe. Immer wieder laufen Fetzen des Gesprächs mit Aureljo vor meinem inneren Auge ab, immer wieder meine eigenen Fehler.

Leb wohl, Ria.

Warum habe ich es nicht gemacht wie bei Albina? Dorn raus, drei tiefe Kratzer und erst danach all die Erklärungen?

Schon an der Tür bestürmen mich Tycho und Andris, wollen wissen, wie es gelaufen ist, was ich erfahren habe. Ich wimmle sie wortlos ab, klettere hinauf in die Technikerkammer und rolle mich unter meiner Decke zusammen.

Ich will schlafen und alles vergessen. Vielleicht bin ich morgen wieder in der Lage, vernünftig zu denken und neue Pläne zu schmieden. Heute nicht.

Wenige Minuten später steigt Sandor die Leiter hoch, legt sich zu mir und nimmt mich in die Arme. Ich kann fühlen, dass er wartet. Darauf, dass ich etwas erzähle. Also hole ich tief Luft.

»Ich habe Aureljo erklärt, was Dhalion ist, aber er wollte das Serum nicht, obwohl die Krankheit bei ihm schon ausgebrochen ist. Noch nicht weit fortgeschritten, aber trotzdem …«

Sandor zieht mich näher an sich. »Du hast ihm von uns erzählt? Bevor du ihn immunisieren wolltest?«

Ja, da ist er, der große, der entscheidende Fehler. Ich nicke.

»Und nun denkst du, er will sterben, weil er dich verloren hat?«

Noch einmal lasse ich die Szene in meiner Erinnerung ablaufen. War es so? *Es macht manches einfacher*, das war es, was Aureljo gesagt hat. Das klang, als hätte er sich schon vorher etwas überlegt gehabt, das er nun umso besser durchführen konnte.

Trotzdem, so leicht darf ich es mir nicht machen. Ich habe es vermasselt. Alle meine Bemühungen, an das Serum heranzukommen und nach Vienna 2 zurückzukehren, waren vor allem darauf ausgerichtet, Aureljo und Dantorian zu finden und zu retten.

Wer weiß, ob ich dafür jemals eine zweite Chance bekomme.

Ein Transportzug. Schwerfällig bewegt er sich in die Sphäre, träge wie ein überfüttertes Tier. Drei Waggons. Waffentransporte?

Ich kauere seit zwei Stunden am Waldrand. Diesmal wissen alle Bescheid; sie sind nicht begeistert, aber sie lassen mich gewähren. Die vergangenen beiden Tage habe ich mich wie eine der Laborratten an der Akademie gefühlt und auch benommen: Ich bin an den Wänden der Schmelzanlage entlangeschlichen, unfähig, auch nur drei Minuten am Stück stillzuhalten. Die ganze Zeit über beherrscht von dem Gedanken, noch einmal mit Aureljo sprechen zu müssen. Ihn zur Vernunft zu bringen, und wenn das nicht klappt, ihn zu überrumpeln. Den Dorn hätte ich diesmal zwischen den Fingern und ich würde keine Sekunde zögern, ihn einzusetzen.

Hier draußen geht es mir besser, ich fühle mich nicht mehr so hilf- und tatenlos.

Jetzt tut sich etwas bei der Magnetbahn. Der Zug ist zur Hälfte in die Sphäre eingefahren, der hintere Teil ist aber noch zu sehen.

Dort steigen nun zwei Gestalten aus und betreten die Galerie. Ihr Anblick lässt mein Herz schneller schlagen.

Sie stecken in dicken weißen Schutzoveralls mit einem helmartigen Kopfteil. Durch das Visier kann man höchstens Augen und Nase sehen und auch das wohl nur, wenn man direkt vor der Person steht.

Seuchenanzüge.

Bedeutet das, in der Bahn befinden sich Infizierte? Sind sie noch am Leben? Wohin werden sie gebracht?

Es fällt mir schwer, auf meinem Beobachtungsposten zu verharren.

Die beiden Männer in ihren Overalls sprechen nur kurz mit dem Befehlshaber des aktuellen Wachdienstes, dann kehren sie in die Bahn zurück.

Mein Kopf beginnt sofort, mögliche Gründe für das Auftauchen der Männer aufzulisten. Vielleicht fahren sie von Sphäre zu Sphäre und sammeln überall die Infizierten ein.

Sind sie eventuell Aureljos wegen hier? Der Gedanke senkt sich wie ein kalter Stein auf meine Brust. Sind die Symptome mittlerweile bekannt und seine entzündeten Augen werden ihm nun zum Verhängnis?

Ich beiße mir auf die Lippe, bis es wehtut. Bisher dachte ich, unter der Stadt wäre es schwer auszuhalten gewesen. Dunkelheit, Abgeschiedenheit, kaum Kontakt zur Außenwelt. Doch das hier ist schlimmer: zu sehen, wie sich direkt vor meinen Augen entscheidende Dinge abspielen, ohne sie zu verstehen. Und schon gar keine Chance zum Eingreifen zu haben.

Noch während der Zug sich langsam wieder aus der Sphäre schiebt, kauert Aramonn sich neben mich. Er und Sandor kreisen schon den ganzen Tag um mich herum wie Satelliten und sorgen dafür, dass nicht zufällig ein Grenzgänger oder ein verirrter Auswanderer auf mich stößt.

Gemeinsam beobachten wir, wie der Zug allmählich Fahrt aufnimmt und dann davonschießt.

»Welche Richtung ist das?«, erkundige ich mich.

»Südosten.« Aramonn reibt die Haut unter seiner Augenklappe. »Aber frag mich nicht, wohin die Reise geht. Wir sind schon seit Langem abseits meines Territoriums und je weiter östlich, desto fremder wird es für mich.«

Zwei Stunden später, als ich in die Schmelzanlage zurückkehre, beschreibe ich Andris die Richtung, die der Zug eingeschlagen hat, doch es ist Curvelli, der die richtigen Schlüsse zieht. Er hat die Karte des Sphärenbundes genau im Kopf.

»Südöstlich von Vienna 2 liegt die Sphäre Kenntnis.« Sein Blick ist dunkel und ich bin sicher, er denkt an Lu und Raman, deren Leichen man dorthin geschafft hat.

Ich hoffe wider alle Wahrscheinlichkeit, dass die Transportwaggons keine Toten beherbergt haben, und kämpfe die aufsteigenden Bilder von übereinandergestapelten Körpern nieder.

»Erzähl mir alles, was du über die Sphäre weißt.« Ich setze mich Curvelli im Schneidersitz gegenüber, meine ganze Haltung demonstriert, dass ich nicht lockerlassen werde, bis er mit sämtlichen Informationen herausgerückt ist, an die er sich erinnert.

Er seufzt. »Zentrum der Wissenschaft, gemeinsam mit Sphäre Einsicht. Aber die liegt im Norden, du erinnerst dich?«

»Ja.« Ich will, dass er weiterspricht, aber er lässt sich Zeit. Küsst Maiossa aufs Haar und zieht sie nah an sich, während er nachdenkt. Oder so tut.

»Zwanzig verschiedene Labors. Genetik, Pharmazie, organische Chemie, Zellbiologie – von Bakteriologie und Virologie ganz zu schweigen.«

Das passt perfekt. Virologie. Ich bin fest davon überzeugt, dass die Besserwisser, die Albina und Osler das Leben so schwer gemacht haben, nun fast alle in Sphäre Kenntnis sitzen und versuchen, das Serum zu entwickeln, das ich fertig in meinem Rucksack versteckt habe.

»An der Akademie gab es das Gerücht, dass in Kenntnis auch Menschenversuche durchgeführt werden. An Prims.« Erst Maiossas demonstratives Abrücken bringt ihm zu Bewusstsein, was er eben gesagt hat. »Also, an Außenbewohnern, meine ich natürlich.« Er nimmt sie in die Arme. »Du weißt, ich bin selbst einer von ihnen. Von euch.«

Sie befreit sich, schüttelt mit schiefem Grinsen den Kopf. »Du bist ein Liebling, wie es schlimmer kaum möglich ist.« Ihre Augen betrachten ihn zärtlich, aber ich habe vorhin die Unsicherheit darin gesehen. Zellbiologie, Genetik – das sind Begriffe, mit denen sie bisher wohl nie zu tun hatte. Sie ist es nicht gewohnt, sich in einem Gespräch unterlegen zu fühlen.

Mir macht das Wort Menschenversuche mehr zu schaffen. Forscht man in der Sphäre Kenntnis tatsächlich an lebenden Menschen, besteht zumindest die Chance, dass die Infizierten, die dorthin transportiert werden, noch nicht getötet wurden.

Ich fiebere dem nächsten Ruhetag entgegen. Immerhin Dantorian werde ich immunisieren können und vielleicht findet sich ein Weg, über ihn auch noch einmal an Aureljo heranzukommen. Oder Dantorian den Dorn mit dem Serum anzuvertrauen.

Es ist eine unruhige Nacht. Die Enge in der Technikerkabine stört mich heute maßlos. Aramonns und Andris' Schnarchen, das mich sonst immer beruhigt, treibt mich diesmal fast in den Wahnsinn.

Schon lange bevor der Morgen graut, krieche ich aus der Kabine. Steige vorsichtig über die schlafenden Körper meiner Freunde und klettere an der Leiter nach unten. Die verkrustete Asche knirscht leise unter meinen Füßen, als ich mich auf den Ausgang zubewege.

Ein leichter Hauch weht mir entgegen, als ich nach draußen trete, aber die Welt ist noch nicht erwacht. Ich lehne mich gegen einen der stärkeren Bäume und betrachte die Kuppeln, in denen nur die schwache Nachtbeleuchtung in dunklem Orange glimmt wie erlöschende Kohle.

Ich wünschte, ich wüsste, wie es weitergehen soll. Heute werde ich immerhin Dantorian sehen. Er wird sich helfen lassen, daran zweifle ich nicht.

Als wäre der schwarze Himmel undicht geworden, sickert allmählich Licht in den neuen Tag. Erst grau, dann rot. Asche, denke ich. Und Feuer. Wie auf ein geheimes Zeichen hin beginnt die Welt sich zu regen. Einzelne Vogelstimmen, Rascheln, das Flüstern aneinanderreibender Äste. Ich betrachte den Horizont, kann meine Augen nicht von dem sich ständig verändernden Schauspiel abwenden.

Irgendwann, als das Licht zu grell wird, drehe ich den Kopf nach rechts und bin im ersten Moment davon überzeugt, mich in einem sehr lebendigen Traum zu befinden, denn ich kann keinesfalls glauben, was ich sehe.

Eine schmale Gestalt. Mit prüfend schief gelegtem Kopf.

Plötzlich dieses Lächeln, das mich so lange begleitet hat.

Mein Körper begreift, bevor mein Kopf es tut, er lässt mein Herz fast schmerzhaft gegen den Brustkorb schlagen und Tränen in meine Augen treten.

Ich reiße mich zusammen. Rücken gerade, Schultern nach hinten. Tief Luft holen.

»Du musst dir keine Mühe geben, Ria. Nicht jetzt. Ich bin so unsagbar stolz auf dich.«

Die Wärme seiner Stimme, ich hatte sie ganz vergessen.

Obwohl ich dagegen ankämpfe, laufen immer neue Tränen über meine Wangen. Ich wische sie mit dem Handrücken fort, ich will deutlich sehen können.

Er ist es, ohne Zweifel. Grauko. Er steht hier, in diesem kleinen Wald, als stünde er in einem Übungsraum der Akademie. Entspannt, in lockerer Haltung, doch er strahlt eine Präsenz aus, die fast körperlich spürbar ist.

Ich gehe auf ihn zu, immer noch halb davon überzeugt, dass er sich gleich in Luft auflösen wird wie ein Trugbild.

Er kommt mir entgegen und schon bei seinem ersten Schritt frage ich mich, wie ich so blind sein konnte. Natürlich war da etwas Vertrautes an dem Schemen, den ich in der Sphäre gesehen habe, während ich auf Aureljo wartete.

Seit dieser Nacht muss Grauko wissen, dass ich hier bin, und nun hat er mich gefunden. Wir stehen voreinander. Er streckt seine Hände aus und ich lege meine hinein.

»Ich wusste es«, sagt er und von dem Leuchten in seinen Augen wird mir warm. »Ich hätte geschworen, dass du es schaffen wirst. Dass diese dummen Henker dich nicht einfach beseitigen können.«

Er betrachtet mich mit der ihm eigenen Intensität – mein Gesicht, meine Kleidung, meine ganze Erscheinung. Zieht vermutlich in Sekundenschnelle seine Schlüsse, so wie er das immer tut.

Einen winzigen Augenblick lang keimt Argwohn in mir auf – was, wenn er gekommen ist, um mich in eine Falle zu locken? Wenn er den Exekutoren in die Hände spielt?

Aber das ist albern. Es wäre so einfach für die Massen von Sentineln, die um die Sphäre herum lagern, uns zu schnappen. Wenn sie wüssten, dass wir hier sind. Sie müssten nicht Grauko vorschicken.

»Es ist gut, dass du misstrauisch bist«, unterbricht er meine Gedanken. »Aber du musst dir keine Sorgen machen. Ich werde nichts tun, um dich zu gefährden.«

Er hat es mir am Gesicht angesehen. Meine erste Reaktion ist Scham. Wird Grauko enttäuscht sein, dass meine Emotionskontrolle nicht mehr so perfekt funktioniert wie früher?

»Ich bin stolz auf dich«, wiederholt er. »Mehr, als du wahrscheinlich glaubst.«

»Wie haben Sie mich gefunden?«

Nun mischt sich doch so etwas wie Nachsicht in sein Lächeln. »Das weißt du, Ria. Nicht wahr?«

Nein, woher? Aber dann wird es mir mit einem Schlag klar. Natürlich. Die Nachricht, die ich ihm über Albinas Datenterminal geschickt habe. *Unsere letzte Lektion war die wichtigste. Ich habe sie nicht vergessen und das werde ich auch nie.* Er hat das Terminal geortet und seiner Besitzerin zugeordnet. Dann musste er nur noch herkommen.

»Haben Sie Albina schon kennengelernt?«

Er lacht leise auf. »Oh ja. Sehr temperamentvoll. Schade, dass ich sie nie als Schülerin hatte.« Er streicht sich über den Bart und lässt die Hand am Kinn liegen, eine Geste, die mir so vertraut ist, dass ich lächeln muss.

»Ihr ist es auch zu verdanken, dass ich weiß, wo ich dich finden würde. Sie hat zwar nichts verraten, aber ihre Signale, als ich sie nach dieser entflohenen Pflegehelferin ausfragte, waren sehr deutlich.« Ein Windstoß bläst ihm das Haar aus dem Gesicht und er schließt die Augen, hebt den Kopf, als wollte er jede Berührung der Außenwelt intensiv in sich aufnehmen. »Sie hat weite Kreise gezogen, die Geschichte von dem Mädchen, das den großen Prim entführt hat. Als ich hörte, in welcher Sphäre es passiert ist, dachte ich mir gleich, dass du das sein könntest. Doch dann hörte ich, der besagte entführte Außenbewohner sei auf dem Weg in den Süden gesehen worden.«

Ich kann mir ein Lächeln nicht verkneifen. Tem. Er hat wirklich ganze Arbeit geleistet.

»Also bin ich erst auf Umwegen hergelangt und habe vor drei Tagen mit Albina gesprochen.«

Die Sonne taucht den Waldrand mittlerweile in honigfarbenes Licht. Wir treten in die Schatten der Bäume zurück, gleichzeitig werden mit einem lauten Knacken die Scheinwerfer von Vienna 2 abgeschaltet.

»Aber es gibt eine Menge Dinge, die ich noch nicht erfahren habe«, fährt Grauko fort. »Wer ist bei dir? Aureljo und Dantorian habe ich in der Sphäre entdeckt und ich muss gestehen, das hat mich überrascht. Dass du ohne sie geflohen bist. Doch noch mehr hat es mich überrascht, dich in dieser Nacht draußen zu entdecken vor der Kuppel, während ich Aureljo beobachtet habe. Das war sehr gewagt.«

Ich versuche, die notwendigen Informationen zu sortieren, um sie ihm geordnet vorsetzen zu können, doch so viel Zeit lässt Grauko mir nicht.

»Wo ist Tomma?«

Natürlich. Sie hat er auch viele Jahre lang unterrichtet.

»Sie ist tot.«

Bis auf einen geräuschvollen Atemzug zeigt er kein Zeichen von Überraschung. »Wie traurig.«

»Ja.« In einiger Entfernung höre ich Schritte. Nicht schnell, nicht sehr zielgerichtet, aber ich möchte niemandem begegnen, egal ob gewollt oder zufällig.

»Wir könnten in unser Versteck gehen«, schlage ich vor. Ich habe beschlossen, Grauko gänzlich zu vertrauen. Wenn nicht ihm, dann keinem.

Doch er winkt ohnehin ab. »Ich will dich alleine sprechen. Wer weiß, wann sich wieder eine solche Gelegenheit ergibt. Seit ihr angeblich erschlagen wurdet, habe ich nach den Ursachen geforscht. Es war schon vor eurer Abreise völlig offensichtlich, dass euch etwas zustoßen würde.« Er betrachtet mich nachdenklich. »Ich hätte dich so gern gewarnt. Geschützt. Aber das war einfach nicht möglich.«

Dabei hat er genau das getan. Mir zu verstehen gegeben, dass auch er die Gefahr erkannt hat. Mich mit Rüstzeug ausgestattet.

»Ich habe herausgefunden, was dahintersteckt.« Ich wäre nicht überrascht, wenn Grauko erneut abwinken würde, weil er auch das schon längst weiß. Doch das Aufblitzen in seinen Augen ist blanke Neugierde.

»Großartig, Ria. Ich habe bei Weitem nicht so großen Erfolg gehabt. Wenn es um euch ging, wurden alle interessanten Gesprächspartner sofort einsilbig. Ich konnte mir nur zusammenreimen, dass etwas mit eurer Herkunft nicht stimmt.«

So kann man es ausdrücken. »Wir sind Aufgelesene«, erkläre ich. »Wobei das Wort an sich schon eine Lüge ist. Die Außenbewohner setzen ihre Kinder nicht aus, im Gegenteil. Sentinel-Trupps überfallen bei Nacht die Siedlungen und reißen den Müttern ihre Babys aus den Armen.«

Keine Ungläubigkeit, nicht einmal Verwunderung in Graukos Miene. Vielleicht lässt er sich aber auch bloß nichts anmerken. Ich fahre fort, lasse nichts aus. Als ich berichte, wie ich herausgefunden habe, was Dhalion ist, registriere ich wieder den Stolz in seinen Augen.

Nachdem ich fertig bin, schweigt Grauko. Minutenlang.

»Ich habe eben eine Menge begriffen«, sagt er dann. »Vieles von dem, was ich in den letzten Tagen und Wochen mitbekommen und wofür ich nur alberne Erklärungen erhalten habe. All die Waffentransporte, die Truppenbewegungen – der Bund rüstet sich für einen Ernstfall. Sie werden jemanden angreifen oder etwas zerstören. Ich werde versuchen, es herauszufinden.«

»In welcher Funktion sind Sie überhaupt hier?« Erst jetzt wird mir klar, dass Grauko ja kaum als Mentor durchs Land reisen kann. Man muss ihn für eine andere Aufgabe eingeteilt haben.

»Ich bin in den Ausschuss für Besiedelung gerufen worden.« Er streicht sich über den Bart. »Nachdem ich habe durchblicken lassen, dass dieser Bereich mich interessiert. Der Präsident hatte die Idee, jemanden loszuschicken, der sich davon überzeugt, dass die Männer und Frauen in hohen Positionen auch wirklich hinter ihm stehen. Oder ob es schwarze Schafe gibt. Dafür bin seit zwei Monaten ich verantwortlich.«

Der Bund hätte niemand Besseren für diese Aufgabe finden können. Grauko braucht nicht mehr als drei oder vier Sätze zu hören, um festzustellen, wie ehrlich jemand ist. Falls es sie gibt, wird er auf Intrigen und Geheimnisse stoßen, die kein anderer offenlegen könnte.

Wieder kommt mir Quirins Rätsel in den Sinn. »Würden Sie versuchen herauszufinden, wer oder was die Großen Sieben sind?«

Er stutzt. »Sieben?«

»Ja. Jemand hat mir gesagt, wenn ich über die Großen Sieben Bescheid wüsste, würde ich begreifen, warum die Dinge so sind, wie sie eben sind.« Ich schüttle den Kopf. »Ich überlege mir schon die ganze Zeit, ob es sich dabei um einen Geheimbund handelt. Eine Elitestaffel der Exekutoren. Aber vielleicht ist es auch nur ein Gerücht, das jemand in die Welt gesetzt hat, um Verwirrung zu stiften.«

Damit wird Grauko sich nicht zufriedengeben, so gut kenne ich ihn. Er wird seine Fühler ausstrecken, nachforschen und zu einem Ergebnis kommen, falls das möglich ist. In seinen Augen erkenne ich den gleichen Jagdinstinkt wie in Sandors, wenn er eine Spur im Wald verfolgt.

»Ich sollte nicht zu lange bleiben.« Er umfängt mich noch einmal mit einem warmen Blick.

»Warten Sie.« Keine Risiken diesmal. Ich greife nach Graukos Hand.

»Einverstanden, Ria. Aber nicht die Hand. Wir wählen eine Stelle, wo niemand die Spuren sehen wird.« Er zieht seine Thermojacke ein Stück hoch und dreht mir den Rücken zu.

»Ungünstig«, wende ich ein. »Die Kratzer sollen anschwellen

und sich entzünden, das ist ein Zeichen dafür, dass das Serum wirkt. Sie sollten das überprüfen und dazu müssen Sie die betreffenden Stellen sehen können.«

»Gut.« Er schlüpft aus der Jacke und krempelt seinen Ärmel hoch. »Nimm den Oberarm.«

Drei tiefe Hautritze. Blut quillt in kleinen Tröpfchen hervor, einige davon sammeln sich zu einem größeren, der bis zu Graukos Ellenbogen rinnt und von dort zu Boden fällt.

Er wartet, bis das Blut so weit getrocknet ist, dass es keine Flecken auf seiner Kleidung hinterlassen wird, dann streift er den Ärmel wieder hinunter. »Danke, Ria. Wir bleiben in Kontakt. Ich werde dich wissen lassen, wann und wie wir uns wiedersehen.«

Ich sehe ihm nach, wie er auf die Sphäre zuschlendert. Die Sentinel in ihrem Lager grüßt, ein- oder zweimal stehen bleibt, um sich mit ihnen zu unterhalten. Schließlich verschwindet Grauko durch die Schleuse, deren Türen sich hinter ihm schließen.

Dantorian taucht drei Stunden später an der Schleuse auf. Er blinzelt in den Himmel, schlingt die Arme um den Oberkörper und blickt sich um. Es ist offensichtlich, wie unbehaglich er sich fühlt.

Maiossa hat es übernommen, ihn zu uns zu führen. Sogar von meiner Position aus ist ihm anzusehen, wie sehr ihre Nähe ihn einschüchtert. Immer wieder wirft er ihr Seitenblicke zu, die sie geflissentlich ignoriert. Der Abstand zwischen ihnen wird mit jedem Schritt größer, was Dantorian erst korrigiert, als Maiossa es ihm mit einigen schroffen Worten befiehlt.

Als er Sandor, Tycho und mich hinter den Bäumen warten sieht, beginnt er zu laufen. Fällt als Erstes Tycho um den Hals und lässt ihn über eine Minute lang nicht los.

Danach zieht es ihn sofort in die Schmelzanlage. Er fühlt sich unter freiem Himmel immer noch nicht wohl. Zu viel Platz nach oben, behauptet er.

Völlig verblüfft ist er über Curvellis Anwesenheit. »Du bist doch tot«, sagt er dreimal.

»Hat Aureljo dir das nicht erzählt?« Ich ziehe Dantorian auf einen der Kanisterhocker und schiebe seinen Ärmel bis zum Ellenbogen hoch.

»Er hat in den letzten Tagen nur sehr wenig mit mir gesprochen«, gesteht Dantorian betrübt. »Nur das mit Dhalion hat er mir ausführlich erklärt. Ich habe es ihm zu Beginn nicht geglaubt. Dass wir wirklich Prims sein sollen!« Er hilft mir, den Ärmel möglichst weit hochzustreifen, und betrachtet dabei den langen, spitzen Dorn in meiner Hand.

»Tut das sehr weh? Brennt es?«

»Ja«, sage ich kurz angebunden. »Und es rettet dir gleichzeitig das Leben. Ganz guter Tausch, finde ich.«

Ein Zucken geht durch seinen Arm, als müsse er sich bemühen, ihn nicht zurückzuziehen. »Du nimmst es mir übel, dass ich ›Prims‹ gesagt habe, oder? Tut mir leid.«

Ich halte mit der Linken sein Handgelenk fest. »Es stört mich, da hast du recht. Aber egal, irgendwann gewöhnst du es dir schon ab.«

Ich setze den Dorn knapp unterhalb der Armbeuge an und ziehe fast bis zum Handgelenk durch. Dantorian schluckt und dreht den Kopf zur Seite, doch er macht keinen Mucks, als ich die nächste blutige Spur parallel zur ersten entstehen lasse.

»Wie war es?«, frage ich ihn. »Nachdem ich mit Andris geflohen war? Wurdet ihr befragt?«

Er schüttelt den Kopf. »Niemand hat uns mit dir in Verbindung gebracht. Die Leute am Medpoint hatten allerdings jede Menge Schwierigkeiten, besonders dieser eine Arzt, der für Andris zuständig war. Ihn haben die Farblosen am nächsten Tag fortgebracht. Keine Ahnung, wohin.«

Behrsen. Nein, ich mochte ihn nie, trotzdem regt sich mein Gewissen heftig. Wer weiß, was sie mit ihm gemacht haben.

Ich wünschte, ich wüsste, ob er noch lebt.

»Aber wenn es dich interessiert, wie es Aureljo gegangen ist, als er erfahren hat, dass du geflohen bist: nicht gut. Er war fast verrückt vor Sorge, muss in zwei Wochen mindestens fünf Kilo abgenommen haben. Einmal wäre er beim Kuppelreinigen fast aus der Trageschlaufe gestürzt, weil er so übermüdet war. Dann hat er sich zu den Sentineln versetzen lassen, das ging sehr schnell. Sie sagten, es hätte noch niemand jemals so gute Testergebnisse gehabt.«

Ja, so hat Albina es auch geschildert.

»Er wollte unbedingt herausfinden, was mit dir passiert ist. Nach vier oder fünf Tagen waren wir einigermaßen optimistisch – es gab keine Meldung, dass ihr geschnappt oder getötet worden wärt. Aureljo meinte, das sei ein Zeichen dafür, dass ihr entkommen wärt.«

Ich reibe mir mit beiden Händen übers Gesicht, bis es schmerzt. »Danke, Dan. Ich kann mir ein ungefähres Bild machen.«

Aus meinem Ärmel hole ich noch einen Dorn hervor, ebenfalls sorgfältig mit dem Serum präpariert. Ich halte ihn Dantorian hin. »Würdest du versuchen, Aureljo auch zwei Kratzer zu verpassen? Mir wollte er es nicht erlauben, aber vielleicht lässt er dich …«

Er schüttelt den Kopf. »Ich möchte das nicht.«

»Bitte!«

»Du sagst selbst, er will es nicht. Dann habe ich doch keine Chance gegen ihn.«

Dantorian wehrt sich beharrlich, doch ich lasse ihm keine Wahl. Am Ende nimmt er den Dorn vorsichtig an sich. Steckt ihn in die Jackentasche seiner Arbeitskleidung.

Die nächsten zwei Tage bleibt es ruhig rund um die Schmelzanlage. Einmal müssen wir drei fremde Jäger vertreiben, die sich ebenfalls gern hier einnisten würden, aber als Sandor, Aramonn und Andris sich ihnen entgegenstellen, räumen sie erstaunlich schnell das Feld.

Am dritten Tag erhalten wir eine Nachricht von Grauko. Wer sie gebracht hat, weiß ich nicht – es handelt sich um ein Stück Papier, das Sandor morgens in den Türspalt unserer Behausung geklemmt findet.

Es ist eine Zeichnung, bei der ich wetten würde, dass Dantorian sie angefertigt hat. Sie ist perfekt und detailreich ausgeführt, er muss es genossen haben, endlich wieder das tun zu können, was er beherrscht wie kein Zweiter.

Zu sehen ist Vienna 2 von außen, und zwar so, dass Kuppel 3c im Vordergrund liegt. Geschätzt hundert Meter von ihr entfernt zeigt ein Pfeil auf den Boden, auf eine Stelle zwischen einem angedeuteten Geröllhaufen und einem dichten Busch.

Alter Lüftungsschacht, hat Grauko in seiner präzisen Handschrift danebengeschrieben. *Freilegen nötig, danach Zugang möglich. Treffen in zwei Tagen, eine Stunde nach der zweiten Wachablöse.*

Mehr nicht. Nichts über Aureljo.

Wir betrachten die Zeichnung genauer. Der Eingang zum Lüftungsschacht liegt gefährlich nah an Vienna 2, aber wenn wir die Steine und das Gebüsch dort tatsächlich so vorfinden wie aufgezeichnet, könnten wir in der Finsternis geduckt bis zu der Stelle schleichen. Oder kriechen.

Ich bin zuversichtlich. Die Aufgaben, die Grauko mir über Jahre hinweg gestellt hat, waren immer anspruchsvoll, aber nie unlösbar. So muss es auch diesmal sein.

Sandor und Aramonn machen sich sofort auf den Weg, um den markierten Ort zu untersuchen. Schon eine Stunde später sind sie wieder zurück; Sandor kann seine Begeisterung nur schwer verbergen.

»Einfach großartig. Man würde den Zugang nie finden, wenn man ihn nicht bewusst sucht, und man kann die ganze Zeit über in Deckung bleiben. Es ist eine Röhre, ziemlich eng, aber man kann auf allen vieren durchkriechen, meine ich.« Er hält kurz inne. »Sobald man das Gitter entfernt hat, das im Inneren angebracht ist.«

Innerhalb von Minuten entspinnt sich eine Diskussion mit Tycho, der sich das Gitter genau beschreiben lässt und dann alles, was wir in unseren Rucksäcken mitgeschleppt haben, auf die Eignung als Werkzeug überprüft.

Ich halte mich raus. Technische Probleme zu lösen, ist nicht meine Stärke, mich beschäftigt eine ganz andere Frage, nämlich, wo genau wir am Ende dieses Rohres landen werden. In oder unterhalb von Kuppel 3c, vermutlich. Dort befinden sich die Sentinel-Zentrale und der Raum, in den ich mehrmals den drei Exekutoren das Essen gebracht habe.

Das ist schauderhaft gefährliches Terrain. Wäre es nicht Grauko, der uns dorthin lotsen möchte, würde ich mich weigern, auch nur einen Meter in diese Röhre zu kriechen.

Aber wenn ich einem Menschen vertraue, dann ihm. Ihm zu misstrauen, wäre, wie Sandor zu misstrauen. Es würde mein Leben so bitter machen, dass ich es ebenso gut gleich bleiben lassen könnte.

Außerdem ist Grauko der klügste Mensch, der mir je begegnet ist. Er bedenkt alles, immer. Wenn er uns bittet, an einen bestimmten Ort zu kommen, tut er das keinesfalls leichtsinnig und schon gar nicht grundlos.

25

Am nächsten Morgen bricht Tycho in Begleitung von Aramonn und Curvelli in Richtung der Röhre auf. Er ist so voller Tatendrang, dass Aramonn ihn bremsen und bitten muss, seiner Begeisterung weniger lautstark Ausdruck zu verleihen.

Sandor macht sich auf, unsere Vorräte aufzustocken – er wird Stunden unterwegs sein, denn um die Sphäre herum ist das Wild knapp. Zu viele Menschen, zu viel Lärm.

Zuerst sieht es so aus, als wolle Maiossa ihn begleiten, doch sie überlegt es sich anders. Sie stellt sich zu mir ans Fenster, durch das ich die Sphäre mit dem Fernglas beobachte. Den Eingang zur Röhre kann ich von hier aus nicht sehen, aber ich würde es bemerken, wenn plötzlich Bewegung in das Lager der Sentinel käme. Und ich könnte es nicht übersehen, wenn sie Tycho, Curvelli und Aramonn fangen und nach drinnen zerren würden.

»Du machst dir Sorgen«, stellt Maiossa nach einigen Minuten fest.

»Ja. Ich kann nicht anders.« Aus dem Zelt, vor dem ich an unserem ersten Tag hier den farblosen Sentinel entdeckt habe, tritt ein hochgewachsener Mann, bei dessen Anblick sich schlagartig Kälte in meinem Inneren ausbreitet.

Doch dann dreht er sich um. Nein, ihn kenne ich nicht.

»Das hier ist nicht besonders gefährlich, weißt du?«

Ich kann hören, wie groß die Mühe ist, die sie sich gibt, um verständnisvoll zu klingen. »Vater weiß, was er tut. Er wäre sonst längst nicht mehr am Leben.« Sie lacht auf. »Bei uns im Clan gehen alle am liebsten mit ihm auf die Jagd, weil sie dann wissen, dass sie lebendig wieder zurückkommen. Verstehst du, was ich meine?«

Ich senke das Fernglas und sehe sie an. Ihre Augenbrauen haben die gleiche Form wie meine. »Ja. Danke. Das hilft ein bisschen.« Was es wirklich tut und das liegt nicht zuletzt an der Art, wie Maiossa es gesagt hat. Nicht prahlerisch, keine Spur, sondern einfach nur sachlich.

Sie streckt die Hand aus und ich drücke ihr das Fernglas hinein. Beobachte sie, wie sie die Umgebung ausspäht, die Unterlippe zwischen den Zähnen. Etwas, das ich auch oft getan habe, wenn ich mich konzentrieren musste – Grauko hat es mir abtrainiert.

»Aramonns Auge«, sage ich und hoffe, damit kein Tabu anzusprechen. »Hat er es auch in der Nacht verloren, als ich entführt wurde?«

Maiossa steht reglos da, das Fernglas auf den immer gleichen Punkt gerichtet. »Ja. Er ist den Sentineln nachgelaufen. Brüllend wie ein Tier. Er hat mir später erzählt, er hätte das Gefühl gehabt, wenn er dich nur zurückbringen kann, würde Mutter wieder lebendig werden.« Ihre Brust hebt und senkt sich in einem tiefen Atemzug. »Sie waren fünfzig, er war allein, natürlich haben sie ihn gefangen. Wollten ihn töten, aber der Anführer des Trupps war zu gut gelaunt. Weil doch die Nacht so erfolgreich gewesen war. Also haben sie ihn festgehalten und sich Vaters Speer geliehen. Nur kurz, für einen einzigen Stich.«

Mir verschwimmt die Welt vor den Augen und ich lasse die Tränen fließen. Ich war dabei, damals, als es passiert ist. Habe ich geschrien? Wahrscheinlich, ich muss furchtbare Angst gehabt haben. Aramonn kann nur wenige Schritte von mir entfernt gewesen sein, er hatte mich zum Greifen nah – und konnte nicht das Geringste tun.

»Wir haben viel verloren in dieser Nacht.« Ruckartig richtet Maiossa das Fernglas ein Stück weiter nach rechts.

Ich bekomme kein Wort heraus. Die Grausamkeit der Szene, die sich in meinem Kopf abspielt, lähmt mich.

»Besser, du sprichst ihn nicht darauf an.« Maiossa senkt den Feldstecher, hält ihn einen Moment in der Hand, als wolle sie sein Gewicht schätzen, und gibt ihn mir dann zurück. »Kann sein, dass er es dir eines Tages erzählen will, aber normalerweise meidet er das Thema.«

»Ja«, sage ich. »Danke.«

Sie lächelt und runzelt gleichzeitig die Stirn. »Wofür?«

Dass du damals da warst und er nicht völlig allein war. Dass du das alles ausgehalten hast. Und dafür, dass du mich nicht hasst, obwohl ich es so viel einfacher hatte.

»Für deine Hilfe und deine Offenheit«, erwidere ich.

Sie streicht sich eine Haarsträhne hinters Ohr. Richtet ihre Aufmerksamkeit wieder auf die Sphäre. »Du bist zwar ein Liebling geworden und wir kennen uns kaum, aber du bist meine Schwester. Ich werde dir immer helfen.«

Es dauert bis zum Nachmittag, dann kommen Aramonn, Tycho und Curvelli zurück. Sie strahlen, besonders Tycho.

»Es war nicht einfach, vor allem weil wir leise sein mussten, aber es hat geklappt. Ich hab das Gitter rausbekommen. Wir haben freien Durchgang!«

»Fantastisch.« Ich drücke Tycho an mich, kann dabei aber meinen Blick nicht von Aramonn wenden, der sich lächelnd die Augenklappe zurechtrückt.

Ich lasse Tycho los und lege ungeschickt die Arme um meinen Vater. Fühle, wie er erst zusammenzuckt und dann meine Umarmung erwidert. Nein, wir kennen uns kaum, da hat Maiossa recht. Aber das muss nicht so bleiben.

Eine Stunde nach der zweiten Wachablöse, das waren Graukos Worte.

Die Nacht liegt schwer über dem Land, abgesehen von den Kuppeln, die orange leuchten wie Glut unter Asche, und natürlich dem grell erleuchteten Ring rund um die Sphäre.

Die Ablöse steht knapp bevor und wir haben uns noch immer nicht geeinigt, wer mit durch die Röhre soll. Ich werde gehen, das ist klar, Grauko erwartet mich. Sandor hat in einem Ton, der keinen Widerspruch duldet, erklärt, dass er mich begleiten wird. Tycho pocht auf sein Recht, den Weg, den er begehbar gemacht hat, auch benutzen zu dürfen, und Curvelli will keinesfalls als einziger ehemaliger Sphärenbewohner zurückstehen.

Sogar Andris ist anzusehen, dass es ihn reizen würde, die Sphäre noch einmal zu betreten, mit wacheren Sinnen diesmal, aber am Ende entscheidet er sich dagegen.

»Ich bleibe auch hier«, erklärt Maiossa und verschränkt die Arme vor der Brust. »Ich gehe doch nicht freiwillig in die Falle wie eine dämliche Maus.«

Der Einzige, der bisher noch keine Stellung bezogen hat, ist Aramonn. Er räuspert sich erst, als alle Blicke auf ihm ruhen. »Ich werde nicht mit hineingehen. Aber ich halte Wache, oben, am

Eingang. Solange ich lebe, wird niemand euch in den Rücken fallen.«

Also werden wir zu viert sein. Eine gewagte Sache, in Anbetracht der Tatsache, dass wir nicht wissen, was am Ende der Röhre auf uns wartet oder wie viel Platz dort ist. In seiner Nachricht ist Grauko darauf nicht eingegangen – ebenso wenig hat er uns mitgeteilt, wen er eigentlich treffen möchte.

Wir tasten uns in die Nacht hinaus. Niemand schaltet eine Stablampe ein – es wäre verrückt, auf diese Weise auf sich aufmerksam zu machen. Der Lichtring um die Sphäre strahlt genug Helligkeit ab, um uns zumindest die Umrisse der Bäume erkennen zu lassen.

Sandor hat mich an der Hand genommen, seine Schritte sind leise und sicher. Ich versuche, ihn nachzuahmen und genau in seine Fußstapfen zu treten.

Um zum Eingang der Röhre zu kommen, müssen wir die Sphäre zu einem Drittel umrunden. Das dauert seine Zeit. Auf der Galerie findet gerade die zweite Wachablöse statt, das heißt, wir werden pünktlich sein. Ohne Fernglas habe ich keine Chance, die Gesichter der Sentinel dort oben auseinanderzuhalten, aber ich bilde mir ein, ich würde Aureljo trotzdem erkennen, wenn er unter ihnen wäre.

Alleine hätte ich im Leben keine Chance, den Eingang zu finden, und es kommt überraschend für mich, als Aramonn plötzlich nach links abbiegt, die schützende Finsternis des Waldes verlässt und auf die freie Fläche vor Vienna 2 schreitet.

Aber es sind nur einige wenige Schritte, dann bleibt er stehen. Bückt sich. Ein dumpfer Ton, wie eine Hand, die gegen Metall klopft.

»Ich bin hier. Lasst euch nicht zu viel Zeit.«

Ich kann sein Auge im Dunkel schimmern sehen und ich höre die Sorge in seiner Stimme. »Und lasst euch nicht erwischen.«

Sandor geht zuerst, genauer gesagt robbt er bäuchlings in die Röhre hinein. Ich folge ihm.

Die Enge und die Finsternis hier drin peitschen sofort meine Fluchtreflexe auf. Ich möchte nur noch raus, das Gefühl ist übermächtig und ich brauche meine ganze Konzentration, um mich nicht davon überwältigen zu lassen. Vorwärts. Auch wenn ich fürchte, keine Luft mehr zu bekommen.

Hinter mir muss Tycho sein. Er ist so schnell. Ich merke, dass er immer wieder wartet und ruhig liegt, während ich mich konstant weiterschiebe und auf meine Atmung konzentriere. Bis heute wusste ich nicht, dass ich zu Klaustrophobie neige.

Als die Röhre sich endlich weitet, bin ich schweißnass und friere. Sandor zieht mich nach draußen, in einen bunkerartigen Raum, in den durch ein trübes Fenster auf Deckenhöhe das Licht der Scheinwerfer fällt. Hier ist es nicht mehr grell, sondern grau. Aber es reicht, um Sandors Gesicht erkennen zu können.

Tycho braucht keine Hilfe beim Herausklettern, er überholt mich beinahe noch. Steht dann da und blickt sich um. »Ein alter Heizraum«, meint er. »Hier waren in den Anfangsjahren der Sphären die Heizmodule untergebracht und es müssten eine Menge Rohre in alle Richtungen führen. Durch die wurde die Heißluft geblasen.« Er dreht sich einmal im Kreis. »Alles schon abgebaut. Kein Wunder, die Technik ist heute völlig veraltet. In den meisten Sphären wurden die Heizräume schon vor fünfzig Jahren stillgelegt.«

Im gleichen Moment, als Curvelli aus der Röhre steigt, tritt eine Gestalt lautlos aus den Schatten.

Sandor greift blitzschnell an den Gürtel, sein Messer beschreibt einen silbrigen Halbkreis in der Luft.

Ich halte seinen Arm fest. »Nicht.«

Grauko kommt näher, ein amüsiertes Lächeln auf den Lippen. »Fantastische Reaktionszeit, ich bin beeindruckt.« Sein Blick gleitet zwischen meinem und Sandors Gesicht hin und her.

»Das ist Sandor«, sage ich, eine Spur zu hastig. »Clan Schwarzdorn, östliche Linie. Es ist ihm zu verdanken, dass wir noch leben, und er hat viel dafür geopfert.«

Unter Graukos warmem Blick entspanne ich mich allmählich. »Dann bin ich ihm zu großem Dank verpflichtet. Ah, Tycho. Wie gut, dich wiederzusehen.«

Es kostet Grauko kaum eine Minute, die Stimmung in dem Heizraum so sehr zu heben, dass man sie als gelöst und beinahe fröhlich bezeichnen könnte. Curvelli strahlt geradezu, so sehe ich ihn sonst nur, wenn Maiossa bei ihm ist.

Nach fünf Minuten tut Grauko das, was er in unseren Lektionen immer *das Bündeln der Aufmerksamkeit* genannt hat. Bei ihm ist es kaum mehr als ein leichtes Aufrichten und eine fast unmerkliche Veränderung im Gesichtsausdruck. Sofort verstummen die Gespräche.

»Dieser Raum ist wahrscheinlich der ungefährlichste, den ihr in Vienna 2 betreten könnt«, beginnt er. »Er wird nicht genutzt, denn er ist mühevoll zu erreichen. Aber er ist auch nicht euer Ziel, so leid es mir tut.« Sein Blick richtet sich auf mich. »Ria, ich habe mich mit der Frage, die du angesprochen hast, eingehend beschäftigt. Wie es scheint, habe ich mich damit auf gefährliches Terrain begeben. Es scheint diese Großen Sieben tatsächlich zu geben, wer oder was immer sie auch sein mögen. Ich bin sehr entschlossen, das herauszufinden.« Ich begreife noch nicht, was Grauko mir sagen will.

»Wir sind hier unter Kuppel 3c«, fährt er fort. »Über uns befindet sich die Sentinel-Zentrale, und wenn ich mich nicht völlig täusche, werde ich dort am ehesten fündig. Zwei der Sentinel, in deren Gegenwart ich das Thema gestreift habe, wurden unter ihren steinernen Mienen höchst nervös.« Er zuckt belustigt die Schultern. »Es ist also möglich, dass ich herausfinde, was sich hinter diesen ominösen Sieben versteckt, aber ebenso möglich ist es, dass ich kurz darauf inhaftiert werde. Deshalb sollte jemand von euch hier sein. Zuhören. Und sich merken, was gesagt wurde.«

Bevor einer von uns nachfragen kann, deutet Grauko auf die Wand, die hinter ihm im Dunkeln liegt.

»Das ist der Hauptschacht, durch den früher die heiße Luft nach oben geleitet wurde. Von da aus verzweigen sich schmälere Rohre. Tycho?«

»Ja?«

»Klettere hier hinauf. Steig bis zum vierten Querrohr rechts und krieche hinein. Nach zwanzig Metern drehe dich auf den Rücken und bohre ein kleines Loch in das Metall. Dann sollte jeder, der dort liegt, hören können, was im Hauptraum der Zentrale gesprochen wird.«

Tycho fackelt nicht lange. Er greift nach dem Handbohrer, den Grauko ihm entgegenhält, und verschwindet in dem geräumigen Schacht.

Sei vorsichtig und leise, will ich ihm nachrufen, aber in Wahrheit weiß ich, dass das nicht nötig ist.

Wir warten. Von oben dringen keine Geräusche zu uns. Kein Poltern, auch kein Bohren.

Mir gehen Graukos Worte noch einmal durch den Kopf. Wenn es wirklich so gefährlich ist zu wissen, was diese Großen Sieben sind, dann ist das die Sache vielleicht gar nicht wert. Wir haben begriffen, dass der Sphärenbund nicht das ist, was er zu sein vorgibt. Möglicherweise ist es besser, auf die Details zu verzichten. Sich auf den Kampf gegen Dhalion zu konzentrieren.

Oder Quirin zu finden und ihm sein Wissen zu entlocken.

»Du musst dir keine Sorgen machen.« Grauko legt eine Hand an meine Wange und streicht sanft darüber. Zum ersten Mal, seit wir uns kennen. »Ich tue das, weil ich es möchte. Nicht für dich, Ria, auch wenn es so wirken mag. Ich habe in den letzten Monaten sehr viel über den Sphärenbund erfahren, was mich verstört hat. Ich habe Fragen und will Antworten.«

Ein Geräusch von Metall auf Metall. Nicht sehr laut, aber hörbar. Das muss Tycho sein, der das Loch bohrt.

Wenn wir jetzt Schritte hören, Alarm, herannahende Sicherheitskräfte – wir können unmöglich durch die enge Röhre fliehen. Andere Fluchtwege gibt es aber nicht. Wir hätten keine Chance zu entkommen.

Die Anspannung im Raum ist fast mit Händen zu greifen.

Nun erstirbt das verräterische Geräusch. Wir atmen alle flach, nach wie vor auf der Hut, aber niemand brüllt Befehle, niemand stürmt herein. Nur Tycho klettert zwei Minuten später aus dem Schacht, ein strahlendes Lächeln im Gesicht.

»Hat geklappt wie zehnmal geprobt. Ich finde es ja fast gemütlich dort oben.« Er gibt Grauko den Bohrer zurück, ein winziges Ding, kaum größer als ein Schreibstift. »Und was jetzt?«

»Jetzt könnt ihr mithören, was im Hauptraum der Zentrale gesprochen wird. Jederzeit. Ich weiß, dass ich keinem von euch sagen muss, dass Schall sich in alle Richtungen ausbreitet und das Rohr einen Resonanzraum bildet.« Grauko verschränkt die Arme vor der Brust und blickt zur Decke. »Ich würde euch aber raten, hier nur bei Dunkelheit ein- und auszugehen. Vor dem morgendlichen Wachwechsel herzukommen und die Sphäre erst am Abend wieder zu verlassen. Ich werde mein Bestes tun, damit wir in einigen Tagen Klarheit haben.«

Klarheit. Ich bin an einem Punkt angelangt, an dem ich mir kaum noch vorstellen kann, dass so etwas existiert. Aber ich habe riesige Sehnsucht danach.

»Ich werde nicht mit den anderen zurückgehen, ich bleibe hier und lege mich kurz vor Dienstantritt der Sentinel auf Position.« Meine Worte klingen deutlich zielstrebiger, als ich mich fühle. »Ihr braucht mich nicht abzulösen, außer wenn ich schlafen muss. Ansonsten werde ich dort oben sein und zuhören.«

Tycho betrachtet mich zweifelnd. »Ist aber nicht sehr bequem da. Und hast du an Pinkelpausen gedacht?«

Ich ringe mir ein Lächeln ab. Ja, habe ich. Auch daran, dass ich sie dann einlegen muss, wenn die Gelegenheit günstig ist, nicht wenn es dringend wird. Hin und wieder werde ich essen müssen und ich ahne schon, dass es kein Vergnügen wird, unbeweglich über Stunden in der engen Röhre zu verharren. Aber ich will das, was in der Sentinel-Zentrale passiert, nicht aus zweiter Hand erfahren. Ich will es mit meinen eigenen Ohren hören.

26

Das Metall drückt gegen meine Schulterblätter, meine Arme, meine Hüften und gegen die Hinterseite meines Kopfs. Ich schätze, dass ich kaum länger als eine halbe Stunde hier drin bin, und schon jetzt wünsche ich mir sehnlichst, wieder nach unten klettern zu können. Tycho hatte recht, die Rohre sind unbequem und die kleinste Bewegung sorgt für schabende Geräusche, die garantiert bis nach oben dringen.

Worauf ich insgeheim hoffe, ist, dass die Situation erträglicher wird, sobald sich über mir etwas tut. Im Moment höre ich nur Schritte und ich vermute, sie gehören jemandem vom Putztrupp, der Staub wischt und die Böden reinigt.

Vorsichtig spanne ich meine Schultermuskeln an. Lasse wieder locker. Es hilft immerhin ein bisschen.

Kurz darauf andere Schritte. Schwerere. Eine näselnde, unangenehme Stimme. »Um die Zeit sollte hier längst alles fertig sein!«

Jedes Wort ist glasklar zu verstehen. Das zumindest kann ich auf der Plus-Seite verbuchen: Ich werde nicht gezwungen sein, dumpfes Gemurmel zu interpretieren.

Allmählich kommt Leben in die Zentrale. Guten-Morgen-Grüße, das Startsignal eines Datenterminals, dann ein Sentinel mit junger Stimme, der in knappen Worten über die Zeit nach der letzten Wachablösung Rapport erstattet.

Danach kehrt wieder Ruhe ein.

Ich starre auf die kleine, kreisrunde Lücke in dem stillgelegten Belüftungsrohr. Sie ist höchstens zwanzig Zentimeter über mir und ich werde den Eindruck nicht los, sie kommt näher. Was natürlich Unsinn ist, aber zeigt, dass ich gut auf meine Verfassung achten muss, wenn ich nicht will, dass meine Wahrnehmung mir Streiche spielt.

Solange ich von oben nichts höre, konzentriere ich mich auf meine Atmung. Zähle die Atemzüge. Entspanne mich.

Der Sentinel mit der unangenehmen Stimme hat zu summen begonnen. Entweder kenne ich das Lied nicht oder er intoniert so falsch, dass ich keine Chance habe, es zu erraten. Wahrscheinlich Zweiteres.

Dann geht die Tür. »Guten Morgen.«

Ich erstarre.

Die Stimme des Mannes, der eben den Raum betreten haben muss, ist mir auf furchtbare Weise vertraut. Sie verfolgt mich bis in meine Träume und immer sagt sie das Gleiche: *Die Betreffenden müssen getötet werden.*

Es ist der farblose Sentinel, der Mann, der in der Bibliothek der Akademie meinen Tod gefordert hat; der in der Magnetbahn den kleinen Trupp anführte, der unsere Begleiter vom Kommando erschlagen hat und danach uns töten wollte. Auf die gleiche blutige Weise. Ich würde seine raue, raspelnde Stimme unter Tausenden erkennen.

»Neue Lieferungen«, sagt er. »Nervengasgranaten. Ich brauche vierzig verlässliche Männer, die sie einlagern.«

»Zu Befehl.« Der Sentinel, der eben noch gesummt hat, klingt jetzt energisch und beflissen. »Ich stelle ein Team zusammen.

Wann ist mit dem Einsatz zu rechnen? Falls er bald stattfinden soll, lagern wir die Granaten in nächster Reichweite.«

Kurze Pause.

»Steht noch nicht fest. Wir warten auf neue Berichte der Spähtrupps. Dann werden wir entscheiden, welchen Clan wir uns zuerst vornehmen und wann.«

»Verstanden.« Ein Stuhl wird gerückt, Schritte, dann das Geräusch einer sich öffnenden Tür. »Ich leite sofort alles in die Wege.«

Nun ist es still über mir, aber ich weiß nicht, wie ich das deuten soll. Sind beide Männer fort? Oder ist der farblose Sentinel geblieben und sitzt stumm da? Abwartend?

Das ruhige Liegen ist mit einem Mal noch schwieriger als zuvor. Unten, im alten Heizraum, wartet Sandor, er hat sich nicht dazu überreden lassen, mit den anderen wieder nach draußen zu gehen. Wenn ich ihm erzählen würde, was die Sphären im Schilde führen – er könnte den nächsten Grenzgänger suchen und die Information weitergeben. Wir müssen die Clans warnen – immerhin scheint noch Zeit zu sein. Der Farblose hat es nicht eilig loszuschlagen. Aber ebenso wenig hat er Bedenken oder Skrupel, es zu tun. Da war kein Funken des Bedauerns in seiner Stimme.

Ich spanne meine Muskeln an. Um aus dem Rohr zu kommen, muss ich mich langsam und vorsichtig hinausschieben, mit den Beinen voran. Jeden Laut vermeiden und hoffen, dass ich den Rückweg bewältige, bevor die Zentrale wieder besetzt –

Ein lang gezogenes Gähnen. Es hört sich an, als wäre der Mann maximal einen Meter von mir entfernt. Ich halte sofort im Ansatz meiner Bewegung inne. Warte.

Wenige Sekunden später ein dumpfes Geräusch, als würde jemand etwas auf einen Tisch legen. Ein Räuspern.

Dann höre ich, wie die Tür wieder geöffnet wird.

»Es ist alles veranlasst«, sagt der Sentinel mit der unangenehmen Stimme.

»Gut. Sobald entschieden ist, wie es weitergeht, werde ich Sie informieren. Und nun möchte ich Ihren Bericht. Was hat sich getan in den letzten Tagen? Etwas, das ich wissen sollte?«

Der Sentinel beginnt, über ein unerwartetes Problem mit der Recyclinganlage zu sprechen, außerdem über den Überfall auf einen Spähtrupp durch Scharten, bei dem es zwei Verletzte aufseiten der Sphären gegeben hat.

Ich sauge jedes Wort in mich auf. Warte darauf, dass Krankheitsfälle erwähnt werden, eine ungewöhnliche Häufung schwerer grippaler Infekte, doch das passiert nicht.

Dann stehen die Chancen gut, dass Aureljo sich noch nicht im infektiösen Stadium befindet. Ich warte darauf, dass sich in meinem Inneren Erleichterung breitmacht, doch die bleibt aus. Die Lage ist insgesamt einfach zu schlimm.

»Die Nomaden-Clans werden das größte Problem sein«, sagt der Farblose irgendwann. »Sie völlig zu beseitigen, wird Jahre dauern, denn irgendeiner wird uns immer durch die Finger schlüpfen. Da lobe ich mir die sesshaften. Wenn man da nachts zuschlägt, sind die Chancen –«

Ein Klopfen unterbricht ihn.

»Ja?«

»Jemand vom Besiedelungsausschuss möchte Sie sprechen«, stammelt eine schüchterne, junge Stimme. Wahrscheinlich einer der neuen Sentinel, die werden manchmal zum Bürodienst abgestellt. »Er ist Beauftragter für Strategische Psychologie und Wahrheitsfindung, sagt er.«

Das Seufzen des Farblosen ist ungeduldig. »Na großartig. Schick ihn rein. Aber sag ihm gleich, ich habe nur wenig Zeit.«

»Er möchte Sie allein sprechen.«

»Das auch noch. Meinetwegen.«

Ich könnte mir vorstellen, dass er dem zweiten Sentinel einen schnellen Wink gibt.

»Ganz wie Sie wollen.« Die unangenehme Stimme klingt nun pikiert. »Ich bin draußen, wenn Sie mich brauchen.«

Schritte, die sich entfernen, kurz darauf andere, die sich nähern, sehr leise, kaum hörbar.

Stühle werden gerückt. »Guten Tag.« Der Farblose macht schon bei seiner Begrüßung kein Hehl daraus, dass er diese Begegnung lieber jetzt als später zu einem Ende bringen würde. »Was kann ich für Sie tun?«

Der Angesprochene antwortet nicht sofort. Ich glaube, ich weiß, um wen es sich handelt. Ich kenne seine fast lautlose Art zu gehen.

»Oberst Praknar, vermute ich?«

Ja. Es ist Grauko. Ich kann ihn förmlich vor mir sehen, wie er dasteht, mit geradem Rücken und leicht erhobenem Kopf. Der Blick freundlich prüfend.

»Sie vermuten richtig. Und Sie sind …?«

»Mein Name ist Grauko. Ich bin im Auftrag des Präsidenten hier, aber das haben Sie vermutlich schon gehört. Darf ich mich setzen?«

Die zwei Sekunden, die verstreichen, bevor der Farblose »Natürlich. Bitte« sagt, sprechen Bände.

Praknar heißt er. Ein Name, der mir völlig fremd ist, den ich aber nie wieder vergessen werde. Ein Name wie eine Waffe, wie ein Schlag.

Grauko nimmt sich Zeit. Vermutlich lässt er seinen Blick durchs Zimmer gleiten, interessiert und prüfend. Er wird dem anderen das Gefühl geben, dass er sich besser mit ihm gutstellen sollte. Dass er viel wichtiger ist, als es dem ersten Eindruck nach scheinen mag.

»Der Ausschuss«, beginnt er, »ist nicht sehr glücklich darüber, dass er nur so selten über die Fortschritte bei der geplanten Besiedelung von Sektor 18 informiert wird. Deshalb bin ich hier. Falls es Probleme gibt, sind wir gerne bereit, Ihnen zu helfen, sobald wir wissen, wie.«

Die Botschaft, die Grauko auf so höfliche Weise in seine Worte verpackt hat, ist nicht zu überhören: Sie haben versagt. So geht es nicht weiter.

»Wir sind perfekt im Zeitplan«, poltert Praknar prompt. »Der Ausschuss irrt sich. Es gibt keine Probleme. Und überhaupt – wer genau hat Sie hergeschickt? Sie sind doch Lehrer, nicht wahr? Ich kenne Sie aus Sphäre Hoffnung.«

Mein Herz beschleunigt seinen Schlag. Ich atme dagegen an, so wie ich es früher getan habe, als ich noch einen Salvator am Handgelenk trug. Die Stimme dieses Mannes hat eine unfassbar bedrohliche Wirkung auf mich, ich muss mir erst vergegenwärtigen, dass er mir nichts anhaben kann. Nicht im Moment. Ganz ruhig.

»Natürlich kennen Sie mich und Sie haben völlig recht. Ich bin Mentor an der Borwin-Akademie. Allerdings war der Präsident in Anbetracht der bevorstehenden Veränderungen der Meinung, dass mein Einsatz an anderer Stelle derzeit wichtiger ist.«

Kühl. Überlegen. Trotzdem von ausgesuchter Höflichkeit. Ich kann mir vorstellen, dass Graukos Ton seinen Gesprächspartner zumindest innerlich in Unruhe versetzt.

Etwas knarrt. Wahrscheinlich hat Praknar sich in seinem Stuhl zurückgelehnt.

»Sie sind also hier, um mir auf die Finger zu sehen, ja? Ich sage Ihnen gleich, ich arbeite auf höchster Geheimhaltungsstufe.«

»Da sind Sie nicht der Einzige«, entgegnet Grauko gleichmütig. »Und Ihre Geheimnisse sind mir völlig egal, solange ich sicher sein kann, dass sie nicht den Interessen des Sphärenbundes entgegenstehen.«

Allmählich wird mir klar, wie Graukos Strategie aussieht. Er fischt im Dunkeln, also muss er Praknar provozieren. Hoffen, dass er einen Fehler macht, sich eine Blöße gibt.

»Die Unmengen an Waffen, die Sie haben heranschaffen lassen, nehmen wir die doch als Beispiel.« Graukos Stimme hat einen einnehmend verbindlichen Ton angenommen. »Der Ausschuss wundert sich darüber, ganz ehrlich gestanden. Wären Sie so freundlich, mir zu erklären, was Sie damit vorhaben? Uns ist nicht bekannt, dass ein Vergeltungsschlag gegen Außenbewohner angeordnet worden wäre.«

Als der Exekutor antwortet, ist seine Stimme noch heiserer als sonst. Und kälter als die Lange Nacht. »Das sind Vorsichtsmaßnahmen. Es steht zu befürchten, dass wir angegriffen werden. Zudem – Ihnen ist vielleicht bekannt, dass in manchen Clans gefährliche Krankheitserreger grassieren. Möglich, dass wir einen präventiven Schlag durchführen müssen, damit keinesfalls noch einmal das Gleiche passieren kann wie in Sphäre Neumünster.«

Grauko lässt sich Zeit mit seiner Antwort. »Sie kennen die Haltung des Sphärenbundes, oder? Die Außenbewohner werden nicht angegriffen, kämpferische Handlungen sind nur aus Gründen der Verteidigung akzeptabel.«

Nach allem, was ich in der Zwischenzeit gesehen und erlebt habe, kommen mir diese Sätze unfassbar naiv vor, auch wenn ich weiß, dass Grauko sein Unwissen nur vortäuscht.

Praknar scheint meine Gefühle zu teilen. Es schwingt ein dezenter, aber trotzdem kaum überhörbarer Hauch von Belustigung in seiner Entgegnung mit.

»Selbstverständlich kenne ich die Haltung des Sphärenbundes. Sie müssen sich diesbezüglich keinerlei Sorgen machen. Nur wenigen Menschen liegt das Wohl unserer Welt so sehr am Herzen wie mir.«

»Das freut mich zu hören«, erwidert Grauko trocken. »Denn man könnte ja beispielsweise auch auf die Idee kommen, dass Sie die Waffen zu einem anderen Zweck hier horten. Sagen wir zum Beispiel … um die Regierung zu stürzen.«

Diesmal schnappt der Exekutor hörbar nach Luft. »Was Sie da von sich geben, ist ungeheuerlich.«

»Nun, es ist ein Gedanke, der nicht nur mir gekommen ist.«

Stille.

Ich sehe Graukos unbewegtes Gesicht förmlich vor mir. Die unerschütterliche Ruhe, mit der er seinen Blick in dem seines Gegenübers versenkt. Jetzt hat er die Oberhand gewonnen, ich kann es spüren. Die Pause, die Praknar entstehen lässt, ist zu lang, um beabsichtigt zu sein.

Und sie kommt zum denkbar ungünstigsten Zeitpunkt.

Denn in meiner Kehle, ganz weit hinten, kitzelt etwas. Noch ist es harmlos und der Hustenreiz beherrschbar, aber es wird mit jedem Atemzug schlimmer.

Ich schlucke zweimal, dreimal. Es hilft nichts. Ich werde entweder so schnell wie möglich hier verschwinden oder meinen Hustenanfall mit den Händen dämpfen müssen. Beides wird man hören und dann wird der farblose Sentinel, der mich seit dem Tag in der Bibliothek bis in meine Träume verfolgt, mich doch noch in die Finger bekommen.

Ich rufe ein beruhigendes Bild nach dem anderen vor meinem inneren Auge ab, doch die Ablenkung funktioniert nicht. Das Kitzeln bleibt.

Schließlich meldet Praknar sich wieder zu Wort, seine Stimme ist ein heiseres Flüstern. »Wenn Sie andeuten wollen, dass ich ein Verräter bin, werde ich mir diese Unterstellung nicht gefallen lassen. Ganz egal, wer sie in die Welt gesetzt hat. Sie sollten zweimal darüber nachdenken, ob Sie sich mit mir anlegen möchten.«

Ich atme nur noch flach, versuche gegen besseres Wissen, nur so wenig Luft wie möglich über die gereizte Stelle im Hals streichen zu lassen. In meinen Augen stehen Tränen, ich werde den Hustenreflex nicht mehr lange unterdrücken können.

»Mich mit Ihnen anlegen? Ihnen etwas unterstellen? Seien Sie doch nicht albern, Praknar. Alles, was mich interessiert, ist, meine Aufgabe so gut wie möglich zu erfüllen.«

Ich kann mich nicht mehr länger beherrschen. Keine Chance, also presse ich mir einen Unterarm fest vor den Mund und versuche, die Laute zu dämpfen, trotzdem müssten sie, meinem Gefühl nach, in der ganzen Sphäre zu hören sein.

Über mir geräuschvolles Rumpeln, dröhnende Schritte. So schnell.

Ich krümme mich, versuche, den Husten abzuwürgen.

Wenn die Sentinel jetzt loslaufen, wie schnell können sie im alten Heizraum sein? Haben Sandor und ich noch Zeit, durch die Röhre nach draußen zu kriechen?

Unwahrscheinlich. Und wenn ja, werden uns bereits andere Sentinel beim Ausgang erwarten, die Gewehre im Anschlag.

Erst als Grauko seine Stimme erhebt, wird mir klar, dass über mir etwas ganz anderes im Gange ist. Er schreit sonst nie. Und auch diesmal, da bin ich mir sicher, tut er es nur meinetwegen. Er muss mich gehört und die richtigen Schlüsse gezogen haben.

»Je länger ich mir Ihr verstocktes Schweigen gefallen lassen muss, desto schlechter sieht es für Sie aus. Ich warne Sie, Praknar! Ich merke genau, dass Sie etwas vor mir verbergen, und Sie können sich darauf verlassen, dass ich herausfinden werde, was es ist. Ihr militärisches Gehabe schüchtert mich keine Sekunde lang ein, falls Sie das glauben sollten!«

Ich huste, immer noch mit dem Arm vor dem Mund, ansonsten aber ungehemmt, während Grauko seinen Tobsuchtsanfall mimt. Es hilft, das Kitzeln verschwindet; was bleibt, ist tödlich schlechtes Gewissen. Hätte ich ausschließlich durch die Nase geatmet, wäre das vermutlich nicht passiert. Nun musste Grauko seine Taktik ändern, um mich zu schützen. Und er hat sich ganz fraglos den Farblosen zum Feind gemacht. Mir ist elend zumute.

Über mir ist wieder Ruhe eingekehrt. Erst nach einigen Sekunden höre ich Praknar sprechen, heiserer denn je. »Es ist besser, Sie gehen jetzt. Ich werde an geeigneter Stelle Meldung erstatten. Ihre Verdächtigungen und Ihr Verhalten werden Folgen haben.«

»Oh, da bin ich sicher.« Nun ist auch Grauko zu seiner üblichen Sprechweise zurückgekehrt, allerdings mit Stacheln in der Stimme. »Fragt sich nur, für wen. Ich möchte jetzt Ihr Waffenlager sehen und ich lege Wert darauf, dass Sie mich begleiten. Ich will mir persönlich von Ihnen erklären lassen, was Sie mit diesem Arsenal vorhaben.«

Ich glaube nicht, dass Praknar dieser Aufforderung folgen würde, wenn es nicht Grauko wäre, von dem sie kommt. Doch er beherrscht die Stahlwand wie kein Zweiter.

»Wie Sie wünschen.«

Stühle werden gerückt, darauf folgt das Geräusch der sich öffnenden Tür. Schritte entfernen sich, die Tür fällt ins Schloss. Stille.

Ich liege mit schweißnassen Händen und heftig pochendem Herzen da. Noch wage ich es nicht, mich zu rühren.

Erst nach gut fünf Minuten weiterer Stille riskiere ich es. Ist der Raum tatsächlich leer, wächst mit jedem Moment die Wahrscheinlichkeit, dass der Sentinel mit der unangenehmen Stimme gleich wieder auftaucht und seinen Platz einnimmt.

Meine Muskeln gehorchen mir erst beim zweiten Versuch, mein ganzer Körper ist steif und schmerzt. Leise und gleichzeitig schnell zu sein, erweist sich als unmöglich, also schiebe ich mich zentimeterweise aus dem Rohr. Atme auf, als ich mich endlich im Schacht befinde und absteigen kann.

Trotz all meiner Bemühungen muss Sandor mich kommen gehört haben, denn er steht bereits vor der Öffnung zum Heizraum und hilft mir hindurch.

Ich lasse mich von ihm umarmen, seine Hände streicheln meinen Rücken, sein Mund ist an meiner Stirn. »Du hast lange durchgehalten.«

Ich schüttle den Kopf, immer noch beschämt. Mein dummer Husten hätte uns verraten, es ist nur Graukos Geistesgegenwart zu verdanken, dass wir nicht längst in der Gewalt der Sentinel sind. Und in Kürze tot.

»Es war entsetzlich knapp«, sage ich, während wir uns hinsetzen und Sandor mir seine Wasserflasche reicht. »Und es sieht nicht gut aus für die Clans. Die Exekutoren planen schon ihre Auslöschung, obwohl der Sphärenbund offiziell immer noch nichts davon wissen will. Es ist merkwürdig.«

Sandor zieht mich näher zu sich. »Nein, ist es nicht. Du weißt doch, wie diese Dinge laufen: Man wird sagen, wir hätten angegriffen und die Sphären hätten sich bloß verteidigt. Euer Präsident wird so tun, als wäre es nicht zu verhindern gewesen und als täte ihm dieser Schritt furchtbar leid. Und alle werden sich im Recht fühlen, außer denen, die tot sind.«

Es klingt plausibel. Aber warum dann dieser Ausschuss für eine friedliche Besiedelung, dem Grauko neuerdings angehört? Nur um den Schein zu wahren? Um den Menschen hinterher weiszumachen, dass ja alles ganz anders geplant war, als es dann gekommen ist?

Meine Augen schließen sich wie von selbst. Die durchwachte Nacht und die Anspannung der letzten Stunden fordern ihren Tribut. Wenn Tycho oder Curvelli mich jetzt ablösen wollten, wäre das großartig. Nur, dass es draußen noch lange hell ist.

»Ich gehe hinauf«, bietet Sandor mir an, während er seine Jacke zusammenrollt und mir unter den Kopf schiebt. »Es interessiert mich ohnehin, ich habe schon mit zehn Jahren gern die Gespräche an fremden Lagerfeuern belauscht.«

»Niemand darf dich hören«, murmele ich undeutlich. Mein übermüdetes Gehirn schickt bereits erste Traumfetzen durch mein Bewusstsein. Quirins blutigen Mantel. Das von Tycho gebohrte Loch, das sich weitet und plötzlich Zähne hat.

Sandors Stimme dringt wie durch eine Wand aus Watte zu mir. »Keine Sorge, Liebling. Ich kann mich einem Rudel Hirsche auf zehn Meter nähern, ohne dass sie fliehen.«

Hirsche. Bären. Ein grell leuchtender Kreis aus Licht, der mich verbrennt, sobald ich damit in Berührung komme. Maiossa, die mit Pfeilen auf gläserne Augen schießt. Bunte Splitter bei jedem Treffer. Ich will das nicht sehen und laufe davon, renne, bis mir der Atem stockt, bis ich –

»Ria! Wach auf.«

Ich blinzele. Über mir ein heller Fleck. Tychos Gesicht und sein blonder Haarschopf.

»Du musst geträumt haben und du hast so panisch ausgesehen …« Er beißt sich auf die Unterlippe, wahrscheinlich tut es ihm schon leid, dass er mich geweckt hat.

Dabei bin ich ihm dankbar. Weniger der Träume wegen, sondern weil mir die Vorstellung, im Schlaf so offensichtlich die Kontrolle zu verlieren, heftig widerstrebt.

Ich richte mich auf. Von draußen dringt bereits das grelle Licht der Scheinwerfer in den Heizungsraum, das heißt, ich habe lange geschlafen.

»Wo ist Sandor? Noch oben?«

Tycho schüttelt den Kopf und deutet in eine der düsteren Ecken. Ich entdecke den zusammengekauerten Schatten erst auf den zweiten Blick.

»Curvelli steckt jetzt im Rohr«, erklärt Tycho. »Und wir haben etwas zu essen mitgebracht. Du musst hungrig sein.«

»Ja. Danke. Gleich.« Ich bin noch ein wenig unsicher auf den Beinen, die Benommenheit verlässt meinen Körper nur langsam.

Sandor sieht mich nicht an, während ich auf ihn zugehe, sein Blick ist voller Feindseligkeit und auf einen Punkt in weiter Ferne gerichtet. Etwas Gravierendes muss vorgefallen sein, während ich geschlafen habe.

Ich setze mich neben ihn und lege eine Hand auf seinen Oberarm, halb darauf gefasst, dass er mich wegstoßen wird. Doch er reagiert überhaupt nicht. Starrt nur weiterhin ins Nichts.

Ich ahne, was passiert sein muss. Praknar wird, wütend von der Begegnung mit Grauko, seinem Kollegen genauer dargelegt haben, wie er weiter mit den Clans verfahren will.

Wäre ich nicht so erschöpft gewesen, hätte ich das vorhersehen können. Es war ein Fehler, Sandor den Lauschposten einnehmen zu lassen.

Behutsam gleite ich mit meiner Hand über seinen Rücken. Versuche, seine Aufmerksamkeit auf diese Weise wieder auf die Gegenwart zu richten, auf uns. Trotzdem dauert es mindestens eine Minute, bis er langsam den Kopf in meine Richtung dreht.

»Ungeziefer«, sagt er.

»Wie bitte?«

»So bezeichnen sie uns. Die Clans, die sie loswerden wollen. Als Ungeziefer. ›Für eine kleinere Siedlung reichen drei Nervengasgranaten, richtig platziert und das Ungeziefer ist beseitigt.‹« Er imitiert die heisere Stimme des Farblosen gut genug, um die Härchen auf meinen Unterarmen senkrecht stehen zu lassen.

»Sie haben besprochen, welchen Clan sie sich als Erstes vornehmen wollen. Der Name Schwarzdorn ist mehrere Male gefallen. Aber sie werden warten, bis Grauko wieder abgereist ist oder man einen plausiblen Grund für einen Angriff findet.« Er schüttelt den Kopf. »Man könnte glauben, die Sphären selbst wären gespalten. In Zerstörer und Unschuldige.«

Ja, denke ich. Oder in Eingeweihte und Ahnungslose.

Wenn es die Großen Sieben wirklich gibt, ist Praknar sicherlich einer von ihnen. Vielleicht ihr Anführer. Vielleicht aber auch nur

Befehlsempfänger, während die wahrhaft Mächtigen im Hintergrund bleiben.

Ein lautes Geräusch lässt mich herumfahren; metallisches Quietschen.

Sandor springt auf und stellt sich vor mich, ich erhasche aber noch einen Blick auf die Klappe, die sich gerade öffnet, und auf den Mann, der heraussteigt.

Grauko. Er trägt eine Uniform, die ich noch nie an ihm gesehen habe. Dunkelrot mit schwarzen und goldenen Verzierungen, dazu schwarzlederne Handschuhe.

»Ich wäre gern früher gekommen. Aber ich werde beobachtet.« Er wischt sich Staub vom Ärmel. »Es ist nicht ganz einfach – ich hätte lieber noch ein wenig gewartet, bevor ich mir Praknar zum Feind mache.«

Ich kann fühlen, wie ich erröte, obwohl in Graukos Stimme nicht der leiseste Hauch eines Vorwurfs mitschwingt.

»Doch kein Nachteil ohne Vorteil. Ich konnte mich mit eigenen Augen davon überzeugen, dass das Waffenlager von Vienna 2 riesig ist. Einer unwichtigen Sphäre dieser Größe keinesfalls angemessen.«

Sandor neben mir versteift sich. »Außer man möchte von hier aus ein paar Tausend Menschen töten. Genau das wird nämlich passieren. Sie werden uns vernichten, bis zum letzten Mann, zur letzten Frau, zum letzten Kind. Dieser … Praknar macht kein Geheimnis daraus.«

Grauko nickt freundlich. »Dass er das möchte, ist nicht zu übersehen. Lieber heute als morgen. Die Frage ist aber: Darf er das überhaupt? Er ist ein hoher Militär, aber er ist nicht der Präsident und auch nicht dessen Stellvertreter. Wenn er nicht aus gutem

Grund oder auf hohen Befehl handelt, könnte er nach sehr kurzem Prozess durch eine Kugel in den Kopf enden.«

Mit seinen fast lautlosen Schritten durchmisst Grauko den Raum; an der gegenüberliegenden Wand dreht er sich zu uns um. »Ich habe eine Theorie. Wie alle Theorien könnte sie falsch sein, aber ich möchte sie euch trotzdem darlegen.« Der Ton, in dem er spricht, ist mir so vertraut aus unzähligen Lektionen an der Akademie.

»Ich vermute«, fährt Grauko fort, »dass die Exekutoren beauftragt sind, die Clans zu vernichten. Sie können es aber nicht auf eigene Faust tun, sie brauchen zumindest das Einverständnis von oben. Wenn nicht mehr.«

Er sieht einen nach dem anderen von uns an. »Ich bin mir außerdem sicher, dass man alles versuchen wird, die Sphärenbürger davon nichts merken zu lassen. Erinnert euch – wie oft hat man uns eingeschärft, dass die Außenbewohner zu schützen sind. Der Präsident selbst betont das in mindestens drei Reden pro Jahr. Er kann nicht plötzlich einen Vernichtungsbefehl erteilen.«

Mir ist klar, was das heißt. Will man die Clans beseitigen, muss man das tun, bevor zu viele Sphärenbewohner den Weg nach draußen finden.

Aber warum? Warum es nicht einfach mit friedlichem Zusammenleben versuchen?

»Als ich mit Praknar gesprochen habe, war schnell offensichtlich, dass er etwas vor mir verbirgt. Natürlich, dachte ich zuerst, seine Pläne, die Clans betreffend. Doch dann fiel mir auf, dass er unbewusst immer wieder versuchte, mir den Blick auf sein Datenterminal zu versperren, obwohl es ausgeschaltet war.«

Grauko macht sich keine Mühe, seine Zufriedenheit zu verbergen. »Ein weiterer Bonus, den mein vorgetäuschter Wutanfall hatte: Nachdem ich aufgesprungen war, packte Praknar sein Datenterminal und hielt es so, dass ich es nicht erreichen konnte, ohne mich auf einen Kampf einzulassen. Es war wie ein Reflex.« Er lächelt genüsslich. »Solche Reflexe sind unbezahlbar.«

Er zieht die Handschuhe straffer über seine Finger, erst rechts, dann links. »So. Und nun werde ich wieder gehen. Seid vorsichtig. Ich melde mich.«

Bevor er die Klappe öffnet und in die dahinterliegende Dunkelheit steigt, greife ich schnell nach Graukos Arm.

»Versuchen Sie herauszufinden, ob Dantorian es geschafft hat, Aureljo zu immunisieren. Bitte.«

Er nickt. »Wenn der Moment günstig ist. Hab Geduld.«

Wir verbringen die Nacht diskutierend und abwechselnd schlafend. Es ist ausgeschlossen, dass wir das Datenterminal des Farblosen in die Finger bekommen, schon gar nicht, wenn er es so eifersüchtig bewacht. Keiner von uns zweifelt daran, dass Grauko etwas Interessantes herausgefunden hat, aber niemand hat die geringste Ahnung, wie wir es für uns nutzen könnten.

27

Am nächsten Tag steige ich nur widerwillig in das Rohr. Die Erinnerung daran, dass ich uns gestern beinahe verraten hätte, sitzt mir immer noch im Genick. Jeden meiner Atemzüge kontrolliere ich schon im Ansatz; es dauert mehr als eine halbe Stunde, bis ich mich einigermaßen entspanne.

Oben ist es ruhig. Jemand ist hier und macht gelegentlich ein paar Schritte durch den Raum, aber es findet kein Gespräch statt. Die ganze Zeit über gehe ich davon aus, dass es sich dabei um Praknar handelt, doch als sich irgendwann die Tür öffnet und Begrüßungen ausgetauscht werden, sind mir beide Stimmen fremd.

»Die Magnetbahn ist eben wieder abgefahren«, meldet der eine.

»Die übliche Ladung?«

»Ja. Vier Körper. Eine Frau, drei Männer. Ziel: Sphäre Kenntnis. Keine Kontakte unserer Leute zu potenziellen Infektionsquellen.«

»Gut. Wegtreten.«

Die Tür öffnet und schließt sich. Es kehrt wieder Ruhe ein.

Diesmal ist es kein Hustenreiz, der mich würgt, sondern Übelkeit. *Vier Körper* heißt vier Tote. Dornenkinder, deren sterbliche Überreste jetzt in die Hände der Wissenschaft übergeben werden. Vier, die ich nicht habe retten können, weil ich nicht einmal wusste, wer und wo sie waren. Vier, die nie erfahren werden, warum sie sterben mussten. Die ihre Familien nicht wiederfinden werden.

Mit jedem Tag fühlt es sich mehr so an, als könnten wir diesen Kampf unmöglich gewinnen. Dhalion auf der einen Seite, die Vernichtungspläne der Exekutoren auf der anderen. Ich habe das Serum, weiß aber nicht, wie ich es zu den Infizierten bringen soll. Grauko vermutet entscheidende Informationen auf dem Terminal des Farblosen, das für uns ebenso unerreichbar ist wie der Mond.

Die Mutlosigkeit überfällt mich so unvermittelt, dass sie mir fast den Atem nimmt. Es scheint mir, als würde das Rohr, das mich umschließt, sich langsam, aber stetig verengen. Als wäre die Luft plötzlich dünner. Als müsste ich unbedingt hier raus, schnell.

Ich spanne meine Vernunft an wie einen Muskel. Kämpfe um Gleichgewicht. Fühle, wie lautlose Tränen aus meinen Augen quellen und seitlich an meinem Gesicht hinablaufen.

So bin ich zu nichts nütze. Ich konzentriere mich. Gewöhnlich hilft mir in solchen Situationen eine klare Analyse: Woraus besteht die Emotion, die mich in ihren Klauen hält?

Wut. Gar keine Frage. Plus Hilflosigkeit. Plus Trauer und dem Gefühl, bald keine Kraft mehr zu haben.

Es lässt sich nicht leugnen, das ist eine üble Mischung. Am besten ließe sie sich aushebeln, wenn ich bei der Hilflosigkeit ansetzen könnte, aber ich weiß nicht, wie.

Den ganzen Vormittag über lässt Praknar nichts von sich hören. Gut möglich, dass er außerhalb der Sphäre unterwegs ist und persönlich nach idealen Angriffspunkten Ausschau hält.

Ich krieche bei der ersten sich bietenden Gelegenheit in den Heizraum zurück und den gesamten Nachmittag nicht mehr nach oben, obwohl ich mich dabei fühle, als würde ich mich vor meinen Pflichten drücken.

Tycho und Curvelli, die kurz vor dem Morgengrauen in die Schmelzanlage zurückgegangen sind, kommen bei Einbruch der Nacht wieder. Curvellis Blick ist abwesend – Sehnsucht nach Maiossa, nehme ich an. Tycho dagegen sprüht vor Energie; seine Anwesenheit reduziert das Bleigewicht meiner Gedanken um gut die Hälfte.

»Aramonn hat ein Reh erlegt und wir haben es gebraten – es ist kalt, aber durch. Wer will?« Er wedelt mit einem dunkelbraunen Stück Fleisch vor unseren Nasen herum. In mir erwacht von einer Sekunde auf die andere erstaunlich großer Hunger und die Nahrung tut mir gut. Ich schaffe es, Tycho anzulächeln.

»Wie ist euer Tag gelaufen?«

»Oh, hervorragend. Ich habe uns eine Art Tisch zusammengebaut und Curvelli konnte Grauko dabei beobachten, wie er das Lager der Sentinel besucht hat. Geschlafen haben wir auch ein paar Stunden. Heute ist übrigens nur eine einzige Magnetbahn gefahren, ziemlich früh am Morgen.«

Vier Körper. Eine Frau, drei Männer.

Der letzte Bissen Reh schmeckt mir nicht mehr, aber ich schlucke ihn dennoch hinunter. Mir fällt noch etwas ein, das wir auf Praknars Datenterminal finden könnten: eine Liste der Infizierten, ihre Namen, die Sphären, in denen sie sich befinden. Die wenigen, die noch leben, zumindest.

Tycho zieht eine Grimasse, als ich ihm von meinen Überlegungen erzähle. »Wenn wir es schaffen würden, das Ding zu klauen, könnte ich es auf jeden Fall knacken. Ich und zwei Kumpel an der Akademie haben Wettbewerbe veranstaltet, wer es am schnellsten schafft, die Sicherheitssperren von Klasse-1-Terminals zu umgehen.«

Ich erwidere sein Grinsen ohne Überzeugung. Was hilft uns der zweite Schritt, wenn wir den ersten nicht bewältigen?

Ich schließe die Augen und lehne mich an Sandors Schulter. Ich kann das nicht. Wenn Grauko das nächste Mal zu uns kommt, werde ich es ihm sagen. Ich brauche eine lösbare Aufgabe. Schwierig, ja, gefährlich, meinetwegen, aber nicht unmöglich.

Dass sich praktisch im gleichen Moment, als mein Kopf diesen Gedanken formuliert, die Klappe öffnet, durch die Grauko gestern zu uns gekommen ist, halte ich zuerst für Einbildung. Für einen Streich meines Gehirns. Im nächsten Moment erkenne ich eine Sentinel-Uniform und meine Kehle wird eng. Dann erst sehe ich, wer es ist, der den Weg zu uns gefunden hat.

Aureljo.

Geduckt steigt er in den Raum, richtet sich auf und sein erster Blick fällt auf mich und Sandor, aneinandergeschmiegt, sein Arm um meine Taille, mein Kopf an seiner Schulter.

Ich glaube nicht, dass außer mir jemand die winzige Verzögerung in Aureljos Bewegung bemerkt. Sein Gesicht bleibt unbewegt, er nickt uns zu, lächelt Tycho an und klopft Curvelli freundschaftlich auf den Rücken, bevor er sich zu uns setzt.

Die Krankheit ist ihm nicht anzumerken. Er muss sich die Augen sehr sorgfältig gereinigt haben, bevor er hergekommen ist.

Allerdings ist er blass. Das sind alle Sphärenbewohner in gewisser Weise, aber Aureljos Blässe hat etwas Durchscheinendes und die Schatten unter seinen Wangenknochen sind dunkler, als sie sein sollten.

»Ich bin so froh, euch zu sehen. Grauko hat mir beschrieben, wie ich euch finde. Er sagte …« Nun hält Aureljo inne. Betrachtet seine Hände und ich ahne, was gleich kommen wird.

Ich richte mich auf, strecke mich und fahre mir durchs Haar, um möglichst unauffällig ein bisschen Abstand zwischen Sandor und mich zu bringen. Ich will nicht, dass unsere Zweisamkeit Aureljo seine Entscheidung noch einmal überdenken lässt.

»Das Serum«, sagt er. »Ich habe es mir überlegt. Ich werde es anwenden. Alles andere wäre verrückt, das hat Grauko mir klargemacht.« Er krempelt einen Ärmel bis zum Ellenbogen hoch. »Tot nütze ich niemandem und alles, was ich je gelernt habe, wäre vergeudet.« Sein Lächeln ist wehmütig und es gilt mir. »Wäre doch schade, nicht wahr?«

»Ja«, antworte ich schnell. »Hat Grauko dir auch gesagt, dass du mit Dantorian sprechen musst? Ich habe ihm einen Dorn mit Serum gegeben, extra für dich.«

»Den findet er nicht mehr.« Aureljo zuckt mit den Schultern. »Er hat überall danach gesucht. Ich habe ihm geholfen. Er meint, er hätte ihn bei der Arbeit verloren. Ich bin nicht sicher, ob das stimmt, vielleicht hat er ihn auch weggeworfen.«

Dantorian, genial, wenn es ums Malen geht, aber ungeeignet für verantwortungsvolle Aufgaben. Nein, es hilft jetzt niemandem, wenn ich ihm seine Schlamperei übel nehme. Ebenso wenig nützt es, mich selbst zu ohrfeigen, weil ich das ganze Serum in Aramonns Obhut gelassen habe.

Aureljo beugt sich vor und hustet, eine Hand vor den Mund gelegt, den entschuldigenden Blick auf mich gerichtet.

»Morgen«, sage ich schnell. »Es ist überhaupt kein Problem. Es wird auf den einen Tag nicht ankommen.«

»Gut.« Er zögert kurz, dann streift er seinen Ärmel wieder bis zum Handgelenk hinunter. »Ein Glück, dass ich morgen nicht für die Nachtwache eingeteilt –«

»Was ist das?« Tycho unterbricht ihn, er ist hochgeschnellt und deutet auf etwas, das eckig und dunkelgrau aus Aureljos Jackentasche hervorlugt.

»Sie haben mir wieder eins gegeben.« Behutsam zieht Aureljo ein flaches Datenterminal hervor. Eins von denen, die draußen verwendet werden – wasserdicht und kältebeständig. »Mein Vertrauensstatus wurde erhöht. Deshalb.«

Ich bin nicht sicher, ob es Tycho bewusst ist, dass er eine Hand danach ausstreckt und dass diese leicht zittert. »Kann ich es haben?«

Er will es gegen Praknars Terminal austauschen, ist mein erster Gedanke. Als ob wir das zuwege bringen könnten. Als ob sicher wäre, dass der Oberst das gleiche Modell bei sich trägt.

»Natürlich. Du musst es mir nur zurückgeben.«

Tycho nimmt das Terminal entgegen, als wäre es das letzte seiner Art. So vorsichtig, als könne es bei jeder kräftigeren Berührung zu Staub zerfallen.

»Damit …« Er räuspert sich. Auch seine Stimme zittert. »Damit bekommen wir vielleicht Zugang. Wenn wir Glück haben. Und das System noch das gleiche ist.«

»Zugang?« Im ersten Moment verstehe ich tatsächlich nicht, was er meint.

»Ja! Zu Praknars Gerät. Wenn ich mich ein bisschen konzentriere, erinnere ich mich sicher, wie das geht.« Er setzt sich wieder und legt das Terminal behutsam auf seinen Knien ab.

Ich muss zugeben, dass ich erstaunt bin. Ich weiß noch, wie oft wir an der Akademie versucht haben, unsere Geräte zu verbinden, aber wir sind immer gescheitert. Auch die Studenten mit Technikschwerpunkt.

Als ich Tycho das sage, nickt er wissend. »Es klappt nur bei den für Sentinel gebauten Datenterminals. Die müssen sich in Notsituationen verbinden können und gegenseitigen Zugriff erlauben. Das ist eine zentral gesteuerte Funktion, aber ich kann sie simulieren. Glaube ich zumindest.«

Während Tycho arbeitet, erkläre ich Aureljo das Nötigste. Warum wir Zugriff auf Praknars Daten brauchen.

Aureljo hört schweigend zu. »Praknar ...«, sagt er schließlich. »Bis eben kannte ich seinen Namen nicht. Ich habe ihn mehrmals in der Sphäre gesehen und war jedes Mal darauf gefasst, dass er mich erkennt. Aber meine Uniform scheint die beste Tarnung zu sein, die man sich denken kann. Niemand sieht mir ins Gesicht, jeder achtet nur auf meine Rangabzeichen.«

Neben uns stößt Tycho einen unterdrückten Fluch aus.

Alle Blicke richten sich auf ihn; ich stelle mich innerlich darauf ein, meine Hoffnungen zu begraben.

»Rückschlag Nummer drei«, murmelt er und zuckt mit den Schultern. »Ärgerlich, aber normal. Lasst euch nicht von euren Gesprächen abhalten.«

Trotz seiner Aufforderung vergeht die nächste halbe Stunde in völligem Schweigen.

Curvelli beginnt irgendwann, Tycho gute Tipps zu geben, lässt es aber bleiben, nachdem er nur völlige Nichtbeachtung erntet.

Selten habe ich jemanden so konzentriert in eine Tätigkeit versinken sehen wie jetzt Tycho in seinen Kampf mit dem Terminal. Für ihn sind wir überhaupt nicht mehr anwesend.

Ich rolle mich auf dem Boden zusammen und ziehe meinen Mantel wie eine Decke über mich. Als Sandor eine Bewegung auf mich zu macht, bremse ich ihn mit einem schnellen Blick.

Er begreift sofort. Macht wie nebenbei das Zeichen für Liebe und richtet seine Aufmerksamkeit wieder auf die Vorgänge, die sich auf dem leuchtenden Display vor seinen Augen abspielen.

Zweimal noch höre ich Tycho fluchen, bevor der Schlaf allmählich von mir Besitz ergreift, und ich glaube zu fühlen, wie eine Hand meine Schulter berührt und den Mantel zurechtzieht. Aureljo, denke ich. Dann nichts mehr.

Ich muss ausgesprochen tief geschlafen haben, denn die Wirklichkeit hat es schwer, mich wieder auf ihre Seite zu holen, obwohl der Raum um mich vor Aufregung vibriert.

Etwas streicht über mein Gesicht, sanft erst, dann drängender.

»Er hat es geschafft. Glaubt er. Er kämpft zwar mit etwas, das er Deco… Decodierung nennt, aber er sagt, das sei jetzt bloß noch eine Kleinigkeit.« Es ist Sandor, der sich über mich beugt. Dunkle Haarsträhnen fallen ihm ins Gesicht und ich will sie ihm reflexartig zurückstreichen, bis mir einfällt, dass Aureljo sich im gleichen Raum aufhält, also lasse ich meine Hand sinken.

Dass Tycho es wirklich hinbekommen hat, glaube ich erst, wenn ich es selbst sehe.

Im Moment wirkt er angespannter als je zuvor; seine Augen sind zu Schlitzen verengt, seine Finger huschen in atemberaubender Geschwindigkeit über das Bedienfeld des Terminals.

Aureljo macht mir Platz, als ich mich hinter Tycho stelle, um einen Blick auf das Display werfen zu können. Dort bewegen sich lange Reihen von Zahlen in dichten Kolonnen vom unteren zum oberen Bildschirmrand. In meinem schlaftrunkenen Zustand kann ich kein System dahinter erkennen – vermutlich wäre ich dazu auch hellwach nicht in der Lage.

Ich würde Tycho gern fragen, was genau er da tut, doch ich möchte ihn nicht stören. Irgendwann wirft er aber von selbst einen Blick über die Schulter und lächelt mir flüchtig zu.

»Ich habe es geschafft, Ria. Wir sind drin, wir können bloß noch nichts erkennen.«

Ich bezweifle, dass sich das je ändern wird, aber gut, ich habe kaum technische Ausbildung. Also behalte ich meinen Pessimismus für mich und warte ab, gemeinsam mit den anderen.

»Es sind einige Filmdateien auf Praknars Terminal«, sagt Tycho eine gefühlte Ewigkeit später. »Außerdem Texte, Bilder ...« Er ballt die Hände zu Fäusten, lockert sie wieder, schüttelt sie aus. »Und wenn ich da nicht bald drankomme, werde ich wirklich wüt–«

Die Zahlen auf dem Bildschirm schmelzen. So sieht es jedenfalls aus. Sie verbinden sich zu Linien, Flächen, Konturen. Zu einem Bild in Braun, Weiß und Schwarz, das Ruinen auf schneebedecktem Boden zeigt und dazwischen Menschen, die wie in der Bewegung erstarrt wirken.

Tycho stößt einen Schrei aus und reckt die rechte Hand in Siegerpose hoch, Curvelli klopft ihm auf die Schulter, Aureljo schüttelt ungläubig lächelnd den Kopf.

»Ich wusste, ich kriege das hin!« Geradezu zärtlich streichelt Tycho das Display, bevor er uns einen fragenden Blick zuwirft. »Sehen wir uns an, was wir gefunden haben? Ja?«

Allgemeine Zustimmung. Wir hocken, setzen und stellen uns so, dass jeder das Terminal möglichst gut im Blick hat. Dann startet Tycho den ersten Film.

Es dauert keine Minute, da ist unser Enthusiasmus wie weggeblasen.

Was wir zu sehen bekommen, ist furchtbar.

Eigentlich hätten wir damit rechnen müssen, aber die Freude über Tychos Erfolg hat offenbar nicht nur bei mir die falsche Erwartung geweckt, dass es nun freudig weitergehen würde.

Die Bilder beginnen, sich zu bewegen. Die Menschen beginnen zu laufen. Welcher Clan es ist, den wir hier beim Sterben beobachten, weiß ich nicht, offensichtlich ist jedoch, dass keiner von ihnen mit dem Auftauchen der Sentinel gerechnet hat. Chaos in einer winterlichen Landschaft, ein Mann rennt quer durchs Bild und wird, kurz bevor er die Deckung einer Mauer erreichen kann, von einer Kugel getroffen. Er steht einen Moment lang da, als wäre er ratlos, dann sackt er in sich zusammen. Dort, wo er liegt, färbt der Schnee sich rot.

Das Terminal ist leise gestellt, aber nicht lautlos. Also hören wir auch die Schüsse. Die Schreie.

Einige der Jäger versuchen, sich zu wehren, mit Klingen und Pfeilen, doch sie haben nicht die geringste Chance. Ebenso wenig wie die Alten, die Frauen und die Kinder.

Nach fünf Minuten ist mir so übel, dass ich mir eine Hand vor den Mund halten muss. Unwillkürlich erinnere ich mich an das, was Lennis mir erzählt hat, damals, als ich nicht verstand, wie jemand freiwillig von den Sphären in die Außenwelt wechseln konnte. Er war der Erste, durch den ich von den Massakern an Clans erfahren habe. *Das Blut war echt, die Schreie, die Toten.* Obwohl die Vorstellung mir schon zu dem Zeitpunkt den Magen umdrehte, fiel es mir schwer, ihm zu glauben. Jetzt bin ich persönlich dabei.

Menschen fliehen und werden erschossen, ducken sich und werden erschossen, klammern sich aneinander fest und werden erschossen.

Ich wage es nicht, mich umzudrehen und Sandor ins Gesicht zu sehen, weil ich den Hass darin nicht ertragen könnte, noch weniger aber die Angst, die er um seine Leute haben muss. Also halte ich meinen Blick starr auf das Display gerichtet und würde Tycho am liebsten bitten, den Film anzuhalten, als ich einen Jungen vorbeisprinten sehe, der mir bekannt vorkommt. Für zwei Sekunden ist sein Gesicht deutlich zu erkennen, dann rennt er im Zickzack davon und mir wird klar, dass er es geschafft haben muss. Nun weiß ich auch, mit welchem Clan wir es hier zu tun haben.

Es sind die Noraner, deren letzte Überlebende wenig später Unterschlupf bei den Dornen gesucht haben. Der Junge, den ich zu kennen glaube, hat mich kurz nach seiner Flucht mit einem Messer angefallen und am Oberarm verletzt.

Ich kann es ihm nicht mehr verübeln.

Als die Sentinel ihr Schlachtwerk vollendet haben, ist der Schnee rotbraun von Blut und aufgewühlter Erde. Es ist gespenstisch ruhig, bis auf knirschende Schritte und gelegentlich gebrüllte Befehle ist nichts zu hören.

Dann endet die Aufzeichnung.

Keiner von uns sagt ein Wort. Wir alle starren weiter auf das Display, das uns eben einen Blick in die Hölle gewährt hat.

Ich drehe mich zu Sandor um und nehme seine Hand. Er zuckt unter der Berührung zusammen, als stünde ich unter Strom. Schließt die Augen. Schüttelt den Kopf.

Anders als ich erwartet hatte, zeigt Aureljo die viel deutlichere Reaktion. Seine Lippen sind ebenso weiß wie die Knöchel seiner geballten Fäuste. Er deutet auf das Datenterminal. »Weiter.«

»Wie bitte?« Tychos Stimme ist tiefer als sonst und heiser. »Du willst mehr von dieser Scheiße? Das meinst du nicht ernst.«

»Doch. Todernst.« Aureljo geht in die Hocke, um Tycho direkt in die Augen sehen zu können. »Ich trage diese Uniform, siehst du das? Ich muss wissen, was die Sentinel sonst noch verbrochen haben. Wenn ich ihnen und diesem ganzen System in den Rücken falle, will ich genau wissen, warum.«

Nach kurzem Zögern wählt Tycho die nächste Filmdatei. Diesmal ist nichts Blutiges zu sehen, nur die Verladung von Waren in die Magnetbahn. Normale Güter, keine Waffen, keine Leichen.

Es folgt ein Film, der so dunkel ist, dass ich zu Beginn überhaupt nichts erkennen kann. Nur ein paar schwankende Lichter in einiger Entfernung. Dafür höre ich umso mehr. Laufschritte. Jemand schreit: »Stehen bleiben!«. Ein Schuss, aber kein Schrei. Der kommt erst Minuten später, gemeinsam mit den satten Geräuschen von Schlägen, die auf einen Körper treffen.

Ein Lichtkegel richtet sich auf ein Stück ebene, steinige Fläche. Aus den Ruinen im Hintergrund wird ein Mann gezerrt, der kaum auf den Beinen stehen kann. Er trägt eine Sentinel-Uniform – auf der Brust zeichnen sich dunkle Flecken ab.

Sie zerren ihn heran. Auf uns zu, gewissermaßen. Aus der Nähe sieht man, wie schlimm sein Gesicht zugerichtet ist. Ein Auge geschlossen, aus der Nase läuft Blut.

»Da haben wir ihn ja.« Praknars Stimme weckt in mir sofort wieder das Bedürfnis, die Flucht zu ergreifen.

»Wennik, du Feigling. Oder soll ich lieber Deserteur sagen? Oder gar … Überläufer?«

Der Gefangene schnappt nach Luft. Auch aus seinem Mund tröpfelt Blut, viel röter als die Farbkennung auf seiner Uniform.

»Wir wissen genau, wen du warnen wolltest«, flüstert Praknar. »Das ist Hochverrat, nicht wahr? Dachtest du wirklich, du könntest den Clan retten? Du alleine?«

Wennik hustet und spuckt aus, eine Mischung aus Schleim und Blut. Ich kann sehen, wie er seinen ganzen Mut zusammennimmt. »Ich bin doch nicht alleine. Es gibt einige, die nicht einverstanden sind mit dem, was wir den Prims antun.« Er zieht die Nase hoch. »Nicht dass es viele wüssten. Aber von uns wenigen gefällt es kaum jemandem.«

Praknar tritt ins Bild, offenbar filmt nicht er selbst das Geschehen. Er versetzt Wennik wie nebenbei einen Fausthieb in den Magen, der den Mann vornüberkippen lässt.

»Du willst mir also weismachen, die meisten von euch stehen nicht hinter dem, was man ihnen befiehlt? Na, dann sollte es dir ja keine Schwierigkeiten bereiten, mir ein paar Namen zu nennen.«

In Wenniks lädiertem Gesicht zeichnet sich die Erkenntnis ab, dass er sich eben selbst ausmanövriert hat. »Nein«, stammelt er, »so war das nicht gemeint. Aber … unsere Aufgabe ist es doch, die Welt wieder bewohnbar zu machen. Für alle, das sagt auch der Präsiden–«

Ein weiterer Faustschlag des Farblosen lässt ihn in die Knie gehen. Praknar wendet sich ab. »Namen«, sagt er zu einem seiner Leute. »Ich will Namen von ihm.«

Den Rest sehe ich mir nicht mehr an. Ich stehe auf und lehne mich an die Wand, versuche, die furchtbaren Geräusche auszublenden, die aus dem Datenterminal dringen. Aber es klappt nicht.

Ich frage mich, ob sie ihn am Ende exekutieren. Und seinen geschundenen Körper zurück in die Sphären bringen, um allen zu zeigen, wozu die Clans fähig sind.

Irgendwann presse ich mir die Hände auf die Ohren. Warum lässt Praknar so etwas filmen? Als abschreckendes Beispiel für andere Sentinel, die den Außenbewohnern zu freundlich gesinnt sind?

Eine leichte Berührung am Rücken, gut zehn Minuten später. Ich drehe mich um und sehe Sandor, der mir beruhigend zunickt, obwohl er selbst sichtlich aufgewühlt ist.

»Vorbei?«

»Ja.«

»Haben sie ihn ...?«

»Ja.«

Ich kehre zu den anderen zurück, bereit, mich gemeinsam mit ihnen weiteren Scheußlichkeiten zu stellen, aber Tycho winkt ab.

»Noch so etwas stehe ich jetzt nicht durch«, murmelt er.

Ich glaube nicht, dass ich ihn je so blass gesehen habe. Er legt das Datenterminal weg und reibt sich das Gesicht mit beiden Händen. »Keine Ahnung, wie ich heute Nacht schlafen soll.«

Fast noch mitgenommener sieht Curvelli aus. Er hält seine linke Hand mit der rechten fest umklammert und die Lippen sind zusammengepresst, als hätte er Angst, sich übergeben zu müssen.

»Ich hätte einer von denen sein können«, sagt er auf meinen fragenden Blick hin. »Ich stand so knapp vor meiner Aufnahme in die Exekutoren-Riege. Dreieinhalb Wochen wären es noch gewesen, dann hätte ich mich für diese Staffel verpflichtet, in der man auf Befehl Menschen zu Tode prügelt.«

Einzig und allein Aureljo kann seine Finger nicht von dem Terminal lassen. »Wir sind Zeugen«, sagt er, während er Listen über das Display laufen lässt, vermutlich auf der Suche nach einem bekannten Namen oder einem Datum oder –

Plötzlich bleibt mein Blick an etwas hängen. »Halt!«

Irritiert sieht Aureljo hoch. »Was ist denn?«

»Lass mich das noch einmal sehen. Ja, genau das.«

Wieder eine Filmdatei, sie trägt den Titel *Expedition 0904*.

Das war die Reise, die meine Freundin Lu nicht überleben sollte.

Die Vorstellung, dass jemand ihre letzten Minuten mitgefilmt hat, erfüllt mich mit Abscheu.

Ich balle meine Hände zu Fäusten, um zu verhindern, dass meine Finger zittern. Schon den vorigen Film wollte ich nicht sehen, aber vor diesem hier habe ich regelrecht Angst. Und Curvelli – niemand kann ihm zumuten, sich die Aufzeichnung ansehen oder anhören zu müssen.

Doch Aureljo hat sie bereits gestartet. Sein Gesicht ist hart, jede Kante wie aus Stein gemeißelt. In seinen Augenwinkeln entdecke ich wieder die hellgelben Fäden des Sekrets. Dhalions Spuren. Fällt das den anderen nicht auf?

Das Display zeigt das Innere der Bahn. Blaue Sitze. Und da … sitzt Lu. Beugt sich ihrerseits über ein Datenterminal, das nur geringfügig anders aussieht als unseres. Sie unterhält sich mit Raman; was sie sagen, kann ich nicht verstehen, aber am Ende lachen sie beide. Curvelli sitzt ein wenig abseits und ist damit beschäftigt, seine Probenröhrchen zu sortieren; ab und zu blickt er auf, lächelt auf seine frühere, überhebliche Art und widmet sich dann wieder seiner Arbeit.

»Halt es an. Bitte.« Keine Stahlwand in meiner Stimme, nur Verzweiflung. »Ich will das nicht sehen.«

Aureljo blickt nicht einmal hoch. »Dann solltest du dich woandershin stellen.«

So kalt habe ich ihn noch nie erlebt. Mit unbewegter Miene starrt er auf das Display, obwohl er doch weiß, doch wissen *muss*, was gleich passieren wird.

»Warum?«, flüstere ich. »Wem hilft es, wenn du ihnen beim Sterben zusiehst?«

»Ich sagte es doch vorhin schon: Wir sind Zeugen. Hier vor uns liegt der Beweis, dass der Sphärenbund gelogen hat, als er bekannt gab, dass die Außenbewohner unsere Freunde getötet hätten. Sie fühlen sich so sicher, sie zeichnen ihre Taten sogar auf.«

Unser Gespräch hat Curvellis Aufmerksamkeit erregt. »Was seht ihr euch da an?« Er richtet sich auf und kommt zu uns.

Ich würde mich ihm gern in den Weg stellen, aber das wäre albern. Und sinnlos.

Ein Blick auf das Datenterminal und sein Gesicht verliert mit einem Schlag alle Farbe. Er kauert sich neben Aureljo auf den Boden, eine Hand vor den Mund geschlagen, die Augen unnatürlich weit geöffnet.

»Schalt es aus, Aureljo«, wiederhole ich.

Doch keiner der beiden beachtet mich. Sie beobachten die drei Studenten, die sich voll Energie auf ihre Aufgabe vorbereiten. Zwei von ihnen haben nur noch kurz zu leben. Höchstens Stunden, vielleicht nicht einmal das.

»Es dauert nicht mehr lange.« Curvelli spricht aus, was ich denke. Die vor den Mund gelegte Hand dämpft seine Worte, doch er lässt sie nicht sinken. »In fünf Minuten, oder meinetwegen sieben, wird die Bahn anhalten. Ich war gerade fertig mit meinen Röhrchen. Und dann –«

Er presst die Lider aufeinander und schüttelt leicht den Kopf, als ließen sich dadurch die Bilder vertreiben.

»Aureljo.« Ich lege einen Hauch von Autorität in meine Stimme, hauptsächlich um die Panik zu überdecken, die in mir hochflattert. »Wir wissen bereits, was passiert ist. Niemand muss es mit eigenen Augen sehen.«

»Doch.« Ein grollender Laut, wie von einem Tier. »Ich.«

Hinter mir ein leises Quietschen. Ich fahre herum – das ist die Klappe, vielleicht hat jemand das Terminal geortet und Sentinel hierhergeschickt.

Doch es ist Grauko. Heute wieder in seinem üblichen Aufzug – schwarz von Kopf bis Fuß.

»Ich wollte nach euch schauen und mich erkundigen, ob es Neuigkeiten gibt.« Er nimmt uns ins Visier, einen nach dem anderen. »Aber die Frage kann ich mir wohl sparen.«

»Tycho hat es geschafft, über Aureljos Terminal Zugang zu Praknars Daten zu bekommen.« Die Worte sprudeln aus mir heraus, als hätte ich nie Kommunikationstraining erhalten. Das Reden lindert meine innere Anspannung; trotzdem reiße ich mich zusammen. »Wir sind dabei, die Inhalte zu sichten«, fahre ich ruhiger fort. »Aureljo sieht sich gerade einen Film an, der die Expedition 0904 zeigt.«

Ich muss Grauko nicht erläutern, welche Forschungsreise das war. Mit wenigen Schritten ist er bei Curvelli und Aureljo und sein Blick saugt sich sofort an dem Geschehen auf dem Display fest.

Mir ist unmittelbar klar, dass ich ihn gar nicht darum zu bitten brauche, sich um ein Anhalten des Films zu bemühen. Er will selbst sehen, was passiert ist.

Aber ich nicht. Ich nicht. Ich drehe den anderen den Rücken zu und suche einen geborgenen Platz in Sandors Armen; Aureljo achtet ohnehin nicht mehr auf mich.

Sandor hat die ganze Zeit über die Röhre überwacht, durch die wir in den Heizraum ein- und aussteigen, und mir gelegentlich mit einem schnellen Handzeichen zu verstehen gegeben, dass er mir zu Hilfe kommt, wenn ich das möchte. Jetzt presst er mich an sich. Hält mich so, dass sein Körper die Geräusche um mich herum dämpft. Wenn gleich die Schreie losgehen, werde ich sie nicht hören.

Hört auf, wir sind es, soll Lu gerufen haben, bevor sie erschossen wurde. Ein Treffer in den Hals, einer in die Brust, wenn man Curvelli Glauben schenken will. Nein, das kann ich mir nicht ansehen.

Ich atme einige Minuten lang in Sandors Rhythmus, dann bin ich wieder ruhiger.

Tycho hat sich in einer Ecke zusammengekauert und verfolgt eine ähnliche Strategie wie ich – er presst seine Hände auf die Ohren.

In Curvellis Gesicht steht blankes Entsetzen geschrieben, in Aureljos ein fast schon unheimlicher kalter Hass. Nur aus Graukos Miene lässt sich nichts ablesen, außer dass seine Beherrschung ihn mehr Kraft kostet als sonst.

Sandors Griff lockert sich erst, als es vorbei ist. Im Raum herrscht Schweigen, nur gelegentlich unterbrochen von Curvellis krampfhaften Atemzügen, die wie Schluchzer klingen.

»Großartige Arbeit, Tycho.« Ich kenne Grauko wirklich gut, ich glaube, ich bin die Einzige hier, die ihm die Erschütterung ansehen kann. »Du hast dich selbst übertroffen. Schwer zu sagen, was Wahrheit wert ist. Hätte sie einen Preis, wären wir dir jetzt eine Menge schuldig.«

Tycho winkt ab, seine Hand zittert. »Alles nur grauenhaftes Zeug. Ich will nichts mehr davon sehen.«

»Ich schon.« Es wirkt, als hätte Aureljos Stimme sich in den vergangenen Stunden um eine Oktave gesenkt. Sein Gesichtsausdruck ist mir völlig fremd – abwesend, aber gleichzeitig fokussiert. Wie eine Waffe, die sich auf ein Ziel richtet.

Bevor er die nächste Filmdatei auswählen kann, mache ich mich von Sandor los. »Meinetwegen. Sieh dir alle Gräuel an, die Praknar in den letzten Jahren veranlasst hat. Aber erst will ich auf diesem Terminal nach etwas suchen.« Ich strecke die Hand aus. »Es muss eine Liste der entführten Dornenkinder geben und der Sphären, in denen sie sich aufhalten. Jede Wette, dass sich auch sie unter Praknars Dateien findet.«

»Sehr wahrscheinlich«, stimmt Grauko mir zu.

Nur widerwillig übergibt Aureljo mir das Gerät. Während ich mir das lange Verzeichnis der gespeicherten Dokumente ansehe, springt er auf und beginnt, die Wände entlangzutigern.

Aber ich werde mich davon nicht unter Druck setzen lassen. Die Textdateien sind in einem eigenen Ordner gespeichert und es sind nicht viele – deutlich weniger als Bilder und Videos.

Leider sind die Dateinamen nicht sehr aussagekräftig. Es gibt auch keine Todesliste, zumindest finde ich keinen Namen, der auf diesen Inhalt schließen ließe.

Vielleicht doch bei den Filmen? Von denen gibt es so viel mehr – möglicherweise besteht die Liste ja aus kurzen Videoaufnahmen der Betroffenen. Damit die Henker ganz sicher wissen, dass sie den oder die Richtige vor sich haben.

Ich navigiere also zurück zu den Filmen. Suche wieder nach treffenden Schlagworten, aber das Einzige, was meine Aufmerksamkeit weckt, ist ein Ordner mit dem Titel *Initiation Exek.*

Gibt es einen Aufnahmeritus bei den Exekutoren, der hier bildlich festgehalten wurde?

Ich öffne den Ordner, der nur drei Dateien enthält. Doch schon die erste zieht mein ganzes Interesse auf sich.

Die Sieben – Vermächtnis Melchart

28

Die Sieben. Das Gefühl, fündig geworden zu sein, ist übermächtig.

Hast du irgendwann in den Sphären etwas von den Großen Sieben gehört?, wollte Quirin bei unserer letzten Begegnung in der Stadt unter der Stadt wissen. Sollte ich jetzt tatsächlich darauf gestoßen sein, muss es sich um ein sehr gut gehütetes Geheimnis handeln. Um eine Nachricht von Melchart, die mir bisher nicht bekannt war.

Ich habe im Lauf meines Lebens alle offiziellen Filme gesehen, die es von und über den Sphärengründer gibt. Die meisten sogar mehrmals. Er war derjenige, der den Ausbruch des Supervulkans unter dem Yellowstone-Nationalpark vorhergesehen und die Sphären als rettende Inseln in Zerstörung und Chaos geplant hatte. Paul Melchart wird nach wie vor verehrt, seine Reden werden vor allem an Feiertagen, aber auch sonst immer wieder auf den großen Leinwänden in den Veranstaltungsräumen gezeigt. Er ist so etwas wie der Vater aller Sphärenbewohner – ohne ihn würde es sie nicht geben.

Von einem Vermächtnis habe ich bisher nichts gewusst.

Ich blicke in die Runde. »Kennt jemand von euch Melcharts Vermächtnis?«

Einhelliges Kopfschütteln. Auch von Grauko, dessen Augen sich prüfend verengen. Er tritt neben mich und zieht scharf die Luft ein.

»Die Sieben.«

»Ja. Offenbar hat es etwas mit dem Aufnahmeprozess bei den Exekutoren zu tun.«

Auf Graukos Stirn bildet sich eine tiefe, senkrechte Falte. »Ich kenne alle erhaltenen Filmdokumente, auf denen Melchart zu sehen ist. Auswendig. Von dem hier habe ich noch nie gehört.« Er denkt kurz nach. »Vielleicht ist es ja keine Botschaft von ihm selbst, sondern eine seines Nachfolgers, der Melcharts letzten Willen verkündet.« Grauko wiegt unschlüssig den Kopf hin und her. »Trotzdem, ich müsste davon gehört haben.«

Wir legen das Datenterminal auf den Boden, sodass jeder freien Blick darauf hat. Dann startet Grauko die Wiedergabe.

Zu Beginn ist nicht das Geringste zu sehen. Alles schwarz, kein Ton. Erst nach einiger Zeit ein Knacken und ein verschwommenes Bild, das sich zu einem vertrauten Gesicht schärft.

Ich kenne die klugen Augen, die runde Brille und das gewinnende Lächeln, seit ich denken kann. Melchart, der Mann, der uns gerettet hat. Dessen Voraussicht wir die Sphären verdanken. In dieser Aufnahme ist er bereits alt, sie muss ein oder zwei Jahre vor seinem Tod gemacht worden sein, vor über hundertfünfzig Jahren.

Zum ersten Mal betrachte ich dieses Gesicht heute mit einer Art von Unbehagen. Dass sich in Praknars Dateien eine Aufnahme befindet, die niemand von uns kennt, nicht einmal Grauko, ist verblüffend, aber auf eine beunruhigende Art. Dem Sphärenbund zufolge sind sämtliche Dokumente, die Melchart hinterlassen hat, allgemein zugänglich.

Er sitzt hinter seinem Schreibtisch, die Hände mit den ineinanderverschränkten Fingern liegen auf der Tischplatte. »Ich grüße euch« ist das Erste, was er sagt.

»Dies ist eine Nachricht an meine Erben. An die, die meine Arbeit weiterführen werden, lange nachdem ich gegangen bin. Ich danke euch schon heute für eure Hingabe und Aufopferung, obwohl viele von euch jetzt noch gar nicht geboren sind. Was vor uns liegt, ist ein schwieriger, endlos scheinender Weg, der über mehrere Generationen hinweg bewältigt werden muss.«

Es klingt wie die meisten der Reden, die ich von Melchart gehört habe. Ermutigend, bestärkend, vertrauensvoll. Trotzdem will die dumpfe Angst in meinem Inneren nicht weichen.

»Ich nenne euch meine Erben, weil ich euch die schwere Last übertrage, die ich mir selbst auferlegt habe.« Er beugt sich vor. »Wer dies hier sieht, weiß, dass er auserwählt ist. Er ist für geeignet befunden worden, die tiefsten Geheimnisse der Sphären zu kennen – und er ist verpflichtet, darüber zu schweigen.« Melcharts Gesicht ist ernst geworden. Besorgt. »Deshalb bin ich es persönlich, der euch sagt, was ihr wissen müsst. Damit ihr es auch wirklich für wahr haltet. Ihr werdet heute in eine Gruppe aufgenommen, die sich dem Schutz einer Idee verschrieben hat. Was ich euch gleich anvertrauen werde, ist nicht für die Ohren aller bestimmt. Ihr hört es, ihr handelt danach, aber ihr werdet niemals darüber reden.«

Er faltet die Hände vor dem Mund, richtet die Augen mit einer Intensität auf uns, auf seine Zuhörer, die ich bei ihm noch nie gesehen habe.

»Wer sich nicht daran hält, wird die Folgen zu tragen haben. Er wird seinen Wortbruch mit dem Leben bezahlen. Deshalb mein wohlgemeinter Rat: Überlegt es euch gut. Falls ihr nicht sicher wisst, ob ihr fähig seid, zu handeln und zu schweigen, unter allen Umständen, dann solltet ihr den Raum verlassen, bevor ich sage, was ich zu sagen habe. Habt ihr Zweifel, dann geht. Jetzt.« Melchart verschränkt die Arme vor der Brust und sieht uns abwartend an. Ich kann meinen Herzschlag im Hals spüren.

Das Schweigen dauert lange und allmählich wendet einer nach dem anderen von uns den Blick vom Terminal ab. Wir schauen einander an. Tycho zuckt die Schultern, Curvelli schüttelt düster den Kopf. In Sandors Augen steht tiefes Misstrauen.

Nur Aureljo starrt weiterhin auf das Display. Als wolle er in einem Blickduell mit Melchart keinesfalls den Kürzeren ziehen.

Die Pause dauert zwei, vielleicht drei Minuten. Dann nickt Melchart.

»Ihr alle, die ihr geblieben seid: Ich danke euch. Ihr wisst, worauf ihr euch einlasst – darauf, für Unachtsamkeit oder Wortbruch mit dem Leben zu bezahlen. Es ist ein mutiger Schritt, den ihr tut, und nicht viele werden euch dafür Loblieder singen, denn kaum jemand wird wissen, dass es euch gibt. Und schon gar nicht, wofür ihr die Verantwortung tragt. Dazu kommen wir jetzt.«

Ich unterdrücke mein plötzliches Bedürfnis, mich umzudrehen und zu gehen. Ich wollte unbedingt erfahren, was es mit den Großen Sieben auf sich hat, und nun, da die Lösung buchstäblich vor mir liegt, möchte ich mich vor ihr verstecken. Es kann keine Kleinigkeit sein, wenn das Weitererzählen mit dem Tod bestraft wird, und ich weiß nicht, wie viele Wahrheiten ich noch vertragen kann. Einmal Gehörtes lässt sich nicht wieder ungehört machen. Was Melchart mir auch gleich erzählen wird, ich werde es für den Rest meines Lebens wissen müssen.

Er nimmt sich Zeit. Betrachtet seine auf der Tischplatte ruhenden Hände. »Ihr alle seid in dem Glauben aufgewachsen, dass ein Vulkanausbruch das Leben auf der Erde zu großen Teilen vernichtet hat. Nur diejenigen, die meiner Vorhersage geglaubt und sich in die Sphären zurückzogen, hatten eine Chance zu überleben«, beginnt er. »Das alles ist die Wahrheit, zumindest ein Teil davon. Der Teil, den alle Menschen kennen. Aber ihr seid auserwählt, mehr zu erfahren. Ich werde euch nun den Teil der Wahrheit offenlegen, der nur für einige wenige bestimmt ist. Für meine Erben.« Er rückt seine Brille zurecht. »Die Jahrzehnte vor der Langen Nacht haben überdeutlich gezeigt, dass die Menschheit am Ende war. Ein Krieg folgte auf den anderen und alles gipfelte in den Wasserkriegen, die ihre Vorgänger an Grausamkeit noch übertrafen. Die globale Situation war verfahren, die Feindschaften gefestigt, die Zerstörung der Erde weit fortgeschritten ...« Melchart schüttelt den Kopf. »Es war kein Ausweg in Sicht. Der Planet war übervoll und die Ressourcen waren am Ende. Ohne Eingreifen von außen hätte die Menschheit keine zwei Generationen mehr überdauert. Ohne den Ausbruch gäbe es heute keinen von uns.« Er legt nachdenklich die Fingerspitzen aneinander. »Ich bin Wissenschaftler und ich habe gelernt, Analysen vorzunehmen. Jahrelang habe ich gemeinsam mit einer Handvoll brillanter Kollegen diskutiert. Das Ergebnis: sieben Sprengkörper, in exakt berechneter Stärke, an exakt berechneten Positionen eingesetzt. Das war genug für einen Neustart.« Melchart nickt, als wolle er bekräftigen, dass die Bilder, die seine Worte in unseren Köpfen entstehen lassen, richtig sind. »Zurück auf Anfang, aber nicht vollständig – die wichtigsten Errungenschaften sollten bewahrt werden. Eine gewisse Anzahl von Menschen musste am Leben bleiben, um einen Wiederaufbau zu garantieren. Die, die an die Vorhersage glaubten und am Aufbau der Sphären mitarbeiteten, wurden gerettet. Damit hatten wir gleichzeitig ein gutes Auswahlverfahren: Wir versammelten Menschen, die belehrbar und lernfähig waren.«

Und gutgläubig, füge ich stumm hinzu.

»Sie und ihre Nachfahren würden lernen, wie man mit dem, was man vorfindet, vernünftig umgeht. Wie man konfliktfrei miteinander lebt, auch auf engem Raum. Eine ganz neue Gesellschaft, zusammengeschweißt durch die Umstände und das Privileg, überlebt zu haben.«

Ich starre den Mann auf dem Display an, ich verstehe, was er sagt, aber ich begreife es nicht. Der Geschmack in meinem Mund ist Blut. Ich muss mir in die Lippe gebissen haben, ohne es zu merken.

»Einfachere Gemüter könnten nun denken, dass die gezielte Vernichtung so vieler moralisch nicht tragbar ist. Euch aber trauen wir zu, dass ihr versteht, warum dieses Opfer nötig war.«

Das erstickte Geräusch, das mich den Kopf drehen lässt, kommt von Aureljo. Er ist kreideweiß, hat sich eine Faust vor den Mund gepresst und aus seinen verklebten Augen laufen Tränen. Hinter ihm kauert Tycho, er schüttelt langsam, aber unaufhörlich den Kopf, als könnte sein Widerspruch Melchart dazu bringen, das Gesagte zurückzunehmen.

Auch Graukos Gesicht hat alle Farbe verloren. Er bewahrt Haltung, doch sein Atem geht schneller und ich kann die Gedanken in seinem Kopf förmlich rasen sehen. Vielleicht kreisen sie um die gleichen Fragen wie meine: Wie konnte man das vor uns verheimlichen? Uns so beharrlich belügen? Und wie konnte tatsächlich jemand zu so etwas fähig sein?

»Dass nicht alle wissen dürfen, was wirklich geschehen ist, leuchtet euch ein, nicht wahr?«, fährt Melchart fort. »Was wir erschaffen möchten, ist eine Welt, die sich auf Respekt vor den Mitmenschen und vor der Erde gründet. Die Menschen sollen ihr neues Leben nicht mit einem schlechten Gewissen beginnen müssen, sondern in dem Bewusstsein, dass sie Glück hatten und nun Verantwortung übernehmen müssen.«

Er atmet tief ein und aus. »Das schlechte Gewissen bleibt uns vorbehalten. Mir und euch. Wir tragen es für die anderen mit. Sie werden in dem Glauben leben dürfen, Lieblinge des Schicksals zu sein. Gewinner der großen Lebenslotterie. Wir werden in dem Bewusstsein existieren, Mörder zu sein. Ja, wir haben im Sinn einer wichtigen Idee gehandelt, aber das ändert nichts an der Tatsache, dass wir getötet haben. Millionen- und milliardenfach.« Seine Stimme ist härter geworden. »Und dass wir weiterhin töten müssen. Ihr werdet das tun, als meine Erben, in meinem Auftrag.«

Aus den Augenwinkeln sehe ich, wie Curvelli aufspringt und mit schnellen Schritten auf die Röhre zugeht, die nach draußen führt. Ihm muss noch einmal mit aller Deutlichkeit klar geworden sein, für welche Aufgabe die Sphären ihn vorgesehen hatten, welches Leben ihm bevorgestanden hätte. Er wäre jemand wie Praknar geworden, ein Offizier der Exekutoren, eines Tages vielleicht sogar ihr Anführer.

An der Röhre angekommen, hält er inne, zögert. Kehrt schließlich doch um und kommt zu uns zurück, während Melchart weiterspricht.

»Es wird noch lange dauern, bis die Welt außerhalb der Sphären wieder ein bewohnbarer Ort sein wird. Ich werde es nicht erleben und viele von euch ebenfalls nicht. Aber wenn es so weit ist, müsst ihr dafür sorgen, dass die Erde für die Menschen aus den Sphären bereit ist. Dass sie dort das verwirklichen können, was sie in den zwei- oder dreihundert Jahren in Enge und Abgeschiedenheit gelernt haben. Es darf nicht sein, dass sie als Erstes um Land und Überleben kämpfen müssen.«

Ich höre, wie Sandor, der hinter mir sitzt, ein grimmiges Lachen ausstößt. Wenn dieser kurze, harte Ton als Lachen gelten kann. Er weiß, was jetzt kommt, und ich weiß es ebenso.

»Ich glaube nicht, dass außerhalb der Sphären viele überlebt haben. Im Moment lässt es sich noch nicht abschätzen, die Verhältnisse sind zu lebensfeindlich, um unsere Sentinel hinausschicken zu können. Aber eines Tages wird sich auch das ändern. Wenn dieser Tag gekommen ist, wird es eure Aufgabe sein, das zu vollenden, was der Vulkan begonnen hat. Sollte sich in hundert oder zweihundert Jahren tatsächlich herausstellen, dass es Überlebende gibt, dann werdet ihr sehen: Es handelt sich um Wilde, mit denen kein friedliches Zusammenleben möglich ist. Werden sie nicht beseitigt, war auf lange Sicht alles umsonst.«

Ich greife nach Sandors Hand und drücke sie. Er erwidert meinen Griff, schmerzhaft fest. Die Wilden sind unser beider Vorfahren. Meine Mutter, zum Beispiel. Sandors gesamte Familie.

Melchart hat sein Kinn auf die zusammengelegten Hände gestützt und blickt uns entgegen, mit versteinertem Gesicht. »Ich kann mir vorstellen, dass einige von euch es schon bereuen, nicht den Raum verlassen zu haben, als mein Angebot noch galt. Jetzt ist es dafür zu spät. Euer Wissen bindet euch, solange ihr lebt. Und es gibt noch etwas, das ich euch mitteilen muss, damit ihr fähig seid, die Dinge richtig einzuschätzen.«

Niemand von uns, niemand will noch ein weiteres dunkles Geheimnis hören. Nicht einmal Grauko, der sich keine Mühe gibt, den Ekel zu verbergen, den Melcharts Worte in ihm geweckt haben. Unsere Blicke treffen sich, er nickt mir kurz zu, auf eine Art, die mich vermuten lässt, dass er bereits beginnt, Strategien zu entwickeln, wie man wenigstens den noch nicht erledigten Teil von Melcharts Plan zum Scheitern bringen könnte.

»Ihr habt einen Präsidenten.« Die Stimme, die aus dem Datenterminal dringt, klingt zusehends müde. »Er ist ein sympathischer Mann, gut aussehend. Die Menschen folgen ihm bereitwillig, wenn nicht sogar freudig.« Melchart legt den Kopf schief. »So wird das auch weiterhin sein. Nach diesem Präsidenten wird ein ähnlicher Mann kommen und danach wieder jemand vom gleichen Typ. Er wird klug sein und charmant, opferbereit und gutherzig – aber er wird nicht wissen, was ihr wisst. Er wird nicht derjenige sein, der die Fäden in der Hand hält. Dafür gibt es andere Personen. Sie stehen in der zweiten Reihe, treten nie in den Vordergrund und ihre Namen stoßen bei den Menschen in den Sphären höchstens auf Schulterzucken. Doch sie sind es, die den Bund wirklich lenken und deren Befehlsgewalt ihr unterstellt seid.« Melchart wischt sich über die Stirn, auf der feiner Schweiß steht. Die Rede strengt ihn an und ich denke, dass er nun bald zum Ende kommen wird.

»Der Präsident ist dazu da, dass die Menschen ihn lieben und die Attentäter auf ihn schießen. Aber nicht die Nummer 1 ist wichtig. Es sind die Nummer 2, 3 und 4, auf die ihr eure Aufmerksamkeit richten sollt. Und diese Leute sind es auch, die euren Tod befehlen werden, lasst ihr auch nur ein Wort von dem, was ihr soeben erfahren habt, nach außen dringen.«

Er lehnt sich zurück, sichtlich erschöpft. »Ich habe euch gesagt, was ihr wissen müsst. Ich erwarte nicht, dass ihr mich liebt für das, was ich getan habe. Glaubt mir, die Momente, in denen ich mich selbst dafür hasse, sind zahlreich. Aber ich habe so gehandelt, wie ich es für nötig hielt. Und so werdet ab jetzt auch ihr handeln.«

Der Film endet in einem Standbild, das flackert und erlischt.

Es herrscht bleierne Ruhe im alten Heizraum. Keiner von uns sagt ein Wort, mein Inneres ist taub, als stünden meine Emotionen unter Narkose.

Melchart. Als Kind habe ich mir sein Gesicht vorgestellt, wenn ich mich nach einem Albtraum beruhigen wollte. Melchart ist für jeden Sphärenbewohner ein Sinnbild des Guten, der Rettung, der Weisheit. Manche von ihnen tragen sogar sein Bild bei sich. Mir ist nach Weinen zumute.

Was für eine unfassbare Tat.

Das schlechte Gewissen bleibt uns vorbehalten, hat Melchart gesagt, aber es ist ihm nicht am Gesicht abzulesen. Viel wichtiger als die Milliarden Toten war ihm die Idee einer neuen Gesellschaft. Die friedlich auf den Leichen der Opfer aufgebaut werden sollte.

So viel Tod. Durch den Vulkanausbruch, die Lange Nacht, die Kälte, den Hunger. Ich denke an die Katakomben, in denen die Dornen die schlimmsten Phasen überstanden haben. An die Beschreibungen, die Jordan in seiner Chronik überliefert, von sterbenden Kindern und alles durchdringendem Frost. Hat Melchart sich dem je gestellt? Hat er seinen Opfern dabei zugesehen, wie sie um ihr Leben gekämpft und es verloren haben? Hatte er eine Vorstellung von dem, was er angerichtet hat?

Nein. Ich glaube nicht. Wie hätte er dann so selbstsicher in die Kamera sprechen und weitere Morde fordern können?

Es hat keinen Sinn, mir über Melchart den Kopf zu zerbrechen, ermahne ich mich. Er ist längst tot. Wir müssen uns um die Lebenden kümmern und dazu müssen wir uns zusammennehmen. Besprechen, was wir nun tun werden. Zum Glück ist Grauko hier, er wird wissen, wo wir am besten ansetzen.

Doch er ist nicht der Erste, der sich wieder regt.

Aureljo richtet sich auf, sehr, sehr langsam. Er tritt einen Schritt von dem am Boden liegenden Datenterminal zurück, als wäre es eine Mine, der er nicht zu nahe kommen will. Auf seinem Gesicht trocknen Tränenspuren, aber davon abgesehen zeigt es keine nennenswerten Gefühle. Nur tiefe Ruhe und Entschlossenheit. Als er zu sprechen beginnt, sieht er niemanden von uns an.

»Ich war die Nummer 1, erinnert ihr euch? Grauko, wissen Sie es noch? Wie oft hinter der Hand gemurmelt wurde, dass ich große Chancen hätte, der nächste Präsident zu werden?« Einen Moment lang glaube ich, Aureljo wird zu lachen beginnen, doch das tut er nicht. »›Der Präsident ist dazu da, dass die Menschen ihn lieben und die Attentäter auf ihn schießen.‹ Ihr habt es Melchart selbst sagen hören. Das wäre also meine Aufgabe gewesen. Und die ganze Zeit über habe ich gedacht, ich würde etwas bewirken können, wenn ich es tatsächlich schaffe, den Sphärenbund anzuführen. Ihr habt keine Ahnung, wie hart ich darauf hingearbeitet habe.« Er wischt sich gedankenverloren ein paar Krümel eingetrocknetes Sekret aus den Augenwinkeln. »In Wahrheit hätten Menschen wie Tudor an den Hebeln gesessen und nach Gutdünken geschaltet und gewaltet.« Nun verzieht Aureljos Mund sich für Sekunden doch zu so etwas wie einem verzerrten Lächeln. »Wenn ich daran denke, wie verbissen er darauf aus war, mich vom ersten Platz der Akademie zu verdrängen. Doch er hatte nie eine Chance, nicht wahr? Er war für die zweite Reihe bestimmt. Für die wichtige Reihe.« Sein Husten unterbricht ihn. Er krümmt sich, hält sich die Hand vor den Mund. Als er sich wieder aufrichtet, lächelt er tatsächlich. »Das Gute ist, dass ich jetzt weiß, was ich zu tun habe. Wir wollten die Welt aus den Angeln heben, erinnerst du dich, Ria? Einen gerechteren Ort daraus machen. Das können wir immer noch. Genauer gesagt: Ich kann es.«

Eine dunkle Ahnung steigt in mir auf; sie wartet schon seit Tagen im Hintergrund meines Bewusstseins. Nun zeigt sie sich erstmals deutlich. Hoffentlich habe ich Aureljo missverstanden und sie ist falsch.

»Wir alle gemeinsam«, werfe ich schnell ein. »Wir finden einen Weg, um die Dinge zum Besseren zu wenden.«

Er lacht. »Ja, dazu wurden wir ausgebildet, nicht wahr? Sie haben uns zu naiven, gutwilligen Arbeitstieren erzogen, die ihnen ihre Lügengeschichten abgekauft und sie weitergegeben haben. Ich hätte mein Leben damit verbracht, alle von den guten Absichten des Sphärenbundes zu überzeugen, während hinter meinem Rücken die Clans abgeschlachtet worden wären. Aber jetzt …«, er geht auf die Röhre zu, legt eine Hand auf das gewölbte Metall, »jetzt habe ich viel bessere Möglichkeiten.«

Grauko hebt beide Hände in einer beruhigenden Geste. »Ich weiß, woran du denkst, Aureljo. Doch das wäre eine fatale Entscheidung. Fast so grausam wie die, die Melchart getroffen hat.«

Aureljo hält einen Moment inne. Sein Entschluss steht ihm so deutlich ins Gesicht geschrieben, dass mir bei seinem Anblick kalt wird.

»Tu es nicht«, sage ich trotzdem. »Du wirst es nicht kontrollieren können, niemand kann das.«

Er lässt mich nicht aus den Augen, während er langsam den Kopf schüttelt. »Gerechtigkeit, das war es, was wir wollten. Es ist höchste Zeit, dass wir endlich etwas Gewichtiges zugunsten der Clans in die Waagschale werfen. Das ist die Seite, von der wir abstammen, erinnerst du dich?«

Ich kenne ihn so gut, ich täusche mich nicht. Er hat seine Entscheidung getroffen, mit so weitreichenden Folgen, dass mir übel wird.

»Haltet ihn fest.« Die Worte kommen als heiseres Krächzen aus mir heraus. »Lasst ihn nicht gehen, wir müssen –«

Sandor reagiert unmittelbar, er schnellt auf Aureljo zu, doch der verfügt ebenfalls über eine Kampfausbildung. Er gleitet zur Seite, ist mit zwei schnellen Schritten bei mir und spielt den stärksten Trumpf aus, der ihm zur Verfügung steht: mich. Ich fühle das kalte Metall einer Waffe an meiner Schläfe und Aureljos Unterarm um meine Rippen, fühle, wie er mich gegen seinen Körper presst. Gegen diesen Körper, den ich einmal so gut gekannt habe, dessen Geruch mir immer noch so vertraut ist.

Sandor erstarrt mitten in der Bewegung, rechts von mir sehe ich Tycho aufspringen.

»Bist du irre?«, brüllt er. Zu laut, viel zu laut.

Grauko taucht in meinem Blickfeld auf, die Hände halb erhoben, die Miene völlig entspannt. Keine Spur von Beunruhigung darin.

Einen Augenblick lang wundere ich mich über meine eigene Gelassenheit. Aureljo würde mir nichts antun. Niemals. Ich habe den Gedanken kaum zu Ende gedacht, da beginne ich, an ihm zu zweifeln.

Weil ich mich an Tomma erinnere. Daran, wie sehr die Krankheit sie schließlich verändert hat. Es war nicht nur die Einsamkeit unter der Stadt und ihre Sehnsucht nach Yann, die sie zu einer anderen werden ließen. Es war Dhalion, und wer weiß, was er bereits in Aureljo angerichtet hat.

Als wollte er meine Vermutung bestätigen, festigt sich Aureljos Griff um meinen Oberkörper, der Druck gegen meine Schläfe ebenfalls. Jetzt kann ich erstmals das feuchte Rasseln in seinem Atem hören, das ich auch von Tomma kenne.

Mein Herz beginnt zu rasen. Das muss auch Aureljo spüren und dann wird er wissen, dass mir die Kontrolle über die Situation entgleitet. Ich atme durch, konzentriere mich auf Sandor, der wie ein Raubtier auf dem Sprung wirkt, die Augen zu Schlitzen verengt, jeden Muskel am Körper angespannt.

Ich hebe meine rechte Hand ein kleines Stück. *Ruhig*, deute ich. *Warten.*

»Lass Ria los.« Graukos Haltung drückt nach wie vor völlige Sorglosigkeit aus. Seine Aufforderung an Aureljo ist nicht mehr als ein Vorschlag – der Vorschlag, einen geringfügigen Fehler zu korrigieren. Mit einem Schlag, allein mit diesen drei Worten, nimmt er der Situation einen Teil ihrer Bedrohlichkeit.

Aureljos Griff lockert sich, aber die Mündung der Pistole drückt nach wie vor gegen meinen Kopf. »Sie benutzen uns, begreift ihr das nicht? Während meiner ganzen Kindheit und meiner gesamten Ausbildung haben sie mir ein Ziel vorgehalten, auf das ich hinarbeiten sollte, und sie haben mir jedes einzelne Mal ins Gesicht gelogen.«

Er schiebt mich vorwärts. Auf die Röhre zu. »Ich dachte, was wir aufbauen wollten, wäre eine Gesellschaft, die besser sein würde als alles, was es davor gegeben hatte. Und jetzt sehe ich, dass das Gegenteil der Fall ist. Nicht wegen einiger weniger, die sich nicht an die Regeln halten, sondern weil es von Beginn an so geplant war.« Noch einmal presst er mich fester an sich. Ich unterdrücke ein Keuchen, das in Sandors Augen möglicherweise Grund genug für einen Angriff sein könnte.

»Aber das ändert nichts daran, dass ich die Aufgabe ernst nehme, für die man mich ausgebildet hat. Eine gerechte Welt schaffen, erinnerst du dich, Ria?« Aureljo stößt mich von sich, direkt in Sandors Arme, und schwingt sich in die Röhre. Verschwindet darin, schneller, als ich es ihm zugetraut hatte.

Niemand folgt ihm.

29

Tycho, dem die Erschütterung über das eben Geschehene überdeutlich ins Gesicht geschrieben steht, versucht etwas zu sagen, aber es kommt nur ein Krächzen aus seiner Kehle. Er räuspert sich, nimmt einen neuen Anlauf. »Er meint … Dhalion, nicht wahr? Er glaubt, das Virus wird für Gerechtigkeit sorgen, oder?«

Wir alle wissen, dass es so ist, aber wahrscheinlich begreife nur ich, wie tief Melcharts Ansprache Aureljo getroffen haben muss. Ich kenne ihn am besten, ich weiß, wie groß sein Vertrauen in die guten Absichten des Sphärenbundes immer war. Er hat ja sogar noch daran geglaubt, als wir bereits wussten, dass das System uns töten wollte.

»Wir müssen nicht nur damit rechnen, dass Aureljo das Virus in der Sphäre verbreiten wird, sondern auch, dass er es bald tun wird.« Grauko streicht sich langsam über den Bart. »Zumindest wird er es versuchen, in der Hoffnung, dass er schon infektiös ist. Früher oder später wird er Erfolg haben.«

Und damit Quirins Plan aufgehen lassen.

Ich habe ein paar Fläschchen Serum, ja, aber die sind ein Tropfen auf den heißen Stein, wenn Dhalion sich so rasch ausbreitet, wie es das in Neumünster getan hat.

Ich sehe wieder Tomma vor mir, ihr verzweifeltes Ringen nach Luft. Ich versuche, mir dieses qualvolle Sterben hundertfach, tausendfach vorzustellen und frage mich, wie Aureljo das nur in Kauf nehmen kann.

Aber vielleicht täuschen wir uns ja alle und er kommt wieder zur Besinnung. Wenn der erste Schock über Melcharts Eröffnungen abgeklungen ist. Ich halte mich an dieser Hoffnung fest, doch sie ist dünn und brüchig und knickt jedes Mal ein, sobald ich mich wieder an den Ausdruck in Aureljos Augen erinnere. Und an den Druck der Pistole gegen meine Schläfe.

»Und ihr wundert euch?« Aramonn dreht seinen Rabenspeer zwischen den Händen, die schwarzen Federn am Schaft schimmern im Licht des frühen Morgens.

Wir haben den Heizraum kurz vor dem letzten Wachwechsel verlassen und die Zeit vor dem Morgengrauen für eine schnelle und möglichst leise Rückkehr in die Schmelzanlage genutzt. Grauko ist nicht mit uns gekommen – er wird weiterhin sein Amt als Delegierter ausüben. In dem neuen Bewusstsein, dass er für einen gutwilligen, aber ahnungslosen Präsidenten arbeitet.

Tycho trägt das Datenterminal bei sich, das Aureljo zurückgelassen hat. Er legt es keinen Moment aus der Hand, achtet darauf wie auf einen unersetzlichen Schatz. Er und Curvelli wären sich vor unserem Aufbruch über die Frage, wer künftig für das Terminal verantwortlich sein soll, beinahe in die Haare geraten, aber im Prinzip war klar, dass es bei Tycho in den besseren Händen ist.

Aramonn, Andris und Maiossa betrachten das Gerät erst misstrauisch, dann mit wachsender Neugierde. Wir haben ihnen erzählt, was wir herausgefunden haben über Melcharts Erbe, aber Aramonn möchte es mit eigenen Augen sehen, also lässt Tycho die Filmdatei ein weiteres Mal ablaufen.

Diesmal weiß ich schon, was kommt, und es trifft mich nicht mehr so hart wie beim ersten Mal, trotzdem muss ich mit Mühe die Tränen zurückdrängen. Einerseits, weil mir noch einmal klar wird, wie furchtbar diese Wahrheit gerade für Aureljo gewesen sein muss. Gleichzeitig gilt meine Traurigkeit den unvorstellbar vielen Menschen, die sterben mussten – und merkwürdigerweise auch Melchart, der für mich immer eine Art Beschützer war, ein weiser Mann, der mein ganzes Vertrauen hatte. Der Mann, der die Menschheit gerettet hat.

Herauszufinden, dass er ein Verrückter war, kein Retter, sondern derjenige, der all dieses Unheil über die Menschen gebracht hat, schmerzt mich unsagbar.

»Und ihr wundert euch wirklich?«, wiederholt Aramonn, nachdem er den Film zu Ende gesehen hat. »Ihr habt das tatsächlich nicht geahnt?«

»Nein.« Ich sage es fast im gleichen Atemzug wie Curvelli und Tycho. »Für einen von uns war es so schlimm, dass er jetzt den Kampf gegen den Sphärenbund aufnehmen will.« Alleine, ergänze ich in Gedanken und würde wieder am liebsten heulen.

Aramonn schnalzt nachdenklich mit der Zunge. »Das heißt, die anderen wissen es auch nicht? Die Leute in den Sphären?«

»Nein. Nur die, denen dieser Film gezeigt wurde. Und du hast es ja gehört: Sie werden getötet, wenn herauskommt, dass sie darüber gesprochen haben.«

Mit seinem verbliebenen Auge zwinkert Aramonn mir zu. »Uns würden sie ohnehin umbringen, nicht wahr? Ich sehe also keinen Grund, warum wir die Klappe halten sollten.«

»Da hat er recht. Recht hat er«, murmelt Andris. Er hat mich beim Hereinkommen so heftig gedrückt, dass meine Rippen immer noch schmerzen, dann hat er mich mit gebratenem Kaninchen gefüttert. »Es gibt außer euch sicher noch andere Lieblinge, die in Ordnung sind und protestieren würden. Oder sich mal genau ansehen, wer denn die Nummern 2, 3, 4 und so weiter sind.«

Ja. Den Menschen die Wahrheit erzählen. Nichts täte ich lieber, doch das ist wesentlich leichter gesagt als getan. »Es würde uns niemand glauben.«

Nicht einmal ich hätte es geglaubt, wenn ich es nicht von Melchart selbst gehört hätte, und ich wusste bereits, dass es Exekutoren gibt und wozu sie fähig sind. Der normale, ahnungslose Sphärenbewohner würde die Nachricht, dass der Vulkanausbruch ein von Melchart eingefädelter Massenvernichtungsschlag war, absolut lächerlich finden.

»Sie würden uns für verrückt halten. Für Verräter, die den Retter der Menschheit in den Dreck ziehen wollen. Melchart hat genau gewusst, dass nur diejenigen diese ungeheuerliche Wahrheit akzeptieren würden, die sie von ihm ganz persönlich erfahren.« Ich lausche dem Echo nach, das meine eigenen Worte in meinem Kopf hinterlassen, und suche unwillkürlich Tychos Blick.

Er sieht mich zuerst fragend an, dann begreift er allmählich, was ich ihm wortlos zu vermitteln versuche. Beißt sich auf die Lippen, hebt langsam die Schultern.

»Wenn wir einen riesigen Bildschirm hätten und das Terminal damit verbinden könnten … dann vielleicht«, antwortet er auf meine unausgesprochene Frage. »Aber ich weiß wirklich nicht, wo wir das alles hernehmen sollen.«

Ich zerbreche mir den restlichen Tag darüber den Kopf, wobei ich zweimal einschlafe – die Zeit im Heizraum hat mich mehr erschöpft, als mir bisher bewusst war.

Sandor weicht kaum von meiner Seite. Er spricht nicht viel und wirkt, als wäre er in schwere Gedanken versunken, aber wann immer unsere Blicke sich treffen, bemüht er sich um ein Lächeln.

Am Abend beziehe ich Posten am Fenster und starre mit dem Fernglas hinaus in die Dämmerung. Hoffe vergeblich, Aureljo zu entdecken, entweder beim Wachwechsel auf der Galerie oder unten im Zeltlager der Sentinel. Immer noch gibt es keine Anzeichen für einen Aufbruch. Das zumindest ist eine Erleichterung.

Während ich die dunkler werdende Welt betrachte, kommt mir ein neuer Gedanke: Ist es möglich, dass Jordan und seine Freunde vor ihrer Flucht aus den Sphären das Gleiche erfahren haben wie wir heute? Ich erinnere mich genau an eine Stelle aus der Chronik, die ich nie richtig verstanden habe. Sie begann damit, dass Chendar, einer der desertierten Wissenschaftler, sich einen Totenkopf aus den Katakomben gegriffen hatte und ihn von da an als Talisman benutzte.

Der Totenschädel, den er nun ständig mit sich trägt, ist der eines Mannes und er nennt ihn Melchart. Mit Melchart führt Chendar ausführliche Gespräche, überhäuft ihn mit Beschimpfungen und gelegentlich übt er Zielspucken in die leeren Augenhöhlen.

Ja. Das würde ausgesprochen viel Sinn ergeben, ebenso wie die kurz darauf folgenden Sätze.

Was wir begriffen haben, was wir wissen, drückt uns allen aufs Gemüt, es presst die Hoffnung aus uns heraus und lässt uns kraftlos zurück.

Vielleicht war es so. Aus einem blindwütigen Zufall heraus bekamen Jordan und seine Kollegen die Aufzeichnung von Melcharts Ansprache zu sehen. Woraufhin sie sich von den Sphären lossagten und ein hartes Leben in eisiger Kälte auf sich nahmen.

Damit wäre auch geklärt, woher Quirin von den Großen Sieben erfahren hat. Wenn Jordan ihm gegenüber offen war, weiß er zudem, dass ein Überleben für die Clans nie geplant war, und dann wäre sein Versuch, die Sphären mit Dhalion zu infizieren, besser nachzuvollziehen …

Ich lasse das Fernglas sinken. Mit einem Mal habe ich große Lust, mich einfach zurückzuziehen. Die Clans und Sphären ihrem Schicksal zu überlassen, das sich bald von selbst erledigt haben wird – sei es durch das Virus oder die Lenkraketen oder beides. Einfach versuchen, allein und in Frieden zu überleben, gemeinsam mit Sandor, Andris und allen, die das Gleiche möchten.

Nur dass ich es nicht kann. Dass ich immer wieder die Kinder vor mir sehe, die ich ihren Ziehfamilien zugeteilt habe. Oder die Freunde, die ich an der Akademie hatte, ebenso wie die bei den Dornen. Alle, die es völlig unschuldig treffen würde.

Laufe ich davon, erkläre ich damit, dass mir ihr Schicksal egal ist. Dann wäre ich um so vieles feiger als Jordan.

Allerdings habe ich keine Ahnung, wie ich verhindern soll, dass es zu einer neuen Katastrophe kommt. Jordan, Chendar und die anderen konnten gemeinsam mit Dhalion verschwinden – ich dagegen kann mir keine Lenkraketen unter die Arme klemmen und damit davonlaufen. Ebenso wenig kann ich Aureljo am Arm nach draußen zerren. Ich kann nur hier stehen und abwarten.

Es kostet mich Anstrengung, das Fernglas wieder an meine Augen zu heben und mich auf das zu konzentrieren, was sich vor der Sphäre abspielt. Es ist immer noch nicht ganz dunkel, die Sentinel im Zeltlager sind dabei, ihre letzten Vorbereitungen für die Nacht zu treffen, bald wird ihr Abendessen gebracht werden. Vielleicht sehe ich ja Albina …

Doch es ist ein anderes Ereignis, das als Nächstes meine Aufmerksamkeit beansprucht: Eine Magnetbahn trifft ein. Zwei Personenkabinen, keine Transportwaggons diesmal. Also vermutlich keine toten Passagiere. Der Zug hält im Außenbereich, dort, wo üblicherweise große Güter abgeladen werden.

Jemand steigt aus, ein Sentinel, dessen Farbkennung ich aus der Entfernung nicht erkennen kann. Ein anderer Sentinel begrüßt ihn … begrüßt ihn außerordentlich herzlich.

Ich versuche, mein Fernglas noch schärfer zu stellen. Ist das …?

Ja. Kein Zweifel. Am Ausstieg steht Aureljo und nimmt die Ankommenden in Empfang. Aber nicht nur das. Drei weitere Menschen verlassen den Zug, eine Frau und zwei Männer. Jeden davon begrüßt Aureljo einzeln und ich kann sehen, wie er darauf achtet, den Neuankömmlingen möglichst nah zu kommen. Ihnen direkt ins Gesicht zu sprechen.

Bevor die Bahn wieder abfährt, umarmt er kurz die diensthabende Begleitwache und klopft dem Mann freundschaftlich auf den Rücken. Das ist keine ungewöhnliche Geste unter Sentineln. Man sieht sie nicht bei offiziellen Anlässen, natürlich, aber ansonsten sind ruppige Freundschaftsbekundungen an der Tagesordnung.

Nur dass Aureljos Umarmung einem Todeskuss gleichkommt.

Das zumindest, darauf würde ich meinen Kopf verwetten, ist seine Absicht.

Er muss sofort um den Dienst an der Magnetbahn ersucht haben, kaum dass er den Heizraum verlassen hatte. Was auch immer hinter der Reihung an der Akademie gesteckt haben mag – in Sachen Strategie ist Aureljo ein Meister. Kein anderer Posten würde es ihm ermöglichen, Dhalion so schnell und weitreichend zu verbreiten.

Falls er bereits infektiös ist, hat er sowohl die drei Ankommenden angesteckt als auch zumindest einen der Weiterreisenden. Der Dhalion nun weiß Gott wohin trägt.

Mir ist übel. Wie konnte ich nur annehmen, dass wir genug Zeit haben würden, uns einen Plan zu überlegen? Jeden Moment kann die Situation kippen, in die eine oder andere Richtung.

Die Bahn fährt ab und Aureljo sieht ihr noch eine Minute lang hinterher, bevor er sich umdreht und den Außenteil der Landestation verlässt.

Zum mindestens hundertsten Mal verfluche ich mich dafür, dass ich die Gelegenheit bei unserer ersten Begegnung nicht sofort beim Schopf gepackt habe. Zwei gezielte, tiefe Kratzwunden mit dem Dorn, und ich müsste mich jetzt nicht fragen, ob die soeben abgefahrenen Reisenden demnächst mit Husten und verklebten Augen zu kämpfen haben werden.

Am liebsten würde ich auf der Stelle loslaufen, Aureljo aus der Sphäre zerren, ihm das Serum injizieren und hoffen, dass ich noch rechtzeitig gekommen bin. Nur dass das leider unmöglich ist, daher wird Aureljo weiterhin alles tun, um Dhalion unter die Menschen zu bringen und – wie hat er es formuliert?

Etwas Gewichtiges zugunsten der Clans in die Waagschale zu werfen.

Es ist nun dunkel und flackernd erwacht die Außenbeleuchtung zum Leben.

Wachwechsel. Praknar ist diesmal persönlich dabei, was mich befürchten lässt, dass er sich Aureljo wegen des Datenterminals vorknöpfen will, das der nicht mehr bei sich trägt. Bei direktem Kontakt würde Praknar ihn wiedererkennen, da bin ich mir sicher. Er hat uns in der Magnetbahn gegenübergestanden, bevor wir geflohen sind, er hat vermutlich die Suche nach uns geleitet. Er muss sich unsere Gesichter eingeprägt haben.

Wenn Aureljo die gleiche Befürchtung hegt, lässt er sich das nicht anmerken. Er wischt sich mit der Rechten schnell über die Augen, wahrscheinlich um Dhalions Spuren zu beseitigen, dann steht er aufrecht und mit hochgerecktem Kinn neben den anderen Sentineln. Verschwindet auf diese Weise hinter seiner Uniform. Es ist das Klügste, was er tun kann, denn, soweit ich es sehe, würdigt Praknar ihn keines Blickes. Lässt ihn gehen, gemeinsam mit den anderen.

Wieder eine Nacht, in der ich nur wenig schlafe. Das Gefühl, dass die Zeit mir davonläuft, dass die Katastrophe unausweichlich näher rückt, ist übermächtig.

Sandor schlägt vor, in den Heizraum zurückzugehen und zu hoffen, dass Aureljo sich dort noch einmal blicken lässt. Dann könnten wir ihn überwältigen, ihn notfalls bewusstlos schlagen und nach draußen transportieren. »Oder ihn wenigstens mit dem Serum behandeln.« Er zuckt die Schultern. »Ein schwacher Plan, ich weiß.«

Ja, aber immerhin ein Plan. Allerdings löst die Vorstellung, weitere Tage im Heizraum zu sitzen und tatenlos zu warten, während Aureljo in der Zwischenzeit nach wie vor arglose Menschen umarmt, heftigen Widerwillen in mir aus.

Ich versuche zu schlafen, in der Hoffnung, dass ein klarerer Kopf mir bessere Ideen beschert, aber mein Gehirn läuft weiter und weiter, spuckt ständig neue Bilder aus. Neue Schreckensszenarien. Etwas in mir schreckt vor dem Einschlafen zurück, als würde ich dadurch die Zügel aus der Hand geben und die Ereignisse davongaloppieren lassen, unkontrolliert.

Als Sandor in der morgendlichen Dunkelheit aufsteht und fast lautlos die Leiter hinuntersteigt, steht mein Entschluss fest. Er geht jagen, das hat er gestern angekündigt. Ich werde das Gleiche tun, nur dass ich mich auf die Jagd nach Information mache. Eingeschlossen in dieser verdammten Schmelzanlage, verliere ich höchstens meinen so mühevoll trainierten Verstand.

Ich warte, zehn Minuten etwa, bevor ich ebenfalls im Dunkeln nach der Leiter taste. Sandors Talent zur Lautlosigkeit fehlt mir leider, Andris schreckt aus dem Schlaf, seine riesige Hand schließt sich blitzschnell um meinen Unterarm.

»Schhh. Ich bin es nur«, flüstere ich. »Ich muss … kurz raus vor die Tür.«

Er brummt zustimmend, lässt mich los und dreht sich zur Seite. Als ich den Fuß der Leiter erreicht habe, höre ich, wie sich sein Schnarchen schon wieder mit dem von Aramonn vermischt.

Die Luft des frühen Morgens ist kühl, aber nicht schneidend kalt; ein leichter Wind weht mir entgegen und streicht mir das Haar aus der Stirn. Soweit ich es beurteilen kann, bin ich allein, trotzdem lausche ich noch minutenlang reglos in die Welt hinein, bevor ich den Weg in Richtung Sphäre einschlage.

Ich möchte den Wachwechsel beobachten, ich will unbedingt wissen, ob Aureljo wieder an der Magnetbahn Dienst tut, deshalb wende ich mich, kurz bevor ich den Waldrand erreiche, nach links.

Ich weiß nicht, ob es der Dunkelheit oder meiner Nervosität zu verdanken ist, dass ich den Schatten erst so spät sehe, dass ein unbemerkter Rückzug nicht mehr möglich ist. Obwohl ich sofort mitten in der Bewegung verharre, bin ich mir sicher, ich wurde bemerkt. Und nun bewegt der Schatten sich auf mich zu.

Bereits nach wenigen Sekunden kommt er mir bekannt vor.

Nicht allzu groß und ziemlich rundlich. Um den Bauch die ausgebeulten Taschen eines Grenzgängers.

»Sieh an.« In seiner gedämpften Stimme liegt eine Mischung aus Freude und Amüsiertheit. »Sindra Holun. In neuen Kleidern.«

»Krunno.« Es hat überhaupt keinen Sinn zu leugnen, dass wir uns kennen. Als Grenzgänger ist ein Blick für Gesichter und ein gutes Gedächtnis für Krunno unverzichtbar. Und eine Begegnung wie diese könnte ihn für Monate versorgen. Natürlich hat er erfahren, wie das Mädchen aus dem Bringdienst hieß, das den großen Prim befreit hat. Den Sentineln zu verraten, wo dieses Mädchen zu finden ist, würde ihm mehr als nur reichlich Lohn einbringen.

Er mustert mich von oben bis unten, lächelnd. »Interessante neue Kleidung hast du dir zugelegt. Und solltest du nicht eigentlich weiter im Süden sein? Da hat mein Freund Tem wohl nicht genau hingehört.«

Die Kreise, die unsere Falschmeldung gezogen hat, sind wirklich weitreichend.

»Weißt du eigentlich, wie wütend man in Vienna 2 war, nachdem du und der große Dornenkrieger plötzlich wie vom Erdboden verschwunden wart?«

»Ich kann es mir vorstellen«, antworte ich vorsichtig.

Er schenkt mir ein schiefes Grinsen. »Hätte ich damals gewusst, wo ihr steckt, ich hätte es nicht weitergesagt. Glaubst du mir das?«

»Keine Sekunde lang.«

Er lacht leise auf. »Klug von dir. In neunundneunzig von hundert Fällen hättest du völlig recht damit. Aber nicht in diesem. Ich fand es viel zu witzig, dabei zuzusehen, wie die Sentinel aufgescheucht durch die Gegend gelaufen sind. Und immer knapp vor dem Territorium der Dornen abgebremst haben.«

Ja, aus Angst vor Dhalion. Und weil damals noch keine Raketen in Vienna 2 lagerten.

»Und jetzt?« Der Tag ist immer noch nicht angebrochen, aber ich stehe nah genug bei ihm, um in Krunnos Gesichtszügen lesen zu können. »Wirst du mich jetzt verraten?«

Er lässt sich mit seiner Antwort Zeit, trotzdem glaube ich, sie bereits zu kennen. »Sie würden mir immer noch jede Menge Reichtümer zu Füßen legen, das weißt du, nicht wahr?«

Ich sage nichts, sehe ihn nur abwartend an.

»Nein. Ich werde dich nicht verraten. Ich kann es mir leisten, meine Geschäfte gehen gut. Und ich bin viel zu gespannt darauf, was du noch an Überraschungen zu bieten hast.«

Lügt er? Um mich in Sicherheit zu wiegen, damit ich nicht wieder davonlaufe?

Nein, ich glaube nicht. Und zu fliehen käme ohnehin nicht infrage. Dazu stehen die Dinge viel zu schlimm.

»Danke.« Ich nehme seine Rechte mit beiden Händen und drücke sie. »Ich danke dir sehr.«

»Natürlich möchte ich dafür der Erste sein, dem du … na ja. Interessante Neuigkeiten weitergibst. Du verstehst? Also, wenn es etwas zu berichten gibt.«

»Du wirst der Erste sein.«

Er nickt, kratzt sich am Bauch und rückt die Beutel an seinem Gürtel zurecht. »Ich vermute, du hast Nachricht von deinen Gefährten, ja?«

Die schlafen noch, will ich im ersten Moment sagen, dann wird mir klar, dass er meine Gefährten von damals meinen muss, Aureljo und Dantorian.

Krunno interpretiert mein Schweigen als ein Nein. »Einer von ihnen ist mittlerweile Sentinel. Wenn du ihn sehen möchtest – ich weiß, wo er jetzt gerade steckt.«

Das ist fast zu schön, um wahr zu sein. Und daher vielleicht doch eine Falle, in die Krunno mich locken will, nachdem er so schnell mein Vertrauen gewonnen hat. Mich den Sphären auf dem Silbertablett zu servieren, wird ihm sicherlich höheren Lohn einbringen, als ihnen einfach nur meinen Aufenthaltsort zu verraten.

Diesmal interpretiert er mein Zögern richtig. »Es ist nicht sehr riskant und natürlich ist es deine Entscheidung. Aber vor zehn Minuten war dein Sentinel-Freund ... Cecil, nicht wahr? Also, der war vorhin an der Fabrikruine.« Krunno deutet ungefähr in nördliche Richtung. »Keine fünfhundert Meter von hier.«

»Bringst du mich zu ihm?«

Er strahlt. »Gerne. Aber er ist nicht alleine, das solltest du wissen. Er hat sich mit einem Außenbewohner getroffen, die beiden waren sehr ins Gespräch vertieft.«

Sandor, ist mein erster Gedanke. Nur dass das eigentlich nicht sein kann, was Krunno mit seinem nächsten Satz auch sofort bestätigt.

»Nicht irgendein Außenbewohner, auch wenn das für dich keine Rolle spielt. Aber der Mann ist in dieser Gegend sehr bekannt. Er ist der Bewahrer des Clans Schwarzdorn.«

Es fühlt sich an wie ein leichter Stoß gegen die Brust.

Aureljo trifft sich mit Quirin, weiß der Teufel, wie sie das eingefädelt haben, aber es ist keinesfalls eine gute Nachricht.

»Lass uns gehen.«

30

Das erste Licht des Tages ist heute grau und es sickert langsam zwischen den Baumstämmen hindurch, noch nicht kräftig genug, als dass ich die Unebenheiten des Bodens wirklich erkennen könnte. Trotzdem treibe ich Krunno zur Eile an. Ich will Aureljo keinesfalls verpassen.

Und Quirin.

Ich werde mich beherrschen müssen, um ihn meine ganze Wut nicht sofort spüren zu lassen. Damit wäre niemandem geholfen. Es geht hier nicht um mich und meine Bedürfnisse, sondern darum, den größtmöglichen Nutzen aus dieser Begegnung zu ziehen.

In diesem Teil des Waldes war ich noch nie, trotzdem wundert es mich, dass wir die Fabrikruine übersehen konnten. Ihre Ausmaße sind gewaltig, die Reste der Glasscheiben in den riesigen Fenstern wirken wie Zähne in aufgerissenen Mäulern.

Krunno deutet nach rechts und da sehe ich sie. Zwei Schemen, die sich vor den alten Mauern abheben. Wir sind rechtzeitig gekommen.

Ich verlangsame meine Schritte. Bevor die beiden mich wahrnehmen, sollte ich mir genau überlegen, wie ich mich verhalten, was ich sagen werde. Ich darf nicht vergessen, dass Aureljo gestern keine Hemmungen hatte, grob zu werden – diesmal bin ich alleine. So nett Krunno sich mir gegenüber benimmt, den Kopf wird er nicht für mich hinhalten.

Ich bemühe mich, leise zu gehen, ziehe die erdigen und steinigen Stellen denen vor, wo sich trockene Pflanzenreste gesammelt haben. Je näher ich komme, desto mehr Details kann ich erkennen: Quirin, dem ich erstmals nicht in weißen Gewändern begegne, wirkt in seinem gedeckten braunen Mantel völlig fremd. Er ist es, der im Moment spricht, er erklärt etwas und vollführt eine dazu passende Geste.

Meine Kehle wird eng.

Die eine Handbewegung hat genügt, um mir zu zeigen, worum das Gespräch sich gerade dreht.

Sie hören mich, bevor sie mich sehen, und ihre Unterhaltung stockt.

Quirin lässt die Arme sinken. »Ria. Guten Morgen.«

Ein Gruß, der sich anhört, als wären wir beste Freunde. Die mühsam gebändigte Wut von vorhin will sich wieder an die Oberfläche kämpfen, aber ich zwinge sie an ihren Platz zurück.

»Ja. Den wünsche ich euch auch.«

Aureljo ist versucht, meinem Blick auszuweichen. Ich könnte wetten, er schämt sich für das, was gestern passiert ist, aber dann sieht er mir doch direkt ins Gesicht. Mehr herausfordernd als entschuldigend.

»Ich hoffe, es geht dir gut«, presst er hervor.

»Ja. Danke.« Es klingt natürlich, ohne jede Spur von Ironie. Niemand, der mich hört, würde auf die Idee kommen, dass ich mit dem Mann spreche, der mir vor wenigen Stunden eine Pistole an die Schläfe gehalten hat.

»Ich wollte vor allem mit Quirin reden.« Ich drehe Aureljo den

Rücken zu und stecke dabei beide Hände in meine Jackentaschen. In der rechten befindet sich der Dorn, ohne den ich die Schmelzanlage nicht mehr verlasse. Erst gestern Abend habe ich ihn wieder mit Serum benetzt; ich hätte nicht zu hoffen gewagt, dass er so schnell zum Einsatz kommen würde.

Quirin lächelt dieses gewinnende Lächeln, das mir während meiner Zeit bei den Dornen immer wieder für Minuten das Gefühl von Heimat vermittelt hat. »Erzähl, Ria. Womit kann ich dir helfen?«

»Du weißt, dass sie Sandor ausgestoßen haben? Ach, was für eine Frage. Natürlich weißt du das.«

»Ich habe es gehört, ja.« Sein Gesicht ist ernst geworden. »Eine fatale Entscheidung. Er hat dem Clan sehr gutgetan, doch manchmal laufen die Dinge eben anders, als man erwartet.«

Ich kann mich nur schwer beherrschen, zu genau habe ich noch den Wortlaut seines Briefs an Bennok im Kopf: *Die Dinge laufen endlich wieder nach Plan. Wenn du diesen Brief liest, bin ich auf dem Weg nach Vienna 2. Vielleicht ist es das Ziel, vielleicht nur eine Zwischenstation, wer weiß. Ich möchte mich mit eigenen Augen vergewissern, dass die Träger nach wie vor an ihrem Bestimmungsort sind.*

Und hier steht er nun, mit einem der Träger, und wenn ich mich nicht völlig täusche, hat er ihm vor meiner Ankunft gerade das Gleiche erklärt wie mir damals, bei unserer letzten Begegnung unter der Stadt. Doch jetzt will er sich nicht mehr auf Glück oder Schicksal verlassen.

Ich werde die Welle aus Wut, die mich fast mit sich fortspült, nicht mit aller Kraft unterdrücken, sondern sie dazu nutzen, näher an Aureljo heranzukommen, unauffällig.

»Ja, manchmal laufen die Dinge anders als erwartet. Wie ist es bei dir, Quirin? Was enttäuscht dich am meisten? Dass die Dornen uns für den Mord an dir nicht gelyncht haben? Dass Yann nicht sofort kurzen Prozess gemacht hat und du uns für den Preis deines Mantels nicht endgültig vom Hals bekommen hast?«

Ich wende Aureljo jetzt den Rücken zu. Es wird mich nur eine halbe Drehung kosten und, so leid es mir tut, ich werde ihm den Stachel durchs Gesicht ziehen müssen, das ist die einzig freie Fläche, die ich in der Geschwindigkeit treffen kann.

Quirin macht ein bekümmertes Gesicht. Die letzten Monate müssen ihm stark zugesetzt haben, seine Haut ist faltiger und bleicher als in meiner Erinnerung.

»Mir liegt nichts daran, dass du stirbst«, antwortet er. »Das müsstest du begriffen haben. Aber ich würde es in Kauf nehmen, wenn es nötig wäre, damit –«

Ich fahre herum, die Hand erhoben, Aureljos Gesicht ist ein heller Fleck, den ich nicht verfehlen kann, mein ganzer Schwung liegt in der Bewegung …

Ein Schlag, der wie aus dem Nichts kommt, trifft meinen Arm, ein Stoß schleudert mich zu Boden.

»Ich wusste es!«

Aureljo hat sich auf mich gestürzt und mein Handgelenk gepackt, er windet mir den Dorn aus den Fingern und wirft ihn fort, seine Miene ist verzerrt vor Zorn und noch etwas anderem, das er bisher vor mir verborgen hat, obwohl ich danach gesucht hatte.

Verletztheit.

Seine Heftigkeit resultiert zur Hälfte aus Schmerz. Ich fürchte, mit dem Entschluss, den er gestern getroffen hat, verhält es sich ähnlich.

Dann vertreibt mein eigener Schmerz alle analytischen Gedanken. Aureljo presst mein Handgelenk zusammen und biegt es so fest nach hinten, dass ich befürchte, er wird es brechen.

»Hast du vergessen, wie gut ich dich kenne, Ria? Denkst du, ich merke nicht, dass dein Gespräch mit Quirin nur ein Vorwand war? Oder ich wüsste nicht, wie dringend du meine Pläne durchkreuzen möchtest?«

Ich beiße mir auf die Unterlippe, um nicht zu schreien.

»Mach dir keine Gedanken, man hat es dir nicht angemerkt. Du hast deine Lektionen bei Grauko gut gelernt. Aber ich wusste einfach, was du versuchen würdest, in dem Moment, als du hier aufgetaucht bist.«

Er verstärkt den Druck um mein Handgelenk weiter. Ich höre mich wimmern.

»Ich befürchte, wir sind jetzt Gegner. Nicht wahr? Da stimmst du mir doch sicher zu. Und wenn ich das, was ich bei Morus gelernt habe, so beherzigen würde, wie ich sollte, würde ich dir die Hand brechen. Jetzt. Das wäre völlig ausreichend, um dich auszuschalten.«

Einen Moment lang denke ich, er wird es tun. Sein Gesicht ist nur eine Handbreit über meinem; ich sehe ihm in die Augen und warte auf das Knacken, darauf, dass der stechende Schmerz in weiß glühender Heftigkeit explodiert.

Stattdessen lässt Aureljo mich los. Richtet sich auf. »Ich kann es nicht, dummerweise. Ich weiß genau, wie gering deine Überlebenschancen hier draußen wären, mit einer so schweren Verletzung.« Seine Mundwinkel biegen sich nach oben, doch der Ausdruck in seinen Augen bleibt traurig. »Sie hatten recht, mich für das Amt des Strohmannes vorzusehen, der die wichtigen und schweren Entscheidungen nicht treffen kann. Zumindest nicht bei jemandem, den ich …«

Er beendet den Satz nicht, sondern starrt zu Boden. Nickt dann Quirin zu.

Mir ist völlig klar, was er ihm damit zu verstehen geben will. Er kann niemanden ins Verderben stürzen, den er so gut kennt wie mich. Aber er hat keine Schwierigkeiten damit, eine Sphäre auszulöschen, indem er sie mit Dhalion infiziert. Anonym kann er eine unüberschaubare Menge von Menschen töten.

Beim Aufstehen vermeide ich es, mich mit meiner rechten Hand abzustützen; das Gelenk pocht im Rhythmus meines Herzschlags und ich habe das Gefühl, es schwillt an.

Hinter mir raschelt es in den Büschen. Krunno, vermute ich. Der sich, wie erwartet, nicht eingemischt hat. Aber ich bin überzeugt, er hört jedes einzelne Wort, das wir sprechen.

Ich wende mich wieder Quirin zu, der mich mit besorgtem Blick betrachtet. Sollte er gleich fragen, ob er sich meine Hand ansehen soll, kann ich für nichts garantieren.

Doch so dumm ist er nicht.

»Verstehst du es denn nicht, Ria? Jetzt, nachdem du weißt, was die Großen Sieben waren? Wir haben keine Überlebenschance, wenn wir einfach nur stillhalten. Dass es uns noch gibt, war nie vorgesehen. Der Sphärenbund kann uns innerhalb von Stunden vernichten, und das wird er.«

»Und verstehst du nicht, dass ein Virus sich nicht in den Kuppeln der Sphären einschließen lässt? Dhalion wird die Lieblinge töten, ja, sicher, aber das Gleiche wird er mit den Clans tun. Über Sentinel, über Grenzgänger, ganz egal. Wie kannst du das wollen, Quirin?«

Er sieht mich lange an. »Habe ich je gesagt, dass ich das will? Ich will nichts anderes, als in Frieden leben dürfen. Zumindest überleben. Ja, vielleicht werden auch manche der Unseren sterben. Aber ich war die letzten Wochen Tag und Nacht unterwegs, um Menschen zu immunisieren. Die Clans in der Umgebung sind sicher, jedenfalls, was Dhalion angeht.«

Das also war es, womit Quirin beschäftigt war. Er hat ein Sicherheitsnetz für seine eigenen Leute gespannt. Klug, sehr klug.

»Du hast es Aureljo gesagt, nicht wahr? Wie er ... die beste Wirkung erzielt?«

Keiner von beiden antwortet und das ist auch gar nicht nötig. Ich habe Quirins Geste gesehen – die schnelle Bewegung mit der Handkante über den Arm, wie der Schnitt einer Klinge. Aureljo wird sich jetzt nicht mehr mit simplen Umarmungen abgeben. Er wird Vienna 2 über sein Blut infizieren und damit ungleich mehr Menschen gleichzeitig treffen. Wenn Quirin Jordans Worte richtig verstanden hat, hilft dann auch das Serum nicht mehr.

»Du solltest weggehen, Ria«, sagt Aureljo leise. »Du musst nicht dabei sein, wenn es passiert. Geh fort. Mit Tycho, Sandor und den anderen. Ich tue das auch für sie.«

»Oh nein, das ist nicht wahr«, fahre ich ihn an. »Niemand von ihnen will das. Keiner hat so viel Hass im Leib, nicht einmal Aramonn, dem die Sentinel die Tochter entführt, die Frau ermordet und ein Auge ausgestochen haben.«

Durch Quirins Körper geht ein winziger Ruck. Er wusste, wer meine Eltern sind. Er wollte es mir sagen, damals, in seiner Halle. Um mich zu besänftigen.

»Aramonn?« Aureljo zuckt die Schultern. »Ich kenne keinen Aramonn.«

»Du kannst ihn kennenlernen. Er ist mit mir gemeinsam hergekommen.« Ich sehe Aureljo direkt in die Augen. »Er ist mein Vater.«

Damit hat er nicht gerechnet. Er öffnet den Mund, um etwas zu erwidern, doch ein Hustenanfall kommt ihm zuvor. Keuchendes Ringen nach Luft, pfeifender Atem. Die Geräusche rufen mir sofort wieder Tommas letzte Wochen ins Gedächtnis, so deutlich, als wäre ihr Tod erst Tage her.

Aber ich werde Aureljo kein weiteres Rettungsangebot unterbreiten.

»Du hast vielleicht auch noch Familie«, sage ich. »Und du vergibst die Chance, sie kennenzulernen.«

Er bekommt wieder Luft, aber ich warte seine Entgegnung nicht ab, sondern wende mich Quirin zu.

»Wie viel Serum hast du eigentlich in deinen Vorräten?«

Er zögert einen Moment. »Genug. Ich kann es herstellen oder, besser gesagt, vermehren. Jordan hat mir alles hinterlassen, was ich dazu brauche.«

So ähnlich hatte ich mir das vorgestellt.

»Du solltest etwas davon bei der westlichen Dornenlinie vorbeibringen. Bennoks Bestände habe nämlich ich mitgenommen.«

Nein, das wusste Quirin noch nicht, wie ich mit leiser Befriedigung an seinen Augen ablesen kann. Wahrscheinlich ist ein neuer Brief in den Westen unterwegs, mit der Anweisung, den ganzen Clan zu immunisieren.

»Es ist ein weiter Weg ins westliche Territorium.« Mir entgeht der herausfordernde Ton in Quirins Worten nicht. »Vermutlich wird Dhalion dort nicht so schnell eintreffen. Und wenn doch, dann gehen die Toten zu einem Teil auch auf dein Konto, Ria.«

Es kostet mich keinerlei Mühe, die gewünschte Emotion in meine Züge zu legen: Verachtung.

»Tote wird es nur geben, wenn Aureljo das tut, was du ihm vorgeschlagen hast. Ich infiziere niemanden, ich töte niemanden. Versuch nicht, mir deine Schuld aufzubürden, Quirin, das funktioniert nicht.«

»Das war nicht meine Absicht.« Er dreht den Kopf ein kleines Stück nach rechts, dahin, wo nun wirklich die Sonne aufgeht, und schließt die Augen. »Ich trage sie schon so lange, dass ich mich ohne sie unvollständig fühlen würde.«

Es gibt nichts mehr zu sagen. Außer: Tut es nicht! Das könnte ich endlos wiederholen, ohne damit das Geringste zu erreichen.

Quirin berührt Aureljo leicht an der Schulter. »Du weißt alles, was vonnöten ist?«

»Ja. Es wird so geschehen, wie wir es besprochen haben.«

»Gut. Beeil dich. Schlag zu, bevor sie es tun.«

»So schnell ich kann.«

Sie umarmen sich kurz, dann geht Quirin davon, ohne sich noch einmal umzudrehen.

Aureljo und ich sehen uns schweigend an. Niemals hätte ich mir vorstellen können, dass ich mich ihm jemals so fern fühlen würde.

»Tu es nicht«, sage ich nun doch, wider besseres Wissen.

In seinem Gesicht rührt sich kein Muskel, in diesem schönen Gesicht, das ich einmal so sehr geliebt habe. Unsere Blicke verfangen sich ineinander, lange, bis er sich zuerst abwendet. Sich abwendet und geht, ohne ein letztes Wort.

Das ist auch nicht nötig. Lebewohl hat er mir schon vor Tagen gesagt.

31

Es fällt mir schwer, mich auf den Rückweg zu konzentrieren, so voll ist mein Kopf mit einander widersprechenden Gefühlen und Gedanken. Daher erschrecke ich mich fast zu Tode, als Krunno hinter einem Gebüsch hervortritt und mir den Weg versperrt.

»Ist das wahr?«, fragt er heiser. »Das mit der Krankheit?«

Mein Herz rast noch, meine Stimme würde zittern, also nicke ich nur.

»Soll ich die Nachricht verbreiten? Ich würde das ohne Gegenleistung tun. Ehrensache.«

Ich überlege kurz. »Versuche, die Menschen rund um Vienna 2 dazu zu bringen, weiterzuwandern. Sag ihnen, es wird hier gefährlich, lass das Wort Epidemie fallen, aber geh nicht zu sehr ins Detail.«

Und es gibt noch etwas, das ich für Krunno tun kann. Ich lasse ihn ein Stück von der Schmelzanlage entfernt warten, hole einen Dorn und hinterlasse jeweils zwei tiefe Kratzer auf Krunnos Unterarmen. Danach macht er sich wieder auf den Weg und ich kehre zu den anderen zurück.

Andris erwartet mich am Eingang, sein Gesicht ist ein einziger Vorwurf. »Du hast dich davongeschlichen. Ich dachte –«

»Ja«, unterbreche ich ihn. »Ich weiß. Aber es ging nicht anders.«

Er deutet auf meine rechte Hand. »Bist du verletzt?«

»Ein bisschen. Nicht schlimm.« Ich drücke mich an ihm vorbei.

Da hinten steht Tycho, die personifizierte Ungeduld, er blickt mir entgegen und hüpft dabei fast vor unterdrückter Aufregung. Es muss etwas geben, das er mir unbedingt erzählen will, ich werde es mir anhören und mich dann kurz hinlegen. Im Moment spuckt mein Gehirn nur wirres Zeug aus, das kann nach einer Stunde Schlaf wieder ganz anders aussehen.

»Jetzt hast du Zeit, Ria, oder? Ich muss dir etwas zeigen, es ist einfach toll!«

»Hast du schon mit Curvelli und Maiossa darüber gesprochen?« Die beiden stehen oben in der Kabine und beobachten die Sphäre – falls sie Tychos große Neuigkeit bereits kennen, scheinen sie nicht sehr beeindruckt zu sein.

»Nein. Ich wollte, dass du es zuerst hörst.« Tycho holt Aureljos Datenterminal hervor und hält es hoch, als wäre es eine Auszeichnung, die er verliehen bekommen hat. »Ich habe einen Weg gefunden, wie wir damit senden können. Ja, ich weiß, du wirst jetzt sagen: Man kann mit jedem Datenterminal senden, was ist also die große Sache?« Er legt eine erwartungsvolle Pause ein.

Ich tue ihm den Gefallen. »Also, was ist die große Sache?«

Er strahlt. »Es gibt auf den Sentinel-Terminals eine eigene Funktion, die es erlaubt, eine Nachricht an alle Mitglieder der Einheit zu schicken. Sehr praktisch. Aber ich habe seit gestern ein wenig mit den Einstellungen gespielt und sie geringfügig, sagen wir, verändert. Jetzt kann man eine Nachricht quer durch den Sphärenbund senden. An alle im Zentralverzeichnis eingetragenen Adressen. Nicht nur an die Terminals, auch an die Salvatoren.«

Allmählich ahne ich, worauf Tycho hinauswill. »Könnte man auch Dateien verschicken? Dokumente, zum Beispiel? Filme?«

In Tychos Augen schimmert die Vorfreude. »Oh ja, das könnte man.«

Ich umarme ihn, ohne lange darüber nachzudenken. Damit haben wir eine Waffe in der Hand, die Dhalion überlegen ist und keine Menschenleben fordert. Jeder einzelne Sphärenbewohner, der Zugriff auf ein Datenterminal hat, wird von Melcharts Vermächtnis erfahren und das wird den gesamten Bund in seinen Grundfesten erschüttern. Ich kann mir kein Szenario vorstellen, in dem der Großteil der Sphärenbewohner einen Angriff auf die Clans dann noch gutheißen würde.

Tycho lässt meine Begeisterung über sich ergehen, sichtlich freudig und stolz, aber ich habe das Gefühl, dass er sie als zu früh empfindet.

»Da ist noch etwas, oder?«, erkundige ich mich.

»Ja. Leider.« Fast liebevoll streicht er über die Oberkante des Terminals. »Die Datei, also der Film, den wir brauchen, der war ja nicht hier drauf gespeichert. Sondern auf Praknars Gerät, ich habe ihn eigentlich nur umgeleitet.«

»Und das bedeutet?«

»Dass ich im Moment keinen Zugriff darauf habe. Keine Ahnung, wo Praknar steckt, aber er ist zu weit entfernt, als dass ich den Film auf unser Terminal laden könnte. Das muss ich aber, sonst kann ich ihn nicht senden.«

Ich versuche, nicht allzu enttäuscht zu sein. Die Vorstellung, dass wir noch heute im ganzen Sphärenbund für Klarheit hätten sorgen können, war unfassbar verlockend.

»Das heißt – wir tun nun was?«

»Warten, bis der hässliche Kerl zurückkommt. Dann zapfe ich sein Terminal wieder an und je nach Qualität der Verbindung habe ich Melcharts Beichte in einer halben Stunde hier drauf.« Er klopft zärtlich mit den Fingerspitzen gegen die Energiekollektoren des Geräts.

Wäre da nicht Aureljo und sein tödlicher Plan, sähen die Dinge nun beinahe positiv aus. So allerdings läuft uns leider die Zeit davon.

Tycho bekommt große Augen, als ich ihm davon erzähle. »Er will es wirklich durchziehen? Und dann auch noch auf Nummer sicher gehen?« Er verzieht das Gesicht zu einer Grimasse. »Mit Blut, puh.«

»Ja.« Ich stupse mit dem Finger gegen seinen Arm. »Wenn du so etwas vorhättest, wo würdest du dann ansetzen?«

Er zögert keine Sekunde lang. »Bei der Wasserversorgung. Ich würde den Trinkwasserspeicher kontaminieren.«

Ja. Natürlich. Schon früher breiteten Seuchen sich am besten über Brunnen und Leitungen aus. Die Wasserversorgung der Sphären verfügt über Filter, aber keiner davon wäre imstande, ein Virus aufzuhalten.

»Weißt du, wo der Speicher liegt?«

Er grinst. »Ja, und du weißt es ebenfalls. Es ist der glänzende Zylinder gleich bei Kuppel 9. Außen Stahl, innen speziell bearbeitetes Hermetoplast, also undurchdringlich.« Tycho hebt einen Finger. »Deshalb reicht zur Bewachung auch ein einzelner Sentinel und ich wäre sehr erstaunt, wenn nicht schon bald Aureljo dort Dienst tun würde.«

Ich drücke Tycho einen Kuss auf die Stirn. »Du bist unbezahlbar.«

Am Abend, als alle wieder versammelt sind, berichten Tycho und ich unsere Neuigkeiten. Ich lasse geflissentlich sämtliche Details über Aureljos Grobheit aus und beschränke mich darauf, zu sagen, dass er sich verändert hat. »Es kam mir ähnlich vor wie bei Tomma. Sie hat sich gegen Ende nur noch ablehnend verhalten, allem und jedem gegenüber. Aureljo ist ... härter geworden.«

Ich kann Sandors Kiefermuskeln arbeiten sehen. Ihm ist aufgefallen, dass ich meine rechte Hand schone, aber er hat mir keine Fragen gestellt.

»Wir müssen ihn davon abhalten, die ganze Sphäre zu infizieren«, fahre ich fort. »Wir müssen ab sofort den Wasserspeicher im Auge behalten.«

32

Vor dem Schlafengehen haben wir vereinbart, wer wann mit Blick auf den Wasserspeicher Wache halten soll. Geplant ist, dass wir uns, sobald Aureljo sich zeigt, gemeinsam von der Waldseite her nähern – dort kann man lange in Deckung bleiben. Andris, Aramonn und Sandor werden Aureljo schnappen, bewegungsunfähig machen und in die Schmelzanlage schleppen, damit ich ihm das Serum injizieren kann, ob er es möchte oder nicht.

Doch schon im Morgengrauen werden alle unsere Pläne über den Haufen geworfen. Zum ersten Mal, seit wir unser Quartier bezogen haben, hämmert jemand gegen das Metalltor; es hört sich an, als würden wir uns im Inneren einer misstönenden Glocke befinden.

Wer eine Waffe hat, zieht sie. Ich erinnere mich seit langer Zeit erstmals wieder an das Messer, das Sandor mir gegeben hat und das unbenutzt an meinem Gürtel hängt – nur wird es mir, sollte draußen ein Trupp Sentinel stehen, leider nicht das Geringste nützen.

Aramonn und Andris positionieren sich direkt bei der großen Tür, Sandor und Maiossa stellen sich ein Stück weiter entfernt mit gespannten Bogen in Position. Curvelli hat sich ein altes Stahlrohr mit scharfen Kanten geschnappt und hält es mit beiden Händen vor sich.

Wieder Hämmern. Würden Sentinel sich auf diese Weise ankündigen? Kaum. Doch wer ist es dann?

Aramonn hebt seinen Speer und nickt Andris kurz zu. Der entriegelt das Tor und öffnet es, aber nur einen winzigen Spaltbreit.

Stimmen dringen herein. Aufgeregt.

»Sandor, ist Sandor hier? Oder Andris?«

Es ist eine Frau, die spricht, und während Aramonn seinen Speer immer noch angriffsbereit hält, lässt Andris seine Klinge sinken.

»Ricca?« Er reißt die Tür weiter auf und gibt den Blick frei auf eine Gruppe von etwa zwölf Menschen, drei davon Kinder. Ich erkenne ein paar Gesichter, ohne ihnen Namen zuordnen zu können, aber mir ist klar: Es sind alles Dornen. Östliche Linie, Sandors Clan. Sie sehen mitgenommener aus, als der halbe Tagesmarsch, den sie vom Territorium hierher zurückgelegt haben, es erklären könnte.

Zwei ältere Männer stützen eine kurzhaarige Frau, nein, eigentlich tragen sie sie. »Lasst uns rein. Bitte.«

Andris winkt alle durch und drückt hinter ihnen das Tor wieder ins Schloss. »Was tut ihr hier? Wie habt ihr uns gefunden?«

Die meisten setzen sich einfach auf den Boden, sichtlich erschöpft; Sandor ist herbeigeeilt und hilft dabei, die Verletzte auf eine unserer Decken zu betten. Jetzt erkenne ich sie – es ist Lore, die Anführerin der Freileger, und man muss ihr heftig ins Gesicht geschlagen haben, denn die rechte Wange ist angeschwollen und verfärbt; an ihrer Stirn klebt Blut.

Ricca, eine kräftige, dunkelhaarige Frau, umarmt Andris fest. »Was für ein Glück, dass der Grenzgänger nicht gelogen hat. Er sagte, wir sollten hier nach euch suchen.«

Ah. Krunno. Entweder ist er mir heimlich ein Stück nachgeschlichen oder er ist wirklich gut im Raten.

»Erzählt es mir. Alles.« Sandor geht von einem zum anderen, verteilt unsere Vorräte und drückt jeden kurz an sich. Auch zwei Frauen, von denen ich noch genau weiß, dass sie mitgejubelt haben, als wir aus der Siedlung getrieben wurden.

»Seit mehr als einer Woche liegt ein riesiges Schiff auf dem Fluss vor Anker«, berichtet Ricca. »Mit Waffen drauf. Die sind die ganze Zeit auf uns gerichtet. Dicke Rohre, aus denen bestimmt gewaltige Geschosse kommen, wenn es dann losgeht.« Sie nimmt das Stück Kaninchenfleisch, das Sandor ihr reicht. »Mehr als die Hälfte von uns wollte fort, aber Yann lässt es nicht zu. Er erklärt jeden, der sich aus dem Staub macht, zu einem Verräter. Ich glaube, er hat schon zwanzig Leute in Abwesenheit zum Tode verurteilt.«

Sandors Augenbrauen bilden über seiner Nasenwurzel ein grimmiges V. »Hat er gesagt, was er tun will? Die Lieblinge angreifen? Oder einfach nur sterben?«

Ricca lacht mit offenem Mund und lässt uns jede Menge halbzerkautes Fleisch sehen. »Er will an die Waffen ran. Er träumt davon, nachts an Bord zu schleichen und das Schiff zu übernehmen.« Sie deutet mit dem Kinn auf Lore. »Sie hat er verprügeln lassen, weil sie bei Dunkelheit ein paar Leuten geholfen hat, aus dem Territorium zu flüchten. Wenn du mich fragst – er hat panische Angst, dass der Clan unter seiner Führung zerfällt.« Sie reißt mit den Zähnen einen neuen Bissen von ihrem Fleischbrocken. »Zu Recht. Genau das wird nämlich passieren.«

Sandors Miene ist finsterer geworden. »Ich habe euch zwei Boten geschickt, die euch vor diesem Schiff warnen sollten. Hat jemand meinen Rat befolgt und sich unter der Stadt versteckt?«

Ricca hat fertig gegessen, nun wischt sie sich die fettigen Finger an ihrer Hose ab. »Ja. Aber nicht viele. Yann sieht auch das nicht gern. Nur Feiglinge verstecken sich, sagt er, und er will keinen Clan von Feiglingen um sich haben.«

Offenbar hat Yann tatsächlich den Verstand verloren. Gibt es denn niemanden mehr, der gewillt ist, ihm die Stirn zu bieten?

Es ist nicht zu übersehen, wie sehr Sandor die Neuigkeiten zusetzen. Er erkundigt sich nach Leuten, deren Namen ich nicht kenne, möchte Details wissen, deren Bedeutung ich nicht verstehe.

Dafür zeigt mir der Winkel des Lichteinfalls durch die trüben Scheiben der Schmelzanlage, dass bald der nächste Wachwechsel ansteht. Die Ankunft der Dornen darf uns nicht davon abbringen, Aureljo im Auge zu behalten. Zwar sollten Andris und Aramonn die erste Schicht übernehmen, doch die sind nun beide ins Gespräch vertieft, denn einer der Flüchtlinge bringt auch Neuigkeiten aus der westlichen Linie.

Ich stupse Tycho von der Seite an. »Komm. Lass uns gehen. Wenn Aureljo auftaucht, rennst du und holst die anderen.«

Wie immer ist Tycho sofort Feuer und Flamme. Er klaut Curvelli das scharfkantige Stahlrohr und flitzt vor mir durch die Tür, hinaus in den kühlen Morgen.

Den perfekten Platz für die Beobachtung des Wasserspeichers findet er binnen einer Minute. »Von hier aus sehen wir, wer auf dem Posten steht, und haben guten Ausblick auf den Weg, auf dem die Ablösung kommt.« Er späht durch die Zweige des Gebüschs, hinter dem wir uns verbergen. »Aber wir sind auch leicht zu entdecken, wenn wir nicht völlig stillhalten.«

Unser Timing war gut. Wir haben den Wachwechsel nicht verpasst, wir sind ihm etwa zehn Minuten zuvorgekommen. Allerdings ist es nicht Aureljo, der jetzt den Weg von der Schleuse herkommt, sondern ein bulliger, glatzköpfiger Mann mit sichtlich schlechter Laune. Er lässt sich Zeit, wahrscheinlich graut ihm schon vor den langweiligen Stunden, die er hier allein verbringen muss.

Die beiden Sentinel salutieren kurz, dann nimmt der neue den Platz seines Vorgängers ein. Oben, beim Zugang zum Reservoir, befindet sich eine kleine Plattform, auf die man über eine steile Metalltreppe gelangt. Dort stellt der Bullige sich nun hin, sichtlich gelangweilt.

Ich kann ihn verstehen – die Wasserspeicher sind nie ein primäres Ziel der Clans gewesen. Sie zu sabotieren, ist mühsam und zu holen gibt es nichts. Der Sentinel weiß also, dass die nächsten vier Stunden völlig ereignislos verlaufen werden. Wie ich vermutet habe, lehnt er sich schon nach kurzer Zeit mit dem Rücken gegen die Wand hinter sich, verschränkt die Arme vor der Brust und schließt die Augen. Er döst im Stehen.

Tycho deutet mit dem Daumen über seine Schulter. Er will zurück und beim nächsten Wachwechsel wiederkommen.

Ich überlege kurz und schüttle den Kopf. Was, wenn Aureljo mit der geringen Aufmerksamkeit der Wache kalkuliert und einen Weg findet, seinen Plan zwischen den Ablösen in die Tat umzusetzen?

Also warten wir. Und warten. Die vollen vier Stunden lang. Am Ende ist jede Haltung, die ich risikofrei einnehmen kann, eine Qual. Die ganze Zeit über passiert … nichts. Bis der nächste Sentinel zum Wachwechsel kommt und es ist wieder nicht Aureljo.

Diesmal gebe ich Tychos Wunsch nach. Wir kehren zur

Schmelzanlage zurück, wo Maiossa und Curvelli sich bereit erklären, unsere Plätze draußen einzunehmen.

Ich lege mich flach auf den Boden, in der Hoffnung, dass meine verkrampften Muskeln sich allmählich wieder lockern. Die neu eingetroffenen Dornen ruhen sich ebenfalls aus. Die Hälfte von ihnen schläft, die anderen unterhalten sich leise.

Sandor setzt sich zu mir und lässt sich das wenige berichten, was wir beobachten konnten. Ich möchte ihm gern die Sorgenfalten von der Stirn streichen, aber das wäre eine Geste ohne Herz. Die Ängste, die ihn quälen, sind berechtigt. Wir haben beide die Raketenwerfer gesehen und beide kennen wir Yann.

Nach ein paar Minuten schicke ich Sandor zu seinen Clanleuten zurück. Um die kann er sich immerhin kümmern, was ihm ein sichtliches Bedürfnis ist.

Aramonn und Andris übernehmen die nächste Schicht, danach lösen Tycho und ich sie ab. Meine Erwartungen werden weiterhin enttäuscht. Aureljo taucht nicht auf. Vielleicht harrt er die Nacht aus, um den Wasserspeicher völlig ungesehen betreten zu können.

Und es bleibt dabei – sowohl in der Nacht als auch am darauffolgenden Tag entdecken wir keine Spur von ihm, erst am übernächsten Tag erspäht Curvelli ihn wieder bei der äußeren Ausstiegestelle der Magnetbahn.

Wir beobachten ihn vier Stunden lang abwechselnd durch das Fernglas. In dieser Zeit läuft ein Zug ein, aus dem sieben Menschen aussteigen. Aureljo umarmt keinen einzigen von ihnen, er kommt nicht einmal in ihre Nähe.

Erst finde ich keinen Grund für das Unbehagen, das in mir aufsteigt. Ich sollte froh sein. Erleichtert. Warum bin ich das nicht?

Die Erkenntnis trifft mich Stunden später wie ein Schlag: Weil es möglich ist, dass Aureljo seinen Plan schon in die Tat umgesetzt hat. Wir haben uns so sehr auf den Wasserspeicher konzentriert, dass wir uns keine anderweitigen Szenarien überlegt haben.

Aber wenn nicht über das Wasser, wie dann? Die Belüftungsanlage eignet sich nicht, weil die Infektion ja über Blut erfolgen soll.

Ich grüble den restlichen Tag lang nach, während Sandor vier seiner flüchtigen Clanmitglieder verabschiedet, die weiter nach Süden ziehen wollen. Bei denen, die noch nicht immunisiert waren, haben wir das nachgeholt – mehr können wir im Moment nicht für sie tun.

Lore erholt sich stündlich zusehends, sie spricht sogar davon, wieder zurückzugehen, will Yann und seinen Schlägertrupps allein die Stirn bieten.

»Auf keinen Fall.« Die Art, wie Sandor das sagt, lässt mich mutmaßen, dass es nicht mehr lange dauern kann, bis er versuchen wird, sich seinen Fürstenrang zurückzuholen.

»Beim nächsten Mal erschlägt er dich.« Sandor nimmt Lore bei den Schultern. »Er kann sich keine starken Gegner leisten.«

Während sie weiter diskutieren, setze ich mich zu Tycho, der das Terminal bearbeitet und dabei immer wieder den Kopf schüttelt. Er sucht nach einer Verbindung zu Praknar, aber offenbar hat der Oberst Vienna 2 verlassen. Das Terminal eines anderen hochrangigen Sentinel anzuzapfen, wäre zwar theoretisch auch möglich, aber Tychos erste drei Versuche sind gescheitert. Praknars Gerät konnte er vor allem deshalb identifizieren und sich in der Folge Zugriff verschaffen, weil er den Namen des Besitzers kannte. Wie die anderen Offiziere heißen, wissen wir nicht.

»Sag mal, angenommen Aureljo versucht es doch nicht über den Wasserspeicher. Wie sonst könnte er vorgehen?«

Tycho ist keiner von denen, die ungehalten werden, wenn man sie bei der Arbeit stört.

Er kneift die Augen zusammen und legt den Kopf schief. »Er könnte es mit der Kantine versuchen oder mit der Küche. Aber das wären weniger kluge Lösungen. Ich glaube nicht, dass er sich mit dem Zweitbesten zufriedengibt, wenn es nicht unbedingt nötig ist.«

Ich überlege weiter. Warum lässt Aureljo sich dann so viel Zeit? Quirin hat ihm doch das Versprechen abgenommen, sich zu beeilen. Hat Aureljo ihn bloß in Sicherheit gewiegt? Will er den Sphären in Wahrheit gar nichts Böses?

Aramonn und Andris, die den letzten Wachwechsel beobachtet haben, kehren zurück. Es ist nicht nötig, dass sie etwas sagen, es steht deutlich genug in ihren Gesichtern geschrieben. Kein Aureljo.

»Wir müssen uns auch wieder um andere Dinge kümmern«, erklärt Aramonn mir wenig später. »Unsere Vorräte sind bald aufgebraucht, wir müssen jagen gehen.«

Sandor schließt sich ihm an, ebenso Maiossa.

Andris, der nun schon mehrmals draußen unterwegs war, ohne dass es den geringsten Zwischenfall gegeben hätte, will ebenfalls nicht zurückbleiben. »Sie erinnern sich doch gar nicht mehr an mich«, meint er, sichtlich gerührt angesichts meiner Sorge um ihn. »Und glaub mir, ich lass mich kein zweites Mal von ihnen fangen.«

Ich sehe ihnen nach, als sie gehen, mit einem mulmigen Gefühl im Bauch. Wir werden zu sorglos. Sobald man beginnt, sich auf das eigene Glück zu verlassen, lässt es einen im Stich. Das war keiner von Graukos Sätzen, sondern etwas, das Morus immer wieder gepredigt hat. Ich mochte ihn nie, aber damit lag er wohl richtig.

Curvelli, Tycho und ich kümmern uns um die verbliebenen Dornenflüchtlinge. Vor allem die drei Kinder leiden unter der bedrückenden Atmosphäre in der Schmelzanlage, die beiden kleineren weinen viel.

Nach zwei Stunden werde ich unruhig. Der nächste Wachwechsel steht bevor und niemand von uns wird dabei sein.

Außer, ich husche schnell zum Beobachtungsposten. Einfach nur, um sicherzugehen, obwohl ich nicht weiß, was ich tun soll, wenn Aureljo tatsächlich auftaucht. Auf mich allein gestellt, werde ich ihn von nichts abhalten können.

Ich gebe Tycho und Curvelli Bescheid, dann laufe ich los. Alle drei Schritte werfe ich einen Blick über die Schulter zurück, um mich zu vergewissern, dass mir niemand folgt. Auch wenn wir lange keine mehr gesehen haben – Scharten und Schlitzer existieren nach wie vor. Von Sentinel-Trupps ganz zu schweigen.

Ich warte eine gute Viertelstunde auf den Wachwechsel. Ein dünner Rothaariger wird von einem muskulösen Blonden abgelöst. Ich hätte mir den Weg sparen können.

Aber nun bin ich hier und die Vorstellung, unverrichteter Dinge wieder in die dunkle Schmelzanlage zurückkehren zu müssen, lässt mich innerlich die Krallen ausfahren.

Ich wünschte, meine Schießkünste wären gut genug, um mit auf die Jagd gehen zu können und dabei nicht nur lästiger Ballast zu sein. Ich wünschte, die Ungewissheit rund um Aureljo und seine Pläne hätte endlich ein Ende.

Ich schließe die Augen und drücke die Handballen dagegen, bis ich weiße Blitze sehe. Unser Training an der Akademie war immer darauf ausgerichtet, Dinge aktiv zu beeinflussen. Untätigkeit und wochenlanges Warten kann ich nur schlecht ertragen.

Hinter mir Rascheln.

Mir ist bewusst, dass ich es viel zu spät höre und dass es schon sehr nah ist. Ich fahre herum, taste hektisch nach meinem Messer, bis mir klar wird, dass es Maiossa ist, die mir einen Besuch abstattet. Sie hat Beute gemacht: drei Enten und zwei Kaninchen, die sie mit einem Lederstreifen zusammengebunden über der Schulter trägt, und sie ist bester Laune.

»Die anderen folgen noch einer Hirschspur, ich dachte, ich bringe meinen Fang schon einmal zurück.«

Ich nicke ihr müde zu. »Glückwunsch. Curvelli wird sich freuen, dass du so schnell wieder bei ihm bist.«

Sie mustert mich einen Augenblick lang eindringlich. »Wenn du möchtest, komme ich wieder her und leiste dir Gesellschaft. Oder wir gehen gemeinsam zurück, was meinst du?«

Ich winke ab. Mit mir ist heute nichts anzufangen und das ist mir bewusst. »Ich bleibe noch ein bisschen. Wir sehen uns später.«

Sie hebt die Augenbrauen. »Manchmal erinnerst du mich an mich selbst. Bis später, Schwester.«

33

Nachdem Maiossa gegangen ist, tut es mir beinahe leid, sie nicht doch begleitet zu haben. Der Nachmittag zieht sich bereits jetzt in die Länge und meine Beine schmerzen von der unnatürlichen Kauerhaltung. Bis zum nächsten Wachwechsel dauert es noch. Soll ich wirklich warten? Oder wäre es –

Jemand kommt den Weg entlang, der von der Schleuse zum Wassertank führt. Im ersten Moment denke ich, es ist meine eigene Fantasie, die mir vorgaukelt, dass meine Geduld doch nicht vergeblich war, aber mit jedem Schritt, den die Person näher kommt, wird es klarer.

Es ist Aureljo. Und er bewegt sich außerhalb jedes offiziellen Zeitplans.

Er grüßt den wachhabenden Sentinel mit erhobener Hand und ruft ihm etwas zu, das ich nicht hören kann. Dann steigt er die Metalltreppe hinauf. Die beiden beginnen, miteinander zu reden.

Nach höchstens zwei Minuten scheint die Sache geklärt zu sein. Der Sentinel klopft Aureljo auf die Schulter, läuft die Treppe hinunter und nimmt den Weg zurück zum Sphäreneingang.

Mein Herz schlägt so heftig, dass ich den Eindruck habe, es hören zu können.

Wie geschickt er das eingefädelt hat. Aureljo konnte sich denken, dass wir das optimale Angriffsziel genauso schnell identifiziert haben würden wie er. Also wartete er ein paar Tage, bis wir nicht mehr rund um die Uhr auf der Lauer liegen, sondern uns damit begnügen würden, nur noch die Wachwechsel zu beobachten. Die er deshalb umgangen hat. Wäre ich nicht zu träge gewesen, zu den anderen zurückzugehen, wüsste niemand von uns, dass es jetzt so weit ist. Dass Aureljo sein Versprechen Quirin gegenüber nun einlösen wird.

Ich überschlage im Kopf meine Möglichkeiten und stelle mit wachsender Panik fest, dass sie geradezu lächerlich sind. Zur Schmelzanlage zurückzulaufen und die anderen zu holen, kostet zu viel Zeit. Bis dahin kann Aureljo alles Nötige bereits getan haben. Mich ihm allein gegenüberzustellen … Meine Chancen sind so gering. Und es hat überhaupt keinen Sinn, an die Gefühle zu appellieren, die er mir einmal entgegengebracht hat. Ich habe mich für Sandor entschieden und er sich dafür, Quirins Pläne in die Tat umzusetzen.

Unbewusst habe ich mir ans rechte Handgelenk gefasst, das immer noch schmerzt, wenn ich es bewege. Würde Aureljo diesmal weiter gehen? Würde er mich schwerer verletzen, wenn er es für nötig hielte?

Mir bleibt keine Zeit, lange zu überlegen. Ich kann sehen, wie er die Umgebung absucht, wie er sich vergewissert, dass niemand hier ist. Gleich wird er den Zugang zum Speicher öffnen und dann …

Ich gestatte mir einen Blick auf die Sphäre. Wenn ich losrenne, quer über die freie Fläche, direkt auf den Wasserspeicher zu, wird es fünfzehn oder zwanzig Sekunden geben, in denen die Sentinel auf der Galerie perfekte Sicht auf mich haben. Vorausgesetzt, sie schauen in die richtige Richtung.

Aber das ist jetzt egal. Ich springe auf und laufe, so schnell ich kann.

Beim Rennen zähle ich die Schritte: vierundsechzig, fünfundsechzig; ich warte darauf, dass jemand mir befiehlt anzuhalten, warte auf Schüsse. Erst Warnschüsse in die Luft, dann gut gezielte. Meine Atemzüge klingen laut in meinen Ohren, und kostbar. Jeder kann der letzte sein.

Ich blicke nicht zu ihm hinauf, aber ich bin überzeugt, dass Aureljo mich kommen sieht.

Da. Da ist die Treppe. Sie klappert metallisch, als ich hinaufstürme, in unvermindertem Tempo, obwohl meine Lungen brennen.

Aureljo steht oben und blickt mir entgegen. Völlig ruhig. Wartet, bis ich auf der Plattform angelangt und wieder zu Atem gekommen bin.

Er fragt nicht, warum ich hier bin und was ich will. Er weiß es. Und im Moment verabscheut er mich dafür, dass ich aufgetaucht bin und drohe, ihm einen Strich durch die Rechnung zu machen.

»Tu es nicht. Bitte.« Mehr bekomme ich nicht heraus und auch diese wenigen Worte sind eher ein Keuchen als die überzeugende Eröffnung eines Plädoyers. Viel mehr habe ich leider nicht zu sagen. Aureljo kennt alle Argumente, er kennt beide Seiten und er hat sich entschieden. Doch eins weiß er noch nicht.

»Wir haben einen neuen Plan. Tycho arbeitet daran. Wenn er dein Datenterminal noch einmal mit Praknars verbinden kann, wird er –«

Aureljo unterbricht mich mit einer unwirschen Handbewegung. »Geh weg.«

»Nein. Hör mir zu.«

»Verschwinde. Schnell.« Er spuckt die Worte mehr aus, als dass er sie spricht.

Je bedrohlicher er sich vor mir aufbaut, desto ruhiger werde ich. Ja, er hat sich verändert. Seine Verzweiflung ist spürbar; er hat keine Kraft mehr für Emotionskontrolle und ich fürchte, er hält sie auch nicht mehr für nötig. Unser Plan interessiert ihn nicht. Dies hier ist sein letzter Schritt und er kann es nicht erwarten, ihn zu gehen.

Das Einzige, was ich jetzt noch zwischen ihn und das Wasser von Vienna 2 stellen kann, bin ich selbst. Es spielt keine Rolle, ob er mir wieder wehtun wird, wichtig ist, dass ich ihn irgendwie von der Tür fortbekomme.

Ich dränge mich an ihm vorbei und baue mich breitbeinig und mit ausgebreiteten Armen vor der Tür auf. Da sind Gitter am Rand, an denen ich mich festhalten kann. Wenn er mich hier weghaben will, wird das nur mit Gewalt gehen.

Aureljo versucht, nach mir zu greifen, doch im gleichen Moment schüttelt ihn ein Hustenanfall von solcher Heftigkeit, dass er sich krümmt und am Ende in die Knie geht.

Es bleibt ihm nicht mehr viel Zeit. Ich frage mich, wie er es bisher geschafft hat, in der Sphäre nicht als krank aufzufallen. Indem er sich ständig die Augen säubert und den Husten unterdrückt?

»Aureljo«, bitte ich ihn. »Komm mit mir. Vielleicht ist es noch nicht zu spät und wir können dich heilen.« Jede einzelne Silbe ist verschwendet, das ist mir schon während des Sprechens klar, aber ich höre trotzdem nicht auf. Ich gewinne Zeit und unter Umständen kommt mir genau in diesen Sekunden die rettende Idee.

»Das Wasser der Sphäre zu vergiften, ist barbarisch. Ebenso schlimm wie das, was die Exekutoren tun. Du triffst damit alle –

auch die, die uns geholfen haben. Deine Sentinel-Kollegen, auch die, die du mochtest.«

Er schüttelt den Kopf und greift nach meinem Handgelenk. Nach dem rechten.

Der Schmerz sticht mit aller Heftigkeit zu, ich kann gar nicht anders, als loszulassen.

»Ich zerstöre das System, das mich zerstört hat. Ich mache genau das, was Melchart tun wollte, aber ich mache es anders herum. Eine neue Welt aufbauen werden die Außenbewohner, die gezeigt haben, dass sie unter schlimmsten Umständen überleben können. Sie haben es verdient weiterzuleben.«

Er lässt meine Hand los, greift stattdessen nach meiner Schulter und reißt mich von der Tür fort.

Ich reagiere reflexartig. Während er mich noch festhält, greife ich mit der Linken nach seiner Kehle und drücke zu. Wenn er noch einmal eine Schwäche zeigt, schlage ich ihn mit dem Eisenrohr nieder, das neben der Tür lehnt.

Doch statt erneut zu husten, packt er mich an den Haaren, reißt mir den Kopf in den Nacken und wieder spüre ich das kalte Metall seiner Waffe an der Schläfe.

»Du lässt nicht locker, nicht wahr, Ria?« Aureljos Stimme ist heiser. »Oder willst du, dass ich dich mitnehme? Wir waren uns einmal so nahe – es wäre konsequent, wenn wir das hier gemeinsam beenden.«

Etwas klickt. Der Druck des Laufs verstärkt sich, ich kann Aureljos Absicht spüren, als wäre es meine eigene, und es gibt nichts, womit ich mich zur Wehr setzen kann.

Oder doch. Doch. Ich taste mit zitternden Fingern über meinen Gürtel.

Wenn jemand dich packt, bevor ich es verhindern kann, dann schneide ihm damit die Kehle durch.

Sandors Stimme in meinem Kopf. Sandors Bild vor meinen Augen. Nein, so will ich nicht sterben.

Nicht ziellos nach der Brust stechen, du würdest nur eine Rippe treffen und abrutschen.

Ich kann die Stelle, die er mir gezeigt hat, dort, wo ich das Messer ansetzen soll, genau sehen. Aureljo präsentiert sie mir bereitwillig.

Ich packe den Griff, ein Ruck und die Waffe liegt in meiner Hand.

Und dann ziehe die Klinge quer hinüber. Du musst ihm zuvorkommen, verstehst du? Du musst gleich beim ersten Mal treffen.

»Es tut mir leid«, sagt Aureljo und ich will das Messer heben, ich will zustechen, ich weiß, dass es richtig ist, für mich, für die Sphäre, für alle.

Mein Arm gehorcht, er schnellt hoch und im gleichen Moment wird mir klar, dass ich es nicht tun werde. Es ist Aureljo. Mit dem ich gelacht, den ich geküsst, den ich geliebt habe. Er wird sterben, Dhalion wird ihn umbringen und es wird schlimmer sein als ein Ende durch meine Klinge. Er wird Tausende und Abertausende mit sich in den Tod reißen, wenn ich ihn jetzt nicht töte –

Aber ich kann es nicht.

Unsere Blicke begegnen sich ein letztes Mal. Ich lasse meinen Arm sinken und schließe die Augen. Sandor, denke ich. Sandor, es tut mir so leid.

Ich erwarte einen Schuss, doch dann ist es ein Schlag. Nicht gegen den Kopf, sondern gegen meine Brust. Es ist Aureljo, der mit aller Wucht gegen mich stößt. Die Pistolenmündung gleitet von meiner Schläfe. Ich reiße die Augen auf und sehe Aureljos erstauntes Gesicht, seinen halb geöffneten Mund. Etwas ragt lang und schmal aus seinem Rücken.

Er wankt. Die Pistole gleitet aus seiner Hand und landet mit lautem Scheppern auf der obersten Stufe, rutscht von dort weiter nach unten. Aureljo greift mit beiden Händen nach dem Treppengeländer, verfehlt es. Seine Knie knicken ein; ohne nachzudenken, greife ich nach seinem Arm, versuche, ihn zu stützen, doch ich bin nicht stark genug. Er sackt neben mir zusammen, sein Blick ist fragend und fast kindlich erstaunt. Als erwarte er eine Erklärung von mir.

Der Pfeil, der ihn in den Rücken getroffen hat, ist schwarz gefiedert, und ich weiß genau, wem er gehört. Jemandem, der auf dreißig Schritt jedes Astloch treffen kann.

Ich knie mich neben Aureljo, unfähig zu begreifen, was passiert. Sein Atem kommt stoßweise, aus der Wunde in seinem Rücken quillt Blut, das das Grau der Sentinel-Uniform schwarz färbt.

»Ri…« Er hustet und das scheint erst die Schmerzen in Gang zu setzen. Mit verzerrtem Gesicht versucht er, nach dem Pfeil zu tasten, doch der steckt zwischen den Schulterblättern – und er steckt tief.

Ich habe bisher nicht bemerkt, dass ich weine. Doch das erstickte Geräusch, das klingt, als käme es von einem Tier, stammt von mir.

Ich kauere mich über Aureljo, streichle sein Gesicht, presse dann meine Stirn an seine Wange.

Er liegt jetzt ruhig da. Ich halte seine Hand in meiner und er erwidert den Druck, spürbar zuerst, dann immer schwächer. Dann gar nicht mehr.

Ich rühre mich nicht, ich will keine Gewissheit, ich will einfach nur hier knien, mit geschlossenen Augen und irgendwann aufwachen und feststellen, dass nichts von alldem geschehen ist. Ich verbiete mir, nach Aureljos Puls zu tasten. Auf seinen Atem zu lauschen. Ich denke an lautlos fallenden Schnee.

Als ich die Laufschritte auf der Treppe wahrnehme, ist es bereits viel zu spät, um noch an Weglaufen zu denken. Selbst wenn es einen Fluchtweg gäbe – ich fühle mich wie gelähmt. Sollen sie mich doch fortschleppen oder erschießen, ich kann ohnehin nicht gewinnen. Wir waren sechs, als wir aus der Magnetbahn geflohen sind. Nun sind drei von uns tot, vermutlich gleich vier. Nur Tycho … Tycho schafft es auf jeden Fall. Das weiß ich einfach.

Die Schritte sind jetzt ganz nah. Ich warte auf einen Schussbefehl oder einen massiven Schlag auf den Kopf, aber ich spüre nur eine Hand, die meine Schulter packt und mich herumreißt.

»Bist du verrückt? Was ist los mit dir?«

Maiossa.

Sie nimmt mich an der Jacke und reißt mich hoch. »Du musst weg hier. Spätestens beim Wachwechsel werden sie ihn finden und bis dahin ist es nicht mehr lange hin.«

Ich befreie mich aus ihrem Griff und knie mich noch einmal neben Aureljo. Seine Augen sind halb geöffnet und blicklos.

Obwohl ich weiß, dass er fort ist, lege ich zwei Finger an seinen Hals, an die Stelle, in die ich mein Messer hätte stechen sollen. Kein Puls.

»Er ist tot«, sagt Maiossa barsch. »Glaube mir. Ich habe ihn perfekt getroffen. Und jetzt komm, wir haben keine Zeit!«

Ich stolpere hinter ihr her. Ohne Tränen, ohne Gefühl. Die Welt ist unendlich weit entfernt.

Als wir die freie Fläche vor den Kuppeln erreichen, zerrt Maiossa mich vorwärts, treibt mich an, damit ich renne, während ich lediglich milde erstaunt darüber bin, dass meine Beine mich tragen, obwohl mein ganzer Körper taub ist.

Jemand ruft etwas. Eine Männerstimme.

Ich laufe fast in Maiossa hinein, weil ich nicht damit gerechnet habe, dass sie stehen bleibt. Doch sie dreht sich um, strahlend, und winkt in Richtung Sphäre.

»Keine Sorge!« Ihre Stimme ist laut und fröhlich. »Wir haben nichts geklaut, aber wir haben es trotzdem eilig.« Damit packt sie mich am Ellenbogen und zieht mich weiter auf den Wald zu.

Der Sentinel, der eben gerufen hat, lacht uns nun hinterher. Weil wir zwei harmlose Prim-Mädchen sind.

In einem abgelegenen Winkel meines Gehirns, einem der wenigen, die nicht von Bildern des sterbenden Aureljo beherrscht werden, frage ich mich, wie er in einer halben Stunde über uns denken wird. Nach dem nächsten Wachwechsel am Wassertank.

Auf einmal – wir sind so tief in den Wald eingetaucht, dass die Sphäre nicht mehr zu sehen ist – geben ohne Vorwarnung meine Beine nach. Ich wehre mich nicht dagegen, lasse mich fallen, atme den Geruch von Erde ein.

Ich habe nicht viel Erfahrung damit zu weinen. Doch was nun mit meinem Körper passiert, hat damit auch nichts mehr zu tun. Schluchzer schütteln mich wie Stromstöße. Ich versuche, mich zusammenzureißen, die Kontrolle wiederzuerlangen, aber ich habe keine Chance, also ergebe ich mich einfach. Lasse es zu. Höre auf zu denken.

Irgendwann eine Hand auf meiner Schulter. Etwas wie ein Streicheln. Über den Kopf, den Rücken.

Es hilft, zu meinem eigenen Erstaunen. Mein Körper beruhigt sich. Die Gedanken kehren zurück.

»Er wollte dich töten«, höre ich Maiossa murmeln.

Ich richte mich ein Stück auf und wische mit dem Ärmel mein Gesicht trocken. Sagen kann ich noch nichts, nur unsicher nicken.

Ja, wahrscheinlich wollte er das. Vielleicht hätte er es über sich gebracht, aber vielleicht wäre es ihm auch genauso ergangen wie mir.

»Um keinen Preis hätte ich erlaubt, dass mir noch einmal ein Sentinel meine Schwester wegnimmt.«

Ich blicke hoch und sehe ihr in die Augen. Zum ersten Mal seit dem Abend, als sie erfahren hat, dass wir verwandt sind, entdecke ich dort so etwas wie Unsicherheit; Maiossa hat Aureljo zwar nie kennengelernt, doch sie muss begriffen haben, dass ich einen mir fremden toten Mann nicht auf diese Weise in den Armen gehalten hätte.

»Es war Aureljo, nicht?«

War. Das Wort ist wie ein Messerstich, unter dem ich mich krümme. Ich nicke.

»Wieso ist er zwischen den Wachwechseln aufgetaucht?« Sie streicht über ihren Bogen und zieht dann die Hand weg, als hätte sie sich verbrannt.

Ich zucke mit den Schultern, immer noch unfähig, ein Wort hervorzubringen.

»Hätte ich geahnt, dass er es ist …« Sie heftet ihren Blick auf den Boden, dann hebt sie den Kopf und sieht mir direkt ins Gesicht. »Was rede ich denn. Ich hätte ihn auf jeden Fall erschossen. Er hatte seine Waffe an deiner Schläfe – ich musste ihn unschädlich machen, bevor er abdrückt.«

Das Verrückte ist: Ich kann sie verstehen. Ich bin verzweifelt darüber, dass Aureljo tot ist, aber in mir ist keine Spur von Wut oder Hass auf Maiossa. Ich hatte ja selbst bereits das Messer in der Hand. Ich konnte nur nicht zustechen.

Sie betrachtet mich nachdenklich, auf ihren Bogen gestützt. »Wir sollten weitergehen. Hier draußen ist es nicht allzu sicher, falls du das vergessen haben solltest.«

Meine Knie zittern, aber sie tragen mich. Durch eine Welt, in der es keinen Aureljo mehr gibt.

34

Aramonn, Andris und Sandor sind noch nicht wieder zurück, als wir die Schmelzanlage betreten. Dafür stürzt sich Tycho auf mich, kaum dass er mich zu Gesicht bekommt.

»Um Himmels willen, Ria! Was ist passiert?« Er mustert mich fassungslos. »Du siehst furchtbar aus.«

Ich muss es ihm sagen. Und Curvelli. Vor langer Zeit habe ich bei Grauko gelernt, wie man das am besten macht, wie man schlechte Nachrichten würdevoll und schonend überbringt. Aber ich habe nicht die Kraft dafür.

»Aureljo ist tot.« Zum ersten Mal spreche ich es laut aus und jede einzelne Silbe würgt mich.

Ich schleppe mich zu den Sitzkanistern, lasse mich auf einen davon fallen und vergrabe mein Gesicht zwischen den Händen.

Laute der Bestürzung schwappen über mich hinweg. Ein halb gestöhnter, halb geschriener Fluch von Tycho, ein »Nein!« von Curvelli, das er immer wieder wiederholt.

Ich blicke nicht auf. Auch nicht, als die beiden mich bestürmen zu berichten, was genau passiert ist. Ich sollte es ihnen erzählen und ihnen klarmachen, dass Maiossa mich nur retten wollte, aber mein eigener Schmerz macht mich stumm.

»Lasst sie«, höre ich meine Schwester sagen. »Ihr könnt es genauso gut von mir erfahren. Vielleicht ist es so sogar besser.«

Ich lasse meine Hände sinken und stehe auf – es kostet mich meine ganze Kraft. »Nein«, murmele ich. »Sie sollen alles wissen, also werde ich es ihnen erzählen.«

Tychos Gesicht ist so blass wie sein Haar. »Hatten wir recht? Wollte er das Wasser kontaminieren?«

»Ja. Er ist während einer Schicht aufgetaucht und hat den diensthabenden Sentinel abgelöst.« Allmählich klingt meine Stimme wieder nach mir selbst. »Ich war als Einzige auf dem Beobachtungsposten und ich hatte keine Zeit, jemanden von euch zu Hilfe zu holen, also bin ich hinübergerannt.«

Tycho blinzelt Tränen weg. »Und?«

»Wir haben gestritten. Nein, eigentlich haben wir gekämpft. Aureljo wollte sich von seinem Plan nicht abbringen lassen. Am Ende hat er mir wieder die Pistole an den Kopf gehalten und da …«

»Da habe ich ihn erschossen«, ergänzt Maiossa trocken. Ihr Blick ist herausfordernd. »Es ist mir nichts anderes übrig geblieben, wenn ich verhindern wollte, dass er Ria tötet.« Sie hebt das Kinn, blickt von einem zum anderen. »Und ich *wollte* es verhindern.«

Es ist Curvelli, der sich als Erster fängt. »Ich hätte auch so gehandelt, in deiner Situation.« Er nimmt sie in die Arme und drückt sie an sich, was Maiossa zunächst nur widerstrebend zulässt, bevor sie die Augen schließt und seine Umarmung erwidert.

Keine fünf Minuten später öffnet sich die Tür und der Jagdtrupp stürmt herein. Sandor hat ein Reh quer über den Schultern liegen, Andris und Aramonn schleppen ein fast ausgewachsenes Wildschwein.

Sie sind bester Laune, alle drei, bis sie uns zu Gesicht bekommen.

Sandor lässt das Reh zu Boden gleiten und kniet sich neben mich; seine blutigen Hände hält er so, dass sie mich keinesfalls berühren können. »Was ist passiert?«

Tycho nimmt mir die Antwort ab. Er fasst meine und Maiossas Erzählungen zusammen, wobei er immer wieder ins Stocken gerät und sich räuspern muss, um seine Stimme in den Griff zu bekommen. Als er fertig ist, herrscht Schweigen in der Schmelzanlage.

»Es ist traurig. Ich mochte Aureljo«, stellt Andris fest und klettert in den Container hoch.

Sandor sitzt ganz nah bei mir, ich nehme seine Hand – Blut hin oder her – und habe das Gefühl, sie ist das Einzige, was mich noch in der Welt verankert.

Aramonn streicht mir über den Kopf, aber für ihn hat die Sache ein anderes Gewicht. Er hat Aureljo nicht gekannt, ihm ist nur wichtig, dass ich den Angriff unversehrt überstanden habe.

Äußerlich unversehrt zumindest.

Ich lege meine Stirn gegen Sandors. »Dein Messer«, flüstere ich. »Ich wollte tun, was du mir erklärt hast. Aber ich konnte es nicht. Es ging einfach nicht. Ohne Maiossa wäre ich tot, und trotzdem … Es gibt Augenblicke, da nehme ich ihr übel, was sie getan hat. Das ist doch ver–«

Andris' Aufschrei unterbricht mich. »Da ist er! Sie tragen ihn in die Sphäre zurück.«

Ich bin aufgesprungen, ohne es zu merken. Renne zur Leiter und klettere nach oben, denn ich weiß: Das ist meine letzte Chance, Aureljo noch einmal zu sehen. Es wird nichts ändern, es wird nichts besser machen, trotzdem will ich es unbedingt. Ich nehme Andris das Fernglas aus der Hand und stelle es scharf.

Ja. Sie tragen ihn zu viert. Sein Kopf hängt nach unten, der Pfeil steckt noch im Rücken. Doch sie marschieren nicht auf die Schleuse zu, sondern daran vorbei, zum Zeltlager. Dort wird in Windeseile ein Tisch aufgestellt, auf dem sie Aureljo ablegen. Auf den Bauch, der Pfeil ragt anklagend in die Luft. Mir ist völlig klar, was sie vorhaben.

Aureljos Kopf ist zur Seite gedreht, ich kann sein Gesicht nicht sehen, nur seinen Hinterkopf. Der Wind verfängt sich in seinem Haar, das lebendig wirkt, während alles andere an ihm starr und tot ist. Wieder schießen mir Tränen in die Augen. Ich reiche das Fernglas an Tycho weiter, der sich neben mich gestellt hat.

»Scheiße«, höre ich ihn flüstern. »Verdammt, Aureljo. Das ist so … falsch.« Er atmet zitternd aus.

»Du weißt, was sie tun werden, nicht?« Ich lege ihm eine Hand auf den Rücken.

»Natürlich weiß ich das. Sie werden allen den Prim-Pfeil zeigen und es einen Angriff auf die Sphäre nennen. Damit haben sie einen Vorwand, endlich ihre Waffen auszupacken und die Clans auszulöschen.«

Ja. Auf unserem Weg hierher haben wir es einen der Sentinel selbst sagen hören: *Irgendwann wird ein Prim einen Fehler machen. Zu nahe an der Sphäre husten oder so.*

Zwei Tage noch, schätze ich. Vielleicht drei. Dann werden sie sich in Bewegung setzen und ich wäre sehr erstaunt, wenn sie sich nicht den Clan Schwarzdorn als erstes Ziel vornehmen würden.

Die ganze Nacht über liegt Aureljo dort, bewacht von jeweils vier Mann. Die Posten auf der Galerie und rund um die Sphäre sind verstärkt worden und immer wieder werden Suchscheinwerfer auf den Wald gerichtet, die langsam von links nach rechts und dann wieder zurück schwenken. Wie forschende Augen.

Die Anspannung in Vienna 2 ist spürbar. Es ist wie ein Ducken vor dem Sprung. Etwas wird passieren und jeder der Bewohner scheint es zu spüren.

Ich frage mich, ob Dantorian schon weiß, was mit Aureljo passiert ist. Grauko hat es mit Sicherheit erfahren.

Die Gedanken halten mich wach, die Trauer ist ein schwarzer, scharfkantiger Stein in meinem Inneren, der mir bei jeder Bewegung und jeder aufwallenden Erinnerung neue Schmerzen zufügt.

Sandor ist die ganze Zeit über an meiner Seite, tröstet mich und hört mir zu, wenn ich etwas loswerden muss, aber ich weiß, dass es auch seine eigenen Sorgen sind, die ihm den Schlaf rauben. Es wird einen Angriff der Sphären geben und mit großer Wahrscheinlichkeit wird sich der erste Schlag gegen den Dornenclan richten, gegen sein Zuhause und die Menschen, für die er sich immer noch verantwortlich fühlt.

Ich kann spüren, wie sehr ihn das quält. Er hält mich im Arm, aber im Geiste ist er anderswo.

Ein grauer Morgen folgt der lichtdurchfluteten Nacht.

Ich muss doch für kurze Zeit eingenickt sein, denn das Aufwachen beschert mir einen Moment wundervollen Nichtwissens. Dann rollt die Wirklichkeit wie eine gewaltige Welle auf mich zu und über mich hinweg.

Es hat keinen Zweck, sich etwas vorzumachen. Wir verlieren. Wir haben keine Chance, gegen die Sphären anzukommen, wir haben ihnen nichts entgegenzusetzen. Melcharts Plan wird aufgehen, die Clans werden vernichtet und wir, unsere kleine Gruppe in dieser schmutzigen Schmelzanlage … wir werden sterben, einer nach dem anderen. So ist es auch bisher gewesen. Erst Fleming, dann Tomma, jetzt Aureljo.

Vielleicht gewinnen wir ein wenig Zeit, wenn wir davonlaufen und uns verstecken. Ich frage mich, ob es die Mühe wert ist.

Denn, wie sich im Lauf dieses Morgens zeigt, die Sphären haben nicht die Absicht, noch lange zu warten.

Kurz nach dem ersten Wachwechsel kommt Leben in das Zeltlager und auch die im Inneren von Vienna 2 stationierten Sentinel strömen nach draußen. Aus einer der Kuppeln werden Geschütze gefahren, Munitionskisten folgen auf Panzerwagen, dann wieder Raketenwerfer.

Die Umgebung der Sphäre wird nicht das Angriffsziel sein. Sobald die Truppen losziehen, sind wir hier sicherer, als wir es bisher waren. Was allerdings die Territorien der Clans betrifft …

Sandor steht mit versteinerter Miene am Fenster. Er hat seit einer halben Stunde das Fernglas nicht mehr gesenkt, er lässt die Sentinel keine Sekunde aus den Augen.

Ich weiß genau, was in ihm vorgeht. Und ich weiß, was ich zu tun habe, obwohl es mir das Herz bricht. Noch nie habe ich etwas getan, das mir schwerer gefallen ist.

Ich trete hinter ihn, lege meinen Kopf gegen seinen Rücken und umfasse seinen Körper. Präge mir alles, alles ein. Seinen Geruch, den Rhythmus seines Atems, die harten Muskeln unter meinen streichelnden Fingern.

»Geh«, sage ich leise.

Er zuckt zusammen, tut aber, als hätte er mich nicht gehört.

»Ich weiß, dass du es willst. Dass du keinen ruhigen Augenblick hast, wenn du sie nicht warnst. Es ist nur ein halber Tagesmarsch – wenn du sofort aufbrichst, bist du um die Mittagszeit bei deinen Leuten. Geh.«

Ich sollte ihn jetzt loslassen, nur kann ich es nicht. Es sind unsere letzten gemeinsamen Momente. Ich brauche jede Sekunde davon, um das durchstehen zu können, was anschließend kommt. Auch wenn es nicht mehr viel sein wird.

Sandor legt das Fernglas beiseite, dreht sich um und nimmt meine Hände zwischen seine.

»Ich habe mir geschworen, dich nicht im Stich zu lassen«, sagt er heiser.

»Das tust du nicht. Du gehst, weil ich dich darum bitte.« Es gelingt mir, innere Überzeugung in diesen Satz zu packen, obwohl ich gleichzeitig das Gefühl habe, mir selbst ein Messer in den Leib zu stechen. »Mir wird nichts passieren, die Truppen ziehen gegen die Clans. Sie werden uns keines Blickes würdigen, das weißt du. Außerdem habe ich Aramonn. Und Maiossa, die bewiesen hat, wie gut sie mich beschützen kann.« Ich versuche zu lächeln. Voller Zuversicht.

Sandors Miene entspannt sich. »Bist du dir sicher?«

Nicht heulen. Nicht jetzt. »Absolut.«

Seine merkliche Erleichterung kostet mich beinahe meine Fassung. *Nein*, möchte ich schreien, *ich bin mir nicht sicher – ich werde dich nämlich verlieren, du wirst gehen und nicht wiederkommen. Entweder werden die Sentinel dich töten oder Yann, denn du wirst dich nicht damit begnügen, eine schnelle Warnung auszusprechen. Du wirst bleiben und deinen Clan verteidigen.*

Sandor umfasst mein Gesicht mit beiden Händen. Küsst mich, lange und zärtlich. Jetzt kann ich nicht mehr verhindern, dass mir die Tränen kommen. Er streicht sie mir von den Wangen, drückt mich an sich.

»Heute Nacht bin ich vielleicht schon wieder zurück. Sonst morgen. Lauf nicht weg, ja? Ich will dich hier wiederfinden.«

Ich nicke. Wortlos, weil ich meiner Stimme nicht traue. Weil ich es besser weiß.

Dann löst er sich von mir. Trägt Andris auf, mich nicht aus den Augen zu lassen. Lehnt dessen Angebot, ihn wenigstens ein Stück zu begleiten, entschieden ab, was mir zeigt, dass er genau weiß, wie gefährlich sein Vorhaben ist. Dann verabschiedet er sich schnell von den anderen und geht.

Ich setze mich einfach hin, lege beide Hände vors Gesicht und konzentriere mich darauf zu atmen. Den Schmerz erträglich zu halten.

Als Aureljo starb, war ich immerhin bei ihm. Sandors letzte Momente werden einsam sein und ich werde nie erfahren, wie sie ausgesehen haben.

Irgendwann legt sich eine Pranke auf meine Schulter. »Er kommt wieder«, sagt Andris. Leider klingt er selbst nicht allzu überzeugt. Er merkt es, räuspert sich und wiederholt seinen Satz.

»Gib dir keine Mühe.« Ich lege meinen Kopf an seine Brust. »Du weißt, wohin er geht, und zwar völlig alleine. In ein Gebiet, das bald unter Beschuss stehen wird, zu einem Feind, der ihm nach dem Leben trachtet.«

Andris brummt und kratzt sich hinter dem Ohr. »Sandor … Du weißt doch – er ist klug und geschickt und so. Trau ihm ruhig etwas zu.«

Ich versuche es. Aber jedes Mal kommen mir die Bilder der waffenbeladenen Schiffe dazwischen, die auf dem Fluss vor dem Dornen-Territorium liegen. Oder die von Yann und seinen Leuten, wie sie auf Sandor einprügeln.

Noch nie habe ich so deutlich gespürt, dass ich mit meiner Kraft am Ende bin. Ich will nicht mehr sehen, was die Sentinel vor der Sphäre tun, und ich will nicht mehr nachdenken. Ich rolle mich auf dem Boden zusammen und schließe die Augen. Die Geräusche um mich herum vermischen sich zu einem dumpfen Durcheinander, das mich einschläfert, so wie früher das Surren der Belüftungsanlage im Quartier der Akademie.

Ich weiß nicht, wie viel Zeit vergangen ist, ich muss gnädigerweise eingeschlafen sein und tauche nur sehr widerwillig aus dem Nichts auf. Jemand sagt meinen Namen, wiederholt ihn. Ich blinzle.

Tycho steht neben mir, strahlt auf mich herunter und presst das Datenterminal an sich.

»Ria? Hörst du mich, Ria? Wir haben wieder Kontakt. Zu dem anderen Terminal. Praknar muss zurückgekehrt sein.«

Ich reibe mir übers Gesicht, das spannt und schmerzt, so wie mein restlicher Körper, von meiner Seele ganz zu schweigen. Einen Moment lang hasse ich Tycho dafür, dass er mich aus dem Zustand des Vergessens gerissen hat, aber natürlich hat er recht. Was er herausgefunden hat, ist wichtig.

»Und?« Mein Hals brennt beim Sprechen, als hätte ich stundenlang geschrien. »Kannst du Melcharts Rede auf unser Terminal überspielen?«

Er zögert, nickt dann aber. »Es wird gehen, nur leider dauert es seine Zeit. Die Verbindung ist nicht sehr stark und sie reißt immer wieder ab. Ich bleibe dran. Wir schicken ihnen allen Melcharts Wahnsinnsvermächtnis, bevor sie gegen die Clans ziehen. Sie sollen wissen, was sie tun.«

Ich krieche mehr zum Fenster, als dass ich gehe. Draußen sind die Vorbereitungen zum Aufbruch in vollem Gang. Einige der Sentinel-Zelte sind bereits abgebrochen. Ich entdecke Albina, die gemeinsam mit anderen Frauen vom Bringdienst Verpflegungspakete verteilt. Am Rand des Camps wird eine Art Podest aufgebaut, eine Bühne aus Gittern und Stahlrohren.

Curvelli ist die Leiter heraufgekommen, er steht neben mir und sieht mich immer wieder von der Seite an. Mitfühlend, vermute ich. »Sie machen eine große Sache draus«, sagt er.

»Was meinst du?«

»Es wird Ansprachen geben, deshalb das Podest. Mich würde es nicht wundern, wenn sie außerdem Aureljo dort oben aufbahren, als sichtbaren Beweis dafür, dass der Krieg gegen die Clans notwendig ist. ›Denn seht nur, wie nahe sie sich schon an die Sphären heranwagen‹, werden sie sagen. Und dann ein paar Lügen anhängen, grausame Geschichten, die den Leuten Angst machen. Wahrheit mit Betrug mischen, so habe ich es an der Akademie gelernt.«

Jetzt ist es also so weit. Der Krieg wird kurz werden und einen klaren Ausgang haben. Falls Sandor wirklich zurückkehrt, wird er den Truppen genau in die Arme laufen, falls nicht, mit den anderen Dornen auf seinem Heimatterritorium getötet werden.

Mir ist übel. Ich habe so lange gegen das angekämpft, was uns angetan werden sollte – von Quirin, den Sphären, den umherstreunenden Feindclans –, ich kann nicht mehr. Will nicht mehr. Dort unten liegt Aureljo, immer noch, sie haben nicht einmal den Pfeil aus seinem Rücken gezogen. Bei Sandor wird es eine Kugel sein oder eine Granate, die ihn zerreißt.

Ich krieche zurück, dorthin, wo wir die letzten Tage gemeinsam geschlafen haben. In meiner Decke finde ich noch Spuren von Sandors Geruch und vergrabe mein Gesicht darin.

Der Abend kommt schneller als gedacht. Aramonn sitzt eine Zeit lang neben mir und gibt sich alle Mühe, meine Lebensgeister zu wecken. Er erzählt mir Anekdoten aus der Zeit nach meiner Geburt, aus den ersten neun Monaten meines Lebens. Ich höre ihm zu und versuche zu lächeln, ihm zuliebe. Wir wissen beide, dass die Geschichte böse ausgegangen ist. Nach etwa einer Stunde begnügt er sich damit, mir eine Hand auf den Rücken zu legen und mich ab und an schüchtern zu streicheln.

Im Gegensatz zu mir besteht Tycho aus blanker Energie. Er tut alles, um den Empfang des Datenterminals zu verbessern; flucht, wenn es ihm nicht gelingt, und hält uns über die Fortschritte auf dem Laufenden. Etwa die Hälfte der Überspielung ist geschafft, als draußen der mitternächtliche Wachwechsel stattfindet und ich mich erschöpft zum Schlafen zusammenrolle.

Ich habe nicht tief geschlafen und der Lärm, der von der Sphäre bis zu uns dringt, weckt mich innerhalb von Sekunden.

Es ist noch früher Morgen und die Sentinel bauen im Scheinwerferlicht ihre restlichen Zelte ab. Anders als in den Tagen zuvor sind sie nun voll bewaffnet, tragen Helme mit Sehschlitzen und schwere Stiefel.

Sandor ist nicht zurückgekommen. Natürlich nicht.

Curvelli muss schon vor mir wach gewesen sein. Er lehnt neben dem Fenster, seine Finger trommeln unaufhörlich gegen die Wand. »Wir werden es nicht schaffen. Tycho hat die ganze Nacht lang kein Auge zugetan und wie ein Irrer gearbeitet, aber der Film ist immer noch nicht vollständig. Und die Sentinel werden bald losziehen. Sieh hin. Sie stellen sich schon in Trupps auf.«

Ja. Sie formieren sich und es sind nicht nur sie – auch die zivile Bevölkerung der Sphäre hat sich zu einem großen Teil hier draußen versammelt.

Im ersten Morgenlicht wird nun klar, dass Curvelli gestern recht hatte: Sie haben Aureljo auf das Podest gebracht und ihn dort auf einen hochbeinigen Tisch gelegt. Das weiße Tuch, das ihn zur Hälfte bedeckt, flattert im Wind des frühen Morgens.

Der Anblick presst mir das Herz zusammen. Was für eine Verschwendung. So viel Leben, so viel Energie, so viel Talent. Einfach ausgelöscht.

Ein Gedanke schiebt sich in mein Bewusstsein und hakt sich fest: Aureljo hat die Aufgabe erfüllt, die der Sphärenbund, die Melchart ihm zugedacht hatte. Er war die Nummer 1 und dazu da, *dass die Menschen ihn lieben und die Attentäter auf ihn schießen.*

Die Rückwand des Podests bildet eine Art Leinwand, auf die das Wappen des Sphärenbundes projiziert wird. Später werden alle, die hier versammelt sind, die Redner in Großaufnahme darauf sehen können.

Die Schleuse öffnet sich.

Praknar tritt heraus, gefolgt von einigen seiner Leute, alle mit roter Kennung an den Uniformen. Hinter ihnen folgt die Führungselite von Vienna 2 und … Grauko, wieder als Delegierter verkleidet, ganz in Rot und Schwarz.

Sie steigen auf das Podium; Grauko nimmt seinen Platz in der Nähe von Aureljos Leichnam ein, wirft aber nur einen flüchtigen Blick darauf. Selbst mit dem Fernglas kann ich kein Zeichen der

Erschütterung in seinem Gesicht entdecken. Mein Mentor versteht sein Handwerk.

Praknar tritt vor und hebt die Hände. Er beginnt zu sprechen. Natürlich verstehen wir kein Wort, aber ich kann mir vorstellen, worum es geht. Kriegerische Gefühle bei den Truppen wecken. Hoffentlich braucht er dafür Zeit.

Ich drehe mich zu Tycho um. »Wie lange noch?«

Er muss unglaublich müde sein, so blass habe ich ihn noch nie gesehen. »Zwanzig Minuten? Mit etwas Pech eine halbe Stunde. Die Verbindung ist gerade wieder langsamer geworden.«

Ich kann mir nicht vorstellen, dass die Truppen in einer halben Stunde abgezogen sein werden. Das bedeutet, unser Plan kann noch klappen. Wenn Tycho es schafft, den Film auf allen Datenterminals und allen Salvator-Displays gleichzeitig ablaufen zu lassen, wird das für Aufruhr bei jedem sorgen, der nicht eingeweiht war. Einen geordneten Abmarsch in die Clan-Territorien kann ich mir unter diesen Umständen nicht vorstellen.

Mit etwas mehr Zuversicht drehe ich mich wieder zum Fenster, beobachte, wie Praknar weiter seine Rede hält. Allein anhand seiner Körpersprache wird klar, worum es geht. Er deutet auf Aureljo, breitet die Hände aus, ballt sie zu Fäusten.

Und dann wendet er sich um, zur Leinwand hin. Das Wappen des Sphärenbundes verschwindet, stattdessen sieht man nun ein langes Geschützrohr, das auf eine Ansammlung von Ruinen zielt.

Rechts, da ist eine Brücke, die ich erkenne. Ebenso wie einige der verfallenen Häuser. Es ist die Siedlung des Clan Schwarzdorn, östliche Linie. Die Bilder werden vom Schiff aus übertragen – keine Frage, was in wenigen Augenblicken passieren wird.

Ich bekomme nur mühsam Luft, halte mich an der Wand fest.

Praknar muss nur noch ein Zeichen geben und die Siedlung wird dem Erdboden gleichgemacht. Sie haben es eilig mit dem Zerstören.

Also wird der erste Angriff sofort erfolgen, lange bevor die Sentinel von Vienna 2 aus aufbrechen. Ich erinnere mich gut an die schwere Bewaffnung des Schiffes. Innerhalb von zehn Minuten wäre alles ein Haufen aus Trümmern und Leichen.

Eben noch fand ich eine halbe Stunde furchtbar kurz, jetzt erscheint sie mir wie purer Luxus. So viel Zeit werden wir nicht mehr haben. Im schlimmsten Fall bleiben uns nur Sekunden.

Eine Handbewegung noch, dann ist es vorbei. Ein Befehl.

Mit einem Mal ist mir klar, was ich tun muss. Meine Chancen sind winzig, aber wen kratzt das, die Chancen von uns allen sind ein Witz. Ob ich zwei Tage früher oder später sterbe, spielt keine Rolle.

Ich klettere die Treppe hinunter, schnell, so schnell ich kann. Renne auf den Ausgang zu.

»Ria?«, ruft Aramonn mir nach; Tycho wiederholt es leise, wie ein müdes Echo.

»Mach weiter«, rufe ich ihm über die Schulter zu. »Und sende, sobald es irgendwie geht. Egal was passiert.« Für genauere Erklärungen ist keine Zeit. Es kommt jetzt auf jeden Augenblick an.

35

Ich laufe aus der Schmelzanlage, zum ersten Mal, ohne mich rechts und links nach Feinden umzusehen. Unwillkürlich denke ich an Aureljo. Er hat so gehandelt, wie man es ihm an der Akademie beigebracht hat. Mit vollem Einsatz, ohne Rücksicht auf das eigene Leben. Er ist so gestorben, wie man es als eine der Möglichkeiten für ihn in Betracht gezogen hat. Als einer, der sich opfert für das Gemeinwohl. Oder was er eben dafür hält.

Mir dagegen ... Mir haben sie eine Waffe zur Verfügung gestellt, die schärfer schneiden und tiefer stechen kann als jedes Messer. Gleich werden wir wissen, was sie wert ist.

Ich laufe auf den Waldrand zu. Allmählich verstehe ich, was Praknar in sein Mikrofon brüllt. Nichts davon überrascht mich – es geht um den Schutz der Sphären, um notwendige Maßnahmen, um all den Müll, den ich so lange geglaubt habe.

Aber noch hat er keinen Schussbefehl an das Schiff erteilt. Das ist das Wichtigste.

Ich habe mir genau überlegt, wohin ich will. Da ist eine kleine Erhebung, nahe der Schleuse, mit einer Ruinenmauer, an der sich die Grenzgänger gerne treffen.

Es ist nicht weit, aber die Angst, zu spät zu kommen, treibt mich zu immer höherem Tempo an. Schlecht, sage ich mir. Du darfst nicht außer Atem sein. Darfst nicht keuchen.

Die Mauer. Ich rutsche beim Hinaufklettern einmal ab, doch beim zweiten Mal schaffe ich es, mich hochzuziehen. Noch hat mich niemand bemerkt. Von meiner Position aus kann ich auf die versammelte Menge heruntersehen und habe freien Blick auf das Podest, auf Aureljos Leiche und auf Praknar. Er ist nach wie vor dabei, die Stimmung aufzuheizen, also kann ich es wagen, mir noch eine Minute Zeit zu nehmen. Um wieder zu Atem zu kommen. Und mir meine Worte zurechtzulegen. Sie waren noch nie so wichtig wie heute.

Merkwürdigerweise fürchte ich mich nicht. Zumindest nicht sehr, obwohl mir klar ist, dass ich wohl kaum wieder von der Mauer heruntersteigen werde. Man wird mich herunterschießen. Die Frage ist nur, wann.

Ich bündle meine Gedanken. Sie dürfen jetzt keine heiklen Bereiche streifen, wie zum Beispiel die Tatsache, dass Aramonn und Maiossa mich ein zweites Mal verlieren werden, diesmal endgültig. Sie werden damit zurechtkommen, sie sind stark.

Auch Sandor ist stark. Den Gedanken an ihn zu vertreiben, fällt mir fast unerträglich schwer. Ich habe mich nie so glücklich gefühlt wie an seiner Seite, mir nie etwas so sehr gewünscht wie ein Leben mit ihm.

Aber vermutlich ist er ohnehin schon tot. Also ist das, was ich tue, nur konsequent.

Ich stelle mich gerade hin, sorge für sicheren Stand. Summe ein wenig, um meinen Stimmsitz zu prüfen. Jeder dort unten muss mich hören können.

»… kommen wir mit gutem Willen nicht weiter«, schreit Praknar eben ins Mikrofon. »Wir versuchen es seit Jahrzehnten und bezahlen dafür mit Opfern wie ihm!« Er deutet auf Aureljos Körper und legt eine effektvolle Pause ein, um seinem Publikum Gelegenheit zur Zustimmung zu geben.

Diese Pause nutze ich. Ich richte mich auf, hole tief Luft.

»Das ist nicht wahr.«

Es klingt so, wie es soll – eine ruhige Feststellung, aber laut genug, um die Zuhörer vor dem Podium zu erreichen. Alle Köpfe drehen sich in meine Richtung.

»Es ist nicht wahr«, wiederhole ich. »Ihr werdet belogen, seit Jahrzehnten. Nein, länger. Von Anfang an. Seht ihr mich? Ja? Ich bin das beste Beispiel dafür.«

Praknar hat seinen Leuten ein unauffälliges Zeichen gegeben. Zwei von ihnen nehmen ihre Gewehre vom Rücken. Vielleicht ist in ein paar Sekunden alles vorbei.

Ich knie mich hin, ohne die Menge aus den Augen zu lassen. Verschränke die Hände hinter meinem Kopf. Wenn sie mich jetzt erschießen, wird niemand sagen können, man hätte einen angreifenden Prim abwehren müssen.

Die Mauerkanten drücken schmerzhaft gegen meine Schienbeine.

»Ich bin der beste Beweis«, fahre ich fort, »denn nach allem, was ihr erfahren habt, bin ich tot. Ermordet von blutrünstigen Wilden, bei einem Überfall auf die Magnetbahn.«

Ein Seitenblick zum Podest. Keinesfalls hastig, sondern in aller Ruhe. Die beiden Sentinel haben auf mich angelegt.

Und genau jetzt, in diesem Moment, tritt Grauko vor sie. Stellt sich zwischen mich und ihre Gewehre.

Es schnürt mir die Kehle zu, aber das darf nicht sein. Nicht jetzt. Ich schlucke, umfasse die Menge mit meinem Blick.

»Ich bin keine Außenbewohnerin, auch wenn ich in euren Augen so aussehe. Mein Name ist Eleria und ich war Studentin an der Borwin-Akademie. Vielleicht erinnert ihr euch an die Geschichte, obwohl sie schon viele Monate her ist. Wir waren zu sechst. Wir wurden ausgewählt, um dem Präsidenten vorgestellt zu werden, doch nicht weit von hier hielt die Magnetbahn plötzlich an. Wir wurden angegriffen. Allerdings nicht von Außenbewohnern, sondern von unseren eigenen Leuten. Von Exekutoren.«

Ich vermeide den Begriff Sentinel. Vor mir stehen gut vierhundert davon. Wenn ich sie oder ihresgleichen beschuldige, kann ich mir jedes weitere Wort sparen, sie würden mich für eine Lügnerin halten.

Aber zurzeit hören sie mir zu. Es gibt erstauntes Murmeln und Blicke, die zwischen dem Podium und mir hin- und herschnellen, doch niemand macht Anstalten, mich zu stoppen. Praknar ist allerdings knapp davor, Grauko tätlich anzugreifen. Ich bemühe mich, seine Aufmerksamkeit wieder auf mich zu lenken.

»Einige von euch erinnern sich an die Nachrichten, richtig? Erst konnte man uns nicht finden, dann hieß es, wir seien von Mitgliedern eines Clans erschlagen worden. Nichts davon ist wahr. Wir sind geflohen und konnten uns verstecken. Hat jemand von euch ein Fernglas dabei? Vielleicht kennt ihr noch mein Gesicht. Ihr müsstet es immer und immer wieder auf euren Datenterminals gesehen haben.«

Ich warte ab. Schweige, in dem Bewusstsein, dass das gefährlich ist. Beginnt jetzt einer zu lachen oder alle vierhundert fangen an durcheinanderzureden, habe ich verloren.

Einer der Hauptleute zückt tatsächlich ein Fernglas. Ich wende ihm mein Gesicht zu.

Es wird weiterhin gewispert und gemurmelt vor dem Podium, aber insgesamt bleiben die Sentinel ruhig. Praknar ist dafür einem Wutausbruch näher als je zuvor. Er führt ein leises, aber heftiges Streitgespräch mit Grauko, der sich keinen Millimeter von der Stelle bewegt hat. Immer noch schirmt er mich ab.

»Das könnte wirklich eine von denen sein«, stellt der Hauptmann nach kurzer Zeit fest. »Unglaublich. Ich habe selbst ein Suchteam geleitet.«

Die Unruhe unter den Sentineln wächst. Einige von ihnen waren wohl auch an der Suche nach uns beteiligt, obwohl die Hauptarbeit sicher von den Farblosen erledigt worden ist. Schließlich wollte man uns töten, nicht retten.

Endlich wendet Praknar sich von Grauko ab. »Bist du wirklich Eleria?«, ruft er mir mit schlecht gespielter Heiterkeit zu. »Das ist ja großartig! Keiner von uns hätte gedacht, dass wir dich jemals wieder lebend zu Gesicht bekommen!« Er winkt mich zu sich. »Komm doch von der Mauer runter, Mädchen. Komm zu uns!«

Ich kann mir vorstellen, was dann passiert. Man wird mich umarmen, feiern, in die Sphäre bringen, um mich untersuchen und neu einkleiden zu lassen, um für mein Wohlbefinden zu sorgen. Und dann werde ich verschwinden, unter einem Vorwand. Oder als überführte Betrügerin.

»Nein. Danke.« Ich behalte meine Position bei, kniend mit hinter dem Kopf verschränkten Händen. »Ich bin sehr froh, dass Sie mir die Gelegenheit geben, hier zu sprechen.« Mir entgeht Praknars unwillige Bewegung nicht, aber noch lässt er mich gewähren. »Ich habe vorhin die Exekutoren erwähnt, ohne zu wissen, wie viele von den hier Anwesenden schon mit ihnen zu tun hatten. Sie sind den meisten von euch möglicherweise gar nicht bekannt. Das ist ihnen auch sehr recht so. Sie agieren gern im Hintergrund und kümmern sich um die … schmutzigeren Angelegenheiten des Sphärenbundes. Um die, über die man nicht spricht. Es sind auch jetzt Exekutoren hier, unter euch. Aber sie werden sich hüten, sich zu erkennen zu geben.«

Ich richte meinen Blick auf Praknar, der sich von Grauko abgewendet hat. Er zeigt keine Spur von Wut, sondern wirkt gelassen. Im Moment wird er nicht schießen lassen und auch niemandem befehlen, mich auf andere Weise zum Schweigen zu bringen. Was ich von mir gebe, klingt nach Verschwörungstheorie, nach zu viel Fantasie, und vor allem ist es nicht beweisbar. Praknar wartet. Darauf, dass ich einen Fehler mache und er meiner Rede dann ein Ende setzen kann, möglichst eins, das mich und meine Aussagen ins Lächerliche zieht.

Wüsste er, dass und wofür ich nur Zeit gewinnen will, wäre er kaum so ruhig.

Bei der nächsten Karte, die ich ausspielen möchte, muss ich vorsichtig sein. Die versammelten Sentinel und Sphärenbewohner sollen mir Glauben schenken, Praknar und seine Leute sollen denken, dass ich bluffe.

Ich sehe zu Grauko hinüber. Wir sind so weit voneinander entfernt, dass ich seinen Gesichtsausdruck nicht deuten kann, aber ich kenne seine Haltung. Ermutigend. Bestärkend. Stolz auf mich.

»Sie sind eine interessante Gruppe, diese Exekutoren.« Ich lasse meinen Blick langsam von rechts nach links schweifen, über die Menschenmenge hinweg. Entdecke sehr weit hinten Dantorian – jedenfalls glaube ich, dass er es ist. Er hat eine Hand vor den Mund gelegt und schüttelt fortwährend den Kopf.

Nicht ablenken lassen. Weiter. »Sie wissen eine Menge. Dinge, die sonst niemand im Sphärenbund weiß. Dinge, die möglicherweise nicht einmal der Präsident ahnt.«

Durch Praknar geht ein Ruck, nicht auffällig, aber merkbar, wenn man darauf gewartet hat. Die vier anderen auf dem Podium, die ich ebenfalls als Exekutoren identifiziere, wechseln irritierte Blicke.

Dafür regt sich bei den versammelten Zuhörern allmählich Widerspruch.

»Was denn, zum Beispiel?«, ruft einer.

»Ach, es reicht jetzt«, mault ein anderer. »Holt das Prim-Mädchen von seiner Mauer, verpasst ihm eine Tracht Prügel und treibt es in den Wald zurück.«

Um das Podium herum kommt Bewegung in die Menschen, Ungeduld wird spürbar. Kurz glaube ich zu sehen, dass jemand von der Seite her unter das Gerüst schlüpft, vielleicht war es aber auch nur ein Schatten, denn die meisten der anwesenden Menschen stehen nach wie vor an ihren Plätzen. Kein Gedränge, kein Schubsen. Trotzdem, lange kann ich die Situation nicht mehr so ruhig halten.

»Es gibt diese Geheimnisse. Ich würde euch darüber berichten, aber ihr würdet nichts davon glauben. Nein, ich korrigiere mich. *Mir* würdet ihr es nicht glauben.«

Praknar winkt die zwei Bewaffneten hinter Grauko hervor. Ich tänzle ihm entschieden zu nah um die Wahrheit herum, er wird meinem Monolog jetzt ein Ende bereiten. Höchstens drei Minuten noch, dann holen sie mich von der Mauer. Außer, sie schießen doch, in dem Fall habe ich bloß ein paar Sekunden.

Ich lege alles, was ich je gelernt habe, in den Versuch, meine nächsten Sätze so klingen zu lassen, wie ich sie in meinem Kopf hören kann. Aufrichtig, nachdrücklich, wie letzte Worte. Was sie möglicherweise sind.

»Ich habe nicht mehr viel Zeit. Man wird mich von hier fortholen, in die Sphäre bringen, und sollte jemand von euch nach mir fragen, wird man ihm sagen, ich sei in Behandlung wegen meiner Verwirrungszustände. Oder ich sei in meine Heimatsphäre zurückgebracht worden. Oder ich sei doch nicht Eleria, sondern eine Betrügerin. Aber ich versichere euch eins: Niemand von euch wird mich je wieder zu Gesicht bekommen. Weil ich in Wirklichkeit längst nicht mehr am Leben sein werde. Denn es ist –«

Ohrenbetäubendes Rauschen unterbricht mich. Als würde eine monströse Welle heranrollen, groß genug, um ganz Vienna 2 mit sich fortzureißen.

»Ich grüße euch«, dröhnt es aus den Lautsprechern. »Dies ist eine Nachricht an meine Erben. An die, die meine Arbeit weiterführen werden, lange nachdem ich gegangen bin.«

Ich lasse meine Arme sinken.

Er hat es geschafft. Tycho hat es geschafft.

Ein paar Sekunden lang sieht man auf der Leinwand hinter dem Podest nur Flackern, dann erscheint Melcharts Gesicht. Uns allen vertraut, freundlich und klug. Die ganze Aufmerksamkeit der versammelten Menge wendet sich ihm zu.

»Ich danke euch schon heute für eure Hingabe und Aufopferung, obwohl viele von euch jetzt noch gar nicht geboren sind. Was vor uns liegt, ist ein schwieriger, endlos scheinender Weg, der über mehrere Generationen hinweg bewältigt werden muss.«

Praknars Gesicht spiegelt erst Fassungslosigkeit, dann Panik. Er brüllt einen Befehl, den ich dank der Lautstärke der Übertragung nicht verstehen kann, aber mir ist klar, was gemeint ist.

Die beiden Exekutoren, die bisher langsam zu mir hermarschiert sind, verfallen in Laufschritt, rennen jetzt auf mich zu, zerren mich grob von der Mauer.

»Ich nenne euch meine Erben, weil ich euch die schwere Last übertrage, die ich mir selbst auferlegt habe.«

Der Ärmel des Exekutors, der mich wieder auf die Beine stellt, rutscht zurück und gibt den Blick frei auf seinen Salvator. Auch von diesem kleinen Display aus sieht Melchart mich eindringlich an.

»Wer dies hier sieht, weiß, dass er auserwählt ist. Er ist für geeignet befunden worden, die tiefsten Geheimnisse der Sphären zu kennen – und er ist verpflichtet, darüber zu schweigen.«

Die Klügeren der Anwesenden müssten nun die ersten logischen Schlüsse ziehen. Sie könnten zumindest vermuten, dass von den Geheimnissen die Rede ist, von denen ich vorhin gesprochen habe.

Jemand packt mein Haar und reißt meinen Kopf nach hinten. Man nimmt mir das Messer vom Gürtel, tastet mich nach weiteren Waffen ab, dann schleppen die beiden Exekutoren mich auf das Podest zu.

Niemand achtet besonders auf uns, die Menschen starren gebannt auf Melchart, der von der Leinwand und über die Salvatoren zu ihnen spricht. Darüber, dass sie das, was sie hören, für sich behalten müssen, so unglaublich sie es auch finden.

»Deshalb bin ich es persönlich, der euch sagt, was ihr wissen müsst. Damit ihr es auch wirklich für wahr haltet. Ihr werdet heute in eine Gruppe aufgenommen, die sich dem Schutz einer Idee verschrieben hat.«

Gleich, gleich werden sie es alle wissen.

Wir sind beim Podest angelangt, doch wir gehen nicht hinauf, Praknar stürmt zu uns hinunter. Seine Hand landet in meinem Gesicht, ein Tritt gegen mein rechtes Knie lässt mich einknicken, der Schmerz schießt hinauf bis in meine Hüfte. Ich schreie auf, will mich von den beiden Exekutoren losreißen, habe keine Chance.

»Wer sendet das und wo steckt er?« Praknar packt mich am Hals und drückt zu. »Sag es mir und sag es schnell.«

Ich versuche, seinem Griff zu entkommen, beuge meinen Kopf zur Seite, nach hinten, über mir ist der Himmel und dort … dort kreist ein Punkt. Ich schließe die Augen. Fühle den wachsenden Druck in meinem Schädel.

»Sie lassen sie auf der Stelle los!« Noch nie war die Stahlwand in Graukos Stimme so massiv und tatsächlich lockert Praknar seine Finger für einen Moment.

Ich schnappe nach Luft.

»Sag es mir! Oder möchtest du, dass dein Mentor versehentlich in mein Kampfmesser läuft?«

Er hat es gezogen, es ist über zwanzig Zentimeter lang, unten gezackt und zur Spitze hin dünn wie ein Skalpell.

»Ihr alle seid in dem Glauben aufgewachsen, dass ein Vulkanausbruch das Leben auf der Erde zu großen Teilen vernichtet hat«, sagt Melchart eben. »Nur diejenigen, die meiner Vorhersage geglaubt und sich in die Sphären zurückzogen, hatten eine Chance zu überleben.«

In Graukos Augen liegt angesichts der Waffe keinerlei Angst, nur ein gewisses klinisches Interesse und ein wenig Belustigung. »Sie wollen mich hier vor Hunderten Zeugen abstechen? Ernsthaft, Praknar? Einen Delegierten?«

»Wenn es nötig ist.« Wieder wendet Praknar sich mir zu. Er greift nach meinem rechten Handgelenk, sieht mein Zusammenzucken und dreht mir den Arm auf den Rücken, in einer Weise, die mich aufheulen lässt. Schmerz, der jeden Gedanken auslöscht und jeden Widerstand. Es ist, als würde meine Wirbelsäule von den Schultern her gespalten, gleichzeitig bohrt sich ein glühender Spieß vom Nacken bis in meinen Kopf.

Praknars Stimme kommt von sehr weit her. »Vielleicht wissen ja auch Sie, woher diese Daten gesendet werden, Grauko. Hm? Wenn Sie es wissen, sagen Sie es mir schnell.«

Ein Ruck, und ich schreie wieder, unfähig, es zu kontrollieren.

»Nicht einmal wenn ich es wüsste, würde ich das.« Grauko klingt absolut gleichgültig. »Doch ich weiß es nicht. Pech für Sie, Praknar. Und für das Mädchen, natürlich. Aber so läuft dieses Spiel eben.«

Der Schmerz schwindet ebenso schnell, wie er gekommen ist.

»Die globale Situation war verfahren, die Feindschaften gefestigt, die Zerstörung der Erde weit fortgeschritten«, dringt Melcharts Stimme zu mir. »Es war kein Ausweg in Sicht.«

In einem weit entfernt liegenden Winkel meines Bewusstseins frage ich mich, ob die Menschen ihm noch zuhören. Gleich wird er ihnen die ungeheuerlichste Wahrheit entgegenschleudern. Keine Ahnung, wie Praknar das noch verhindern will. Es sei denn, er greift zu verzweifelten Mitteln, und schätze ich seine Handbewegung richtig ein, hat er genau das vor.

Im Hintergrund dreht einer der Granatwerfer sich in Richtung der versammelten Menschen. Ich weiß nicht, ob die beiden Männer, die ihn bedienen, auch Exekutoren sind, aber das ist egal, solange sie Praknars Befehlen gehorchen.

»Sie lassen nicht in die Menge schießen, oder?« Sobald ich mich auf meinen rechten Arm stützen will, jagen wieder Schmerzwellen durch meinen Körper, aber wenn ich das vermeide, geht es. »Das sind Ihre eigenen Leute.«

»Die nicht wissen dürfen, was sie, dank dir, gleich hören werden. Das große Ganze ist bei Weitem wichtiger als ein paar Hundert Menschen und vielleicht tröstet es dich ja, dass ich vermutlich dabei mit draufgehen werde.« Praknar läuft zurück zum Podest, nimmt immer zwei Stufen auf einmal.

Ich folge ihm, ohne nachzudenken, bekomme mit der linken Hand den Saum seiner Uniformjacke zu fassen. Will ihm sagen, dass das keinen Sinn hat, weil Tycho den Film an alle zentral registrierten Terminals schickt, und selbst wenn er nicht bei jedem Einzelnen ankommt …

Praknar fährt herum und versetzt mir einen Stoß, der mich wieder zu Boden stürzen lässt.

»Sieben Sprengkörper«, sagt Melchart nun, »in exakt berechneter Stärke, an exakt berechneten Positionen eingesetzt. Das war genug für einen Neustart.«

Erst hört man einzelne Menschen ungläubig aufstöhnen, dann bricht der Tumult aus, der schon die ganze Zeit über zu erwarten war.

Praknar versucht immer noch, den Männern an den Geschützen Zeichen zu geben, er bahnt sich seinen Weg zum Mikrofon, als eine dunkle Gestalt sich von hinten aufs Podium schwingt.

Er lebt. Das ist der einzige Gedanke, der in mir noch Raum hat. Er lebt, er ist zurück.

Sandor fokussiert seine ganze Aufmerksamkeit auf Praknar. Ich weiß nicht, wie lange er schon hier ist, aber sehr wahrscheinlich hat er mitbekommen, was in den letzten Minuten zwischen ihm, mir und Grauko vorgefallen ist. Er weiß, was Praknar vorhat.

Der Exekutor ist nur noch wenige Meter vom Mikrofon entfernt, während Melchart erklärt, dass er millionen-, nein, milliardenfach getötet hat und dass das Töten weitergehen muss.

»Geschütz drei«, brüllt Praknar, noch bevor er das Mikrofon erreicht hat. »Und Geschütz fünf! Bereit machen!«

Ja, es sind Exekutoren, die er bei der Artillerie positioniert hat, denn sie wissen sofort, worum es geht. Sie richten weitere Granatwerfer auf die fassungslose Menge, die nur mühsam versteht, was Melchart da sagt, aber nicht, in welcher Gefahr sie sich befindet.

»Lauft!«, brülle ich. »Rennt in den Wald! Er lässt auf euch schießen!«

Einige der Sentinel machen zögernde Schritte zur Seite, ungläubig, dass ihre eigenen Leute mit schweren Waffen auf sie zielen. Die meisten aber begreifen den Ernst der Situation nicht.

»Ich glaube nicht, dass außerhalb der Sphären viele überlebt haben«, höre ich Melchart sagen.

Einer, der überlebt hat, zieht gerade sein Messer aus dem Gürtel. Ich weiß, was er vorhat, und ich habe Angst, es mitanzusehen.

»Ziel anvisieren«, schreit Praknar ins Mikrofon und da ist Sandor auch schon bei ihm.

Er tut es genau so, wie er es mir beibringen wollte. Ohne zu zögern. Mit der linken Hand greift er in das Haar des Mannes, reißt den Kopf nach hinten und setzt einen tiefen Stich in den Hals – Blut schießt hervor und ich wende mich ab, obwohl ich weiß, dass es feige ist.

Der Mann mit der heiseren Stimme, mit dem alles begonnen hat. *Die Betreffenden müssen getötet werden.*

Ich höre, wie er auf den metallenen Gitterboden des Podests stürzt, ich spüre die Erschütterung in den Beinen und dann zieht Sandor mich auch schon vom Podest.

Wieder sind seine Hände voller Blut, aber diesmal ist es nicht das eines Rehs.

Keiner folgt ihm. Niemand jagt den Prim, der eben einen hochrangigen Sentinel getötet hat. Wir erreichen den Saum des Waldes, aber niemand interessiert sich für uns, sie haben nur Augen für Melchart. Den Retter, der in Wahrheit ein Killer war.

Ich nehme Sandor in die Arme, etwas, von dem ich geglaubt habe, es nie wieder tun zu können. Einige Sekunden stehen wir einfach so da, während das Chaos rund um die Sphäre immer heftiger wird.

Aus dem Augenwinkel bemerke ich, dass die verbliebenen Exekutoren sich zusammenrotten, es sieht so aus, als wollten sie sich an den Granatwerfern sammeln.

Würden sie wirklich auf die Menschen schießen? Ohne Befehl von oben?

Sandor und ich verständigen uns mit einem schnellen Blick. Laufen zurück, obwohl zumindest ich keine Ahnung habe, was ich tun soll.

Ein ohrenbetäubender Knall.

Ich ducke mich zu Boden. Dann setzen Schreie ein.

Sie haben tatsächlich geschossen.

Jetzt droht echte Panik auszubrechen. Die Menschen versuchen fortzulaufen, behindern sich dabei gegenseitig, rempeln einander an, stoßen Schwächere nieder. Ich höre einen Sentinel-Hauptmann Befehle brüllen, aber ich glaube nicht, dass jemand auf ihn achtet.

Melcharts Rede ist zu Ende, er hat seine ganze schreckliche Wahrheit verkündet. Statt seiner Stimme ergreift nun eine andere das Wort. Ruhig, besonnen, fast heiter.

»Es wird euch nichts passieren. Beruhigt euch, sonst werdet ihr euch verletzen. Keiner wird mehr schießen.«

Wir drängen uns durch die Fliehenden, die uns entgegenströmen. Es sind normale Sphärenbewohner, keine Sentinel, und die kuppellose Freiheit, der vor ihnen liegende Wald und der Wind, der ihnen ins Gesicht bläst, scheinen ihnen fast so viel Angst zu machen wie der längst verhallte Schuss der Exekutoren.

Der keine Menschen getroffen hat, wie wir jetzt sehen, sondern Kuppel 9 gestreift haben dürfte. Das Hermetoplast ist schwarz und verformt, aber nicht gebrochen.

»Bleibt stehen. Ihr habt nichts zu fürchten.« Grauko steht vor dem Rednerpult mit dem Mikrofon, zu seinen Füßen liegt der tote Praknar, dessen Blut durch den Gitterboden des Podests auf die Erde tropft.

Erst denke ich, er will die Leute nur beschwichtigen, doch dann sehe ich, dass er recht hat. Andris und Aramonn halten die sechs verbliebenen Exekutoren in Schach; zwei von ihnen dürften sie niedergeschlagen haben, jedenfalls liegen sie in verdrehter Haltung am Boden und rühren sich nicht.

Ein Stück weiter hinten steht Maiossa, den Bogen gespannt, den Pfeil auf einen der Exekutoren gerichtet. Curvelli dürfte die Männer entwaffnet haben, er hat eine Pistole in der rechten Hand, die er auf deren Hinterköpfe richtet.

Nur Tycho scheint in der Schmelzanlage geblieben zu sein, um die vollständige Übertragung von Melcharts Vermächtnis zu überwachen. Das bedeutet immerhin, dass er in Sicherheit ist.

»Geht in die Sphäre zurück«, bittet Grauko. »Ich weiß, dass eure Welt heute einen Riss bekommen hat. Mir ist es vor einigen Tagen ebenso gegangen. Es ist nicht einfach zu begreifen, dass man sein Leben lang belogen wurde. Und es ist ganz gewiss nicht leicht zu verkraften.«

Ich sehe einige Menschen weinen. Nicht alle, nein, manche wirken wütend oder trotzig und ich bin sicher, es werden bald Stimmen laut werden, die das Vermächtnis als Fälschung bezeichnen. Andere dagegen werden insgeheim davon überzeugt sein, dass Melchart völlig richtig gedacht und gehandelt hat.

Der Großteil wird sich aber betrogen fühlen und ein wenig schuldig. So wie ich.

Am deutlichsten sehe ich es am Verhalten der vierhundert Sentinel, die jetzt eigentlich auf dem Weg zum Dornen-Territorium sein sollten. Sie stehen in Grüppchen zusammen oder zu zweit, wechseln fassungslose Blicke, schütteln die Köpfe, lachen verlegen oder treten gegen den Boden, dass die Erdschollen nur so fliegen.

Aber keiner, kein Einziger kommt den Exekutoren zu Hilfe. Und keiner greift die kleine Gruppe von Prims an, die mit ihren simplen Waffen bei den Geschützen steht.

Weil keiner weiß, wessen Wort ab jetzt gilt. Keiner weiß, wem er folgen soll.

Als hätte er meine Gedanken gelesen, breitet Grauko auf dem Podium die Arme aus. »Wir haben viel Arbeit vor uns. Wir müssen eine neue Wahrheit in unser Leben lassen. Wir müssen Platz für sie schaffen und wir werden darauf nicht immer Lust haben. Es wird anders werden, aber wenn wir es richtig anpacken, dann wird es besser.«

Fünf, sechs protestierende Stimmen melden sich, aber die meisten sehen bloß zu Grauko auf. Nicken, ganz offensichtlich froh, dass jemand da ist, der eine Richtung vorgibt.

»Kennt der Präsident diese Rede?«, ruft eine Frau aus der Menge.

Grauko wiegt den Kopf erst, dann schüttelt er ihn. »Ich glaube nicht. Aber seine Berater kennen sie, davon können wir ausgehen.«

Es ist weniger das, *was* er sagt, als die Art, *wie* er es sagt. Offen und gleichzeitig unerschütterlich. Sie glauben ihm. Vertrauen ihm. Und allmählich legen sich die Wogen.

Während die ersten Bewohner in die Sphäre zurückkehren und Sandor dabei hilft, die Exekutoren mit ihren eigenen Handschellen zu fesseln, entdecke ich ein Stück weiter entfernt Albina, die sich um einen Verletzten kümmert. Das panische Gedränge haben nicht alle heil überstanden; der Patient, den Albina gerade versorgt, muss niedergestoßen und mehrfach überrannt worden sein. Er presst seinen linken Arm mit der rechten Hand an den Körper und beißt sich auf die blutleeren Lippen.

»Kann ich dir helfen?«

Albina blickt auf. Sie ist blass und ihre Augen sind rot. »Nur, wenn du eine Schiene und Verbandszeug dabeihast. Ich fürchte, er hat sich den Arm gebrochen.«

Wir helfen dem Mann, der eigentlich fast noch ein Junge ist, auf die Beine. Er wimmert, lässt sich von uns aber in Richtung Schleuse führen.

»Es ist, als hätte alles, was ich je für richtig gehalten habe, plötzlich Reißzähne bekommen«, murmelt Albina, ohne mich anzusehen. »Ich meine … Melchart. Er war für mich immer so etwas wie unser … Vater. Der Mann, der uns zu einer Gemeinschaft gemacht hat.«

Mit einer energischen Kopfbewegung schleudert sie ihren Zopf nach hinten. »Dabei hätte ich ohne ihn in einer ganz anderen Welt aufwachsen können. Mit Sonne und Freiraum und meinen eigenen Entscheidungen.« Sie lacht auf, es klingt bitter. »Ich kann mir nicht einmal vorstellen, wie das wäre. Ob ich es könnte.«

Der Junge bleibt stehen, schwankt ein wenig. Wir stützen ihn gemeinsam.

»Und all die Toten, Sindra. Millionen Menschen, einfach ausgelöscht, weil ein paar Wahnsinnige dachten, das wäre das Beste für die Welt.«

Ich korrigiere sie nicht, für Albina werde ich wahrscheinlich ewig Sindra bleiben.

»Ich könnte …« Sie atmet tief durch. Beendet den Satz nicht, aber ich weiß, was sie meint.

An der Schleuse stauen sich die Menschen und wir versuchen, unseren Patienten gegen Stöße abzuschirmen, was gar nicht so einfach ist, denn viele der Sphärenbewohner sind mit ihren Datenterminals beschäftigt und nehmen gar nicht wahr, was um sie herum passiert.

»Schon wieder eine Nachricht«, sagt ein hochgewachsener Mann. »Ein Freund aus Berlin 1. Hat Melcharts Rede auch gesehen. Er schreibt, in der Sphäre sei der Teufel los.«

Ein paar andere erzählen Ähnliches. Haben Informationen aus Hamburg 2, Bozen, Spessart 1 und einer sogar aus der Sphäre Hoffnung. Vielleicht stammt die Nachricht von jemandem, den ich einmal kannte. Tycho hat ganze Arbeit geleistet, ich bin unfassbar stolz auf ihn.

»Etwas wird sich ändern«, sage ich zu Albina.

»Glaubst du?« Sie verzieht skeptisch den Mund. »Heute sind alle geschockt und erschüttert, aber morgen werden sie sich gegenseitig beschwichtigen und übermorgen ist alles wieder beim Alten.«

»Nein.« Ich schiebe unseren Verletzten ein Stück weiter auf den Eingang zu. »Mir fallen auf Anhieb zehn Leute ein, die damit nicht einverstanden wären. Oder zwanzig.«

»Mir auch. Aber ich kenne auch zwanzig, die lieber alles plattmachen würden, statt Veränderungen zu akzeptieren.«

Wir schauen uns an und erstmals lächelt sie.

»So wird es laufen, oder? Wenn sich etwas ändert, dann nicht reibungslos und schnell, sondern holprig und gegen Millionen von Widerständen.«

Wir sind jetzt direkt vor der Schleuse und hier verabschieden wir uns, ich will zurück zu Sandor und den anderen.

»Ich komme wieder raus«, erklärt Albina. »Morgen. Wir sehen uns.«

36

Bei jedem Schritt, den ich aus dem Gedränge hinaus tue, fühle ich, wie die Anspannung immer mehr von mir abfällt. Für den Moment. Mir ist klar, dass eventuell noch Schlimmes nachkommen kann, dass die Führungsriege der Exekutoren vielleicht Truppen herschickt, die dafür sorgen, dass alles so weiterläuft wie bisher.

Aber können sie das im gesamten Sphärenbund tun?

Wir werden es sehen. So vieles lässt sich derzeit noch nicht abschätzen.

Ich will mich nach links wenden, dorthin, wo meine Leute stehen, doch dann streift mein Blick das Podium. Es ist fast menschenleer, nur Praknars Leiche liegt dort noch.

Und Aureljos. Jemand beugt sich über ihn. Streichelt seinen Kopf, seine Schultern.

Erst beim zweiten Hinsehen erkenne ich, dass es Fiore ist.

Es scheint, als ob sie weint, und obwohl sie dabei vermutlich keine Zeugen haben will, kann ich nicht anders. Ich steige die Treppen hinauf und stelle mich neben sie.

Sie spürt meine Anwesenheit sofort. Fährt herum und funkelt mich an. Ich hatte recht, sie weint.

»Hau ab!«, faucht sie.

Ich schüttele stumm den Kopf. Streiche Aureljo die vom Wind

zerzausten Haarsträhnen glatt. »Wir müssen uns um ihn kümmern. Ihn begraben. Auf keinen Fall können wir ihn einfach hier liegen lassen.«

»Natürlich nicht.« Mit der Schulter schiebt sie mich ein Stück zur Seite, nicht aggressiv, sondern so, als wäre es Zufall.

Ich beobachte sie dabei, wie sie Aureljos Gesicht berührt. Die Stirn, die Wangenknochen, die Augenlider. Mit einem Mal tut sie mir unendlich leid.

»Er hätte sich gefreut, wenn er gewusst hätte, wie viel er dir bedeutet«, sage ich.

Fiore lacht auf, rau. »Ich wünschte, ich wüsste, was er mir bedeutet.« Meinem fragenden Blick weicht sie aus und beugt sich wieder tiefer über Aureljo, studiert seine Züge.

»Ich hätte so gern mit dir gesprochen.« Sie atmet zitternd ein und streicht Aureljo mit der Rückseite ihrer Finger über die Wange – es ist, als wäre ich gar nicht mehr da. »Ich wollte dich so vieles fragen. Quirin sagt –«

Sie presst die Lider zusammen. Neue Tränen laufen ihr übers Gesicht.

Ich lasse ihr Zeit, aber sie spricht nicht weiter, also frage ich nach. »Was sagt Quirin?«

Erst schüttelt sie den Kopf und zuckt die Schultern, doch dann überlegt sie es sich anders. Sieht mich herausfordernd an. »Dass er mein Bruder ist. Mein großer Bruder.«

Mit der Spitze ihres Zeigefingers fährt sie über die Narbe neben Aureljos linkem Auge. »Hier hatte mein Vater ein Muttermal. Braun und rund.«

Ich lege einen Arm um sie. Wenn sie mich wegstößt, habe ich es immerhin versucht, aber sie lässt mich gewähren.

»Aureljo hatte das auch. Bis wenige Wochen vor unserer Flucht, da wurde er operiert. Damit er noch besser aussieht als ohnehin schon. Sie haben ein paar Dinge in seinem Gesicht verändert. Und das Muttermal entfernt.«

Fiore dreht sich zur Seite, aus meiner Umarmung. Ich sehe, dass ihre Schultern zittern, aber nach wenigen Sekunden hat sie sich wieder im Griff.

»Das ist gut zu wissen«, flüstert sie.

Ich kann ihre Trauer nachempfinden, sie liegt mir selbst wie ein schwerer Stein in der Brust. Noch eine Familie, die nie mehr zusammenfinden wird. Es hätte auch Aureljo so viel bedeutet. Wäre es Fiore gelungen, mit ihm zu sprechen, wer weiß …

Vielleicht hätte er sich seinen Plan ausreden und immunisieren lassen.

Die Vorstellung tut so weh, dass ich schreien könnte. Ich bohre mir die Fingernägel in die Handflächen, bis das Gefühl abflaut.

»Lass ihn uns fortbringen«, schlage ich vor, sobald ich sicher bin, dass meine Stimme fest bleiben wird. »Ich hole Sandor und Andris. Sie sollen ihn zu unserem Unterschlupf tragen.«

Das tun die beiden, nachdem sie einen sicheren Ort für die verbliebenen Exekutoren gefunden haben. Zu unser aller Überraschung ist der Sphärenmeister von Vienna 2 dabei eine große Hilfe – er gehört zu denen, die sich in ihrer Dankbarkeit und Loyalität zu Melchart so heftig betrogen fühlen, dass er am liebsten alles kurz und klein schlagen würde, wie er selbst sagt.

Die Exekutoren bieten ihm ein perfektes Ziel für seine Wut, er lässt sie fesseln und bestürmt sie schon auf dem Weg in die Sphäre mit Fragen und Vorwürfen.

Dann kehrt allmählich Ruhe ein. Die Sphärenbewohner haben sich nach drinnen verzogen, nur ein paar von ihnen stehen noch draußen in kleinen Gruppen zusammen. Aus der Entfernung höre ich immer und immer wieder den Signalton, der das Eintreffen einer Nachricht auf einem Datenterminal verkündet. Melcharts Vermächtnis hat weite Kreise gezogen, so, wie wir es gehofft hatten.

Tycho hat sich längst zu uns gesellt. Er winkt jedes Mal bescheiden ab, wenn wir ihn loben wollen, gleichzeitig strahlt er aber von einem Ohr zum anderen. Erst als wir uns daranmachen, Aureljo vom Podest zu holen, wird sein Blick ernst.

Ich überwinde mich, auch Praknars Leiche noch einmal näher zu betrachten. Ich versuche, die durchschnittene Kehle auszublenden, und konzentriere mich auf sein Gesicht. Es ist so normal, so durchschnittlich. Und ich hatte solche Angst vor dem Mann.

Als ich mich gerade wieder aufrichten will, sehe ich einen chromfarbenen Streifen unter seinem Körper hervorblitzen.

Das Datenterminal. Ich ziehe es hervor und wische das darauf klebende Blut an Praknars Jacke ab. Ich habe keine Lust, mir weitere Filmdateien anzusehen, weiteres Quälen und Töten – aber ich hoffe, dass wir darauf eine Liste finden werden, mit Infizierten, die wir vielleicht noch retten können.

Der Abend dämmert bereits, als wir Aureljos Körper in eine Decke schlagen und ihn zur Schmelzanlage bringen. Noch weiß keiner, wie wir ihn bestatten sollen – wir haben keinen Spaten, um ein Grab für ihn auszuheben. Der Weg ins Dornen-Territorium, wo wir ihn unter der Stadt beisetzen könnten, ist zu weit.

»Verbrennen«, sagt Fiore. »So haben wir es auch bei allen anderen aus meiner Familie gemacht. Nicht wahr, Andris?«

»Du hast recht.« Andris kreist schon seit einer Stunde um Fiore herum, bleibt immer in ihrer Nähe, als wolle er sie gegen das abschirmen, was schon längst passiert ist.

Die Nachricht, dass Aureljo möglicherweise ihr Bruder war, hat alle erschüttert. Besonders Curvelli, dessen Chance, seinen Vater kennenzulernen, auf ganz ähnliche Art zerstört wurde.

Gemeinsam tragen wir Holz zusammen. Der ideale Platz für eine Feuerbestattung wäre an der Mauer, auf der ich heute gekniet habe – allerdings ist die von der Sphäre aus einsehbar.

»Tun wir es trotzdem«, meint Tycho. »Es passt doch so gut.«

Damit hat er recht. Es gibt keinen besseren Ort, um von Aureljo Abschied zu nehmen, als an der Grenze der beiden Welten, zwischen denen er in den letzten Monaten so verzweifelt seinen Platz gesucht hat. Auf halber Strecke zwischen Wald und Kuppeln.

Wir beginnen, im immer schwächer werdenden Licht des Tages einen Scheiterhaufen aufzuschichten. Es ist eine mühevolle Arbeit. Mich schmerzt jeder Handgriff – nicht körperlich, sondern weil mir so deutlich bewusst ist, was ich hier tue. Und für wen.

Kurz bevor die Dunkelheit endgültig hereinbricht, entdecken wir einige Gestalten, die sich uns von der Sphäre her nähern. Ich zähle fünf Männer. Dunkle, hochgewachsene Schemen.

»Das sind Sentinel.« Aramonn packt seinen Rabenspeer fester, Fiore zieht ihr Messer, Maiossa nimmt den Bogen vom Rücken.

Einer der Soldaten bleibt stehen und hebt die Arme. »Wir wollen euch nicht angreifen«, ruft er. »Wir waren Freunde von Cecil. Wir beobachten euch schon die ganze Zeit. Ihr wart auch seine Freunde, nicht wahr?«

Cecil. Wir alle brauchen einige Sekunden, bis wir uns Aureljos Decknamen wieder vergegenwärtigt haben.

Tycho antwortet als Erster. »Ja. Er war einer von uns, bevor er mit euch gelebt hat.«

Die Sentinel kommen ein paar Schritte näher.

»Wir helfen euch, Holz zu sammeln«, bietet ein anderer an.

Maiossa tritt einen Schritt zurück, hinter Aramonn, ihr Bogen bleibt gespannt, der Pfeil liegt völlig ruhig. Wenn sie loslässt, ist der am nächsten stehende Sentinel ein toter Mann.

Tycho dreht sich zu ihr um. »Lass es. Sie sagen, sie wollen helfen. Ich möchte ihnen gerne glauben, okay?«

Er hat recht. Natürlich könnte es eine Falle sein, aber möglicherweise ist es trotzdem ein guter Zeitpunkt, es mit Vertrauen zu versuchen. Ich studiere die Miene des Wortführers, so gut es im Dämmerlicht möglich ist. Ein bisschen ängstlich wirkt er, aber offen.

»Ich glaube ihm auch.«

Die fünf nähern sich, zögernd erst, dann rascher. Sie sind alle jung und nervös.

Tycho schüttelt ihnen die Hand, einem nach dem anderen. »Danke, dass ihr uns helfen wollt.«

Aramonn und Maiossa ziehen sich zurück, halten Abstand und ich kann ihr Verhalten verstehen.

Wir anderen kommen ins Gespräch, während wir lange Äste sammeln und sie zur Mauer tragen.

»Was du heute getan hast, war ziemlicher Wahnsinn«, sagt einer zu mir. »Stimmt es? Bist du wirklich aus Sphäre Hoffnung?«

»Ja. Alles, was ich gesagt habe, ist wahr. Aber es ist noch viel komplizierter, als es den Anschein hat.«

Solange die körperliche Arbeit anhält, fühle ich mich der Situation gewachsen. Beinahe gut. Die Anstrengung lenkt mich von dem ab, was als Nächstes kommt.

Andris und Aramonn tragen Aureljo, Sandor leuchtet ihnen mit seiner Stablampe. Die fünf Sentinel schalten ihre Lampen ebenfalls an – die hin- und herzuckenden Lichtkegel verleihen der Szene etwas Heimliches, Verbotenes.

Doch um die Sphäre herum bleibt es ruhig. Niemand schickt uns einen Trupp an den Hals, um uns zu vertreiben oder zu töten.

Der Moment, als sie Aureljo auf das Holz legen, das unter seinem Gewicht ächzt, ist der Moment, als meine Fassung in sich zusammenbricht.

Ich könnte mich beherrschen. Ich kenne alle Techniken, die dazu vonnöten sind, aber ich sehe keinen Sinn darin, sie anzuwenden. In meinem Leben war Aureljo einer der wichtigsten Menschen. Dass er am Ende bereit gewesen wäre, mich seinem Ziel zu opfern, so wie sich selbst, tut nichts zur Sache. Er wird mir unendlich fehlen.

Diesmal ist es Andris, an dessen Arm ich mich festhalte. Sein verlegenes, tollpatschiges Tätscheln tröstet mich tatsächlich.

Nacheinander treten Tycho und Curvelli vor, um sich zu verabschieden. Ich höre kaum, was sie sagen. Nach ihnen kommt Fiore, die Aureljo nur lange betrachtet, wortlos, bevor sie sich in Andris' Schatten zurückzieht.

Als ich zum Scheiterhaufen gehe, zittern meine Knie.

Wir trauern um Aureljo, benannt nach dem großen römischen Kaiser Marc Aurel, der für seine Weisheit und Gerechtigkeit bekannt war …

Nein. Ich werde die rituellen Begräbnisworte nicht sprechen. Aureljo war nicht sein erster Name. Der Stempel, den die Sphären ihm aufgedrückt haben, soll nicht das Letzte sein, worum es zwischen uns geht.

Ich lege eine Hand auf seine bewegungslose Brust. Betrachte noch einmal sein Gesicht, präge es mir so tief ein, wie ich kann. Küsse seine Stirn, die so kalt ist wie Stein.

Dann drehe ich mich um und gehe. Ohne noch einmal zurückzublicken. Ich muss nicht sehen, wie die Flammen über Aureljo zusammenschlagen, muss die Hitze nicht am eigenen Leib fühlen.

Ich werde wissen, was passiert, und das ist schlimm genug.

37

Auch am nächsten und am übernächsten Tag marschieren keine Truppen vor Vienna 2 auf.

Wir treffen Grauko an der Schleuse, zu der man sich mittlerweile gefahrlos vorwagen kann – im Gegenzug kommen auch immer mehr Bewohner nach draußen. Nicht nur die Arbeiter, die von jeher an den Ruhetagen Schwarzhandel betrieben haben, sondern auch die anderen. Wissenschaftler, Verwaltungspersonal, Schreibkräfte. Die Menschen, die den Kontakt zur Außenwelt bisher am meisten gescheut haben.

Grauko ist guter Dinge. Er bedauert, dass er bei Aureljos Abschiedszeremonie nicht dabei sein konnte, aber dafür bringt er gute Nachrichten. Tychos Übertragung hat bis auf zwei Sphären alle erreicht. In manchen ist der Aufruhr groß – Berlin 1 und Berlin 3 haben ihre Tore noch dichter verriegelt und schießen auf jeden, der sich nähert; im Gegensatz dazu hat die Sphäre Koblenz ihre Pforten geöffnet und die in der Nähe lebenden Außenbewohner ausdrücklich willkommen geheißen.

»Es gibt ein paar hochrangige Beamte, die versuchen, die Leute davon zu überzeugen, dass die Filmaufnahme eine Fälschung ist«, berichtet Grauko. »Aber es glauben ihnen nur jene, die das unbedingt wollen. Den meisten ist klar, dass sie sich mit den Tatsachen auseinandersetzen müssen.«

Er sieht mich an und lächelt. »Es wird schwierig werden. Ich wäre sehr erstaunt, wenn es nicht weitere Tote gäbe, Aufstände, vielleicht sogar einen kleinen Krieg. Aber ihr habt einen Stein ins Rollen gebracht, Ria, den niemand mehr aufhalten kann.«

Kurz bin ich in Versuchung, Grauko zu umarmen. Ich setze zu der Bewegung an und bremse mich wieder. Nein. Es wäre seltsam. Und unpassend.

Natürlich ist Grauko meine kurze Anwandlung nicht entgangen. Er lächelt und greift nach meiner Hand. »Du weißt, wie stolz ich auf dich bin?«

Ja, das weiß ich. Ich drücke kurz seine Finger. »Was werden Sie jetzt tun? Gehen Sie zurück an die Akademie?«

Er streicht sich über den Kinnbart, in dieser unendlich vertrauten Geste. »Irgendwann bestimmt. Aber davor werde ich schlichten und vermitteln und das tun, was ich am besten kann: reden.« Er senkt seine Stimme. »Das solltest du auch tun, Ria. Die Welt wird Vermittler brauchen.«

Zweifellos. Doch zuvor haben noch ein paar andere Dinge Priorität. Tycho hat die Liste, auf die ich so gehofft habe, in Praknars Terminal gefunden. Leider sind die Namen verschlüsselt, und zwar auf eine Weise, dass Tycho sich derzeit daran noch die Zähne ausbeißt.

»Aber ich schaffe es, das ist euch hoffentlich klar«, murmelt er zwischendurch immer wieder.

Ebenfalls auf der Liste vermerkt ist der Status der betreffenden Person: lebendig oder tot.

Vierundachtzig Menschen können wir noch retten, wenn die Zahlen korrekt sind. Die anderen habe ich mich zu zählen geweigert, aber es sind mehr. Viel mehr.

Kann sein, dass die Exekutoren jetzt keine Chance mehr haben, die Verbleibenden zu verfolgen und zu töten, doch sie tragen trotzdem das Virus in sich, das unbehandelt eines Tages ausbrechen wird. Und wir verfügen über Serum im Überfluss, wir werden es einsetzen, sobald wir die Namen der Betroffenen kennen.

Drei Tage später öffnet Vienna 2 seine Pforten. Es darf nicht jeder hinein und die Außenbewohner werden gründlich auf Waffen kontrolliert, aber der Sphärenmeister hat verkündet, er will sich ein Beispiel an Koblenz nehmen.

Ich brauche fast zwei Stunden, um Sandor zu überreden, mich zu begleiten. Bei Aramonn und Maiossa scheitere ich und auch Andris will erst noch ein wenig darüber nachdenken. Immerhin war die Sphäre sein Gefängnis. »Und beim Rausgehen hab ich alles gesehen«, brummt er.

Also gehen Sandor und ich alleine. Er lässt die Kontrollen am Eingang nur mit sichtlichem Unwillen über sich ergehen, doch dann, als wir Kuppel 12 betreten, kann er sein Staunen nur schwer verbergen.

Transportbänder, Rolltreppen, Gebäudekomplexe, die bis fast unter die Kuppeldecke reichen. Das leise Summen der Belüftungsanlage. Immer noch vermitteln diese Dinge mir das Gefühl von Zuhause und Geborgenheit, wider besseres Wissen.

Für Sandor sind sie zuallererst bedrohlich. Ich bemerke, dass er unwillkürlich die leicht gebückte, geschmeidige Haltung einnimmt, die den Jägern des Clans zu eigen ist, sobald sie sich in Deckung begeben. Sich anschleichen.

Wir begegnen den üblichen Menschentrauben, besonders an den engen Übergängen zwischen den Kuppeln, und sie teilen sich vor uns wie von Zauberhand. Bloß kein zu enger Kontakt mit den Prims, besser erst einmal aus einigen Schritten Entfernung betrachten. Und dieses Mädchen, das das ganze Chaos ausgelöst hat – das ist ohnehin mehr als verdächtig.

In den Augen derer, die mich als das Mädchen von der Mauer erkennen, entdecke ich hauptsächlich Misstrauen. Manche erinnern sich wahrscheinlich auch noch an Sindra Holun, die in der Kantine Essen ausgegeben hat, bevor sie mit dem riesigen Prim verschwunden ist, und betrachten mich doppelt verwundert.

Kuppel 9. Hier habe ich die meiste Zeit verbracht – sowohl die Kantine als auch der Medpoint befinden sich hier. Am Kuppeleingang stellen sich uns plötzlich zwei Sentinel in den Weg.

»Wohin wollt ihr?«

Sandor greift unwillkürlich an seinen Gürtel, wo sich natürlich kein Messer befindet, wir mussten ja sämtliche Waffen abgeben.

»Im Moment«, sage ich, »wollen wir nach Kuppel 9. Danach sehen wir uns vielleicht auch noch anderswo um, und zwar mit Erlaubnis des Sphärenmeisters.« Ich strecke ihnen unseren Passier-Chip entgegen.

Einer der Wachen hält sein Lesegerät daran, das grün aufblinkt.

Missmutiges Nicken. »Wenn ihr etwas klaut, haben wir euch so schnell einkassiert, dass ihr kaum bis drei zählen könnt.«

»Bis drei? Glaubst du, das schaffen die?«, wirft der andere ein.

Ich drücke Sandors Arm, ich weiß, dass er auf Provokation heftig reagieren kann. »Komm.«

Sie lassen uns vorbei, nicht ohne uns wie aus Versehen noch mal kräftig anzurempeln.

»Scheißprims«, sagt der eine, der andere lacht. Wir sollen es hören, gar keine Frage.

Es ist noch ein langer Weg bis zu einem Miteinander. Aber alles andere wäre auch ein Wunder.

»Vielleicht hätte ich ihnen sagen sollen, dass ich es war, der gestern ihrem Hauptmann die Kehle durchgeschnitten hat.« Sandors Stimme ist kalt wie Eis.

»Nein, hättest du nicht.« Ich ziehe ihn auf die Kantine zu – wir haben Speisenbons bekommen und ich möchte, dass er das Sphärenessen einmal ausprobiert.

In Wahrheit, stelle ich nach kurzem Nachdenken fest, möchte ich ihm meine Welt zeigen, nachdem er mich mit seiner vertraut gemacht hat.

Auch hier werden wir von allen Seiten angegafft, aber die Blicke sind eher neugierig als ablehnend. Außer uns sitzen noch vier andere Außenbewohner an einem der Tische: ein Grenzgänger und drei eingeschüchtert wirkende junge Männer, die ich auf den ersten Blick keinem Clan zuordnen kann.

Wir holen uns das Essen an der Theke; die Kantinenmitarbeiterinnen begrüßen mich teils verhalten, teils mit Neugierde.

Ich habe mich damals mit keiner von ihnen angefreundet, trotzdem versuche ich, so herzlich wie möglich zu sein. Sandor versteht, was ich tue, und ringt sich ein Lächeln ab, das seine Wirkung nicht verfehlt. Die Mädchen strahlen ihn an und schaufeln ihm deutlich mehr auf seinen Teller als mir. Zumindest ein Prim wird ihnen in guter Erinnerung bleiben.

Im Hintergrund, an den Türrahmen zur Küche gelehnt, steht Gelunda. Sie war meine Chefin beim Bringdienst und ich frage mich, was ihr gerade durch den Kopf geht. Doch bevor ich zu ihr gehen und ihr die Hand schütteln kann, wendet sie sich ab und schließt die Tür hinter sich.

Hühnerstreifen mit Bohnen und synthetischem Kartoffelpüree. Nach drei Monaten, in denen ich hauptsächlich Fleisch, Wurzeln und Moosfladen gegessen habe, schmeckt das Kantinenessen völlig überwürzt.

Interessanterweise ist Sandor begeistert. »Das ist die erste Sache, die ich in euren Kuppeln wirklich gut finde«, stellt er fest und holt sich Nachschlag. Den er widerstandslos bekommt.

Die ganze Zeit über halte ich Ausschau nach Albina, nach ihrem roten Zopf, doch sie ist nirgendwo zu entdecken. Bevor wir die Kantine verlassen, frage ich nach.

»Albina, vom Bringdienst. Rotes Haar, ziemlich unbeherrschtes Wesen. Wisst ihr, wo ich sie finde?«

Das Mädchen, das heute für das Kartoffelpüree zuständig ist, deutet mit seinem Schöpflöffel vage nach rechts. »Sie ist gerade nicht dran, und nachdem sie jede freie Minute im Medpoint verbringt …« Sie zuckt mit den Schultern.

»Danke.«

Das rot blinkende M des Medpoints ist auch eins der Dinge, die es sofort schaffen, mich heimisch fühlen zu lassen. Obwohl man uns am Eingang nicht durchlassen will.

»Euer Chip gilt für die offenen Bereiche, nicht für die Quartiere und ganz sicher nicht für die Krankenstationen«, schnauzt der diensthabende Sentinel uns an.

Ich lege Verständnis in meine Züge, Geduld und einen Hauch Übermut. »Natürlich nicht. Wir wollen bestimmt niemanden erschrecken, aber … könnten Sie Osler sagen, dass Sindra hier ist? Und dass sie gerne Albina sehen möchte?«

Die Vielzahl an Namen verwirrt den Mann ganz offensichtlich. »Gar nichts werde ich. Verschwindet. Ich finde diese Idee, Prims in die Sphäre zu lassen, sowieso völlig verrückt. Schwachsinnig, um genau zu sein.«

»Ja«, sage ich nachdenklich. »Das sollten Sie dem Sphärenmeister sagen, der hat es schließlich erlaubt. Oder wissen Sie was? Ich sage es ihm! Er wollte sich ohnehin noch von uns verabschieden, wenn wir wieder gehen.«

Das ist eine glatte Lüge, aber sie wirkt. Die niederrangigen Sentinel werden alle auf Obrigkeitshörigkeit getrimmt.

»Was ich denke, geht den gar nichts an!« In schlecht gespielter Genervtheit dreht der Mann sich um. »He!«, ruft er ins Innere des Medpoints. »Geh und sag …«

»Osler«, souffliere ich.

»Sag Osler, zwei Prims sind hier und wollen ihn sprechen.«

»Sindra«, ergänze ich.

»Eine Sindra vor allem. Sag ihm auch, er ist selbst schuld, wenn er die wirklich sehen will.«

Wenige Minuten später taucht Osler im Eingang zum Medpoint auf. Seine Miene ist schwer zu deuten, ganz klar liegt ein mühsam unterdrückter Vorwurf darin. Meine Flucht mit Andris hat auch ihm riesige Probleme beschert.

»Lass sie durch«, befiehlt er dem Sentinel.

Sandor schnuppert in die Luft, als wir den Medpoint betreten. Der scharfe Geruch nach Desinfektionsmitteln muss für ihn völlig fremd sein.

»Albina ist bei den Neuaufnahmen«, erklärt Osler, während er uns die Gänge entlangführt. »Davon gab es nach dem … Zwischenfall einige, wie ihr euch vielleicht vorstellen könnt.«

»Sie darf wieder mit Patienten arbeiten?« Die Vorstellung erleichtert mich sehr.

»Sie darf helfen. Fürs Erste.«

Wir entdecken sie in einem der Vierbettzimmer, beim Verbandswechsel. Ein kurzer Blick, dann widmet sie sich wieder ganz ihrer Aufgabe.

»Ich wollte mit dir sprechen«, sage ich und bleibe automatisch an der Schwelle stehen. Meine Kleidung ist alles andere als sauber; ich will keinen Dreck ins Krankenzimmer schleppen.

»Dann tu das.« Immer noch blickt sie nicht auf, sondern konzentriert sich auf die Säuberung der Naht am Knie des Patienten.

Ich hatte mir das Gespräch anders vorgestellt, aber gut.

»Wir werden nicht mehr lange hier sein. Andris, Sandor, ich und die anderen. Wir gehen zurück ins Dornen-Territorium.«

»Aha. Und du willst dich verabschieden?«

»Auch. Aber eigentlich will ich mehr. Ich möchte, dass du mitkommst.«

Jetzt ruckt ihr Kopf nach oben. »Wie bitte?«

»Die medizinische Versorgung bei den Clans ist lächerlich, du weißt es selbst. Aber jetzt, nachdem die Grenzen zwischen innen und außen vielleicht wirklich verwischen … Du könntest einen Medpoint in der Außenwelt aufbauen. Mit einfacheren Mitteln, aber mit deinem ganzen Können.«

Die Idee ist völlig neu für sie, das ist unübersehbar. Aber sie findet Gefallen daran.

»Möglicherweise wird der Sphärenbund ja auch Medikamente zur Verfügung stellen«, spinne ich den Gedanken weiter. »Medizinische Ausrüstung. Wer weiß.«

»Es gibt noch keine offizielle Erklärung des Präsidenten darüber, wie weiter zwischen dem Bund und den Clans verfahren wird«, meldet sich Osler zu Wort. »Wenn man überlegt, was Melchart gesagt hat – dass nicht die Nummer 1 wichtig ist, sondern die, die hinter ihm stehen –, ist das kein allzu gutes Zeichen.«

Osler hat recht, daran hatte ich noch nicht gedacht. Dass der Präsident so lange braucht, um ein offizielles Statement zur Lage des Bundes abzugeben, ist ungewöhnlich. Gut möglich, dass man ihn beseitigt hat. Und dann …

Dann sind wieder die Exekutoren am Zug. Die Raketenwerfer stehen noch hier, es muss sie nur jemand abfeuern.

Albina verspricht, sich meinen Vorschlag durch den Kopf gehen zu lassen.

Dann verlassen Sandor und ich den Medpoint wieder, machen uns auf den Rückweg zur Schleuse.

Mitten in Kuppel 12 bleibt Sandor stehen. Deutet nach oben.

Erst weiß ich nicht, was er meint, doch bei näherem Hinsehen wird es mir klar. Draußen, über der gewaltigen Wölbung aus Hermetoplast, kreist Kelvin. Dreimal, viermal, dann schlägt er mit den Flügeln und steigt höher, bis wir ihn nicht mehr erkennen können.

Ich glaube, ich habe ihn schon vom Podium aus gesehen, als Praknar mich beinahe erwürgt hätte. Und ich erinnere mich, flüchtig gedacht zu haben, dass es nicht das Schlechteste ist, als letzten Eindruck aus dieser Welt einen kreisenden Falken mitzunehmen.

38

Draußen atmen wir beide tief durch. Ich taste nach Sandors Hand.

»Wie findest du es? Innerhalb?«

Er überlegt, blickt zurück auf die Schleuse. »Eng. Unfrei. Ach, ich weiß auch nicht. Aber es ist wärmer als draußen, das Essen ist gut und man muss es nicht selbst erlegen.«

Es drehen sich einige Köpfe zu uns um, als ich auflache. Freiheit gegenüber gutem Essen und Wärme. Ja, so kann man es zusammenfassen.

Ich genieße es, den Weg zum Wald in einem langsamen Tempo zurücklegen zu können. Ohne Angst, dass von der Galerie auf uns geschossen wird. Erst als wir uns dem Waldrand nähern, kehrt das alte Unbehagen zurück.

An der Stelle, wo wir Aureljo verbrannt haben, stehen Sentinel. Einer kniet, um genau zu sein, und tastet mit der Hand über den schwarzen Fleck, den das Feuer auf dem Boden hinterlassen hat.

Vor dem Knienden steht … Curvelli.

Ich beschleunige meine Schritte. Beim Näherkommen wirkt der Fremde zunehmend vertrauter, obwohl ich noch nicht weiß, wo ich ihn einordnen soll. Die drei anderen Sentinel, die hinter ihm stehen, wecken keinerlei Erinnerung, aber dieser eine …

Er ist groß gewachsen, breitschultrig, sein dunkles Haar kurz geschnitten. Und als er sich jetzt aufrichtet –

Seit Ewigkeiten habe ich nicht mehr an ihn gedacht. An unsere Diskussionen, Reibereien, die ständige Konkurrenz mit Aureljo.

Ich bin fast da und jetzt besteht kein Zweifel mehr.

Es ist Tudor. Die Nummer 2 an der Akademie. Der ehrgeizige, rücksichtslose Tudor. Die perfekte Besetzung für einen Exekutor. Mir wird kalt.

Sandor, der beim Ausgang seine Waffen zurückbekommen hat, spürt meine Anspannung; er nimmt seinen Bogen von der Schulter.

Nun haben sie uns bemerkt. Curvelli sagt etwas und Tudor verschränkt die Arme vor der Brust.

Abwarten. Nicht bedrohen. Ich kenne ihn, deute ich Sandor und er senkt seine Waffe.

Tudor kommt uns nicht entgegen. Er wartet, bis wir fünf Schritte vor ihm stehen, und mustert uns von oben bis unten; erst mich, dann Sandor.

»Ria«, sagt er schließlich. »Unglaublich, wie du dich verändert hast.«

»Du dich auch.« Ich werfe einen unmissverständlichen Blick auf seine Uniform. Ja, er trägt die roten Rangabzeichen, aber das hat auch Praknar oft getan, zur Tarnung.

»Ich habe gehört, was mit Aureljo passiert ist.« Er verschränkt seine Finger ineinander und betrachtet sie konzentriert. »Es tut mir sehr leid. Mehr, als du vielleicht glaubst. Wir waren Konkurrenten, das stimmt, aber ich hätte mir keinen besseren wünschen können. Ein guter Gegner spornt immer zu Höchstleistungen an, nicht wahr?«

Ich schneide ihm mit einer abrupten Handbewegung das Wort ab. »Du bist doch nicht hier, um Aureljo nachzuweinen, oder? Du willst etwas ganz anderes. Vienna 2 wieder auf Linie bringen? Mit den Raketenwerfern spielen und dabei ein paar Clans auslöschen?«

Wenn sein verwunderter Blick gespielt ist, dann ist er gut gespielt.

»Nein. Nichts davon. Wir kommen im Auftrag des Präsidenten. Der beschlossen hat, mehr sein zu wollen als – wie hat Melchart es formuliert? – ein potenzielles Ziel für Attentäter. Präsident Hammer hat seinen ganzen Stab inhaftieren lassen, zur Sicherheit.« In Tudors Augen liegt milde Belustigung.

Ich beobachte ihn genau, während ich meine nächste Frage stelle. »Und du? Bist du nicht längst einer der Exekutoren? Als ehemalige Nummer 2?«

Er erwidert meinen Blick in aller Ruhe. »Nein. Aber du hast recht, ich hätte einer werden sollen. Man hat mir Melcharts Vermächtnis vorgespielt.«

Ich verstehe nicht ganz. »Und?«

»Nun, du erinnerst dich an die Stelle, als Melchart jedem anbietet, den Raum zu verlassen, der das Geheimnis nicht erfahren will? Das Angebot habe ich angenommen. Ich bin gegangen.«

Ich versuche mir vorzustellen, wie viel Überwindung ihn das gekostet haben muss. Die eigene Neugierde zu besiegen. Den eigenen Ehrgeiz.

»Warum?«

Er blickt auf den schwarzen Brandfleck hinab. »Euretwegen. Jedenfalls hauptsächlich. Noch bevor ihr abgereist seid, hatte ich das Gefühl, dass etwas nicht stimmt. Morus hat sich anders benommen, war nervös. In gewisser Weise hat er mich darauf vorbereitet, dass ich bald die Nummer 1 sein würde – und das hat sich als richtig erwiesen.« Er streicht sich über das kurze Haar. »Als ihr verschwunden wart, wurde ich als künftiger Offizier der Exekutoren in einige Strategien eingeweiht, mit denen man euch wiederfinden wollte. Sie dachten, ich wüsste, wie ihr tickt, und könnte ihnen bei der Suche unter die Arme greifen. Was an euch so gefährlich sein sollte, habe ich aber nie begriffen und niemand hat es mir erklärt. Also habe ich mein Bestes getan, um euch zu helfen.«

Nun muss ich leider lachen. Ich habe es in meiner ganzen Zeit an der Akademie nie erlebt, dass Tudor jemandem helfen wollte, der nicht Tudor war.

»Gewarnt hast du uns jedenfalls nicht. Welche Art von Hilfe soll das denn gewesen sein?«

Er verengt die Augen, konzentriert sich. »Sie sind euch wieder auf der Spur«, sagt er leise. »Einer von euch ist ein Verräter.«

Was redest du da, will ich im ersten Moment fragen, dann begreife ich. Wieder schließt sich ein Kreis.

»Du hast mir die Nachrichten auf meinen Salvator geschickt?«

»Ja.«

»Ich dachte immer, das wäre Grauko gewesen.«

Dass ich außerdem ihn, Tudor, im Verdacht hatte, uns verleumdet zu haben und damit schuld an unserem Schicksal zu sein, behalte ich für mich.

Er schüttelt den Kopf. »Nein. Das geht auf mein Konto. Ich hoffe, es hat geholfen.«

»Hat es. Danke.«

Tudors Blick fällt immer wieder kurz auf Sandor, der ihn seinerseits nicht aus den Augen lässt und eine Hand wie zufällig am Griff seines Messers liegen hat. Ich bin sicher, Tudor fragt sich, wie wir beide zueinander stehen.

»Curvelli hat mir erklärt, weswegen man beschlossen hat, euch zu töten«, greift er das Gespräch wieder auf. »Und soweit ich verstanden habe, gibt es noch infizierte Personen in den Sphären?«

Ich werfe Curvelli einen scharfen Blick zu, den er gelassen erwidert. »Wir müssen das Problem lösen und dabei können wir Tudors Unterstützung durchaus gebrauchen.«

»Du weißt, was mit den Infizierten passiert ist, die sie bisher gefunden haben?«

»Verdammt, Ria, er ist kein Exekutor. Er wird sie nicht töten, wozu auch, wir haben das Serum.«

Ein Wort noch und ich drehe Curvelli den Hals um.

»Darum werde ich mich persönlich kümmern«, erwidere ich so ruhig wie möglich. »Sobald wir ihre Namen kennen, mache ich mich auf den Weg und immunisiere alle Betroffenen.«

In vorgetäuschter Hochachtung reißt Tudor die Augen auf. »Respekt! Du wanderst von Vienna 2 über die Sphären Bregenz, Konstanz, Ulm, Frankfurt 3, Aachen und was weiß ich noch bis an die Nordsee? Da wünsche ich dir viel Vergnügen.« In seiner überheblichen Art, die ich noch nie leiden konnte, verschränkt er wieder die Arme vor der Brust. »Vielleicht hast du es ja verdrängt, aber dass dir in den letzten Wochen hier keine Scharten, Schlitzer oder sonstigen Kannibalen begegnet sind, lag nur an dem massiven Sentinel-Aufgebot.« Als er fortfährt, verleiht er seiner Stimme einen sanfteren Ton. »Du wirst unsere Hilfe brauchen, Ria, ob es dir passt oder nicht. Alternativ könnte ich dir das Serum auch wegnehmen. Die Sache ist zu ernst, als dass ich sie dir und dem Zufall überlassen könnte.«

Dummerweise hat er recht. Das Problem der weiten Reisewege habe ich bisher verdrängt und gehofft, es auf andere Weise lösen zu können. Indem ich die Betroffenen an einem Ort zusammenkommen lasse, zum Beispiel. Aber auch diese Idee wirft mehr Probleme auf, als sie löst.

»Lass mich darüber nachdenken.«

Zunächst will Tudor mir widersprechen, doch er schließt den Mund wieder und nickt. »Drei Tage. Wir sind in der Sphäre untergebracht, Kuppel 4. Wenn du deine Entscheidung getroffen hast, gib einem der Sentinel an der Schleuse Bescheid.«

Er streckt mir seine Hand entgegen und ich ergreife sie. Seine Augen sind dunkel und eindringlich.

»Du wirst dich nicht davonstehlen, ich verlasse mich darauf.«

»Das kannst du.«

Den ganzen restlichen Tag lang sitze ich in der Schmelzanlage und grüble, betrachte die Dinge aus allen Perspektiven, zähle die Fläschchen mit Serum, die sich in meinem Besitz befinden.

Tudor ist kein Exekutor, aber er ist immer noch Tudor. Ich traue ihm nur bedingt über den Weg. Wenn ich ihm das Serum gebe, habe ich keine Kontrolle mehr darüber, was damit passiert.

Es besteht allerdings die Möglichkeit, ihm mich und das Serum als Gesamtpaket anzubieten. Mit der Magnetbahn könnten wir jeden der vierundachtzig Dhalion-Infizierten in kurzer Zeit erreichen und innerhalb eines Monats wäre das Problem aus der Welt. Dann würde ich den Rest des Heilmittels mit Freuden in die Hände der Sphärenwissenschaftler geben.

Nur, wer garantiert mir, dass Tudor sich an unsere Abmachung hält? Sollte er fünf Minuten nach unserer gemeinsamen Abfahrt die Spielregeln ändern, könnte ich nicht das Geringste dagegen tun. Ich würde mich ihm ausliefern.

In meine Überlegungen platzt Tychos aufgeregter Ruf; er hat Aureljos Datenterminal in der Hand und stellt den Ton gerade auf volle Lautstärke.

»Hey, schaut her! Eine Ansprache des Präsidenten! Wie in alten Zeiten.«

Also hat man ihn am Leben gelassen. Vielleicht aber nur, damit er das verkünden kann, wozu er gezwungen wird: dass in den Sphären alles beim Alten bleibt.

Wir versammeln uns rund um Tycho. Nur Aramonn, Maiossa und Andris bleiben in ihrer Ecke sitzen – der Präsident interessiert sie nicht mehr als jeder andere Liebling.

Als das bekannte, freundliche Gesicht mit den graugrünen Augen und den markanten Zügen auf dem Display erscheint, suche ich sofort nach Warnsignalen. Verengte Pupillen? Anzeichen von Nervosität, die darauf schließen lassen, dass jemand ihn bedroht?

Nein. Nichts davon. Er sieht aus wie immer, nur ein wenig grimmiger. Er lässt auch sämtliche Begrüßungsfloskeln aus und kommt sofort zur Sache.

»Ich weiß, dass die meisten von euch die Übertragung von Melcharts Rede gesehen haben – einer Rede, die mir selbst bis zu diesem Zeitpunkt völlig unbekannt war. Und ich muss gestehen, sie hat mich überrascht. Dass die Lange Nacht und ihre furchtbaren Auswirkungen nicht Folgen einer Naturkatastrophe, sondern eines Anschlags auf die gesamte Menschheit waren, wird mich noch geraume Zeit beschäftigen und erschüttern. Wahrscheinlich mein ganzes Leben lang.« Er räuspert sich. »Wir in den Sphären haben gelitten, aber das war nichts im Vergleich zu dem, was die Menschen in der Außenwelt durchmachen mussten. Ich verbürge mich dafür, dass wir Melchart in seinem Wunsch, jeden, der außerhalb der Sphären überlebt hat, zu töten, nicht folgen werden. Im Gegenteil, wir werden uns mit denen zusammenschließen, die das gerne wollen. Die, die darauf keinen Wert legen, werden wir in Frieden lassen.« Präsident Hammer verschränkt die Hände, legt sie auf den Tisch und beugt sich ein Stück vor. »Die Zukunft wird nicht einfach, aber ich kann euch allen eins versprechen: Sie wird ohne die sogenannten Exekutoren stattfinden. Ich habe die Hauptmänner unter Arrest stellen lassen. Dort werden sie bis auf Weiteres verbleiben.« Er legt eine kleine Pause ein, senkt den Blick. »Melchart meinte, der Präsident des Sphärenbundes solle klug sein und charmant, opferbereit und gutherzig. Ich will mehr sein als das, viel mehr. Ich hoffe dabei auf eure Unterstützung.«

Das Bild erstarrt und verschwindet.

Es ist eine gute Nachricht, aber keine, die uns in Freudentaumel ausbrechen lässt. Die unmittelbare Gefahr eines Angriffs auf die Clans ist gebannt, doch wir alle wissen, wie schnell guter Wille der Realität zum Opfer fallen kann. Zu glauben, dass von jetzt an alles nur noch Freude, Freundschaft und Wohlgefallen sein wird, wäre unfassbar naiv.

Ich stelle meine Serumsfläschchen in einer Reihe auf und ordne sie neu, immer wieder neu, als würde mich das einer Lösung näher bringen.

Am nächsten Morgen kehrt Quirin zurück.

Ich bin früh wach, Tudors Ultimatum lässt mir keine Ruhe. Also klettere ich aus der Kabine nach unten und gebe mir Mühe, die Tür der Schmelzanlage so leise wie möglich zu öffnen. Laufe den Trampelpfad entlang, der sich mittlerweile bis zum Waldrand zieht.

Dort sitzt Quirin. Auf einem kleinen Steinhaufen. Er dreht mir den Rücken zu und betrachtet die Sphäre. Sein weißes Haar wird vom Wind zur Seite geweht.

Und er ist nicht alleine. Neben ihm, den Blick ebenfalls auf Vienna 2 gerichtet, steht Grauko. Offenbar sind die beiden in ein intensives Gespräch vertieft.

So viel wollte ich Quirin entgegenschleudern, sollte ich ihn jemals wieder zu Gesicht bekommen. Doch vor Grauko möchte ich das nicht. Er würde es albern finden, selbstbezogen und vor allem sinnlos. Verschwendete Energie.

Sie haben mich noch nicht bemerkt und ich mache sie auch nicht auf mich aufmerksam. Warte. Vielleicht begibt sich Grauko ja gleich wieder auf den Rückweg.

Die beiden scheinen sich gut zu verstehen, auch wenn das Thema, über das sie sich unterhalten, ein ernstes zu sein scheint. Grauko deutet nach links zu dem kleinen Mäuerchen hin, wo wir Aureljos Scheiterhaufen errichtet haben. Quirin nickt ernst. Wischt sich mit einer Hand über die Augen, übers Gesicht. Lässt sie nachdenklich am Kinn liegen.

Hat er ein schlechtes Gewissen? Ist ihm klar geworden, dass er einen großen Teil der Schuld an Aureljos Tod trägt?

Es spielt keine Rolle mehr und in Wahrheit ist es auch nicht das, was mich wirklich beschäftigt. Etwas anderes fasziniert mich an der Szene, die vor meinen Augen im Morgenlicht abläuft. Quirin und Grauko. Grauko und Quirin. Nie hätte ich gedacht, dass die beiden sich je begegnen würden, und doch …

Grauko erzählt etwas, etwas, das ganz offensichtlich nichts mit Verderben und Tod zu tun hat. Er begleitet seine Worte mit ausladenden Gesten und plötzlich brechen beide in Gelächter aus.

In dem Moment begreife ich. Ganz ohne Beweise, ohne dass ich es überprüfen könnte. Trotzdem habe ich nicht den geringsten Zweifel.

Hinter mir leises Rascheln.

Sandor ist rücksichtsvoll genug, sich nie lautlos an mich heranzuschleichen; auf den letzten Metern verursacht er immer ein paar Geräusche, damit ich nicht erschrecke, wenn er plötzlich neben mir steht.

Ich nehme seine Hand, die warm und trocken ist. »Sieh sie dir an«, flüstere ich.

»Sie verstehen sich«, antwortet er, ebenso leise.

»Ja. Kein Wunder. Erkennst du es nicht?«

Einige Zeit lang beobachtet Sandor die beiden Männer konzentriert, bevor er den Kopf schüttelt. »Quirin und Grauko. Sollte mir sonst noch etwas auffallen?«

Gelegentlich entfällt mir, dass Sandor nicht die gleiche Ausbildung genossen hat wie ich. Dass er aus Gesten und Bewegungen, aus Tönen und Zwischentönen nicht genauso viel entnehmen kann.

»Ist schon gut«, sage ich. »Lass uns zu ihnen gehen.«

Grauko lächelt, als er uns kommen sieht. Breitet die Arme aus. »Ria! Ich war auf dem Weg zu euch, ich wollte mich verabschieden. Ich werde heute abreisen, es gibt unendlich viel zu tun.« Er legt mir eine Hand auf die Schulter. »Aber wir werden uns nicht aus den Augen verlieren. Das verspreche ich dir.«

Quirin hat sich von seinem Steinhaufen erhoben. »Ich war ebenfalls auf dem Weg zu euch. Vor allem zu dir, Sandor.«

Er winkt ab, als er Sandors alarmierten Gesichtsausdruck sieht. »Es ist keine Nachricht, die dich sehr traurig stimmen wird. Yann ist tot. Schon seit einer Woche, hat man mir gesagt. Er hat sich alleine auf das Kriegsschiff geschlichen und wurde erschossen. Angeblich wollte er Waffen stehlen.«

Eine Todesnachricht als gute Neuigkeit aufzunehmen, fühlt sich unschön an. Aber alles andere wäre Heuchelei. Damit hält Sandor sich nicht auf.

»Gut. Wie steht es um den Clan? Wer leitet ihn jetzt?«

»Lore. Sie gibt sich Mühe, aber sie will die Aufgabe nicht länger übernehmen als nötig. Sie möchte, dass du zurückkommst.« Er streicht sich eine der weißen Haarsträhnen hinters Ohr. »Alle wissen jetzt, dass ich noch lebe und das Urteil falsch war. Damit ist deine Verbannung natürlich aufgehoben.«

Ach, wie praktisch. Die Wut auf Quirin kocht wieder in mir hoch. Doch der sehnsüchtige Ausdruck in Sandors Augen entgeht mir nicht, also beiße ich mir auf die Zunge.

Wenige Sekunden später legt er mir seinen Arm um die Schultern. »Ich habe noch keine Entscheidung getroffen. Rias Clan liegt im Westen und sie möchte gern dorthin zurück. Egal was ich tue, ich tue es nicht ohne sie.«

Ich würde ihn am liebsten küssen, sofort, aber erst ist etwas anderes wichtig. Die Dinge fügen sich zusammen. Ich habe eine Lösung für mein Problem.

»Die Infizierten«, sage ich, vor allem an Quirin gewandt. »Wir müssen uns um sie kümmern. Die meisten sind tot. Aber vierundachtzig leben noch, verstreut über den gesamten Sphärenbund.«

Mein Blick wandert von Quirin zu Grauko und wieder zurück. Sie sehen mich mit dem gleichen intensiven Interesse an. Wie konnte ich das so lange Zeit nicht bemerken?

»Quirin ist vertraut mit der Anwendung des Serums. Grauko

kennt die Sphären und kann dort seinen Einfluss spielen lassen, außerdem wollte er ohnehin durch den Bund reisen und überall mit den Menschen sprechen. Wenn ihr diese Aufgabe zu zweit übernehmt, bin ich sicher, dass sie in kurzer Zeit abgeschlossen sein wird.«

Grauko gefällt der Plan ganz offensichtlich. Quirin zögert noch, aber ich komme jedem seiner Gegenargumente zuvor.

»Du bist es ihnen schuldig und das weißt du.«

Schließlich nickt er und wendet sich Grauko zu. »Wir sollten die Details besprechen. Ich bin müde, muss ich gestehen. Aber Ria hat recht. Ich bin es ihnen schuldig, den Lebenden und den Toten.«

Grauko klopft ihm auf den Rücken und hebt grüßend die Hand in unsere Richtung. Sie machen die ersten Schritte auf die Sphäre zu, da fällt mir noch etwas ein.

»Quirin?«

Er dreht sich um. »Ja?«

»Nimm Fiore mit. Sie sitzt bei uns in der Schmelzstation und spricht kaum ein Wort.« Ich sehe ihm direkt in die Augen und hoffe, dass er versteht. »Vielleicht kannst du ihr am besten helfen. So wie du hat sie ihren Bruder verloren.«

Wir haben uns alle draußen versammelt, an einer Stelle, von wo aus man sehen kann, wer die Magnetbahn betritt und wer sie verlässt. Ich will mich vergewissern, dass die Dinge so laufen wie besprochen, zumindest solange ich das noch überprüfen kann.

Grauko betritt die Bahn zuerst, hinter ihm folgt Fiore, danach Quirin. Den Abschluss machen Tudor und zwei seiner Leute, was mich nicht im Mindesten überrascht. Tudor gibt nur ungern die Kontrolle ab.

Die Türen schließen sich und mit leisem Zischen setzt die Magnetbahn sich in Bewegung. Wird schneller und schneller, beschreibt eine Linkskurve und verschwindet hinter einem ausgedehnten Waldstück.

Ich wende meinen Blick noch lange nicht ab. Wer weiß, wen ich von den eben Abgereisten je wiedersehen werde. Und wann.

Erst als ich eine leichte Berührung an der Schulter spüre, drehe ich mich um.

Aramonn lächelt, zieht mich an sich und drückt mich ein wenig zu fest, um noch Luft zu kriegen.

»Du kommst bald nach, ja?«

»Ja. Ich freue mich darauf.«

»Gut.«

Maiossa umarmt mich ebenfalls, ein bisschen ungeschickt, aber es fühlt sich an, als käme es von Herzen. »Geh den Schlitzern aus dem Weg«, murmelt sie.

»Und du den Bären.«

Sie machen sich auf den Weg, zu dritt. Curvelli geht mit ihnen, sein Arm liegt um Maiossas Taille, unterhalb des Langbogens.

Bald, sage ich mir. Bis bald.

Dantorian, der für die Verabschiedung aus der Sphäre gekommen ist, will nun wieder dorthin zurück. »Ich gewöhne mich einfach nicht an so viel freien Himmel«, sagt er und umarmt uns, einen nach dem anderen. »Außerdem darf ich an die Akademie zurück. Weiterstudieren.« Er kann es kaum erwarten, das ist nicht zu übersehen.

Wir bleiben zu viert zurück. Andris, Tycho, Sandor und ich. Bis ins Territorium der Dornen liegt ein halber Tagesmarsch vor uns und danach eine Menge Arbeit.

Sandor drückt mir einen Kuss aufs Haar. »Bist du so weit?«

»Ja.«

Unsere Sachen tragen wir bereits bei uns; die Schmelzanlage haben wir offen gelassen. Sie wird bald neue Bewohner finden, davon bin ich überzeugt.

Am Waldrand drehe ich mich um. Mein Blick streift den schwarzen Fleck an der Mauer und ich lasse zu, dass mein Herz noch einmal schwer wird. Was hätte Aureljo noch alles tun, wie viel hätte er zu einer Verständigung zwischen Innen und Außen beitragen können. Zwischen Prims und Lieblingen.

Das ist die eine Sache, die ich Quirin nur schwer werde verzeihen können.

Von der Schleuse dringt Gelächter bis zu uns. Ich bräuchte das Fernglas, um zu sehen, wer sich dort unterhält, aber was ich klar erkennen kann, ist, dass der Eingang offen steht.

Vielleicht nicht mehr lange.

Vielleicht macht ein Überfall der Scharten oder ein Anschlag der Messack schon in ein paar Tagen vieles wieder zunichte, wenn nicht alles.

Aber es gibt eine Chance.

Über uns reißen die Wolken auf. Ich schließe die Augen und halte mein Gesicht in die Sonne.

Es wird ein schöner Tag werden.

Danksagung

Ich habe es geahnt, aber jetzt kann ich es mit Sicherheit sagen: Das Schreiben einer Trilogie ist eine Sache, die es in sich hat. Umso glücklicher bin ich über die Unterstützung, die ich von so vielen Seiten bekommen habe.

Ein ganz besonderes Danke an:

Ruth Löbner, die man klonen müsste, weil es eigentlich unfair ist, dass nur ich das Glück haben soll, in den Genuss ihrer ebenso unbarmherzigen wie liebevollen Plot- und Textkritik zu kommen. Andererseits kann ich mit diesem Mangel an Fairness ganz gut leben. Danke, Ruth, du bist das Licht in jedem meiner schreiberischen Blackouts.

Ruth Nikolay, meine wunderbare Lektorin, die es auf unerklärliche Weise schafft, den Überblick über mehr als tausend Seiten zu behalten, und mir keine meiner Schlampereien durchgehen lässt.

Meine Familie und meine Freunde, die mich fast nur noch von Fotos kennen, meine Nummer aber trotzdem noch nicht aus ihrem Handyspeicher gelöscht haben und mich unverdrossen zu realen Treffen in der realen Welt ermutigen. Ich danke euch, ihr Lieben. Irgendwann werde ich euch nachhaltig verblüffen und, statt »ichmussschreiben« zu murmeln, einfach »Ja« sagen. Bis dahin – we still have facebook.

Euch. Also meine Leserinnen und Leser. Es war so motivierend, während des Schreibens zu wissen, dass ihr auf den nächsten und übernächsten Band wartet, dass ihr euch Gedanken über den Weitergang der Geschichte und Sorgen um die Figuren macht (hauptsächlich im Wortlaut »Bitte bring Tycho nicht um« bzw. »Wehe, du killst Tycho«. Alles gut jetzt, oder?).

Ich kann es gar nicht genug betonen: Es ist großartig, als Autorin nicht nur so viel Resonanz, sondern auch so viel positive Resonanz zu bekommen. Ich weiß, das ist nicht selbstverständlich, und ich möchte mich bei allen bedanken, die mir Platz in ihren Blogs, Postings und Tweets schenken, die mir PNs oder Mails schicken – auch wenn ich aus Zeitgründen manchmal nicht antworte, ich freue mich über jede eurer Nachrichten.